Quand l'abîme te regarde

Éric Emeraux

Quand l'abîme te regarde

thriller

RÉCAMIER

92, avenue de France
75013 Paris
Tél. : 01 44 16 09 00
Fax : 01 44 16 09 01
www.editions-recamier.fr
www.lisez.com

Mise en pages : PCA
Dépôt légal : mai 2024
ISBN : 978-2-38577-128-7

À ma femme,
Et mes fils,
Qui m'ont accompagné sur ce chemin de vie.
À ma belle-fille.

Si tu plonges longtemps ton regard dans l'abîme,
l'abîme te regarde aussi.

Friedrich Nietzsche

Et quand l'abîme te regarde,
alors tourne-toi vers la lumière.

Rhino

Préface

Dans ce roman, le colonel de gendarmerie Éric Emeraux met en scène la traque d'un criminel de guerre serbe, en s'appuyant sur son expérience à la tête de l'Office central de lutte contre les crimes contre l'humanité et les crimes de haine (OCLCH), qu'il a commandé de 2017 à 2020. Dans un précédent livre, *La Traque est mon métier*, il décrit quel a été son rôle au sein de cette unité pour enquêter sur les crimes internationaux les plus graves, ainsi que sur les crimes motivés par la haine et la violence. Des enquêtes qui aboutissent à l'arrestation de certains criminels de guerre afin que justice soit rendue aux victimes disparues et aux survivants.

Quand l'abîme te regarde raconte ainsi la chasse d'un criminel de guerre à travers l'Europe, un certain Vuk. Cette traque est menée par le colonel Michel Granier-Rinocci, dit « Rhino », lui-même affecté en qualité de chef de l'OCLCH. L'intrigue se déroule dans deux espaces-temps différents, deux périodes de la vie de cet officier : la guerre de Bosnie, durant laquelle Rhino est lieutenant de l'armée de terre, et l'époque actuelle où il est colonel de gendarmerie.

Au-delà d'une histoire mouvementée, le roman d'Éric Emeraux, dont le héros pourrait être l'auteur lui-même tant les similitudes sont nombreuses, nous plonge dans la relation entre services enquêteurs français, mais aussi étrangers, et entre services de renseignement. Évidemment, les relations ne sont pas toujours simples. Comme le disait saint François de Sales : « Là où il y a de l'homme, il y a de l'hommerie », c'est-à-dire des bassesses. Tous n'ont pourtant qu'un seul but, la protection des victimes de guerres, mais aussi et surtout que la justice soit faite et rendue. N'oublions pas que le besoin de justice reste l'un des besoins fondamentaux de l'homme. Dans les pays en crise ou en guerre que j'ai pu parcourir au cours de ma propre carrière, le leitmotiv des populations rencontrées subissant les conséquences des combats, voire des exactions, a toujours été le même : « Nous avons besoin de nourriture, de sécurité et de justice. »

Cette soif de justice, le colonel Emeraux l'a ancrée en lui. En tant qu'enquêteur international, il a été à l'origine de l'arrestation d'un certain nombre de ces criminels qui ont tout fait pour disparaître, tout en restant toujours très actifs dans le banditisme ou l'extrémisme. Dans le cas présent, de la guerre en ex-Yougoslavie au cours des années 1990 jusqu'aux prémices de l'invasion de l'Ukraine par la Russie, l'auteur met en lumière l'existence de réseaux extrémistes et mafieux, prêts à renverser nos régimes démocratiques.

Avant cette traque mise en scène par Éric Emeraux, la chasse aux criminels de guerre a été l'une des spécialités du Mossad, le service de renseignement extérieur israélien. Après le procès de Nuremberg (1945-1946), de nombreux anciens nazis considérés comme des criminels de guerre ont été recherchés à travers le monde. Si les différentes traques ont été effectuées par des individus seuls, elles l'ont également été par des organisations et par l'État hébreu lui-même, dont l'arrestation d'Adolf Eichmann en Argentine. La France fut chargée, dans sa zone de responsabilité, de rechercher des criminels de guerre dans la

Bosnie-Herzégovine à la fin des années 1990 et au début des années 2000. La Direction du renseignement militaire (DRM) chargée de la recherche et le Commandement des opérations spéciales (COS) chargé des arrestations en ont ainsi capturé une dizaine entre les villes de Foča et de Pale. Ceux-ci ont ensuite été transférés, pour y être jugés, au Tribunal pénal international pour la Yougoslavie (TPIY) à La Haye.

Ce roman nous plonge dans l'enfer de ce que peut produire toute guerre, des massacres d'innocents, des viols collectifs, des tortures aux assassinats qui constituent des crimes de guerre. À l'heure de la guerre entre l'Ukraine et la Russie, à la suite de l'invasion de cette dernière le 24 février 2022, de très nombreuses exactions ont été commises à Boutcha, à Irpin et dans beaucoup d'autres lieux. La justice internationale effectuera son travail et déterminera les présumés coupables. Les condamnations pour crimes de guerre seront suivies d'une recherche des auteurs de ces crimes. Nul doute que l'Office central de lutte contre les crimes contre l'humanité et les crimes de haine (OCLCH) sera alors mobilisé. Néanmoins, même si le travail d'établissement des faits a déjà commencé, il est impératif que les combats cessent pour que la justice des hommes puisse enfin être rendue et les victimes reposer en paix.

Général de corps d'armée (2S)
Christophe Gomart

Prologue

Bosnie-Herzégovine – Mont Igman

24 février 2022

Rhino frissonna. Le grésil porté par une bise lui fouetta le visage. Par réflexe, il remonta la capuche sur sa tête. Des effluves de gasoil et de pots d'échappement lui parvenaient aux narines. Ses yeux se posèrent sur la limite de la forêt où un brouillard épais s'écoulait entre les arbres décharnés, comme du sable entre les doigts.

Comme le temps.

Il y a vingt-huit ans.

Il scruta le ballet des deux minipelles qui grattaient sans arrêt la terre depuis deux heures. Le cliquetis de leurs chenilles était couvert par de violentes rafales.

Grognements.

Rhino toisa la procureure, Jelena Campara, en charge des crimes de guerre. Elle ne cessait de taper ses pieds l'un contre l'autre pour tenter de se réchauffer. Les conducteurs des minipelles creusaient des petites tranchées. Puis il lorgna au loin Nada Huseinbašić, la responsable du site d'excavation. Elle scrutait attentivement les fosses naissantes à l'affût du moindre indice. En cas de découvertes de restes humains ou traces suspectes, tout se figerait et les enquêteurs réaliseraient leurs prélèvements.

Au moins, elle y croit !

Pour le moment, aucun signe de cadavres.

Nouveau grognement de la procureure.

Elle commence à me gaver, celle-là.

Soudain, Nada leva la main dans leur direction. Les minipelles s'immobilisèrent. Les moteurs toussèrent et furent coupés.

Silence.

— Pas trop tôt, dit Jelena Campara dans un anglais parfait. Je me posais des questions.

— Je sais ! lâcha Rhino. Allons voir !

Ils s'approchèrent au bord de la fosse qui venait d'être ouverte, profonde d'environ 3 mètres et délimitée par des rubans blancs et rouges claquant au vent. Nada braqua ses yeux sur eux puis montra du doigt ce qui affleurait à la surface de la Terre. Rhino pencha son mètre quatre-vingt-cinq.

Un tissu rouge vif.

Rhino approuva de la tête.

Sa robe.

Flash.

La vision.

La marionnette, clouée sur l'arbre, libérée des contraintes d'un corps qui n'était plus que chairs béantes et ensanglantées, larmes, mictions et semences.

L'ensemencement de la mort ! Évidée de vie !

Elle m'observait du coin de l'œil.

Son regard me brûlait.

Je n'avais pas réagi ! Mais que pouvais-je faire ?

Quand l'abîme me regardait…

Nada descendit avec précaution dans la fosse et gratta autour des restes du vêtement avec un petit outil. En quelques secondes apparurent les ossements.

— Voilà ! La vidéo avait bien été tournée à cet endroit. Nous allons recouvrir la zone avec une tente afin de travailler en sécurité. Mais c'est chronophage. Inutile de rester là à vous geler.

— Ce n'est pas une mauvaise idée, s'empressa de rétorquer Campara.

— Partez si vous le souhaitez. Moi, je ne bouge pas, répondit froidement Rhino.

— OK, comme bon vous semble. On m'enverra le rapport final quoi qu'il en soit.

Rhino la regarda s'éloigner et se retourna vers les techniciens qui commençaient à extraire de la fosse les restes des vêtements. Émotions. Une odeur diffuse de terre et d'humus lui sauta aux narines.

Ainsi, te voilà, après tout ce temps !

Je vais enfin connaître ton nom.

Tu auras été vengée.

Il ralluma son téléphone, éteint depuis la veille. Il n'avait pas souhaité être dérangé par qui que ce soit. Il sentit plusieurs vibrations dans sa poche et ouvrit son portable. Le premier message qui s'afficha provenait de la capitaine Marion Tim.

« Patron, Poutine vient d'envahir l'Ukraine. »

Quoi ?

Putain de connerie humaine.

Putain d'éternel recommencement.

La face B du disque de l'humanité est rayée.

Sa cicatrice le démangea.

Il n'y a pas de guerre sans crimes de guerre.

Soubresauts.

Son corps ne put contenir la montée d'acide.

Quand l'abîme me regarde.

Encore et toujours !

Première partie

Résurgences

Paris – Banlieue Nord – Villetaneuse

8 août 2021

Miroslav conduisait sa puissante voiture avec doigté, respectueux des limitations de vitesse. Il fit un tour de quartier. Aucune âme. Uniquement des véhicules vides, parfois des carcasses brûlées. Et surtout, aucun utilitaire, qu'il aurait potentiellement assimilé à un sous-marin[1] de flics.

Coup d'œil dans le rétroviseur. Ultime vérification. Yeux pers. Il observa l'homme qu'il était devenu, la cinquantaine, la mine cendrée, le front raturé de rides profondes, le visage cachectique. Ses cheveux repoussaient, mais trop lentement à son goût. « Cette fois-ci, c'est la dernière », lui avait promis le boss. Il était grand temps pour lui de prendre sa retraite. Loin de tout. Couper. Définitivement.

Trouver un cimetière des éléphants. L'Australie, peut-être ?

Regard sur la route. Les murs gris et noirs d'immeubles délabrés recouverts de graffitis colorés défilaient de part et d'autre.

Mais plutôt pratique pour ce qu'ils avaient à faire. Son informateur ne s'était pas trompé. Un lieu idéal. Il coupa le GPS, s'empara d'une cigarette dans un paquet de Drina qui trônait sur le siège passager. Depuis la guerre, il

1. Véhicule de surveillance policier.

n'avait jamais pu se départir de cette mauvaise habitude. Son cancer et les médecins n'avaient pas réussi à le dissuader.

Il stoppa le véhicule devant un rideau coulissant. Sur le dessus de la porte, une enseigne délavée annonçait l'existence d'un abattoir au nom de « Marcel ROBIN » dont l'activité datait sans doute du siècle dernier. Il laissa le moteur tourner et sortit avec raideur de la voiture. Il grimaça. Stigmates de ses blessures. Il défroissa de la main son costume. Puis, il se dirigea vers un digicode, composa une succession de chiffres. Le volet s'ébranla dans un bruit de ferraille, laissant échapper une odeur de viande qui le saisit à la gorge.

Le ciel était lourd, annonçant un orage. Il pénétra dans le hangar et gara la voiture près d'un SUV identifié « Police nationale ». Les peintures se détachaient des murs du bâtiment, à l'image de la peau d'un grand brûlé. Au fond, deux autres stores blancs donnaient accès à ce qui devait être une chambre froide. Sur la droite se trouvait une autre pièce dont il poussa la porte. Il enclencha l'interrupteur et remarqua immédiatement des anneaux scellés dans le mur. Une table centrale et une chaise étaient posées sur un lit de sable.

Une salle de torture !

Il ouvrit le coffre de sa voiture pour s'emparer d'un uniforme de la police. D'un pas lourd, il se dirigea vers un homme, âgé d'une vingtaine d'années, de petite taille, visiblement musclé. Tout en piochant dans un sachet de Doritos, il s'admirait dans un miroir, ajustant son gilet pare-balles.

Ce type est vraiment un jeune con arrogant. Si cela n'avait tenu qu'à moi… Mais le boss a insisté. Il est soi-disant compétent pour la bonne marche de l'opération.

Il le salua à contrecœur :

— *Zdravo*, Darko[1].

— Salut, lança Darko.

— Tu sais que le diable se niche dans les détails, lâcha Miroslav en le fixant. Pourquoi portes-tu un Glock ? Les Français n'utilisent pas ce genre d'armes, ils ont des SIG Pro.

— C'est une merde bon marché. Ce Glock est mon porte-bonheur. Il m'a permis de travailler à Monaco, Tokyo, Londres…

Miroslav se précipita vers Darko, qui recula. Il se campa à quelques centimètres de son visage poupon.

— Et moi, j'ai travaillé à Kupres, Mostar et Srebrenica. Ce n'était pas la même histoire que tes petits braquages de bijouteries, *budala*[2]. C'était des jobs très spéciaux, pour un client très spécial.

— Et vous, vous avez besoin de moi parce que je suis très spécial, répondit Darko sans se laisser intimider.

Miroslav attrapa Darko à la gorge. Tout en maintenant sa prise fermement, il dégaina son SIG et approcha son nez du visage de son interlocuteur pour le renifler. Il remarqua alors une perle de transpiration sur sa tempe droite, qu'il lécha, puis cracha au sol.

— Tu sens la peur, mon ami.

Il fit tournoyer son arme, et pointa le canon sur le front de Darko.

— Pour ce job, un SIG est largement suffisant. Compris ?

Miroslav relâcha la pression et lui tendit l'arme par la crosse. Darko hésita un instant, la saisit et la plaça dans son étui à la place du Glock. Il réajusta son équipement et s'assit en silence à la table.

Miroslav s'empara de son uniforme de flic, grimpa l'escalier en colimaçon pour accéder au bureau. Il ouvrit une

1. Salut, Darko.
2. Imbécile.

porte. Un homme aux traits fins se retourna en écrasant sa cigarette dans un cendrier où s'accumulaient les mégots. Sur un immense bureau s'alignaient des écrans d'ordinateur. Une carte du centre de Paris était affichée, avec des marqueurs pour indiquer l'emplacement de diverses voitures de police.

— *Dobor dan,* Miroslav. *Kako si*[1] ?

— Salut, Branimir. *Odlično, hvala*[2]. Je suis un peu inquiet. J'espère que cette tempête ne va pas contrarier nos plans.

— J'ai vérifié la météo. L'orage doit se déplacer vers l'est, mais les averses persisteront, ce qui finalement pourrait nous servir. Il faut changer de canal. Vous serez sur le 7 maintenant. C'est la fréquence de l'arrondissement sur laquelle travaillent les flics du coin.

Miroslav s'empara de sa radio et opéra les réglages. Puis Branimir lui remit un sac dans lequel se trouvaient des téléphones. Miroslav fit une moue interrogative.

— Ils sont sécurisés. Dernier cri. Des DecroChat. Les puces sont balourds[3], bien sûr.

Il composa un code. L'interface s'effaça pour laisser la place à une seconde, grise.

— Quand tu causes, tu dois utiliser cette application, DecroTalk.

Miroslav le laissa parler. Il savait que Branimir aimait bien exposer sa science sur la technique. Pour lui, c'était du chinois.

— Sur ce téléphone, tous les accès extérieurs sont désactivés afin de limiter les risques de pistage.

— OK. On n'arrête pas le progrès, répondit Miroslav. Un mot de passe ?

---

1. Bonjour, Miroslav. Comment vas-tu ?
2. Au top, merci.
3. Au nom de fausses identités.

— Oui.

Branimir lui tendit un papier sur lequel huit chiffres étaient inscrits.

— Ça va ? Tu vas t'en rappeler ?

Miroslav lui sourit.

— Au fait, en cas d'emmerdes, surtout tu bascules sur cette interface et tu appuies sur ce bouton rouge, trois fois. Cela efface toutes les données, rajouta Branimir.

Un moteur puissant vrombit à l'extérieur du hangar. Puis le rideau se leva dans un bruit assourdissant.

— Voilà Bodgan ! fit Branimir avec un clin d'œil à Miroslav.

Une berline bleu foncé pénétra dans l'entrepôt. Le conducteur, un homme mince, la trentaine, vêtu d'un sweat-shirt et d'un jean, en sortit.

— Quel temps de merde ! s'écria Bogdan. Mais pour moi, plus ça glisse sur la route, plus je suis performant, dit-il en faisant un check à Darko. Qu'est-ce que tu fous ?

— Je vérifie mes followers sur Snapchat, répondit Darko.

Branimir et Miroslav descendirent pour aller à la rencontre des deux acolytes.

— Comme prévu, j'ai positionné les plots sur les emplacements dans la rue. Rien à signaler. Tout est calme comme un dimanche à Paris, fit Bogdan.

Branimir s'approcha du SUV, se pencha vers la boîte à gants pour montrer un interrupteur à Darko. Il lui rappela qu'avant d'embarquer dans le véhicule relais, il devait enclencher la minuterie en poussant ce bouton. Il aurait alors moins de trente secondes pour dégager, sans quoi il explosera avec la voiture. Puis il pianota un message. Quelques instants plus tard, il reçut un pouce levé avec la mention « colis présent ».

Miroslav donna le signal du départ, prit le volant et mit le contact. Chacun d'eux s'équipa d'un masque chirurgical.

Darko s'empara discrètement de son Glock, le plaça à sa ceinture, dans le dos, puis grimpa côté passager. Bogdan positionna la berline derrière le SUV. Branimir composa le code d'ouverture du rideau. Quand le volet fut ouvert, les deux véhicules s'engagèrent dans la rue, sous une pluie diluvienne.

Les essuie-glaces tournant à plein régime, Miroslav aperçut un chien sur le trottoir qui s'élança devant son véhicule. Il fit une violente embardée. Darko poussa un juron. Bogdan, qui suivait, ne put l'éviter et le chien fut projeté sur la chaussée.

Oui, l'Australie… cela sera parfait !

Avec les paramilitaires de Wagner, il avait placé un peu d'argent de côté, et ce dernier coup lui permettrait de rejoindre sa dernière destination.

Loin de tout, avec une nouvelle identité. Balle neuve. La Veuve acceptera peut-être de se joindre à lui, ainsi qu'il lui avait suggéré. Oublier ses crimes et finir sa vie tranquillement à siroter un bon whisky tourbé, dans une chaude soirée d'été, à admirer un coucher de soleil. Apercevoir le fameux rayon vert, le « vert de l'Espérance » selon Jules Verne. L'assurance du pardon. Et puis, s'il faut rendre des comptes là-haut, au moins cela sera toujours ça de pris en bas !

Paris – Hôtel particulier – 7e arrondissement

8 août 2021

Aleksandra fut bien obligée de reconnaître qu'elle avait peu eu l'occasion d'admirer un tel lieu. S'apprêtant à débuter son service, à l'abri sous un préau de la cour principale, elle contempla une dernière fois la bâtisse, une construction néoclassique de la fin du XVIIIe siècle, ornée de multiples sculptures. Femmes et hommes nus se tenaient face à face de part et d'autre d'une allée de gravier.

Un lieu idéal pour les soirées si prisées de la Veuve.

Les jardins, les odeurs de buis taillés, les balcons couverts de rameaux et de fleurs éveillaient les sens avec subtilité. Elle aperçut le propriétaire derrière la fenêtre du premier étage. Son téléphone sécurisé vibra. Elle renvoya un pouce avec la mention : « *colis présent* ».

Ouf… dernier jour avec ces connards de Yankees.

Après avoir ouvert une lourde porte en chêne, elle gravit un escalier. Puis elle déboucha sur une longue galerie qui la conduisit à la salle à manger et aux salons, dont les proportions avaient été amplifiées par un jeu astucieux de miroirs.

Aleksandra revêtit ses vêtements de femme de ménage et se dirigea vers le cabinet où se trouvait le coffre. Il était pourvu de lambris sombres, de cuirs de Cordoue, tapissé de velours violets et de tentures d'Aubusson. Sur chaque mur étaient accrochés plusieurs tableaux de maîtres, Renoir,

Picasso, Buffet, d'une valeur inestimable. Aleksandra prit son plumeau et astiqua la collection de jades, d'objets d'art décoratif d'Extrême-Orient, de bouddhas. Le son étouffé de « La Walkyrie » lui parvenait aux oreilles. *L'Anneau du Nibelung*, l'opéra de Richard Wagner, était l'une des pièces favorites de son patron, l'américain Andy Wright.

Son téléphone vibra de nouveau : « La Poste. Votre colis est en route. » Elle renvoya un pouce levé et poursuivit son ménage.

Dans son bureau, Andy Wright, souriant, éteignit la caméra. Vêtu d'un jean et d'un polo jaune vif, moulant, style « *winner* » mettant en valeur ses muscles, il triturait son éternel foulard rouge, sa marque de fabrique et de reconnaissance. Comme chaque matin où la bonne était présente, il s'amusait de l'approche balourde de son garde du corps, Samy Baxter, qui la draguait ouvertement.

Alors que si cela se trouve, il suffirait de la payer…

Au même moment, deux véhicules, un SUV « Police nationale » et une berline bleue, approchaient de la rue où se situait l'hôtel particulier. Après avoir rejoint leurs emplacements de parking, Miroslav composa un message à Branimir :

« En place pour les deux roulettes. Présence de deux véhicules de police. »

Réponse : « Oui. Confirmé. Sur carte. Je lance la manip. »

Bogdan descendit de la voiture pour faire le point sur l'état du pare-chocs. Il essuya le sang et raccrocha tant bien que mal la plaque d'immatriculation. Un rideau bougea au deuxième étage d'un immeuble, à 50 mètres de sa position.

Branimir écrivit à Aleksandra : « La Poste, votre colis est arrivé. » Il brancha différents lecteurs audio à proximité d'un combiné de téléphone, puis déclencha le VPN lui permettant d'éviter la géolocalisation et poussa le bouton

ON. L'appel fut transféré au centre opérationnel de la Police nationale. Après quelques sonneries, l'opérateur de faction décrocha.

— Police nationale, j'écoute.

— *Help ! Help ! A guy is shooting us with a machine gun. We are in the Tuileries Garden*[1].

Le policier entendit distinctement des bruits d'armes automatiques derrière la voix d'homme. Il demanda des précisions, mais la communication fut coupée. Dans la seconde qui suivit, il reçut un nouvel appel.

— *Ayuda ! Estamos en el jardín de las Tuileries, un artillero nos dispara con un rifle automático.*

Voix de femme paniquée. Une nouvelle fois, il souhaita en savoir davantage, mais là aussi la communication s'interrompit.

Branimir lança ainsi six appels successifs dans des langues différentes et attendit. Miroslav, Bogdan et Darko entendirent sur le poste ACROPOL du réseau de police l'opérateur signalant un code 3 « attaque terroriste » et demandant un déplacement immédiat aux Tuileries. Les deux véhicules de patrouille, situés dans leur secteur, démarrèrent sur les chapeaux de roues, toutes sirènes hurlantes.

Miroslav et Darko s'emparèrent de leurs casquettes et sortirent avec célérité du SUV. Aleksandra obtint l'ordre par message d'actionner l'interrupteur localisé derrière le Picasso. Une alarme se déclencha. Elle courut en direction du hall d'entrée de l'appartement en empruntant l'escalier. Andy Wright reçut sur son téléphone et sur son ordinateur le code « Alert M14 » au moment où les sirènes résonnaient au loin. Après avoir coupé la sonnerie, Wright se précipita, intercepta Aleksandra et menaça de la licencier.

1. À l'aide ! À l'aide ! Un type nous tire dessus avec une mitrailleuse. Nous sommes dans le jardin des Tuileries.

Samy Baxter débarqua l'arme au poing dans le hall. Depuis son promontoire, Andy lui fit signe de ne pas s'inquiéter et retourna à son bureau. Le garde du corps la rengaina et pointa son doigt vengeur dans la direction d'Aleksandra. Soudain retentit le carillon de l'interphone. Elle s'élança sur l'écran de surveillance pour déclencher l'ouverture de la porte. Mais Samy fut plus prompt. Il lui jeta un regard dur. Deux policiers apparaissaient sur l'écran.

— Bonjour, brigadier-chef Fernand Naudin et le gardien de la paix Raoul Volfoni, du commissariat du 7e arrondissement. Nous avons été informés du déclenchement d'une alarme intrusion.

— Oui, en effet, il s'agit d'une fausse manœuvre de la femme de ménage.

— Qui êtes-vous, monsieur ?

— Je suis le garde du corps.

— Désolé, nous devons avoir un échange direct avec le propriétaire et vérifier que tout va pour le mieux.

— Est-ce vraiment indispensable ?

— Oui, les directives sont ce qu'elles sont, monsieur.

Samy appuya alors sur le bouton d'ouverture. Miroslav poussa la porte en bois, suivi de Darko équipé d'une mallette noire. Samy leur répéta qu'il s'agissait d'une fausse alarme. Mais Miroslav insista. Il devait faire remplir une décharge au propriétaire.

— C'est l'administration française, monsieur…

Le garde du corps souffla et leur demanda de le suivre. Miroslav lui donna un violent coup de matraque sur le crâne. Darko le regarda s'effondrer au sol puis admira les lieux.

— *U pičku materinu*[1] *!* Cela sent le fric par là.

Miroslav entrava Samy avec des Serflex noirs aux poignets et aux chevilles, et lui colla un adhésif sur la bouche. Aleksandra vint à leur rencontre.

1. La chatte à sa mère !

— Wright est dans le cabinet où se trouve le coffre.

Miroslav dégaina son arme, suivit Aleksandra en grimpant l'escalier. Toujours dans le hall, Darko ouvrit la mallette et scanna l'ensemble du dispositif de protection avant de désactiver les alarmes les unes après les autres. Le téléphone de Wright annonça une nouvelle erreur. Il sortit comme une furie du cabinet et tomba nez à nez avec Miroslav et Aleksandra.

— Ivanka, où est Samy ?

— Entrez dans la pièce, ordonna Aleksandra.

Wright la regarda, interloqué.

— J'exige de savoir où se trouve mon garde du corps !

— Ferme ta gueule et avance ! hurla Miroslav en le poussant à l'intérieur avec sa matraque télescopique.

Wright obtempéra, se retourna et reçut également un coup de matraque sur la tête. Il s'affala, inanimé. Aleksandra lui posa aussi des Serflex aux chevilles et aux poignets.

— Le champ est libre, dit Miroslav à Darko. À toi de jouer. Magne-toi le fion.

Darko fondit sur le panneau en bois qui avait été mentionné par Aleksandra. Il empoigna un tournevis pour en démonter le cadre. Un coffre apparut dans une niche. En sondant avec les doigts, il retira avec dextérité un cache sur le côté et se pencha.

— Merde. Il y a bien l'accès secret, mais il me faut la clé d'urgence.

— Et tu ne pouvais pas le prévoir ?

— Non. On doit interroger Wright.

Miroslav analysa le décompte-temps. Ils avaient pris du retard.

Dans le couloir, Wright recouvrait ses esprits. Il tenta de se lever et aperçut Aleksandra qui le braquait.

— Putain Ivanka, qu'est-ce que vous faites ?

En guise de réponse, elle lui sourit. Il la considéra, mielleux.

— Ivanka, c'est du fric que vous voulez ? Je peux vous en donner. Je ne dirai rien aux flics, je vous le promets.

— C'est toujours une question d'argent pour toi, répondit-elle en resserrant avec vigueur les liens aux chevilles.

Miroslav sortit du cabinet et empoigna Wright.

— Il me faut la clé d'urgence.

Wright tourna la tête, faisant mine de ne pas comprendre. Aleksandra ouvrit un cran d'arrêt plutôt sous les yeux effarés du propriétaire.

— À ton avis, que va-t-il se passer ? Tu connais les animelles ? Tu sais que l'on a d'excellentes recettes en Bulgarie ?

— Les animelles, qu'est-ce que c'est ?

— Tes testicules, connard. J'attends cela depuis un mois, tu imagines. En plus, comme je n'ai pas le temps de te les faire bouffer, je vais les emporter avec moi, en trophée.

Aleksandra découpa le pantalon avec parcimonie et le déchira d'un coup sec. Miroslav regarda sa montre, nerveux.

Les flics vont se rendre compte du canular sur les Tuileries et reprendront rapidement leur poste.

— Accélère un peu, lui dit-il dans une langue que Wright ne comprit pas.

Elle fit de même avec le caleçon de ce dernier, qui suait de grosses gouttes.

— Si tu crois que je vais hésiter à te les couper, mon ami, tu te plantes. Et d'ailleurs, combien valent-elles, tes couilles ? Un million ? Deux ?

Wright était maintenant à moitié nu, les vêtements découpés, répandus autour de lui. Elle prit les testicules à pleine main et posa le coutelas dessous, quelques gouttes de sang perlèrent sur la lame. Il s'affola et n'osa faire aucun mouvement.

— Trois millions ? C'est con quand même, j'avais eu le sentiment que tu en étais plutôt fier, de tes couilles. Tu ne pourras plus trousser de jeunes soubrettes en leur promettant monts et merveilles. Tu crois que je ne sais pas que, depuis ta salle vidéo, tu reluquais Baxter en train de les secouer ?

Silence. Aleksandra appuya encore un peu plus. Wright poussa un cri. Darko émergea du cabinet et observa les testicules violacés enserrés dans la main tachée de sang d'Aleksandra.

— C'est bon ! s'exclama Wright dans un souffle. La clé se trouve dans la tête du bouddha.

Elle relâcha la pression et, en le regardant dans les yeux, elle porta le couteau à la bouche et lécha le sang lentement.

— C'est con, toi et moi, on aurait pu s'entendre. J'aurais bien aimé te faire souffrir. Tu aurais pu te rendre compte que la douleur peut être transmutée en plaisir.

Wright lui jeta un regard plein de haine. Aleksandra lui assena un violent coup. Il s'effondra.

* * *

La première patrouille qui atteignit les Tuileries dans les minutes qui suivirent l'alerte fut surprise par le calme qui régnait dans le parc. Les trois agents de police se déployèrent. Au loin, les hurlements des sirènes résonnaient dans un concert cacophonique. Une bonne trentaine de patrouilles de police encerclaient maintenant le jardin. Cela eut pour effet de créer un véritable mouvement de panique parmi les nombreux touristes présents. L'évacuation du site fut ordonnée par mégaphone dans toutes les langues à chaque entrée.

La BRI[1] sortit de ses véhicules en deux échelons selon un plan prédéfini, l'un depuis la place de la Concorde

1. Brigade de recherche et d'intervention.

et l'autre depuis le Louvre. Plusieurs drones furent activés. Les premières images captées ne montraient aucun corps, aucune activité terroriste. Au bout de plusieurs minutes, les forces d'intervention furent à même de rendre compte à la salle opérationnelle qu'aucun terroriste n'était présent sur zone, et surtout qu'aucune victime n'était à déplorer. Le chef de la BRI positiva en expliquant sur les ondes qu'il s'agissait d'un bon exercice. Une enquête judiciaire serait diligentée pour connaître l'origine de l'alerte.

Darko se précipita dans le cabinet, s'empara de la clé d'urgence qu'il introduisit dans l'emplacement prévu à cet effet. Il la tourna avec soin et appuya sur la poignée. Le coffre s'ouvrit. Miroslav le poussa sur le côté et s'empara d'une boîte rouge sang ornée de motifs argentés, cachée au fond du coffre derrière des liasses et des diamants. Il vérifia le contenu de la cassette et la referma d'un air satisfait. Il posa délicatement la boîte, jeta les billets et les diamants dans une sacoche.

Il ralluma le poste ACROPOL, les équipages de police annonçaient leur retour sur leur secteur initial.

— Bon allez, assez rigolé, on se casse d'ici. On a deux minutes de retard sur l'horaire. Branimir s'inquiète. Les flics reviennent sur zone.

Miroslav pianota un message pour Bodgan sur son téléphone sécurisé, annonçant le décrochage de l'équipe. Puis il en rédigea un second à l'intention de Branimir : « Informe notre ami que son colis va lui être livré. »

Réponse de Branimir : « Bien joué. Attention les équipages rentrent et seront sur vous dans quelques minutes. »

Bogdan en position d'attente, moteur tournant dans la rue, répondit par un pouce levé. Miroslav prit Darko par le col et le propulsa sur le palier. Aleksandra le rattrapa de justesse au bord des escaliers. Dans le hall, ils enjambèrent le garde du corps toujours inconscient, sauf Aleksandra qui lui écrasa les testicules.

Un souvenir avant de partir.

Ils traversèrent à toutes jambes la cour pour rejoindre le véhicule relais de Bogdan. Miroslav fit un petit signe à Aleksandra en souriant.

— À nous l'Australie, mon rêve !

— Je nous le souhaite, mon cœur.

Mais au moment où il poussa la porte de sortie, il entendit l'opérateur police annoncer sur le poste ACROPOL : « Une requérante, une personne âgée installée devant sa fenêtre, au deuxième étage, vient de nous signaler un individu ayant une attitude suspecte, vêtu de rouge, ganté, dans une berline bleue. Sa plaque d'immatriculation sur le pare-chocs avant est à moitié dérivetée. L'homme se trouve rue de Belle, au 45. Le quartier étant plutôt bien famé, elle a estimé devoir appeler la police. »

La réponse ne tarda pas : « TN 7 de BAC 7. Elle a bien fait… On est sur zone, le véhicule en question est en visu. On débarque pour procéder au contrôle. »

Bogdan, qui s'impatientait dans la voiture relais, entendit le message, mais trop tard. Le véhicule de police s'avança dans la rue, derrière lui. Prudents, les policiers s'immobilisèrent à bonne distance. Bogdan vit alors dans son rétroviseur un officier s'en extraire.

Merde ! Putain de merde !

Il se retourna et aperçut l'équipe de braqueurs courant à sa rencontre. Miroslav et Aleksandra étaient en tête, Darko légèrement en arrière, au niveau du SUV. Il observa Miroslav, très essoufflé, s'arrêter pour vérifier que Darko avait bien déclenché le dispositif de mise de feu. Mais il était affalé par terre en train de ramasser son Glock.

Putain ! Qu'est-ce qu'il fout, ce con ?

Il constata que Miroslav, après avoir transmis le sac à Aleksandra, revint sur ses pas, empoigna Darko et le poussa vers l'avant avec énergie.

Bogdan scruta son rétroviseur. Le policier, sans doute alerté par l'attitude de Miroslav, s'immobilisa, sortit son arme de service. Le second se positionna en couverture à l'extérieur de la voiture. Bogdan enclencha la première et démarra lentement. Il voulait profiter de l'effet de surprise et envisageait d'accélérer au dernier moment pour récupérer l'équipe. Le policier se protégea derrière une voiture en stationnement, pointa son arme et hurla.

Bodgan entrevit Aleksandra et Darko lui faire signe d'accélérer. Miroslav avait déclenché la mise de feu, et il courait pour rejoindre l'équipe. Mais il chuta et le SUV « Police nationale » vola en éclats. Le souffle propulsa une partie du véhicule qui s'effondra sur sa jambe.

Désorientés, les policiers ouvrirent le feu en visant les pneus de la berline. Trois balles atteignirent le coffre au moment où Bogdan l'immobilisait dans un crissement, afin de permettre à Aleksandra et Darko d'embarquer à l'arrière du véhicule.

Coincé, Miroslav couvrit son équipe en ripostant sur les policiers, et reçut une balle dans l'épaule. Lorsque la berline parvint à sa hauteur, Aleksandra capta dans le regard de Miroslav une forme de résignation. Elle tapa sur l'épaule de Bogdan en hurlant :

— Putain, arrête-toi, on va le charger !

— Pas question, rétorqua Darko. On va se faire flinguer. La mission est prioritaire. Fonce Bogdan ! dit-il en dégainant son Glock et en ouvrant le feu sur les policiers.

— Il a raison, on n'a pas le choix ! On dégage de ce bordel, fit Bogdan en lançant son véhicule.

Malgré la douleur qui l'étreignait, Miroslav s'empara de son téléphone sécurisé pour accéder à l'interface Panic Wipe et effacer les données, mais il fut saisi par une violente quinte de toux et ses doigts ensanglantés ripèrent sur l'écran. Conscient que les policiers seraient bientôt à sa hauteur, il distingua la présence d'une bouche d'égout à 2 mètres. Il s'allongea pour glisser l'appareil dans l'interstice et perdit connaissance. Sa dernière pensée fut pour Aleksandra.

* * *

Les policiers de la BAC signalèrent l'événement sur ACROPOL. Bien renseigné par Branimir, Bogdan fit des miracles en conduisant. La circulation était très fluide, la pluie ayant confiné les Parisiens chez eux. Ils gagnèrent, sans échanger un mot, leur deuxième point relais, un autre hangar dans le sud de Paris, vers Arcueil, pour effacer leurs traces et détruire la berline.

Avant de se séparer, Darko voulut savoir ce qu'il y avait dans la boîte. Aleksandra l'ouvrit, l'examina avec étonnement.

— On va l'apporter au boss, comme convenu. Tu lui demanderas si tu peux en connaître le contenu. Pour le moment, on va attendre que la tempête se calme.

— Mais dis-moi ce qui se trouve à l'intérieur !

— N'insiste pas. Tu verras ce point avec notre ami.

— Et que va-t-on faire pour Miroslav ? Je l'aime bien finalement ce gars, un peu bourru, mais bon…

— Le boss va tout arranger.

— Il était salement amoché. J'espère qu'il ne va pas baver aux keufs.

— Miroslav, une poucave ? Aleksandra s'esclaffa. Ce n'est pas le genre de la maison.

— Au fait, tu aurais vraiment coupé les couilles du mec ? interrogea Darko en se rapprochant d'Aleksandra.

— Oui. Premièrement, parce que j'en avais envie. Et deuxièmement, parce que c'est la spécialité de la Veuve.

Et si tu ne veux pas avoir d'ennuis, tu n'as pas intérêt à t'approcher trop de moi. Je fais dans le tatouage, mais pas seulement !

— OK. Et pour le partage ? On se retrouve au même restaurant ? Au Pod Lipom ?

— Comme je te l'ai dit, je te préviendrai. On laisse passer l'orage. D'ici là, profil bas, et pas de connerie. Tu restes à Paris, à l'hôtel. Sans bouger !

Darko donna son accord et quitta leur repaire, Aleksandra cacha l'argent et les bijoux, et décida de prévenir le boss de la situation *via* le DecroChat. Elle encoda son message qu'elle transmit sous la forme de deux QR codes[1] :

Le boss ne va pas aimer… Et Miroslav ? J'espère qu'il n'est pas trop blessé. Adieu nos projets de vie en Australie.

Elle attendit et la réponse ne tarda pas :

1. Scannez les QR codes pour voir apparaître les messages.

Paris – Hôtel particulier – 7e arrondissement

8 août 2021

Le capitaine Gilles Bonnier de la 3e DPJ[1] sifflotait dans sa cuisine. Le zouk de Kassav' résonnait dans l'appartement quand il reçut l'appel vers 12 h 30. Il s'apprêtait à déguster, en compagnie de ses deux enfants, un féroce, l'une des spécialités culinaires de son île natale, la Martinique. Une matinée à cuisiner avec soin cette préparation à base de chair d'avocat écrasée, mélangée à de la morue, du manioc et du piment.

L'opérateur lui signala un vol dans un hôtel particulier du 7e arrondissement de Paris. Il rétorqua qu'il n'était pas de permanence.

En plus pour un cambriolage.

« Ce sont les ordres, s'entendit-il lui répondre. Vous devez vous rendre sur place. » Il souffla, se tourna vers ses deux enfants attablés. Résignés, ils avaient déjà compris, au retentissement de la sonnerie du portable de leur père, que le programme de l'après-midi allait changer. Au lieu du cinéma et du dernier *James Bond*, ils allaient consacrer l'essentiel de leur temps aux jeux vidéo. Il les abandonna à leur sort. Toutes ces conneries commençaient à lui taper sérieusement sur le système. Déjà deux divorces au

1. Sous-direction de la Direction régionale de la police judiciaire de la préfecture de police de Paris.

compteur. Le second avait été plié en deux semaines, le temps pour lui de se retrouver un appartement, quelques jours avant son départ de l'OCLCH[1].

***

Sur place, Bonnier, toujours tiré à quatre épingles, déplia son grand corps de la Clio de service. Il ajusta sa veste beige sur une chemise mauve coupe cintrée. Crâne rasé, le menton assez haut, le regard de braise, passionné par son métier de policier, Bonnier avait conscience de son pouvoir de séduction. Sa mission lui avait été précisée en cours de route par son chef. « Faire une évaluation de la situation, afin de demander si besoin la saisine au magistrat de permanence. »

Plus il progressait vers son objectif, plus ce qu'il découvrait ressemblait à un vrai bordel. Plusieurs voitures étaient calcinées, les policiers de l'identité judiciaire s'affairaient dans tous les sens. Un véhicule de pompiers démarra promptement à la suite du SAMU. Les policiers de la BAC présents échangeaient avec l'officier de police judiciaire du commissariat du 7e arrondissement. L'OPJ lui jeta un œil mauvais. Sans se laisser impressionner, Bonnier lui demanda de lui faire un point.

— Ouais. Mais tu vas prendre l'affaire ? répondit l'OPJ.

— Je n'en sais rien pour le moment. Mais, vois-tu, on est dimanche. Je devais passer l'après-midi avec mes fils tranquillement au cinoche pour mater le dernier *James Bond*. Et… J'ai été détourné de ma trajectoire initiale pour venir ici. Alors, si tu as… Comment dire… Des états d'âme ou des commentaires, je t'invite à appeler mon boss.

1. Office central de lutte contre les crimes contre l'humanité et les crimes de haine.

Ce faisant, Bonnier pianota un numéro et lui tendit son téléphone.

— Non, ça ira, se résigna l'officier de police judiciaire. La victime, propriétaire de l'hôtel particulier, s'appelle Andy Wright. Il est citoyen américain, à la tête d'une société militaire privée du nom de Phœnix, basée à Hong Kong. Pas très loquace. Son garde du corps non plus, un dénommé Samy Baxter, un Anglais.

— Le préjudice ?

— Selon ses dires, de l'argent liquide et des diamants, pour un montant d'un million d'euros. Le plus étonnant est qu'aucun tableau de maître n'a été volé. Il est bien assuré, nous a-t-il dit, et du coup, il n'est pas très coopératif. Il n'a pas envie que l'on gratte. Cela se sent bien. C'est peut-être pour cette raison que tu es là, d'ailleurs, pour tout étouffer ?

Bonnier ne releva pas.

— Et les auteurs ?

— Au nombre de quatre, dont la femme de chambre. L'un d'entre eux a été blessé par nos collègues de la BAC, qui ont riposté à leurs tirs. Il a été évacué à l'hôpital Saint-Louis dans un état grave. Une balle dans l'épaule, et sa jambe a été écrasée par les débris de l'explosion d'une voiture. Ils se sont pointés à deux en tenue de policiers, dans le véhicule de police qui a été incendié.

Il montra du doigt la voiture en question.

— Un autre les attendait dans une berline bleue. Les deux ont été volés il y a une semaine, à Montrouge. C'est une grand-mère qui nous a alertés. Apparemment, ils étaient bien renseignés. On pense qu'ils sont à l'origine de la fausse alerte « attaque terroriste » sur les Tuileries, ce qui a libéré la zone ici. Nous recherchons activement la voiture relais. Elle n'a pas été localisée pour le moment. Le conducteur doit être un sacré pilote. Il a esquivé toutes nos équipes.

— La vidéo ?

— Ben, justement, il a pris les axes les moins couverts par la vidéoprotection, direction sud. Puis, plus rien.

— La fille ?

— D'après ce que je sais, elle serait d'origine bulgare, et s'appellerait Ivanka Bogdanova. Elle a été embauchée suite à la maladie de la précédente fille, il y a un mois. On attendra demain pour vérifier ce point auprès de la conciergerie qui gère le site.

— OK, merci beaucoup. C'est assez complet. Je vais rencontrer la victime. Au fait ! Avons-nous des caméras dans la rue ?

— Oui, on est en train de faire le nécessaire pour récupérer les données. On vous les fera passer si vous êtes saisi. Et bon courage.

— Bon courage ?

— Oui, pour l'entretien avec l'Américain.

En se dirigeant vers l'entrée de l'hôtel particulier, Bonnier se retourna sur son collègue. Il le vit sourire dans sa barbe.

Après avoir franchi la porte cochère, il ne put s'empêcher d'admirer la magie des lieux, le *genius loci* qui habitait cette bâtisse. Seconde porte. Dans le hall, il gravit les marches de l'escalier deux par deux, et entendit un homme parler avec un timbre de voix assez fort. Les équipes de la PTS[1], encagoulées, masquées, relevaient tout ce qu'il était possible de capter comme traces. ADN, empreintes digitales, vidéo. Le garde du corps se présenta devant lui pour bloquer l'entrée. Bonnier lui montra sa carte et se dirigea vers Wright qui l'apostropha.

— Dites-moi, quand vais-je pouvoir enfin jouir de mon hôtel sans avoir dans mes pattes des policiers français ?

— Quand le travail de PTS sera terminé. Que vous ont-ils dérobé ? poursuivit Bonnier en tournant les pages de son calepin.

1. Police technique et scientifique.

— De l'argent liquide et des diamants. Mes assurances vont me rembourser.

— D'autres éléments dans le coffre ? Documents ?

— Non. Absolument rien d'autre. Uniquement ce que je viens de vous dire, répondit Wright, avec un empressement qui n'échappa pas au capitaine.

Il l'abandonna et s'approcha de la pièce où se trouvait le coffre. Comme le reste, superbement décorée... Il avait été ouvert avec aisance, par un professionnel. Il demanda discrètement au technicien de la police scientifique s'il avait détecté des traces. Il fit un mouvement négatif de la tête. Mais il rajouta avoir saisi le disque dur du système de vidéosurveillance contre l'avis de la victime. Selon le garde du corps, les cambrioleurs l'avaient effacé.

Bonnier revint vers Wright.

— Monsieur Wright, que pouvez-vous me dire sur les voleurs ? Un détail particulier ?

— À part un accent slave, je ne vois pas. Ils portaient un masque chirurgical. Le plus grand avait les yeux pers, l'autre était plus petit de taille, un jeune con. Visiblement, il suivait les directives du premier qui semblait être expérimenté. Quant à cette pute de femme de ménage, elle nous a bien baisés.

— Des noms ?

— Oui, je me souviens, rétorqua le garde du corps. Ils se sont présentés sous les noms de Naudin et Raoul Volfoni, un truc comme ça.

Bonnier les nota sur son calepin.

— L'un d'entre eux a été blessé pendant leur fuite. Je vais me rendre à l'hôpital pour faire le point. Je pourrai vous en dire plus demain lors de votre déposition.

— Parfait capitaine, répondit Wright. J'espère que vous saurez faire parler le blessé, car j'aimerais vraiment bien connaître le nom de celui qui a organisé ce vol.

— Mais vous n'avez pas une petite idée ?

Wright secoua la tête négativement.

Bonnier quitta le lieu du cambriolage et contacta son collègue et ami Gabriel Fangeau, de la DGSI[1], pour l'interroger sur Andy Wright. Absent, il lui laissa un message vocal. Puis il se rendit à l'hôpital Saint-Louis. Il présenta sa carte au policier qui assurait la garde de la chambre de la victime, et entra. L'homme était inconscient, entubé et perfusé, un monitor bipant à chaque battement de cœur. Bonnier remarqua qu'il avait la carrure et le morphotype slave. Cela dit, deux détails le frappèrent. Il avait une oreille coupée et portait sur l'avant-bras deux tatouages représentant un serpent, la face tournée vers un aigle à deux têtes enserrant un cœur. Ou du moins, ce qu'il en restait, car le type avait tenté de l'effacer sans trop de succès.

Aigle à deux têtes regardant dans deux directions opposées.

Cela devrait intéresser Rhino, se dit-il en photographiant l'homme.

Un médecin vint contrôler l'état de santé du patient. Compte tenu du regard interrogatif que lui lança le chirurgien, Bonnier anticipa la question :

— Bonjour, capitaine Bonnier, 3e DPJ. Êtes-vous le médecin qui l'a opéré ?

— Oui.

— Pronostic ?

— Il est solide, car en plus de l'impact de balle, de l'écrasement de la jambe, il souffre d'un cancer des poumons.

— OK. Une idée de l'heure où nous serons en mesure de l'interroger ?

— Pas avant plusieurs heures. Je vous ferai signe, bien sûr.

Bonnier prit congé en se disant que, d'ici là, ils auront le retour des prélèvements ADN et autres. Les bases

1. Direction générale de la sécurité intérieure.

devraient cracher quelques indices. Au moment de monter dans sa voiture, son téléphone afficha « Gabriel Fangeau ». Il décrocha.

— Gilles, ton gars est ce que l'on appelle un sublime connard. Un animal né intelligent dans une famille aisée du sud des États-Unis. Un type puissant, impitoyable et futé, avec un gros moteur financier sous le capot et une ambition démesurée. Seul le fric l'intéresse. Et le pouvoir, bien sûr. Je serai preneur de tes conclusions sur les différentes implications de ce cambriolage, qu'elles soient d'ordre crapuleux, ou plus si affinités... D'après ce que l'on m'a laissé entendre côté DGSE, il semblerait qu'avec sa société paramilitaire, il chercherait à se rapprocher du pouvoir russe et de Poutine.

— OK, je te remercie. Si j'ai du nouveau, je te fais signe.

Avant de tourner la clé de contact, Bonnier envisagea de transmettre l'ensemble des photographies de l'individu au colonel Rinocci, dit « Rhino ». Puis il se ravisa. Il était trop tôt. Il préféra attendre le retour des demandes transmises tous azimuts : Interpol, Europol, bases nationales.

Qui plus est, si Rhino commence à s'intéresser à ce type, il va me harceler et secouer ciel et terre.

Dans le fond, Rhino lui manquait un peu. Et la lutte contre les crimes contre l'humanité aussi. Cela faisait une année qu'il avait quitté le service pour obtenir une promotion. Encore une belle connerie de l'administration !

Bonnier rappela son patron pour lui faire un point de situation et lui signifier qu'il se chargerait de l'enquête si son service était saisi. Deux minutes plus tard, il reçut un SMS de la direction : « Substitut de permanence valide ta saisine ».

Paris – OCLCH – Porte de Bagnolet

9 août 2021

Le colonel Michel Rinocci, plus connu dans le milieu de la police judiciaire sous le surnom de Rhino, stoppa « *Rebel Yell* » de Billy Idol qui hurlait dans ses AirPods. Il avait poussé le son à fond, histoire de se donner du baume au cœur. Il s'immobilisa dans la cour de la caserne de gendarmerie pour rédiger un SMS à l'attention de David, son fils. Il allait appuyer sur la touche Envoi, quand il se demanda s'il n'avait pas forcé un peu le trait en écrivant : « Bon anniversaire, mon fils adoré… » Le mot *adoré* allait sûrement le faire bondir.

Tant pis !

Au moment où il présenta son badge pour ouvrir la porte, son téléphone vibra dans sa poche. SMS de David : « Adoré… Merci, mais je n'ai plus dix ans, papa. On se voit toujours à midi ? Restaurant habituel ? »

Cela n'a pas manqué. On connaît ses saints comme on les adore. Et il est prévoyant, le petit, au cas où son père oublierait l'heure du rendez-vous !

Réponse : « Oui, RDV à L'Akabeko. 12 heures. »

La vitre de la porte lui renvoya l'image d'un homme qui surmontait mal la fatigue. Il étira la peau de ses joues. Rien à faire. Ces plis d'amertume lui donnaient un air triste, voire dégoûté.

Cinquante-cinq ans. Ressenti soixante-cinq ! Les conséquences des horreurs passées, présentes et à venir !

Il ajusta ses fidèles chemise et blazer noirs et pinça, par sécurité, les minces agrafes rouge sang et bleues ornant le revers de sa veste, l'une pour la Légion d'honneur, la seconde pour l'ordre national du Mérite.

Eau chaude, eau froide, ou les témoins d'usure d'une carrière bien remplie. Trop, peut-être.

Il sourit en se remémorant la formule qu'un vieux sous-officier lui avait déclamée par le passé : « Les médailles doivent être portées d'abord pour faire chier ceux qui ne les ont pas. »

Ses cheveux poivre et sel coupés court, ses yeux noirs perçants et vifs, son visage taillé à la serpe lui donnaient une sorte de sévérité naturelle. Son allure respirait une belle assurance, sédimentée au fil du temps. Toutefois, cette forme de charisme pouvait assez rapidement se transformer en rudesse.

Dernier coup d'œil avant de pousser la porte. Son teint hâlé ponctuait les trois semaines de vacances passées en Ariège, sur ses terres. Chasse aux cèpes, photographie d'animaux, baignades et marches en montagne, toutes ces activités l'avaient requinqué. Pour la première fois de sa carrière, il se surprit à ressentir une boule au ventre à l'idée de reprendre du service. Comme pour beaucoup d'entre nous, la Covid lui avait permis de découvrir un autre rythme de vie. Un retour aux sources, à la nature.

Mais depuis quelques jours, une intuition, cette fameuse petite veilleuse qui ne le quittait plus depuis Sarajevo, lui intimait de rentrer. Il avait donc décidé d'abréger ses vacances.

Peut-être était-ce en lien avec cette histoire de dignitaire centrafricain ?

Il posa sa main sur son ventre. Les activités n'avaient pas eu vraiment raison de cet embonpoint naissant, qui semblait vouloir s'installer sur la durée. Il nota qu'en guise de bonnes résolutions pour cette rentrée, il devrait poursuivre ses efforts. C'est-à-dire s'octroyer six heures de sport minimum par semaine, trois consacrées à la pratique du Krav-Maga, et les trois autres sous forme de course à pied et vélo dans le bois de Vincennes.

Allez Rhino ! En avant ! L'énergie reviendra au contact des troupes.

Il poussa la lourde porte d'une austère bâtisse datant du XIXe siècle pour rejoindre ses bureaux situés sous les combles. Il gravit les escaliers de son pas lourd de montagnard, saluant au passage deux enquêteurs de la section de recherches de Paris, l'autre unité hébergée dans le bâtiment. Regards en coin. Un bonjour gêné du bout des lèvres.

Tiens ! Bizarre.

Il aimait arpenter les couloirs de cette unité de police judiciaire à laquelle il avait appartenu par le passé, et dont certains enquêteurs avaient constitué le noyau dur de l'Office central de lutte contre les crimes contre l'humanité au moment de sa création.

On les nommait le « canal historique ». Leur tableau de chasse : Paul Touvier, mort en 1996 à la prison de Fresnes ; John Demjanjuk, dit « Ivan le Terrible », accusé de crimes contre l'humanité, commis alors qu'il servait comme garde au sein de plusieurs camps d'extermination nazis ; l'Autrichien Alois Brunner, membre du parti nazi et officier SS, traqué sans relâche par Simon Wiesenthal et les enquêteurs français, mort en Syrie. Et enfin, ils avaient eu à gérer les nombreux dossiers liés à l'extermination des Tutsis au Rwanda.

Ainsi, ce fut tout naturellement qu'en 2013, la DG[1] avait confié à Rinocci le soin de monter de toute pièce

1. La direction générale de la Gendarmerie nationale.

ce nouvel office à l'acronyme imprononçable, à savoir l'OCLCH. Un enfantement dans la douleur ! Car certains officiers généraux considéraient que cette unité était un « nid à emmerdes », ce qui n'était au demeurant pas faux.

Aujourd'hui, l'unité étant sur les rails, le bureau personnel officier l'avait convoqué pour étudier avec lui la suite de sa carrière. La fiche le concernant déclinait les termes d'*impertinent, iconoclaste, caractériel*. Dans le fond, il préférait ces qualificatifs à « ramène-la-balle-quand-on-lui-lance »… Un impertinent constructif, voilà ce qui caractérisait le mieux Rinocci.

Encore deux ou trois années à grimper ces escaliers, et hop ! Chapeau mou.

Il déboucha sur le hall central du quatrième étage orné de grands posters rappelant, s'il en était besoin, le sens de leur action : la lutte contre l'impunité des crimes fondamentaux les plus graves. Ici, les murs frémissaient des échos des tortures, des crimes de guerre et des génocides qui déchiraient le monde. La barbarie s'invitait ainsi en permanence dans le quotidien des équipes d'enquêtrices et d'enquêteurs. Mais une devise était inscrite en lettres d'or sur le dessus de la porte principale : « *Hora fuit, Stat jus*[1]. »

Rhino continuait d'arpenter les couloirs.

Personne ?

Aucune âme qui vive.

Salle café ?

Idem.

En ce début de semaine, tous auraient dû boire leur café en se chambrant sur les tenues vestimentaires, la faute de goût du lundi qui n'épargnait personne, tout en devisant sur la dernière séance de cinéma, la série d'une plate-forme de streaming, ou la promotion de tel ou tel restaurant.

1. Le temps passe, la justice demeure.

Il jeta un œil à sa montre : 8 h 05.

Bizarre !

Il se servit un café serré et se dirigea vers la grande salle de réunion. Il poussa la porte et découvrit avec surprise qu'ils étaient tous réunis autour de la grande table. Il salua l'ensemble. La capitaine, Marion Tim, s'interrompit. Tous les regards se posèrent sur lui, puis se tournèrent vers l'angle de la pièce.

Alors, il remarqua la présence d'un général, confortablement installé dans un fauteuil, un calepin noir à la main, les jambes croisées. En l'apercevant, l'officier se dressa en silence. Il fit un signe de la main, signifiant à la cantonade qu'il n'était point nécessaire de se lever, ainsi que l'exigeaient les règles militaires. Il prit Rhino par le coude et l'entraîna dans le couloir.

— Général Louis-Marc Perrot de la Trancheriez, fit-il en tapant dans ses mains, de l'Inspection générale. N'étiez-vous pas censé rentrer dans quinze jours de permission ?

Rhino nota d'emblée que l'homme était doté d'un organe vocal au timbre aigu très désagréable, et qu'il essayait de prendre un air de sympathique faux cul. Il était grand et filiforme. Son uniforme de gendarme était parfaitement ajusté. Il avait les cheveux blonds, courts, avec une petite mèche hérissée sur le devant du crâne, un visage émacié, les yeux bleus.

— J'ai décidé d'abréger ma permission. Une intuition… L'Inspection ? C'est quoi ce délire ? interrogea Rhino en le toisant d'un regard dénué de toute expression.

— J'ai été mandaté par notre chef pour réaliser un audit sur votre unité et votre style de commandement.

— Je vous demande pardon ? Quel chef ?

— Le DG, notre guide suprême en a décidé ainsi.

Rhino reçut un magistral coup de poing dans l'estomac, mais tenta de demeurer stoïque en encaissant la nouvelle.

— Suivez-moi dans votre bureau, que j'ai réquisitionné pour les besoins de l'enquête. Plutôt austère, je dois avouer.

Rhino fit quelques pas en arrière, retourna dans le couloir, sortit le téléphone de sa poche et composa le numéro de son chef, le général Hubert Daviet, le sous-directeur de la police judiciaire. Quelques sonneries plus tard, son interlocuteur répondit :

— Salut Rhino. Comment vas-tu ? Comment se passent tes vacances ?

La voix enjouée de Daviet lui fit craindre le pire.

Il sait et masque, le salopard !

— Mes vacances ont été parfaites, en revanche le retour est moins sympathique.

Daviet le laissait venir.

— C'est quoi ce bordel ? Vous avez déclenché une enquête sur mon compte ?

— Je t'avais prévenu, Rhino. Ton dernier coup de filet réalisé dans le dos du DG[1] n'a pas été apprécié.

— Quel coup ?

— C'est bon… Ne me prends pas pour un con. Le type qui venait de République centrafricaine, que tu as choppé à la sortie de l'avion à Roissy ! Comment s'appelle-t-il déjà, celui-là ? Un truc genre Bokassa ?

— Jean-François Boganda ?

— Voilà. Le DG s'est fait remonter les bretelles par le MININT et le MEAE[2]. Du coup, cela l'a un peu comprimé là où tu sais, et il n'a pas attendu qu'elles décongestionnent. Tu n'as pas que des amis ici, tu le sais. Reconnais que tu as bien foutu la merde avec ton gars de République centrafricaine, et cette histoire d'enfants soldats, dont tout

1. Le Directeur général.

2. Ministère de l'Intérieur et le ministère de l'Europe et des Affaires étrangères.

le monde se contrefout, d'ailleurs. Aller le choper à la sortie de l'avion devant tous ses compatriotes, sans rendre compte à qui que ce soit, était une vraie connerie. Tout ça pour rien.

— Pour rien ?

— Oui, il a été ensuite placé sous contrôle judiciaire et s'est barré. La décision est tombée pendant tes congés. Je n'ai pas voulu te les gâcher. Voilà, tu sais tout. Maintenant, excuse-moi, mais on m'attend pour aller à la plage.

Rhino entendit clairement Mme Daviet râler, exigeant que son mari raccroche, car les enfants étaient insupportables.

— Il faudrait d'ailleurs que tu envisages ton avenir différemment. Tu pourrais très bien finir ta carrière jusqu'à la limite d'âge dans un état-major, genre en Midi-Pyrénées, histoire de préparer ta retraite, fit Daviet.

Ils ont déjà tout prévu.

— Vous pouvez vous toucher un moment avant que j'aille faire le pitre dans vos états-majors. Je vais démissionner.

— Rhino, ne le prends pas comme ça. Je te laisse. Amitiés.

Rhino revint au contact de Perrot de la Trancheriez. Il l'attendait un sourire narquois aux lèvres, assis sur le rebord de la fenêtre ouverte, en train de cracher la fumée. Il balança le mégot d'une pichenette.

— Satisfait de votre petite conversation avec le sous-directeur ? Alors ? Ce poste en Midi-Pyrénées ? Au moins, cela m'aura donné l'occasion de faire ma pause clope ! Jamais plus de sept par jour. Une consigne de ma femme !

Rhino le fixa et se leva en silence.

— Où allez-vous ?

— J'ai du travail. Faites votre enquête.

— Elle est quasiment terminée. Je vais rendre mes conclusions au DG, mais si cela ne tenait qu'à moi, vous seriez viré depuis longtemps. Je vous ai à l'œil, et à la moindre connerie, je n'ai qu'un mot à dire et basta le Rhino. D'ailleurs, Rhino, quel surnom idiot.

Perrot de la Trancheriez suspendit sa phrase, attendant une éventuelle réaction. Rhino se retourna, le visa et sortit du bureau. Il se dirigea vers la salle de réunion et en poussa la porte. Comme de coutume, à chaque période estivale, seule la moitié des effectifs étaient présents pour assurer la continuité opérationnelle.

Rémy Martinez, adjudant-chef de son état, élancé et coureur de fond, lui tendit un café, compatissant. Le major Romuald Sinpère tira une chaise et s'assit lourdement. Trapu, rugbyman, du « Sud-Ouest » pur jus, il était le spécialiste de l'Afrique et appartenait au canal historique de l'office. Il était secondé par Véronique Gladys, la policière récemment affectée. En provenance de la SDAT[1], du haut de son mètre soixante-deux, elle avait rapidement pris ses marques au sein de la DCH[2]. Elle était installée aux côtés de Julien Breton. Originaire des Vosges, il était grand de taille, mais aussi d'esprit. D'humeur toujours égale, procédurier hors pair, il représentait la prise de terre du groupe Afrique.

Rhino tira une chaise, s'assit et fixa la capitaine Marion Tim. Il lui demanda de lui faire un point de situation, en prenant soin de rajouter : « puisque vous êtes parmi nous ». Elle se racla la gorge et passa en revue tous les dossiers. Syrie, Rwanda, Afrique, Afghanistan, la liste des pays, lieux d'atrocités, n'en finissait plus de s'allonger. Cent cinquante dossiers d'enquête au compteur à ce jour. Elle clôtura son briefing et se tourna vers le chef

1. Sous-direction antiterroriste.
2. Division crimes contre l'humanité.

d'escadron Rafik Lahad pour lui céder éventuellement la parole. Il lui fit un signe négatif de la tête.

Ancien analyste de la DGSE[1] et du C3N[2], âgé de trente-deux ans, Rafik, d'origine libanaise, était le spécialiste des nouvelles technologies, OSINT[3] et téléphonie. Lors de sa prise de commandement, quatre années plus tôt, Rhino avait pris la mesure de la capacité à suivre dans l'espace numérique les *digital footprints*[4]. Rafik parlait plusieurs langues, dont l'arabe, ce qui rendait de nombreux services à l'OCLCH. Célibataire endurci, d'apparence assez ordinaire, ni trop maigre, ni trop gros, ni très laid, ni très beau, son visage était en partie mangé par une barbe parfaitement taillée, démontrant sa rigueur. La seule touche originale du personnage demeurait le soin particulier qu'il portait à sa tenue. En effet, il était vêtu en permanence, et ce quelles que soient les conditions de travail, de magnifiques costumes. L'héritage familial d'un père maître tailleur.

— Parfait, la réunion est clôturée. Capitaine Tim, dans mon bureau, ordonna Rhino.

Les uns et les autres s'observèrent. L'adjudant-chef Martinez se leva pour se diriger vers la salle café, déclenchant le mouvement général.

Rhino aperçut Perrot de la Trancheriez qui, le téléphone à l'oreille, descendait les escaliers pour rejoindre ses bureaux situés au centre de Paris. Soulagé de ne plus l'avoir entre ses murs, il poussa la porte de son antre, pesta contre l'odeur de cigarette qui y régnait et s'affala dans son fauteuil. Il entendit frapper à la porte. Après y avoir été invitée, la capitaine Marion Tim tira une chaise

1. Direction générale de la sécurité extérieure.
2. Le centre de lutte contre les criminalités numériques de la Gendarmerie nationale.
3. Open Source Intelligence.
4. Les traces laissées dans le monde digital.

avec délicatesse et s'assit sur le bord, prête à bondir. Rhino lui trouva un port de tête élégant. Sa stature svelte lui donnait une belle silhouette dessinée par un petit tailleur noir. Elle ne faisait pas ses trente-cinq ans. La pratique du sport de compétition transpirait dans sa démarche féline. Et pas n'importe lequel. Elle était championne de France d'escalade. Cet aspect de son CV ne fut pas forcément pour lui déplaire. Lors de leur premier entretien, deux mois auparavant, il avait passé un coup de fil au commandant de groupement, supérieur hiérarchique de Marion, qui n'avait pas mâché ses mots. La capitaine Marion Tim était une chieuse caractérielle, très professionnelle, indomptable. Rhino s'était dit que, finalement, elle avait quelques qualités… Mais son inexpérience en matière de police judiciaire avait eu raison de sa candidature.

— Je peux savoir ce que vous foutez là ?

Marion le toisa, les doigts crispés sur ses genoux.

— J'ai rejoint l'office, le bureau personnel officiers a finalement décidé que je devais prendre ce poste.

— Contre mon avis. J'avais refusé votre mutation.

— Apparemment, répliqua la capitaine.

— Vous avez conscience que votre faible expérience en matière de police judiciaire va vous handicaper sérieusement, surtout pour le poste de cheffe de la très renommée DCH[1] !

— Oui, mais je vais rattraper mon retard, vous pouvez me faire confiance, mon colonel.

— J'en doute. En plus…

— En plus quoi ?

— Vous êtes seule avec votre fille.

— Ce problème est réglé, car la femme de Rémy Martinez va se charger de lui en cas d'absence.

Silence.

1. Division crimes contre l'humanité.

— Je sais ce que vous pensez.

— Ah ? Et je pense quoi ? fit Rhino.

— Que la mort de mon mari en service m'a permis d'accéder à ce poste. Que je l'ai obtenu par charité gendarmique.

Silence.

— Je reconnais qu'il s'agit d'un drame affreux, lâcha Rhino un peu déconcerté.

— Je suis ici, car mes parents ont vécu l'horreur sous le régime cambodgien de Pol Pot, et je suis convaincue de notre mission, à savoir rétablir les victimes d'atrocités dans leurs droits.

Silence.

— OK. Voyons alors. De toute façon, le coup est parti… Mais à la moindre connerie, c'est retour chariot.

— Il n'y en aura pas. Je peux partir ?

— Oui.

— Encore une chose !

— Oui ?

Marion se retourna.

— Pour votre mari, c'était son baptême du feu ?

— Oui. Le forcené ne lui a laissé aucune chance. Ce type était un survivaliste qui allait faire brûler sa maison avec sa femme et ses enfants à l'intérieur.

— Une action héroïque. Bonne chance, Marion.

La gorge nouée, elle quitta précipitamment la pièce pour masquer l'émotion que ses mots venaient de provoquer en elle, ravivant le souvenir d'Antoine. De leur union était née Margaux, leur fille autiste.

Rhino attendit qu'elle ferme la porte et déroula le film d'une vie antérieure.

À chacun son baptême du feu…

Bosnie-Herzégovine – Sarajevo
6 septembre 1994

Coup d'œil par le hublot. À plusieurs centaines de mètres sous le gros transporteur de fabrication russe, Michel aperçut les montagnes boisées qui défilaient à grande vitesse. L'ONU avait pour habitude d'affréter ce type d'appareil pour le transport de troupes et de matériel.

Plusieurs heures auparavant, il avait été accueilli sur la piste de l'aéroport de Zagreb par un pilote ukrainien en tongs et en combinaison kaki, dans laquelle il avait glissé deux petites bouteilles de vodka. En survolant la Bosnie-Herzégovine, dans le bourdonnement assourdissant de l'avion et les odeurs de graisse et de kérosène, il réalisa que l'heure n'était plus aux balles à blanc. Les images collèrent au hublot : celles de ces bâtiments en feu, de ces Sarajéviens en souffrance, dans un pays qui accueillit les Jeux olympiques en 1984.

Ça y est ! J'y suis ! Cette fois-ci, c'est le baptême du feu. Le vrai !

Le regard dans le vague, il songea au chemin parcouru depuis sa formation d'élève sous-officier à l'École militaire de haute montagne, passage obligé pour réaliser son rêve d'enfant : devenir un chasseur alpin et surtout rejoindre les sections de renseignement, héritières des sections d'éclaireurs skieurs issues des maquis de la Seconde Guerre mondiale, l'élite des cadres des bataillons de chasseurs alpins.

Trois ans plus tard, changement de cap. Le colonel, chef de corps du bataillon, l'avait convoqué. Dans un entretien très militaire, il lui avait expliqué que sa place était plus au commandement qu'à « pousser sur les bâtons ». Dans l'armée, on sait faire votre bonheur malgré vous... Alors, il avait réussi le concours pour devenir officier et intégrer pour deux années de formation l'École militaire interarmes à Coëtquidan, dans la lande bretonne. Avec une seule idée fixe : rejoindre au plus vite Les Diables bleus[1].

Michel jeta de nouveau un œil à l'extérieur. Il sentit au fond de lui une boule de peur. Soudain, l'avion perdit en plusieurs secondes des centaines de mètres d'altitude. Le cœur soulevé, Michel fut pris d'angoisse. Un membre de l'équipage lui montra la trace d'un impact de 20 millimètres qui venait de traverser la carlingue et lui hurla que l'atterrissage était imminent.

Choc des roues sur le tarmac. Immobilisation de l'appareil. Michel observa la rampe arrière du gros porteur descendre, quand il reçut une grande claque sur le sac à dos.

— Magnez-vous, mon lieutenant ! Bonne chance ! crut-il entendre.

Il s'engagea sur la rampe. Sur le côté droit, à la sortie de l'avion russe, il aperçut des véhicules blindés formant un mur. Depuis le cockpit, le pilote ukrainien lui fit un signe d'encouragement avec sa bouteille de vodka.

Michel courut comme un dératé, entraîné par le souffle de l'avion, étourdi par le vacarme, supportant son imposant sac à dos, son casque en kevlar sur le crâne et son gilet pare-balles. En poussant la porte déglinguée du hall, il entendit un claquement sec. Une balle venait de se ficher dans le mur au-dessus de l'entrée principale.

Putain, on me tire dessus ! Bonjour l'accueil.

---

1. Surnom donné aux chasseurs alpins.

Il aperçut l'adjudant Martial Cayre, membre de l'unité de recherche humaine 27[1] (URH 27) de la division alpine. Il l'attendait assis sur un gros bidon d'huile kaki. Il vint à sa rencontre la main tendue.

— Bienvenue en enfer, mon lieutenant, annonça-t-il avec son petit accent du Sud-Ouest.

Michel lui porta un coup d'épaule amical. Il appréciait Martial. Au premier contact, il avait été séduit par cette personnalité hors du commun.

Berger dès l'âge de seize ans, passant ses journées à arpenter la montagne pyrénéenne, Martial était ce que l'on appelle une force de la nature, et ce, malgré sa petite taille. En quittant ses Pyrénées natales, il avait intégré le 27e bataillon de chasseurs alpins. Mais compte tenu de sa puissance physique, et de son cœur battant à quarante pulsations par minute, il avait intégré la section de renseignement. Ses quarante-cinq ans ne semblaient pas avoir de prise sur lui. Seul son rôle de père de famille lui avait quelque peu grisonné les tempes. Martial était le MacGyver de l'équipe. Il aurait pu être officier, mais son franc-parler avait déplu à ses supérieurs. Dire tout haut ce que d'autres pensent tout bas a un coût. Il était pour le moment bloqué au grade d'adjudant.

— Merci, Martial, répondit Michel. J'ai rêvé ou je viens de me faire tirer dessus ?

— Non, vous n'avez pas rêvé.

— C'est toujours comme ça ?

— Oui, et ça pourrait être pire.

— Serbe ou Bosniaque ?

— Qui sait ? Vous comprenez pourquoi vous ne quitterez plus jamais votre casque et votre gilet pare-balles. On y va ?

---

1. Actuellement GCM (groupement de commandos de montagne).

Michel suivit son coéquipier dans une succession de halls, tous plus sombres les uns que les autres et désertés de toute âme, jonchés de multiples débris de verre et ferrailles diverses. Ils débouchèrent sur ce qui avait été un parking. Ce n'était plus qu'une étendue de goudron sale et huileuse, mouchetée d'impacts d'obus. Il était ceinturé de fortifications composées de sacs de sable, de grilles de métal, de véhicules blindés plus ou moins blancs, sur lesquels était inscrit en lettres majuscules noires « UN », pour United Nations.

Michel perçut la chaleur moite qui régnait, typique du climat continental d'Europe centrale. Martial montra du doigt leur Jeep. Après avoir posé son sac à dos et sa musette à l'arrière du véhicule militaire, Michel embarqua.

— Quel est ce canon qui dépasse de votre sac ? interrogea Martial.

— C'est un fusil à pompe. Petite précaution supplémentaire. Un calibre 12 avec tous types de munitions, de la gomme à la chevrotine. Ce qui est intéressant avec ces armes, c'est le claquement sec de l'armement du fusil. Ça fait réfléchir ton interlocuteur, répondit Michel avec un large sourire.

L'adjudant enclencha la première, la Jeep toussa un peu. Il franchit les différentes chicanes gardées par des commandos de l'air. Michel leur fit un signe amical. Ils laissèrent la base sur leur droite, armée par des légionnaires et transformée en camp retranché pour gagner Sarajevo.

— Que faisons-nous ?

— On passe à Tito Barracks, car je dois aller me présenter au chef de corps, et ensuite on retrouve Gérard sur Igman.

Martial doubla une carriole de foin tirée par un cheval et rejoignit le centre-ville par un échangeur de voies rapides. D'emblée, Michel fut impressionné par la désolation qui l'environnait. Carcasses calcinées de voitures, tramways ouverts en deux, boîtes de conserves, multiples débris jonchaient les rues. Martial contourna un bus renversé et un char T 55 russe auquel il manquait les chenilles. Sa tourelle pendait sur le côté. Michel s'essuya le front. Des odeurs de brûlé flottaient dans l'air.

Certains arbres décharnés, qui avaient survécu aux deux hivers de siège, tentaient tant bien que mal de conserver leurs feuilles. La grisaille était partout. Dans les cœurs, dans les esprits. Son regard croisa celui d'une jeune fille qui jouait sur le bord la route. Elle lui fit un petit geste de bienvenue… sans sourire.

À l'entrée de Sarajevo, certains bâtiments avaient été durement touchés par les nombreux tirs d'obus, deux cent cinquante par jour lui avait-on dit. Dorénavant insensibles à l'indifférence de l'ONU, ces tours tentaient de se maintenir droites et fières face à la barbarie qui les encerclait depuis maintenant plus de deux ans. Sarajevo n'avait pas le choix, soit elle se rendait, soit elle combattait. Elle avait choisi la seconde option, la résistance pour ne pas disparaître.

Martial le tira de ses pensées.

— Cela change de nos Alpes ! Voilà Tito Barracks, dit-il en montrant une caserne située à l'entrée de la ville. Nous la partageons avec l'armée bosnienne.

Quinze minutes plus tard, le lieutenant Michel Granier-Rinocci pénétrait un long couloir assombri par des matelas anti-sniper, menant à la salle opérationnelle et dans la chambre-bureau du chef de corps du bataillon, le colonel Maurice Maletraz. Il l'aperçut courir dans tous les sens. L'officier supérieur avait la réputation d'être assez caractériel, il ne prenait jamais de gants pour dire ce qu'il pensait et surtout, il n'en faisait qu'à sa tête.

Chauve et longiligne, il était un excellent montagnard. Une légende disait qu'il était sorti indemne d'une avalanche avec sa section de chasseurs alpins dans le massif du Mont-Blanc. 100 mètres de front, seul enseveli, ses hommes avaient utilisé leurs bâtons pour sonder la neige et l'un d'entre eux avait senti une résistance. Il venait d'appuyer sur la main du capitaine Maletraz… Il se considérait comme un miraculé et en gardait une vision de la vie sans concession dans ses relations, mais aussi l'idée que Dieu avait peut-être un projet le concernant.

La formule, qu'il ne cessait de répéter à qui voulait ou devait l'entendre, était : « Quand tu n'as plus peur de la mort, tu as encore moins peur de la vie. »

— Mes respects, mon colonel, lança Michel dans un salut impeccable. Lieutenant Michel Granier-Rinocci, unité de recherches humaines 27.

— Ah, quand même, ce n'est pas trop tôt ! hurla-t-il tout en déambulant. On ne vous attendait plus. Salut, soldat. Bienvenue à bord. Il y a du boulot ! Je n'ai pas beaucoup de temps à vous consacrer. Mais je vais vous résumer la situation et ce que j'attends de vous.

Michel nota qu'il parlait par rafales.

— Bon ! Le bataillon a reçu une mission essentielle d'interposition. Vous l'avez vu, l'encerclement de Sarajevo est presque total. Il nous revient de nous positionner entre les combattants, sur le mont Igman. L'objectif : maintenir un corridor de communication et d'approvisionnement entre la ville et le reste du pays. Ainsi, le sort de Sarajevo dépend directement de la façon dont le 5e bataillon, dit « bataillon Igman », remplit sa mission…

Il se déplaça vers une immense carte installée sur l'un des murs, prit un stick et continua sa démonstration :

— Le bataillon Igman comprend environ vingt-deux emprises réparties sur 280 km². Plusieurs problèmes : d'abord, les unités sont le plus souvent isolées, installées entre 1 100 et plus de 2 000 m d'altitude, dans une région montagneuse réputée pour les rigueurs de son climat. Les –20 °C à –30 °C n'y sont pas rares avec des vents de 50 à 180 km/h, et, bien sûr, l'enneigement hivernal. Dans ce contexte, nous devons patrouiller de jour comme de nuit, pour intercepter les infiltrations des belligérants, dénombrer les tirs, etc., sur les 100 km² de zone démilitarisée à contrôler, la fameuse *Demilitarized Zone*[1].

Maletraz s'interrompit et retourna s'asseoir derrière son bureau. Il ouvrit son tiroir, sortit une cigarette, un verre et le remplit à moitié de whisky. Il soupira.

— Ici, on est seuls, mon ami. Diplomates et politiques ont déserté la zone. Je perds mon temps à négocier pour tout et rien. L'ONU est une coquille sans âme, incapable de définir une stratégie qui tienne la route. Si vous voyez les conneries que je peux recevoir par fax, des trucs du genre « *riposter mais sans tirer* » ou « *résister autant que possible, mais sans vous mettre en danger* ». Vous voyez le truc ?

Il sourit à sa propre blague. Il avala une nouvelle rasade. Michel fit une moue de la tête, sentant bien que l'ambiance n'était pas à la contradiction. Le colonel montra du doigt une succession de chiffres et de dates qui semblaient ne jamais s'arrêter, étalés sur un grand tableau blanc.

— C'est la liste des comptes-rendus des violations de cessez-le-feu. Dans cette merde, rien n'est manichéen, avec d'un côté les bons, de l'autre les méchants. C'est une guerre en forme de triptyque où les alliances se font et se défont en fonction des rapports de force dans chaque

1. DMZ. Une *demilitarized zone* établie par la résolution 824 de l'ONU, créant ainsi, en mai 1993, six zones de sécurité : les villes de Sarajevo, Tuzla, Zepa, Gorazde, Srebrenica, Bihac et leurs environs.

région. On ne sait jamais comment les choses vont tourner. Un vrai bordel, je vous le dis, Granier-Rinocci.

Il sortit de son tiroir gauche un calepin, nota quelques phrases et le remit à sa place.

— D'ailleurs, dit-on Granier ou Rinocci ? Ou les deux ?

— On garde en général le premier nom, Granier.

Quelqu'un frappa à la porte.

— Entrez, hurla Maletraz.

— Mes respects.

Un officier pénétra dans la pièce. Il tendit un dossier à Maletraz en jetant un œil sur Michel.

— Le capitaine Bertrand Lamy, mon aide de camp.

Michel se leva pour le saluer. Poignée de main sèche mais vigoureuse. Le capitaine le dévisagea avec dédain. Tout en lui transpirait rigidité et puritanisme. Le colonel signa quelques documents et tendit le dossier au capitaine, qui le salua et fit un demi-tour réglementaire.

Maletraz demanda à Michel d'abandonner sa tarte, son béret des chasseurs alpins, au profit du béret bleu de l'ONU. Puis il se leva et se dirigea vers la carte de la région de Sarajevo. Il prit un stylo et montra une zone. Michel s'approcha.

— Je pense que des Bosniaques s'infiltrent par là. J'aimerais bien que vous me confirmiez l'histoire et me rameniez des preuves que je pourrais leur foutre sous le nez. C'est à votre portée ?

— Je pense que oui.

Michel prit congé et, un instant plus tard, il embarqua dans la Jeep avec son béret bleu sous l'œil narquois de Martial.

— Alors ? Bien passé ?

— Nickel la mise en bouche. Maletraz vient de nous confier une mission test, histoire de voir ce que l'on a dans le ventre. Pour le moment, direction Igman.

***

Arrivé vers l'ouest de Sarajevo, le paysage était moins agressif. On retrouvait les collines verdoyantes où paissait du bétail. La transition était surprenante. Martial attaqua les contreforts du mont Igman et ses forêts aux essences d'arbres multiples. Une heure plus tard, la voiture débouchait sur le plateau de Malo Polje et sur l'ancien site olympique où l'équipe était installée. Le lieu avait dorénavant des allures de camp retranché avec ses barbelés, et était ceinturé de mines éclairantes.

Michel observa le tremplin olympique, symbole de l'amitié et de l'universalité. Il n'était plus qu'une grande langue percée de toutes parts, tirée à la face de l'Europe et du monde.

À 100 mètres de là, il aperçut Gérard réalisant ses exercices physiques quotidiens. Il s'était aménagé un espace avec barre de traction, un autre pour les pompes et les abdominaux. Torse nu, il n'avait visiblement pas fondu au plan musculaire. Il s'interrompit et vint à leur rencontre.

Vosgien, il était devenu bûcheron par tradition familiale. Mais, suite à son service militaire dans les chasseurs alpins, Gérard avait bifurqué vers la carrière des armes et le renseignement. Grade de sergent, il était un colosse de 2 mètres. Sa taille contrastait parfois avec son élégance et son humour décapant. Il était aussi un excellent cuisinier, ce qui était une qualité pour le moins utile pour améliorer l'ordinaire des rations de combat.

— Bienvenue chez vous, mon lieutenant, dit-il en montrant leur lieu de vie.

La cabane, composée de rondins de bois et de matériaux de construction, était encerclée de sacs de sable de protection. L'intérieur avait été aménagé : des poêles, un coin restauration, un dortoir, des bureaux, des meubles et le laboratoire de photographie pour développer les images prises lors des missions de renseignement. Le matériel de transmission cryptée pour les liaisons longue distance était rangé à côté des parapentes et de l'armement.

Ma cabane au Canada, mais en temps de guerre.

Une pancarte sur laquelle était sculpté le mot : « *La tanière* ».

En pénétrant dans l'abri, Gérard lui tendit le message qu'il venait de recevoir de Soleil 73, le colonel Maletraz. « Quand avez-vous prévu de vous mettre au boulot et de me localiser les infiltrations bosniaques ? »

Michel déchira le message.

Soleil 73 ? Pourquoi pas Lune 69 ?

Cinq minutes plus tard, les cartes étaient étalées sur la table en vue de préparer la mission du lendemain. Le mont Igman était composé de deux parties. Au nord de Bjelašnica, le massif était verdoyant, avec des forêts de résineux sur les hauteurs et de feuillus en descendant vers Sarajevo. Au sud, la végétation disparaissait, le terrain devenait minéral. C'était la raison pour laquelle le siège de la 1re compagnie du bataillon Igman était surnommé « la base lunaire ». Le départ serait prévu à 6 heures.

À l'issue du briefing, Michel décida de rédiger un journal de marche. Il ouvrit un grand cahier vert kaki sur lequel il avait inscrit en majuscules son nom, et écrivit ses premières impressions.

Bosnie-Herzégovine – Mont Igman

7 septembre 1994

5 h 30. Michel buvait en silence son café, y trempant sa tranche de pain de guerre. Le poêle à bois, qui crépitait dans l'angle de la pièce de vie, répandait sa chaleur douce et réconfortante.

« Pain de guerre » ! Curieuse expression pour un symbole de paix et de partage. Il entendit les voix de Gérard et Martial préparant le matériel à l'extérieur de la tanière. Jumelles Steiner, longue-vue, appareil de photographie, transmissions considérées comme sensibles et armements trouvèrent leur place au fur et à mesure dans le VBL[1].

Il sortit et ses poumons se remplirent des fragrances de la forêt. Les senteurs des feuilles humides, le parfum des résineux se marièrent à la fraîcheur de l'air pur. Elles lui rappelèrent son Ariège natale, les départs matinaux avec son père pour la chasse à l'isard. Il frissonna. Il avait plu toute la nuit et un brouillard de nacre métallique s'était emparé du site de Malo Polje.

En silence, ils grimpèrent dans le VBL estampillé « UN », et se dirigèrent vers les différents postes tenus par d'autres chasseurs alpins pour les questionner sur la détection d'éventuelles infiltrations. Roulant sur le chemin chaotique, l'équipe découvrait le spectacle d'une nature

1. Véhicule blindé léger.

époustouflante. Parfois, apparaissaient çà et là quelques rustiques cabanes de bergers au toit de tôle.

La piste traversa un village dont les rares murs encore debout portaient des traces de combats. Ils stoppèrent le véhicule pour fouiller le lieu. Dans l'une des maisons calcinées, ils découvrirent des boîtes de ration et un feu éteint. Michel remarqua au loin une pierre tombale imposante, de 2 mètres environ, accolée à une cabane. Cette tombe était taillée dans un bloc de calcaire, sur lequel étaient sculptées une croix, des formes géométriques circulaires et une épée de chevalier. Sur la partie gauche, il repéra d'autres monuments quasi similaires.

— Incroyable ! Savez-vous ce que représente cette pierre tombale ?

— Aucune idée, répondit Martial.

Gérard fit un signe négatif de la tête, en les prenant en photo.

Après trente minutes de piste, ils découvrirent au loin l'un des postes. Les militaires avaient construit de solides abris alliant rondins, barbelés, parpaings et sacs de sable en prévision de l'hiver, mais surtout pour se protéger des tirs des belligérants. À l'entrée du camp, Michel remarqua un portique en bois surmonté d'un crâne de bélier. Sur le flanc de la montagne, des pierres avaient été disposées au sol pour matérialiser le nom du bataillon. Une vieille tradition.

L'adjudant Maistre, souriant, vint à leur rencontre. Devant un café serré, interrogé sur la situation dans son secteur, il confirma les infiltrations et avait d'ailleurs augmenté la fréquence des patrouilles à pied ou en engins blindés. Il lui semblait que les Bosniaques sondaient les lignes en vue d'un éventuel coup de force. Il ajouta que ses hommes avaient perçu, la nuit précédente, des mouvements au loin, principalement du côté bosniaque, en limite de zone démilitarisée, au-dessus de la route venant de Sarajevo *via* Krupac. Michel proposa à l'équipe URH de reconnaître ce site en priorité. Ils abandonnèrent le véhicule pour patrouiller à pied.

Ils marchaient depuis une bonne heure dans le brouillard quand Gérard détecta une sorte de cheminement dans l'herbe foulée aux pieds. Ils le suivirent jusqu'à atteindre une épaisse forêt. Le feuillage formait une arche au-dessus de leur tête qui les écrasait. L'obscurité et le silence se firent pesants. Aucun mouvement, aucun oiseau. Au bout de vingt minutes de progression dans ce tunnel végétal, ils atteignirent une clairière.

Martial remarqua la présence de quelques boîtes de conserves au sol. Michel fit alors un tour du site.

— Je crois que l'on tient quelque chose, là, dit Michel en montrant un grade en tissu abandonné derrière une souche.

Puis ils découvrirent d'autres indices de passages, en l'occurrence des insignes de bataillons de l'ARBH[1].

— Pourquoi ont-ils balancé leurs insignes et leurs grades ? demanda Gérard en s'emparant du GPS pour pointer le lieu de cantonnement.

— Je n'en sais rien, répondit Martial en prenant des photos. Peut-être pour s'anonymiser lors de leurs opérations commandos sur les postes serbes.

— Je vais faire une reconnaissance plus loin.

— Je vous le déconseille, prévint Gérard. Il est plutôt souhaitable de demeurer ensemble.

— Ça va aller, fit Michel d'un air sûr de lui.

Il s'enfonça un peu plus en profondeur dans la forêt et déboucha sur un chemin bordant le bois. De cet endroit, il pouvait voir la route de Krupac. Il sortit ses jumelles et observa les lisières quand, sous l'effet d'un vent fort, le

1. Armée de la république de Bosnie-Herzégovine.

brouillard se déchira. Il entendit des claquements secs et saccadés. Des projectiles percutèrent les rochers autour de lui, projetant une multitude d'éclats de pierre.

Putain, mais on me tire dessus !

Par réflexe, il se plaqua au sol et sentit quelques picotements dans sa jambe droite. Il y porta la main et remarqua que ses doigts étaient maculés de sang.

Merde, je suis touché.

Il scruta le terrain autour de lui.

Rien. Impossible de se cacher derrière un quelconque obstacle.

Les tirs redoublèrent d'intensité, l'encadrant. Son pouls et sa respiration s'accélérèrent. À plat ventre, il rampa pour se mettre à l'abri derrière une misérable butte de terre, prenant conscience que cette manœuvre était parfaitement illusoire. Il était pris au piège. Les balles sifflaient autour de lui.

À combien de mètres le tireur se trouve-t-il ?

Les éclats retombaient sur son gilet pare-balles qui, il le savait, lui serait d'un maigre secours en cas d'impact direct dans l'épaule. Pris de panique, ses mains se mirent à trembler. Le tueur ajustait son arme. Il le savait. Il allait bientôt faire mouche.

J'ai rendez-vous avec la mort, ou pire, une mutilation horrible.

Fin de vie.

L'hydre qui enflait au fond de lui l'enserrait, l'étouffait. Nouveau fracas de projectiles brûlants. Soudain, il perçut des cris au loin. Quelqu'un hurlait son nom. Michel ne réagit pas. Paralysé, ses yeux se voilèrent.

À moins que ce ne soit le brouillard qui se referme sur moi…

Il distingua des claquements d'armes à feu provenant de sa droite et, quelques secondes plus tard, il se sentit arraché et traîné au sol. Ses tempes bourdonnaient, ses pieds tapaient sur le sol caillouteux.

La mitraille céda la place au silence, le sniper avait décroché, à moins qu'il n'eût été touché. Martial s'empara de la radio pour appeler des renforts et les secours, mais se ravisa. Michel vit dans le regard gêné des deux hommes que quelque chose clochait, et il comprit pourquoi quand il sentit l'humidité au niveau de son entrejambe.

Je me suis pissé dessus. Fait chier.

Un sentiment de honte envahit alors Michel qui se prit la tête entre les mains.

— Pas besoin d'appeler les secours. La blessure est superficielle.

Martial opina du chef. Ils rejoignirent le poste et leur VLB pour quitter la zone. Michel se remémora ses réflexions dans l'avion transport de troupes, la veille.

Baptême du feu ! Baptême d'urine… Quelle humiliation !

En route, aucun mot ne fut prononcé jusqu'à ce que Michel ne décide de rompre le silence.

— Je vais demander mon rapatriement en France.

— Ne faites pas cela mon lieutenant, rétorqua Gérard du tac au tac.

— J'ai été en dessous de tout. Lequel de vous deux est venu me chercher ?

— C'est moi, répondit Gérard. On a appliqué des feux sur le secteur du tireur et j'ai profité d'une nappe de brouillard qui a enveloppé la zone. Son AK-47 a dû peut-être s'enrayer ?

— Merci. Vous m'avez sauvé la vie.

— Cela aurait pu arriver à chacun d'entre nous. Vous venez de subir le baptême du feu. Et cela restera au sein de l'équipe. Ou au sein de la 27e division alpine, crut-il bon de rajouter pour blaguer.

Michel regarda son pantalon taché. Il posa son sac à dos dessus.

— En revanche, la prochaine fois, évitez de faire votre guerre, accusa Gérard.

Michel ne répondit pas. *La tanière* était en vue. Il était rongé par le déshonneur.

— Fais demi-tour. On y retourne, annonça Michel.

— Vous n'êtes pas sérieux, mon lieutenant ? interrogea Martial.

— Si. Vous me couvrez, je veux savoir ce que ce ou ces tireurs foutaient là.

Martial et Gérard se regardèrent et obéirent.

Trente minutes plus tard, de nouveau sur zone et appuyé par ses coéquipiers depuis le VBL, Michel s'approcha en lisière du bois jusqu'à atteindre le chemin où il s'était fait tirer dessus comme un lapin.

Aucun tir.

En progressant à couvert, il buta contre un câble noir caché sous les feuilles. Pensant de prime abord à une mine antipersonnel, il s'immobilisa pour analyser la situation, le cœur battant la chamade.

Putain, ce n'est pas ma journée.

Il se pencha et s'empara délicatement du câble.

On dirait le fil d'une liaison de communication.

Rassuré, il le suivit et découvrit qu'il passait dans une goulotte aménagée, à l'endroit où était embusqué le tireur. Il héla son équipe pour qu'ils puissent procéder aux relevés GPS et prendre des photos.

***

De retour au campement, Michel envoya son compte rendu quotidien, signalant la présence du câble de transmission, et consacra le reste de la journée à rédiger le rapport pour le colonel Maletraz. Les photographies furent développées dans leur laboratoire de fortune. Michel tentait de se concentrer sur sa tâche, mais il n'arrivait pas à se départir du sentiment d'humiliation qui le submergeait. Chaque regard en coin, chaque silence laissaient libre cours à son interprétation. Il s'empara de son journal de bord et coucha sur le papier sa honte.

Le lendemain, il embarqua dans le VBL pour remettre le fruit de leurs investigations au colonel Maletraz. Martial, tout en conduisant, posa sa main sur l'épaule de Michel.

— Vous n'allez pas faire une connerie ?

— Je n'en sais rien. Je verrai sur le moment.

— Vous avez notre entière confiance, mon lieutenant. Ces derniers jours ont été fatigants pour vous, avec beaucoup de tensions, le voyage, la hiérarchie…

Silence.

— La peur est une réaction normale et naturelle. On ne peut pas la vaincre totalement, mais on peut la maîtriser en se connaissant bien. Ne faites pas cela, n'abandonnez pas pour si peu, poursuivit Martial en prenant un virage en épingle à cheveux.

Sarajevo – Tito Barracks

Michel pénétra dans le bureau de Maletraz.

— Ah, vous voilà ! Bien joué, Granier. Touché coulé. Je savais que je pouvais vous faire confiance. D'abord, vous me détectez les infiltrations et leurs modes opératoires, je vais pouvoir le mettre dans les dents des Bosniaques. Ensuite, la découverte du câble ! Ça, c'est un bon coup. Dès que j'en ai été informé, j'ai dépêché les militaires, des « grandes oreilles ». Ils ont installé un téléphone de campagne pour tester la ligne. Et là… Bingo ! Ça parle, et plutôt beaucoup. Ce câble de transmission vient de la zone bosniaque. J'ai ordonné que des vacations de plusieurs heures soient organisées sur l'axe, avec des linguistes et des patrouilles. Nous allons pouvoir obtenir de nombreux renseignements sur les forces en présence, leur moral et leurs éventuels objectifs. Qu'est-ce qu'ils sont en train de mijoter ? J'aimerais bien le savoir.

— Merci, mon colonel. Je dois en revanche vous…

— Passez voir Lamy, il va vous confier une nouvelle mission. Allez ! Rompez mon lieutenant ! Le devoir m'appelle. Et encore bravo.

Michel prit congé et croisa dans la cour un homme vêtu de noir qui marchait d'un pas lent, en boitant légèrement. Il le suivit du regard et s'aperçut qu'il se rendait au mess[1].

J'ai déjà vu ce type quelque part. Mais où ?

Deux minutes plus tard, Michel embarqua dans le VBL.

— Alors ? le questionna Martial.

— Je n'ai rien dit au colonel.

— Parfait. Nous continuons donc l'aventure ! Vous avez bien fait.

---

1. Un mess est une cantine, un restaurant militaire pour officiers et sous-officiers.

Paris – Akabeko, restaurant japonais – 7e arrondissement

9 août 2021

La rame de métro s'immobilisa. Rhino, perdu dans ses pensées, sauta sur le quai avant que les portes ne se referment. Le restaurant où l'attendait David était situé à 200 mètres de la sortie du métro. Son téléphone vibra dans sa poche.

Bonnier ? Je le rappellerai plus tard.

C'était leur rituel. Chaque anniversaire était l'occasion d'un repas dans l'un des meilleurs établissements japonais de Paris. La salle, très design, était décorée avec soin, le tout rehaussé par une musique Lo-fi. David jeta un œil sévère à son père qui joignit les mains vers le ciel pour se faire pardonner.

— Salut, papa. Encore à la bourre.

— Désolé, fiston. La réunion s'est éternisée. Mais bon, tout va bien, je suis là. Et surtout, bon anniversaire ! fit Rhino en prenant la tête de son fils entre ses mains.

Il posa un baiser sur son front.

— Merci. Vingt-cinq ans… dit-il en se reculant, gêné par l'attitude de son père.

— Que vas-tu faire ? L'arroser avec tes copains ?

Il n'attendit pas la réponse de David. Il savait que son fils était très solitaire et qu'il se noyait dans le travail, des heures et des heures passées sur son écran d'ordinateur à réaliser des graphismes. Il sortit une enveloppe de sa poche et la lui tendit.

David la déchira et en sortit deux billets pour le spectacle en live du manga *L'Attaque des Titans*. Son visage s'éclaira.

— Pouah ! J'hallucine ! Comment as-tu réussi à obtenir deux places ? Pour ce soir en plus ? J'ai fait tout Paris et les sites de vente pour les acheter, sans succès. J'ai même failli…

David s'interrompit.

— Mouais, je ne préfère pas savoir, répliqua Rhino, assez satisfait de son petit effet.

Un ancien gendarme, chef de la sécurité du palais des Congrès à Paris, avait pu lui obtenir des places en VIP, à prix d'or, certes, mais il jouissait du visage rayonnant de plaisir de David.

— Et bien sûr, tu viens avec moi ? Tu vas pouvoir enfin découvrir mon univers.

— Oui, c'est prévu.

— J'espère que tu respecteras ta parole, lâcha son fils, le regard noir.

Un serveur s'approcha. La commande effectuée, le jeune homme enchaîna :

— Ah ! J'ai une bonne nouvelle !

— OK, je t'écoute.

— Je pars sur tes traces.

— Mes traces ? répéta Rhino intrigué.

— Oui, j'embarque demain pour Sarajevo. Je suis invité à participer au SFF, le Sarajevo Film Festival. Je dois remplacer mon boss pour la réception du prix du meilleur film d'animation, *The Eternal Quest*, la déclinaison de notre jeu vidéo.

Rhino manqua de s'étrangler.

Quelle journée de merde !

— Comment ça, tu le remplaces ? Il ne peut pas y aller, ton patron ? C'est son job, non ?

— Sa femme est sur le point d'accoucher. Une question de jours, voire d'heures. Il souhaite être présent. Je suis ravi de cette opportunité de me rendre à Sarajevo. La guerre est terminée, non ?

— Oui, enfin, ce n'est pas ça le problème. J'avais prévu un truc pour le week-end en complément de la représentation de *L'Attaque des Titans*, mentit Rhino.

— Ah bon ? Quoi ?

— C'est une surprise.

— Il faudra la décaler, rétorqua David.

— Ce n'est pas possible.

— Alors, tant pis. Je n'ai pas le choix. Ça nous fera une expérience sur laquelle échanger, toi qui n'as jamais voulu me parler de ta vie à Sarajevo.

Son père resta silencieux.

— Pourquoi ne viendrais-tu pas avec moi ? Tu m'avais dit qu'il te restait de nombreux jours de vacances. On passerait un peu de temps ensemble !

— Je ne remettrai jamais les pieds là-bas, et il n'y a rien à dire sur Sarajevo, objecta Rhino sèchement. D'ailleurs, je viens de prendre trois semaines de congés. Pour la première fois, tu m'as laissé seul avec ton grand-père. Nous n'avons pas eu l'honneur de ta présence.

— Comment va-t-il ?

Rhino soupira et expliqua que son père perdait de plus en plus la tête, et qu'il devrait plutôt se trouver dans un établissement spécialisé. Il avait abordé la question mais il n'avait rien voulu savoir. Il souhaitait rester chez lui. Seule concession : sur demande des gendarmes, Rhino lui avait retiré sa fameuse carabine de chasse, qu'il avait ramenée avec lui à Paris.

Le serveur les interrompit en apportant les deux apéritifs avec un plat de tofu grillé au sésame finement découpé en carré.

— Et toi, tu as repris le boulot plus tôt que prévu visiblement ? demanda le jeune homme.

Rhino s'était promis de ne pas aborder le sujet, mais il ne put s'empêcher de s'épancher. Il serra les poings. Il détailla l'enquête dont il faisait l'objet et sa rencontre avec le général Perrot de la Trancheriez.

— Le type est un beau connard. On l'appelle Jambon 007 : zéro motivation, zéro courage, sept pauses clope. Et ce type va venir me donner des leçons…

— OK… je vois. Et si tu arrêtais et passais à autre chose ? Ça fait un moment que tu traînes tes guêtres dans ce bordel.

— En réalité, tu as peut-être raison, ça serait l'occasion de me rapprocher de ton grand-père et de le gérer.

David regarda son père, bouche bée. Il devait être très perturbé pour envisager cette solution.

— Cela dit, rentrer plus tôt me permet de passer cet anniversaire avec toi ! Bon, allez ! À tes vingt-cinq ans ! lança Rhino en levant son verre.

— Merci !

En saisissant l'onigirazu à deux mains, David repéra une jeune fille assise seule à une table au fond de la salle. Il la détailla et questionna :

— Comment était ma mère ?

Rhino fixa silencieusement son fils.

— Nous en avons déjà parlé. Elle était blonde, comme les blés. Chaque fois que nous sommes ensemble au restaurant, tu vas me faire le même coup ? M'interroger sur ta mère ?

— À vrai dire, je ne te ressemble pas physiquement ! Tu fais presque un mètre quatre-vingt-dix et moi un mètre soixante-cinq, tu as les yeux marron foncé et les miens sont bleus !

— Olga n'était pas grande et avait les yeux bleus.

— Admettons !

Si tu savais à quel point tu ressembles comme deux gouttes d'eau à Samra.

— Je me suis rendu à Marseille, sur sa tombe, où est inscrit « Olga Rusu ». C'est vraiment la misère.

Rhino baissa les yeux.

— Un jour, je vais faire des recherches en Moldavie pour retrouver sa famille, même si je dois y passer un temps fou.

Rhino ne souhaita pas réagir. Son regard fut attiré par le serveur. Il se tenait dans l'encadrement de la porte avec un gâteau et s'apprêtait à allumer les vingt-cinq bougies. Bonne occasion de changer de sujet de conversation. Quelques secondes après, retentit dans le restaurant le titre de Stevie Wonder, « *Happy Birthday* ». L'ensemble des clients reprirent en cœur et en applaudissant. David souffla les bougies d'un seul coup. Après que le serveur eut découpé le gâteau, Rhino se lança de nouveau :

— Tu es sûr que tu ne peux pas te faire remplacer pour ce week-end ?

— Sûr et certain. Qui plus est, ça pourrait être mal vu…

— Je comprends, acquiesça Rhino.

— J'y compte bien, car ce n'est qu'un juste retour des choses. J'ai passé ma vie à attendre la fin de tes enquêtes pour passer un peu de temps avec toi. Mais l'une était à peine clôturée que la suivante pointait déjà le bout de son nez. Quand ce n'était pas un homicide, c'était un trafic de stupéfiants ou un crime organisé. Tu as toujours privilégié ton travail à toute chose, même à ton propre fils.

— Je ne crois pas, rétorqua Rhino sans conviction.

— As-tu au moins pris la peine de visionner mon film, *The Eternal Quest* ?

Rhino regarda son assiette, silencieux.

— Voilà ! La messe est dite ! Et pour ce que cela t'a rapporté ! À moins de deux ans de la retraite, il faut en permanence que tu te farcisses ta hiérarchie, avec ton sale caractère et ton air de « *j'ai toujours raison* ». Pas étonnant qu'ils te cherchent des noises !

— C'était censé être ton anniversaire, mais je me rends compte que c'est plutôt ma fête, dit-il en essayant de détendre l'atmosphère.

— Essaye un peu de me dire le contraire ? marmonna David.

Quelle mouche a bien pu le piquer, aujourd'hui ?

— Non, tu as raison, confirma Rhino, souhaitant de nouveau éteindre la braise qui semblait couver sous les phrases de David.

— Si je puis me permettre, tu ferais bien de réfléchir un peu à ton avenir. Je ne parle pas sur le plan professionnel, bien sûr… Je parle de ton avenir sentimental.

— Il vaut mieux être seul que mal accompagné.

— Tu m'as habitué à une meilleure repartie, papa. C'est dans ton intérêt, car tu vieillis et il serait bien que tu te retrouves une femme avec laquelle tu pourrais enfin construire quelque chose de stable. La retraite n'est pas loin. Et j'espère que tu ne comptes pas la passer avec ton magnifique aquarium, à discuter avec tes poissons ou à faire le soliloque… Pour quelqu'un qui sait à peine nager en plus.

— Discuter avec mes poissons ? N'importe quoi ! rétorqua Rhino.

— Oui, je t'ai surpris l'autre jour en train de leur parler.

— Au moins, mes poissons ne m'emmerdent pas. Tu les nourris et point barre ! répliqua-t-il en souhaitant faire bonne figure. Et toi ? Avec ton chat ? Tu crois que tu es mieux loti ?

— Je vais t'inscrire de force sur un site de rencontre.

— Ne t'amuse pas à ça. Je suis resté célibataire pour pouvoir t'élever, sans une belle-mère dans les pattes. Avoir un enfant n'est pas une chose simple, tu verras quand tu auras le tien.

— Ça ne risque pas ! Nous en avons déjà parlé. Avec la merde qu'il y a sur cette planète, le climat qui part en couille sous le regard vide des grands dirigeants de ce monde, qui eux n'ont qu'une idée en tête : envoyer les enfants des autres se faire flinguer au nom d'une cause à la con… Tu es bien placé pour le savoir. Je ne vais pas faire un enfant qui étouffera dans cinquante ans. Toi, tu t'en fous, tu seras mort.

— Eh ben, voilà un joyeux anniversaire ! Mais maintenant que j'y pense, tu donnes beaucoup de leçons mais tu n'es pas un modèle de sociabilité ! Penché en permanence sur tes ordinateurs, sans véritable ami ou amie.

Rhino regretta immédiatement d'avoir prononcé ces mots, mais son fils ne lui avait jamais parlé de la sorte ni sur ce ton. Il sentit son téléphone vibrer dans sa poche intérieure. Par réflexe, il s'en empara et observa l'écran. Encore Bonnier. Il lui avait envoyé deux fichiers. Rhino ne put s'empêcher de les ouvrir sous l'œil inquisiteur de David.

Son sang ne fit qu'un tour.

Tiens, tiens… Oreille coupée ! Comme on se retrouve…

Incroyable ! C'est la journée des surprises, comme si le passé s'invitait de force à ma table.

— Une petite pause ? bredouilla Rhino en repoussant sa chaise et en désignant les toilettes.

— Mais oui, bien sûr. Laisse ta prothèse téléphonique sur la table.

Il fit mine de ne pas entendre et se leva. Il descendit les escaliers et composa le numéro de Bonnier.

— Salut, Gilles. Comment vas-tu ? D'où sors-tu ces photos ?

— Il y a eu un braquage chez un Américain, un gros bonnet. Les collègues sont intervenus, et cela s'est mal terminé pour le type qui est en photo sur son lit d'hôpital. Il a pris deux balles.

— Je le connais bien.

— Je m'en doutais. Il s'est réveillé. Tu veux venir ? On a eu le retour d'Interpol. Il s'agit de Miroslav Marjanović, né le 7 novembre 1971, lieu de naissance Teslić, de nationalité serbe et bosnienne, recherché pour crimes contre l'humanité par la Bosnie-Herzégovine.

— Oui, cela confirme ce que je pensais. Comment Interpol a-t-il fait le lien sans ADN ou empreintes digitales ?

— C'est grâce à la perspicacité d'une enquêtrice serbe. Son visage lui disait quelque chose, surtout avec son oreille gauche découpée. Elle a lancé la reconnaissance faciale et est tombée sur Marjanović à 98 %. La suite, tu la connais maintenant.

— Bon. Je peux venir maintenant ? Est-il conscient ? questionna Rhino.

— Oui, après tout ce qu'il a subi, les médecins considèrent qu'il est apte à être auditionné. Il est costaud, le type. On voit qu'il a combattu. Ses jambes sont marquées de cicatrices. Tu pourras le voir après notre premier entretien. Son avocat est retardé et nous sommes proches du délai de carence. Nous allons commencer l'audition sans son conseil. Mais, vu le client, je pense qu'il va peut-être juste nous donner l'heure…

— Parfait. Cela me laisse le temps de passer chez moi récupérer quelque chose.

— On t'attend, mais comme son audition devrait être courte, on ne va pas s'éterniser, fit Bonnier qui connaissait les habitudes de son ancien patron, et dont la ponctualité n'était pas sa qualité première.

En remontant dans la salle du restaurant, Rhino vit que son fils l'observait.

— Le coup de l'envie pressante pour aller téléphoner, plutôt moyen, balança David.

— Concours de circonstances, lâcha Rhino. Je vais devoir te laisser.

— Ben voyons. Pour une femme ? Non, pour ta foutue gendarmerie. En réalité, tu as bien fait de me détourner de ce métier à la con.

— Au moins un compliment dans la journée.

— Je croyais que tu envisageais de lever le pied ? N'est-ce pas ce que tu viens de me dire ?

— Si, mais là, ce n'est pas pareil, bafouilla-t-il.

— C'est vrai ! Ce n'est jamais pareil… Et pour ce soir ? Mon cadeau ? Je suppose que je dois trouver un remplaçant ?

— Non, je devrais être rentré à temps, objecta Rhino sans trop d'assurance.

— File, tu vas être en retard. De toute façon, tu as rempli ton devoir de père en fêtant l'anniversaire de ton fils. Donc, tout est en ordre.

Rhino se leva, plaça sa main sur l'épaule du jeune homme et bredouilla :

— À ce soir.

— C'est ça, oui.

Rhino se dirigea vers le comptoir pour régler l'addition, se retourna pour lui faire un petit signe.

Et si je lui disais la vérité ?

David regarda son père s'empresser de rejoindre la station de métro. Quelques passages du poème de Rimbaud, « Les Étrennes des orphelins », lui vinrent à l'esprit.

> « Votre cœur l'a compris : – ces enfants sont sans mère.
> Plus de mère au logis ! ; – et le père est bien loin !…
> Une vieille servante, alors, en a pris soin.
> Les petits sont tout seuls en la maison glacée »

Paris – Hôpital Saint-Louis (chambre 407) – 10e arrondissement

9 août 2021

Trente minutes après avoir quitté son fils, Rhino pénétra dans son appartement, ouvrit un tiroir de son bureau et glissa dans sa sacoche une enveloppe de cuir rouge. Puis il rejoignit son véhicule, actionna son gyrophare et s'engouffra sur le périphérique. Tout en conduisant à grande vitesse, slalomant entre les voitures, Rhino ruminait.

Sarajevo s'invite de nouveau dans ma vie.

Le déplacement de David l'inquiétait, car il savait que des personnes encore présentes sur place pouvaient être des sources de problèmes.

Je ne peux pas le laisser partir en Bosnie.

Il décida alors de modifier son itinéraire et de faire un crochet par le logement de David dont il possédait un double des clés. Il gravit les escaliers de l'immeuble jusqu'à la porte d'entrée. Une fois dans l'appartement, il fouilla le bureau.

Où a-t-il bien pu le ranger ?

Un bruit sourd provenant de la chambre le fit sursauter. Il s'immobilisa, s'approcha du couloir et vit, rassuré, un gros matou.

Mince, je l'avais oublié, celui-là !

Après avoir agité plusieurs tiroirs, il découvrit ce qu'il était venu chercher. Il referma à clé l'appartement et rejoignit son véhicule. Il lui tardait d'avoir une explication avec Miroslav Marjanović.

***

À l'accueil de l'hôpital, il montra sa carte professionnelle à une brune aux cheveux courts qui tenait le standard téléphonique. Du doigt, elle lui montra l'ascenseur lui permettant de rejoindre la chambre 407. Quand il en sortit, il repéra le gardien de la paix en faction devant la chambre de Marjanović et vit une cohorte de médecins. Il s'adressa à celui qui semblait être le chef de la délégation, à la fois par son attitude hautaine et par l'aréopage qui l'entourait en gloussant. Interrogé sur l'état de santé de Marjanović, il répondit :

— En plus de la balle reçue dans l'épaule, sa jambe a été écrasée partiellement sous le véhicule. Les pompiers ont mis un certain temps à le dégager. C'est ce point qui nous a le plus inquiétés. Les secouristes nous ont signalé qu'il était évanoui, et ses constantes vitales étaient très basses. Nous lui avons fait un scanner qui a permis de détecter un hémothorax droit évalué à 1,5 litre, concrètement un épanchement de sang dans le thorax en rapport avec une plaie du lobe inférieur du poumon droit. Sa biologie a montré une insuffisance rénale aiguë et une hyperkaliémie, ou plutôt un taux de potassium élevé dans le sang. Cette situation est liée à ce que l'on appelle un *crush syndrom* dû à l'écrasement des membres. Cela libère du potassium et abîme les reins. L'équipe médicale a pratiqué une séance d'hémodialyse rénale.

— Et comment va-t-il ?

— Le patient est en chambre de réanimation sous un scope et une perfusion de sérum physiologique. Il est conscient. Ses constantes vitales sont maintenant correctes. Le bilan biologique de contrôle montre une normalisation de la fonction rénale et un taux de potassium revenu à la normale. C'est la raison pour laquelle nous avons autorisé vos collègues policiers à procéder à son interrogatoire.

Une infirmière lui glissa un mot à l'oreille.

— Ah oui, j'oubliais. Il a un cancer des poumons et je pense que ses jours sont comptés. Mais vous êtes gendarme si je comprends bien. Et vous me parlez de crimes contre l'humanité ?

— Oui, il est possible que cet homme soit impliqué dans des crimes de guerre et autres dans les Balkans.

— Eh bien, je vous en prie, mon patient devient votre client, conclut-il en s'écartant pour laisser pénétrer Rhino dans la chambre.

Rhino entrouvrit la porte et trouva Bonnier, attablé autour d'un ordinateur et d'une imprimante. Le policier se leva et le rejoignit dans le couloir.

— Merci de m'avoir prévenu. Il a été bavard ? interrogea Rhino.

— Non, il ne se rappelle plus ce qu'il était venu dérober, et a même oublié son nom. Après le délai de carence des deux heures, nous avons décidé de commencer l'audition avec une interprète bosniaque qui s'est liquéfiée en apercevant ses tatouages de serpent et d'aigle sur les bras. On a dû faire appel à une Croate. À l'issue de l'entretien privé qu'il a eu avec son avocat, il nous a raconté une histoire d'enlèvement par des extraterrestres qui l'ont endormi et ont pris le contrôle de son esprit. Il s'est réveillé en tenue de policier, en train de se faire tirer dessus. Il a riposté quand il s'est rendu compte qu'il avait une arme à la ceinture.

— Des extraterrestres ? On ne me l'avait jamais faite, celle-là… Qui est son avocat ?

— Maître Dubić.

— Un Serbe ?

— Oui, Franco-Serbe. L'interprète vient quant à elle de nous quitter. Mais notre client parle très bien français, d'après la victime du braquage.

— Je viens de croiser l'équipe médicale. Ce n'est pas brillant. C'est ce que m'a laissé entendre le chirurgien.

— Oui, ses jours sont comptés. Cancer des poumons. Une question de mois, voire de semaines.

— On ne va pas se plaindre ! plaisanta Rhino. Mais ce n'est pas une bonne nouvelle pour les victimes, je veux dire qu'il ne rende pas des comptes à la justice.

Bonnier fit un résumé de ce qu'il avait vu et entendu chez Wright.

— Comment se sont-ils fait appeler, déjà ?

— Brigadier-chef Fernand Naudin et le gardien de la paix Raoul Volfoni, répondit le capitaine en regardant son calepin.

— Pleins d'humour… *Les Tontons flingueurs* ! Ce sont les noms de Lino Ventura et Bernard Blier dans le film.

— Pourquoi avoir utilisé ces noms ?

— On va lui demander. Qui est ce Wright ?

Bonnier tapa le nom sur Google, ouvrit la page Wikipédia et tendit l'appareil à Rhino qui la lut mentalement. Il examina la photo.

— Un golden-boy avec un foulard rouge à la Che Guevara !

— Un sale con, tu veux dire.

— Je comprends que l'on t'emmerde un peu vu le client.

— C'est le moins que l'on puisse dire !

Sur cette conclusion, ils pénétrèrent dans la chambre. Bonnier lui présenta son adjointe, Morgane Klass, âgée d'une trentaine d'années, brune, d'apparence espiègle, une rockeuse compte tenu de ses fringues en jean et de ses santiags. Elle les attendait en faisant défiler son fil d'actualités Facebook.

Marjanović dévisagea Rhino au moment où il s'installa à califourchon sur une chaise, puis fixa le plafond.

C'est bien Oreille coupée !

— Alors, j'aimerais bien savoir ce qu'un type comme toi vient foutre dans un braquage. Qu'es-tu venu chercher dans ce coffre ? Des preuves ?

— Je l'ai déjà expliqué. Ce sont des extraterrestres qui m'ont enlevé, répondit Miroslav en serbe.

— Et Naudin, Volfoni ? Pourquoi ces noms ? On sait que tu parles très bien français. Ne nous prends pas pour des cons.

L'homme examina Rhino pendant un long moment et sourit.

— J'aime beaucoup votre pays, les extraterrestres et le cinéma, dit-il en français avec un léger accent de l'Est.

— Oui, le cinéma français, on avait compris. Pour qui travailles-tu ?

Le téléphone de Rhino vibra. Le visage de la procureure du pôle crimes contre l'humanité, Clara Glouton, s'afficha. Il intima à Bonnier de le suivre dans le couloir et décrocha.

— Madame la procureure ?

— Bonjour, Colonel. On a un criminel de guerre sur les bras, un dénommé Miroslav Marjanović. Il a été blessé au cours d'un braquage dont l'enquête a été confiée à votre ancien subordonné, Gilles Bonnier. Suite au signalement d'Interpol et de Bonnier, la Bosnie-Herzégovine nous réclame son extradition. Les autorités bosniennes tiennent à le juger sur leur territoire. Son avocat nous a affirmé qu'il n'allait pas s'opposer à son extradition.

— Ah ? Étonnant, fit Rhino.

— Il est impliqué dans un vol au domicile d'un Américain : un dirigeant d'une société militaire privée qui n'est pas très coopératif. Il remue ciel et terre en haut lieu. Il tape au niveau du château[1], si vous voyez ce que je veux dire. Il aimerait surtout connaître le commanditaire du cambriolage. Voilà, je tenais à vous en informer. Je vous rappelle pour vous confirmer la suite dès que le ministère a avancé sur l'extradition.

Rhino raccrocha et poussa la porte de la chambre.

— Tu as bien merdé, Marjanović, et je suis là pour te dire ce qu'il va se passer pour toi.

Le Serbe se tourna vers Rhino et le fixa méchamment.

— Je sais qui tu es, le coupa Miroslav. Je te croyais mort. Tu es le petit lieutenant français dont j'ai baisé la femme.

Rhino encaissa. Le Serbe se tut pendant quelques secondes, histoire de ménager son effet. Bonnier et Klass se toisèrent, interloqués. Rhino détourna la tête et sortit de sa sacoche l'enveloppe récupérée plus tôt à son appartement.

— Je t'ai amené un cadeau, puisque tu parles du bon vieux temps.

Il l'ouvrit, en sortit un gant de cuir et une lame incurvée d'environ 12 centimètres. Le couteau était attaché à une plaque de cuivre ovale fixée sur un bracelet épais. Il enfila le gant, s'approcha de la tête de lit et caressa le cou de l'homme avec la lame, sous les yeux effarés des deux autres.

Miroslav ne bougea pas d'un millimètre.

— Cela ne te rappelle rien ? Le *Srbosjek*, le « coupeur de Serbes ». C'était ton arme favorite, non ? Tu l'avais emprunté aux Oustachis croates, par manque d'imagination sans doute. Combien de gorges as-tu tranchées ? Si je me souviens bien, le tien était en or. Quand tu faisais ton malin au sein du groupe paramilitaire « les Serpents ». Tu as eu beau essayer d'effacer ton tatouage, tu es marqué à vie et tes victimes aussi, du moins celles qui sont encore vivantes. Tu

1. Palais présidentiel de l'Élysée.

as beaucoup de sang sur les mains. Mais, un jour, le passé revient nous saluer et ton heure est venue. Tes victimes t'attendent. Connais-tu ce proverbe haïtien ? « *Bay kou bliye, pote mak sonje* » : « Celui qui porte le coup l'oublie ; celui qui porte la cicatrice s'en souvient[1]. » Maintenant, je commande l'Office central de lutte contre les crimes contre l'humanité. Je vais m'occuper de ton cas personnellement.

— C'est ça ! Je tremble ! Tu ne feras rien. Vous, les Occidentaux, vous n'êtes que des faibles, avec vos petites lois à la con. Tu te rappelles Sarajevo ? Le nombre de fois où nous vous avons flingués, snipers, obus de mortier, tirs d'artillerie ? Combien de fois ? À ton avis ? On vous tirait dessus et vous, quelle riposte ? Rien ! *Ništa*[2]... Vos états-majors se faisaient dessus. C'est pour ça que vous vous faites baiser par les moudjahidines. Vous êtes vraiment trop cons. Sans parler de ceux qui nous léchaient le cul au nom de l'amitié séculaire franco-serbe. Et je peux te dire qu'elle était bonne, ta moudjahidine. Elle a souvent couiné et longtemps, s'esclaffa-t-il.

Rhino appuya sur la gorge.

— Vas-y ! Appuie ! Coupe ! Tranche ! Comme tu l'as fait pour Milan, maugréa Miroslav.

— Milan ? Connais pas.

— Tu ne te souviens pas de Milan Šarić, celui que tu as torturé pendant des heures ? *Govno jedno*[3] *!* Et maintenant, tu poursuis les criminels de guerre !

Miroslav rit à gorge déployée.

— Tu fais erreur ! cria Rhino en appuyant plus fort sur la lame.

— Ah bon ? Et ces rations militaires françaises retrouvées sur place ?

1. Proverbe cité par Reed Brody, avocat international traqueur de criminels de guerre.
2. Rien.
3. Espèce de merde !

Bonnier s'interposa et saisit la main de Rhino.

— Putain Michel, c'est quoi ce bordel ?

— Ne t'inquiète pas, les Bosniens vont le récupérer bien vivant. Il va être extradé au plus vite.

— Ça m'étonnerait fort, murmura Miroslav.

— Ah bon, tu crois ça ? Ton avocat ne s'oppose pas au fait que tu ailles rendre des comptes devant la justice de la Bosnie-Herzégovine. Si les Bosniaques t'en laissent le temps d'ailleurs, car j'ai dans l'idée qu'ils vont s'amuser avec toi. J'espère qu'ils vont te défoncer. Je ne sais pas qui t'a commandé ce braquage, mais en tout cas, il t'a lâché comme une merde.

Rhino souleva le drap et pointa du doigt chaque cicatrice de balles.

— Dommage que l'on n'ait pas pu finir le job… soupira-t-il. Mais d'abord, on va te remettre sur pied. Comme à la grande époque, quand *Vuk*[1], ton salopard de chef, avait mandaté les meilleurs chirurgiens serbes pour te soigner, non ? Dommage qu'il soit mort, celui-là. Une belle saloperie. *Un humanimal.* Il aurait aussi mérité de crever dans un cachot pourri.

Miroslav sourit et lâcha :

— En tout cas, il en aura bien profité, lui aussi, de ta pute musulmane. Et d'ailleurs, Vuk, le loup, s'est finalement transformé en oiseau.

— Un oiseau ? Qu'est-ce que tu veux dire ? l'interrogea Rhino, surpris.

— Un oiseau genre paon ou phœnix, ironisa Miroslav en montrant les trois doigts de sa main levée en signe de ralliement serbe.

Quelqu'un frappa à la porte. Une infirmière pénétra dans la chambre et s'immobilisa devant le *Srbosjek*. Rhino lui précisa qu'il s'agissait d'un outil utilisé dans les Balkans

---

1. Le loup.

pour couper les blés. Elle leur demanda de quitter la chambre, car des soins devaient être réalisés par l'équipe médicale.

Dans l'ascenseur, Bonnier proposa d'aller boire un café, en vue d'obtenir des éclaircissements. Rhino acquiesça.

***

Paris – Bar-restaurant Le Saint-Louis

Les trois enquêteurs se retrouvèrent attablés au bar situé en face de l'hôpital. Bonnier ouvrit les hostilités.

— Tu as intérêt à nous affranchir !

— Quoi dire, en fait ? Rhino jouait la montre, mais savait au fond de lui qu'il devrait parler.

Bonnier le dévisagea comme il en avait le secret, avec un petit sourire malicieux.

— OK, tu ne souhaites rien nous expliquer, mais dans ce cas, nos échanges dans le futur vont être limités, si tu vois ce que je veux dire, rétorqua-t-il avec un coup d'œil en coin à Morgane.

Rhino se résolut à en balancer un peu.

— Ça remonte à des années. Marjanović appartenait à une société paramilitaire qui s'appelait les Serpents. Un ramassis de merdes humaines. Ce groupe a commis les pires exactions en Bosnie pendant la guerre : épurations ethniques, viols, meurtres, tortures… C'est pour cette raison que les Bosniens veulent le récupérer pour le juger.

— Et quelle était ta mission ?

— Du renseignement. Ce que nous faisions là-bas était complément con. Et ce que je peux te dire, c'est qu'on l'a bien fait.

— Au sein de l'ONU ?

— Oui.

— Tu as croisé Marjanović à ce moment-là ?

Rhino opina du chef.

— Que voulais-tu dire par « dommage que l'on n'ait pas pu finir le job » ?

— On s'est affrontés sur une opération commando.

— Qui était son chef ?

— Un type qui se faisait appeler Vuk, mais qui est mort.

— Et toi ? Pourquoi pensait-il que tu étais mort ?

— Trop long à raconter et aucun rapport avec notre affaire.

— Et cette fille ? La moudjahidine ? interrogea Morgane en essuyant une tache sur sa santiag droite.

Il garda le silence. Elle fit une moue interrogative.

— Je ne veux pas en parler, répondit sèchement Rhino. Lisez toute la littérature concernant les viols commis pendant la guerre, et vous comprendrez. Et pas uniquement des femmes, d'ailleurs.

— OK, rétorqua Morgane qui, vexée, se leva pour fumer une cigarette à l'extérieur.

— Et toi ? Qu'est-ce que tu peux me dire sur ce cambriolage ? demanda Rhino.

— Nous avons réalisé une enquête d'environnement dans la rue. Par chance, nous sommes tombés sur une femme enceinte, une hystérique anti-flic qui a filmé toute la scène. Elle s'en est vantée, car elle pensait tenir un scoop. Du coup, on a récupéré la vidéo. Et, surprise : on aperçoit Marjanović ramper alors qu'il est blessé et balancer un truc dans une bouche d'égout.

Bonnier sortit de sa sacoche un téléphone dans un sac en plastique avec un carton de scellé pendant à une ficelle.

— Intéressant ! s'exclama Rhino. Tu me le laisses pour que Rafik l'analyse ? Tu le connais, il est performant. S'il y a un truc d'exploitable, on va vite le savoir… en off.

Bonnier hésita, considéra sa coéquipière qui soufflait la fumée de sa cigarette vers le boulevard et tendit à Rhino l'appareil.

— OK, mais pour une journée, pas plus. Et c'est bien parce que nos services chargés du traitement des preuves numériques sont surchargés en ce moment.

— Tu es un chef, Gilles. Cela méritera une bouteille de rhum.

— Laisse tomber ta piquette, je pourrais t'en remontrer sur le sujet.

— Et la voiture des braqueurs ?

— Toujours pas retrouvée ! Je n'ai pas trop d'espoir. Si on remet la main dessus, il y a de fortes chances pour qu'elle soit cramée.

— Oui, c'est clair. Miroslav n'est pas un enfant de chœur.

Silence.

— Tu m'as bien calmé quand tu as sorti ce couteau.

— Désolé de t'avoir effrayé. En fait, c'était une arme utilisée par les Croates pendant la Seconde Guerre mondiale, notamment dans certains camps de concentration comme celui de Jasenovac. Elle m'a été donnée par une amie croate, interprète, qui l'avait découverte dans le grenier de son grand-père. Elle ne voulait pas la garder chez elle, surtout qu'elle se doutait bien qu'il ne l'avait pas utilisée que dans un but agricole. Marjanović, lui, l'a utilisée contre les musulmans et les Croates eux-mêmes. Peut-être a-t-il agi par vengeance personnelle d'ailleurs, je ne sais pas. Ce camp était dirigé par Max le boucher, de son vrai nom Vjekoslav Luburić. C'était un tel pourri qu'il en avait même impressionné les nazis, qui l'ont qualifié de « sadique extrême ». Une éclipse d'humanité.

Morgane Klass rentra dans le café et s'assit.

— De quoi parliez-vous ? questionna-t-elle.

— Du coupe-Serbe, répondit Bonnier.

— Ah oui, impressionnant la démonstration. Je ne sais pas comment vous faites pour supporter toutes ces horreurs, déclara Morgane.

— Disons que j'essaie de garder en mémoire la formule de Raymond Aron : « Peut-être la suprême vertu, en notre siècle, serait-elle de regarder en face l'inhumanité sans perdre la foi dans les hommes. »

— Et ce Milan Šarić ? Qui est-ce ? l'interrogea Bonnier.

— Peu importe.

Bonnier l'examina, suspicieux. Rhino regarda sa montre pour abréger la conversation.

— Bon, je dois y aller. On se tient au jus pour la suite. Encore merci de m'avoir permis de discuter avec Marjanović, dit-il en se levant et en les saluant.

Lorsqu'il eut quitté le bar, Morgane interrogea Bonnier :

— C'est qui ce type ? C'est vraiment un gendarme ?

— Ouais. On l'appelle Rhino.

— En référence à son nom, j'imagine.

— Oui, mais aussi car il est plutôt massif. Et comme le rhinocéros, il vit en solitaire la nuit et adore la boue, qui est sa plus grande protection contre les nuisibles. En gros, plus il remue la merde, plus il se protège. C'est ce qui se dit dans le milieu gendarmique. Ce type est un peu ce qui se fait de mieux, la synthèse entre le flic roublard et l'opiniâtre gendarme. Quand tu lui files un dossier, il ne lâche rien, et c'est ce qui contribue à son succès.

— Mais aussi son défaut, au vu de sa petite conversation avec notre Serbe.

— Voilà… Tu as tout compris. Il y a chez lui quelque chose qui se situe entre la mélancolie et la colère.

— J'adore le concept !

— Un autre point de convergence avec le rhinocéros et sa plus grande force : son sixième sens, presque animal, qui lui permet d'anticiper les coups. Sa hiérarchie aimerait bien se débarrasser de lui, mais pour le moment, il s'accroche comme la vérole sur le bas clergé. Quoique, d'après ce que l'on a pu me dire, il semblerait qu'ils aient lancé les grandes manœuvres.

— Ah bon ?

— Oui, ils viennent de lui coller une enquête pilotée par un général.

***

Dans les éternels embouteillages qui empoisonnaient la vie parisienne, Rhino ne cessait de ruminer ces dernières heures. Elles le ramenaient inexorablement des années en arrière. Jusqu'à sa maudite blessure au bras qui se réveillait.

Tout resurgissait ! Les images, odeurs, sons de cette époque ne l'avaient pas quitté. Ils étaient là, tapis sous la surface de sa peau.

Soudain, il eut une pensée pour Goran.

Bosnie-Herzégovine – Mont Igman – Poste S4

11 novembre 1994

Durant ces deux derniers mois, Michel et son équipe avaient démultiplié les patrouilles, développant ainsi leurs contacts avec la population. Parfois, il leur arrivait de distribuer des vivres de première nécessité aux habitants restants. Ils n'étaient plus qu'une poignée. Au vu de l'hiver qui s'approchait, les autres villageois étaient partis se réfugier en ville. Ils rencontraient les militaires, passant ainsi d'un camp à l'autre, prenant le temps de discuter avec les soldats bosniaques, puis de boire un café avec les Serbes. Absurdité de la guerre dans un paysage à couper le souffle. Parfois, la forêt leur avait offert le tableau d'un spectaculaire flamboiement avec ses camaïeux de rouges et de jaunes avivés par les rayons de soleil.

Ce 11 novembre, avant de rentrer dans son campement, l'équipe avait décidé de saluer les Serbes du poste baptisé « S4 », avec lesquels ils avaient sympathisé.

Ils mirent pied à terre pour s'approcher d'un bunker de parpaings, ceinturé de rondins de bois et incrusté dans un boyau profond d'environ 2 mètres. La terre était devenue extrêmement collante. La veille, le vent avait soufflé à plus de 120 kilomètre par heure avec une pluie grasse et dense. Le poste donnait l'illusion de sortir tout droit d'une image colorisée des tranchées de la Première Guerre mondiale.

— Eh salut, la compagnie ! Comment allez-vous ? questionna Michel dans la langue locale qu'il commençait à maîtriser d'une façon suffisante pour se faire comprendre.

Goran, le chef de poste, qu'ils avaient surnommé « *Mala Planina*[1] », vint à leur rencontre. Martial et Gérard décidèrent de retourner dans le blindé afin de rester à l'écoute radio.

— Eh, *poručnik u konjaku*[2], comment vas-tu ? bredouilla Goran, visiblement déjà entamé par la *rakija*[3].

Lors de leur première visite, Michel avait eu le sentiment de voir apparaître Jésus. Avec sa barbe et ses cheveux longs, Goran était une montagne de muscles. Il avait pris un malin plaisir à lui pétrir la main. La légende racontait qu'à l'occasion d'un mariage, il avait broyé les os de la main de la grand-mère de la mariée. Charpentier de métier, il avait appris l'anglais en se déplaçant en Europe. À part Goran, plus vieux, Michel et son équipe avaient été frappés par la jeunesse de ces militaires souvent âgés de moins de dix-huit ans. Ils occupaient pour certains d'entre eux ces bunkers depuis plus de deux ans.

— Parfaitement bien, et toi ? demanda Michel en anglais.

— Nous, ça ne va pas du tout. Nous devions être relevés la semaine prochaine. Nous venons de recevoir le message de maintien. Marre de cette merde de guerre.

Rasade de *rakija*. Il poursuivit :

— On n'en voit pas le bout, et l'hiver approche. On va s'en taper encore un. Et cela fait plus d'une semaine que nous n'avons plus de ravitaillement. Sais-tu ce que je vais faire quand je reverrai mon fils ?

— Non ?

1. Petite montagne.
2. Le lieutenant au cognac.
3. Eau-de-vie.

— Je vais lui apprendre à nager pour traverser le fleuve Sava et se mettre à l'abri, dans le cas où cette merde recommence.

Silence.

— Et toi ? Sais-tu nager ? interrogea Michel.

— Non, c'est pour cela. Sinon, je me serais barré en Allemagne avant la guerre. Et toi ?

— Moi non plus. Enfin, je me débrouille, mais j'ai une peur bleue de l'eau, fit Michel en sortant de son sac à dos quelques fioles de cognac.

Il les posa sur la table avec un clin d'œil. *Mala Planina* s'en empara pour les ranger dans un placard. Michel avait négocié le précieux breuvage auprès de Maletraz pour faciliter les échanges avec les belligérants, un cadeau d'une grande société de vin qui pensait bien faire en envoyant du cognac au contingent français.

— Merci, mon ami. De quoi passer le début de l'hiver. Moi aussi, j'ai un présent pour toi. Mais buvons le café d'abord.

Goran le servit dans des boîtes de grenades vides et rajouta une bonne rasade de cognac, pour le rendre plus liquide.

— À Paris !

À la Bosnie ? À la Serbie ? À Belgrade ? À Pale ? À Sarajevo ? Michel qui ne savait quoi répondre s'abstint.

Le vent continuait à souffler avec violence à l'extérieur du poste. Un poêle à bois ronflait et dispensait une chaleur réconfortante. Les jeunes Serbes questionnaient Michel sur la France et Paris, ville où ils rêvaient tous de se rendre en famille ou avec leur fiancée. En proie au doute quant à l'avenir de cette guerre, ils savaient que la mort rôdait. L'armée bosniaque menait de plus en plus d'actions commandos pour attaquer les premières lignes serbes. Ils étaient prêts à se battre, mais Michel sentait une grande lassitude dans leur regard.

Goran se leva pour ouvrir une sorte de réduit d'où il sortit un instrument de musique à cordes et un archet, ressemblant à une vielle.

— Voilà ! C'est pour toi, annonça-t-il avec fierté en tendant l'objet vers Michel.

— Qu'est-ce que c'est ?

— Une gusle.

Michel admira la finesse des sculptures et des incrustations. Il comportait une caisse de résonance ovale, en bois, recouverte d'une table d'harmonie en peau de mouton. Il fit sonner la seule corde en crin de cheval fixée en haut du manche taillé. Ce dernier était surmonté d'un aigle royal.

— Je suis un guslari. C'est ainsi que l'on désigne chez nous les chanteurs poètes qui jouent de cet instrument. Je vais te montrer.

Goran lui reprit l'instrument et fit glisser l'archet sur la corde. Le son était modifié par la pression de ses doigts. Le chant, assez aigu, suivait la tonalité de la corde. Le vent qui hurlait au-dehors donnait à cette scène un aspect irréel. Michel eut des frissons. Quand Goran eu terminé, il lui demanda :

— C'est une prière ?

— Ce chant poétique parle de la bataille de Kosovo Polje qui opposa les moudjahidines de l'Empire ottoman à une coalition de princes chrétiens des Balkans, le 15 juin 1389 sur le « champ des Merles ». Il la traduisit :

« Tu as été arrachée, hélas, au Kosovo ! »
« Oh mon oiseau, oh mon cher faucon gris,
Comment te sens-tu avec ton aile arrachée ? »
« Je me sens avec mon aile arrachée
Comme un frère l'un sans l'autre. »

Martial pénétra dans le poste pour informer Michel que Maletraz les convoquait à Sarajevo. Au moment de démarrer, un véhicule de type Land Rover se gara à côté du blindé. Une équipe des SAS[1] britanniques en débarqua, sans doute pour faire le même travail de renseignement. Un lieutenant vint à leur rencontre. Il se présenta sous le nom de John Bonning. Le rendez-vous fut pris pour une prochaine rencontre officieuse.

***

Deux heures plus tard, après avoir déposé Martial à la tanière, Gérard et Michel empruntèrent une avenue latérale pour rejoindre Sniper Avenue située au centre de Sarajevo et accéder à Tito Barracks. Gérard accéléra pour offrir le moins de temps possible aux snipers d'ajuster leur tir. Au loin, Michel aperçut une femme sur une bicyclette. En se rapprochant, Gérard fit remarquer qu'un enfant se trouvait sur le porte-bagages.

— Elle est courageuse, avec le froid qu'il fait. On va s'arrêter et l'embarquer à l'arrière avec son enfant et son vélo, proposa Michel.

— Oui, bonne idée.

50 mètres.

25 mètres.

Gérard ralentit. Soudain, la bicyclette fit un grand écart sur la gauche et s'affaissa.

— Merde ! On leur tire dessus ! Gérard, place le VBL sur sa droite, en protection !

L'engin immobilisé, Michel en jaillit par l'arrière avec la trousse d'urgence médicale. Un spectacle d'horreur s'offrit à lui. La fillette était étendue. Son crâne avait été à moitié arraché par le tir. La vie l'avait abandonnée. La femme, qui devait être sa mère, avait rampé jusqu'à l'enfant

1. Le Special Air Service est une unité de forces spéciales de l'armée britannique.

et la protégeait en partie de son corps. Elle la serrait contre elle. Du sang s'échappait de sa jambe. Sanglots. Enchevêtrements de douleurs.

Michel entendit de nouveaux tirs. Cette fois-ci, ils étaient devenus la cible.

— Le bâtard continue à flinguer ! cria Gérard en s'emparant de sa 7,62 pour riposter.

— Essaie de trouver où il se planque et tu lui mets la dose ! ordonna Michel.

Il réalisa un point de compression sur la jambe de la femme, qui devait avoir à peine trente ans.

Gérard tira au jugé sur l'immeuble d'où provenaient les claquements. Cela suffit pour faire cesser les tirs du sniper. Michel prit l'enfant dans les bras et le posa avec délicatesse à l'arrière du véhicule. Il revint vers la mère, la porta et grimpa à l'arrière.

— Gérard, fonce au GMC[1] ! On va faire en sorte qu'elle ne perde pas sa jambe.

— On y sera dans quinze minutes. Je les préviens par radio que l'on arrive.

La femme continuait de crier de douleur. Chaque cri entaillait Michel. Soudain, elle se tut et se blottit dans ses bras. Il en fut déconcerté. Ses yeux en amande et verts plongèrent dans les siens. Ses cheveux bruns, brillants et bouclés recouvraient son bras droit. Ses joues creusées avaient conservé un aspect rougeâtre. Ses lèvres minces bordaient sa bouche haletante. Elle ferma les yeux et s'abandonna. Il n'osa plus bouger, la main gauche appuyée sur la plaie. Il sentit une vague d'émotion monter inexorablement en lui.

Non, putain. Ne pas chialer. Pas maintenant. Encore moins devant Gérard. Après l'urine, les larmes…

Michel tourna la tête vers l'extérieur. Bâtiment gris. Ils pénétraient dans PTT Building, le poste de commandement

1. Groupement médical de campagne.

de l'ONU. Dans quelques minutes, elle serait entre les mains des chirurgiens militaires qui, eux, soignaient et opéraient quelles que soient les origines ou l'ethnie des blessés. Gérard gara le VBL à proximité des brancards qui avaient été acheminés pour l'occasion depuis le sous-sol où se trouvait le bloc médical. Michel y déposa la femme, toujours inconsciente. Puis l'enfant sur le second. Il fut recouvert d'un drap blanc.

Michel vit que Gérard, faisant face à la montagne, tentait de masquer son émotion. Le treillis maculé de sang, déstabilisé, Michel ne savait plus quoi penser. Cette guerre n'était qu'un marécage nauséabond dans lequel se débattaient des êtres humains manipulés par les bonimenteurs nationalistes. Ces êtres humains, avec leurs petits arrangements, qui jonglent avec l'ignorance, l'intolérance et la bêtise de l'homme. Et eux, soldats de l'ONU, en grand écart facial, au milieu de ce fatras, pris en otages, abandonnés et humiliés.

Dans quelle merde je me suis foutu ?

En marchant, il aperçut deux soldats bosniaques âgés d'une vingtaine d'années, fumant, assis sur un mur. Ils revenaient du front et paraissaient en avoir quarante. Visages vieillis prématurément. La guerre les faisait mûrir, par soustraction. Comme lui.

Temps suspendu. Stigmates de l'horreur. Abandon. Fatigue. Détresse. Malheur. Misère. Déchirement des familles. Oubli.

Oublie !

Tito Barracks – Bureau de Maletraz

— Salut, Granier, mais vous êtes couvert de sang ? fit Maletraz.

— Oui, on s'est fait sniper.

— Je vais vous faire porter de nouveaux vêtements. Vous ne pouvez pas rester dans cette tenue. Sniper serbe ? Ou bosniaque ? Qui sait ? Quand vous voyez qu'un légionnaire qui avait participé à l'accouchement et à l'évacuation d'une jeune mère bosniaque s'est fait sniper immédiatement après par des Bosniaques… On va vous réorganiser. Vous allez devoir vous partager entre Malo Polje et Sarajevo.

Quelqu'un cogna à la porte. Après y avoir été invité, le soldat tendit un treillis neuf à Michel qui se débarrassa du sien.

— Votre mission reste inchangée. Renseigner en allant au contact des forces en présence. Vous ferez quatre jours sur Igman et trois en vallée. Vous logerez dans une villa que nous avons louée pour l'occasion, au nord de Sarajevo. Vous allez bénéficier du soutien d'un traducteur, ou plutôt une interprète. Elle travaille avec nous depuis un an, elle est fiable. Elle s'appelle Samra Hadžić. Vous allez la rencontrer, suivez-moi.

— De quelle ethnie ?

— Mixte, bosniaque par son père et serbe par sa mère.

— En fait, je ne sais pas si nous avons besoin d'une interprète. On se débrouille bien sans.

— Si ! Sarajevo n'est pas comme Igman. Ici, il faut être précis et la langue est capitale.

Michel suivit Maletraz qui s'engagea dans un long couloir à la peinture décrépie, grimpa les escaliers quatre à quatre, et finit par ouvrir une porte. Michel aperçut alors une femme assise sur un banc accolé à une grande table couverte de documents. Elle portait un jean large qui masquait une fine silhouette, un pull-over à col roulé vert kaki, assorti à ses yeux ceints de longs cils.

Elle se leva, silencieusement. Un doux parfum épicé se dégageait de sa chevelure blonde. Elle toisa Michel en tendant la main vers lui. À son contact, il remarqua la finesse et la fraîcheur de ses doigts, voire leur fragilité. Il plongea ses yeux dans les siens. De la douleur s'y lisait, tapie derrière un épais voile de tristesse. Elle le salua d'une voix grave. Michel lui proposa de se donner rendez-vous le lendemain à la villa, l'esprit séquestré dans une geôle mystérieuse dont la porte venait brusquement de se refermer.

Paris – Hôpital Saint-Louis (Chambre 407)

9 août 2021

Sa montre indiquait 18 heures. Rhino tapota la paroi de l'aquarium dans lequel s'ébattaient de magnifiques poissons. Il admira les couleurs de ses combattants. Le mâle et les trois femelles virevoltaient dans une folle ronde. Il se demanda pour quelle raison il les avait pris comme animaux de compagnie, alors qu'il détestait l'eau et savait à peine nager.

Il songea à la perspective de passer cette soirée avec son fils. Cela le réjouissait malgré les reproches qui lui avaient été adressés au cours du déjeuner. Peut-être réussirait-il cette fois-ci à lui faire renoncer à ce voyage.

***

Une heure plus tard, il envoya un SMS à David pour confirmer sa présence et lui donner rendez-vous. Il grimpa dans sa voiture. Comme toujours, il fut très vite bloqué dans les embouteillages sur le périphérique. Il lança sa playlist AC/DC et laissa son esprit s'évader, repensant à cette conversation avec Marjanović. Une formule tournait dans sa tête : « Vuk ? Un *humanimal* ? Possible, je dirais que c'est une sorte d'oiseau. [...] Un oiseau genre paon ou phœnix. »

Pourquoi ce connard m'a-t-il dit cela ? Le paon ? Que Vuk soit fier et imbu de sa personne, jusque-là, rien de surprenant.

Mais c'était plutôt le ton revanchard de Marjanović qui intriguait Rhino. Genre «*je sais un truc que toi, tu ignores !* ». Immobilisé dans la file de voitures, il sortit son portable pour faire une recherche Google et tapa « paon ». Sans grand succès. Il écrivit alors «paon symbole». Beaucoup plus intéressant : «Le paon est l'emblème de Jolival. En Inde, il y a 4 000 ans, le paon, déjà, est un symbole d'immortalité et de fertilité. En Occident, la chute et la repousse de ses plumes au printemps étaient interprétées dans l'art chrétien comme un symbole de renouveau et de résurrection. »

Renouveau et résurrection ?

Soudain, Rhino fut pris d'un doute vertigineux. Il sortit à la première bretelle qui se présentait à lui et se dirigea vers l'hôpital. Il allait la jouer à l'arrache pour revoir Marjanović. Inutile de prévenir Bonnier qui devait être en famille.

Merde. Je vais planter David…

Dilemme ! Tant pis. Il lui envoya un SMS : «Débute le spectacle sans moi, je te rejoins. » Sans attendre la réponse, il poursuivit sa route vers l'hôpital. La nuit commençait à tomber.

Je dois en avoir le cœur net et revoir Marjanović.

Le policier en faction le reconnut et s'effaça pour laisser passer Rhino. En poussant la porte de la chambre, il observa Marjanović dormir paisiblement.

Injuste sommeil.

Il le bouscula pour le réveiller. L'homme ouvrit les yeux avec peine, sous l'effet d'un antidouleur puissant. En voyant Rhino, il lui sourit malgré tout.

— Tu es venu me tuer ?

— Non. Je préfère que tu pourrisses en taule. Splendides geôles que celles de Sarajevo, non ? Qui plus est, ça serait un manque de chance incroyable si tu n'y croisais pas un gardien de prison ou un détenu bosniaque qui ait perdu un membre de sa famille à cause de toi ou de tes petits copains. Qu'en penses-tu ?

— Alors, si tu n'as pas le courage de me tuer, pourquoi es-tu revenu ? demanda Miroslav.

Rhino contourna le lit, s'approcha de Miroslav et posa sa main avec force sur ses blessures, le faisant grimacer.

— Je veux savoir ce que tu voulais dire en évoquant cette histoire de paon et de phœnix.

— Rien de spécial, répondit-il en grinçant des dents.

— Tu n'as pas utilisé ce mot sans raison.

Miroslav éclata d'un rire profond, se tortilla sur son lit et déclara :

— Si je dois te dire un truc, il faut que tu m'assures que je ne vais pas partir en Bosnie. Sinon, rien. Tu vas te faire foutre.

Rhino relâcha la pression.

— Ton avocat ne veut pas s'opposer à ton extradition.

Marjanović fixa le plafond.

— Mais toi, tu peux t'y opposer ?

— Cela dépend de ce que tu vas me donner, répondit Rhino.

— Dis-moi comment tu vas t'opposer à mon transfert et je te dis tout. Je veux être relocalisé en Australie sous une nouvelle identité. Je veux le dispositif de protection de témoins.

— Ben voyons ! Rien que ça. Pour l'obtenir, il faut me donner du lourd… Du très lourd, rétorqua Rhino.

— OK. Sache que Vuk est comme Jésus, mon ami. Le paon est un symbole de résurrection chrétien, rétorqua Marjanović.

— Je ne suis pas ton ami et ne le serai jamais. Comme Jésus ?

— Vuk est vivant et il vous a bien baisés, balança Marjanović.

— Tu te fous de ma gueule ? Où est-il ? Tu as une preuve de ce que tu avances ?

— Paye et ensuite je te donne le reste. Je détiens la preuve, celle que tu cherches. Tu ne vas pas être déçu.

— De quelle preuve parles-tu ? demanda Rhino surpris.

— D'un crime de guerre, à Igman. Une vidéo !

— Quoi ? Tu as cette vidéo ?

— Oui, et d'ailleurs, je peux te dire que tu as aussi une vieille connaissance impliquée dans… (Marjanović s'interrompit.) Je ne vais pas t'en dire plus pour le moment. C'est du lourd, mon ami. C'est pour ça que j'aurai besoin d'une protection de témoins.

— Je vais examiner ta proposition et en parler au magistrat.

La porte s'ouvrit, une infirmière entra avec précipitation.

— Qu'est-ce que vous faites là ? Ce n'est plus l'heure des visites ! Et où est passé le policier ?

— Je n'en sais rien, mais j'avais quelques détails à régler.

La soignante se tint à l'entrée, attendant le départ de Rhino. Il se retourna vers Marjanović qui fit le signe serbe des trois doigts levés.

— Un Serbe ne ment jamais. Je peux même te dire que Vuk n'est pas très loin de toi… Et qu'il prépare un truc énorme.

Cette nouvelle eut l'effet d'une bombe dans l'esprit de Rhino. Il regarda sa montre. 22 heures. Il ne devait pas tarder et essayer de rejoindre David au moins pour la fin du spectacle.

Se changer les idées. Vuk vivant ?

Parvenu à l'extérieur, il envoya un SMS pour s'excuser et donner un rendez-vous pour manger quelque part. Il attendit sa réponse qui ne vint pas.

Il doit faire la gueule. Normal, en même temps !

Il vérifia la géolocalisation de son portable. Inactive. Il grimpa dans sa voiture, posa sa tête sur son volant pour réfléchir. Mais rien, il se sentait vide. Évidé de vie.

Paris – Appartement de service – Porte de Bagnolet

9 août 2021

Sans nouvelle de David, Rhino décida de rentrer chez lui. Sa douleur au bras droit le lançait, alors que pendant toutes ces années elle ne l'avait plus fait souffrir.

Il se laissa tomber sur son canapé, dans son appartement de « combat » meublé avec le strict minimum pour dormir et se nourrir, l'ensemble provenant d'une grande enseigne suédoise. Seule une immense télévision dernier cri apportait une touche de modernité. Coup d'œil sur le portable. Rien. Il ouvrit la porte-fenêtre pour respirer sur le balcon.

David a raison. Je me suis retrouvé prisonnier dans une cage, à courir dans la roue de la vie comme un hamster, tentant de fuir le passé, mes fantômes et mes mensonges. Il va bien falloir que cela s'arrête un jour. Ce que tu fuis finit toujours par te rattraper ! Quelqu'un a augmenté la vitesse de cette putain de roue, aujourd'hui.

Il regarda autour de lui. Finalement, son appartement de fonction reflétait sa vie et sa solitude. Les mots de David résonnaient : « Tu ferais bien de réfléchir un peu à ton avenir. [...] Je parle de ton avenir sentimental. »

Son logement étant situé au dernier étage, il avait une vue bien dégagée. Il examina la lune. Il lui sembla qu'une goutte perlait au bord de l'astre. Confidente de ses nuits insomniaques, il tendit avec délicatesse le doigt pour recueillir le fragment d'opale imaginaire, larme dédiée aux victimes de ces bourreaux qui pullulent sur cette planète.

Elle brillait comme lors de cette nuit du 11 novembre 1995.

Samra, pourquoi ne m'as-tu pas suivi, cette nuit-là ?

Pourquoi t'es-tu enfuie ?

Il ferma les yeux et, comme souvent, surgirent du néant les cauchemars peuplés de morts. D'abord, les homicides, en quelque sorte l'artisanat. Puis, les crimes contre l'humanité, l'industriel. Rhino suivait ce putain de sillon noir qui entaillait le monde depuis trop longtemps.

Toujours le même disque. Toujours la même rengaine. La face B de la planète Terre.

De pays en pays, il suivait les traces des chevaux et leurs cavaliers de l'Apocalypse : crimes de guerre, crimes contre l'humanité, génocides, disparitions forcées, tortures. Le quinté gagnant, dans le désordre ou pas.

S'il n'y avait pas David, il aurait sans doute mis fin à ses jours. Juste pour voir ce qu'il y avait de l'autre côté. Mais surtout pour demander quelques comptes au « bon » Dieu…

Vuk vivant ! Ce n'est pas possible. Comment a-t-il pu me baiser ainsi ?

Où peut-il se trouver ? Où est-il planqué ?

Marjanović doit parler. Je vais lui proposer un deal demain.

Sa cicatrice au bras était douloureuse. Il alluma la télévision pour se changer les idées. Mais rien n'y fit. Il pensait en avoir fini avec tout cela, avec Vuk, avec la Bosnie, et voilà que tout revenait à la surface. Noires résurgences.

Et puis merde !

Il attrapa sa carte bleue et descendit à la supérette du coin pour s'acheter une bouteille de whisky. Il n'avait plus touché une goutte d'alcool depuis de longues années. Une très vieille promesse faite à un médecin militaire lors de sa mission en Bosnie.

À son retour, il se servit un verre plein à ras bord et le but cul sec. Il regarda ses poissons combattants et leur dit :

— Si Marjanović ne ment pas, alors je sais comment je vais occuper mes journées jusqu'à la fin de ma vie. Je vais chasser Vuk, le Loup. L'éliminer ? Comme il est déjà mort, je ne ferai que remettre les choses dans l'ordre. Comment a-t-il pu berner la terre entière ? Avec quels soutiens ? Je dois le découvrir !

Il remplit une nouvelle fois son verre de whisky et le descendit. Ses pensées tourbillonnaient, recrachées par le passé. Elles tournaient et dansaient autour de Samra, comme si elles avaient été soudainement libérées d'un cachot situé dans les tréfonds de sa mémoire. Samra revenait à la vie pour exalter un bonheur jamais égalé. Son magnifique visage, sa silhouette, sa démarche souple, son sourire radieux. Rhino n'était jamais revenu de Bosnie-Herzégovine. Samra et lui avaient été mis au monde pour se connaître, se mélanger et s'aimer avec le cœur et la raison. Mais la vie, ou plutôt des barbares en avaient décidé autrement.

Coup d'œil sur la bouteille. Il s'empara de son portable et appuya sur la touche Play de l'application pour se laisser porter par « *Purple Rain* » de Prince, l'un de ses morceaux préférés. Il s'approcha de l'aquarium, leva son verre et murmura à ses poissons :

— Encore une larme,
Sèche.
Encore une larme,
D'eau-de-feu,
Pour brûler le vague à l'âme.

Encore une arme,
Chargée.
Encore une arme,
Pour brûler l'âme,
Définitivement.

Plutôt une larme,
Sèche.
Plutôt une larme
D'eau-de-vie.
Plutôt une vague

Pour noyer l'âme.

Puis il se dirigea vers sa chambre à coucher. Il s'empara de cette boîte en bois provenant de Konjic. Un arbre de vie y était sculpté. Elle était posée sur sa bibliothèque, laquelle couvrait l'ensemble du mur. Il l'ouvrit et en sortit un livre et une bobine noire d'appareil photo. Allongé sur son lit, il les serra contre lui et se laissa glisser dans un sommeil profond, doux et éthéré.

Mais, comme souvent, ses fantômes surgirent.

Encore une nuit blanche.
Encore une nuit noire
peuplée de cris.
De sueurs.
De sursauts,
d'humanimaux.

Qui frappent, brûlent, coupent, et n'en finissent pas de transpirer, galopant autour du feu dans une danse macabre. *Hurlements de bestiaux*. Odeurs de glèbe. Enterrés. La mission URH. Rien que la mission. Ne pas réagir.

IMPOSSIBLE.

Elles sont allongées au sol. Ils arrachent la robe vermillon de la plus jeune. Ils la redressent. Merde ! Qu'est-ce qu'ils foutent ? Le plus grand des deux la maintient pendant que l'autre la fige dans le bois centenaire d'un chêne majestueux, instrument malgré lui du martyre.

Douleur insoutenable, des clous qui la pénètrent. Au loin, il les voit s'immobiliser pour admirer leur ignominie, presque surpris de leur propre cruauté. Elle n'a plus la force de crier.

La mission :

NE

PAS

SE

FAIRE

DÉTECTER.

Un humanimal retire son tee-shirt. Le pantalon de treillis sur les rangers. Les coups de boutoir donnent vie au squelette bleu-noir tatoué sur son dos. Ils griffent, mordent, grognent, râlent et jouissent. Ils se congratulent. Ils vident une bouteille de rakija.

Puis, ils la regardent mourir pendant de longues minutes.

HU

MA

NI

MAUX.

La vie s'en est allée. Elle se libère définitivement des contraintes d'un corps qui n'est plus que chairs béantes et ensanglantées, larmes, mictions et semences.

L'ensemencement de la mort ! Lâcheté !

Et toi, Samra ? Pourquoi m'as-tu abandonné ? Pourquoi ne m'as-tu pas suivi quand je suis venu te libérer ?

Perdu dans le dédale de ses tourments oniriques, Michel, sanglotant, n'entendit pas les multiples vibrations de son téléphone. Bonnier tentait désespérément de le joindre.

Paris – OCLCH – Porte de Bagnolet
10 août 2021

Le bruit strident du camion-benne des éboueurs réveilla Rhino en sursaut. Sa tête bourdonnait. Il ne s'était pas mis dans un état pareil depuis des dizaines d'années. L'alcool avait été une béquille utile par le passé. Mais c'était censé être de l'histoire ancienne.

Ne pas replonger !

Il jeta un œil à son réveil. 7 h 10. Sur la table de chevet était posé un livre écorné, vieilli. *Le Pont sur la Drina*, d'Ivo Andrić. Rhino se leva, le replaça dans sa bibliothèque avec soin.

Il se dirigea vers la cuisine, s'empara de la bouteille vide de whisky qu'il balança avec force dans la poubelle.

Ne t'approche plus jamais de moi !

Il appuya sur le bouton Marche de sa cafetière, tout en observant le vieux bâtiment situé en face des appartements de fonction. Le bureau de Marion était déjà éclairé.

En dégustant son arabica, Rhino chercha son téléphone et finit par mettre la main dessus. Bonnier avait tenté de le joindre de nombreuses fois, sans laisser de message. Il décida d'attendre 8 h 30 pour le rappeler.

Toujours aucune nouvelle de David.

* * *

Trente minutes plus tard, Rhino poussait la porte du bureau de Rafik. Il avait en main le téléphone utilisé par Marjanović. Le point qui étonnait toujours Rhino, c'était le soin qu'il apportait à sa tenue : elle tranchait avec le bordel insondable qui régnait en permanence dans son bureau. C'était un vrai capharnaüm où trônaient pêle-mêle téléphones et ordinateurs éventrés, câbles poussiéreux, cartes mères, tournevis, etc. Il lui tendit l'appareil.

— C'est un prêt avant que Bonnier le saisisse officiellement. Tu peux lui faire cracher tout ce qu'il a dans le ventre ?

— Notre Bonnier ?

— Oui. Nous avons un dossier en commun.

— Je suppose que cela doit être traité au plus vite ?

Rhino acquiesça et se rendit dans son bureau. Sans odeur ni saveur. Aucune photographie, rien de personnel. Seules de larges impressions d'analyses criminelles détaillant certains services de renseignement de Syrie ou quelques cartes du Moyen-Orient étaient punaisées aux murs, histoire de visualiser l'endroit sur cette planète où la merde était encore tombée du ciel.

Il ouvrit son placard mural pour prendre un dossier syrien, quand ses doigts perçurent le bois de la gusle. Il s'en empara, se lova dans son fauteuil, posa les pieds sur le bureau et fit sonner la corde principale. Son esprit s'éleva avec le son. Rhino se sentit une nouvelle fois happé par le temps, aspiré par ce trou noir que constituait son passé et qu'il souhaitait surtout ne plus jamais revivre.

Pourquoi maintenant ?

Il avisa l'archange Michel terrassant le dragon, sculpté dans le bois.

Bosnie-Herzégovine – SAS – Igman

6 décembre 1994

8 heures. Michel jeta un œil au-dehors, la neige tombait à gros flocons. Le jour se levait et la visibilité était quasi nulle.

Inutile de réveiller Gérard et Martial, se dit Michel en les observant emmitouflés dans leurs duvets. Le poêle peinait à réchauffer *la tanière*.

Le froid s'était installé. À l'issue de trois jours de tempête, la température était descendue à –19 °C le soir. Michel, de garde de 4 heures à 8 heures du matin, avait entendu pendant la nuit la grêle frapper sur le toit. La neige, très fine, qui avait couvert les bâtiments, s'était par la suite transformée en givre. Des stalactites blanches s'accrochaient dorénavant aux moindres aspérités des engins blindés immobilisés. Michel eut une pensée pour les soldats bosniaques ou serbes qui armaient les postes et les tranchées autour de la DMZ, pour leurs si dures conditions de vie, la perpétuelle insécurité qui était la leur, leurs maigres repas accompagnés d'eau gelée.

Un *bip* de réception de message parvint aux oreilles de Michel qui se leva pour en vérifier le contenu. « Rappel immédiat signé Maletraz. » Michel s'empara du combiné.

— Merci de me rappeler, Granier. On a une merde. Les SAS sont portés disparus. Ils voulaient faire le tour des postes serbes, histoire de sonder leurs ambitions pour les jours à venir. On parle d'un blocage complet des zones serbes. Mais les Britanniques n'ont plus de nouvelles de leur équipe depuis hier matin.

— Avec cette tempête, rien d'étonnant. S'agit-il de l'équipe de John Bonning ? demanda Michel.

— Oui. Ils sont partis deux jours plus tôt en direction de l'antenne pour y déposer un poste radio. Puis ils envisageaient de descendre sur les secteurs du poste serbe S4, répondit Maletraz.

— OK, nous allons nous équiper et tenter de les retrouver. Mais bon… J'espère qu'ils auront construit un igloo. Sinon…

— Oui, j'imagine, au vu de la météo sur Sarajevo. Retrouvez-les. Que les *British* nous soient redevables n'est pas pour me déplaire, rajouta Maletraz.

Michel ne releva pas ces derniers mots. L'équipe URH avait réalisé plusieurs missions conjointes avec les SAS, qui avaient été impressionnés par leur aisance en milieu montagnard. Les éclaireurs skieurs avaient délivré quelques formations de survie en montagne, en l'occurrence la construction d'un igloo. Ces missions communes avaient ainsi rapproché les équipes. Lui et John avaient sympathisé malgré l'écart d'âge, John approchant de la quarantaine.

Il réveilla ses équipiers et expliqua la situation.

— Putain ! C'est de la folie de sortir par ces conditions ! s'emporta Gérard. Autant chercher une aiguille dans une botte de foin. Qui a donné cet ordre ?

— C'est Maletraz.

— On doit le tenter, Gérard. Nous sommes les seuls à pouvoir les retrouver, temporisa Martial.

En bon grognard, il remplit son sac à dos sous l'œil amusé de Michel. L'équipe emporta le matériel indispensable à la survie : les transmissions, eau, nourriture pour un régiment, la trousse médicale de survie et un traîneau de fortune.

***

Quelques minutes plus tard, après avoir déblayé la porte de *la tanière*, skis au pied, l'équipe URH entamait sa progression dans le blizzard, à l'azimut. Michel alluma sur sa poitrine son appareil de recherche de victime en avalanche. Il vérifia le temps disponible de batterie. En regardant clignoter la petite lumière rouge, il repensa au moment où Goran lui avait remis avec émotion la *gusle* sur laquelle il avait ajouté une dernière touche : l'archange Michel terrassant un dragon.

Giflé par les bourrasques, Michel, boussole à la main, guidait Martial qui faisait la trace dans 50 centimètres de poudreuse. Leur objectif : l'antenne et le poste de Bjelašnica au sommet du mont Igman, qui devait être ravitaillé à dos d'hommes tous les trois jours par les chasseurs alpins. Les nuages filaient à une vitesse impressionnante. Les rabats de sa capuche lui fouettaient le visage. La neige volait à l'horizontale, cinglant chaque partie de peau découverte.

L'équipe, qui progressait avec un rythme soutenu, aperçut au loin l'antenne du relais de télévision recouverte de givre. C'était ici que les athlètes du monde entier s'étaient élancés pour la descente en 1984. Les baies vitrées du restaurant panoramique avaient été soufflées par les explosions, vestiges surréalistes d'un autre temps.

Quelle désolation !

Épuisés, ils pénétrèrent dans le bunker où la température était agréable. Des litres de café les attendaient. L'occasion aussi pour l'équipe de faire sécher leurs vêtements avant de repartir. Le chef de poste leur confirma avoir vu passer l'équipe britannique la veille, laquelle était frigorifiée. Mais ils avaient fait savoir qu'ils devaient se rendre sur le poste serbe S4, sans en dire plus.

Ayant recouvré leurs forces, Michel et l'équipe décidèrent de vérifier les alentours du poste serbe en priorité. Ils enlevèrent les peaux de phoque de leurs skis pour glisser sur la piste mythique. Ils godillèrent ainsi pendant quinze minutes avant de reprendre leur progression. Heureusement, la visibilité devenait meilleure, le vent s'était atténué. Les trois hommes s'emparèrent de leurs sifflets et produisirent par intermittence des sons stridents. Après vingt minutes de marche, ils perçurent un cri au loin. Sans trop y croire, ils se dirigèrent vers cette zone. Coups de sifflet. Les cris se faisaient plus précis. La vue était de nouveau nulle. Ce fut Gérard qui le vit en premier. John était sur leur gauche, à 50 mètres. Il agitait les bras dans tous les sens. L'équipe URH se précipita à son secours. John fit rapidement un état des lieux. L'un de ses hommes avait les mains gelées, l'autre ne sentait plus ses pieds et s'était fait une entorse grave du genou.

Michel remarqua que les SAS avaient suivi leurs conseils et avaient bâti un abri de fortune dans la neige, une sorte d'igloo. Il proposa de se rendre au poste serbe S4 pour se remettre d'aplomb.

Gérard et Martial assemblèrent le traîneau, y positionnèrent le militaire britannique qui souffrait le martyre puis l'équipèrent de cordes pour le tirer. Le petit détachement se dirigea grâce aux indications de Michel et de sa boussole. Après une heure, ils aperçurent au loin le poste de rondins de bois. Un détail intrigua l'équipe : aucune fumée ne sortait de la cheminée. À l'extérieur, aucun garde n'était présent.

— Merde. Ils se sont barrés ?

— J'espère que…

John s'interrompit. Michel se retourna, mais ne releva pas. Ils déchaussèrent leurs skis, portèrent le traîneau pour pénétrer dans le poste. Michel poussa la porte en criant :

— *Mala Planina*, c'est *poručnik u konjaku.*

Il s'immobilisa, saisi d'effroi.

— Putain de merde ! s'écria Gérard.

Michel, le regard vide, s'effondra sur la table en se prenant la tête entre les mains. Martial surgit pour essayer de comprendre ce qu'il se passait et se figea aussi.

Les trois Serbes du poste avaient été crucifiés. De puissants clous avaient pénétré leurs chairs. Goran, au centre, encadré par deux jeunes hommes. Ils avaient été dénudés et leur ventre, ouvert en forme de croissant de lune, laissait prendre leurs entrailles jusqu'à leurs pieds.

John poussa la porte à son tour et demeura paralysé.

— *Fuck !*

Michel entendit un gémissement. Goran, la force de la nature, le Jésus serbe, geignait péniblement. Il ouvrit un œil.

Comment pouvait-il être encore vivant ?

— On va te sortir de là, Mala Planina. Putain, tiens le coup mon ami ! Gérard appelle le PC. Préviens-les de la situation. On va s'occuper de toi.

— Tu dois m'achever, souffla le colosse. Prends ma croix sur mon poitrail. Elle est pour mon fils, Bruno, à Banja Luka. Tu lui diras que son père était un brave, rajouta-t-il dans un souffle.

Très ému, Michel lui promit de respecter ses dernières volontés. Il détacha alors la croix du cou de Goran, mais il la fit tomber au sol. Il s'agenouilla pour la ramasser quand un coup de feu le fit sursauter. Il se retourna et vit John, l'arme à la main. Malo Planina s'affaissa.

Silence.

— C'était la meilleure des choses à faire, murmura John.

— Je sais, fit Michel en sortant du poste.

John le suivit, posa sa main sur son épaule et le remercia d'avoir sauvé la vie de ses hommes.

— Pour quelle raison étiez-vous là ? demanda Michel entre les dents.

John ne répondit pas.

Paris – 3e DPJ – Commissariat 14e arrondissement

10 août 2021

Encore bouleversé par ce souvenir, Rhino reposa la gusle dans l'armoire murale et composa le numéro de Bonnier qui décrocha sur-le-champ.

— Marjanović est mort.

— Quoi ? s'étouffa Rhino.

Merde ! Mon seul lien avec Vuk vient de claquer. Enfin, si Marjanović ne m'a pas menti…

— À quelle heure ? interrogea-t-il.

— Hier soir. Juste après ton départ ! On va avoir un souci, Rhino. Que faisais-tu dans sa chambre ?

Rhino précisa qu'il avait quelques questions supplémentaires à lui poser, qu'une infirmière l'avait mis dehors, mais qu'il était encore bien vivant à son départ.

— Mais, j'y pense, ne devait-il pas y avoir un garde devant sa chambre ? Parce qu'il était absent au moment où j'en suis parti.

— Oui, répondit Bonnier sans épiloguer.

— Du coup, vous penchez pour l'option homicide ?

— À ce stade, c'est le flou complet. On ne connaît pas encore les causes de sa mort. L'autopsie qui doit être réalisée à 15 heures aujourd'hui nous éclairera sûrement. Mais avant, j'aimerais bien que tu passes me voir au bureau. Est-ce possible ? En plus, nous avons eu un retour sur deux, trois petites choses intéressantes concernant le braquage.

***

Trente minutes plus tard, Rhino pénétrait dans le bureau de Gilles Bonnier, à la 3e DPJ, au commissariat du 14e arrondissement. Bonnier lui serra chaleureusement la main, ce qui rassura Rhino sur ses intentions. Il jeta un œil sur le bureau, en tout point identique à celui qu'il occupait à l'OCLCH en termes de décoration.

Rhino s'attarda sur l'affiche où apparaissaient les fugitifs rwandais. La photographie de Félicien Kabuga, l'homme le plus recherché au monde, avait été barrée d'une croix à la suite de son interpellation par l'OCLCH un an auparavant.

— Il s'en était fallu de peu pour tu sois avec nous sur ce coup ! souligna Rhino en posant son doigt sur la photographie.

— Oui, j'avoue… Mais bon, c'est la vie.

— Alors, ce cambriolage ? Tu m'as dit avoir des informations intéressantes, en off bien sûr, plaisanta Rhino.

— Oui, deux choses. Certains étuis et balles retrouvés dans la rue ont été passés dans notre système de comparaison balistique semi-automatique. Cela a matché avec un Glock qui a déjà été utilisé dans le braquage d'une bijouterie à Monaco l'année dernière. L'auteur qui apparaît sur la vidéo ressemble à l'un des types impliqués dans le cambriolage chez Wright. Nos collègues du Sud qui travaillent sur ce dossier ont déjà bien avancé. Ils peuvent mettre un nom sur l'individu en question, un dénommé Darko Petrović, né à Belgrade le 7 juillet 1999, connu pour être un spécialiste des coffres. Il a même une société qui en vend.

— Comment l'ont-ils redressé ?

— Un informateur. Petrović est très fort dans son domaine, mais un peu trop fanfaron. Il l'a fait à l'envers avec le tonton[1]. Nous devons faire une liaison pour échanger avec eux. Il avait disparu de leurs radars depuis un mois environ.

— Logique, puisqu'il était à Paris. Petrović, tu dis ? Je vais mettre Rafik sur le coup. Compte tenu de son âge, avec un peu de chance, il a peut-être laissé quelques traces sur le Web ! Je te ferai un retour. Et la seconde ?

— L'exploitation du disque dur de la vidéosurveillance. La victime ou son garde du corps ont tenté d'effacer des données. Je comprends mieux leur manque d'entrain à nous confier le matériel. Ils nous avaient dit que cette manipulation avait été réalisée par les braqueurs. Nos spécialistes ont pu remonter les data et nous avons reconstitué le fil. On peut voir que le coffre détenait d'autres objets que ceux qui ont été déclarés par Wright, en l'occurrence une petite boîte rouge, genre précieuse.

Bonnier montra la photo du coffret en question. Rhino l'examina avec attention.

— Que contient-elle ? Mystère. Il y a peu de chances que Wright se mette à table. Bon, et toi ? Que faisais-tu dans cette chambre ? Je dois t'entendre dans le cadre de la mort suspecte de Miroslav Marjanović, fit Bonnier en ouvrant son ordinateur.

— Je n'ai pas grand-chose à te dire, d'autant qu'il était vivant quand je l'ai quitté. L'infirmière a dû te le confirmer ?

— Oui, mais il va quand même falloir me donner un certain nombre d'explications. Vers quelle heure t'es-tu rendu à l'hôpital ?

— Vers 21 h 50, et j'en suis reparti vers 22 h 05.

— Pourquoi es-tu retourné le voir ?

— Je voulais parler avec lui de son chef.

— Ce Vuk ?

1. L'informateur.

— Oui. Mirko Nikolić dit « Vuk ». Cela signifie « le loup » en langue serbe. Je l'ai pourchassé après la guerre, mais j'ai abandonné quand j'ai appris son décès au Monténégro.

— Quand est-il mort ?

— En 1997, répondit-il.

Gilles plongea son regard dans celui de Rhino, qui ne faillit pas.

— Comment est-il mort, ce Vuk ?

— Dans un accident de voiture, brûlé vif. Je ne l'ai pas pleuré. C'était ce qu'on appelle un entrepreneur identitaire, un concepteur, du genre à ne pas se salir les mains avec du sang, mais uniquement avec de l'encre. Il était docteur en philosophie, professeur à l'université de Sarajevo. Depuis la mort de Tito, il n'avait qu'une idée en tête, comme bien d'autres : la grande Serbie, avec les conséquences que l'on connaît. Il a énormément contribué à maintenir le siège de Sarajevo, en fournissant ses amis serbes en armements de tous calibres et en faisant régner la terreur.

— Et le lien avec Marjanović ?

— Il était le fondateur des Serpents. Marjanović était son bras droit.

— OK, un lien avec celle qu'il a appelée « la moudjahidine » ?

— Rien de particulier.

Bonnier observait Rhino.

— Et cette histoire de paon ?

— Marjanović m'a laissé entendre que Nikolić était vivant. Il fallait que j'en aie le cœur net. Et ma visite avait pour but de lever le doute.

— Et ? Le doute est levé ?

— Pas vraiment. Il en savait plus que ce qu'il m'en a dit. Nous devions négocier son statut de témoin protégé, qu'il n'aurait jamais obtenu. Mais maintenant, il est mort et je ne saurai jamais s'il a bluffé ou non. Et le garde ? Que s'est-il passé ? questionna Rhino.

— En fait, un feu s'est déclenché dans une remise où se trouvaient des draps et des produits divers, dont certains inflammables. Le jeune policier, sentant une odeur de brûlé, s'est précipité dans la zone concernée pour éteindre le début d'incendie.

— À quelle heure remonte le décès du Serbe ?

— L'heure du décès est estimée à 22 h 10.

— Soit quelques minutes après mon départ. Qu'en pensent les médecins ?

— Marjanović a fait un malaise. Les infirmières ont entendu un hurlement. Le scope s'est affolé et a affiché un rythme cardiaque à 220 battements par minute. Cela a provoqué l'alerte sonore. À l'arrivée de l'équipe médicale, le patient était inconscient et le scope indiquait une fibrillation ventriculaire. Ils ont cherché à le réanimer avec un défibrillateur, mais sans succès. Le certificat de décès indique comme cause de mort : « arrêt cardiorespiratoire secondaire avec une fibrillation ventriculaire inexpliquée ». Le médecin a coché « obstacle médicolégal » à l'inhumation. Ils ont réalisé une prise de sang pour essayer de comprendre la situation.

— D'où l'autopsie, précisa Rhino.

— Oui, pour vérifier si le choc sur la jambe pendant le braquage a provoqué cette réaction. Nous avons quand même saisi tout le matériel et l'équipement qui l'entourait. L'équipe médicale n'était pas trop contente, mais bon…

— Avez-vous une vidéo exploitable sur les extérieurs et intérieurs de l'hôpital ? interrogea de nouveau Rhino.

— C'est en cours. On va visionner les enregistrements vidéo, mais le système n'est pas de bonne qualité et, qui plus est, la zone concernée n'est pas forcément la plus couverte.

Rhino jeta un œil sur sa montre et se leva précipitamment.

— Merde, je suis à la bourre.

— Et tu n'oublies rien ?

— Quoi ?

— Ben, le téléphone de Marjanović ?

— Ah, oui… laisse-moi encore quelques heures !

— Tu fais chier, Michel !

En quittant les bureaux de la 3e DPJ, Rhino composa le numéro de David. Aucune réponse. Il prit la décision de se rendre chez lui, mais trouva porte close. Saisi d'un doute, il fit une recherche sur le site de l'ambassade de France en Bosnie-Herzégovine et découvrit que seule une carte d'identité suffisait pour se rendre dans le pays. Il vérifia alors les horaires de vols. Le seul départ de la journée était programmé depuis l'aéroport Charles de Gaulle à 11 h 50, *via* Vienne. Un coup d'œil sur sa montre.

Merde, il ne me reste que peu de temps pour lui dire au revoir.

Et lui avouer avant que… ?

Comme à son habitude, Rhino se fraya un passage au gyrophare pour rejoindre l'aéroport au plus vite. En route, il appela le chef de la brigade des transports aériens, lui expliqua la situation, et demanda à accéder à la zone d'embarquement.

Trente minutes plus tard, il parqua sa voiture sur l'emplacement police et se précipita en direction de la zone de départ, où une patrouille l'attendait pour lui faciliter l'accès à l'embarquement.

Paris – Banlieue Nord –
Aéroport Roissy Charles-de-Gaule
10 août 2021

David saisit avec énergie la poignée de sa valise dans le coffre du taxi qui l'avait transporté jusqu'à l'aéroport. Il avait confirmé son départ dans la matinée à sa direction. Son patron l'avait informé que le service culturel de l'ambassade de France en Bosnie-Herzégovine le contacterait pour l'organisation d'une soirée à la résidence de l'ambassadrice. Son téléphone vibra dans sa poche.

Encore mon père !

Il ne décrocha pas. Son attitude lui restait encore sur l'estomac. Dans le fond, il était très heureux de pouvoir visiter Sarajevo, cette ville martyre sujette à un blocus de quatre années d'une guerre impitoyable.

Il se dirigea vers le comptoir d'enregistrement de la compagnie aérienne. Il se glissait dans la file de voyageurs quand il entendit des cris. Une fille, aussi blonde que jolie, vêtue d'une minijupe en cuir noir et d'un débardeur rose mettant plutôt en valeur ses formes, hurlait sur l'hôtesse. Elle venait de lui faire savoir que le billet au nom de Julie Mastret n'ayant pas été confirmé par l'agence de voyages, elle ne pouvait pas embarquer. Elle prononça quelques insultes à l'endroit de la compagnie, mais dut se résoudre à accepter la décision, sous menace d'une intervention des forces de sécurité.

David fut frappé par son timbre de voix très grave. Il la vit rebrousser chemin, perchée sur ses talons aiguilles, et maugréer en tirant sa valise à roulettes. Elle passa devant les voyageurs en les dévisageant d'un regard mauvais.

Avant de rejoindre la porte d'embarquement, il flâna dans quelques boutiques, s'arrêta dans l'une pour acheter sa revue favorite *Manga Mag*, ainsi qu'un magazine relatif à la programmation informatique. Il s'installa dans la salle d'embarquement. Assis sur son fauteuil, il décida de visionner de nouveau la vidéo. Il avait installé à la dernière minute un dispositif pour surveiller son chat, et sa voisine chargée de le nourrir. Mais, contre toute attente, la caméra avait enregistré son père en train de fouiller dans son bureau pour lui dérober son passeport.

J'hallucine ! Pourquoi a-t-il fait cela ? Pour m'empêcher de partir à Sarajevo ?

Qu'est-ce qui le gêne tant dans ce départ ?

David entendit des talons claquer sur le sol. La fille, plus calme à présent, marchait avec assurance. Elle avait ses écouteurs et semblait chanter. Se sentant observée, elle leva les yeux vers lui. Pris sur le fait, il plongea le nez dans *Manga Mag*, mais perçut le poids de son regard pendant une trentaine de secondes, regrettant de l'avoir ainsi détaillée.

Pour faire passer le temps, elle réajusta sa chevelure bouclée et imposante et réalisa une série de selfies. Elle utilisa un filtre pour accentuer la couleur jade de ses yeux et publia deux posts sur Instagram. Ses réseaux sociaux traduisaient des journées menées au pas de course, une vie de Parisienne en tension permanente, ce qui était d'ailleurs la réalité, compte tenu de son métier d'attachée de presse. Son efficacité et son énergie inépuisable étaient appréciées de son patron.

Le speaker annonça l'ouverture des accès à l'avion. David se leva d'un bond, positionna son casque sur les oreilles. La fille rejoignit la file d'attente et se plaça un rang derrière lui. Après avoir tendu son billet et sa carte d'identité, David s'apprêta à pénétrer dans le tunnel quand il sentit une main sur son épaule. La jeune femme lui montra du doigt un homme qui faisait de grands gestes derrière une vitre. Il se retourna et vit son père qui l'invitait à le rejoindre. Il tourna la tête, poursuivit son chemin. La fille fit un geste d'incompréhension dans la direction de l'homme et présenta son billet.

David s'assit à la place hublot et sortit une biographie sur Rimbaud qu'il plaça dans le filet devant lui. Il vit la fille remonter le couloir avec sa valise. Après l'avoir jetée dans le coffre situé au-dessus d'eux, elle s'affala sur le siège à côté du sien.

— Salut, je m'appelle Julie, dit-elle en lui tendant la main. On ne se quitte plus, on dirait.

— David !

— Rimbaud, j'adore, fit-elle en montrant le livre.

— Ah ? C'est mon poète favori.

Pour faire bonne figure, David lui fit remarquer qu'elle avait finalement réussi à s'en sortir avec les services de l'aéroport. Elle rétorqua que son patron avait réglé le problème, car il connaissait un flic au poste de la police aux frontières.

— Qu'est-ce que tu écoutes ? demanda David.

— Népal.

— Connais pas.

— Non, mais sérieux ?

Elle chanta :

« Tout ça, c'est les autres
On va laisser ça aux autres
Puisque l'enfer, c'est les autres
Pourquoi vouloir faire comme les autres ? »

— C'est mon morceau préféré, « *Sundance* », de l'album posthume *Adios Bahamas*. On l'appelait « l'artiste au visage masqué ».

— Posthume ?

— Une catastrophe. Ce type me faisait chialer vivant. Alors mort ! Tu imagines. Il s'est suicidé à l'âge de vingt-quatre ans, le 9 novembre 2019.

Une passagère, âgée d'environ soixante ans, arriva à la hauteur de leur rang. Son regard oscilla entre Julie et son billet. Elle lui signala qu'elle avait sans doute fait une erreur de placement. Julie acquiesça en précisant qu'elle avait pris la liberté de s'installer aux côtés de son fiancé et proposa un échange. David la regarda amusé. La femme lui fit part de son désaccord. Pour la convaincre, Julie rajouta :

— Comme nous, vous avez été jeune, madame, je suis sûre que vous ne vous décolliez pas de votre amoureux, non ? dit-elle avec assurance tout en posant sa main sur celle de David.

Après que les mesures de sécurité ont été rappelées par l'équipage, le pilote annonça le départ et l'avion s'engagea sur le taxiway. Julie arrangea sa jupe en soufflant un grand coup. Elle murmura que s'il y avait bien un truc qu'elle détestait dans l'avion, c'était les décollages et surtout les atterrissages. David sourit et envoya le message destiné à son père, puis enclencha le mode avion sur son téléphone.

***

En bord de piste, Rhino avait parqué sa voiture. Au loin, il vit l'avion s'aligner sur le tarmac pour décoller. Les dernières images de David pénétrant dans le couloir d'accès tournaient en boucle. Il l'avait hélé, l'avait vu se retourner et s'engouffrer sur la passerelle avec un regard furieux.

David m'en veut pour le lapin que je lui ai posé hier soir. Mais il semblait accompagné d'une fille, plutôt jolie d'ailleurs. Le petit cachottier.

Soudain, il reçut une vidéo envoyée par son fils dans laquelle on le voyait en train de fouiller son appartement.

Merde !

En regardant l'appareil prendre son envol, Rhino réalisa que vingt-sept ans plus tôt, il embarquait dans un avion pour la même destination avec une étape à Zagreb. Une boule se nicha dans le creux de son ventre. Il prit son portable et rédigea un message WhatsApp.

Vol Paris – Sarajevo
10 août 2021

Le pilote mit les gaz et lança la machine sur la piste. Les ongles de Julie se fichèrent dans la peau de David. Elle conserva la position, contractée, les yeux fermés. David huma son parfum et se promit de lui en demander la marque quand cela sera le bon moment. Au signal sonore de la fin de décollage, Julie rouvrit les yeux, se détendit et relâcha sa main. Il en profita pour frotter les traces rouges causées par ses ongles.

— Tu fais ça à chaque fois ?

— Oui, c'est pour cette raison que je choisis toujours un homme comme voisin. J'opte pour un beau mec, plutôt costaud. Et que fait dans la vie mon souffre-douleur, ou mon fiancé ?

David expliqua qu'il était concepteur de jeux vidéo et de films d'animation, et qu'il se rendait au Sarajevo Film Festival.

— Trop *glory*… En vrai, j'y vais aussi ! Je devais aller à Cannes, mais au lieu de la mer, on m'envoie à la guerre. Ça craint. Même pas de gilet pare-balles.

— La guerre est terminée, s'esclaffa David.

— On verra. Pourquoi le SFF ?

— Notre société a remporté le prix du film d'animation pour l'adaptation d'un de nos jeux vidéo. Je remplace mon patron à qui on doit remettre le prix. Et toi, en qualité d'actrice, je suppose ? suggéra David avec un clin d'œil.

— Non, c'est moins glamour. Je suis attachée de presse dans une grosse société de communication parisienne qui a un contrat avec une marque sponsor du SFF, une boisson gazeuse dont le slogan est Taste the Feeling[1], si tu vois ce que je veux dire. C'est cool, on va faire un bout de chemin ensemble, alors.

David s'abstint de répondre, souhaitant garder une réserve, car il ne connaissait encore pas vraiment cette fille. D'autant que le peu qu'il en avait vu lui laissait entendre qu'elle était plutôt du genre furie.

— Comment s'appelle ton film ? interrogea-t-elle.

— *The Eternal Quest*. TEQ pour les intimes.

— Non, je ne le crois pas ! TEQ, c'est toi ? s'étonna Julie en ouvrant grand ses yeux verts.

— Oui, enfin, c'est un travail d'équipe.

— C'est toi qui as imaginé cette histoire du type en quête de ses racines ? Et qui, au fur et à mesure des étapes, découvre qu'il détient des pouvoirs exceptionnels et magiques ? Comment s'appelle le personnage principal, déjà ?

— Akihiko, ce qui signifie « prince lumineux » en japonais. Eh oui, c'est moi.

Julie toisa David avec intensité, lui fit remarquer qu'il était une star, et sortit son téléphone pour immortaliser cet instant sur Instagram. Il lui confirma ne pas être vraiment porté sur les réseaux sociaux, mais il accepta et sourit pour la photo.

— Nickel. Et c'était qui le type qui te faisait de grands signes et à qui tu as mis un sacré vent ? Pas ton boss, j'espère ?

---

1. En français « Savoure l'instant », campagne de publicité de Coca-Cola.

— Mon père, fit David sèchement en se tournant vers le hublot.

Un steward se présenta dans le couloir pour vendre des produits détaxés et s'exprima en bosnien. David refusa poliment dans la même langue.

— Ouah… Je suis calmée. Tu parles le serbo-croate ?

— Quelques mots, j'ai eu une nounou serbe. On ne parle plus de serbo-croate dorénavant. La langue utilisée est le BHS[1], histoire de ne froisser personne, si tu vois ce que je veux dire. Cela pourra t'être utile à Sarajevo.

— Moi, c'est l'allemand !

David s'esclaffa, un peu surpris.

— Oui, je sais. C'est ma mère qui a insisté pour que j'apprenne cette langue. Elle est d'origine allemande, de Berlin exactement. C'est la raison pour laquelle j'ai fait plusieurs séjours dans cette ville, qui est au top, soit dit en passant. Et pourquoi une nounou serbe ? Que fait ton père ?

— Il est gendarme.

— Ah, moins *glory*, ça !

— Il est spécialisé dans les crimes contre l'humanité. Il dirige un office chargé de la traque des criminels de guerre.

— Mais que vient faire la nourrice serbe ?

— Un hasard. La nounou était la femme d'un gendarme de la caserne. Il s'est arrangé pour qu'elle s'occupe de moi. Son mari était au GIGN[2]. Mon père a été militaire en poste en Bosnie, à Sarajevo, pendant la guerre. Et tes parents ? questionna David.

— Ils sont médecins dans le 16ᵉ arrondissement. Bien sûr, j'aurais dû suivre leurs traces, mais je ne les ai quasiment jamais vus… Boulot, boulot et encore le boulot, ils

1. Bosanski, Hrvatski, Srpski (le Bosnien, le Croate, le Serbe).
2. Groupe d'intervention de la Gendarmerie nationale.

n'avaient que cela en tête. Vivre pour travailler ! Très peu pour moi. À la place, j'ai fait des études de droit international humanitaire jusqu'au master, et ça m'a soûlée. Alors, je me suis orientée vers le journalisme. Je voudrais me charger des affaires criminelles. En attendant, je bosse comme attachée de presse pour une boîte de com.

— Je suis un peu dans la même situation que toi. Je n'ai pas vu souvent mon père, car entre ses affaires de criminalité organisée et les homicides, il n'était jamais là. Ensuite, il a évolué vers ce type de crimes de haut niveau. Quand je lui ai demandé comment devenir gendarme, il s'est emporté et m'a déconseillé de choisir la même voie que lui. J'ai tenté par la petite porte de me présenter au concours, mais il l'a appris, et je suis certain qu'il m'a planté.

— Et ta mère ? demanda Julie.

— Je ne l'ai jamais connue, elle est morte en me mettant au monde.

— Trop triste.

— Oui. Une amourette de jeunesse de mon père avec une Moldave rencontrée à Paris dans une soirée étudiante. Et ce qui n'était pas prévu arriva ! Je suis peut-être le produit d'une capote qui s'est déchirée. Bref, neuf mois plus tard, elle a accouché à Marseille. Sur le formulaire d'entrée, elle avait inscrit le nom de mon père en expliquant qu'il était le géniteur.

— Où était ton daron au moment de l'accouchement ?

— À Sarajevo. À son retour, une lettre de l'aide sociale à l'enfance de Marseille l'attendait chez mon grand-père, à Montségur. Il découvrit alors qu'il était le père d'un garçon. Ma mère n'avait aucune famille en France, aucun point de chute. D'ailleurs, son nom était faux. Faute de véritable identité, elle a été enterrée au cimetière Saint-Pierre à Marseille, dans le « carré des indigents ».

— Quelle histoire… Comment s'appelait-elle ?

— Olga Rusu.

David se tourna pensif vers le hublot. L'aéroport était en vue, le pilote annonça l'atterrissage imminent. Le ciel s'était assombri, les nuages s'accrochaient aux montagnes qui défilaient sous l'avion. Julie remonta ses manches, s'empara de nouveau du bras de David et le serra fort. Elle rouvrit les yeux quelques secondes après l'atterrissage.

L'avion ayant rejoint sa zone de parking, le personnel de bord ouvrit la porte d'accès à la passerelle, David et Julie l'empruntèrent.

Le vent n'avait pas faibli. La pluie leur fouetta le visage. En posant le pied sur le tarmac, David ressentit une drôle de sensation : une sorte de douce chaleur coula sur lui et l'enveloppa. David eut le sentiment, comme Akihiko, d'acquérir un super pouvoir.

Tu prends tes désirs pour des réalités, mon ami !

Le poème « Voyelles » d'Arthur Rimbaud lui vint à l'esprit :

> « O, suprême Clairon plein des strideurs étranges,
> Silences traversés des Mondes et des Anges :
> — O l'Oméga, rayon violet de Ses Yeux ! »

Après avoir récupéré leurs bagages, un taxi les conduisit vers le centre de Sarajevo et l'hôtel Europe, lieu réservé par l'organisation du festival. La pluie et le vent s'effacèrent pour laisser la place à un soleil radieux, réchauffant l'atmosphère. David et Julie demeurèrent silencieux à l'arrière du véhicule, regardant défiler le paysage. Ils se laissaient imprégner par l'ambiance de cette ville, symbole de tant de souffrances. La radio diffusait un mélange de morceaux aux tonalités balkaniques et de succès pop rock des années 1990. Le conducteur interrompit leurs rêveries :

— Sniper Avenue, dit-il en montrant du doigt l'axe.

— Ah ? rétorquèrent de concert David et Julie.

— La musique est à chier, ici. C'est retour dans le passé… glissa Julie dans l'oreille de David qui huma de nouveau son parfum.

— C'est quoi, ton parfum ?

— Ah, tu aimes bien ? L'arôme des filles qui empoisonne et qui rend *addicted*.

Julie lui colla un coup de poing sur l'épaule.

— Regarde ces immeubles. Ils ont encore les stigmates de la guerre. Impacts de balles et tout. C'est trop impressionnant ! déclara-t-elle, portable en main, prenant des photographies en rafales.

David fut surpris de découvrir une ville aussi moderne. Puis l'environnement évolua. Les immeubles de cité laissèrent la place à des bâtiments d'une architecture austro-hongroise. Ils longèrent le cours d'une rivière enjambée par une succession de ponts de pierre ou d'acier. Au fond, la vallée se resserrait autour des petites échoppes en bois de Baščaršija, le quartier ottoman. Le taxi longea la rivière Miljacka et les déposa devant leur hôtel.

Dans le hall, Julie se connecta au wifi et étudia son programme à venir. Elle fit savoir à David que les prochains jours seraient très chargés.

— Moi, je n'ai rien de spécial, répondit-il. Je dois juste être présent le 13, à la soirée programmée à l'issue de la cérémonie d'ouverture du SFF. Il s'agit d'une réception à la résidence de l'ambassadrice. Si tu veux, tu peux m'accompagner ?

Julie accepta et lui claqua une magistrale bise sur la joue.

Dans une imposante berline noire garée dans la rue en face de l'hôtel, un homme, la cinquantaine bien tassée, crâne rasé, moustache, sortit son portable et rédigea un texto.

Paris – OCLCH – Porte de Bagnolet

10 août 2021

Encore sous le coup de l'émotion à cause de son immense bourde envers David, Rhino grimpa les quatre étages du Bastion XIV pour rejoindre Rafik. Il le trouva derrière son bureau, toujours aussi désordonné et en pleine effervescence.

— Le téléphone qui a été saisi par Bonnier est un DecroChat. Ce sont des appareils un peu particuliers. Ils sont dotés de deux systèmes d'exploitation. L'un est un Android traditionnel, la façade en quelque sorte pour ne pas éveiller de soupçons, et l'autre, le DecroChat. L'entreprise qui commercialise ces téléphones ultrasécurisés garantit l'anonymat des utilisateurs. Du coup, au moins 90 % de leurs acquéreurs sont des membres de la criminalité organisée, en particulier dans les stups. Pour s'offrir un de ces appareils, il faut payer un abonnement estimé à plus de trois mille euros pour six mois. D'après les collègues du C3N, le prix exorbitant n'a pas empêché l'entreprise de convaincre environ cent mille clients.

Rafik reprit sa démonstration devant l'air perplexe de Rhino.

— La discussion depuis un DecroChat ne peut se faire que vers un autre DecroChat. Les criminels sont donc contraints de souscrire plusieurs forfaits pour le même type d'appareils. Sur ce téléphone, le GPS, la webcam et le port USB sont désactivés afin de limiter les risques de pistage.

Rhino examina l'objet.

— Il y a un mot de passe apparemment ! Laisse-moi tenter un truc.

— Attention, au bout de trois essais, l'interface Panic Wipe s'active toute seule. Le cambrioleur a sans doute tenté d'effacer toutes les données en activant ce bouton rouge.

— Bon, je me risque sur deux tentatives ?

Il tapa une succession de chiffres. Le téléphone ne réagit pas. Rafik blêmit. Il fit une deuxième tentative et l'appareil se débloqua. Rhino lui montra avec fierté l'interface activée.

— Bien joué, patron ! Quel est le code ?

— 28 06 1389.

— Vous me devez une explication.

— Disons que nos amis sont plutôt prévisibles. J'ai appliqué le code suivant : 28 06 1389, soit le 28 juin 1389. C'est une date très importante pour les Serbes, car c'est le jour où l'armée serbe a été vaincue par les Ottomans à Kosovo Polje. Elle est devenue la fête nationale serbe et s'appelle la Vidovdan, premier jour d'une résistance qui fut à la fois politique et religieuse.

— Et quel est le premier code que vous aviez tapé ?

— La date de naissance d'une vieille connaissance. 22 121 963.

— Une vieille connaissance ?

— Peu importe ! répondit Rhino. Autre chose ?

— Oui, j'ai gardé le meilleur pour la fin. Mais je dois faire quelques vérifications avec mes anciens collègues. Nous avons eu une petite idée. Et si ça fonctionne… Ça va claquer grave !

Il toisa Rafik, plutôt surpris de cette expression non usuelle dans la bouche de son collaborateur, trahissant son enthousiasme débordant.

Soudain, il reçut un message de Bonnier : « Je sors de l'autopsie. Sa mort pourrait être liée à l'écrasement de sa jambe lors du braquage. Mais compte tenu du contexte et de la personnalité du client, le légiste a demandé à Ahmed Dasnar, l'un de ses collègues tunisiens, de réaliser une contre-autopsie du corps à l'issue du retour des analyses toxicologiques. Il est l'un des meilleurs médecins légistes au monde et il est de passage sur Paris, à l'IRCGN[1]. Nous aurons un deuxième avis. »

1. Institut de recherche criminelle de la Gendarmerie nationale.

Paris – Clinique Potanine (Service urologie) – 13e arrondissement

10 août 2021

L'homme adorait flâner dans le Paris désert du torride mois d'août. La Ville lumière était l'une de ses cités favorites. Le rendez-vous de la veille avec le prêtre orthodoxe Nikola Škrbić s'était plutôt bien déroulé. Son plan allait prendre forme. Il attendait son appel pour la suite. En revanche, aujourd'hui, l'humeur n'était pas au beau fixe. Il regarda sa montre et se dirigea d'un pas lent vers la clinique privée d'urologie.

Il jeta sa cigarette sur le sol, l'écrasa avec soin, retira son chapeau en feutre noir et poussa la lourde porte en fer forgé surmontée d'une marquise datant du XIXe siècle. Il fut saisi par la fraîcheur des vieilles pierres et une puissante odeur de renfermé. Chaque visite lui rappelait le relent spécial de cette mansarde à Saint-Pétersbourg, où il avait passé une partie de ses études.

La mort dans l'âme, il gravit avec lenteur les escaliers de marbre comme un condamné se rendant à l'échafaud. La mort, il l'avait tant donnée au cours de sa vie. Ou plutôt, il avait tant ordonné de tuer. Car il avait une sainte horreur du sang.

La mort s'était invitée dans son quotidien à l'occasion d'une visite de routine, un an auparavant. De passage à Paris, en août dernier, il en avait profité pour réaliser une traditionnelle prise de sang. Le secrétariat du professeur Alexandre Potanine, spécialiste de la prostate, l'avait alors prié de venir le plus vite possible.

Après l'avoir salué avec une certaine forme de compassion, le professeur Potanine lui avait tendu le document sur lequel était inscrit en caractères gras : « supérieur à 4 ng/ml », ce qui signifiait un fort risque de présence d'un cancer. D'autres examens étaient nécessaires pour confirmer ou infirmer le diagnostic.

— Cela va être compliqué, car je dois être demain à Moscou.

— Si j'étais vous, je repousserais mon départ de quelques jours, le temps d'y voir clair. À moins que vous ne fassiez les analyses en Russie ? Si vous le souhaitez, je peux vous recommander auprès d'excellents confrères.

Il avait alors pris la décision de retarder son déplacement et de poursuivre les tests en France. Il avait alors subi plusieurs séances de radiothérapie et avait été contraint d'en parler à son fils, récemment installé à Paris.

En début de semaine, de nouveaux examens avaient été réalisés. Le secrétariat du professeur l'avait convoqué sans rien lui dire de plus. Une sale habitude. Depuis cet appel, « L'Échafaud », le poème de Victor Hugo, tournait dans sa tête en boucle sans qu'il puisse s'en débarrasser.

> « L'obscurité croissait comme un effrayant mur,
> L'échafaud, bloc hideux de charpentes funèbres,
> S'emplissait de noirceur et devenait ténèbres ;
> Les horloges sonnaient, non l'heure, mais le glas ;
> Et toujours, sur l'acier, quoique le coutelas
> Ne fût plus qu'une forme épouvantable et sombre,
> La rougeur de la tache apparaissait dans l'ombre. »

La littérature française avait ses faveurs. Après celle de son cher pays natal, la Serbie. Tenaillé par l'angoisse, mais ne souhaitant rien laisser paraître, l'homme s'installa dans le fauteuil en cuir en face du professeur, qui avait toujours été frappé par son regard et ses yeux bleus perçants.

Il le salua et ouvrit son dossier.

— On peut dire que vous revenez de loin. Je tenais à vous l'annoncer de vive voix avant de partir en vacances bien méritées... Le cancer a mystérieusement disparu. J'avoue que je suis sidéré. J'ai rarement vu ça.

L'homme sentit qu'un poids immense s'évanouissait.

— Nous allons confirmer ce résultat par un autre examen sanguin. Mais c'est presque un miracle, poursuivit Potanine. Tout le mérite vous revient. Parfois, la force de caractère et la volonté de guérir sont plus fortes que le crabe.

Il se leva, salua le médecin et prit congé. Préalablement, la secrétaire lui remit sa dernière facture. Le montant lui paraissait très élevé, mais bon... Il était guéri. Elle lui précisa que le règlement devrait être réalisé par chèque, car le cabinet faisait l'objet d'un contrôle fiscal. Il descendit les escaliers le cœur léger.

Et si on lui envoyait un message ? Le coup de pouce divin ? Pour réaliser son œuvre ? Sa rémission était-elle la conséquence de sa retraite spirituelle dans le monastère serbe de Visoki Dečani au Kosovo, au sud de la ville de Peć ? Il avait eu raison de se tourner vers Dieu. Il en avait la preuve. Il était maintenant convaincu de la mission qui l'attendait.

Son téléphone émit un *bip*. Il lut le message, poussa la lourde porte et tomba dans les bras d'un jeune homme, athlétique, âgé d'une vingtaine d'années, et qui l'attendait patiemment. Ils firent quelques pas ensemble dans la rue, puis l'homme héla un taxi.

Une femme assise au volant d'une camionnette grise, garée au fond de la rue, prit plusieurs clichés et le prit en filature.

Paris – OCLCH – Porte de Bagnolet

11 août 2021

Rhino lisait le message de Bonnier qui l'invitait à se présenter à la contre-autopsie à 14 heures, quand Rafik, radieux, vint à sa rencontre. Il montra le téléphone DecroChat et annonça avec fierté :

— C'est craqué, patron.

— C'est-à-dire ?

— Grâce à ça.

Rafik posa l'ordinateur et montra à Rhino une succession de lignes de code sur un écran noir.

— Comme la société qui vend ces téléphones est basée à Lyon sur le territoire français, nous avons la base légale pour inoculer ce *malware*[1] dans leurs serveurs. Il est capable de s'installer en toute discrétion sur le terminal téléphonique et de rester sous le radar. Ensuite, il intercepte les communications sur le réseau DecroChat[2] et les serveurs, et nous permet ainsi de lire les messages avant qu'ils soient chiffrés. C'est un peu comme si nous nous invitions à leur table sans qu'ils le sachent. Nous verrons bien ce que cela donne. Autre chose : j'ai passé à la moulinette ce Darko Petrović, né à Belgrade le 7 juillet 1999. Regardez ce que j'ai trouvé.

---

1. Un malware est un code informatique conçu pour infecter, endommager ou accéder à un système informatique, un serveur.
2. https://fr.wikipedia.org/wiki/EncroChat

Il lança les investigations OSINT en se connectant à son point d'accès sur la plate-forme WRAP[1]. L'écran s'alluma sur un fond bleu nuit avec des hexagones transparents, genre toile d'araignée. Design high-tech. La plate-forme était la nouvelle boîte à outils permettant d'automatiser la détection des traces numériques d'un individu.

Rhino le regarda copier-glisser les différentes icônes symbolisant chaque réseau social.

— J'ai trouvé plusieurs Darko Petrović. L'un d'entre eux possède une société de vente de coffres-forts située dans le sud de la France, à Toulon, la KLV Petrović, avec un logo en forme de roue.

Il cliqua sur le profil. Rafik fit défiler les pages. Plusieurs photographies postées en 2020 et 2021 s'affichèrent. On le voyait en tenue de sport, souvent bras dessus bras dessous avec d'autres types d'une salle de musculation.

— Il a communiqué sur Instagram en mettant quelques photos récentes de Paris. En revanche, depuis une semaine, plus de son, plus d'image, hormis cette vidéo issue de son compte Snapchat, une Story publique. Elle est très intéressante, car on le voit se filmer devant un restaurant, dans le 20ᵉ.

Rafik lança la vidéo et l'immobilisa sur le bâtiment en question.

— Voilà. Le Pod Lipom. Il s'agit d'un restaurant serbe qui appartient à un dénommé Dejan Stanković.

Rhino lui demanda alors de réaliser l'environnement[2] complet de ce Stanković. Il prit le DecroChat pour le rendre à Bonnier.

---

1. Web Research Analysis Platform : plate-forme d'analyse automatisée du Web et des réseaux sociaux.

2. Il s'agit de l'ensemble des vérifications concernant une personne suspecte (comptes bancaires, bases nationales et internationales...).

Paris – Restaurant Pod Lipom – 20e arrondissement

11 août 2021, 14 heures

L'homme retira son chapeau noir et se présenta devant la porte du restaurant serbe Pod Lipom. Après avoir pénétré dans l'établissement, il aperçut Dejan Stanković, un fidèle parmi les fidèles. Comme Miroslav, pensa-t-il en soupirant. Le colosse essuyait des verres derrière le comptoir.

Une odeur de graillon et de transpiration le saisit à la gorge. Elle lui rappela celle de la cuisine de sa mère. Le restaurant semblait figé dans une époque différente, la Première Guerre mondiale, et dans un autre lieu, les Balkans. La salle principale, au rendu rustique, était décorée de poutres apparentes. Les meubles en bois étaient recouverts de tapis kilim aux motifs géométriques rouges, verts et beiges. Les murs étaient ornés de photos en noir et blanc, représentant toutes sortes de situations pastorales des Balkans. Le portrait de Gavrilo Princip était placé au centre. Il était le jeune étudiant serbe de Bosnie qui avait abattu l'archiduc François-Ferdinand et son épouse, le 28 juin 1914.

Stanković se déplaça lourdement en contournant le bar pour venir enlacer l'homme en silence. Chaque fois, sous son étreinte, l'image du roman de Steinbeck, *Des souris et des hommes,* jaillissait dans son esprit. Le livre incarnait parfaitement l'amitié qui les unissait, celle entre un individu rusé et un grand idiot profondément gentil incarné dans un corps de brute. Une amitié scellée dans le sang et les larmes.

— Ils sont là ? demanda-t-il quand il fut dégagé de la pince que constituaient ses bras immenses.

— Oui, dans la pièce du fond, près de l'ascenseur, précisa Dejan.

— Parfait.

L'homme lui tendit une enveloppe.

— Il y a la somme de deux mille euros avec ta quote-part. Tu dois dorénavant les payer par chèque de banque, car ils viennent de se faire contrôler par le fisc ! La bonne nouvelle, c'est qu'il s'agit sans doute de la dernière.

— *Da. Nema problema*[1]. Cela signifie que vous êtes sorti d'affaire ? Vous êtes guéri ?

— Oui. Cela s'arrose donc… Avec une *rakija*.

L'homme se rendit dans la salle du fond. Les murs du couloir étaient couverts des drapeaux de la Yougoslavie, de photographies de Tito, de tableaux représentant des montagnes enneigées.

Aleksandra et Darko l'attendaient en silence avec un café turc, hypnotisés par leur écran de smartphone.

— *Dobar dan*[2]. Ah ! Toujours sur vos réseaux sociaux d'adolescents boutonneux. La fabrique de l'ignorance et de la bêtise, mais très utiles pour nos manipulations et nos projets, cela dit. Si nous avions eu ces outils dans les années 1990, nous aurions gagné la guerre.

— *Dobar dan.* Toujours un petit mot sympathique, le vieux, marmonna Darko.

Une remarque qui n'échappa pas à l'homme. Il tira une lourde chaise pour s'asseoir à table, au centre de laquelle se trouvait un magnifique bouquet de fleurs. Il fixa successivement Aleksandra et Darko et balança :

1. Pas de problème.
2. Bonjour.

— Bon… Quelqu'un va-t-il m'expliquer ce qui s'est passé lors du braquage ?

— Tout s'était parfaitement déroulé jusqu'au décrochage, se lança Aleksandra.

— Miroslav devait faire sauter la voiture de police pour faire diversion, la coupa Darko. Et il a oublié de déclencher le retardateur. Il a dû revenir vers le véhicule, mais un équipage de police s'était déjà engagé dans la rue pour nous bloquer. Quelqu'un a dû les prévenir. Nous avons été pris à revers et Miroslav s'est retrouvé sous leur feu au moment où il la faisait péter. Il a été blessé. Nous avons été contraints de l'abandonner pour protéger le butin.

L'homme planta alors son regard dans celui de Darko qui ne baissa pas le sien, ce qui eut pour conséquence de l'agacer.

— Tu valides, Aleksandra ?

— Oui, rétorqua-t-elle en levant imperceptiblement les yeux au ciel.

Elle se pencha sur le côté et plongea la main dans un sac de cuir pour en sortir une boîte rouge finement décorée et forgée à partir d'étain. Sur le couvercle s'alignait un ensemble architectural composé d'une succession de dômes et de kokochniks. L'homme l'ouvrit et ne put s'empêcher de sourire de satisfaction. Il la referma avec soin et posa ses deux mains à plat sur la table. Stanković arriva avec un plateau chargé et remplit quatre verres de *rakija*. L'homme porta un toast.

— À notre ami Miroslav ! En lui souhaitant un prompt rétablissement. J'ai eu notre avocat. Il se porte bien et on devrait le faire sortir sous peu de l'hôpital.

— Ah super, déclara Darko. C'est vraiment un héros.

Les quatre burent leur verre cul sec.

— Le partage a-t-il été réalisé ?

— Oui, mais justement, en ce qui me concerne, le compte n'y est pas, maugréa Darko.

L'homme regarda son verre vide et répliqua :

— Oui, c'est normal. Miroslav nous a donné sa version. Et j'ai tendance à le croire plutôt que toi, Darko. Tu as été à l'hôpital ?

— J'ai reçu un message sur le portable sécurisé me demandant de me rendre à 22 heures pétantes sur place. Personne. J'ai attendu un quart d'heure et je me suis barré. Je n'ai toujours pas compris ce que j'allais y foutre.

L'homme fit un léger mouvement de la tête en direction d'Aleksandra qui se leva, invoquant une envie pressante. Darko attendit qu'elle ait quitté la pièce pour argumenter :

— Pourquoi le compte n'y est-il pas ? J'ai fait le job. Et si Aleksandra ne s'était pas acharnée sur le type et le garde du corps, on aurait pu décrocher plus tôt.

— Miroslav est l'un des meilleurs d'entre nous. Il n'aurait pas pu faire une erreur pareille. Tu as menti.

Aleksandra revint dans la salle, se glissa avec discrétion derrière Darko qui sentit un câble en acier enserrer sa gorge. Elle tourna violemment les deux manettes. Il se retrouva tiré en arrière. Le sang se mit à gicler de sa bouche et de son cou, ses yeux se révulsèrent. Il s'agita comme un pantin. Quelques secondes plus tard, elle sentit Darko se ramollir et relâcha la pression. Il s'affala sous le regard de Stanković qui venait de pénétrer dans la pièce.

— Dejan, tu récupéreras la part du petit ! C'est pour le dédommagement. Aleksandra te la donnera. On m'avait dit qu'il était le meilleur dans son domaine, à savoir les coffres. Mon contact avait oublié de me préciser que ce type était un magistral connard.

Il fit un signe de remerciement de la tête.

— Je l'évacue ?

— Mais nous devons d'abord l'anonymiser… fit observer Aleksandra.

L'homme acquiesça en trempant ses *uštipci*[1] dans un *kajmak*[2].

— Et les autres ? Bogdan et Branimir ? demanda l'homme. Nous ne laissons aucune trace derrière nous.

— Pareil. Ne t'inquiète pas, Stanković a de nombreux cochons à nourrir. Voilà leur DecroChat, répondit-elle en tendant un sac.

— J'espère que Miroslav a bien caché le sien comme il l'a confirmé à l'avocat. Dorénavant, il ne reste plus que vous deux, Miroslav et toi. Les meilleurs !

— Vous n'avez pas toujours dit ça, rétorqua Aleksandra en caressant sa main avec son doigt coupé.

— Tu l'avais mérité, objecta-t-il.

Elle se baissa et entreprit la fouille de Darko, retira les bagues, chaînes autour du cou, arracha la boucle d'oreille. L'homme se leva. Il demanda à la femme de lui faire un compte rendu par téléphone sécurisé quand ils se seront débarrassés du corps. Elle confirma d'un geste et demanda :

— Et Miroslav ?

— Quoi Miroslav ? On va s'en occuper, rétorqua froidement l'homme.

— Qu'est-il prévu pour lui ?

— Je te le dirai. Nous allons nous organiser. Au préalable, il doit être remis sur pied. Les Français savent très bien faire. Toi, tu rentres en Serbie, je te tiendrai au courant pour la suite. Profil bas.

— J'espère qu'il pourra rejoindre l'Australie, son rêve depuis toujours.

L'homme resta silencieux. Aleksandra eut un mauvais pressentiment. Stanković s'empara du cadavre qu'il plaça d'un geste sur son épaule, comme un boucher le ferait

1. Beignets.
2. Fromage frais.

d'une pièce de viande, et se baissa pour s'emparer d'un étui volumineux rempli de couteaux. Il se rendit au fond du couloir où se trouvait un ascenseur. Aleksandra le suivit.

L'homme prit congé. Dans la rue, il sortit son téléphone sécurisé et composa un numéro. Après plusieurs sonneries, il laissa un message. Une femme, installée dans un véhicule noir garé devant le restaurant, zooma et déclencha en rafale son appareil photo. Dès qu'elle le vit monter dans un taxi, elle posa son équipement et le suivit.

Sarajevo – Soirée du Sarajevo Film Festival

13 août 2021

David se sentait d'humeur joyeuse. Il ne regrettait vraiment pas d'avoir accepté cette mission. Il avait passé deux journées à flâner, à découvrir Sarajevo et les montagnes qui l'encerclaient. Il s'était laissé bercer par la ville, ses odeurs et l'animation des rues commerçantes. Il avait croisé Julie une ou deux fois au cours de ces deux jours. Totalement accaparée par sa mission de représentante, ils n'avaient pas eu l'occasion d'échanger plus que des salutations. Il pianotait sur son téléphone portable en l'attendant dans le hall de l'hôtel quand il la vit jaillir de l'ascenseur, perchée sur ses talons aiguilles. Elle le rejoignit et ne put s'empêcher de faire une remarque à la vue du costume un peu délavé qu'il portait.

— T'es sérieux, là ? Lourd le costume !

— J'avoue avoir fait les fonds de tiroir. Toi, en revanche, tu es magnifique dans ta tenue Coca-Cola, ironisa David.

— Bon, tu me soûles ! Je viendrai me changer avant la réception. En même temps, vu comme tu me regardes, j'ai un peu l'impression d'être un bonbon à la fraise. Ce n'est pas désagréable !

David proposa de se rendre à pied à la cérémonie. Après avoir émis une réserve liée à ses escarpins, Julie finit par accepter. Le soleil s'était éclipsé derrière les montagnes, laissant place à une chaude nuit d'été. Les rues de Sarajevo s'animaient d'heure en heure. Des centaines de personnes s'étaient déplacées pour admirer les vedettes et participer à la fête.

— Il y a un petit air de Cannes, dans les Balkans. Mais sans Cannes… On se donne rendez-vous à l'issue de la cérémonie finale pour la réception à la résidence de l'ambassadrice, fit Julie avant d'aller vaquer à ses occupations.

* * *

Après avoir reçu le prix pour *The Eternal Quest*, David rallia les tentes réservées aux VIP, où il répondit à de nombreuses interviews de journalistes. Julie était devenue la maîtresse de cérémonie. Elle orchestrait, dirigeait, papillonnait de célébrités en célébrités, selfies et compagnie. Elle était comme un poisson dans l'eau. Elle vint à sa rencontre, un verre à la main, tandis que la fête battait son plein sous l'influence des rythmes endiablés du DJ.

— Ouf… Il envoie du bois le DJ ! Il s'appelle Maxime. Je commence à être un peu attaquée, moi, confessa Julie. Dis donc, tu faisais un peu le malin avec les VIP. Ne fais pas la moue, je t'ai vu.

Elle lui tendit un verre de champagne. Il fit un signe négatif de la tête.

— Jamais d'alcool.

— Pas marrant, le type. Qu'est-ce que tu prends alors ?

— Un jus de fruits.

Elle revint avec un verre, accompagnée d'un type maigre, voire squelettique, coiffé d'une casquette à carreaux.

— Permets-moi de te présenter M. Caudy avec qui je viens de sympathiser ! Il s'occupe d'actions culturelles en Bosnie depuis longtemps déjà, d'après ce que j'ai compris. Et figure-toi qu'il est à l'origine de la petite sauterie qui se tiendra à la résidence de l'ambassadrice. Comment c'est, ton prénom, déjà ? demanda-t-elle en se tournant vers l'homme.

— Jean-François, mais appelle-moi Jeff. Plus simple, répondit Caudy, visiblement sous le charme de Julie et déjà un peu éméché.

Clin d'œil.

— Jeff, permets-moi de te présenter le meilleur graphiste du monde ! Le créateur de TEQ !

— Enchanté, monsieur Stevenson, lança-t-il en levant son verre rempli de whisky.

— Également, mais je ne suis pas M. Stevenson !

Surpris, il montra du doigt à David le badge qui pendait à son cou.

— En fait, je remplace mon patron. Moi, c'est Rinocci, David Rinocci !

— Comment t'as dit ? haussa le ton Caudy en tendant l'oreille.

— Rinocci. David Rinocci, hurla-t-il pour se faire mieux entendre.

Caudy se recula vivement, le toisa en se frottant le nez. Julie l'observa, intriguée. Elle saisit son bras pour continuer son tour des convives et reprendre le cours de sa mission de représentation.

***

Julie vint à la rencontre de David qui, les yeux fermés, se déhanchait aux côtés d'une magnifique brune. Elle s'approcha et lui tapota l'épaule pour lui signaler sa présence.

— Tu ne vois pas que je danse ? dit-il en souriant.

— Ben si, j'ai vu ! Tu te lâches ! Je suis venu te dire que j'allais changer de tenue. Caudy m'a dit qu'on était attendus à 21 heures. Du coup, continue à t'éclater ! Fais gaffe, tu es une proie facile.

— Comme toi, d'ailleurs !

— Moi, j'ai un mec à Paris, mentit Julie.

— Ah bon ?

***

Vers 20 h 45, Julie et David s'extrayaient du taxi, lequel avait gravi péniblement une rue très escarpée pour accéder à la résidence de l'ambassadrice. Ils se présentèrent devant le garde.

— On dirait un immense chalet de montagne ! s'exclama Julie.

— Carte d'identité, s'il vous plaît.

Le golgoth de plus de 100 kilos relut la liste deux fois sur sa tablette.

— Vous n'apparaissez pas. Désolé.

— Je représente mon patron, M. Stevenson. Voici l'invitation, répliqua David en montrant un document. Et madame est ma compagne.

— En ce qui vous concerne, c'est OK, mais pour la dame, je suis désolé, elle n'est pas sur ma liste.

— *What ?* s'étonna Julie, agacée. En plus d'être la compagne de ce beau jeune homme, je suis invitée par Jeff, enfin, je veux dire M. Caudy, du service de coopération et d'action culturelle. Julie Mastret, allez vérifier, s'il vous plaît.

— Laisse tomber Julie, je vais arranger cela.

David la prit par le bras, ils descendirent la rue quelques mètres plus bas. Il sortit alors son portable et lança une application. Il tapota sur l'écran en soupirant et attendit. Julie l'entendit marmonner dans sa barbe. Il sourit, la prit par la main et se positionna devant le garde, impassible.

— *Pogledaj bolje sada*[1] *!*

1. Regarde mieux maintenant !

Le garde ouvrit sa tablette, relut la liste, et vit les deux noms qui lui avaient été présentés sur les cartes d'identité et passeport.

— *Dobro. Udite u rezidenciju*[1], dit-il en les regardant d'une façon suspicieuse.

— Putain, comment t'as fait ça ? Mais c'est qu'il est plein de ressources, ce petit !

— Une bidouille et les supers pouvoirs de Akihiko, fit David, pas mécontent d'avoir impressionné Julie.

Ils furent accueillis dans l'entrée par le personnel de l'ambassade qui les guida vers un vaste salon. L'ambassadrice et son mari étaient en grande conversation avec des convives. Caudy murmura quelques mots à l'oreille de la diplomate. Il tapota son verre avec une cuillère. Le silence se fit. L'ambassadrice prit la parole et salua le rôle de la France, à la pointe dans le domaine de la culture. Elle congratula les différents partenaires et les Français vivant en Bosnie-Herzégovine présents dans la salle.

La soirée fut lancée. Julie était aux anges. Elle papotait avec chacun, s'intéressant à leur vie. David, lui, sortit sur le balcon pour admirer Sarajevo, éclairé de mille lumières dans la douceur de cette nuit d'août. Un feu d'artifice fut tiré au loin, sur la montagne, illuminant la bibliothèque et le quartier de Bistrik.

Dire que vingt-cinq ans en arrière, des chars tiraient peut-être depuis cette position ! La vie gagne toujours sur la mort.

— À quoi penses-tu ? questionna Julie qui l'avait rejoint à l'extérieur, un verre à la main.

— À toute cette douleur qui a dû se sédimenter ici pendant les combats.

— Carrément ! Non mais, t'es sérieux là ? On est là pour faire la fête et toi, tu ne penses qu'à la guerre… Bois un coup, merde !

1. Parfait. Vous pouvez entrer à la résidence.

— Je te l'ai dit. Je ne bois pas d'alcool.

— Oh, fait chier. Pas drôle. Un vrai doomer[1]...

— Et toi, tu devrais lever le pied.

Julie haussa les épaules et l'abandonna. Elle retrouva Caudy, qui avait une longueur d'avance sur elle en termes d'alcoolémie.

— Comment connais-tu ce David ? demanda-t-il en se penchant vers elle.

— Je l'ai rencontré dans l'avion en venant de Paris, pourquoi ?

— Il s'appelle vraiment Rinocci ? Pas Granier-Rinocci ?

— Oui, David Rinocci. Pourquoi ?

— Que fait son père ?

— Il est gendarme.

Jeff s'immobilisa, songeur. Un homme en smoking, crâne rasé et moustache lissée, s'invita dans leur conversation.

— Bonsoir. Est-ce que vous voyez un inconvénient à ce que je vous l'emprunte ? Je dois m'entretenir avec lui d'une affaire urgente, fit l'homme avec un grand sourire.

— À qui ai-je l'honneur ? demanda Julie.

— Olivier Marquenet. Et vous ?

— Julie Mastret, je suis attachée de presse pour une marque impliquée dans le SFF.

— Je suis très bien avec cette demoiselle, lâcha Caudy, peu motivé.

— J'en ai juste pour une minute, c'est à propos de l'institut, j'ai une belle proposition à te faire, promit Marquenet.

Il empoigna Caudy par le bras, l'attira au rez-de-chaussée pour descendre au jardin. Julie, intriguée, attendit un court moment et décida de les suivre. Au loin, elle aperçut le chauve faire de grands mouvements, bousculer Caudy.

---

1. Le antihéros déprimé.

Elle se cacha derrière une porte et entendit quelques bribes de conversation.

— Tu as intérêt à fermer ta gueule sur Rinocci, menaça le chauve.

— Je fais ce que je veux, maugréa Caudy.

— *What the f…* C'est quoi ce bordel ? murmura Julie.

Puis les deux hommes regagnèrent la soirée à l'étage. Julie retrouva David comme si de rien n'était, mais elle était bien décidée à en savoir plus.

À la fin de la réception, Julie, en pleine forme, proposa à David de l'accompagner au Silver and Smoke. Maxime, le DJ avec lequel elle avait bien sympathisé pendant la cérémonie d'ouverture, lui avait lâché qu'il continuait en after dans ce club très underground. David déclina l'invitation, au grand dam de Julie qui se rabattit sur Jeff.

Le chauve moustachu les regarda embarquer dans un taxi et les suivit discrètement jusqu'à leur prochaine étape. Sortis de la voiture, il les observa emprunter des escaliers dans un couloir étroit et s'enfoncer dans une boîte de Sarajevo façon *underground*.

Le club en question était minuscule. Le DJ lui fit un petit signe de la main, genre « on se voit après ? », et Julie lui répondit par un pouce levé. Elle s'approcha du bar, commanda une bouteille de whisky et tendit un verre à Jeff, qui s'en empara avec avidité, la cigarette au bec.

— Si tu me parlais un peu de toi ! Quand es-tu arrivé à Sarajevo ? demanda Julie innocemment. Tu sembles très connu localement.

Caudy s'affala sur le comptoir.

— En 1994 ! Pendant le conflit.

— Courageux ! Tu es venu faire la guerre ?

— Oui, mais avec mes armes, les livres et la culture.

— J'adore le concept. C'était qui le Kojak au crâne chauve qui voulait te faire une proposition ?

— Marquenet ? Un ancien aussi. Il était présent pendant la guerre.

— Il faisait quoi ?

— Gendarme, un truc comme ça. Il est revenu en 1997, car il avait rencontré une Bosnienne. Depuis, il s'est installé à Mostar. Il y produit du vin et du miel.

Elle servit un verre à moitié plein de whisky et posa sa main sur la sienne. Caudy s'approcha d'elle pour l'embrasser, mais elle détourna la tête.

— Ola ! Même si je suis grave bleue, tu n'es pas trop mon genre. Reste dans la *friend zone*. Alors qu'est-ce que tu ne dois pas m'avouer sur David ?

Il la toisa surpris.

— Je vous ai entendu vous engueuler à son sujet dans le jardin avec Kojak.

Silence.

— Oh et puis merde. Qu'est-ce qu'il t'a dit sur lui ? se résigna Caudy en faisant tourner le liquide topaze dans son verre.

— Qu'il a un père gendarme, militaire, qui était présent à Sarajevo pendant la guerre.

— Comment s'appelait sa mère ?

— Olga, je crois, un truc comme ça, une Moldave si j'ai bonne mémoire. Il est né à Marseille, mais ne l'a jamais connue, car elle est morte en couches.

— Ah oui ? Il t'a dit ça ?

Il avala d'un trait son verre, le posa violemment sur le comptoir.

— Bon… Moi, il faut que j'y aille, cette fois-ci.

— *What ?* Tu me plantes là…

— Oui. À mon avis, il y en a un qui ne va pas rester dans la *friend zone*, fit Caudy en faisant un signe de la tête en direction de Maxime le DJ qui ne les quittait pas des yeux. Je ne me fais pas de souci pour toi. *Ciao ragazza !*

— Attends ! Je t'ai menti, hurla-t-elle en lui posant la main sur le bras.

Il se retourna, à l'écoute.

— En fait, David et moi, nous nous connaissons de longue date. Alors, s'il y a des choses que je dois savoir sur lui ou sa famille, c'est maintenant.

Un temps.

— OK, alors si je ne me trompe pas de client, tu vois ça ? s'exclama Caudy en plaçant son doigt sur la bosse de son nez. Si on parle bien du même, c'est Granier qui me l'a fait, le père de ce David.

— Il t'a pété le nez ? Le daron de David ? Mais pourquoi l'appelles-tu Granier ?

— Maintenant, à cause de ce con, je ne respire qu'à moitié. En réalité, David s'appelle Granier-Rinocci. Sa mère n'est pas vraiment moldave et il n'est pas né à Marseille.

Jeff poussa son verre devant Julie. Elle versa le reste de la bouteille.

— Pourquoi David m'aurait-il menti alors ?

Il but d'un trait son verre.

— Ça, je n'en sais rien, ma cocotte.

Elle détestait qu'on l'appelle ainsi, mais rongea son frein.

— Si tu sais quelque chose, dis-le-moi. Ou alors, tu n'as rien et tu bluffes ?

— Passe demain me voir au centre, je te montrerai quelque chose.

— Demain ? Compliqué pour moi !

— Tu veux savoir ou pas ?

— OK, OK, à demain alors.

Sarajevo – Institut français

14 août 2021

David émergea d'un sommeil réparateur et regarda sa montre.

9 h 30. Il est encore temps de prendre le petit-déjeuner. Il enfila un survêtement et sortit dans le couloir, juste au moment où il aperçut un type sortir de la chambre de Julie.

Maxime, le DJ français. « Moi, j'ai un mec en France… », tu parles !

Cinq minutes plus tard, il dégustait un bon croissant quand Julie débarqua avec une tête de déterrée. Elle s'approcha pour lui faire la bise. Il se laissa faire en masquant difficilement son agacement. Elle se servit un grand bol de café, trempa un lokoum bosnien, l'avala en silence.

— Alors ? Bien dormi ? souffla David.

— Mouais… Pas mal, répondit Julie en portant le bol de café à ses lèvres. Dis-moi ? Tu m'as bien dit que tu étais de Marseille ? Que ta mère était moldave et ton père gendarme ?

— Oui, enfin, je ne suis pas vraiment de Marseille, car j'ai suivi mon père au gré de ses mutations. Je suis né là-bas. Pourquoi ces questions ?

— Ton père, il était bien à Sarajevo ?

— Oui, en 1994 et 1995.

— Tu as des frères ?

— Non !

— Tu as quel âge au fait ?

— Vingt-cinq ans. Putain, c'est un interrogatoire de police ?

— Que fais-tu aujourd'hui ? demanda-t-elle pour changer de sujet.

— Je vais aller voir les films qui m'intéressent et j'ai un rendez-vous avec un producteur qui veut investir sur un nouveau jeu. Je vais représenter mon boss. Mais tu ne m'as pas répondu ! Que veulent dire toutes ces questions ?

— Je t'expliquerai. Merde, je suis à la bourre, fit Julie en ouvrant son portable pour se dégager des griffes de David. Je dois être au SFF dans trente minutes.

— Eh oui, on ne peut pas tout faire.

— Qu'est-ce que tu insinues ?

— Se faire déboîter et être opérationnelle le lendemain matin.

— N'importe quoi !

— J'ai vu le DJ sortir de ta piaule ce matin.

— Oh là ! Tu te prends pour qui, mon daron ?

— Bonne journée, Julie ! Tu vas être en retard, fit David. Et tu as intérêt à m'expliquer pourquoi tu m'as interrogé de la sorte.

***

Une heure plus tard, Julie poussa la porte de l'Institut français, logé dans un immeuble austro-hongrois situé dans la vieille ville. Caudy vaquait à ses occupations, assis derrière un volume de livres disposés en remparts sur son bureau. Des volutes de fumée de cigarette tentaient de se frayer un chemin depuis un cendrier plein à craquer.

— Ah tiens, la petite Julie de nouveau sur le front ?

— Tu t'es foutu de moi hier soir ?

— Non… Pourquoi ? répondit-il, surpris.

— J'ai interrogé David, il a été formel sur ses origines.

Caudy se leva d'un bond et se dirigea vers une armoire forte. Il sortit une clé, ouvrit la porte blindée et s'empara d'une boîte renfermant un cahier kaki.

— Tiens, lis cela et on verra si je mens. Maintenant, c'est de l'histoire ancienne. Et si ce David est bien celui auquel je pense, alors je dois bien cela à Samra.

Sur la première page, Julie lut : « Journal – Lieutenant Granier-Rinocci. Bosnie 1994-1995 ».

— Comment se fait-il que tu aies ce document en ta possession ?

— Samra avait laissé un certain nombre d'affaires dans son bureau, des photographies et ce cahier.

— Qui est cette Samra ?

— Lis par toi-même, ma cocotte.

— Bon. Tu arrêtes avec tes « ma cocotte », OK ? Je peux te l'emprunter ?

— Non. Je savais qu'un jour le fantôme de Samra viendrait rôder ici. Cela dit, je préfère que ce journal reste dans mes bureaux. En revanche, tu peux venir le lire quand tu le désires et même t'installer dans la pièce où travaillait Samra à l'époque.

***

À quelques milliers de kilomètres, Rhino rédigeait une note de synthèse sur un dossier concernant un Afghan, quand il reçut un texto : « La fille s'appelle Julie Mastret. Rien de particulier la concernant. Des parents médecins à Paris. Attachée de presse, un peu écervelée. Elle est au SFF pour représenter une marque de soda. Elle a passé la soirée avec Caudy et elle se trouve en ce moment avec lui à l'Institut. Cela va être compliqué de lui faire fermer sa gueule, à ce con. »

Il rangea son téléphone dans sa veste. Son regard se posa sur la cour intérieure de la caserne. Il ferma les yeux, libérant son esprit.

En réalité, c'est peut-être mieux ainsi.

Sarajevo – Institut français

14 août 2021

Julie dévora les chapitres narrant les événements vécus par Michel Granier-Rinocci du mois de septembre jusqu'à celui de novembre 1994 à Sarajevo. En lisant le journal, elle se rendit compte que son écriture évoluait. D'un ton très militaire durant les premiers mois, il devenait plus intime au fil du temps, avec une plume assez romanesque.

En tout état de cause, Julie ressentait une forme de jouissance à fouiller dans le passé du père de David.

Journal de décembre 1994 à février 1995

Sarajevo, 9 décembre 1994

Depuis deux jours, la température a chuté. Le thermomètre affiche couramment –15 °C. En plus des obus qui pleuvent, les habitants assiégés de Sarajevo doivent compter avec cet autre ennemi : le froid mordant. En temps normal, j'aurais pu apprécier le paysage de ces montagnes qui nous entourent, de ces toits blancs, de ces mosquées perchées. Depuis ma plus tendre enfance, j'aime contempler la neige. Ces moments m'emplissaient à l'époque d'une joie insondable.

Le printemps est encore loin. Combien seront vivants à la fin de l'hiver ?

Dorénavant, l'équipe alterne une semaine sur deux entre Igman et la ville de Sarajevo, dans une villa louée par l'état-major qui est plutôt cossue. Pourvue de gros poêles à fuel dans chaque pièce, elle est aménagée avec des meubles suffisants pour vivre correctement. Mais elle ne vaut pas notre tanière, au pied du tremplin.

Les déplacements en skis avec les peaux de phoque ont ma faveur. Ils sont ma bouffée d'oxygène dans un contexte où l'enchaînement des missions commence à peser, tant au plan physique que psychologique. La vision des Serbes crucifiés hante toujours mon esprit. La gusle et la croix de Goran pour son fils Bruno ne me quittent plus.

Bruno, que je dois retrouver pour respecter ma promesse.

À la fin de la guerre.

S'il y a une fin…

Et si je suis toujours vivant.

Hier, j'ai profité d'être enfin seul avec Samra pour mieux la connaître. Deux jours auparavant, j'avais jeté un œil sur sa fiche de recrutement. Elle est née le 26 août 1972, et est titulaire d'une licence de français obtenue à l'université de Sarajevo. Elle a été recrutée par l'ONU depuis le début de la guerre pour cette raison.

L'équipe avait déjà réalisé des missions avec elle qui s'étaient plutôt bien déroulées. Mais jusqu'à présent, elle n'avait pas été très loquace. J'ai bien tenté de briser la glace à maintes reprises. Sans grand succès.

J'ai hasardé une nouvelle approche en lui montrant le cliché des stèles découvertes dans le village abandonné, le jour où j'ai frôlé la mort. Le visage de Samra s'est illuminé à cet instant. Elle m'a expliqué que ces tombes médiévales bogomiles étaient appelées *stećci*. On les trouvait dans certains pays de l'ex-Yougoslavie, et les différents motifs gravés sur les pierres demeuraient une énigme. Ce mouvement religieux, installé en Bulgarie et dans les Balkans à partir du XIe siècle, résista tant bien que mal à la double influence des Églises catholique et orthodoxe qui le considéraient comme hérétique.

J'ai saisi cette opportunité pour lui dire que nous avions un point commun, car ma famille était originaire du pays des cathares en France, d'un petit village appelé Montségur, en Ariège, dernier bastion du catharisme tombé en 1244. Enfin, du côté de ma mère, car mon père, lui, était corse. À ma grande surprise, Samra connaissait l'histoire du pog[1] et de son siège, qui s'était conclue par le bûcher des deux cents Parfaits[2] refusant d'abjurer.

À la fin de mon explication, son regard s'est brutalement voilé, sans raison.

À quoi pouvait-elle bien penser ?

Elle s'est tournée vers la fenêtre, observant la neige tomber dru. Assise de côté, avec ses longs cheveux encadrant son visage au teint ivoire, les mains posées sur les genoux, dans son jean trop large et son pull à col roulé, elle ressemblait à une madone éclairée par de faibles bougies. Je me suis risqué alors à tendre la main pour remettre une mèche blonde qui venait de tomber sur son front. Histoire que le tableau soit parfait. Samra ne fit aucun mouvement, poursuivant sa méditation.

---

1. Le château de Monségur (XIIe siècle), situé en Ariège, est appelé aussi pog.
2. Prêtres cathares que l'Inquisition nommait les « Parfaits ».

Puis, il y eut l'épisode de la harpie serbe.

Suite à la découverte de positions d'artillerie serbes, nous avions rendez-vous à l'aéroport de Sarajevo pour un briefing avec le lieutenant Guillaume Clenat, chargé des frappes aériennes de riposte. J'ai proposé à Samra de se joindre à nous et de la raccompagner chez elle à l'issue. Elle a réfléchi quelques secondes avant d'acquiescer.

Dans l'heure qui a suivi, Clenat, un officier de belle allure, nous a détaillé la composition de la flottille d'avions mis à notre disposition pour intervenir sur la zone. Mais il a ajouté que l'ONU rechignait à les utiliser. En cas de tirs sur Sarajevo, la destruction des batteries d'artillerie serbes devrait être immédiate. Dans la réalité, l'ordre de leur anéantissement était la plupart du temps repoussé pour finalement ne jamais être confirmé. Il ponctua sa démonstration par : « On fait semblant, en quelque sorte. »

À ces mots, Samra a blêmi et a transpercé Clenat du regard. Elle a ensuite lâché cette formule : « *Dobro došli u vukojebinu*[1] », qu'elle a traduite par « bienvenue dans le trou du cul du monde ». Puis elle a quitté la salle en claquant la porte, sous le regard interrogatif de l'équipe. Je suis allé la rejoindre quelques instants plus tard. Elle était adossée à un container, en train de fumer une cigarette. Je lui ai alors demandé ce qui l'avait mise dans cet état.

Samra m'a rétorqué qu'elle s'interrogeait sur notre rôle et sur le sien, par la même occasion.

Elle était en colère, fatiguée de nos discours vides d'actes. Elle est certaine qu'avec nos avions, nous pourrions régler le problème en trois jours maximum, mais qu'au lieu de cela, nous les laissons crever comme des

1. Bienvenue là où baisent les loups.

chiens dans cette ville devenue un camp de concentration à ciel ouvert.

J'ai tenté de lui faire part de ma compassion. Le retour a été de nouveau cinglant : « Vous les Français, vous donnez de belles leçons. Vous n'êtes pas en dessous de tous soupçons. L'année dernière, je travaillais pour les Suédois qui avaient relevé votre équipe. Cette dernière avait malencontreusement oublié de mentionner la position des snipers. Deux jeunes militaires suédois ont été tués pour cette raison. »

N'y tenant plus, je l'ai interrogée : « Et qui étaient derrière les fusils ? Des Bosniaques ou des Serbes ? Il y a quelques jours, nous avons décroché trois Serbes qui avaient été crucifiés dans leur poste. Vous vous croyez meilleurs ? »

J'ai senti que Samra était à bout de forces, alors je n'ai pas insisté. Des larmes coulaient sur ses joues. Je ne savais plus trop quoi dire, quoi faire. Les pleurs d'une femme m'ont toujours bouleversé. J'ai tout de même pris mon courage à bras-le-corps et j'ai posé ma main sur la sienne pour la réconforter. Je m'attendais à être repoussé, mais ça n'a pas été le cas. Après quelques secondes de silence pesant, je lui ai proposé de la raccompagner chez elle, à Bistrik, un quartier du vieux Sarajevo.

Au retour, alors que nous roulions depuis maintenant dix minutes, Gérard a annoncé la présence d'un *check point* serbe à 200 mètres et m'a demandé la conduite à tenir. Je lui ai ordonné de poursuivre. Notre véhicule s'est approché au pas. Le barrage semblait être tenu par quatre hommes de part et d'autre de l'axe principal. De la main, ils ont fait un geste d'arrêt. L'un d'entre eux a déroulé une herse. Gérard a immobilisé le blindé. Les miliciens nous ont accostés sur la droite et ont demandé à Martial de descendre. Ils semblaient avoir abusé de la *rakija*. Soudain, j'ai entendu une femme hurler en serbe. En regardant par le hublot, j'ai aperçu une milicienne au gabarit « nageuse est-allemande », armée d'un M70, la version yougoslave de la Kalachnikov, qui débouchait de l'arrière d'un mur de sacs de sable.

Martial a fait un geste signifiant au milicien aviné qu'il n'ouvrirait pas le VAB. Un Serbe a alors positionné des mines antichars sous les roues de notre blindé. Nous étions bloqués. Otages. Nul doute que les antennes, qui hérissaient le véhicule, avaient dû attirer leur attention.

La gorgone a fait le tour du blindé. D'un geste sec, elle a montré la porte arrière et a aboyé un ordre. L'un de ses hommes s'est précipité dans la casemate improvisée. Il en est revenu avec une sorte de pied-de-biche et s'est attaqué à la porte arrière. Je n'en revenais pas. Samra était blanche comme un linge.

Un deuxième soldat est venu à sa rescousse avec une barre à mine. J'ai saisi mon fusil à pompe. Martial m'a fait un geste négatif de la tête et Samra m'a jeté un regard affolé. Elle ne bougeait plus, blottie dans un coin du VAB. Ses traits se tordaient, ses lèvres tremblaient.

Il était hors de question qu'ils mettent la main sur le matériel de transmission sécurisée. J'ai dit à Martial de se tenir prêt à déclencher la touche Panic Erase pour alerter le PC. La Serbe continuait de hurler comme une furie, poussant ses hommes, la kalash contre leurs reins. La porte commençait à céder sous le poids des deux soldats.

Il fallait agir. J'ai mis un grand coup de pied dans la poignée. La porte s'est ouverte d'un coup, propulsant les Serbes à la renverse. D'un bond, je me suis précipité à l'extérieur, fusil à pompe en main, le canon sous le nez de la harpie qui n'a pas eu le temps de prendre son arme. L'un des miliciens lança une rafale de kalachnikov au-dessus de ma tête. J'ai donc enlevé le cran de sûreté, en demandant à Samra de traduire mes propos : « Je vous ordonne de retirer les mines placées sous les roues de mon blindé, sans quoi je vous fais sauter la tête. »

Samra a traduit d'une faible voix. La milicienne, le nez dans le canon, a rétorqué en langue anglaise qu'elle voulait savoir si Samra était une musulmane, une sale terroriste cachée par les troupes de l'ONU. Je lui ai précisé dans la même langue qu'elle n'avait pas à connaître son identité.

La Serbe a persiflé une nouvelle fois. J'ai interrogé Samra du regard, mais elle a refusé de traduire. J'ai donc dit à la harpie que lui faire sauter sa petite tête de conne me procurerait une bonne raison de quitter son pays de merde et de rentrer chez moi. Elle pouvait donc m'offrir cette occasion rêvée.

La milicienne ne bougeait plus. Ni elle ni moi ne baissions le regard. Le vent balayait ses cheveux devant son visage tendu. Soudain, elle a braillé des ordres. Ses hommes ont retiré les mines et la herse. Gérard a alors démarré le VAB et roulé 50 mètres au-delà du barrage. Je me suis emparé de la kalach de la harpie, l'ai jetée dans le fossé, et j'ai grimpé dans le véhicule blindé.

Nous avons roulé, nous attendant au pire. J'observai Samra en coin, toujours paralysée. Un instant plus tard, le VAB a atteint le quartier de Bistrik. Avant qu'elle nous quitte, je lui ai demandé de me traduire ce que la harpie serbe lui avait dit. Elle m'a répondu qu'elle l'avait traitée de « sale pute à soldats de l'ONU » et que si elle la croisait de nouveau, elle la jetterait en pâture à ses hommes. Samra m'a ensuite remercié en chuchotant et en touchant ma main, avant de sauter d'un bond à l'extérieur du véhicule.

Je l'ai regardée grimper la rue étroite et escarpée, voie d'accès à l'ancien téléphérique qui menait, avant sa destruction, au mont Trebević. La radio crachotait. L'opérateur me demandait de me rendre au PC. Cela n'avait pas tardé !

Soleil 73 me convoquait.

Sarajevo – Tito Barracks

Assis derrière son bureau, Maletraz m'a accueilli froidement en me demandant si je me prenais pour un cow-boy en dégainant de la sorte un fusil à pompe. Son aide de camp, le capitaine Lamy, adossé à un mur dans l'angle, me toisait d'un œil noir. Le colonel ajouta que les Serbes étaient furax et que la cheffe du dispositif exigeait des excuses. J'ai rétorqué que ses miliciens étaient à moitié ivres et qu'il était hors de question qu'ils forcent le VAB pour s'emparer de nos codes et de nos procédures.

Maletraz m'observait en silence, puis il m'a ordonné de remiser définitivement mon fusil. Il a indiqué qu'il allait se charger des Serbes et les calmer en leur offrant du whisky. Et il m'a congédié.

Alors que je descendais les escaliers, j'ai senti une main se poser sur mon épaule. C'était le capitaine Lamy. Il m'a laissé entendre que je ne devais pas me tromper de guerre, car les Serbes étaient nos amis, qu'il existait un lien indéfectible et historique entre nos deux peuples. Je lui ai demandé si c'était pour cette raison qu'ils sont libres de massacrer les habitants de Sarajevo. Ou que l'on pouvait les laisser s'essuyer les pieds sur nos treillis ou nos bérets bleus.

Lamy s'est crispé. Pour lui, il fallait juste faire preuve de discernement, leur combat n'était pas forcément territorial, il s'agissait d'une question de civilisation.

J'ai coupé court à cette conversation sans le saluer.

Le 16 décembre, Samra m'a invité chez elle en me demandant de rester discret.

J'ai garé mon véhicule en bas de la rue. Le brouillard était épais. Il figeait la vie, la rendant encore plus oppressante, transformant les êtres humains en fantômes. Seul côté positif : les snipers étaient au chômage. Le froid était pénétrant. Le véhicule m'a été prêté par le major Olivier Marquenet de la Gendarmerie nationale. Il occupe la fonction de prévôt chargé de la police judiciaire militaire auprès des forces armées françaises. Nous étions tous deux issus du collège militaire d'Autun. À l'époque, nos accents méridionaux nous avaient trahis et rapprochés immédiatement. Dans l'enceinte du collège, nous portions tous des surnoms. Marquenet était « Gose naiz », à cause de ses origines basques, qui au fil du temps était devenu « le Gose ». En ce qui me concernait, on m'appelait Rhino à cause de mon deuxième nom à la consonance corse. La musique nous avait aussi liés. Olivier était bassiste et moi, guitariste soliste. Nous avions fondé un groupe de rock qui jouait les standards français et internationaux, de Téléphone à AC/DC, tous les soirs sur la scène du cinéma du collège militaire.

Bref, le hasard nous réunissait maintenant à Sarajevo, ramenant à la surface les vieux souvenirs. Sa physionomie avait quelque peu changé. Son crâne était rasé et une moustache ornait son visage.

En me confiant les clés de la Jeep, le Gose n'avait pas manqué de me prévenir : une liaison avec une interprète était une source d'emmerdes assurée. Toujours mettre chaque chose à sa place, dans chaque wagonnet, sinon… C'était la catastrophe. Son côté bien rangé.

Avant de me rendre chez Samra, j'ai fait une halte au marché pour acheter des produits de première nécessité, œufs, lait, une tablette de chocolat. Son invitation, hors contexte professionnel, m'avait surpris et enchanté.

Je me suis trouvé devant une maison traditionnelle, survivante des bombardements. Au premier étage il y avait une sorte de balcon fermé. Par le passé, derrière les croisillons, les femmes pouvaient ainsi surveiller la rue et sans doute choisir leurs futurs prétendants. Un héritage ottoman.

Samra était rayonnante et maquillée. Je lui ai tendu le paquet de victuailles, histoire de me donner de la contenance, car je me suis trouvé soudainement très intimidé. La salle de séjour était meublée à la bosnienne, avec son divan bas couvrant la moitié de la pièce. Les murs étaient peints en blanc, sans fioritures ni tableaux.

Samra m'a proposé le café bosnien, la règle de l'hospitalité. Sur un buffet trônait un cadre avec le portrait d'un homme au visage émacié et aux yeux sombres. La musique de Scorpions retentissait dans la maison, « *Crazy world* ». Elle est revenue avec un plateau, deux petites tasses sans manches appelées *fildžani*. Samra s'est assise sur le divan à mes côtés et m'a remercié de l'avoir protégée. Elle m'a demandé si son choix de chanson était le bon, en soulignant qu'il y avait de nombreux groupes de rock à Sarajevo, du moins avant la guerre.

Je l'ai ensuite questionnée sur sa vie. Après un long soupir, elle m'a raconté qu'elle était née à Višegrad, en août 1972, la ville citée par Ivo Andrić dans son fameux livre, *Le Pont sur la Drina*, qui lui a fait obtenir le prix Nobel de littérature en 1961. Elle était l'aînée d'une famille de deux enfants, fruit d'un mariage mixte. Sa mère était serbe et son père musulman. Son frère, Asim, était âgé de vingt ans. Elle a sorti une photo de son portefeuille, l'a caressée avec son pouce. On y voyait un jeune homme adossé à un mur avec un bandeau rouge et blanc dans les cheveux, fier avec sa kalach en bandoulière.

Son frère faisait des études de cinéaste avant la guerre, cette photo avait été prise sur la ligne de front avec son bandeau fétiche, celui qu'il ne quittait jamais, son porte-bonheur. Il s'était engagé dans l'armée dès le début et avait rejoint les premiers groupes de jeunes. À cette époque-là, il y avait une forme de romantisme de la guerre, un mélange de peurs, de joies, conséquence de leur jeunesse… Ils étaient prêts à mourir pour Sarajevo, qu'ils considéraient comme la plus belle ville du monde. Ils étaient deux cents ou trois cents à constituer une unité multiethnique, composée de délinquants et d'étudiants. Elle a examiné longtemps la photo : « S'il lui arrivait malheur, je n'en survivrais pas. »

Pour changer de conversation, je l'ai interrogée sur sa pratique de la langue française. Elle m'a répondu qu'avant la guerre, elle avait envisagé de partir en France pour étudier, mais qu'elle avait revu sa copie suite à l'attitude proserbe de Mitterrand lorsqu'il était venu à l'aéroport de Sarajevo, les 27 et 28 juin 1992, le jour de la Vidovdan, la fête nationale serbe. Elle pensait que la France, le pays de la liberté des peuples, venait signifier aux Serbes de stopper les massacres. Or, il n'en a rien été. Le siège pouvait se poursuivre, mais avec l'aide humanitaire et sans armes.

J'ai essayé d'être positif en répliquant que les guerres s'arrêtaient toujours un jour ou l'autre, et qu'elle pourrait se rendre à Paris afin de poursuivre ses études.

Elle souffla en me laissant entendre que, dorénavant, elle devait prendre en charge sa mère qui avait perdu la tête depuis le début du conflit. Elle ajouta qu'un Français, Jean-François Caudy, allait avoir besoin de son soutien pour les traductions. Il vient de s'installer à Sarajevo et souhaite créer un centre culturel français. La culture contre les obus. Les livres comme rempart.

Réalisant qu'elle allait peut-être nous quitter, je lui ai soufflé que j'avais vraiment besoin de ses services. Mais le temps avait défilé trop vite et je devais rejoindre Igman. En partant, j'ai croisé la mère de Samra dans le couloir, en peignoir, fantomatique.

Nous avons descendu à pied la rue pour rejoindre mon véhicule. Samra m'a montré du doigt un immense bâtiment brûlé : « Mon père est mort ici, dans les flammes. Le 25 et 26 août 1992, les Serbes ont bombardé le bâtiment pour détruire la mémoire de Sarajevo et de son peuple, sur ordre de l'ancien universitaire Nikola Koljević. On l'appelle la Vijećnica. C'était l'ancien hôtel de ville, bâti en 1891 sous le règne de l'empereur austro-hongrois par l'architecte tchèque Karel Pařík. Plus de sept cents manuscrits uniques sont partis en fumée. Avant l'attaque, la bibliothèque disposait de un million et demi de livres dont cent cinquante-cinq mille étaient d'une rareté absolue. Sous les tirs des snipers et dans les flammes, certains habitants et libraires de Sarajevo se sont précipités pour sauver le maximum d'ouvrages. Mon père était le bibliothécaire en chef. Il y a laissé la vie. Il était un érudit, amoureux des manuscrits. Sa plus grande fierté et l'aboutissement de sa carrière furent sa mutation ici, dans la plus grande bibliothèque des Balkans, symbole de Sarajevo, reflet de la Bosnie multiethnique. C'est dans ces salles de lecture lambrissées que j'ai appris tôt à aimer les langues et la littérature, la peinture et l'architecture. »

Je percevais l'émotion dans sa voix. Samra m'a ensuite tendu le livre d'Ivo Andrić, *Le Pont sur la Drina*. En le saisissant, j'ai enveloppé sa main. Elle était frigorifiée. Je l'ai frictionnée vigoureusement pour la réchauffer, puis j'ai ouvert le roman à la première page. Elle me l'avait dédicacé : « Pour mon petit sauveur français. Samra, l'interprète. »

Je l'ai remerciée. Avant de se quitter, elle m'a demandé si j'avais été sérieux lorsque j'avais menacé de tuer la milicienne afin d'avoir l'occasion de quitter ce pays et de rentrer chez moi. Je l'ai rassurée en spécifiant qu'il ne s'agissait que d'un argument pour la convaincre.

Elle m'a souri en me caressant le bras.

Julie referma le journal intime de Michel après avoir photographié les différentes pages avec son téléphone. Ce qu'elle venait de lire lui confirmait sa première impression. Il l'avait écrit avec soin, comme s'il envisageait d'écrire un roman. Elle jeta un œil sur sa montre.

Merde. Je suis à la bourre. Je vais me faire flinguer par les organisateurs du SFF.

Elle posa le cahier sur le bureau de Caudy qui avait dû s'absenter.

En quittant l'institut, une idée un peu folle germa dans son cerveau.

Paris – Institut médico-légal – 12e arrondissement

20 août 2021

Bonnier attendait Rhino au fond de la brasserie située à côté de l'institut médico-légal. Il était attablé devant un burger auvergnat, spécialité de l'établissement. Rhino tira une chaise, se positionna en face de lui et commanda le même plat.

— Rafik a bien bossé. Il nous a dégoté le dernier point de chute de Darko Petrović. Il s'agit d'un restaurant serbe, le Pod Lipom, dans le 20e. Il est tenu par un dénommé Dejan Stanković. Tiens, jette un œil là-dessus.

Rhino lui montra la vidéo Snapchat sur laquelle Petrović fanfaronnait devant la devanture du restaurant. Il ajouta que, depuis, il avait disparu de la Toile, plus aucun signe de vie numérique. Il proposa à Bonnier de réaliser l'environnement complet de ce Stanković.

— Mais tu ne l'as pas déjà fait ? demanda Bonnier avec un rictus.

— Je n'ai pas la base légale.

— Tu comptes donc sur moi pour déblayer le terrain. OK, je vais ordonner l'environnement de ce gars, bases administratives, finances, etc.

— Échange de bons procédés. D'ailleurs, voici le téléphone.

Bonnier se pencha pour prendre l'appareil. Rhino attendit le départ du serveur, qui venait de poser les plats sur la table, pour poursuivre la conversation.

— C'est un truc assez particulier, un DecroChat. Une sorte de téléphone sécurisé, aseptisé, qui ne communique qu'avec les autres propriétaires de DecroChat. Un réseau privé réservé à l'élite de la criminalité organisée pour tous types de trafics. On bidouille un truc dessus de notre côté. Je t'en dirai plus quand j'y verrai plus clair. Tes techniciens devraient pouvoir t'en dire plus. Et toi ?

— Nous n'avons pas beaucoup avancé. La femme de ménage qui a été remplacée chez Wright n'a pas dit grand-chose. Mon petit doigt me dit qu'elle a été bien payée pour la fermer. Elle est tombée malade et voilà tout. On va la surveiller, voir si elle dépense du fric à tout-va. L'agence de conciergerie qui gère ce type de prestation nous a donné le dossier complet de celle qui a participé au braquage. Elle était présente sur place depuis au moins un mois, ce qui démontre que le coup a été préparé de longue date. Elle serait bulgare. Mais sa fiche est balourd, c'est certain. Le seul truc qui doit être vrai, c'est sa photo d'identité. Un joli lot, d'ailleurs. Pourtant, je ne suis pas trop fan des rousses, mais là je dois avouer…

— La voiture utilisée par les braqueurs ?

— Elle nous a été signalée dans un terrain vague du côté d'Arcueil. Brûlée. Rien d'exploitable.

— De la vidéo sur place ?

— Non, comme pour le trajet d'exfiltration, le mec avait vérifié s'il y avait des caméras.

— Bon. Et à l'hosto ?

— Il s'agit bien d'un incendie volontaire pour faire diversion. Le type a mis le feu dans une remise avec des couvertures et de l'alcool. Je ne suis pas saisi du dossier. L'hôpital a déposé plainte localement. Les vidéos ont été exploitées, mais le système est vieux. Les administrateurs n'ont pas jugé bon de le remplacer. En revanche, à l'extérieur de l'hosto, figure-toi que l'on y aperçoit notre ami Petrović faisant les cent pas sur le parking. Il est sans doute dans le coup. Dans les couloirs, on voit quand même un type assez grand, athlétique, qui a revêtu une blouse de médecin pour passer inaperçu et qui porte un masque chirurgical… On a vérifié, le type en question ne correspond à aucun médecin présent sur place. Tiens, regarde, fit Bonnier en montrant la capture d'écran de son appareil.

Rhino prit une photo de l'individu. Bonnier regarda sa montre. 13 h 55.

— Il est temps d'y aller.

Ils rejoignirent le bâtiment de briques rouges, quai de la Rapée, coincé entre les rails du métro et les bords de Seine, inauguré en 1923. Rhino s'arrêta sur le perron. Chaque année, en moyenne, trois mille corps arrivaient dans cet endroit « les pieds devant », soit deux mille autopsies et mille examens externes effectués. En résumé, six à neuf autopsies par jour.

Ils poussèrent la porte principale surmontée d'un drapeau français, pénétrèrent dans un couloir assez austère où de fiers bustes les attendaient patiemment. Le docteur Ahmed Dasnar, médecin légiste, en blouse blanche, vint à leur rencontre pour les saluer. Bonnier et Rhino se présentèrent et descendirent un escalier pour rejoindre le sous-sol du bâtiment. Rhino reconnut l'amphithéâtre où il avait assisté à sa première autopsie, le cœur serré, alors qu'il n'était encore qu'un élève officier. Dasnar s'immobilisa devant une porte avec une lucarne grillagée qu'il poussa du pied.

— Voilà notre salle de travail. J'ai déjà commencé à étudier la bête, car votre histoire m'intriguait un peu.

Trois corps – deux hommes, une femme – reposaient sur les tables d'examen. Sur le mur du fond, des vitres derrière lesquelles se trouvaient des néons permettaient le visionnage des radiographies et projetaient les clichés de l'un des trois cadavres. Un auxiliaire rassemblait le matériel sur une table métallique : conteneurs à prélèvement, instruments encore ruisselants de sang et autres ustensiles.

Rhino perçut une nette odeur de putréfaction que les extracteurs d'air tentaient désespérément d'évacuer. En voyant Miroslav, allongé, nu, il ne put s'empêcher de projeter l'image du chef de guerre qu'il était en Bosnie plus de vingt-cinq ans auparavant.

— Beau bébé quand même, lâcha Dasnar.

Il prit son enregistreur numérique, le déclencha et débuta son expertise :

— Les constatations objectivent une plaie thoracique antérieure droite compatible avec un projectile d'arme à feu, un cœur macroscopiquement sain, des signes de souffrance musculaire à la jambe droite. L'examen anatomopathologique des échantillons des organes prélevés lors de l'autopsie ne montre pas de lésions, en particulier du cœur et des reins. Normalement, ce type de fibrillations ventriculaires sont liées à des problèmes cardiaques antérieurs, tels qu'infarctus ou maladie cardiaque congénitale. Or, le patient a signalé ne jamais avoir eu ce genre de maladie par le passé. Les examens toxicologiques étaient négatifs. En revanche, les prélèvements de sang de l'humeur vitrée montrent des taux anormalement élevés de potassium. J'ai donc consulté de nouveau le dossier médical. Le taux de potassium s'était normalisé après la séance d'hémodialyse, sachant aussi que le patient n'avait pas reçu de potassium pendant les manœuvres de réanimation. Question : d'où pouvait donc provenir ce potassium ? J'ai demandé si un prélèvement de sang avait été réalisé juste avant la mort.

Le médecin légiste faisait durer le suspens.

— Et là, bingo ! Oui, et cet échantillon a été analysé par le laboratoire, qui a objectivé et confirmé un taux de potassium élevé. Selon moi, du potassium a été administré dans la perfusion du patient, et c'est ce qui a causé sa mort.

— C'est-à-dire ? interrogea Rhino.

— Une solution de chlorure de potassium, ou KCl, agit presque instantanément. L'auteur a dû insérer une seringue dans le site d'injection de la tubulure, au-dessus du cathéter enfoncé dans le bras de la victime. Cela provoque une douleur considérable. La dose massive de KCl interrompt la conduction électrique du cœur, qui est saisi de contractions musculaires désorganisées. C'est ce que l'on appelle la fibrillation ventriculaire. Bref, c'est le meurtre parfait. C'est bien joué en tout cas. Une bonne façon de camoufler l'homicide. Comme le chlorure de potassium disparaît après la mort, aucune trace à l'autopsie.

— Cela signifie que le type qui a fait cela a eu accès à l'armoire médicale où se trouve le potassium ? demanda Bonnier.

— Oui, ou il l'a amené. Une chance que les infirmières aient réalisé ce prélèvement sanguin au moment de la réanimation.

— Bon, il faut que l'on envoie la police technique et scientifique. Mais, à ce stade, je ne sais pas si on va trouver grand-chose. Il nous a bien baisés, le type, constata le capitaine.

Le médecin légiste approuva de la tête. Il regarda alors Rhino et demanda :

— Ce que vous avez au bras, c'est une blessure de guerre ?

— Oui.

— Je m'en doutais. J'ai beaucoup travaillé en Syrie ces derniers temps.

Ils saluèrent le médecin légiste et quittèrent l'institut médico-légal, soulagés de ne pas y être retenus plus longtemps. Bonnier passa quelques coups de fil au service, notamment pour préparer le déplacement des spécialistes à l'hôpital. Après avoir raccroché, Bonnier lui demanda d'où provenait cette blessure à l'avant-bras.

— Tu as un peu de temps ?

— Je vais le prendre, rétorqua Bonnier, impatient d'en savoir plus.

— Tout s'est déroulé un 21 décembre 1994 sur le mont Igman. Le froid était mordant et le temps sec, ce matin-là. J'avais les pieds gelés, durs comme du bois. Cela faisait cinq heures que nous étions en observation dans la neige. Notre mission consistait en la détection des éléments bosniaques. Des communications avaient été interceptées par le truchement d'un câble que notre équipe avait découvert en septembre et qui était toujours actif. L'ARBIH[1] préparait un coup tordu. Maletraz, chef du dispositif français, en avait la certitude. Il pensait qu'ils allaient profiter de la trêve hivernale pour avancer leurs pions. Martial et Gérard, les membres de mon équipe, préparaient du café quand j'entendis au loin, sur notre gauche, une sorte de vacarme. Nous tendîmes l'oreille pour détecter avec précision l'origine de ces mouvements. Malheureusement, une barre rocheuse nous empêchait de voir d'où provenaient les bruits de moteurs. Je leur dis que j'allais la contourner pour prendre des photos. Je descendis une pente abrupte en me tenant aux arbustes, quand mon cou-de-pied sentit une résistance. D'un coup, je fus projeté plusieurs mètres en l'air et retombai au sol, inanimé.

Rhino s'interrompit. Bonnier attendit la suite de son récit.

Mon corps ?

Je le vois étendu au sol, ensanglanté. J'ai du sang sur le bras gauche. Je ne comprends pas.

— Martial et Gérard avaient entendu l'explosion, aperçu mon corps voler dans les airs. Pour eux, j'étais

1. L'armée de la république de Bosnie-Herzégovine.

mort. Puis je repris connaissance et me levai dans un état de folle excitation. Ils me virent déboucher de la lisière, courir dans tous les sens. J'entendis Gérard me dire que j'avais sauté sur une mine antipersonnel préfragmentée, et qu'il y en avait d'autres, posées sur des pieux en bois, la tête connectée à trois fils attachés au sol. Mon bras était touché et nécessitait l'intervention du blindé sanitaire. Je fus soigné sous perfusion, mais le médecin avait été clair : nous devions sans attendre nous rendre à l'hôpital militaire de Sarajevo. Sur place, des infirmiers nous attendaient pour me rassurer et me soigner. Je suivis les brancardiers, la perfusion presque vide à la main. Et puis, après cela, plus de son, plus d'image.

Rhino se tut. Il revivait le moment.

Où suis-je ? Encore des voix, plus proches. Tenter d'ouvrir un œil, puis deux. Je sens une main chaude. Je tourne la tête et vois Samra, assise sur une chaise, sur le côté du lit. Elle me sourit.

Impossible de le lui rendre. Je suis dans une torpeur cotonneuse. Je ressens une pression dans la cage thoracique.

Plongé dans ses pensées, Rhino s'engagea sur un passage clouté, alors que le feu était au vert. Bonnier le rattrapa de justesse, une voiture fit une embardée en klaxonnant.

Il reprit son récit :

— Mon pouls était très faible : en qualité de chasseurs alpins, notre cœur bat lentement. En plus, le mien est situé à droite, car tous mes organes sont inversés. J'ai une malformation congénitale que l'on appelle dextrocardie[1]. Mais un froid intense me submergeait. Dans mon état semi-comateux, je me suis levé pour faire circuler le sang. Je me suis directement écroulé au sol. Le personnel médical s'affolait autour de moi. Encore dans les vapes,

1. Avoir le cœur à droite.

j'entendis : « Il est en état de stress post-traumatique. » Ils m'administrèrent un produit pour maintenir le cœur, sans quoi, j'y passais.

Bonnier regarda Rhino.

— Tu reviens du monde des morts, donc…

— Oui, en quelque sorte.

— Merci de m'avoir narré une part de ton histoire. Je vais bifurquer et prendre le métro pour rejoindre mes locaux, dit-il en souriant. Je poursuis l'enquête et je te tiens au jus.

* * *

Dans l'heure qui suivit, Rhino, installé à son bureau, réalisa à quel point cette conversation lui avait fait du bien. Rafik arriva en lui annonçant, dépité, que le décodage des messages émis entre les DecroChat leur posait des difficultés.

— Dans le flux des milliers de messages qui transitent sur les serveurs, on peut détecter dorénavant ceux qui sont échangés entre les différents téléphones DecroChat de l'équipe de braqueurs. Comme prévu, ils ont été stockés sur les serveurs à Lyon.

— Bonne nouvelle !

— En revanche, en plus du cryptage de la messagerie, nous n'avons que des flashcodes, comme ces deux-là.

Rafik montra sa tablette.

— Quand je flashe le code, je tombe sur une succession de lettres en cyrillique : « РЦОХБЂТНООПЕЛИШ » et « СХВХЖЗМФКЦРНКГШНН ». Du coup, je me suis dit, tranquille, j'envoie cela sur Google Traduction et basta. Eh bien non… Cela ne veut rien dire. Rhino regarda le texte, dubitatif.

— Il y a donc un code dans le code. Conclusion, je suis bloqué, reprit-il. Et cela m'agace, car c'est la première fois que je tombe sur un truc pareil. Pour une équipe de braqueurs c'est bizarre, non ?

Rhino ne répondit pas immédiatement et regarda Rafik.

— Tu sais ce qu'il te reste à faire, dit-il en souriant.

— Craquer le code ?

— Ben voilà ! Combien avons-nous de DecroChat ?

— Pour le moment, sept appareils communiquent avec ce code.

— Et sur Stanković, tu as trouvé des trucs particuliers ?

— Rien. Il n'a aucun compte sur les réseaux. Un puceau digital.

Paris – Hôpital Saint-Louis

20 août 2021

Gilles Bonnier gara son véhicule à l'emplacement police. D'après les informations qu'il avait pu recueillir auprès de la direction, l'hôpital disposait de deux réserves, dont une aux urgences, dans lesquelles il était possible de se procurer du chlorure de potassium. Même si l'homicide avait eu lieu quelques jours auparavant, il avait souhaité passer au peigne fin ces deux pièces et trouver un ADN ou une paluche[1] exploitables qui « matcheraient » avec la base nationale. Il se dirigea vers l'accueil pour les formalités d'usage et allait monter au quatrième étage, quand la secrétaire lui précisa :

— Ah, au fait, une femme est venue hier demander des nouvelles de la santé de votre client.

— Une femme ? De quoi avait-elle l'air ?

— Une blonde.

— Qu'est-ce qu'elle voulait savoir ?

— Comment il se portait. Quand je lui ai dit qu'il était mort, elle a visiblement été assez affectée. Mais elle s'est vite reprise. Elle m'a demandé quelles étaient les causes du décès. J'ai répondu que je ne pouvais lui en dire plus, qu'elle devait voir ce point avec la police. J'ai bien fait, non ?

1. Empreinte digitale.

Bonnier hocha la tête.

— Avez-vous un enregistrement vidéo ?

— Moi, non, mais les collègues de la sécurité sans doute. Cela sera facile de revenir dessus, car juste après son passage, nous avons dû gérer une altercation assez violente avec un clochard. Il nous a fait la totale. Je ne vous raconte pas… Je vous accompagne, si vous voulez ?

— Non, ne vous dérangez pas, je commence à connaître les lieux, dit-il avec un clin d'œil.

Bonnier se dirigea vers le service de sécurité, là où se trouvait le système de vidéo. Il l'avait déjà sollicité pour visionner les images suite à l'incendie. Il poussa la porte d'accès. Le type chargé du suivi, une tête de petit cochon avec les yeux bien resserrés et le crâne rasé, genre service d'ordre du Front national, se retourna et le reconnut. Bonnier lui demanda de revenir sur les images qu'il avait enregistrées hier, juste avant une altercation avec un SDF. Le garde hocha la tête. Il chercha dans l'ordinateur le fichier correspondant, le lança. Bonnier observa une femme assez grande se présentant à l'accueil. Puis elle rebroussa chemin. Il avança alors les images et vit le clochard débarquer. Il fit un sacré numéro, s'attaquant en priorité à l'accueil, obligeant les personnes présentes à s'enfuir. Il les poursuivit en hurlant dans le hall. Et là… surprise : la grande blonde franchit de nouveau les portes vitrées, contourna le comptoir d'accueil et se pencha sur les ordinateurs.

Merde. Qui est cette femme ?

Il réclama un tirage papier de la fille et la mise à disposition de la vidéo sur une clé USB. Le type poussa un grognement que Bonnier interpréta comme un « oui », car il se leva et revint avec l'image en main ainsi qu'avec la clé.

— Une question : le clochard a-t-il été interpellé par les collègues ?

— Non, mais nous le connaissons bien. Il a un pète au casque, comme on dit chez nous. Il est toujours en faction devant l'hópital. Il surveille les voleurs d'enfants qui appartiennent à un réseau de pédophiles.

— Ah oui, quand même.

Bonnier salua le type, se rendit à l'accueil pour une vérification. Il retrouva la fille qui l'avait accueilli en train de se refaire une beauté.

— J'ai vu les images. Vous avez dû avoir une vraie frousse.

— Ça, vous pouvez le dire. Avec tout ce que l'on voit en ce moment.

— Puis-je jeter un œil sur votre ordinateur ?

— Oui, bien sûr.

Bonnier tapa le nom de Marjanović et vit la mention « Présomption d'homicide – Obstacle médico-légal ».

La blonde avait donc eu l'information.

Il décida alors de rechercher le clochard. Il fit le tour du pâté de maisons à pied et le trouva bien à l'angle de la rue, couché sur un empilement de cartons.

— Salut, mon ami. Cela te dirait de prendre un petit billet si tu réponds à mes questions ?

Le SDF se retourna, montra sa bouteille vide en grognant.

— Hier, pourquoi as-tu été mettre le bazar à l'hôpital ?

— Parce qu'on me l'a demandé !

— Qui ?

— Une pouffe.

— Elle ?

Bonnier montra la photographie que l'hôpital lui avait donnée.

Il acquiesça.

— Elle t'a donné de l'argent ?

— Ouais, un billet de cent euros. Elle m'a demandé de m'attaquer aux filles à l'accueil.

Bonnier sortit un billet et le tendit au clochard. Il décida de se rendre à l'hôtel particulier de Wright, afin de confirmer son intuition. Seul Baxter, le garde du corps, était présent. Il fut catégorique. La fille de la vidéo était bien celle qui avait joué le rôle de la femme de ménage et qui avait participé au braquage.

Paris – Clinique Potanine – Service urologie

20 août 2021

Bonnier poussa la lourde porte en fer forgé surmontée d'une marquise, et gravit les escaliers de marbre jusqu'au deuxième étage.

Décidément, je n'en finis plus avec le milieu médical.

L'environnement du dénommé Stanković n'avait rien apporté de spécial. Il était propriétaire du restaurant serbe Pod Lipom, sans casier ou dettes. Toutefois, il y avait un point qu'il souhaitait vérifier. Une vieille habitude de PJiste, qui consiste à ne pas laisser une hypothèse. Un chèque de banque avait été délivré à la clinique Potanine par Stanković et il voulait savoir pourquoi.

La secrétaire médicale le regarda par-dessus ses lunettes et lui demanda s'il avait rendez-vous. Bonnier fit un signe négatif de la tête, admira le décor autour de lui et dégaina sa carte police. Les collègues des impôts l'avaient informé que le cabinet avait fait l'objet d'un redressement fiscal. Il expliqua alors qu'il souhaitait obtenir des informations à propos d'une transaction bancaire réalisée au profit de la clinique. Comme il s'y attendait, la secrétaire, prudente, expliqua qu'elle devait en référer au professeur Bavay. Bonnier lui tendit la réquisition en bonne et due forme. Elle se saisit du document, se déplaça jusqu'à une porte capitonnée, appuya sur une sonnette. Un homme en blouse blanche lui ouvrit. Elle referma la porte derrière elle. Il ressortit, la réquisition en main, et lui proposa de le suivre.

— Vous savez, je ne fais que remplacer le professeur Potanine durant son mois de congé. Je n'appartiens pas à ce cabinet. Je vais vérifier ce que nous avons au nom de Stanković Dejan.

Bavay tapa le nom.

— Non, rien. Je n'ai rien à ce nom-là.

— Ah, c'est étonnant.

— Je devrais donc retrouver cette facture, fit le professeur un peu gêné. Quelle somme ?

— Deux mille euros.

Bavay fit une nouvelle recherche, puis une moue de surprise.

— Ce montant correspond en fait à un règlement d'actes médicaux au profit d'un autre patient. La facture lui a d'ailleurs été donnée en mains propres le 10 août.

— Juste après votre contrôle fiscal !

Il eut un air gêné.

— Je vois qu'il y a eu d'autres paiements réalisés en liquide.

— Comment se nomme ce patient ?

Il hésita.

— Allons, professeur. Je ne vous demande pas de quoi souffre cette personne.

— C'est un Russe du nom de Piotr Dragonov.

— Parfait, je suppose que vous avez une photocopie du passeport de Dragonov.

Bavay tourna l'écran sur lequel apparaissait l'individu. Bonnier sortit son téléphone, le photographia et prit congé.

***

De retour à son bureau, Bonnier décida d'appeler son ami Gabriel Fangeau à la DGSI, pour lui demander de faire des recherches sur ce Piotr Dragonov, né le 22 décembre 1963. Il lui précisa que le Dragonov en question pourrait être en lien avec l'affaire du braquage de Wright.

Il transmit ensuite la photo du passeport à Rhino avec un petit message explicatif : « Deux choses : 1. Le patron du Pod Lipom, Stanković, a payé une facture chez un urologue de la place parisienne au profit d'un Russe dénommé Piotr Dragonov. Compte tenu du lien avec le Darko, nous envisageons une audition dans un premier temps de Stanković, histoire de sonder les lignes. 2. La fille du braquage est allée faire un saut à l'hôpital pour questionner l'accueil à propos de Marjanović. Je t'envoie sa photo et celle du Russe également. »

Rhino ouvrit le message de Bonnier. Puis il reçut les deux photographies qu'il examina avec attention.

Il pourrait être Vuk ! Pourtant, un truc cloche. Le visage n'est pas vraiment identique. Et la fille me dit quelque chose aussi…

Sarajevo – Institut français
21 août 2021

Julie pénétra dans l'Institut français, la tête prise dans un étau. Elle avait fait une grosse fête avec la direction pour la clôture du festival SFF. David l'avait rejointe, mais comme d'habitude il avait fait son rabat-joie. Alors elle avait passé la nuit avec le DJ. En entrant dans son bureau, elle vit Caudy, fidèle au poste, à l'abri derrière sa muraille de livres. Il l'accueillit avec entrain et une tasse de café en main. Ce matin, elle avait reçu un message de son patron, sollicitant son retour sur Paris pour une nouvelle mission.

Pas question. Au moment où je commence à rigoler !

Elle posa donc quelques jours de congé, bien décidée à lever le mystère des origines de David. Pourquoi ? Son côté fouille-merde, peut-être ? Ou plutôt l'idée d'une belle histoire à raconter ? Ou les deux ?

Caudy s'enquit de son avancée dans la lecture. Elle lui laissa entendre qu'elle trouvait le journal plutôt bien écrit. Elle le remercia pour le café, prit la tasse et s'enferma pour se plonger dans les aventures de Michel et Samra.

Sarajevo – Villa, 31 décembre 1994

Ce 31 décembre, Maletraz vient d'envoyer un message nous demandant de se renseigner sur un groupe paramilitaire, dans toute la zone, en toute discrétion. Il se fait appeler les Serpents, et est dirigé par un énigmatique

Vuk. Cette organisation meurtrière est la responsable d'exactions atroces. Je pose le message et entends Samra qui, enjouée, nous propose de faire la fête pour le Nouvel An.

Je suis satisfait d'entendre Gérard et Martial décliner l'invitation, même si je m'en doutais un peu, car ils sont de permanence. Au programme, *rakija* et Michel Drucker à la TV. Dans le fond, la perspective d'être seul avec Samra me procure une joie que je ne parviens pas vraiment à dissimuler. Il me reste à emprunter au Gose sa Jeep.

En me tendant les clés, Olivier me met en garde. Certains officiers me trouvent très proche des Bosniaques. Je lui réponds que je n'en ai rien à foutre de leurs conneries et qu'ils devraient plutôt balayer devant chez eux.

Lorsque la porte de la maison s'ouvre, mes mauvaises pensées s'évanouissent. Samra m'attend de pied ferme, en beauté. Elle m'invite à grimper à l'étage en me précisant qu'elle a préparé un repas de fête avec le peu dont elle disposait et qu'elle m'a dégotté des vêtements civils. J'ai apparemment la même taille qu'Asim, son frère.

Les bougies qui illuminent la pièce rendent l'atmosphère festive et intime. Je pose sur la table la bouteille de bordeaux et le foie gras que j'ai reçus en colis. Je prends des nouvelles de sa mère. Elle hausse les épaules, m'indiquant qu'elle est montée se coucher, comme tous les soirs, à 20 heures. Je n'insiste pas.

À l'issue du repas, elle se lève, me prend par la main, plonge son regard dans le mien et me propose d'aller danser. « Même en temps de guerre, on sait s'amuser à Sarajevo. C'est notre seule façon de tenir. Let's rock and roll ! »

Après quinze minutes de marche silencieuse dans les rues enneigées de Sarajevo, Samra me montre la lune qui éclaire le ciel : « C'est mon astre préféré. Ce soir, elle est magnifique. » Samra bifurque sur sa gauche. Elle m'entraîne dans un couloir en béton armé qui mène à un escalier souterrain. Plus nous nous enfonçons dans les soubassements de la ville, plus je perçois les sons en partie étouffés d'une musique rock. Une porte en acier nous fait face. Elle l'ouvre avec vigueur. Nous nous retrouvons dans une sorte de cinéma désaffecté, happés par une foule dansante et hurlante sous les spots de lumière. Un groupe joue, sur une scène située au fond de la salle, « *Live and let die* » des Gun's and Roses.

Samra abandonne son manteau sur une table et semble comme un poisson dans l'eau, saluant, embrassant tous ses amis dans un vacarme assourdissant. Elle fait un signe de la main au chanteur. Le groupe enchaîne avec « *Rebel Yell* » de Billy Idol.

— C'est mon morceau favori.

Comment une telle ambiance peut-elle exister en pleine guerre ? Je me laisse gagner par la rock attitude. Mes doigts frémissent, les riffs de hard rock me prennent aux tripes. Je hurle aux oreilles de Samra que je suis heureux. Elle me caresse la joue avec délicatesse et rejoint la piste de danse. Je la regarde s'éclater, les bras en l'air, s'abandonner aux rythmes et à la vie. Je l'aperçois dire quelques mots à l'oreille du guitariste.

Il se retourne vers moi et me fait signe de monter sur scène en me tendant sa guitare. Je ne me fais pas prier. Je branche le jack et plaque les accords de « *Purple Rain* » de Prince. Samra nous rejoint et s'empare du micro. Le reste du groupe nous accompagne sous les lumières. Les couples se forment sur la piste. Je ne suis plus à Sarajevo, je suis transporté au collège militaire quelques années auparavant, sur scène avec mes potes.

J'aurais bien voulu que le Gose soit présent, il se serait sans doute emparé de la basse. Mes doigts retrouvent la magie des notes, les solos se succèdent avec naturel. Les riffs me traversent de part en part, me saisissent à la gorge, des larmes coulent sur mes joues. Le morceau s'éternise, Samra me regarde, radieuse. Le guitariste me fait un signe et je comprends qu'il est temps de lui rendre l'instrument.

Au pied de la scène, Samra me crie dans l'oreille : « Est-ce que tu as quelqu'un en France qui t'attend ? » Je fais non de la tête. Elle me prend par la main et m'entraîne dans une coursive, puis une alcôve. Alors, après avoir vérifié que nous sommes seuls, elle me plaque au mur et m'embrasse.

Dans l'heure qui suit, nous sommes allongés sur son lit. Je m'absente un bref instant pour avaler un verre de *rakija* et reviens dans la chambre. Elle m'attend. Bon Jovi joue « *Always* » dans un angle de la pièce, qui est chichement décorée avec des posters de musiciens rock locaux, dont Zabranjeno Pušenje. Un poêle ronfle et diffuse une chaleur douce. Elle est nue sur d'épaisses couvertures rouge vermillon. La découvrant ainsi livrée, et délivrée du poids de la guerre, je me promets de la protéger comme elle le mérite.

Je m'appesantis alors sur ses jambes fines et ses seins tendus, le velours de son grain de peau. Sa chevelure couvre l'oreiller, elle a les yeux clos.

Le doute de l'échec s'insinue dans mes veines. Saloperie de venin. Cela fait si longtemps que je n'ai eu l'occasion de faire l'amour.

Elle ouvre les yeux et perçoit ma gêne. Elle me sourit et tend la main : « Viens ! »

Je me laisse saisir. Je sens le désir s'écouler lentement en moi, libérant cette énergie douce, mais indomptable, que connaissent les corps aimants. Le temps n'a plus aucune raison d'exister.

Julie posa le cahier, avala un verre d'eau d'un trait.

Pouah ! J'en ai des bouffées de chaleur.

Sarajevo – Quartier Bistrik, 1er janvier 1995

Je me réveille seul dans le lit. La température est glaciale. Je décide de rejoindre Samra dans la cuisine pour lui souhaiter la bonne année. Elle m'accueille avec froideur, le nez dans le bol d'un ersatz de café. Surpris par cette mauvaise humeur, je lui demande ce qui ne va pas et lui prends la main pour l'enlacer. Je lui susurre à l'oreille : « Je te prie de m'excuser. J'espère que cette maudite guerre va enfin s'arrêter pour que l'on puisse se souhaiter, dans ce pays, une excellente année. »

Elle pose alors sa tête sur mon torse et dit : « Si la guerre s'arrête, tu repartiras dans ton pays et tu m'abandonneras comme tous les autres. » Je la repousse avec douceur en chuchotant : « Tu crois vraiment que je suis capable de faire cela ? Te délaisser ? Non… Je rêve en réalité de te montrer mon pays cathare et la France. Pour, pourquoi pas, y poursuivre tes études ? »

Alors Samra me propose de faire un vœu sous le tilleul, en montrant du doigt la petite mosquée de bois appelée Ivakovali hadži Mehmedova.

Quelques minutes plus tard, face à l'arbre, je sors de ma poche mon opinel et grave dans l'écorce de l'arbre nos initiales. « S et M ALWAYS ». Voilà, c'est inscrit pour la postérité !

Julie se leva, traversa le couloir pour rejoindre le bureau de Caudy. Il leva les yeux vers elle, les pieds sur un meuble, un verre de whisky à la main, une cigarette dans l'autre.

— Je kiffe trop la manière dont son journal est rédigé ! Très romanesque.

— Oui, j'avoue aussi avoir été surpris en le lisant. Moi qui le prenais pour un gros bourrin. Peut-être envisageait-il d'écrire un livre ? Mais si les militaires savaient écrire, ça se saurait, lâcha-t-il en s'esclaffant.

— Tu m'étonnes qu'ils ne peuvent pas te blairer. La scène d'amour du 1er janvier… Costaud. J'ai eu quelques papillons dans le ventre. Ça signifie que leurs initiales sont inscrites sur le tilleul ? Il est toujours debout ?

— Oui. Je suis allé vérifier, répondit Caudy.

— Est-ce loin ?

— Non. Quinze minutes à pied. Tu traverses la rivière et tu montes la rue Hrvatin jusqu'à la mosquée en bois.

— J'irai faire un saut plus tard.

Julie continua de lire avidement le journal, comme si les scènes se déroulaient sous ses yeux.

Hrasnica – Proximité aéroport, 4 janvier 1995

Le colonel confia à l'équipe la mission de participer, en qualité d'observateurs, à un échange de prisonniers entre les différentes factions. Le point de rendez-vous était situé à Hrasnica, près de l'aéroport. Maletraz précisa à Michel qu'il sera géré par un homme de confiance, un dénommé Mirko Nikolić.

Méfiant, il le questionna sur cet individu. Mais Maletraz lui fournit une réponse assez évasive, seulement qu'il s'agissait d'un universitaire, un professeur de philosophie et de sciences de religion enseignant à l'université de Sarajevo.

Michel se demanda bien ce que venait foutre ce type, enseignant, sur un échange de prisonniers.

Samra devait sans doute le connaître. D'un commun accord, ils avaient décidé de masquer leur liaison pour éviter tout problème avec la hiérarchie. Leur dernière nuit avait été encore merveilleuse. Mais au sein de son équipe, personne n'était dupe. La négociation nécessitant la présence de l'interprète, Samra, radieuse, embarqua dans le VAB avec l'équipe.

Ils roulaient dans un épais brouillard pour rejoindre le no man's land, tenu par un bataillon ukrainien de l'ONU. Arrivé sur place, Michel salua en anglais le chef de l'unité, un lieutenant-colonel qui avait déjà pris un petit-déjeuner bien arrosé de vodka. À part quelques sentinelles positionnées à l'extérieur, kalachnikov en main, l'ensemble du bataillon s'était calfeutré dans les véhicules blindés dont les moteurs ronflaient pour chauffer les habitacles.

Ils patientèrent ainsi pendant une heure dans le froid quand, soudain, Michel entendit la pétarade d'une guimbarde blanche sur laquelle était inscrit en noir « PRESSE ». Deux types hirsutes en débarquèrent, l'un avait un appareil photo en bandoulière. Il déclina son identité : Bob Messon, journaliste indépendant mandaté pour faire des clichés de l'échange de prisonniers. Michel essaya de le repousser, mais Messon lui répondit que les Bosniaques et les Serbes avaient accepté sa présence et qu'il ne pouvait pas s'y opposer.

Au même moment, Martial lui annonça à la radio la venue de véhicules lourds. Les forces ennemies se firent face. Une cinquantaine d'hommes débarquèrent des camions, chaque armée en posture démonstration de force.

Martial regarda Michel, pas vraiment rassuré. L'attitude éméchée du chef de détachement des Ukrainiens, qui hurlait des ordres incompréhensibles, n'arrangeait rien. Michel décida donc de prendre les choses en main. Avec diplomatie, il invita le lieutenant-colonel ukrainien à se mettre au chaud, ce qu'il accepta bien volontiers. Tel un arbitre de rugby, il fit un signe aux capitaines des deux équipes.

Gérard, demeurant dans le VAB avec Samra, cala son appareil de photographie sur un pied et se tint prêt à prendre des photos en rafales. Michel entrevit alors une berline s'approcher avec lenteur en provenance du côté serbe. Elle se gara devant des camions. Un individu vêtu de noir, de petite taille, descendit de l'arrière du véhicule et vint à sa rencontre. Il reconnut l'homme qu'il avait croisé à Tito Barracks, plusieurs mois en arrière. Il se présenta dans un anglais parfait : Mirko Nikolić, et rajouta que les chefs de Michel, qu'il connaissait bien, avaient validé sa présence sur l'échange.

Mirko Nikolić ?

Flash.

Michel réalisa qu'il avait rencontré ce type à Saint-Cyr Coëtquidan, à l'occasion d'une conférence sur les liens d'amitié entre la France et la Serbie. Le monde était petit.

Il demanda par radio à Samra de les rejoindre afin de traduire. Elle débarqua au loin. Alors qu'il admirait sa démarche chaloupée, il la vit se raidir. Plus elle avançait, plus elle se décomposait. Il la questionna, dubitatif. Elle garda le silence.

— Tiens, tiens… La jeune Samra, ironisa Nikolić. Comme nous nous retrouvons. Les hasards de la guerre. N'est-ce pas ?

Elle demeura sans voix, vitriolée. Son visage était marqué d'une immense tension. Nikolić sourit. Michel réalisa alors qu'ils se connaissaient.

Il précisa aux chefs de détachement le protocole : il s'agissait de faire sortir vingt prisonniers de part et d'autre des camions. À son signal, ils devaient traverser et rejoindre leur camp. Quand tout le monde serait prêt, ils relèveraient les noms et procéderaient à l'échange. Samra traduisit d'une voix étranglée. Ils approuvèrent de la tête.

Après quelques minutes de travail d'enregistrement, les prisonniers furent échangés. Les derniers Serbes et

Bosniaques franchissaient la ligne lorsque deux camions kaki se présentèrent au loin. Un groupe d'hommes, sans véritable signe distinctif sur leurs uniformes, débarquèrent du premier véhicule. Michel se tourna alors vers Martial. Au passage, il nota un rictus sur le visage de Mirko Nikolić.

— Qui sont ces types, à ton avis ?

— Aucune idée. Gérard, prends-moi tout ce beau monde en photo, ordonna Martial à la radio.

Le journaliste Bob Messon en fit de même. Il mitrailla. Son acolyte, quant à lui, griffonna des dessins sur son calepin.

Subitement, l'un des miliciens bloqua cinq prisonniers bosniaques, salua Nikolić et fit signe aux véhicules d'approcher. Michel observa que le paramilitaire avait une oreille coupée. La gauche. Ce dernier fit garer le camion sur le bas-côté et l'invita à le rejoindre avec Samra. Les Bosniaques, surpris, immobilisèrent aussi cinq Serbes et les braquèrent. Nikolić ordonna :

— Toi, tu traduis, en désignant du doigt Samra. Nous avons un petit cadeau supplémentaire !

Il souleva la bâche sur l'arrière du camion et invita Michel à regarder à l'intérieur.

— Voilà ce qui arrive à ceux qui tuent nos frères serbes, qui insultent notre religion en les torturant, en les crucifiant !

Une dizaine de cadavres étaient entreposés. Des soldats, tous vêtus d'une tenue de camouflage blanche. L'un d'entre eux attira l'attention de Michel. Il avait un bandeau de tennis enfoncé dans la bouche.

Merde, Asim !

Il tenta de masquer son émoi à Samra. Mais, en un clin d'œil, elle comprit la situation et échappa à sa vigilance. Elle s'approcha de l'arrière du véhicule. À la vue de son frère défiguré, elle tomba à la renverse, prostrée.

Le paramilitaire à l'oreille coupée bouscula Michel, s'empara du cadavre et le jeta au sol. C'est alors qu'il le vit : un poignard était planté sur sa poitrine et maintenait ainsi une photographie. Michel la reconnut immédiatement. Elle avait été prise par Gérard à Igman et avait été accrochée sur un mur dans leur villa. Il s'agissait du poste serbe S4 de Goran.

Putain, c'est quoi cette merde ?

Samra se coucha sur le visage de son frère, sanglotant. Michel la détacha avec difficulté et la confia à Martial. Il en profita pour arracher la photographie. Nikolić et l'homme à l'oreille coupée les observèrent, un sourire narquois aux lèvres, assez satisfaits de leur effet. Ils sommèrent les cinq prisonniers bosniaques de débarquer les autres cadavres et de les transporter dans leur secteur. Samra s'apprêtait à suivre son frère quand Nikolić l'interpella :

— Samra ! Au vu des origines serbes de ta mère, ton frère et toi, vous auriez pu faire le bon choix. Je suis vraiment désolé de tout cela. Il n'est pas encore trop tard pour me rejoindre. Comme au bon vieux temps.

Il émit un rire sardonique.

Elle se retourna, essuya ses larmes et perdit connaissance. À genoux, penché sur elle, Michel ordonna au photographe, qui tournait autour comme une mouche avec son appareil, de dégager. L'homme à l'oreille coupée hurla un ordre sec, les militaires serbes grimpèrent dans leurs camions et quittèrent la zone. Les Bosniaques et les Ukrainiens en firent de même.

Michel retrouva Samra qui, ayant à peine recouvré ses esprits, décida d'embarquer avec l'armée aux côtés d'Asim. Il essaya de l'en dissuader. Mais elle refusa. Michel réalisa que quelque chose s'était brisé en elle.

Sur le chemin du retour, il examina une nouvelle fois la photographie ensanglantée qu'il avait glissée dans sa poche de treillis. Il s'agissait bien d'un de leurs documents et il était vraiment troublé par cette découverte.

Bosnie-Herzégovine – Sarajevo – Institut français, 21 août 2021

Choquée par ce qu'elle venait de lire, Julie continua de tourner les pages du journal.

> *Sarajevo – 4 janvier 1995*
> Je me rends chez Samra pour l'accompagner dans sa douleur. J'insiste pour être à ses côtés à l'occasion de l'enterrement d'Asim au cimetière de la mosquée de bois Ivakovali hadži Mehmedova, près de notre tilleul. Mais elle me fait comprendre qu'un militaire de l'ONU, qui plus est français, n'est pas le bienvenu.

Puis, plus rien. Le journal de Michel Granier-Rinocci s'arrêtait net, au 4 janvier 1995.

Merde ! Que s'est-il passé ensuite ?

Elle pénétra dans le bureau de Caudy, le cahier en main.

— Une question : après le 4 janvier, que s'est-il passé ?

Caudy se frotta le nez.

— Samra a débarqué vers le 15 janvier. Elle était dans un état de profonde détresse. Elle n'a rien voulu me dire, mais je crois que Vuk l'a pistée et retrouvée.

— Et ?

— Et je pense qu'il l'a violée.

— Mais non ! s'écria Julie en s'effondrant sur la chaise. Qu'est-ce qui te le fait dire ?

— Une impression, ses absences, son mutisme et le fait qu'elle ne veuille plus voir Granier. Elle avait honte.

— Putain. Quelle merde ce type ! Et ensuite ?

— Granier a débarqué ici à l'improviste le 31 janvier 1995 après avoir découvert que Samra ne travaillait plus à l'ONU et qu'on lui avait collé un autre interprète, un Serbe nommé Stanislav. Il savait qu'elle m'avait rejoint à l'institut. J'étais la bête noire des militaires, car considéré comme antimilitariste pacifiste compte tenu de mes antécédents de journaliste.

— Tu m'étonnes, l'interrompit Julie en souriant.

— Après lui avoir ouvert la porte, j'ai simulé la surprise et, avec ironie, je lui ai demandé s'il venait enrichir sa culture. Cela n'a pas eu l'air de le faire rire. Il m'a interrogé sur la présence de Samra dans nos locaux. Elle est venue à notre rencontre, a saisi la main de Granier et l'a entraîné pour se rendre dans le bureau où tu es installée.

Caudy prit une bouffée de nicotine et poursuivit :

— La porte était fermée, mais j'ai bien compris leur conversation. Ils se sont engueulés. Elle ne voulait plus travailler pour l'ONU par conviction, car elle considérait qu'ils n'étaient d'aucune utilité. Sur ce point, je n'allais pas la contredire… Granier a rétorqué que cela n'était pas une raison suffisante, mais surtout qu'il n'admettait pas d'être repoussé de la sorte.

Il écrasa sa clope.

— Elle lui a dit un truc du genre : « Cette guerre n'en finira jamais. Alors, autant s'arrêter là, c'est mieux ainsi. » Il l'a apostrophée à propos de leur serment du Nouvel An, celui que j'ai découvert ensuite dans le journal. Avait-il encore un sens pour elle ? Samra est restée silencieuse. Puis est venu le tour de ce Nikolić. Encore une fois, elle est demeurée mutique.

Caudy se tut un instant.

— En réalité, Samra m'avait expliqué que le Nikolić avait déjà tenté de la violer alors qu'elle était étudiante. Elle n'avait alors pas eu d'autre choix que de changer de voie universitaire et de choisir Histoire de l'art. Puis

Granier a abordé la question de la photographie retrouvée sur le cadavre de son frère Asim. Il lui a ordonné de lui confesser comment Asim avait pu l'obtenir alors qu'elle avait été prise par son équipe.

Il ralluma une cigarette.

— Et là, Samra a explosé. Ça donnait quelque chose comme : « Quoi ? Tu m'accuses de t'avoir trahi, d'avoir donné cette photo à mon frère ? » Puis Granier a hurlé : « Les soldats de ce poste ont été crucifiés et torturés à mort, je les ai vus de mes propres yeux ! » Et elle : « Mon frère n'aurait jamais fait une chose pareille. Va-t'en ! Tu m'insultes avec tes insinuations ! » Et là… Erreur. J'ai ouvert la porte pour voir si Samra avait besoin d'aide.

Julie montra le nez de Caudy.

— C'est arrivé à ce moment ?

— Oui. Il m'a donné un grand coup d'épaule. Agacé, je l'ai poursuivi et bousculé. Il a percuté la porte. Alors, il s'est retourné, s'est approché de moi calmement. Je suis resté immobile et impassible. Et pan ! Il m'a asséné un grand coup de tête qui m'a éclaté le nez et m'a fait tomber à la renverse. Samra s'est précipitée pour venir à mon secours. Il a ouvert la porte d'entrée et s'est retourné. Je les ai vus se toiser. Franchement, je ne saurais dire ce qu'échangeaient leurs regards, de l'amour ou de la haine, des regrets ? Les trois à la fois sans doute.

Il ouvrit le tiroir et chercha une photographie qu'il tendit à Julie. Elle était en partie recouverte de sang noirci par le temps.

— C'est le cliché en question.

Julie l'examina. De jeunes soldats entouraient un colosse, qui devait être Goran, devant un poste en rondins de bois. Elle sortit son portable pour la photographier.

— Puis-je ?

— Oui, bien sûr.

— Mais si Samra détenait ce cahier, c'est qu'elle le lui avait dérobé ?

— Oui, en première hypothèse. Mais il a aussi très bien pu l'oublier chez elle, répondit-il. Ça, on ne le saura jamais, à moins de le lui demander ?

Sourire de Caudy.

— Pas faux.

— Granier est revenu plus tard à l'institut, après l'enlèvement de Samra.

— Mais non ? C'est quoi ce délire ? Elle a été enlevée ?

— Oui, par des types de l'armée bosnienne, et d'après ce que je sais, elle a été vendue aux Serpents serbes, dont le chef était ce Nikolić. Il l'a foutue dans un bordel du côté de Višegrad.

— Quand a-t-elle été kidnappée ?

— Mi-février 1995 environ.

— Pouah, je ne le crois pas !

— Oui, et en plus elle était enceinte.

— De Rinocci ?

— Il y a des chances. Tu as lu le journal. Cela a dû se faire le jour du Nouvel An ou les jours suivants.

— Il l'a su ?

— Oui.

— Mais du coup elle est enlevée, enceinte, et après ?

— Plus rien ! Plus aucune nouvelle. J'ai appris par la bande que Granier s'était démené comme un fou pour la retrouver. Et puis, il y a eu cette histoire à Višegrad d'opération commando. Tout a été étouffé par le colon de l'époque, Maletraz. Une vraie chape de plomb.

— Mais toi, tu connais le fin mot de l'histoire ? Quand vous vous êtes engueulés avec l'autre, Kojak le chauve, lors de la soirée chez l'ambassadrice, qu'il t'a demandé de fermer ta gueule sur Rinocci et David, c'est lié à tout ça ?

Silence gêné.

— Oh putain… Julie s'interrompit.

— Je t'avouerai que, quand j'ai vu David pour la première fois, j'ai été frappé par la ressemblance avec Samra. Il y a quand même un air de famille. Et j'ai appris par la suite que Granier est rentré de l'opération commando avec un bébé.

— Tu déconnes. David serait le fils de Samra ? Il l'aurait exfiltré ? Mais pourquoi il me raconte qu'il est le fils d'une Moldave ?

— Je n'en sais trop rien, je te le répète. La période était très complexe.

— Oui, c'est le moins que l'on puisse dire… Je pense que je vais faire quelques recherches sur le sujet.

— Quel sujet ?

— Ben la guerre, les Balkans. Tout ce bazar ! J'ai un petit projet en tête.

Julie lui expliqua son intention. Caudy décida de lui donner l'accès à sa bibliothèque personnelle. Après l'avoir salué, Julie se rendit à la mosquée citée par Michel Granier-Rinocci dans son journal. Au passage, elle admira la Vijećnica, magnifique bâtiment, franchit la Miljacka par un pont en pierre. Enfin, elle s'engouffra dans une petite rue perpendiculaire à la brasserie de bière Sarajevska. Et elle la vit, coincée entre plusieurs voies d'accès, habillée de bois, avec un petit minaret, entourée d'un muret. Elle parcourut les tombes et remarqua celle d'Asim, le frère de Samra. Le tilleul était bien présent. Elle s'approcha du tronc, en fit le tour. En levant les yeux, elle aperçut l'inscription à moitié effacée. « S et M ALWAYS ». Elle s'assit sur un banc pour faire le point.

Bon. C'est une histoire de ouf. En résumé, Samra et Rinocci sont amoureux. Ils couchent ensemble au Nouvel An. D'après Caudy, après le 4 janvier et l'épisode de l'échange de prisonniers, elle aurait été violée par ce Nikolić. Du coup, elle rompt avec Rinocci. Puis mi-février, elle est enlevée par des Bosniaques et revendue aux Serpents de Nikolić. À ce moment-là, Rinocci découvre qu'elle est enceinte. Il aurait monté une opération commando et libéré le bébé. Mais pas Samra !

Qui est cet enfant ? David ?

Et qu'est devenue Samra ?

Donc là, il y a deux options !

Soit Rinocci a menti à son fils en inventant cette histoire de mère moldave morte en couches. Dans ce cas, pourquoi ?

Soit c'est David qui m'a raconté des bobards.

Et là, je vais rapidement en avoir le cœur net !

Pontoise – IRCGN (Département signal image parole)

24 août 2021

En scrutant une nouvelle fois la photographie que lui avait envoyée Bonnier de ce dénommé Dragonov, Rhino se dit qu'il lui fallait tenter une expérience.

Une seule solution. La science au service de l'enquête judiciaire.

Il sauta dans son véhicule de service et fit un petit crochet par son appartement. Deux heures d'embouteillages plus tard, il franchissait la barrière rouge et blanche du poste de sécurité du PJGN[1], à Pontoise.

Il visa cet ensemble de bâtiments modernes, regroupant le nec plus ultra des activités de police judiciaire, à savoir : le laboratoire pluridisciplinaire qui couvre l'intégralité du spectre de la criminalistique et de la médecine légale, le renseignement criminel et la lutte contre les nouveaux phénomènes cybercriminels. Bref, la crème des experts.

Rhino voulait rencontrer la lieutenante Marjorie Lesachant, la référence nationale en matière de reconnaissance et de comparaison faciales.

En pénétrant dans son bureau, il tomba sur une femme plutôt élancée, blonde aux yeux en amande. Elle lui tendit une main ferme en mâchant bruyamment son chewing-gum.

1. Pôle judiciaire de la Gendarmerie nationale.

— J'ai été contrainte de planter ma journée pour vous. J'espère que cela en vaut la peine.

— C'est vous qui allez me le dire, rétorqua Rhino du tac au tac.

Il sortit la pellicule qu'il avait récupérée dans la boîte bosnienne posée sur sa bibliothèque et montra, dans un même temps, la photographie du passeport de Dragonov.

— Pouvez-vous m'aider à confirmer que l'homme présent sur cette pellicule et sur la miniature du passeport est bien le même ?

— Je fais de la comparaison et de la reconnaissance faciales[1], pas des miracles. Tout va dépendre de la qualité des supports.

Elle déroula le film sans un mot.

— De quoi s'agit-il ?

— Une scène de crimes de guerre.

— Où ?

— En Bosnie-Herzégovine, en 1995. Dans les environs du mont Igman.

Elle se déplaça jusqu'à une grande table blanche, poussa un bouton caché sur le côté gauche. Le support s'éclaira avec peine. Elle posa le film composé de vingt-quatre diapositives. Puis, elle se saisit d'une grosse loupe et siffla.

— Ouah… ça craint. Ils tuent tout le monde ?

— Oui, ça craint, comme vous dites.

— Et cette femme-là ? Putain de merde. Elle est attachée à l'arbre ?

---

1. L'analyse des visages dans le domaine judiciaire se réalise selon deux objectifs : la recherche d'auteurs et l'établissement de culpabilité. Dans le premier cas, il s'agit de confronter l'image d'un auteur à une base de données de visages pour établir une liste de candidats potentiels : c'est la reconnaissance faciale. L'établissement de culpabilité se fait en confrontant le visage d'un auteur à celui d'un suspect afin de se prononcer sur la compatibilité des visages et donc, à terme, sur la culpabilité du suspect : c'est la comparaison faciale.

La lieutenante se figea.

— Quelle horreur ! Elle est clouée ? Comment peut-on faire une chose pareille ? Et l'autre image ?

Rhino montra les photographies du passeport de Dragonov et celles de la femme du braquage.

Elle fit une moue dubitative.

— Hum… Pas évident. Mais pas impossible.

— Ce n'est pas le même homme, selon vous ?

— À ce stade, je ne peux pas me prononcer ni même signer un rapport. Pour la femme, je suis plus catégorique, il s'agit de la même personne. S'agissant de votre type, je suis dubitative. Quelle bande de salopards ! Pouvez-vous m'en dire plus ? Savoir sur qui je travaille démultiplie mes forces, mon colonel.

Après avoir expliqué son rôle lors du conflit, Rhino précisa le contexte dans lequel elles avaient été prises, plus de vingt-cinq années auparavant.

Sarajevo – Tito Barracks

13 février 1995

Michel avait reçu une convocation le 12 février au matin, l'invitant à participer à un repas placé sous le sceau de la confidence avec Maletraz. Avant de s'y rendre, il prit son nouveau journal de bord, le précédent ayant été égaré. Le colonel l'accueillit en le saluant par son prénom, ce qui l'inquiéta immédiatement. Le repas avait été organisé dans la salle du « colonel », au mess des officiers. Soleil 73 se dirigea vers une petite armoire incrustée dans le mur, inséra une clé, l'ouvrit pour en sortir une bouteille de whisky, du quinze ans d'âge. Il remplit son verre comme à son habitude et prit son carnet noir. Puis il parla de tout et de rien, de la montagne, des différents sommets qu'il avait eu l'occasion de gravir. Bref, Michel sentait bien qu'il tournait autour du pot, jusqu'au moment où, après une pause, il se lança en feuilletant son carnet noir :

— J'ai besoin de vous et de votre équipe. Une mission délicate. J'ai été informé de la tenue d'une réunion secrète dans la région de Trnovo, entre des Bosniaques et des Serbes, dans une ferme isolée. À cet endroit !

Il déploya une carte sur la table et montra du doigt l'emplacement.

— Mais il y a plusieurs problèmes. D'abord, les Serbes bloquent encore une fois toute la zone. Donc impossible de vous larguer avec un camion logistique, par exemple. Ensuite, une partie de la zone vous permettant de vous infiltrer est minée. Il faudrait que vous puissiez vous y rendre par les airs, en parapente et de nuit.

— Quand doit avoir lieu cette réunion ? questionna Michel.

— Dans trois jours. Le mieux serait même que vous partiez ce soir pour Igman. C'est une mission renseignement couvert. Vous devez vous enterrer.

Michel cligna des yeux, étonné.

— Je l'ai appris ce matin, mentit Maletraz, je suis désolé. Inutile de te le préciser, mais cette mission est capitale pour nous. Si nous obtenons la preuve que les belligérants discutent dans notre dos, cela peut être un levier capital pour les mettre à la table des négociations. Au plus haut lieu, à Paris, on aimerait bien leur tordre le bras. Grâce à tes observations, la France pourrait être à la pointe dans les futurs entretiens de paix. Mais il nous faut des billes pour devancer les US ou les Russes.

Michel remarqua qu'il l'avait tutoyé.

— Je sais que je peux compter sur toi, Michel, pour assurer. Je n'ai pas besoin de guerriers, juste des éclaireurs qui soient capables de me donner des renseignements fiables. Je te confirme la date de la réunion. Si tu me ramènes ces photos, je ne serai pas ingrat en ce qui te concerne, bien sûr. Je parle de ton avenir et celui de ton équipe. Martial pourrait devenir officier par exemple, et Gérard prendre un galon…

Igman – La tanière, 13 février 1995. 17 heures

— C'est de la folie pure ! s'écria Martial. On va finir par y laisser vraiment notre peau dans cette merde de guerre, qui n'est même pas la nôtre, d'ailleurs. Nous sommes des putain de pions dans les mains de notre hiérarchie. Tout cela pour faciliter leur carrière.

— Cette réunion semble capitale pour nous, pour la France, précisa Michel.

— Tu parles ! Maletraz veut sa médaille, un point c'est tout, rétorqua Martial en tapant du poing sur la table.

Michel analysa la carte, la boule au ventre et la bouche sèche. Pour la première fois, Martial rechignait à obéir à un ordre. S'ils refusaient la mission, Maletraz les prendrait pour des incompétents. Il se sentait pris au piège. Mais en même temps, il réalisait que Martial avait raison. Ce type de mission demandait au minimum une semaine de préparation. L'infiltration en parapente était pour le moins osée. Voire suicidaire. Seul côté positif : l'aéroport de Sarajevo leur avait confirmé que la météo serait favorable pour les quatre jours à venir. L'importante hausse de la température en fond de vallée avait fait fondre la neige, permettant un camouflage plus aisé. Gérard, de son côté, était plus ouvert à la discussion. Pour une fois.

À la nuit tombée, ils gagnèrent en toute discrétion le lieu de décollage qu'ils avaient détecté sur carte, avec un parapente pour réaliser les tests. La zone devait être bien dégagée, avec une neige tassée pour se lancer dans le vide. Le gonflage de la voile nécessitait un vent de face suffisant. Après des mois d'expérimentation de cette technique d'infiltration au sein du bataillon de chasseurs alpins, ils étaient au pied du mur pour cette phase opérationnelle.

De retour à la tanière, Michel consigna par écrit, dans son nouveau journal de marche, ses impressions sur cette mission. Au cas où il leur arrivait malheur… Las, il finit par se coucher. Prisonnier dans son duvet sarcophage, il trouva avec difficulté le sommeil, tenaillé par l'angoisse.

***

La journée du 14 février fut consacrée à préparer les sacs à dos, avec notamment le matériel photographique et de transmission, l'armement, la nourriture pour sept jours, la vache à eau de 20 litres, de gros sacs-poubelle en plastique en cas de franchissement de rivière. Enfin, la mission de renseignement couvert imposait l'aménagement d'une cache de 2 mètres sur 3 environ. Pour la construire, l'équipe devait emporter pioche, scie, pelles et la trappe de fermeture de la cache biseautée. Elle demeurait le point sensible, car elle devait être parfaitement étanche et indétectable de l'extérieur.

Vers 15 heures, l'équipe reçut le feu vert de Maletraz *via* un message codé. La réunion se tiendra le 16 février en fin de journée, au lieu-dit. Martial n'était toujours pas convaincu, notamment par la zone d'atterrissage qu'ils n'avaient pas reconnue, ce qui était contraire au protocole.

Zone de décollage – Igman – Infiltration, 20 heures

Michel souffla un grand coup, les suspentes du parapente en main.

Jour de la Saint-Valentin. J'aurais préféré passer cette soirée avec Samra. Lui demander pardon de l'avoir accusée à tort. Je n'ai plus de nouvelles d'elle depuis cette journée désastreuse du 4 janvier. Silence radio. Je réglerai cela en rentrant ! Enfin… Si on revient en entier de cette mission.

Il plaqua les jumelles de vision nocturne, réalisa un contrôle radio avec Gérard et Martial, vérifia l'amarrage de la sangle de délestage de son sac à dos. Il se retourna pouce levé et souriant, histoire de se donner de la contenance. La chance leur souriait, toutes les conditions étaient réunies pour un vol réussi. Il s'élança et accéléra pour atteindre la vitesse de pointe sur la neige tassée, lui permettant d'être porté par la voile bleue. En vol, il connecta ses jumelles de vision nocturne. Un paysage vert clair luminescent, composé de forêts, s'étendait sous ses pieds. Le vent lui fouettait le visage.

Jusqu'ici… Tout va bien.

Il jeta un œil derrière lui. Ses deux coéquipiers étaient en vol, Gérard en position numéro deux, puis Martial, qui avait décidé de fermer la marche. Ils avaient décollé avec une minute d'écart afin d'atterrir en toute sécurité.

Après dix minutes de vol, il aperçut une tache vert clair au loin correspondant au champ d'herbe envisagé pour se poser. Il décrocha son sac à dos, qui se retrouva pendu au bout de la longe, et s'aligna pour l'atterrissage final en pédalant comme un fou dans le vide. La réception fut un peu brutale, mais sa condition physique irréprochable lui permit d'amortir le choc. Il commençait à rassembler la voile de son parapente lorsqu'il entendit Martial annoncer à la radio :

— Je n'y comprends rien. Je suis en perte d'altitude. Putain, je n'atteindrai pas le champ. Je vais devoir choisir entre un sapin ou un pin pour me poser.

Michel tenta de l'apercevoir. Sans succès. Gérard atterrit sans difficulté et le rejoignit.

— Écho 3 ? Qu'est-ce que ça dit ?

— Ici Écho 3, je vais planter le parapente sur un arbre et on verra bien. Je vous rappelle quand tout est terminé.

— OK. On vient te chercher.

— Surtout pas, je suis dans la zone minée. Pas la peine de tous y passer. Et vous, c'est déjà fait, mon lieutenant. Je voulais dire, pour la mine…

Les minutes qui suivirent furent lourdes d'angoisse. Michel plia en silence son parapente en vue de la future infiltration, à pied sur 4 kilomètres environ. Soudain, la radio crachota.

— Écho 1 ?

— Oui, Écho 3. Tout va bien ?

— Oui. Enfin presque. Je pense que je me suis luxé l'épaule. La voile est dans un sale état, elle a amorti la chute à travers les sapins. J'ai bien cru que cela ne finirait jamais.

— Tu es à quelle distance de nous ? Je peux balancer une fusée éclairante. Tant pis pour la mission, nous expliquerons aux Serbes qu'il s'agissait d'un entraînement.

— Non, je devrais pouvoir vous rejoindre. Avant de me crasher, j'ai balancé un coup de boussole. Je vais pouvoir me débrouiller, en espérant que je ne rencontre pas de mines. En revanche, j'abandonne le parapente. Je ne pourrai pas tout porter avec mon épaule.

— OK. On se dirige vers les lisières du champ pour craquer des bâtons luminescents. Bon courage.

Putain. J'aurais dû refuser cette mission.

Trente minutes après, aucun signe de Martial. Mais aucune explosion, non plus. Gérard sortit l'appeau du geai, sifflet reproduisant avec fidélité le chant de l'oiseau et qu'il utilisait comme signe de reconnaissance. Il siffla par intermittence.

— Écho 1 ! J'entends le geai. Je m'approche.

— Écho 3 ! Bien joué. Tu devrais voir les bâtons fluorescents.

— Oui, vu.

Gérard se porta à sa rencontre et le soulagea de son sac à dos. Martial souffrait beaucoup.

— Content de vous voir, les gars.

— Nous aussi, putain.

— J'ai fait du mieux possible pour planquer le parapente. Je pense que peu de monde passe par là. Gérard, tu vas me remettre l'épaule !

— Euh... Je ne sais pas trop comment faire...

— Tu appuies là et tu balances tout d'un coup sec.

Gérard s'exécuta. Martial émit un gémissement et se laissa tomber sur une souche, sonné.

— Je vais appeler Maletraz sur le canal privé et sécurisé qu'il m'a donné. On va abandonner.

— Pas question ! On a fait le plus dur, c'était avant qu'il fallait refuser, tempêta-t-il.

Michel prit sa remarque en pleine figure. Gérard baissa les yeux.

— OK. Alors, on te fait un bandage bien serré, quelques antidouleurs et en avant. On poursuit jusqu'à la zone d'observation. Je vais porter ton sac à dos, lança Michel pour se donner de la contenance.

Après une heure de marche, ils trouvèrent l'emplacement idéal pour avoir la meilleure vue sur leur objectif. Ils creusèrent la cache, un rectangle de deux mètres sur trois et d'une profondeur suffisante pour tenir assis. Ils aménagèrent le toit avec des rondins coupés au loin et placèrent la bâche d'étanchéité. Ensuite vinrent la phase de camouflage, avec des feuilles et des branchages, et l'installation de la trappe de fermeture qui se positionnait au millimètre près. Gérard se rendit dans le torrent le plus proche pour remplir la vache à eau. Au retour, il répandit plusieurs sachets de poivre pour éloigner les chiens, puis l'équipe s'enferma dans la cache aménagée.

Zone d'observation – 15 février, 6 heures

Sous terre, grâce à la trappe d'observation large de 50 centimètres environ, l'équipe avait une vue directe sur la ferme désignée par Maletraz. Ils étaient à 500 mètres de l'objectif et en lisière du bois. Sur leur gauche se dressait un magnifique chêne. Michel envoya un message de compte rendu à Maletraz qui confirma sa réception.

Il examina la ferme et vit une femme en sortir, puis une jeune fille et deux hommes, un quadragénaire et l'autre plus âgé, et enfin, un adolescent. Ils vaquaient à leurs occupations comme si de rien n'était.

— Qu'est-ce qu'ils foutent là ? On dirait des paysans. Cette ferme n'était-elle pas censée être un lieu de rendez-vous pour crapules de tous bords ? interrogea Gérard.

— J'avoue que cela est surprenant, répondit Michel en vérifiant les coordonnées de l'objectif sur la carte.

Zone d'observation – 16 février, 18 heures

La nuit était tombée et l'intérieur de la cache était éclairé par deux bougies. Gérard, en faction devant la trappe, tapota le genou de Michel. Des phares de véhicules illuminèrent une zone en contrebas de la bâtisse. Il sortit les jumelles Steiner et confirma la présence de deux camions militaires kaki, qui se garèrent le long de la ferme. Malgré la nuit, Gérard put réaliser une succession de clichés précis. Ils réveillèrent Martial. Une dizaine d'hommes débarquèrent des poids lourds en vociférant. Aucun signe distinctif ou grade sur leur tenue de camouflage. Gérard murmura :

— Regardez, c'est le type à l'oreille coupée qui était présent lors de l'échange de prisonniers et de cadavres.

Michel confirma. Oreille coupée commandait la troupe. Il constata que deux miliciens s'approchaient de la lisière où se trouvait leur cache. Ils soufflèrent d'un coup les bougies. Les miliciens firent plusieurs allers-retours pour ramasser du bois. L'un d'entre eux passa devant leur trappe d'observation. L'équipe se figea, les doigts sur les queues de détente de leurs armes.

Quinze minutes plus tard, la dizaine de paramilitaires paradaient autour d'un feu de joie et se faisaient tourner des bouteilles de *rakija*. Michel et Gérard observèrent le manège du type à l'oreille coupée, qui ressortit de la ferme en tirant par les cheveux la jeune fille. Il la jeta dans les bras de deux miliciens.

— C'est quoi cette histoire ? murmura Gérard. Nous ne sommes pas censés couvrir une réunion entre belligérants ?

— Si !

— On fait quoi ?

Dans ses jumelles, Michel scrutait Oreille coupée. Il se tenait jambes écartées, les poings sur les hanches, devant la jeune femme qui était vêtue d'une robe vermillon. Il fit un geste du menton. Les paramilitaires lui arrachèrent son vêtement. Elle était maintenant à moitié dénudée, ensanglantée et traînée à terre. Il l'entendit supplier sous les coups.

Les fils de pute !

Il zooma et fut frappé par sa beauté, malgré son visage tordu par la peur et l'incompréhension. Elle demeurait d'une incroyable splendeur, reflétant l'harmonie slave.

— On doit agir. On ne peut pas les laisser faire, fulmina Gérard. Martial, dis quelque chose, putain !

Humanimaux.

— On ne peut rien faire, merde. Sinon, on fait tout foirer et en plus on est trois, dont un estropié, contre quinze, enragea Martial.

— Martial a raison. Prends des photos, ils seront jugés devant des tribunaux grâce à nos clichés, ordonna Michel. Je vais envoyer un message à Maletraz pour lui rendre compte de la situation.

— Putain, fit Gérard, serrant les poings.

Michel attendit quelques secondes après l'envoi du message. Aucune réponse.

Bizarre. Alors qu'il répondait dans l'instant jusqu'à présent.

Que faire ? Les tuer sur place et foutre en l'air la mission ? Se faire flinguer ?

Les humanimaux se déchaînèrent. Ils frappèrent la jeune fille gisant au sol, la brûlèrent avec des branches tirées du feu, coururent autour d'elle en réalisant une danse macabre sous les cris des autres miliciens.

Oreille coupée s'approcha, cria comme un putois, brandit un marteau et des clous.

Merde ! Qu'est-ce qu'ils foutent ? Ils la dénudent complètement et la redressent.

Il la porta sur l'épaule comme un sac de viande et s'approcha du chêne. Une dizaine de paramilitaires le suivirent et l'encouragèrent. Il la maintint contre l'arbre par la gorge pendant qu'un autre figea ses deux mains dans le bois centenaire, instrument malgré lui du martyre.

Michel ferma les yeux et ressentit dans sa chair la douleur insoutenable des clous qui la pénétraient. Au loin, il les vit s'immobiliser pour admirer leur ignominie, presque stupéfiés de leur propre cruauté.

Elle a perdu connaissance.

La nuit, le ciel, la terre, les arbres, les montagnes environnantes, les cris et la ronde des humanimaux, tous semblaient graviter autour d'une abîme noire, dans une spirale maléfique sans fond avalant la jeune fille.

Oreille coupée désigna du doigt l'un des miliciens, qui ne se fit pas prier pour retirer son tee-shirt et déboutonner son pantalon de treillis.

Il lui écarta les cuisses et la viola sous les cris d'encouragement de la cohorte. Le squelette bleu-noir tatoué sur la peau de son dos prenait vie sous ses coups de boutoir. Il la griffa, la mordit et se répandit en elle. Puis un autre prit sa place, grognant, râlant lui aussi jusqu'à la jouissance. Oreille coupée leva alors la main, imposant le silence. Il tendit son poignard à l'homme au squelette et, avec son pouce, fit le geste de l'égorgement.

Les humanimaux la regardèrent ainsi mourir, pendant de longues minutes, en se congratulant et en se partageant une fiole de *rakija*.

Et la vie s'en alla.

L'âme se libéra définitivement des contraintes d'un corps qui n'était plus que chairs béantes et ensanglantées, larmes, mictions et semences.

L'ensemencement de la mort ! Évidée de vie !

Avalée par l'abîme noir.

Elle les scrutait, il en était certain, flottant entre deux mondes.

Michel perdit le contact avec la réalité.

Un cauchemar ?

Le froid et la bile le firent reprendre pied.

Non !

Elle est bien là, marionnette, clouée sur l'arbre.

Son regard mort me brûle.

L'abîme me regarde.

Peut-être avait-elle espéré un geste libérateur de notre part ?

Mais que pouvais-je faire ? Impossible de nous dévoiler à moins de mettre en péril l'existence de mes hommes !

Tuer sur place ces types et foutre en l'air ma première mission en renseignement couvert…

Pourquoi avoir obéi et accepté cette mission de merde ?

Le silence résonnait dans l'habitacle. Le chêne qui soutenait la poupée sanglante donnait l'impression de plier sous son lourd fardeau, sous le poids des fautes des *humanimaux*. Puis l'orage gronda et, en quelques minutes, le ciel déversa une pluie de chagrin qui ruissela sur le visage pâle de la marionnette. L'arbre fut alors enveloppé des nappes d'un épais brouillard constituant son linceul sale, et masquant à peine ses plaies et sa nudité saccagée.

Alors Michel pleura de sa lâcheté. Martial et Gérard s'abandonnèrent aussi, allongés dans cette putain de cache.

L'esprit marqué au fer rouge par la souffrance de cette jeune fille, Michel et son équipe réalisèrent qu'ils ne pourraient peut-être jamais connaître son nom. Michel sut qu'il y aurait désormais un avant et un après.

— Je retrouverai ces types et je les buterai ! explosa Gérard.

— Nous les buterons… rectifia Martial.

Zone d'observation – 17 février, 8 heures

Au matin, les paramilitaires étaient tous endormis. Une berline noire se présenta devant la bâtisse en klaxonnant. Oreille coupée salua l'homme en noir qui s'extrayait de la berline.

Nikolić !

Ils aperçurent une femme aussi, une grande rousse.

Gérard mitrailla. Michel distingua un type assis à l'arrière. Mais avec les vitres relevées et fumées, il n'arriva pas à distinguer son visage. Nikolić fit de grands gestes, ne semblant pas satisfait de la situation. Il pénétra à l'intérieur de la ferme. Les deux violeurs se précipitèrent pour détacher le cadavre de la jeune femme assassinée qu'ils transportèrent près d'un mur. Rien ne se passa pendant environ quinze minutes. Les miliciens attendaient en fumant et en blaguant. Soudain, Michel entendit le bruit d'un bulldozer. Celui-ci s'immobilisa à côté de la ferme et attendit les ordres. Nikolić lui montra un emplacement. Le conducteur le déplaça et creusa une grosse fosse à une centaine de mètres de la ferme.

Les quatre Bosniaques en furent sortis *manu militari* et poussés à coups de crosses, sous bonne garde de cinq paramilitaires, un tatouage représentant un serpent dans le cou. Oreille coupée ordonna aux deux hommes de grimper dans l'immense godet du bulldozer. Ils obéirent sans broncher sous l'œil noir de la caméra tenue par la femme rousse.

Deux miliciens s'approchèrent des paysans et leur tirèrent une balle dans la tête sous les yeux de Nikolić, qui demeura impassible, les mains dans les poches. Ensuite, l'engin déchargea les corps dans le trou. Ils renouvelèrent l'opération avec l'adolescent et la femme. Le jeune homme se débattit. Il fut tué devant sa mère. Les deux violeurs portèrent le corps supplicié de la jeune femme à la robe et le jetèrent dans la fosse.

Le bulldozer recouvrit l'excavation de terre. Après avoir salué les miliciens, Nikolić s'apprêtait à monter dans la berline quand une guimbarde rouge débarqua. Un civil en surgit, cria et se précipita pour ouvrir son coffre. Il brandit alors le parapente déchiré. Oreille coupée ordonna à ses hommes d'embarquer dans les camions.

— Putain, nous sommes détectés, fit Martial. Que fait-on ?

Michel réfléchit quelques instants et proposa :

— Soit nous patientons dans la cache un jour ou deux, soit on décroche dans la nuit avec nos clichés et on essaie de ne pas se faire choper. De toute façon, cela m'étonnerait fort que la réunion au sommet ait lieu.

— Oui, mais ils vont bloquer toute la zone, rétorqua-t-il.

— J'envoie un nouveau message à Maletraz. Il faut qu'il organise notre exfiltration.

Zone d'observation – 17 février, 22 heures

Soleil 73 est aux abonnés absents ! Qu'est-ce qu'il fout ?

— Il nous a laissés tomber, le salopard ! Pas bon pour sa carrière, une équipe *all free* en zone serbe. Et si on se fait flinguer, il pourra toujours dire qu'il n'était pas informé de notre initiative, lança Gérard.

— On va abandonner les parapentes et le sac à dos de Martial dans la cache. Il faut nous alléger le plus possible. Nous trouverons bien un moyen de revenir les chercher, ordonna Michel. On décroche.

Gérard remit en place la trappe-bouchon et recouvrit la planque avec des branchages glanés çà et là. Il avait été convenu qu'il partirait en éclaireur à environ 100 mètres devant eux et signalerait la moindre présence ennemie à l'aide de l'appeau du geai. Aucun chemin, aucune route ne pourraient être empruntés. Direction la zone démilitarisée, et la tanière. Michel avait analysé leur itinéraire. Ils devaient suivre un torrent assez puissant, alimenté par la récente fonte des neiges.

À raison de 3 kilomètres parcourus par heure, il avait estimé qu'il leur faudrait au moins deux nuits pour atteindre la zone de repli. Cela dit, ils avaient la possibilité d'escalader une falaise, ce qui leur ferait gagner une nuit de marche. Il avait laissé le choix à Martial qui avait tranché. Il pouvait grimper, mais lentement. Cela valait le coup de tenter cette option. Une autre difficulté importante demeurait : ils devaient traverser plusieurs axes, et surtout, franchir un pont sur ce torrent. Le protocole d'exfiltration prévoyait bien sûr la discrétion la plus totale. En cas de rencontre avec l'ennemi et de riposte immédiate, l'équipe devait s'éclater et retourner sur la cache.

***

Ils progressaient avec difficulté depuis environ trois heures quand Martial trébucha sur une souche. Il s'affala et émit un cri étouffé. La chute avait réveillé la douleur dans l'épaule.

Coup d'appeau de geai. Avertissement de Gérard.

Michel et Martial s'allongèrent au sol, retenant leur respiration. D'après la carte, ils se trouvaient à 200 mètres du pont. Sur la gauche coulait le torrent. Le franchir serait compliqué, la température de l'eau étant de quelques degrés seulement. Après avoir abandonné Martial sur zone le temps que l'antidouleur fasse effet, Michel positionna les jumelles de vision nocturne sur son crâne et rejoignit Gérard pour faire le point.

— On a au moins un ou deux binômes au carrefour sur la droite, et des patrouilles en véhicule, une toutes les cinq minutes environ. Le pont n'est pas tenu.

Il lui montra du doigt la position des gardes serbes. Les bouts rouge vif des cigarettes scintillaient à chaque bouffée.

— Ils nous cherchent et sont là pour nous, c'est certain.

— OK. Je vais récupérer Martial. Il s'est de nouveau blessé à l'épaule.

— C'est la loi des emmerdements maximum.

— Tu passes en premier, tu traverses le pont pour le recueillir et je ferme la marche. On la joue ainsi dès que la patrouille est passée. On coupe la radio.

100 mètres. Jeep serbe. Deux militaires à bord. Ils la suivirent dans les jumelles. Franchissement du pont. Gérard s'engagea, rampa sur les côtés de l'axe pour gagner la berge du torrent qui bouillonnait. Michel distingua son avancée en silence. Puis il disparut.

— À toi, Martial, dit Michel en tapotant son épaule valide.

Martial marcha accroupi, plié en deux, et rejoignit le passage jusqu'à disparaître lui aussi.

Go !

Michel prit alors le même itinéraire, longeant la route.

Le pont est en vue. Encore un petit effort !

Coup d'appeau.

Retour de la Jeep.

Merde. Plus tôt que prévu.

Elle s'immobilisa pour débarquer un binôme et redémarra. Les deux Serbes stationnèrent à l'entrée.

Je ne le crois pas. Je dois passer par la flotte.

Mais la natation n'avait jamais été son fort. Il devait même avouer avoir une trouille bleue de l'eau.

Pas le choix !

Il fit marche arrière, alluma la radio et envoya un message à Gérard pour l'en informer, en souhaitant qu'il ait eu le réflexe de se brancher sur le canal. Réponse d'Écho 2 : « OK, recueil sur le même point de l'autre côté. »

Michel sortit deux sacs-poubelle. Il glissa son sac à dos dans le premier, avec le matériel radio et l'armement, et se déshabilla. Impossible de traverser avec les vêtements et les chaussures. Il devait les retirer pour ne pas risquer l'hypothermie. Il les enfourna dans le second après l'avoir préalablement gonflé. Il coupa une branche d'environ 2 mètres d'un noisetier, suffisamment solide pour l'utiliser comme canne. À 500 mètres du pont, il descendit dans le lit de la rivière en se tenant aux racines et aux souches.

Il faut y aller ! Putain de torrent. Putain de Serbes. Si je m'en sors…

Il vérifia l'étanchéité des deux sacs, prit une grande inspiration et commença sa progression dans l'eau glacée. Il avançait en posant avec prudence ses plantes de pied sur les galets, s'équilibrant tant bien que mal avec les sacs dans une main et sa béquille improvisée dans l'autre. Le courant était puissant, et le pire était à venir. Il appréhenda le milieu du gué. Le froid lui fouettait déjà le bas-ventre et il ne sentait plus ses pieds.

Encore 3 mètres.

Brusquement, il fut percuté par une branche d'arbre qui le déséquilibra et le projeta au loin.

Ne pas lâcher les sacs.

Gelé et engourdi, il tenta de se maintenir en surface, tout en se protégeant des blocs de rochers qui affleuraient à la surface.

Rejoins le bord. Vite.

En moins de temps qu'il ne faut pour le dire, il avait déjà parcouru 50 mètres. À cet endroit, le torrent s'apaisait. D'un coup de reins, il se dégagea du flux le plus rapide pour accéder à l'autre rive. Tenant toujours ses affaires, il put s'accrocher à un tronc d'arbre. Mais il reçut un choc violent sur les côtes, provoqué par une nouvelle branche, qui lui coupa la respiration. Malgré la souffrance, il rampa sur la berge.

J'ai réussi.

Il tira les deux sacs et constata que l'un des deux était plus lourd.

Fait chier. Il s'est percé.

Il sortit un par un ses vêtements et ses chaussures trempés et composa un message pour Gérard.

Écho 1 : « Suis de l'autre côté, à 200 mètres en amont. On se retrouve à 500 mètres du pont, plein Est. »

Écho 2 : « *OK.* »

Remettre les vêtements mouillés fut une véritable épreuve. Il reprit sa marche vers le point indiqué dans la forêt. Le sac à dos lui tirait sur les côtes. Il s'immobilisa pour avaler des antidouleurs. Il avait parcouru ainsi 100 mètres quand son attention fut attirée par des coups de feu.

Hurlements. Cris. Lumières.

Merde ! Martial et Gérard sont détectés.

Nouveaux coups de feu. Il ne pouvait rien voir, la forêt était maintenant trop dense. Il rejoignit le point de rendez-vous fixé. Au loin, c'était branle-bas de combat. Frigorifié et tremblant comme une feuille, il patienta pendant quinze minutes dans l'incertitude totale.

Ont-ils été arrêtés ?

Enfin, il perçut le son de branches qui craquaient sous des pas. Martial et Gérard se faufilaient entre les arbres.

— On les a au cul. J'ai dû en flinguer un. Pas d'autre choix. Putain, vous êtes trempé.

— Oui, et je me suis pété une côte, c'est sûr.

— On est bien barrés, là, ironisa Gérard.

Martial n'était pas au meilleur de sa forme non plus.

— J'ai analysé la carte. Notre meilleure option, c'est de franchir la falaise, proposa Michel.

— C'est chaud… fit Gérard.

— Je sais, mais nous sommes coincés. Soit on se rend, on détruit le matériel sensible et les clichés, soit on essaie de la franchir et on sauve la mission et les photos. Vous me dites ce que vous souhaitez faire.

— Nous sommes devenus des témoins gênants, je pense qu'il vaut mieux continuer. Je n'ai pas envie de moisir dans une prison serbe, pesta Martial. Ou de devenir de la nourriture à vers de terre.

Ils parcoururent encore 2 kilomètres plein Est. Les cris des soldats et les aboiements de chiens s'intensifiaient. Toutefois, les contreforts rocheux apparaissaient. Michel ne parvenait pas à se réchauffer et ne sentait plus ses pieds. Grimper sans avoir de sensibilité l'inquiétait beaucoup plus que sa côte cassée. Gérard déroula un bout de corde statique et l'enroula autour de la ceinture de Martial.

— Je vais te hisser quand cela sera nécessaire. On ne doit pas traîner.

La troupe serbe se rapprochait. Pour couronner le tout, les nuages disparaissaient, laissant la place à un ciel étoilé et une demi-lune qui rayonnait. Ils grimpèrent en franchissant une succession de petites vires qui traversaient la falaise dans sa largeur. Gérard, véritable force de la nature, les tirait et les poussait. Au bout de dix minutes, ils se reposèrent, soulagés. Ils n'étaient plus à la merci des Serbes.

Ils s'engagèrent alors sur une grande plate-forme naturelle enneigée, qui leur permit d'atteindre le sommet et un plateau découvert aux limites de la DMZ. La neige croûtée les ralentissait. Gérard faisait la trace. Inépuisable. Une heure plus tard, éreintés, ils atteignirent enfin *la tanière* et croisèrent le commandant de l'escadron de soutien à Igman qui, étonné de leur état d'épuisement, les questionna en leur signalant que les Serbes étaient sur les nerfs.

— On a cru que les Bosniaques avaient déclenché une offensive surprise. Mais rien. Bizarre. En plus avec ce qui s'est passé au PC !

— Que s'est-il passé au PC ?

— Maletraz a été rappelé à Paris.

— Quoi ? Définitivement ?

— Non, un aller-retour en vue des pourparlers de paix futurs.

Michel comprit alors pourquoi il ne donnait plus signe de vie.

Pontoise – IRCGN
– Département signal image parole
24 août 2021

La lieutenante le regardait, sans un mot. Elle avait cessé de mâcher son éternel chewing-gum et finit par trancher le silence :

— Ouah… Quelle histoire ! Donc, les photographies que j'ai sous les yeux sont celles que vous avez prises dans votre cache ?

Rhino confirma. Elle numérisera les images. Il vit les scènes s'afficher à l'écran. Sa cicatrice le démangea.

Voyage vers le passé.

— Quel est celui qui est mort à l'hôpital ?

Rhino montra du doigt Marjanović.

— C'est donc Oreille coupée. J'aurais tendance à dire : bien fait pour sa gueule ! Sanction divine.

— Ce n'est pas faux, rétorqua-t-il.

— La bonne nouvelle, c'est que nous avons plusieurs clichés sur lesquels je vais pouvoir me baser.

Marjorie ouvrit les images et s'activa dans tous les sens. Elle les tria et sélectionna celles qui lui permettaient d'avoir un visage de face ou de profil des plus précis. Elle compara d'abord celles correspondant à la rousse, confirma assez rapidement qu'il s'agissait bien de la même personne. Rhino prit alors en photo l'écran d'ordinateur avec son téléphone portable.

Elle améliora certaines images grâce à des logiciels de retouche, modifiant les paramètres, jouant sur la distorsion, la lumière, l'éclairage, le bruit, les coloris, la résolution.

Au bout de cinq minutes, satisfaite du rendu, elle afficha le visage de Nikolić, bardé de points et de lignes en surimpression.

— Les visages sont uniques, un peu comme une empreinte digitale. C'est ce que l'on appelle la biométrie. Mon logiciel mesure et en schématise les parties. Il prend en compte des éléments tels que la couleur et la forme des yeux, du nez, de la bouche et du menton. Vous voyez ces points ?

Rhino opina du chef.

— On les appelle des points nodaux. Un schéma géométrique du visage d'une personne en requiert environ quatre-vingts.

Elle double-cliqua alors sur la photo du passeport fourni par Bonnier, et la positionna à côté de l'image précédente.

— Hmm. Ce n'est toujours pas évident. Il y a un truc qui cloche.

— Pourquoi ?

— Soit nous ne parlons pas du même homme, soit il a réalisé une opération de chirurgie esthétique.

— Ce qui, compte tenu du profil de l'individu, est une hypothèse qu'il ne faudrait pas écarter, ajouta Rhino.

Il s'approcha de l'écran et dut reconnaître qu'il y avait une vraie différence. Elle appliqua le même calcul sur cette image. Les points nodaux apparurent de la même manière.

— Mais, fort heureusement, l'homme va compléter le travail de la machine… fredonna-t-elle pour détendre l'atmosphère. Enfin, en l'occurrence dans le cas présent, la femme. Nous allons réaliser une analyse morphologique pour affiner les résultats, surtout si vous souhaitez déclencher une chasse à l'homme. Je vais d'abord utiliser un outil de vieillissement.

La lieutenante intégra l'image de Nikolić prise en 1995 dans son logiciel, et ajusta la *timeline* à vingt-cinq ans.

— C'est mieux. Maintenant, il me reste à comparer les deux clichés avec les dix-neuf composantes faciales normalisées par le FISWG[1]. C'est la référence internationale en la matière. Ces composantes tournent autour des yeux, oreilles, forme du visage, nez, bouche, etc. Nous allons rechercher celles qui sont les plus stables, en fonction de critères tels que l'expression, l'écart de temps, les prise ou perte de poids.

Le visage de Nikolić se parsema de croix vertes, jaunes et rouges. Les correspondances s'affichèrent entre les deux clichés, reliant les points par des flèches.

— Nous avons des asymétries identiques entre les deux faciès, notamment sur les yeux. C'est plutôt bon signe. Et ça, ce n'est pas mal aussi : je pense que l'on tient un truc intéressant sur l'oreille droite. Regardez, là, nous avons un grain de beauté. Cela dit, sur le passeport, il faut vraiment grossir l'image pour le détecter.

Marjorie tourna l'écran.

— J'aime bien bosser sur les oreilles. Elles sont aussi précises qu'une empreinte digitale. L'oreille est une des parties du visage qui possède le plus de critères classés stables. Nous travaillons sur trente-six éléments de comparaison. Là, vous voyez dans le cou ? Il y a aussi une petite marque similaire sur les deux images, une sorte de bouton. Ça sent bon ! Il a bénéficié d'un travail de chirurgie faciale élaboré pour qu'on ne le reconnaisse pas de visu. Mais je peux quand même mettre en correspondance des détails qui ne trompent pas.

— Donc, si je comprends bien, pour vous, il s'agit du même homme ? interrogea Rhino.

— Nous avons l'habitude de classer nos niveaux de confiance ou de score en cinq catégories, du plus haut au

1. Facial Identification Scientific Working Group.

plus faible : *Très fortement, fortement, modérément, faiblement ou pas du tout.*

— Et dans le cas présent ?

— Je dirais « *modérément* ». Cela dit, si vous détenez une photographie de l'individu actualisée, je serais preneuse. Je pourrais ainsi retravailler sur l'oreille.

— Ça me semble compliqué. « *Modérément* », c'est insuffisant pour convaincre un magistrat. Quand pouvez-vous me coucher ça dans un rapport ? demanda-t-il.

— Demain.

Une mouche vola. Elle lui jeta un regard en coin.

— Cela dit, je peux appeler un ami pour vérifier si votre Dragonov est présent dans une base Source ouverte constituée par l'un de mes amis. En off. Si vous en êtes d'accord bien sûr.

— C'est un privé ?

— Oui, la société FaceDeteK dirigée par Fabien Lafond. Mais ne vous inquiétez pas, il travaille de temps en temps avec l'État, si vous voyez ce que je veux dire. Il s'est constitué une base de données impressionnante de photographies de personnalités, soit des politiques, soit des terroristes, soit des criminels de tout poil. Un truc de dingue. Si notre client est dans sa base, il va nous le dire. Il a une vingtaine d'analystes qui scrutent le Web en temps réel, *grab*[1] les visages reliés à un individu nominatif sur les réseaux sociaux, YouTube, etc., et cela depuis plusieurs années. Dorénavant, il utilise l'intelligence artificielle pour mouliner les données. Il me fait des appels du pied pour le rejoindre dans sa société, et pas que pour ça d'ailleurs. *Alors, let's go ?*

Rhino opina du chef. Marjorie prit son téléphone, composa un numéro sur une messagerie cryptée.

— Ça y est ! Tu as pris ta décision ! Tu nous rejoins ?

1. Attraper.

— Pas encore, Fabien.

— Ah… Quel dommage ! Tu te ferais des ovaires en or chez nous.

— Laisse mes ovaires tranquilles, je suis gendarme et je le reste. Le service public m'attire plus pour le moment. Est-ce que je peux te faire passer une photo d'identité ? C'est pour le patron de l'OCLCH.

— Rien que ça ! Tout ce que tu veux, ma chère. Et même plus. De qui s'agit-il ?

— Un Russe du nom de Piotr Dragonov.

— Ça ne me dit rien. Envoie la photo en sécurisé et crypté, je te rappelle dès qu'on l'a moulinée. Nous commencerons par l'Europe de l'Est et la Russie. Je te recontacte quoi qu'il en soit…

Marjorie raccrocha, souriante. Elle tendit à Rhino la clé USB sur laquelle elle avait copié les clichés numérisés des diapositives, et lui confirma qu'elle revenait vers lui avec une analyse plus fine et son rapport, sans doute avant la fin de la journée. Rhino allait prendre congé en la remerciant quand elle ajouta :

— Quand j'aurai deux minutes, je retravaillerai les images avec des filtres spéciaux de ma composition. Je voudrais isoler les autres individus, notamment celui qui se trouve assis à l'arrière de la berline noire. Cela vaut le coup d'essayer.

***

Durant le retour sur Paris, roulant à vive allure sur l'autoroute, Rhino se laissait hypnotiser par le gyrophare bleu qui éclairait les barrières de sécurité et les véhicules qu'il doublait. La lune brillait dans le ciel étoilé. Il repensa à cette journée du 12 février 1995 et à la visite de Samra la veille de son départ en mission.

Si Maletraz ne m'avait pas envoyé sur cette mission de renseignement merdique, peut-être aurais-je pu empêcher l'enlèvement de Samra ?

Les cauchemars refaisaient surface, comme le permafrost qui, en fondant, libère certains virus.

Sarajevo – La Villa

12 février 1995 – Veille de l'opération de renseignement couvert

Michel n'avait plus croisé John le Britannique, membre des SAS, depuis l'épisode dramatique du poste S4. Son équipe avait tenu à faire un geste à l'égard de l'URH 27 pour les remercier de les avoir secourus. Ils avaient débarqué à la villa avec plusieurs bouteilles de whisky de premier choix. L'un des coéquipiers de John, celui qui était blessé au genou, avait été rapatrié sanitaire, et le second avait recouvré les sensations dans ses doigts. Plus de peur que de mal. Marquenet, qui passait par là, profita de la séance de dégustation qui s'éternisait. Le whisky coulait à flots, Gérard et Martial ne se faisaient pas prier pour enchaîner toast sur toast. Une façon de décompresser.

Pourvu qu'il n'y ait pas une alerte !

Michel se lança. Un point le taraudait. Il voulait savoir comment John avait obtenu le renseignement selon lequel une opération de commandos bosniaques se tramait sur le poste S4, le 6 décembre.

— Vous avez un colonel qui fait un peu sa guerre, non ? Maletraz, quelque chose comme ça ! Il parle trop. Il nous a fait savoir que vous captiez beaucoup d'informations *via* un câble que vous aviez détecté. L'existence de l'opération des Bosniaques contre le poste S4 lui était parvenue par ce canal. Avec ce coup d'éclat et sa violence, les Bosniaques voulaient impressionner les Serbes sur leur capacité de frappe.

L'image des corps crucifiés et éventrés des Serbes surgit dans l'esprit de Michel.

— Maletraz nous a transmis l'information pour que nous agissions, ou au moins que nous tentions d'empêcher l'action, poursuivit John.

— C'est la raison pour laquelle il était très inquiet suite à votre disparition ! Pourquoi vous ? Et pas nous ? interrogea Michel.

— Pour sans doute blanchir le canal et la source, répondit Marquenet.

— Exact, rajouta John.

— Et vous avez gardé l'information pour vous ?

— Non. On l'a donnée aux Serbes.

John se leva et se dirigea vers une table où se trouvait une série de clichés, celle de la séance d'échange de prisonniers. Il plaça un doigt sur ses lèvres et montra de l'autre la photographie où se trouvait Mirko Nikolić accoudé à la berline noire.

Putain de rosbifs ! Ils ont vraiment le renseignement dans le sang ! John n'a pas perdu une miette des informations qui traînent dans la pièce centrale de la villa.

— À Mirko Nikolić ?

— Oui, il bouffe à tous les râteliers. Il est un peu comme celui que l'on surnommait chez vous « *le diable boiteux* ».

— Talleyrand, enchaîna Marquenet.

— Oui, c'est ça. Il communique du renseignement à qui veut l'entendre, chez vous, chez nous, aux Russes. Bref, il joue plusieurs parties d'échecs en simultané. Un type très intelligent. Un professeur de philosophie, plutôt porté nationaliste serbe et vente d'armes.

— Si les Serbes connaissaient l'existence de leur plan macabre, pourquoi n'ont-ils pas renforcé les positions pour attendre les commandos bosniaques autour du poste S4 et les éliminer ? demanda Michel.

— Avec la tempête, je crois qu'ils ont eu des coupures de transmission, dit Marquenet.

— À moins que Nikolić ait volontairement laissé ces types se faire massacrer pour justifier son opération ? Celle qui a permis l'échange de prisonniers et la mort de certains d'entre eux, suggéra John.

— Putain… Ça serait bien tordu, déclara Michel.

— En temps de guerre, tu sais, tout est possible. Le pire et le meilleur se côtoient. Mais, le plus souvent, c'est le pire qui domine. Regarde-nous, figés dans ce trou à rat, on ne sait jamais qui va nous tirer dessus ! répondit John.

— Et toi ? Pourquoi ne pas nous l'avoir dit ? demanda Michel à John.

— Je pensais que tu le savais, comme l'information venait de chez vous. En observant les clichés que vous avez pris à l'occasion de l'échange de prisonniers, j'ai l'impression que les Serbes ont fait le ménage et ont réglé leurs comptes.

— C'est le cas, oui ! Et ces types-là, sais-tu qui ils sont ?

Michel montra les hommes sur les images.

— Ce sont les Serpents. Une société paramilitaire serbe.

— Quel est le lien entre Nikolić et ces types ?

— On ne sait pas encore.

John et son équipier les quittèrent, laissant Marquenet seul avec Michel. Ils portèrent un toast au collège militaire d'Autun.

— Ils sont bons, ces Anglais. John n'a pas voulu le dire haut et fort, mais il y a de fortes accointances pro-Serbes parmi nos officiers.

— J'ai eu l'occasion de m'en rendre compte.

— Michel, je vais te dire un truc qui doit rester entre nous, entre *enfants de troupe*. Promis ?

— OK, fit Michel, suspicieux. Je ne suis pas au bout de mes surprises, ces derniers temps.

— Je bosse pour une autre boîte que la gendarmerie.

— Je ne comprends pas…

— La gendarmerie est une couverture.

— Tu bosses pour les renseignements ?

— Oui, extérieurs. La DGSE.

— Ouf, tu m'as fait peur… J'ai cru que c'était plus grave que ça. Et donc ?

Marquenet regarda sa montre.

— Je suis à la bourre. J'ai rendez-vous avec Maletraz.

— Il sait pour toi ?

— Non, la boîte est très cloisonnée…

Le Goze lui fit un clin d'œil en se saisissant de la poignée de la porte.

— Ah, au fait, j'oubliais : ta protégée, Samra, a cherché à te joindre.

— Quand ?

— Hier, lorsque vous étiez sur Igman. Ça avait l'air important.

— Merde. Nous y repartons en fin de journée. Elle est passée à la villa ?

Il opina du chef.

Sarajevo – Tito Barracks

19 février 1995 – À l'issue de la mission de renseignement couvert

Michel posa un pied à terre et aperçut le VBL attribué à Maletraz. Il était aisément reconnaissable grâce à son grade de colonel peint sur le capot. Il avait rajouté un immense soleil pour le surnom qu'il s'était attribué. Avant de pénétrer dans le bureau, Michel se demanda comment il allait bien pouvoir lui annoncer que la mission était un échec.

Après y avoir été invité, Maletraz lui désigna une chaise sur sa droite, à côté de son aide de camp et du poêle qui ronronnait.

— Alors ? Tu m'apportes de bonnes nouvelles, j'espère. J'ai vendu notre coup d'action à Paris. Tu as pu nous renseigner ?

Il s'assit. Déstabilisé.

— Nous avons pris de nombreux clichés, oui ! Mais il ne s'agissait pas vraiment d'un meeting au sommet, comme vous me l'aviez précisé. Plutôt le contraire, à vrai dire, dans les bas-fonds de l'humanité.

Le colonel fronça les sourcils en regardant Lamy qui leva les yeux au ciel.

— Comment ça ? J'espère que tu étais au bon endroit !

Michel sortit une enveloppe de sa sacoche. Il précisa s'être positionné à 400 mètres environ de la ferme, après avoir réalisé l'infiltration périlleuse en parapente le 14 février. Il expliqua alors avoir rencontré plusieurs difficultés, soulignant la blessure de Martial à l'épaule. Ensuite, après une nuit et une journée à creuser la cache, il précisa avoir assisté au débarquement d'une horde de paramilitaires serbes, le 16 février vers 18 heures. Parmi eux, aucun dignitaire ou assimilé n'était présent.

— Et donc ? pesta Maletraz impatient.

Et donc ?

Michel se leva d'un bond et jeta les photographies sur le bureau. Elles s'étalèrent en vrac. Le colonel fit un léger mouvement en arrière, surpris. Il fixa Michel, souhaitant le réprimander, mais se ravisa. Il balaya alors de la main quelques clichés, s'arrêta sur celles où se trouvait Nikolić, puis les tendit à Lamy en silence.

— Ce conflit, c'est vraiment de la merde, je suis d'accord. Mais c'est la guerre.

— Ça n'a rien à voir avec la guerre, ça.

— Au contraire, Granier. Le bien-être du soldat. Couilles vides, tête claire. Ce n'est pas plus compliqué que ça.

Michel n'en croyait pas ses oreilles. Il était prêt à exploser.

— Et les conventions de Genève sur le droit de la guerre ? Elles sont censées fixer des limites à la barbarie, rappela-t-il.

— Oui, c'est un truc d'intellectuels endimanchés dans leur petit costume. Ils n'ont jamais vu, ni même porté une arme de leur vie et viennent donner des leçons, bien au chaud dans leurs grands bureaux moquettés. Bon… Et les images de cette réunion alors ? interrogea Maletraz.

— Il n'y en a pas, car elle n'a pas eu lieu. Le lendemain matin, le type que vous voyez en noir, le dénommé Nikolić, s'est pointé dans sa Mercedes, ils ont enterré au bulldozer les cadavres et hop, ni vu ni connu. Ensuite, un paysan a retrouvé le parapente de Martial. Il l'a rapporté aux miliciens qui ont déclenché un contrôle assez dense. Nous avons dû nous exfiltrer de la zone, car c'était devenu trop dangereux.

— Quoi ? hurla Maletraz. Tu te fous de ma gueule, Granier ? Vous vous êtes exfiltrés sans ordre !

— J'ai essayé de vous contacter à maintes reprises, sans succès.

— J'ai été convoqué par Paris, justement à propos de l'avenir des accords entre les forces ennemies. Ils étaient impatients de voir ces images. Je vous faisais confiance pour me régler cela aux petits oignons. Je me suis trompé.

Il tapa du poing sur la table.

— Tu n'aurais pas dû quitter la zone sans ordre. Merde !

— Je pense au contraire que nous devions décamper au plus vite, compte tenu de la situation. C'était ma responsabilité de protéger mes hommes, et d'ailleurs, je n'aurais jamais dû accepter cette mission.

— Arrête avec tes grands mots, Granier. Tu n'as pas fait le job, voilà tout.

— La réunion n'a pas eu lieu.

— Bien sûr qu'elle s'est déroulée.

— Comment le savez-vous ?

— Ma source me l'a confirmé ! Du coup, c'est mort, maintenant ! Je vais devoir expliquer à Paris que les clichés n'ont pas pu être réalisés, voilà tout.

Qui peut bien être sa putain de source ? Nikolić ?

— Qui était présent à cette réunion ? demanda Michel.

— Peu importe. Qui a connaissance de ces photos ? demanda-t-il en balayant la question d'un revers de main.

— À part vous ? Personne.

Maletraz se leva, prit les clichés, ouvrit le poêle et les jeta dans le feu, sous les yeux ébahis de Michel.

— Ce sont des preuves d'un crime de guerre que vous venez de détruire ! hurla-t-il.

— Encore des grands mots ! Où se trouvent les négatifs ?

— Dans la villa.

— Tu vas me les donner au plus vite.

— Qu'allez-vous en faire ?

— C'est mon problème, mon lieutenant. C'est clair ? Encore un point : je ne tolère pas qu'un de mes officiers couche avec une interprète. Je pourrais même considérer qu'il s'agit d'une faute professionnelle, si tu vois ce que je veux dire. D'ailleurs, je l'ai virée. Amenez-moi les négatifs maintenant ! Et vite !

Espèce d'enc…

— C'est votre petit copain Nikolić qui vous l'a demandé ?

— Quel petit copain ? De qui parles-tu ? Et que m'aurait-il demandé, d'ailleurs ?

— De la virer !

— La pellicule, sinon, je te fais rentrer en France par le premier vol.

Va te faire foutre.

Michel se leva d'un bond, réalisa un demi-tour réglementaire et sortit. Lamy le rattrapa dans le couloir.

— Je pense que tu n'as pas conscience des enjeux qui entourent le dénouement de cette guerre. Je t'avais prévenu. Il faut choisir ses amis, maintenant et pour l'avenir. Le colonel attend la pellicule, ne tarde pas. Il nous la faut impérativement.

* * *

Une heure plus tard, Michel retrouva son équipe dans un état d'énervement extrême. Il expliqua la teneur de l'entrevue avec Maletraz. Sans dire un mot, Gérard se rendit au laboratoire, revint avec la pellicule et la tendit à Michel en précisant, sourire aux commissures des lèvres :

— J'en ai fait trois copies.

— Comment ça ?

— J'avais mis un film inversif. J'ai donc pris des photographies de chaque diapositive sur trois pellicules différentes. On devrait être tranquilles.

— Bien joué, Gérard !

Martial sourit. Michel reprit :

— Il y a un autre problème. Samra ne travaillera plus pour nous.

— Comment ça ?

— On pensait qu'elle était en repos, mais Maletraz l'a virée.

— Pour quelle raison ?

— À cause de notre relation.

Sarajevo – Quartier de Bistrik

19 février 1995

Après avoir confié la pellicule au secrétaire de Maletraz, Michel se précipita à Bistrik chez Samra. Il frappa et tendit l'oreille. Rien. Il franchit la clôture et se hissa sur la pointe des pieds pour essayer d'apercevoir l'intérieur de la maison à travers une fenêtre. Il longea alors le mur et vit que la porte latérale avait été forcée. Il la poussa et entra dans le sous-sol. Il tendit l'oreille. Toujours rien. Il grimpa les escaliers à pas mesurés jusqu'au salon.

Que s'est-il passé ici ?

La pièce était dans un désordre indescriptible. Les meubles renversés, la vaisselle brisée. Il regarda dans la chambre de sa mère. Même situation. Le matelas était éventré, l'armoire au sol.

Où sont-elles ?

Il monta à l'étage, convaincu que la chambre de Samra se trouverait dans le même état. Ce fut le cas, les posters avaient été déchirés. Il allait faire demi-tour quand il remarqua un objet, une sorte de bâtonnet blanc qui avait visiblement été projeté dans un angle de la chambre. Il le ramassa, observa le « + » et le mit dans sa poche.

Positif ? Samra ? Enceinte ?

Je dois la voir. Et tant pis s'il me faut affronter le cerbère antimilitariste. Il prendra un deuxième coup de boule si j'y suis obligé.

Michel se précipita à Markale. Caudy ouvrit la porte et tenta de la refermer aussitôt. Mais Michel avait glissé son pied dans l'entrebâillement et mit un coup d'épaule qu'il regretta immédiatement, compte tenu de l'état de ses côtes. Caudy lui affirma que Samra n'était pas dans son bureau. Michel vérifia alors toutes les pièces de l'appartement et revint pour l'empoigner.

— Ça ne sert à rien de me secouer. Elle a été enlevée ! se défendit Caudy.

— Enlevée ? Par qui ? Depuis quand ? fit Michel à bout de nerfs.

— Des militaires de l'ARBiH se sont pointés chez elle le 14 février et l'ont emmenée.

— De l'ARBiH ? L'armée bosnienne ? C'est quoi ce délire ? Et sa mère ?

— Sa mère aussi ! Maintenant, lâche-moi !

— C'est toi qui as foutu la merde entre nous !

Il le souleva de terre.

— Tu n'as rien compris, connard. À part donner des coups de tête, qu'est-ce que tu sais faire ?

— Rien compris à quoi ?

— À l'attitude de Samra. Elle ne cherchait qu'à te protéger.

— Me protéger ? Mais de qui ?

— D'un professeur d'université dénommé Nikolić. Ils se connaissaient avant la guerre et il avait tenté d'abuser d'elle. Quand son père a été muté à la bibliothèque de Sarajevo en qualité d'archiviste en chef, elle est revenue à l'université et a changé de branche. Mais Nikolić ne l'a pas lâchée. La guerre a été déclarée et puis voilà.

Il lâcha Caudy, qui réajusta son col de chemise.

— Je crois qu'il a fini par obtenir ce qu'il voulait. Après cette histoire d'échanges de prisonniers du 4 janvier.

— Quoi ?

— C'est pour cette raison qu'elle t'a repoussé. Elle avait honte d'avoir été violée.

Michel se laissa glisser au sol en se prenant la tête entre les mains.

— Il y a encore un point que tu dois savoir. Elle est enceinte de toi, mon ami...

— Comment le sais-tu ?

— Elle me l'a dit.

Paris – Périphérique
– Département signal image parole
24 août 2021, 20 heures

Rhino avait rejoint le périphérique. Ses pensées furent interrompues par la vibration de son portable posé sur le siège avant. Un correspondant inconnu cherchait à le joindre. Il décrocha.

— C'est la lieutenante Lesachant, Fabien Lafond m'a recontacté il y a environ un quart d'heure. Le type sur lequel vous m'avez fait travailler ne s'appelle pas Dragonov. Ou du moins, il a une autre identité. Fabien est catégorique. Il était comme un fou d'ailleurs. En fait, le gars se nomme Dimitri Ruslov. C'est un vendeur d'armes, un fantôme qui ne laisse jamais de traces. Fabien ne disposait d'ailleurs que d'une photographie en base. Il s'agit d'une image volée à son insu. Il est en grande conversation avec un jeune homme assis sur une moto de course dans le sud de la France, sur le blog d'un journaliste d'origine russe. Il est considéré comme un POI-HV, une Person Of Interest-High Value. La photographie de son visage est très précise.

— OK, mais comment a-t-il eu son vrai nom ?

— Le journaliste en question était très proche de l'ONG russe Memorial.

— Était ?

— D'après Fabien, il a disparu ensuite. Du coup, j'ai pu faire une étude comparée entre les trois, votre gars de

1995, celui sur le passeport et enfin l'homme au volant de la voiture de sport.

— Et ?

— Et… Je vais rendre mon rapport avec la conclusion suivante : « Je soutiens fortement l'hypothèse qu'il s'agit du même homme. »

Putain de merde. Vuk est donc bien vivant !

— Vous êtes sûre ?

— *Yes !* À vous de jouer maintenant.

Rhino reposa le téléphone sur le siège.

À moi de jouer maintenant ?

Comment Vuk a-t-il pu me baiser ainsi ? Il a finalement trois identités… Nikolić, Dragonov et Ruslov.

Qui a bien pu le protéger durant toutes ces années ?

Le passé a toujours un avenir !

Il venait d'envoyer un SMS à Bonnier pour l'informer de la situation, quand il reçut le *bip* caractéristique d'un message vocal. Il avait été envoyé par David.

Tiens, un revenant !

Tout en conduisant, Rhino écouta le message de son fils. Son cœur se serra si fort qu'il faillit perdre connaissance. Blasté, il n'eut que quelques secondes pour éviter de percuter la voiture qui venait de freiner devant lui, se rabattant sur la bande d'arrêt d'urgence et frottant la barrière de sécurité. Immobilisé, il posa la tête sur le volant. Désespéré.

Pourquoi ne lui ai-je pas dit la vérité ? Je suis vraiment un connard.

Rhino enregistra alors sa réponse qu'il envoya : « Pardonne-moi, mon fils. Je t'expliquerai tout. Mais je dois d'abord régler un problème important. C'est en lien avec ta mère, justement. »

Sarajevo – Hôtel Europe

24 août 2021

David n'avait pas croisé Julie durant la journée. Il la trouvait très fuyante, notamment depuis la soirée de la cérémonie de clôture. Il s'en voulait de ne pas être resté jusqu'à la fin et de ne pas avoir tenté de passer la nuit avec elle.

Quel con !

Boude-t-elle ?

Il aurait pu rentrer sur Paris et reprendre le travail, mais pour une raison qui lui échappait, il n'arrivait pas à prendre un avion. Son patron avait accepté qu'il demeure à Sarajevo. En fin de journée, après avoir grimpé au sommet de Trebević, la montagne située au sud-est de la ville, il avait décidé de flâner. Il s'engouffra dans Baščaršija, le quartier ottoman qui s'animait au soir, éclairé par les échoppes des artisans. David humait les effluves de *ćevapčići*, ces petites saucisses grillées à base de veau et de bœuf, dont les Bosniens raffolaient à toute heure. Certains Sarajéviens, installés en terrasse, buvaient leur café. David admirait leur façon de savourer le temps qui passait. Il poursuivit son chemin vers la Maršala Tita, l'avenue principale. Il laissa la synagogue, la cathédrale catholique, l'orthodoxe et la mosquée.

Sarajevo, la Jérusalem de l'Est.

Au sol, ses pas contournaient parfois certains impacts de mortiers, éclatés en étoile de mille branches, comblés avec de la peinture rouge.

« Les roses de Sarajevo ». Autres stigmates.

Pour une raison qui lui échappait, David se sentait bien, porté par une force invisible. Au marché Markale, cible de deux bombardements meurtriers, les commerçants débarrassaient leurs étals de fruits et légumes. En face, il remarqua la mention « Institut français » sur un panneau.

La tanière de Caudy ! Bizarre ce type, d'ailleurs !

Subitement, il vit Julie sortir du bâtiment et se précipiter vers le théâtre national, siège du Sarajevo Film Festival. Elle semblait pressée, le téléphone collé à l'oreille. Il voulut l'interpeller quand il aperçut le DJ français venir à sa rencontre et l'embrasser.

David se ravisa et préféra poursuivre sa petite flânerie, seul, bercé entre un sentiment de jalousie et d'irritation. Il déambula de rue en rue, jusqu'à déboucher sur un café nommé Zlatna Ribica. Il était caché dans une petite rue latérale de la Maršala Tita, près de la flamme éternelle commémorant les victimes de la Seconde Guerre mondiale. Il poussa la porte de l'établissement et fut surpris de découvrir un intérieur plutôt chargé et baroque, avec des pièces de monnaie, broderies, photos, divers articles encadrés, cartes postales, lettres d'amour, affiches de festivals et de pièces de théâtre. Tout semblait ainsi disposé au hasard pour créer une sorte de chaos organisé. Une ravissante serveuse en tenue rétro l'accueillit. Après avoir dégusté un thé dans un splendide décor d'avant-guerre, il se leva et décida de prendre le chemin de l'hôtel, quand la serveuse l'accosta :

— N'oubliez pas de faire un vœu, en montrant une boîte surmontée d'une ampoule à côté d'un bocal dans lequel nageait un poisson rouge.

David glissa une pièce de monnaie dans la fente. Mais rien ne se passa.

— Recommencez, lui ordonna-t-elle en souriant. Vous n'avez pas pensé assez fort à votre vœu. Je n'ai rien entendu.

David obtempéra, ferma les yeux et émit le souhait de rencontrer la famille moldave de sa mère, peut-être un jour. Il remit une pièce. La machine s'éclaira avec une petite mélodie.

Sarajevo – Hôtel Europe

24 août 2021 – 18 h 30

À l'issue de sa journée passée à compulser les ouvrages confiés par Caudy pour améliorer sa connaissance des Balkans, Julie décida de rejoindre David qu'elle avait sérieusement délaissé ces derniers jours, trop concentrée sur son nouveau projet et les recherches. Elle envoya un message, mais elle n'obtint aucune réponse.

Bizarre, lui qui est plutôt prompt à réagir. Tant pis, je vais me boire un verre au bar.

En pénétrant dans l'immense salle style viennois de l'hôtel avec ses boiseries, elle l'aperçut, accoudé au comptoir, devant un jus de citron.

— Yo David ! fit-elle enjouée.

David la regarda en coin.

— Tu fais la gueule ?

— Non, je me disais : voilà une revenante ! marmonna David.

— Pourquoi tu me ghostes alors ? s'emporta-t-elle.

— Ah, c'est moi qui ghoste ? répliqua David. Trop occupée avec ton petit DJ ou Caudy ? Ou les deux à la fois peut-être, d'ailleurs !

— Oula… Petite crise de jalousie, j'adore ! Il n'y a rien entre ce DJ et moi. Et encore moins avec cet ivrogne de Caudy, rétorqua Julie.

— Menteuse !

Julie sentit bouillir en elle un volcan.

Et puis merde.

— Bon… Écoute-moi bien. *First,* je fais ce que je veux de mon cul… *Second,* toi aussi tu es un menteur.

— Moi, un menteur ?

Regards des clients dans la salle. Le serveur essuyait machinalement un verre déjà sec. Il ne comprenait pas la langue, mais sentait bien qu'une tornade allait s'abattre sur le comptoir.

— Pourquoi m'as-tu menti sur ta mère ? tonna Julie.

— Ma mère ? Que vient-elle faire là-dedans ?

— Tu mens et tu le sais très bien.

— Mais non !

— Ta mère est une Bosniaque.

— Bosniaque ? Qu'est-ce que tu me chantes là ? bafouilla David.

— Tu mens. Mais ma question est : pourquoi ?

— Mais tu me fais chier avec tes allusions sur ma mère ! Et qui es-tu pour me dire que je mens ? Pour qui te prends-tu, connasse ? lui jeta-t-il en frappant du poing sur la table.

— Connasse ? OK. Regarde ça !

Julie dégaina son portable et lui envoya une série de photos. Il ouvrit la première page.

— Qu'est-ce que c'est ? bégaya-t-il, inquiet par l'assurance de Julie.

— Regarde en haut à droite.

Journal – Lieutenant Granier-Rinocci. Bosnie 1994-1995.

Silence.

— Quoi ? Qu'est-ce que c'est que ce truc ? Où l'as-tu dégotté ?

— Peu importe ! Sur ce, je te laisse avec tes mensonges. Quand tu auras fini de te foutre de ma gueule, tu me feras signe. Je retourne avec mon DJ qui est beaucoup plus sincère et futé que toi.

David avait les yeux rivés sur son téléphone.

En franchissant la porte, Julie se retourna.

Il avait l'air sincère, ce con !

Et si je me suis plantée ? S'il n'est pas le fils de Samra ?

Le cœur battant la chamade, la gorge serrée, David se précipita dans sa chambre pour lire au calme le journal. Plus il avançait dans sa lecture, plus il sentait monter un violent mal de crâne et une sourde colère prête à exploser.

Une heure plus tard, les paumes de main transpirantes après avoir parcouru l'ensemble du document, il reposa son téléphone, se leva, se dirigea vers la salle de bains, analysa son image dans le miroir.

— Menteur ! Saloperie de menteur !

Il frappa avec son poing le miroir qui vola en éclats, coupant ses phalanges.

Dans un état second, il revint dans sa chambre et brisa tout ce qui lui tombait sous la main. Les bruits de verre, ses cris, son désespoir déclenchèrent l'intervention des membres du service de sécurité. Les deux hommes qui tentèrent de l'immobiliser furent mis au sol, groggy.

Il franchit les portes coulissantes de l'hôtel sous les yeux effarés des clients installés dans le hall. Il courut dans les rues de Sarajevo, les mains couvertes de sang, le visage noyé de larmes. Il traversa le pont de la Miljacka et grimpa pendant une heure vers le mont Trebević, empruntant d'abord les ruelles escarpées de Sarajevo et des chemins de pierre en pleine montagne, abandonnant la piste de bobsleigh à moitié détruite. Il poursuivit encore sa course pendant un long moment, jusqu'à tomber, mort d'épuisement, les poumons en feu, les mains détruites. Il s'immobilisa sur une falaise surplombant une forêt de sapins. Sarajevo et ses lumières s'étendaient devant lui, à perte de vue.

Il pleura.

Sans arrêt.

Il réalisa que sa vie était gangrenée par le mensonge.

Une tornade de doutes et de questions détruisait tout dans son cerveau.

Tous ses sanglots étouffés.

Toutes ses larmes rentrées.

Il s'approcha du vide, ferma les yeux, le visage fouetté par une brise légère.

Caresse délicate. Souffle chaud d'une nuit d'été dans les Balkans.

Baiser céleste.

« I, pourpres, sang craché, rire des lèvres belles
Dans la colère ou les ivresses pénitentes ;
[...]
O, suprême Clairon plein des strideurs étranges,
Silences traversés des Mondes et des Anges :
— O l'Oméga, rayon violet de Ses Yeux ![1] »

Bise maternelle.

Le secret du poisson doré.

Révélé.

Alors, il fit un pas en arrière et courut vers les points scintillants qui tapissaient la vallée de Sarajevo. Il regarda sa montre : 20 heures. Il n'avait plus donné de nouvelles à son père. Il ouvrit son application de messagerie et enregistra un message vocal :

« Tu m'as menti. Toute ma vie n'est que mensonges. Ne m'adresse plus jamais la parole. Ne t'approche plus jamais de moi. JAMAIS. »

Il éteignit son portable et ne put lire le message qu'il reçut ensuite :

1. Arthur Rimbaud, « Voyelles », in *Poésies*.

« Pardonne-moi, mon fils. Je t'expliquerai tout. Mais je dois d'abord régler un problème important. C'est en lien avec ta mère, justement. »

Une heure plus tard, il avait rejoint le centre-ville. L'agitation battait son plein devant l'hôtel Europe. Voitures de police. Service de sécurité. David décida de retourner au Zlatna Ribica[1]. En pénétrant dans l'établissement, il comprit vite que son accoutrement et ses mains ensanglantées attiraient le regard, mais il n'en fit pas cas.

Natalia, la serveuse, lui proposa de le soigner. Il refusa et commanda une dizaine de verres de *rakija*. Le temps passa. David s'était assis dans un coin du bar et continuait à boire. Elle le regarda s'enfoncer dans l'alcool. Jusqu'à se noyer. La dernière chose qu'il vit fut l'homme moustachu au crâne rasé qui prit son bras sur ses épaules pour le soutenir et l'aider à sortir du bar. Il s'entendit réciter Rimbaud :

« Je me revois la peau rongée par la boue et la peste, des vers pleins les cheveux et les aisselles et encore de plus gros vers dans le cœur, étendu parmi les inconnus sans âge, sans sentiment[2]… »

Et il perdit connaissance.

1. Poisson doré
2. Arthur Rimbaud, « Adieu », in *Une saison en enfer*.

Paris – Palais de justice – Batignolles

25 août 2021

Rhino observa la ville de Paris qui s'étendait devant lui. Il n'avait pas fermé l'œil de la nuit. Le message de David tournait en boucle dans sa tête. Le palais de justice, bâtiment de trente-huit étages, culminait à 160 mètres au-dessus du quartier des Batignolles, à la porte de Clichy. Avant de rencontrer la magistrate, il avait fait un saut à l'OCLCH pour inviter Rafik à contacter officiellement les services de renseignement, DGSE et DGSI. Il voulait vérifier si, par hasard, ils ne seraient pas détenteurs d'informations sur un dénommé Piotr Dragonov ou Dimitri Ruslov.

Dans l'ascenseur qui le menait aux étages du bâtiment, Bonnier le rappela.

— Salut Michel. Ton gars est vivant alors ? C'est dingue, cette histoire. Ça veut dire qu'il est impliqué dans le braquage ?

— Possible ! Tiens, regarde cette photo.

Rhino envoya la photographie de la rousse prise sur l'écran de Marjorie Lesachant.

— On parle de la même personne, confirma Rhino. Notre service département image est formel.

— C'est la fille qui a participé au cambriolage et qui, avec une perruque blonde, est venue faire un saut à l'hôpital pour s'enquérir de l'état de santé de Marjanović. Elle sait qu'il est mort et qu'il y a un obstacle médico-légal. Où t'es-tu procuré cette photo ?

— Il s'agit d'une scène de crime de guerre dans mes archives personnelles. En Bosnie. Sur le mont Igman, en 1995, répondit-il. Elle filmait les crimes de guerre.

— Ah, ben super… Tu as encore beaucoup de fantômes comme ça cachés dans tes archives ?

— Non, plus trop. Du coup, les crimes de guerre vont devenir prioritaires en termes de procédure par rapport au cambriolage.

— Oui, mais pour le moment, tu n'as aucune saisine, je me trompe ?

— J'ai rendez-vous avec la magistrate du pôle crimes contre l'humanité dans quelques minutes.

— OK, en revanche, je dois te dire qu'ici, on souhaiterait bien en finir avec cette procédure. En gros, on me tanne pour foutre en garde à vue Stanković. La victime, Wright, veut savoir qui l'a braqué. Donc, j'ai besoin de ton retour rapidement.

— Tu ne bouges surtout pas avant, OK ? Sinon, tu peux faire capoter mon affaire.

Bonnier confirma.

Après s'être annoncé aux interphones et avoir franchi le sas de sécurité, il pénétra dans le bureau de la vice-procureure Clara Glouton. Il allait devoir la convaincre d'ouvrir une enquête préliminaire pour déclencher officiellement les recherches sur Nikolić et bénéficier de moyens techniques supplémentaires. Il lui en avait touché deux mots au téléphone. Elle semblait dubitative. Un revenant ? Un fantôme ? On n'avait jamais vu ça… La magistrate l'accueillit comme à son habitude avec nervosité. Grande, brune aux yeux bleus, bourgeoise originaire de Bordeaux et fière de l'être, elle n'avait eu qu'à traverser la rue pour rejoindre l'École nationale de la magistrature et trouver du travail. Le procureur national antiterroriste lui avait confié la tête du pôle crimes contre l'humanité depuis deux mois. Un tantinet vaniteuse, elle était surtout effrayée à l'idée de déplaire à son chef.

— Alors la mort de Marjanović serait un homicide ?

— Oui. Du chlorure de potassium à haute dose. C'est lui qui m'a mis la puce à l'oreille, si je puis dire, concernant Nikolić.

— Ah, votre fantôme !

— Oui, j'ai la preuve de son implication dans des crimes de guerre à Sarajevo, en 1995. Vous trouverez le détail dans mon procès-verbal.

— Je l'ai reçu par courriel, en effet. Pouvez-vous m'en dire plus sur l'individu ?

— C'est un Serbe, né à Sarajevo le 22 décembre 1963 d'une mère serbe, Tatjana, et d'un père serbe, Jovan, une figure du communisme et du nationalisme serbe. S'agissant du père, Jovan Nikolić rejoignit les jeunesses communistes à Banja Luka en 1940. En avril 1941, quand l'Allemagne nazie envahit la Yougoslavie, la faisant entrer dans la Deuxième Guerre mondiale, Jovan combattit en tant que partisan communiste aux côtés de Tito. Après la guerre, il occupa de hautes fonctions d'État, en participant notamment à la Commission pour l'agitation et la propagande. Quand, en 1963, Tito envisagea de mettre en place une politique de décentralisation en Yougoslavie, il s'y opposa, considérant que la population serbe du pays était en danger. En Mai 68, devant le plénum de la Ligue des communistes de Serbie, il prononça un discours dans lequel il condamna la politique yougoslave en faveur des nationalités. Il s'opposait à une plus grande autonomie du Kosovo et de la Voïvodine. Il fut considéré comme un dissident en raison de son nationalisme serbe, et fut exclu de la Ligue des communistes. En 1980, à la mort de Tito, il devint l'avocat des populations serbes et fut désigné « grand poète de la nation », tout en devenant membre de l'Académie serbe des sciences et des arts. En 1989, il approuva l'élection de Slobodan Milošević comme président de Serbie, *apparatchik*[1] reconverti dans la défense des intérêts nationaux serbes. En juin 1990, en visite à Sarajevo, Jovan Nikolić fut assassiné par un Bosniaque au grand dam de son fils Mirko, qui ne retrouva jamais l'auteur de l'assassinat de son père.

— Sa mère ?

— Rien de particulier. Elle s'est éteinte à Pale après la guerre. On peut dire que son fils Mirko a repris le flambeau du nationalisme serbe, mais en plus extrême. Il se considérait comme un intellectuel et a écrit de nombreux ouvrages reprenant les thèses de son père sur la nation serbe. Puis, il a été chargé de cours à la faculté des sciences politiques de Sarajevo jusqu'au printemps 1989.

Elle but une rasade de thé vert.

— À cette date, poursuivit Rhino, il prit position contre des intellectuels bosniaques, également enseignants à la faculté, qu'il qualifiait de panislamistes[2]. Il fut alors exclu de la Ligue des communistes de Yougoslavie en 1988, puis écarté de l'enseignement au printemps 1989. C'est aussi à partir de cette date qu'il fréquenta les milieux dissidents à Belgrade. En 1990, les autorités communistes l'ont accusé d'« activités contre-révolutionnaires » et l'ont condamné à huit ans de prison. Elles lui reprochaient le contenu d'un manuscrit écrit de sa main dans lequel il préconisait la réorganisation de la fédération yougoslave en quatre républiques : Serbie, Macédoine, Croatie et Slovénie. La Bosnie, les provinces autonomes de Voïvodine et du Kosovo se trouvaient ainsi rattachées à la Grande Serbie. Il ne fit qu'un an et dix mois de prison. Nous savons aussi

1. Membre de l'appareil du parti communiste.

2. Promoteur d'un système politique tendant à l'union de tous les peuples musulmans.

qu'en 1991, Nikolić s'est rendu en URSS pour rencontrer le pope Goran Durić, l'un des chefs tchetniks durant la Seconde Guerre mondiale. Le pope lui décerna le titre de voïvode des Tchetniks.

— Ce qui signifie ?

— Le voïvode est, à l'origine, le commandant d'une région militaire, puis un titre de noblesse dans les pays slaves et roumains. En 1992, au déclenchement des hostilités, il a été chargé par Belgrade de structurer et fédérer les groupes paramilitaires serbes, et de leur assigner des missions précises destinées à effrayer la population. Il est le créateur des Serpents, réputés cruels, une milice serbe de deux cent cinquante hommes.

— Oui, les Bosniens nous ont envoyé un dossier complet sur ces paramilitaires, en appui à leur demande d'extradition de Marjanović.

— Sous sa direction, les Serpents contrôlaient les quartiers de Sarajevo à majorité serbe, dont celui de Hrasno. Outre l'amour du drapeau, l'appât du sexe et de l'argent, de multiples liens de parenté les unissaient. Au propre comme au figuré, les *Zmije*[1] forment une famille de sang. En qualité de voïvode des Tchetniks, Nikolić avait de nombreuses relations dans le milieu de l'Église orthodoxe serbe qui baptisait les actions guerrières des groupes paramilitaires.

— Vous semblez bien le connaître.

— Oui, j'ai appartenu à une équipe qui traquait les criminels de guerre, à partir de 1995. Il en faisait partie, avec les plus connus. Le problème est qu'il nous a toujours filé entre les doigts. Il est très malin et s'entoure en permanence d'appuis de tout ordre. Il est insaisissable, constamment en train de manipuler les autres, soufflant en permanence le chaud et le froid dans ses relations.

1. Les Serpents.

Cela lui donne une arrogance et une assurance démesurées. C'est aussi un perfectionniste qui se noie dans le travail.

La magistrate tourna les pages du rapport.

— Donc, vous me dites que ce Nikolić est présent en France sous l'identité de Dragonov, et qu'il serait un vendeur d'armes du nom de Ruslov. Il était recherché pour de nombreux crimes de guerre et complicité. Vous en avez joint la liste en annexe avec les photos… Pas très jolies à voir, d'ailleurs. Pourtant, il est considéré comme mort dans un accident de voiture au Monténégro ?

— Oui, mais dans ces régions, il n'est pas trop difficile de monter une procédure balourd. Si je puis dire, de mettre un cadavre dans une voiture et de la faire brûler.

— Hmm. Votre experte en comparaison faciale semble formelle. Bon, vous comprenez bien que je dois en référer à mon chef, reprit-elle. Le dossier est pour le moins… Original.

— Cela dit, je me permets d'insister sur le caractère d'urgence de votre réponse. Nous devons mettre en place un dispositif de localisation de l'individu, répondit Rhino.

— Oui oui, ne vous inquiétez pas, je fais diligence.

T'inquiète pas, moi aussi, je vais faire diligence…

Sarajevo – Hôtel Europe

25 août 2021

David ouvrit un œil, puis le deuxième. Il aperçut Julie allongée à ses côtés, encore endormie.

Est-ce que c'était un cauchemar ?

Mal de crâne.

Donc, sûrement pas…

Il poussa le drap. Il était en caleçon, torse nu, Julie en débardeur et culotte.

Il se leva pour se diriger vers la salle de bains, constatant que ses vêtements, posés sur le lavabo, étaient couverts de sang. Ses mains le faisaient souffrir et étaient enveloppées dans des bandages.

— Ah ! Voilà mon guerrier qui est réveillé. Ton cerisier sur le haut du bras est *glory*, fit Julie en admirant le tatouage qui ornait le corps de David.

Il se retourna. Julie, tout ébouriffée, était assise sur le canapé. David montra ses mains couvertes de bandages.

— L'un des types que nous avions croisés à l'ambassade, le chauve, t'a ramené depuis le bar où tu t'es soûlé, le Poisson doré, un truc comme ça. Il a frappé à ma porte, une chance que j'étais là d'ailleurs, et t'a déposé sur le lit. Il a appelé un médecin qui t'a soigné les mains. J'ai veillé sur toi toute la nuit pour éviter que tu ne refasses le con, si tu vois ce que je veux dire ?

David baissa les yeux.

— Je me rappelle vaguement avoir un peu cassé des meubles et des lampes dans ma chambre.

— En vrai, tu as tout fracassé. Et je ne te parle pas des côtes des mecs du service d'ordre que tu as ravagés aussi.

— Il va falloir que je répare tout ça.

— Pas la peine. Kojak s'est occupé de tout.

— Kojak ?

— Oui, le chauve. Il a la gueule de Kojak. En réalité, Caudy m'a dit qu'il s'appelait Olivier Marquenet. Il a payé l'hôtel pour les réparations, s'est chargé du médecin et a réglé « *à la bosnienne* » les dommages causés aux deux mecs que tu as défoncés. Je me demande où tu as appris à te battre, car les types en face étaient des golgoths…

— J'ai été formé par les gendarmes du GIGN, dit David en se grattant la gorge.

— Le GIGN ?

— Oui. J'étais en quelque sorte leur mascotte. Mais je dois reconnaître que l'essentiel m'a été enseigné par mon père qui est un spécialiste du Krav-Maga, les techniques de combat de rue israéliennes.

— OK. Au moins, je sais que je suis protégée maintenant.

— J'ai lu ce que tu m'as envoyé. Je ne comprends pas la raison pour laquelle mon père m'a menti.

— Tu lui as posé la question ?

— Je lui ai envoyé un message WhatsApp hier soir.

— Bourré ou non bourré ?

— Non, pas encore.

— Ah… Violent ?

— Violent !

— Il t'a répondu ?

— Je n'en sais rien.

David ralluma son portable et entendit le *bip* de la réception d'un message, qu'il lut mentalement : « Pardonne-moi, mon fils. Je t'expliquerai tout. Mais je dois d'abord régler un problème important. C'est en lien avec ta mère, justement. »

— Alors ? demanda Julie, curieuse.

— Il s'excuse et m'expliquera plus tard.

David proposa de rendre une visite à Caudy et à Marquenet. Puis il s'interrogea sur le fait que le journal s'arrête au 4 janvier. Julie lui apporta des précisions.

— Samra a arrêté de travailler pour les Français et a rejoint Caudy à l'Institut… Jusqu'au 14 février.

— Et que s'est-il passé le 14 février ?

— Elle a été enlevée par des mecs de l'armée bosnienne.

— Et ensuite ?

— Ben rien…

Julie baissa les yeux. Elle ne souhaitait pas lui dévoiler le reste.

— Mais encore ?

— Caudy m'a laissé entendre qu'elle a été déplacée vers Višegrad !

— Déplacée ? Qu'est-ce que tu veux dire ?

— Allons voir la gravure sur le tilleul.

Elle se leva avec vivacité, découvrant l'un de ses seins. David détourna le regard avec timidité, ce qui eut pour effet d'amuser Julie.

Il a un petit côté touchant, ce David.

— Une petite douche et on y va. Tu veux la prendre avec moi ?

— Allez, c'est bon, s'agaça David. Je vais rejoindre ma chambre.

— Comme tu veux. On se retrouve en bas dans une demi-heure.

* * *

Une heure plus tard, David escaladait le muret d'enceinte de la mosquée en bois. Sur les conseils de Julie, il chercha le tilleul et les initiales que Michel et Samra avaient gravées dans le tronc de l'arbre.

— Elles y sont. Bon… D'accord, elle était enceinte, mais elle a très bien pu perdre le fœtus ? Qu'est-ce qui prouve que je suis bien son fils ? Parce que si tel est le cas, même ma date de naissance est fausse ! Je suis censé être né le 9 août 1995.

— Ton père est le seul à avoir la réponse à cette question, David. En vrai, peut-être qu'il voulait juste te protéger ?

— Me protéger de quoi ? Allons voir Caudy et ce Marquenet.

* * *

Caudy les accueillit dans son bureau et répéta tout ce qu'il avait expliqué à Julie, ainsi que ce qu'il savait de Samra. Il confirma le fait qu'elle avait été déplacée vers Višegrad. Sous le regard appuyé de Julie, genre « *ferme ta gueule* », il resta évasif sur ce qu'elle était devenue. Puis David l'interrogea sur Marquenet. Là aussi, Caudy répondit qu'il était marié avec une Bosnienne de Mostar, où il s'était retiré. David et Julie l'abandonnèrent derrière son mur de livres. En chemin, David parla à voix haute :

— Si on veut avoir des certitudes sur cette affaire, il faut que nous allions à Višegrad, sur les traces de la famille de Samra. Si je suis son fils, alors on pourra le vérifier avec l'ADN et savoir ce qu'il s'est passé après son enlèvement. Qu'en penses-tu ?

— On ?

— Oui, si tu me fais l'honneur de m'accompagner, dit David en s'immobilisant face à elle.

— Je vais y réfléchir, rétorqua Julie en masquant volontairement sa joie.

Son projet commençait à prendre forme et la perspective de poursuivre l'enquête sur le terrain était une sacrée aubaine.

Peut-être est-ce la chance de ma vie ?

Bosnie-Herzégovine – Višegrad
26 août 2021

Installé au volant du SUV, David attendait avec impatience Julie. Il était ravi de l'avoir à ses côtés. Elle avait pleuré auprès de son patron qui avait fini par lui accorder des jours supplémentaires en Bosnie. Il avait exigé sa présence à Paris le 2 septembre pour organiser une soirée au profit d'une grande marque de champagne.

À vrai dire, pour Julie, ce retour en France tombait à point nommé. Elle envisageait de retrouver la trace de ce journaliste du nom de Bob Messon, présent lors de l'échange de prisonniers, ce fameux 4 janvier 1995. Elle voulait le convaincre de lui confier ses photographies afin de documenter son article.

Julie embarqua d'excellente humeur. Une fois le plein de carburant réalisé, ils empruntèrent l'axe à la sortie de Sarajevo, en direction de l'est de la Bosnie, franchirent un tunnel et pénétrèrent en Republika Srpska[1]. Les limites territoriales étaient symbolisées par son drapeau de trois bandes horizontales, rouge, bleue et blanche.

Il roulait vite. La voiture bondissait dans les gorges abruptes de la route de Pale, où coulait la rivière Miljacka, troublée. Julie, pas rassurée, s'accrochait à la poignée. Pour la détendre, David alluma l'autoradio qui, préréglé

1. République serbe de Bosnie.

sur une station locale, émit des notes de musique orientale mêlées à des sons électro. Mais Julie hurla :

— On a le temps ! Pas besoin de rouler comme un dingue !

— Je conduis normalement.

— Eh beh… À ce rythme, je ne sais pas si on va atteindre le bled en question en un seul morceau.

— Tu n'es jamais contente, toi.

— Et d'abord, pourquoi c'est toi qui conduis ? Parce que tu es l'homme ?

— Non, c'est parce que c'est moi qui ai loué la caisse.

David leva le pied de l'accélérateur.

— Bonne idée. Cela nous donnera l'occasion de regarder le paysage sans être à bloc, souffla Julie en exhibant son portable pour prendre des photos.

— Tu ne peux pas t'en empêcher !

— De quoi ?

— De sortir ton téléphone.

David porta son regard sur ces montagnes qui ressemblaient à celles de sa jeunesse en Ariège. Ils traversèrent des villages figés dans le temps, bottes de pailles, bétail, fermes avec leurs toits si caractéristiques pour évacuer la neige. Julie, silencieuse, était hypnotisée par la nature intacte, éclairée par un ciel azur et une lumière crue.

Après deux heures de conduite, David rompit le silence et montra à Julie la Drina, verte rivière qui faisait office de frontière entre la Bosnie-Herzégovine et la Serbie.

Quelques minutes plus tard, au détour d'un virage, un pont majestueux apparut, et la ville.

Ainsi, ma mère vient de là. Je suis peut-être né ici.

Il gara le véhicule sur le côté et demanda à Julie d'immortaliser ce moment. De lourds nuages s'accumulaient sur les montagnes et grondaient au loin. Il entendit des cloches résonner, puis la prière du muezzin.

— Genre, le gars prend goût au selfie.

David sortit son téléphone, tapa sur son moteur de recherche et lut à voix haute :

— Višegrad est connue pour son majestueux pont de pierre, l'un des deux monuments du pays classés au patrimoine mondial de l'UNESCO, construit par le vizir turc Mehmed Pasa Sokolović. L'ouvrage du XVIe siècle, aussi impressionnant que symbolique, reliait les deux rives de la Drina. Ce pont a été rendu célèbre par le roman d'Ivo Andrić, le prix Nobel de littérature, *Le Pont sur la Drina*. Une œuvre sur la tolérance entre les peuples.

Julie l'interrompit :

— Tu parles d'un bled de merde, oui ! C'est sur ce pont qu'ont eu lieu de nombreux massacres en 1992. Trois mille Bosniaques de la région – dont six cents femmes et cent dix-neuf enfants – ont été massacrés. Ils ont été alignés, abattus et leurs corps jetés dans la Drina. Des bouchers. L'horreur totale…

— Pas faux. Tu t'es renseignée ? Une vraie journaliste !

Ils décidèrent de se diriger vers le centre-ville pour trouver un hôtel et commencer leur enquête. Les rues étaient bordées de maisons simples et coquettes. Certaines avaient conservé les traces de la guerre, leurs façades étant piquetées d'impacts de balles. Plus ils s'enfonçaient, plus ils ressentaient une forme de malaise. Julie nota la présence de visages derrière les fenêtres, et les regards des passants étaient posés sur eux.

— C'est grave la misère ici ! Un truc à la *Délivrance* ! Tu sais, le film ?

— Oui, je l'ai vu. On détonne un peu, souligna David.

— Mouais… Admettons. Mais j'ai une sorte de *bad feeling*. Un faux air de tranquillité où tout est fait pour cacher le passé honteux, comme on cache la merde sous le tapis. Comme si le temps s'était arrêté là et avait posé son gros cul sur la bourgade, l'étouffant, ajouta Julie en shootant dans une pierre. Les caniveaux dégoulinent de peur et de haine.

— Tu deviens poétesse ? J'aime bien l'image du temps. J'ajouterais que ces volets me font penser à des paupières fermées. Tiens, regarde, on va s'installer là.

David montra du doigt un petit hôtel dans son jus, à la gloire d'Ivo Andrić. Julie fit la moue, puis déclara que, de toute façon, ils n'allaient rien trouver de mieux dans ce coin pourri.

Paris – Planque devant le Pod Lipom – OCLCH

28 août 2021

Trois jours s'étaient écoulés depuis son passage au palais de justice. Rhino braqua les yeux sur la devanture du Pod Lipom. Il souffla. Il était exténué. Était-ce son corps qui répondait de moins en moins ou son âme qui lui murmurait de tout lâcher ? En attendant la réponse de la magistrate, Rhino n'avait pas souhaité mettre les équipes sur la brèche. Il voulait régler le problème Vuk à sa manière. Seul. Mais sans cadre légal ni téléphone ou géolocalisation, il n'avait pas eu d'autre choix que de se planquer devant l'unique point de contact qu'il connaissait, à savoir le restaurant Pod Lipom du 20e arrondissement.

Il avait donc pris quelques jours de congé et négocié avec une agence immobilière la mise à disposition d'un appartement avec une vue imprenable sur la cible. Il avait placé une caméra qu'il pouvait suivre aussi à distance. Pour l'instant, aucun signe de Vuk ou de Stanković.

Le restaurant serbe restait désespérément fermé « pour cause d'inventaire », comme le mentionnait un écriteau sur la porte. Rhino avait fait le point avec Bonnier sur les avancées de l'enquête et sur ses intentions. Il lui avait demandé de retarder au maximum la garde à vue de Stanković, lequel était sur écoute téléphonique dans le cadre du dossier de braquage. Toutefois, Bonnier lui avait confirmé que rien ne transpirait sur sa ligne. Aucune communication.

Il sentit son téléphone vibrer dans sa veste. Le général Hubert Daviet, le sous-directeur de la police judiciaire, était à l'autre bout du fil.

— Perrot de la Trancheriez a rendu son rapport au DG. Il n'y a pas été de main morte. Cela ne s'est pas bien passé entre vous ?

— D'emblée, j'ai compris qu'il avait… Comment dire, un léger a priori me concernant.

— Je peux te dire qu'il t'a taillé un sacré short dans son compte rendu, mettant en exergue tes difficultés avec la hiérarchie, ton style de commandement direct, le fait que tu n'en fasses qu'à ta tête, tes difficultés relationnelles, ton manque d'ouverture au changement. Il a même fait part de certaines réserves sur le plan psy !

— Hein ?

— Du coup, le DG envisage ta mutation.

Rhino accusa le coup en déglutissant.

— Je n'y peux rien, s'excusa Daviet. Il me met sur la touche et je n'ai pas voix au chapitre.

— Ben voyons ! Je te rappelle que tu es mon supérieur hiérarchique, et que tu es censé me défendre. À part l'histoire du Centrafricain, je ne vois pas trop ce que vous pouvez me reprocher, et d'ailleurs, à chaque arrestation, vous étiez bien contents de vous faire mousser auprès du ministre…

Un temps, il reste muet.

— Écoute, rien n'est encore joué… Mais fais gaffe à ce que tu fais, car à la moindre erreur, tu dégages. Tu es prévenu.

Daviet raccrocha.

Allez vous faire foutre !

Rhino vérifia le bon fonctionnement de la caméra qu'il avait installée dans l'appartement face au Pod Lipom. Il pouvait suivre ainsi les allées et venues devant le restaurant. Il décida ensuite de reprendre ses activités courantes à l'OCLCH. Un point l'intriguait.

Il n'avait toujours pas la réponse de Clara Glouton concernant l'ouverture de l'enquête, qui lui donnerait le cadre juridique pour ses investigations. Bref, un silence sidéral qui commençait à l'inquiéter, surtout dans le contexte que venait de lui décrire Daviet. Il avait l'intuition qu'un truc se jouait en coulisse.

***

Lorsqu'il arriva à l'OCLCH, il trouva Rafik avec un casque sur la tête, dans son bureau.

— Avez-vous déchiffré le code ? Que l'on puisse lire enfin les messages de ces putain de téléphones DecroChat, au lieu de vous amuser avec votre casque ? l'interrogea Rhino, agacé.

— Oui. J'ai fait jouer la bande d'OSINT, les OpenFacto[1], et nous avons réussi à décoder le QR code. En fait, c'était tout con…

— Ah ? Et c'est maintenant que vous le dites ?

— Oui, désolé, mais vous aviez un peu disparu de la circulation, répondit Rafik du tac au tac. Mon ami avait utilisé cette technique de codage pour l'anniversaire de sa fille. À quoi ça tient parfois… Du coup, j'ai utilisé la date que vous aviez trouvée pour l'ouverture du portable de Marjanović, à savoir 28061389. Lorsque l'on prend chaque lettre du message codé et que l'on soustrait le chiffre de la date en question en suivant l'ordre, alors on aboutit à une information claire. Par exemple, si je pars du mot envoyé par le flashcode et sa première lettre P, et que je retire deux lettres, cela me donne le O. Pour la

1. ONG française spécialisée dans l'OSINT.

lettre suivante, le Ц, je retire huit lettres et je tombe sur le п. Et voici ce que j'obtiens.

Rafik lui tendit un papier avec les QR codes et leur traduction.

Message codé :

РЦОХБЋТНООПЕЛИШ
2 8 0 6 1 3 8 9 2 8 0 6 1 3 8
о п о р а в љ е н и п а к е т
« Paquet récupéré »

— « Paquet récupéré » pour le premier QR code. Ensuite, la traduction est « Ami blessé » pour le second et *Видимо се 3дана 14 сати*, en bon français : « RDV 3 jours 14 heures ».

— « Ami blessé », je suppose que le correspondant parle de Marjanović. De quand date la vidéo de notre ami Darko, celle qu'il a prise avec son Snapchat devant le Pod Lipom ?

— Trois jours suivant la date du braquage, j'ai vérifié, soit le 11 août vers 13 h 55. Cela veut dire que le Pod Lipom est bien leur quartier général. Nous avons créé une sorte de petit logiciel qui nous permettra de transposer et traduire automatiquement les QR codes. Je suis en train de rapatrier les messages auprès du C3N. Cela devrait être rapide maintenant.

— Oui, parce que cela urge… Commencez par les derniers messages. Côté services de renseignement ?

— Toujours rien.

— Est-ce qu'il y a une géolocalisation possible ?

— Non, patron, désolé. C'est le principe du DecroChat, comme je vous l'avais déjà dit.

Merde. Et remerde !

* * *

Rhino organisa un briefing avec les membres de la division crimes contre l'humanité et Rafik. Il expliqua aux enquêtrices et aux enquêteurs les tenants et les aboutissants de la situation, le pedigree de Vuk, et demanda à Marion de planifier des rotations sur l'appartement. Quand elle lui demanda de préciser le cadre légal de leur mission, Rhino se contenta de répondre que la demande était en cours et ne saurait tarder.

Marion, dubitative, l'observa du coin de l'œil.

Rhino se leva pour rejoindre son bureau et éviter d'avoir à répondre à d'autres questions de sa part.

Bosnie-Herzégovine – Višegrad
28 août 2021

Julie mit un coup de coude à David. Un véhicule de police passa à leur niveau, en ralentissant. Elle sortit son téléphone et les prit en photo. Deux hommes en uniforme les dévisagèrent et poursuivirent leur route. Depuis leur arrivée, ils n'avaient obtenu aucune information concernant Samra et commençaient à douter. David poussa la porte d'un nouveau bistrot. Il fut saisi à la gorge par une épaisse fumée de cigarette qui restait en suspens dans la pièce. Les conversations s'interrompirent et tous les regards se tournèrent vers eux.

— Ouah, il y a de la testostérone ! murmura Julie.

David s'approcha du comptoir et commanda deux bières. Les discussions reprirent dans leur dos. Il fit un signe au serveur afin de le questionner sur le lieu de résidence de la famille Hadžić. Il se recula, le regarda fixement et répondit négativement de la tête. Le jeune homme lui demanda alors s'il lui était possible d'interroger les autres clients. Il approuva d'un signe de la tête, mais il ajouta qu'aucun d'entre eux ne parlait anglais. David s'approcha de clients, bredouilla des mots en serbe. Tous les hommes le regardèrent, interrogatifs, et firent eux aussi « non » de la tête. Il héla le serveur et lui montra du doigt un annuaire qui trônait sur un meuble. Ce dernier le posa sur le comptoir d'un coup sec.

Julie et David s'assirent à une table pour le compulser. À la page H, il y avait bien une dizaine de Hadžić. Julie prit en photo la page en question et proposa de se rendre à la mairie. À la mine de la secrétaire quand ils pénétrèrent dans l'établissement, ils comprirent qu'elle n'allait pas leur être d'un grand secours. En rejoignant leur hôtel, ils entendirent des cris derrière eux.

— Police, arrêtez-vous !

Ils s'immobilisèrent et, sans avoir eu le temps de réagir, ils furent saisis et poussés sans ménagement dans le véhicule par deux agents.

— Non, mais ça ne va pas ? cria Julie.

Le policier se retourna et lui parla en langue serbe.

— Qu'est-ce qu'il a dit ? demanda Julie à David.

— En gros, que tu fermes ta gueule.

— Quoi ? Ferme ta gueule aussi… Connard. Pour qui il se prend, lui ?

— Ils nous amènent au commissariat pour nous interroger.

— Nous interroger ? Comme ça ? Les mecs, ils t'arrêtent sans raison pour te foutre en garde à vue. C'est quoi ce bled, merde !

— Tu n'es pas en France, ici…

La voiture se fraya un passage à grand renfort de gyrophare et de sirène. Les passants s'arrêtaient afin de scruter l'intérieur du véhicule. Il s'immobilisa ensuite devant le poste de police délabré. Après avoir franchi une porte, ils furent poussés dans le dos et conduits dans un bureau. L'un des policiers leur retira les menottes. Il sortit et ferma la porte à clé. Pas franchement rassurée, Julie demanda à David comment il envisageait la suite.

— Pour le moment, je n'en sais rien. Nous allons voir ce qu'ils veulent.

— J'admire ton calme olympien. Je te préviens, j'ai fait des études de droit, certes un peu en dilettante, mais j'ai tout de même des restes. Donc, s'ils me font chier, je leur mets la dose. *Capito ?* Surtout qu'ils nous ont confisqué nos téléphones et mon sac à main. S'ils me le détruisent, je pète grave un câble.

— Voyons ce qu'ils ont à nous dire, et ensuite, on demandera à parler à notre ambassade, répondit calmement David.

La porte s'ouvrit sur un homme en civil, immense, suivi d'une femme.

— Je suis Milena, l'interprète, et voici l'inspecteur Popović, présenta-t-elle en anglais. Parlez-vous anglais ?

David et Julie opinèrent du chef.

— Je traduirai donc en anglais les propos de l'inspecteur Popović.

L'inspecteur installa sa monumentale carcasse derrière une table en bois, posa sa tasse de café et son paquet de cigarettes Drina. Il en attrapa une, la tapota sur le bureau sans rien dire, ouvrit son briquet Zippo et l'alluma en silence. Il cracha la fumée en l'air en se penchant en arrière sur son fauteuil. Puis il se redressa, les regarda fixement, sourit, découvrant ainsi sa dent en or. Il s'adressa à David en le montrant du doigt :

— Raconte.

— Qu'est-ce que vous voulez que je raconte ? rétorqua-t-il.

— Qu'es-tu venu faire ici, monsieur…

Il prit en main la carte d'identité de David et le passeport de Julie.

— Monsieur Rinocci et mademoiselle Mastret ?

— J'hallucine, ils ont piqué nos papiers à l'hôtel, fit Julie.

L'interprète l'observa.

— Nous sommes venus pour faire du tourisme, répondit David avec calme.

Popović les scruta successivement.

— Non, ce sont des salades. Qu'est-ce que vous êtes venus faire dans notre ville ?

L'inspecteur tritura son briquet.

— Pour qui travaillez-vous ? Quel pays ?

David allait répondre, mais Julie l'interrompit :

— Quel pays ? Mais n'importe quoi ! Je rêve. Des grands malades, ces types !

Popović poursuivit :

— Je connais un peu la France. La tour Eiffel. Ah, Paris ! La ville romantique. Un cousin éloigné de la famille de ma femme vit là-bas. Il nous envoie des photos de temps en temps.

Il fit un clin d'œil à la traductrice.

— Vous avez une équipe de football très forte. Zinedine, Pogba, Mbappé, super bien…

— Il nous raconte sa vie. On n'en a rien à foutre de ses histoires de cousin, ronchonna Julie. Et toi ? Tu ne dis rien ? Pourquoi ne leur parles-tu pas en serbe ?

— Comme ça je peux comprendre ce qu'ils disent sans qu'ils le sachent. Et si tu veux un conseil, cela serait bien que tu me laisses gérer.

— OK… Le grand stratège.

— Fermez-la ! cria Popović. Je ne suis jamais allé à Paris. Ma femme veut m'y traîner, mais c'est trop loin et ils ne parlent pas serbe, les Français. Et puis, je l'ai vu à la télévision, vous avez trop de moudjahidines. Cela vous jouera des tours, un ces quatre. Nous sommes passés par là.

L'inspecteur éclata de rire en regardant l'interprète qui s'esclaffa de concert après avoir traduit.

— Vas-y, rigole tout seul de tes blagues de merde, marmonna Julie. Et cette conne qui glousse ! Je suis sûre qu'il la baise.

Popović but une gorgée de café et frappa du poing sur la table avec violence, faisant sursauter Julie.

— Bon… Assez rigolé. Pour quel pays travaillez-vous ?

— Nous sommes de simples touristes, on vous l'a déjà dit, fit Julie agacée.

— Ah, des touristes, et comment trouvez-vous notre ville, alors ?

— Elle est très jolie et très sympathique, s'empressa de rétorquer David. Enfin, si nous avons l'opportunité de poursuivre nos découvertes. Nous avons prévu de visiter Andrićgrad.

— Ivo Andrić, notre héros. Notre prix Nobel de littérature. Avez-vous lu *Le Pont sur la Drina* ?

— Non, pas encore. Mais cela fait partie des choses que je dois faire en rentrant en France, approuva-t-il aimablement.

— Alors, si vous êtes de simples touristes, pourquoi posez-vous toutes ces questions ? Sur cette famille ? Comment déjà ?

Popović regarda ses notes.

— Ah voilà, Samra Hadžić. Êtes-vous des journalistes ? Êtes-vous venus foutre la merde dans notre belle ville si tranquille ?

— Je dois transmettre à cette famille le bonjour de ma nounou, dit David.

— Votre nounou ?

— Oui, elle est d'origine serbe et les connaissait, mais avec la guerre, elle avait perdu leur trace.

— Hmm... Je comprends. Comment s'appelle-t-elle ? Sa famille est-elle originaire de la Republika Srpska ?

— Elle s'appelle Ilić.

Popović fit claquer le capot du briquet et écrasa sa cigarette.

— Je ne connais pas de Ilić dans le coin. Cela te dit quelque chose, une famille de ce nom-là, toi ? demanda-t-il en se tournant vers l'interprète, qui fit un signe négatif de la tête.

Julie se leva d'un bond et explosa :

— Bon, maintenant ça suffit les conneries ! Une question : notre ambassade sait-elle que nous sommes retenus contre notre gré dans votre commissariat ? D'ailleurs, quel est le mobile de notre arrestation ? Traduisez !

L'interprète s'exécuta.

— J'exige une réponse ! Il se trouve que je suis avocate et je m'étonne fortement des conditions de rétention. Avez-vous le numéro de téléphone du consul afin que nous lui fassions part de notre situation ?

Popović la visa. Il sourit et se pencha de nouveau en arrière sur sa chaise. Il se redressa, saisit le combiné pour donner des ordres.

— Qu'a-t-il dit ? demanda Julie à l'interprète.

— Il vous met en geôle en attendant la décision du procureur, lâcha la traductrice, assez satisfaite.

— Quoi ? Pour quel motif ?

— Espionnage. Vous avez filmé et pris en photo des sites militaires stratégiques protégés par la loi sur la sûreté de la Republika Srpska. Nous avons épluché votre téléphone. Il y a beaucoup trop d'images de notre ville. C'est louche.

— Non, mais sérieux ? Comment avez-vous trouvé mon code ?

— Nous ne sommes pas des Français, mais nous avons certaines capacités techniques. Il ne faut pas nous prendre pour des cons, fit Popović en ricanant. Surtout quand vous tapez votre code devant des caméras de surveillance.

— C'est ouf ! Mais dis quelque chose, toi ! lança-t-elle à David.

— J'ai bien peur qu'il n'y ait plus grand-chose à faire à ce stade et d'ailleurs, si tu m'avais laissé faire, nous aurions peut-être pu sortir de ce trou à rat.

— Et cela ? C'est quoi ? interrogea le policier en montrant une boîte mauve dans laquelle se trouvait une mèche de cheveux. Qui est ce Maxime ?

— C'est une mèche de cheveux, rien de particulier, rétorqua Julie en rougissant et fuyant le regard de son ami. Et qu'est-ce que cela a à voir avec votre enquête ?

Soudain, les deux molosses qui avaient procédé à leur interpellation pénétrèrent dans la pièce. Ils leur passèrent les menottes. Julie sentit la morsure de l'acier sur ses poignets. L'un d'entre eux leur fit signe de sortir et ils les conduisirent dans deux réduits à barreaux situés au fond du commissariat. Ils relevèrent leurs empreintes et les photographièrent.

Puis ils furent abandonnés dans leurs geôles respectives. David entendit Julie chanter à tue-tête, ce qu'il supposa être du Népal :

« Elle est loin l'époque où, minot, hypnotisé par la Gameboy,
j'envoyais Sacha traîner à ma place dans l'parc
Depuis j'ai croisé des jnouns, j'ai bien mangé des coups mais
conscient des enfers, la vengeance est un plat que j'mange ap'
J'suis l'oiseau dans la serre, un poisson dans la Seine[1] »

— En vrai David, tu sais pourquoi les femmes sont nées sans testicules ?

— Tu ferais mieux de la fermer, fit David.

— Parce que Dieu savait qu'elles auraient des couilles. C'est la différence entre toi et moi !

Le garde, qui avait reçu des consignes strictes, leur intima de se taire.

— *Nemoj se ustručavati se baciti joj vodu u lice ako nastavi da pjeva ili vrišti*[2], lui dit David en bosnien.

1. Népal « *Bizarre City* » ft M Le Maudit.
2. N'hésite pas à lui jeter un seau d'eau sur la figure si elle continue à chanter ou hurler.

— Qu'est-ce que tu lui as dit ?

— Rien, continue à chanter, cela lui plaît bien apparemment.

« Mais l'courant m'a keb', écoulant ma came, on passe du cool au macabre

J'entends des voix dans ma tête

Sur la tête de mon billet d'avion seconde classe que cette city rend les gens tarés

Finalement ils arrivent tous à s'y faire

Ils la vendent, ils finissent par la sniffer »

Le garde remplit un seau d'eau, ouvrit la porte blindée et le jeta sur les pieds de Julie, qui eut juste le temps de les relever.

— Putain ! Le malade ! Ils vont me le payer très cher ! hurla-t-elle.

Il rouvrit la porte et montra le seau qu'il venait de remplir de nouveau.

— Non… Non. *Please.*

Le garde referma la porte. Julie finit par se taire et s'endormir.

***

Au petit matin, David, somnolant, entendit des pas dans le couloir. Un policier lui ouvrit la porte et fit un signe de la main pour sortir. Il en fit de même pour Julie qui, à moitié endormie, rejoignit David dans le bureau où se trouvait Popović, assis devant une tasse de café bien serrée. L'interprète traduisit les propos de l'inspecteur :

— *Dobro*. Bon… Le procureur n'a pas retenu les charges d'espionnage. Je vais donc vous laisser repartir en vous donnant un bon conseil : vous rangez vos affaires dans votre petite valise, et vous bougez votre petit cul pour reprendre la petite route de Sarajevo, puis l'avion pour la petite France. Si vous restez ici, je vais vous arrêter une nouvelle fois pour espionnage.

Ce faisant, il glissa vers le rebord du bureau leurs pièces d'identité.

— Je peux te dire que je vais m'occuper de lui lorsque nous arriverons à Sarajevo. Je vais faire une requête à l'ambassade, grommela Julie.

— Oui, oui, c'est bon, prends tes affaires et on se barre, répliqua David.

Bosnie-Herzégovine – Višegrad

29 août 2021

Le jour se levait quand ils franchirent la porte du commissariat. Les lumières de la ville et les lampadaires se reflétaient encore dans la Drina. Ils marchaient en silence dans la rue en direction de leur hôtel. Julie avait retrouvé son téléphone et ne put s'empêcher de prendre des clichés de l'immeuble de la police.

— Putain, cela ne t'a pas suffi ? Et au fait, qu'est-ce que c'est que cette boîte mauve et cette histoire de cheveux du DJ ? Maxime ? Ce sont tes amants ?

— Rien. Ce sont mes oignons. Du coup, on fait quoi ? fit Julie pour couper court.

— Moi, je suis toujours motivé, répondit David. Et toi ?

— Je suis grave déter aussi.

Ils entendirent un sifflement à l'angle d'une rue adjacente. Ils se penchèrent.

— Milena ?

— Venez par ici. Je ne veux pas que l'on nous voie ensemble, dit-elle dans un français irréprochable.

— Vous parlez notre langue ? interrogea Julie, stupéfaite.

— Oui. Et je ne baise pas avec Popović.

David ne put s'empêcher de pouffer. Ils suivirent la femme sous un porche.

— Popović est un sale con. Les yeux et les oreilles du pouvoir central. Pourquoi voulez-vous retrouver cette femme ?

Julie regarda David et lâcha :

— Cette Samra est peut-être sa mère.

— Quel âge avez-vous ? demanda Milena.

— Vingt-cinq ans, rétorqua David.

— Qu'est-ce qui vous fait croire que cette femme pourrait être votre mère ? Cette histoire de Ilić, c'était du flan, alors ?

— Oui. Mon père était militaire pendant la guerre en qualité de Casque bleu. Elle était son interprète et ils ont eu une liaison. Elle serait tombée enceinte, puis elle a été kidnappée par des forces paramilitaires.

Milena les regarda fixement, gênée et émue. Elle s'éloigna pour téléphoner. David l'observa discuter, véhémente, puis raccrocher. Elle revint vers eux, les invita à la suivre, mais à distance. Après trois minutes de marche rapide, Milena montra une maison du doigt.

— Ermina Alijević vous attend. Elle est responsable d'une organisation non gouvernementale qui documente les crimes de guerre, notamment les violences faites aux femmes. Elle connaît bien l'histoire de cette ville. Elle pourra sans doute vous renseigner. En revanche, ne traînez pas trop dans le coin. Popović va vous avoir à l'œil. Il n'est pas net. Il ne l'a jamais été, d'ailleurs… si vous voyez ce que je veux dire.

— Au cours de la guerre ?

— Oui. Il a des ramifications partout en Serbie. Il connaît un monde fou, car il a été dans les services de renseignement. Je vous abandonne. Bonne chance dans vos recherches.

Julie porta son regard sur une magnifique maison traditionnelle bosnienne. David claqua l'anneau en fer, la marque de fabrique de ces maisons ottomanes. Une femme, la soixantaine, charpentée, apparut et se présenta en tendant la main. David sentit sa poigne. Mais pas seulement. Son regard bleu le transperça.

— Suivez-moi, je vous en prie. Les yeux ont des oreilles, comme nous le disons ici dit-elle dans un français parfait.

Julie et David cheminèrent dans un dédale de couloirs, pour déboucher sur une cour pavée de galets et sur l'accès proprement dit de la maison. Après s'être déchaussés, ils empruntèrent un escalier en pierre les menant à l'étage supérieur. Des notes de violon résonnaient. Ermina fit savoir que sa fille était violoniste au sein de l'orchestre philharmonique de Vienne, et les invita à rentrer dans son salon. Elle s'absenta pour préparer le traditionnel café. Julie tapota le genou de David pour lui montrer une grande photographie de Tito. Sur un buffet en bois massif trônaient deux cadres, photographies en noir et blanc, représentant un homme au visage rond et deux enfants, un jeune garçon, âgé d'environ douze ans, et une petite fille. Sur l'un des pans de mur était accroché un grand poster avec une vingtaine d'images miniatures, certaines barrées d'une croix.

Ermina revint avec un plateau, trois petites tasses, le café et un petit gâteau *rahat-lokum*. Elle s'assit, joignit ses mains entre ses genoux et leur demanda en quoi elle pouvait leur être utile.

Ils se dévisagèrent pour savoir qui allait prendre la parole en premier. David plissa les yeux en signe d'acquiescement.

— Nous venons pour en savoir plus sur une femme du nom de Samra Hadžić, se lança Julie.

— Milena m'a laissé entendre qu'elle pourrait être votre mère ?

— C'est une longue histoire. Je pense que mon père me ment depuis toujours sur l'identité de ma véritable mère.

Il était militaire pendant la guerre et a connu cette Samra qui était son interprète. Ils ont eu une aventure, mais elle a été enlevée le 14 février 1995. Elle était enceinte. Et je suppose que je suis son fils.

— Le nom de Samra Hadžić ne m'évoque rien, mais cette région a tellement été bouleversée. Je suis arrivée ici en 1989 en qualité d'institutrice.

Julie, hypnotisée, sortit un calepin de sa poche, ce qui surprit David.

— Tu prends des notes, toi, maintenant ?

— T'inquiète, répondit Julie sur-le-champ. Je vous en prie, madame, nous vous écoutons.

— Comme vous le savez, la guerre a débuté en avril 1992, à la suite de la déclaration d'indépendance de la Bosnie-Herzégovine. Les 13 et 14 avril, la ville est tombée, et il y a eu ce groupe paramilitaire, les Serpents, qui a débarqué pour faire régner la terreur. Ils étaient dirigés par un homme de petite taille, du nom de Vuk, cela signifie « le loup » dans notre langue. Le chef de la région s'appelait Miroslav Marjanović. Un vrai salopard. Ils mettaient ses hommes au service des unités locales de la police ou de l'armée. Leur monnaie d'échange : la redistribution de biens pillés et les femmes.

— Les femmes ?

— Oui, nous étions devenues des biens de consommation.

Julie examina David.

— Vous avez parlé d'un homme de petite taille, ce Vuk ? demanda Julie et faisant le lien avec le journal du père de David.

— Oui, le cerveau. Mirko Nikolić, un professeur de philosophie de l'université de Sarajevo. Un homme très cruel. Quand il a débarqué ici avec ses pseudo-soldats, pour montrer l'exemple, il a ordonné le bombardement intégral du village de Donja Lijeska. Tous les habitants sont morts.

Enfin, sauf une jeune fille qui a été sauvée *in extremis*. Elle a été recueillie par des habitants de Višegrad. Et…

Ermina s'interrompit. Sa fille, âgée d'une vingtaine d'années, entra dans la pièce, un violon en main. Elle salua David et Julie et ressortit avec un café.

— Il avait deux acolytes, ce Marjanović et son *Srbosjek* en or – le « coupeur de Serbes », une sorte de couteau à égorger –, et cette fille, une rousse qui se faisait appeler « la Veuve ». C'était elle qui sélectionnait les filles. J'ai oublié son nom, mais je vais le retrouver. Il y a eu de nombreuses exécutions. Les rafles étaient organisées méthodiquement, village après village. Il régnait un vrai climat de terreur. Et puis, nous avons compris que les femmes, notamment les plus jolies, étaient déportées dans des hôtels de passe, pour le plaisir des miliciens et des soldats. Ce fut mon cas. J'ai été emmenée dans ce qui est devenu le QG des Serpents, l'hôtel La Drina, après que mon fils et mon mari ont été tués et jetés par-dessus le pont. Ce jour-là fut la fin du monde pour moi.

— Quel malheur… dit Julie.

— Ma vie est dorénavant consacrée à leur faire payer tous leurs crimes, à faire en sorte qu'ils soient tous jugés, lança Ermina en montrant du doigt l'affiche couverte de photos d'identité dont certaines étaient barrées. Marjanović et Vuk sont là. Heureusement, il me reste ma fille, née pendant la guerre.

David regarda Julie, n'osant questionner Ermina sur l'origine de sa fille. Ermina se prit la tête entre les mains, semblant réfléchir.

— Suivez-moi. Ce que je vais vous montrer, peu de gens en ont connaissance.

Elle se leva d'un bond, prit deux bandeaux dans un tiroir, les invita à les placer sur leurs yeux en s'excusant de devoir prendre ces précautions. Ils la suivirent en se tenant à ses épaules. Ils sortirent, empruntèrent à tâtons un escalier et s'enfoncèrent dans les entrailles de la maison. Tout en progressant, Ermina leur expliqua que la demeure avait appartenu à un bey[1], au temps des Ottomans. Le notable l'avait aménagée avec des passages souterrains et des accès secrets. Un vrai labyrinthe. Certains ont été rebouchés. Elle s'immobilisa. Ils entendirent des *bips* propres à un digicode, puis un claquement sec. Elle ouvrit la porte, chercha avec ses doigts un interrupteur et les poussa à l'intérieur en les invitant à retirer leurs bandeaux. Les deux acolytes clignèrent des yeux et découvrirent une sorte de cave voûtée, éclairée avec des néons, dans laquelle se trouvait une dizaine d'étagères remplies de cartons, classés par ordre alphabétique.

— Voilà, une vie de recherches, de traques, pour la mémoire de ces femmes.

— Combien de temps êtes-vous restée dans cet enfer ? demanda Julie d'une voix faible.

— Au moins un an, jusqu'à ce que je tombe enceinte. Ils avaient atteint leur objectif, à savoir nous *ensemencer*, comme ils le disaient, pour le souvenir et l'avenir. J'ai quitté Višegrad pour l'Autriche en 1993, et je suis revenue m'installer ici en 1999.

— Putain ! lâcha Julie, émue.

— Et Samra ? Son nom ne vous dit vraiment rien ? interrogea David.

— Il y avait plusieurs sites, balbutia Ermina.

— Sites ?

— Des bordels à soldats.

— Vous voulez dire que ma mère était une pute ? s'étouffa-t-il.

Silence. Julie le couva des yeux.

Bordel, il n'avait pas compris le problème.

---

1. Titre porté par les souverains vassaux du sultan ou par certains hauts fonctionnaires turcs.

— Ce qui est certain, c'est qu'elle n'était pas avec moi, répondit Ermina, gênée. Je vous laisse regarder. Votre Samra devrait être quelque part dans ces cartons. Il y a un ordinateur connecté dans l'angle. J'ai essayé de répertorier les femmes encore en vie et celles qui sont décédées. Quand votre recherche sera terminée, merci de m'envoyer un courriel. Je récupère vos téléphones portables, si cela ne vous dérange pas.

Julie eut une moue de désaccord. Ermina prit les téléphones et referma la porte derrière elle.

— On est enfermés ! murmura Julie.

David posa sa main sur son front.

— Bon allez, David, on s'y attelle. Il y a une vingtaine de cartons avec la lettre H, cela ne devrait pas trop prendre de temps. Allez, secoue-toi, merde !

— Enfin, tu n'as pas l'air de réaliser… Ma mère est devenue une pute. Une femme à soldats avinés, s'effondra-t-il.

— Elle ne l'est pas devenue David, elle y a été contrainte.

Julie l'enveloppa dans ses bras, percevant ses sanglots sur ses épaules. Ils restèrent ainsi de longues minutes, collés l'un à l'autre. Il rompit le silence.

— Caudy a dit que le père de Samra était archiviste. Cela donne une direction. Comment s'appelait-il déjà ?

— Adnan !

* * *

À l'issue d'une bonne heure de recherches, Julie enragea. Ils étaient au point mort. Il y avait bien des Hadžić, mais aucun n'était lié à Adnan et Samra. Après avoir envoyé un courriel à Ermina, ils entendirent une clé tourner dans la serrure de la porte. Elle apparut dans l'encadrement, interrogative. David répondit qu'ils n'avaient rien trouvé.

— Combien de temps restez-vous dans notre ville ?

— Disons qu'un certain Popović nous a invités à débarrasser le plancher au plus vite.

— Ah, Popović… Il n'aime pas que l'on fouille dans le passé. Le déni rôde par ici. Il a peur que l'on remonte un truc à la surface le concernant. Il est malin et a bien brouillé les pistes.

— Nous pouvons vous laisser nos numéros de téléphone bosniens ? rajouta Julie.

— Oui, je vous ferai biper. Mais ne rien dire au téléphone, surtout ! insista Ermina.

— À ce point-là ?

— Il vaut mieux être prudents.

— Une question : que sont devenus Marjanović et Nikolić ? Et la rouquine ?

— Pffft, souffla Ermina dans un geste évasif, envolés dans la nature. En revanche, Vuk est mort dans un accident de la route au Monténégro.

Julie et David abandonnèrent Ermina. Parcourant les rues de Višegrad, David demeura silencieux pendant un long moment puis, devant l'hôtel, dit à Julie :

— Elle n'a pas pu disparaître comme ça. Et sa famille non plus… Sans quoi, adieu l'ADN ! On doit rester pour poursuivre nos investigations. Mais on va dormir dehors.

— Dehors ? Genre à la belle étoile ? Tu as craqué ou quoi ?

— Non, comme ça pas de contrôle. Ni vu ni connu. Nous sommes en août, la nuit est chaude. Nous pourrons faire le tour des hameaux et recueillir des informations.

— C'est du grand n'importe quoi.

— Tu vas voir, ce n'est pas si compliqué.

— Je ne vais pas dormir dehors. Ma mère avait essayé de me coller chez les scouts quand j'étais petite, les « Jeannettes ». Elle a été contrainte d'abandonner son poste de garde à l'hôpital et de venir me rechercher dans la nuit.

— Écoute, dans ce cas, tu prends le bus direction Sarajevo et je continue tout seul. Il n'y a aucun problème.

Julie, les mains dans les poches, prit son élan et shoota dans une boîte de conserve.

— Hors de question !

— Alors ? Quelle est ta décision ? enchaîna David, souriant.

— Tu m'emmerdes ! Je vais le faire. Mais à la moindre bête qui me grimpe dessus, je te réveille. Sauf si c'est toi, bien sûr.

— Je pense que tu vas passer l'une des plus belles nuits de ta vie ! *Što se mora, nije teško.*

— Ce qui veut dire ?

— Si tu dois le faire, alors ce n'est pas difficile !

Paris – Restaurant Pod Lipom

30 août 2021

Quatre jours s'étaient écoulés depuis la première planque de Rhino, et aucune avancée notable n'était à signaler. Les enquêtrices et enquêteurs commençaient à tourner en rond. Certains d'entre eux remettaient en doute l'existence de Vuk. Quelques regards ne mentaient pas et trahissaient ce qui flottait dans l'air : leur officier était en train de devenir fou.

Rhino était sur le point de lever le dispositif, envisageant de convaincre l'urologue de convoquer Vuk à un examen complémentaire. Mais il hésitait. Son côté raisonnablement paranoïaque l'invitait à la prudence. Une fuite est si vite arrivée !

Au moment où il n'espérait plus, son téléphone bipa. Il était 17 heures et Marion l'informait de mouvements suspects : « Une femme vient de se présenter devant la porte d'entrée du Pod Lipom. Une rousse. Elle a garé son véhicule devant le restaurant. » Il écrivit : « Une rousse ? Quel type de véhicule ? »

Réponse : « Une Audi noire. »

Rhino rechercha sur son portable la photo de la rousse qui filmait les exactions des Serpents à Igman, et qui avait été extraite par Marjorie Lesachant. Il la transféra à Marion.

Retour : « Oui, elle lui ressemble bien, avec quelques heures de vol en plus, mais bien conservée tout de même.

PS : Avis de mon coéquipier Rémy, bien sûr. Confirmé par Juju ! »

Rhino rédigeait un message signalant son arrivée sur le site de surveillance, quand Marion l'appela.

— Patron, il y a une grosse berline, un taxi, qui vient de se garer devant le restaurant. Un homme à bord. Seul. Assez âgé. Cela pourrait être votre gars… La porte vient de s'ouvrir. Stanković l'accueille.

Bip de réception de photo sur sa messagerie.

Putain, c'est bien lui !

— Bon… Surtout, vous ne bougez pas, sauf s'il décroche. J'arrive !

Rhino s'empara de son arme de service, son gilet pare-balles et fonça dans sa voiture avec Romu et Véronique.

— On va dégourdir les calibres, leur lâcha-t-il.

Ils le regardèrent un peu inquiets, mais obtempérèrent. En cours de trajet, il tenta plusieurs fois de joindre la procureure Clara Glouton, sans succès. Rhino fulminait.

Qu'est-ce qu'elle fout ?

Il conduisait vite, sans gyrophare ni sirène afin de ne pas attirer l'attention. Romu et Véronique s'accrochaient et, par réflexe, freinaient parfois dans le vide. Vingt minutes plus tard, il ralentit l'allure, étant à proximité du Pod Lipom. Il trouva par miracle une place de parking quand il perçut au loin le son de sirènes de police.

— Mince, j'espère que les flics ne vont pas continuer leur ramdam ! Ils vont me les faire fuir !

Puis il vit trois véhicules de Police s'immobiliser devant le restaurant. Six policiers lourdement équipés en débarquèrent avec l'intention de pénétrer dans le bâtiment. Bonnier était derrière eux.

— Putain ! Ils vont me foutre en l'air l'interpellation. Bonnier ? Il m'avait promis ! hurla Rhino dans la voiture, sur le point d'en sortir.

Une énorme explosion cloua son véhicule sur place. Les airbags se déclenchèrent. Sonné, il réalisa un tour d'horizon pour comprendre la situation. Il aperçut à ses côtés Romu, ensanglanté, mais vivant. Véronique était à l'arrière, légèrement groggy, car mieux protégée. Rhino sortit alors du véhicule, l'arme en main. Il entendit des coups de feu provenant du restaurant. Il ordonna à Véronique de prendre en charge Romu, de l'extraire de la voiture pour le mettre à l'abri en attendant les secours.

Rhino entrevit Bonnier posté derrière une carcasse de BMW, ripostant aux tirs en provenance du restaurant. Il décida d'aller prêter main-forte. D'un coup d'œil aguerri, Rhino analysa le terrain et progressa de véhicule en véhicule. La rue était devenue un véritable champ de bataille.

Sarajevo…

Ces images lui fouettaient le cerveau. La fumée, les odeurs de chairs brûlées, les tirs de kalach. Il zigzagua entre les morceaux de voitures, dont certains, encore en feu, jonchaient la chaussée. Il contourna les cadavres d'un policier et d'un passant déchiquetés. D'autres personnes, plus éloignées de la bombe, étaient allongées au sol et gémissaient.

Mais un truc clochait à l'intérieur du bâtiment. Les vieux réflexes revinrent en mémoire. Il tenta de joindre Marion. Sans succès. De son poste d'observation, elle pouvait le renseigner avec précision.

Peut-être elle et son équipe sont-elles blessées ?

Il poursuivit sa progression en direction de Bonnier, s'abritant comme il le pouvait. Il était maintenant à une vingtaine de mètres derrière lui quand il remarqua que trois policiers étaient en train de forcer la porte avec un bélier. Ils n'étaient plus sous le feu et pouvaient pénétrer dans le bâtiment.

Il les vit entrer en force, perçut un échange de tirs, puis le silence. Il s'approcha de Bonnier en courant. Il donnait ses ordres à la radio. L'un des policiers situé dans le restaurant annonça la mort de Stanković. Bonnier l'interrogea :

— D'autres personnes ?

— Négatif. Stanković est seul.

— La rousse et Nikolić sont forcément là ! insista Rhino face à Bonnier.

Le regard qu'il lui lança l'effraya.

— Que fais-tu ici ?

— Et toi ? Tu étais censé ne pas interpeller Stanković, non ? Au minimum, m'en informer avant ?

— J'ai reçu des ordres.

— De qui ?

— Du parquet. Le proc en charge du dossier commençait à en avoir marre d'attendre. Et puis, il y a eu une petite guéguerre entre les magistrats. J'ai oublié de te prévenir. Et merde !

Bonnier tremblait. L'épisode avait été violent. Rhino lui tendit son mouchoir pour qu'il essuie une blessure au cuir chevelu. Le capitaine regarda le policier à terre.

— Il n'avait pas vingt-cinq ans, jeune marié avec un bébé, dit-il d'une voix étranglée. Je n'avais jamais perdu un homme ou une femme jusqu'à présent.

— Je suis désolé, Gilles… C'est une chose horrible que de perdre un homme.

Rhino posa son bras sur l'épaule de son collègue.

J'en sais quelque chose…

Les sirènes des véhicules de secours se faisaient entendre au loin. Rhino s'enquit de l'état de santé de Marion et de son équipe. Il lui demanda de rejoindre Véro aux côtés de Romu, qui devait être pris en charge par les secours. Un des policiers qui avait tenté de procéder à l'interpellation de Stanković s'approcha.

— Comment est-il mort ? interrogea Bonnier en essuyant toujours le sang qui coulait de son crâne.

— On lui a demandé de se rendre. Il a stoppé le tir, a posé sa kalach au sol. Il nous a alors regardés fixement, a fait un signe avec ses trois doigts, et a avalé un liquide qui était dans une fiole cachée dans sa main. Son regard était… le policier s'immobilisa.

— Il était comment ?

— Incroyablement serein.

— Serein ?

— Êtes-vous certain qu'il n'y avait personne d'autre ? questionna Rhino. Car mon équipe en surveillance dans cet appartement a aperçu une femme et un homme pénétrer à l'intérieur du restaurant.

Le policier secoua la tête en précisant qu'ils avaient fouillé l'habitation. Il ajouta :

— Cela dit, l'homme avait un gilet pare-balles criblé d'impacts dans le dos.

— Dans le dos ? Gilles, quand la police technique et scientifique sera sur place, je vais m'équiper et aller faire un saut, si tu n'y vois pas d'inconvénient ? demanda Rhino.

— Et si j'y vois un inconvénient, il se passe quoi ?

En réponse, il cligna des yeux.

— C'est bien ce que je pensais.

Rhino alla voir Romu dans le véhicule de secours. Plus de peur que de mal. Quant à l'équipe de Marion, seuls quelques éclats de verre avaient provoqué des blessures superficielles. Les équipes de la PTS se déployant, Rhino en profita pour revêtir tenue de protection, gants, charlotte, et pénétra dans le restaurant. Il enjamba le cadavre de Stanković et parcourut les différentes pièces. Il découvrit que l'établissement offrait une sortie arrière sur une cour et un ascenseur qui menait à un parking, dont la sortie débouchait sur la rue située à l'arrière du restaurant. L'explosion n'avait été qu'une diversion et Stanković avait fait barrage, n'hésitant pas à se sacrifier pour protéger la fuite de Vuk et de la rousse. Cela ressemblait bien à l'état d'esprit des Serpents.

Quel carnage !

***

La nuit était tombée sur la rue toujours dévastée. Les gyrophares des véhicules de police et de secours illuminaient de bleu les façades des immeubles. Les images tournaient en boucle sur les différentes chaînes de télévision. Les rumeurs couraient. Fuite de gaz ? Attentat terroriste ?

Rhino retira ses vêtements blancs de protection et vit Bonnier s'approcher. Il avait repris pied.

— Une question ! Si vous étiez en surveillance, vous avez sans doute des vidéos ou photographies de l'arrivée de Nikolić et de la rousse ?

— Oui, la capitaine Marion Tim m'a envoyé les images. On voit la rousse sortir d'une Audi, laquelle a volé en éclats ensuite. Elle devait être bourrée d'explosifs.

— Cette voiture ? demanda Bonnier en montrant du doigt une carcasse. Des *news* du parquet ?

— Non, pas encore et cela m'agace au plus haut point. À mon avis, ils se sont enfuis par l'ascenseur et le garage situé au sous-sol. Peux-tu récupérer de la vidéo de l'arrière du bâtiment ? demanda Rhino. Mais il y a quand même plusieurs trucs qui clochent. Pourquoi Stanković s'est-il fait flinguer dans le dos ? Et cette voiture chargée d'explosifs ? Quelqu'un visait la rousse ou bien était-ce une manœuvre de diversion ?

— On va se charger des vidéos. J'aurai quand même besoin des photographies de la surveillance pour la diffusion d'une fiche de recherche nationale.

Rhino approuva de la tête.

Sonnerie.

— Tiens, quand on parle de la louve…

— Bonsoir colonel. J'ai appelé l'office et on me dit que vous êtes sur place devant le restaurant ? questionna la vice-procureure Clara Glouton.

— Oui, j'y suis.

— Notre individu recherché pourrait-il être impliqué dans l'explosion ?

— Difficile à dire pour le moment, mais il était présent sur les lieux avec les complices du braquage, confirma-t-il.

— Pourquoi ne m'avez-vous pas appelée pour m'en informer ?

— Je l'ai fait, mais vous étiez sans doute trop occupée. Regardez la liste de vos appels manqués.

— Peu importe. Le procureur national antiterroriste a décidé de ne pas vous saisir sur ce dossier.

Rhino serra les poings et réussit à se contenir.

— Quoi ? Pour quelle raison ?

Raclement de gorge à l'autre bout du fil.

— Le fait qu'il soit considéré comme mort. Il trouve aussi que le rapport de votre collègue spécialiste de comparaison faciale n'est pas suffisamment probant.

— Je ne sais pas ce qu'il lui faut…

Nouveau raclement de gorge.

— Écoutez. Voilà ses conclusions. Mais si votre hypothèse est la bonne, avec ce nouvel événement, nous reviendrons vers vous.

— Donc, il est considéré comme mort ou pas ? Il faudrait savoir !

Silence.

— Colonel, vous êtes là ?

Rhino raccrocha et frappa le toit de la voiture.

Comme en 1997, on me met des bâtons dans les roues.

Nouvel appel de la vice-procureure.

Il ne décrocha pas.

Paris – Restaurant Pod Lipom

30 août 2021, 21 heures

Rhino réfléchissait en observant le corps de Stanković allongé sur une civière.

Va rejoindre ton ami Marjanović…

Et rien à foutre. Je vais leur amener Vuk pieds et mains liés sur un plateau.

Il fit son compte rendu à la DG[1], signalant l'absence de blessés graves, tout en épiant Bonnier qui s'agitait dans tous les sens. Il avait fort à faire avec la gestion de son dossier. Comme à l'accoutumée, les demandes de renseignements pleuvaient de toutes parts. Chaque autorité, et elles sont nombreuses dans ce pays, voulaient avoir sa part d'information pour se faire mousser vis-à-vis de son N+1. Rhino le vit s'approcher de lui.

— Les caméras installées dans la rue située derrière le Pod Lipom ont bien enregistré les départs de Nikolić et de la fille. Mais on la voit tenter d'éliminer Nikolić. Il ne doit la vie sauve qu'à l'intervention de Stanković qui a fait rempart de son corps, d'où les impacts dans le dos. Ce dernier est monté dans la Saab bleue de Stanković, immatriculée AG-133-BX. Le véhicule a été signalé à toutes les forces de police.

— La rousse a essayé d'abattre Vuk ? L'explosif dans la voiture était donc peut-être destiné à Nikolić ! Elle est

1. Direction générale de la Gendarmerie nationale.

la clé de cette histoire. Une idée de l'endroit où elle se trouve ?

— Nous avons perdu sa trace.

Rhino reçut un appel de Rafik.

— Patron, ça bouge sur les ondes. Un message vient d'être envoyé sur un nouvel appareil DecroChat que j'ai baptisé DC7. Je l'avais pas encore détecté dans l'architecture du réseau.

— Codé comme les autres ?

— Oui.

— Que dit ce message ?

— « Urgence. Je dois m'exfiltrer. Couvre-moi. Les flics sont à mes trousses. Aleks a essayé de me flinguer. » Il y a aussi des coordonnées géographiques qui nous amènent sur l'aéroport du Bourget : Latitude Nord 48° 57' 29" Longitude Est 002° 26' 41". À mon avis, notre client va s'échapper en jet privé.

Bonnier le regarda, interrogatif.

— Je crois qu'on l'a peut-être localisé, lança Rhino.

— Comment ça ? Tu l'as sur écoute ?

Gêné, Rhino secoua la tête de gauche à droite et composa le numéro de Marion.

— Je t'expliquerai, Gilles.

— J'y compte bien, parce que si tu m'as fait un petit dans le dos, je ne te le pardonnerai pas.

— Ne t'inquiète pas. On va choper celui et celle qui sont à l'origine de ce massacre. Où êtes-vous Marion ?

— En route vers l'OCLCH, pourquoi ?

— Foncez sur l'aéroport du Bourget, Nikolić va sans doute s'échapper en jet privé. Je pars aussi.

— Je suis avec Rémy. On fait demi-tour, dit-elle d'une voix chevrotante.

Paris – Aéroport du Bourget

30 août 2021, 22 heures

Quinze minutes plus tard, Rhino quittait le périphérique pour emprunter la RN2 en direction du Bourget. Il slaloma entre les véhicules qui, compte tenu de l'heure tardive, n'étaient pas très nombreux. L'adrénaline le maintint en alerte. Il laissa derrière lui le fort d'Aubervilliers puis La Courneuve. D'après les informations que venait de lui donner Marion, il n'était plus très loin d'elle.

Appel de Marion.

— Patron, je ne pensais pas qu'on arriverait à lui remettre la main dessus. La Saab est à environ 200 mètres devant nous. Nous la prenons en filature.

— À quel niveau êtes-vous ?

— Au niveau du musée de l'Air.

— Gardez le téléphone ouvert, Marion.

— OK. Nous sommes maintenant à 100…

Soudain, Rhino entendit un grand fracas, puis la communication fut coupée nette. Il tenta d'appeler une nouvelle fois. Sans succès. Il accéléra, prenant tous les risques pour rejoindre son équipe, doublant les véhicules à vive allure.

Trois minutes plus tard, il atteignait le musée de l'Air et approchait de la Zone aviation d'affaires, située sur l'avenue de l'Europe, et des principaux terminaux du Bourget. C'est alors qu'il les vit. Un camion de fret avait coupé la route au véhicule de Marion et Rémy. Les services de secours venant sans doute de l'aéroport étaient déjà sur place.

Il se précipita sur les lieux de l'accident. Les pompiers sortaient le matériel de découpe pour ouvrir le toit de la voiture. Les deux airbags frontaux avaient été activés, mais les deux passagers étaient sérieusement amochés. Il vit un pompier prendre le pouls de Rémy et faire une moue dubitative au médecin du SAMU.

Rhino étouffa un sanglot.

Pourquoi faut-il que tout ce qui me relie à cette saloperie d'être humain, cet humanimal, finisse dans un bain de sang ?

Il courut en direction de la zone des jets privés. Bousculant parfois les personnes présentes et effrayées, il errait comme une âme en peine dans le hall. Puis, il se reprit et composa le numéro de la brigade de gendarmerie des transports aériens du Bourget. Il se présenta et ordonna :

— Bloquez-moi sur-le-champ tous les jets privés qui doivent décoller.

— Pour quelle raison ?

— Car un criminel de guerre recherché va tenter de s'enfuir avec l'un d'entre eux.

— Vous avez un mandat d'arrêt, mon colonel ?

— Il va arriver. Faites ce que je vous demande, mon adjudant ! s'emporta Rhino. Comment vous appelez-vous au fait ?

— Adjudant Bulquère. OK, mais sans document officiel, cela va être compliqué. Je vais déjà regarder dans la base de données quels sont les jets qui doivent partir dans les minutes qui viennent. En plus, je viens de recevoir un appel d'urgence concernant un véhicule de gendarmerie, objet d'un grave accident de la route.

— Ce sont des militaires de mon office. Magnez-vous !

— Je suis désolé pour vos hommes, mon colonel. Il y en a un qui est sur le point de partir, il est déjà engagé sur la piste de décollage. Impossible de le bloquer.

— Pour quelle destination ? tempêta-t-il.

— Chypre.

— Bloquez-le ! hurla Rhino.

— Impossible, répondit son interlocuteur.

Merde !

— Avez-vous la liste des passagers ?

— Oui. Un seul. Un russe.

— Son nom ?

— Vlad Poliakov.

— Avez-vous son passeport sous les yeux ?

— Attendez. Oui, je l'ai.

— Envoyez-moi la photographie du passeport sur mon numéro qui doit s'afficher et une copie d'écran du passage frontière si possible.

Rhino attendit quelques secondes puis reçut les deux images.

Quoi ! Ce n'est pas lui. Où est-il passé ?

— Il faut que vous déclenchiez toutes les patrouilles disponibles pour retrouver une Saab bleue immatriculée AG-133-BX qui pourrait se trouver dans les parages.

— C'est-à-dire qu'à cette heure-ci, nous n'avons pas grand monde.

— Vous réveillez tout le monde. Deux militaires sont entre la vie et la mort et ce criminel de guerre y est pour quelque chose.

— Je comprends. La police étant sur place pour les constatations, je vais demander aux gendarmes dépêchés sur les lieux de la collision de faire les recherches. Je fais une demande de signalement du véhicule Saab.

— Parfait. Je vous envoie de mon côté la photographie de l'individu en question qui se fait appeler Piotr Dragonov ou Dimitri Ruslov.

Rhino revint sur les lieux de l'accident. Rémy et Marion avaient été immédiatement évacués. Rémy était dans un sale état, alors que Marion n'était que légèrement blessée. Les premiers témoignages signalèrent la présence d'un individu masqué à bord du camion de fret. Le conducteur avait attendu rue du Pont Yblon et avait délibérément foncé sur les gendarmes. Les équipes de la PTS[1], envoyées sur place, procédèrent aux prélèvements ADN, car quelques traces de sang avaient été détectées ainsi que des empreintes de doigts sur et dans le camion.

Ne pouvant rien faire de plus à ce stade, la boule au ventre, il décida de rentrer au plus vite à la caserne pour faire prendre en charge l'enfant de Marion et annoncer la catastrophe à la femme de Rémy. Une cellule de crise allait sans doute être mise en place par la hiérarchie au sein de l'OCLCH.

***

Une heure plus tard, il se trouvait devant la porte de l'appartement de fonction de Rémy. Il prit une grande inspiration et sonna. La porte s'ouvrit sur la femme du défunt qui, n'ayant pas de nouvelles de son mari, comprit au regard de Rhino que le pire était arrivé. Ses hurlements lui déchirèrent le cœur. Il la prit dans ses bras, d'une manière gauche.

Juste être présent ! Ne rien dire. Juste être présent ! Ne pas pleurer ! Juste être présent !

Il est dans le coma. Il va s'en sortir… Ne pas revivre la mort de Gérard !

1. Police technique et scientifique.

Paris – Quartier de Belleville

30 août 2021, minuit

Aleksandra s'en voulait à mort d'avoir échoué. Éliminer Vuk était devenu sa priorité depuis cette visite à l'hôpital.

Après toutes ces années, comment a-t-il pu les renier ainsi et surtout avoir fait tuer Miroslav, l'un de ses plus fidèles lieutenants ?

Je suis la prochaine sur la liste, j'en suis certaine.

Vuk n'avait pas vraiment nié lorsqu'elle l'avait interrogé sur les circonstances de la mort de Miroslav. Il avait invoqué la nécessité d'abréger ses souffrances. Il le lui avait demandé d'ailleurs, avait-il cru bon de rajouter pour s'exonérer de toute responsabilité.

Ce traître serait mort si ce balourd de Stanković n'avait pas déjoué ses plans. Et les flics aussi. Elle avait dû déclencher la charge qu'elle avait placée dans sa voiture et qui était destinée à Vuk. Quand elle avait réalisé que tout était perdu, elle avait foncé pour s'engouffrer dans la première bouche de métro afin de disparaître, non sans avoir modifié son apparence. De rousse, elle était devenue blonde. Elle attendit la nuit pour rejoindre sa chambre d'hôtel dans le quartier de Belleville, déambulant dans Paris. Vers 23 heures, après s'être refait une beauté, elle décida de se rendre au restaurant chinois situé au bout de la rue.

Elle passa devant les prostituées chinoises en leur souriant. Elle connaissait leur métier, même si en ce qui la concernait, elle était plutôt du côté des mères maquerelles dorénavant. Il lui tardait de rentrer en Serbie pour retrouver son affaire florissante. Le sadomasochisme n'avait jamais aussi bien fonctionné. L'établissement de la Veuve tournait à plein rendement.

Perdue dans ses pensées, elle n'eut pas le temps d'esquiver l'individu qui, surgissant dans son dos, la poussa dans une petite ruelle située sur sa gauche. Projetée au sol, à demi consciente, elle eut le temps d'apercevoir le couteau que l'homme brandissait. Il allait lui transpercer le cœur. Par réflexe, toujours sur le dos, elle se déplaça sur la droite et le frappa au visage. Sous ses phalanges, elle sentit un tissu. Il portait une cagoule.

C'est le moment de te surpasser, ma cocotte !

Aleksandra asséna un violent coup de poing dans son entrejambe, provoquant un cri de douleur chez son agresseur. Elle en profita pour le repousser avec ses pieds. Mais rien n'y fit. L'homme avait une force incroyable, de nouveau il bondit sur elle et lui poignarda l'épaule. La douleur aiguë lui fit pousser un hurlement strident.

Elle savait qu'elle devait donner le pire d'elle-même dorénavant si elle voulait s'en sortir, devenir une tigresse. Elle planta ses ongles dans les yeux de l'homme. Il lâcha le couteau. Elle se saisit de sa main et la mordit le plus fort possible.

L'homme émit un gémissement en cherchant son arme avec sa main libre. Elle en profita pour lui arracher la cagoule. Interloquée, elle s'écria :

— Dragan ? Après tout ce que j'ai fait pour toi ?

— Pourquoi as-tu voulu tuer mon père ? hurla-t-il.

— Il a tué Miroslav.

— Ce n'est pas lui qui l'a tué, c'est moi ! répliqua Dragan en s'emparant du couteau.

Il tenta de porter un deuxième coup au niveau du cœur, mais elle l'en empêcha en plaçant sa main en protection.

La lame lui traversa les chairs. Des personnes, alertées par les cris, accoururent pour venir à son secours. Sous pression, Dragan remit sa cagoule et s'enfuit à toutes jambes. Aleksandra vit alors un homme d'origine asiatique se pencher sur elle.

— Je suis médecin. Ne vous inquiétez pas.

— Ne prévenez pas la police, s'il vous plaît. Soignez-moi, je vous paierai.

— Ce n'est pas possible. Vous devez aller au moins à l'hôpital.

— Non, je vous en prie.

La Veuve s'évanouit.

Frontière Serbie – Bosnie-Herzégovine
– Rivière Drina

30 août 2021

Julie avançait avec prudence dans la rivière. La clarté de l'eau lui permit de poser les pieds sur les galets sans se blesser. En promenant son regard sur les sommets, elle remarqua que la lumière inondait avec générosité cet écrin de verdure encastré entre deux fières montagnes de roches grises.

Putain de chaleur étouffante et de réchauffement climatique.

L'eau lui caressait maintenant les genoux. Elle se retourna et examina David qui retirait ses vêtements, les pliant avec soin pour les déposer sur l'herbe, à côté de l'enceinte portative. Il la connecta avec son smartphone et lança « *Boku no Sensou* », le morceau phare de sa play-list de *L'Attaque des Titans*. La musique couvrit les piaillements des oiseaux et les crissements continus des insectes qui résonnaient sur la roche.

Il pénétra dans l'eau. Elle admira son torse, sa musculature ondulant sous sa peau, son tatouage lui dévorant l'épaule. Rien de lui ne la laissait indifférente.

Ce n'est pas le moment !

Elle l'éclaboussa de son pied afin de ne pas être gagnée par ces picotements dans le ventre. David frissonna au contact des gouttes, mais ne le montra pas.

En portant son regard au-dessus d'elle, il remarqua qu'elle s'encadrait parfaitement dans les élégantes arches de l'ancien pont de pierre qui enjambait la rivière. Un bras sur sa poitrine et l'autre vers le bas, elle lui rappela la Vénus de Botticelli en équilibre sur son coquillage. Il sentit qu'elle le détaillait derrière ses lunettes aux verres roses posées sur son nez aquilin. Il vit qu'elle lui faisait signe de la rejoindre d'un mouvement de doigt.

Elle avait à présent de l'eau jusqu'à la taille et il ne se lassait pas de l'admirer.

— Elle n'est pas trop froide ? demanda-t-il en s'approchant.

— Tu vas me le dire ! répondit-elle en l'éclaboussant de nouveau avec sa main. Sincèrement, j'ai passé une nuit au top sous les étoiles, même si tu ne m'as pas trop approché, en vrai.

Elle avait la poitrine nue, tendue.

David récita à voix basse Rimbaud.

« Le vent baise ses seins et déploie en corolle
Ses grands voiles bercés mollement par les eaux[1]. »

Elle avait maintenant de l'eau jusqu'au cou.

Il décida de se rapprocher d'elle en espérant au fond de lui qu'elle n'irait pas plus loin. Sa respiration devenait plus courte à mesure que l'eau lui mordait le ventre. Il avait encore pied, mais elle restait hors d'atteinte. Julie flottait et le vit hésitant.

— Ah, je viens de percuter. Tu ne sais pas nager, c'est ça ? se moqua-t-elle.

— Ça va vraiment te sembler stupide... Mais oui.

— Non sérieux ? dit-elle, étonnée. Je disais ça pour rigoler. J'hallucine ! Comment est-ce possible ? Le super héros qui pète la gueule aux Golgoths bosniens ?

Elle s'esclaffa. Un rire doux et mélodieux. Comme une petite bulle de champagne.

1. Arthur Rimbaud, « Ophélie », in *Poésies*.

— C'est une histoire de densité du corps par rapport à l'eau. Chez moi, la pesanteur et la poussée d'Archimède me jouent des tours.

— Mais ce n'est pas si difficile d'apprendre à nager, lui dit-elle avec une légère ironie. Tu as juste besoin d'une bonne prof. C'est une histoire de respiration.

Elle nagea vers lui et se planta à quelques centimètres.

— Je peux t'aider si tu veux, dit-elle en lui prenant les mains et en les plaçant sur ses épaules. Regarde ce pont en aval : avec le reflet des deux arches dans l'eau, on dirait un crâne, tu ne trouves pas ?

David acquiesça de la tête.

— Qu'est-ce que j'y gagne en retour ? insista-t-elle.

Il planta son regard dans le sien. Ses yeux verts brillaient au soleil.

— Tout ce que tu veux…

Il se pencha pour l'embrasser, mais d'un geste vif elle le fit habilement pivoter en réalisant une balayette avec sa jambe droite. Il perdit l'équilibre et sentit ses mains le maintenir sous le dos et les reins. La tête à moitié immergée, il perçut derrière lui le son de sa voix, un peu étouffée. Ce contact sur son corps provoqua un afflux de sang dans son maillot de bain malgré la fraîcheur de l'eau.

Ce n'est pas le moment de sortir de la rivière.

Du coin de l'œil, il voyait les sommets glisser avec lenteur, quand il entendit un craquement sourd au loin.

— C'était quoi ce bruit ?

— Je n'en sais rien. N'aie pas peur, prends une grande inspiration et retiens-la. C'est tout ce que tu as à faire.

Il resta à la surface de l'eau en respectant les consignes.

— Inspire. Voilà, c'est ça, dit-elle en le faisant tourner d'un côté, puis de l'autre. Sois détendu et naturel, cela te changera.

Elle éclata de rire et le contourna en se plaçant derrière sa tête, puis le propulsa avec énergie vers le centre de la rivière où les eaux étaient plus profondes. Elle nagea pour le rejoindre.

— En vrai, tu gères bien !

Il se maintenait en surface à chaque respiration, assez satisfait de sa prestation, quand il eut le sentiment que le courant le tirait avec plus de force. En penchant la tête sur le côté, il s'aperçut que les montagnes défilaient, qu'il prenait de la vitesse et que la rive s'éloignait. Un vent de panique le gagna et son souffle s'accéléra. Ses bras et ses jambes se tendirent sous l'effet de crampes.

— Julie ? cria-t-il.

Toujours sur le dos, il tourna la tête, la cherchant désespérément. Une vague le fouetta, inondant sa bouche d'eau vaseuse. Il la recracha pour tenter de respirer. Le courant l'attira au fond. Il se débattit comme un diable pour rester à la surface. Il n'était plus qu'un vulgaire bouchon de chair et d'os secoué au gré d'une rivière devenue folle. Les muscles, chargés d'adrénaline, l'aidèrent à lutter pour ne pas sombrer. Mais rien n'y faisait, il replongeait systématiquement. En quelques secondes, la terreur rongea son corps. À court d'oxygène, il se dit qu'il allait mourir là, dans ce cours d'eau. Sa mère le rappelait-elle ?

Et si ?
Et si c'était le moment
D'en finir avec tout cela ?
De la retrouver.
De la rejoindre.
Et si c'était mieux ainsi ?

Rimbaud l'empoigna par les pieds :

> « Et dès lors, je me suis baigné dans le Poème
> De la Mer, infusé d'astres, et lactescent,

Dévorant les azurs verts ; où, flottaison blême
Et ravie, un noyé pensif parfois descend[1] »

Se laisser couler. Lentement. Profondément. Immerger la trahison de mon père. Noyer ma vie.

En finir.

Putain d'endroit pour mourir ! Et finalement sans la connaître. La vérité…

Si proche ?

Fin. Lumière blanche. Forme. Message.

Retour.

Chocs. Ouvrir les yeux. Vert d'eau. Goût de vase.

Un crâne, puis deux.

Un squelette, puis deux.

Cris.

Enfer ?

Cauchemar ? Plus d'air. Nouveaux chocs.

Ossements. Cris. « David ! » Julie ? Remonter ?

Les mains de Julie.

La voix de Julie.

Et si ? Bleu. Bouffées. Crachats.

Air pur.

Et si c'était mieux ainsi ? Aller au bout de la vérité.

Il cracha l'eau, toussa, son cœur battant la chamade. Il s'efforça de contrôler la panique qui l'avait gagné et de se maintenir à la surface.

— C'est ça, c'est bien, respire, respire, dit-elle, s'évertuant à paraître calme. C'est bon, on va s'en sortir. Je ne comprends pas ce qui se passe, cette putain de rivière est devenue folle.

Sa vision, un temps brouillée, devint de plus en plus nette. Il aperçut le rivage, les arbres et les montagnes glisser.

1. Arthur Rimbaud, « Le Bateau ivre », in *Poésies*.

— J'ai vraiment eu peur de te perdre, dit-elle en gardant la tête de David hors de l'eau.

— Moi aussi ! En tout cas, tu as géré... Attention au p...

Il voulut poursuivre, mais il reçut un choc violent au crâne.

Flash blanc.

Leurs têtes percutèrent le contrefort de l'une des piles du pont. Julie l'avait lâché. Ils rebondirent ensemble sur les rochers à fleur d'eau. Elle semblait inconsciente. D'un coup de reins, il s'accrocha aux briques du pont et attrapa Julie de l'autre main. Ses doigts glissèrent sur la roche, puis trouvèrent une crevasse entre deux pierres où le mortier était absent. Sous la violence du choc, son épaule se luxa, mais malgré la douleur, il tint ainsi Julie, inanimée.

Il resta ainsi pendant de longues minutes. Le sang, jaillissant d'une profonde entaille sur le crâne, lui brouillait la vue. Soudain, la pression sur le corps de Julie diminua et il lui sembla que le niveau de l'eau s'abaissait. Il l'attira vers lui. Malgré la douleur à l'épaule, il put atteindre les fondations du pont. Elle recouvra ses esprits, se remit sur pied et escalada avec difficulté la jetée.

— Quel bordel ! Que s'est-il passé ? s'écria-t-elle en se frottant le crâne.

— Nous avons percuté la pile du pont. Julie, j'ai vu des squelettes. Il y en avait partout.

— *What ?* Genre, des vrais ossements ? Tu as dû rêver.

— Je ne crois pas.

— En revanche, moi, je n'ai pas rêvé, tu t'es bien laissé couler ? demanda-t-elle.

David ne répondit pas. Elle l'entoura de ses bras délicatement, et il émit une plainte. Elle recula et aperçut son bras gauche qui pendait sur le côté. Le cerisier semblait disloqué.

— Merde ! Ton épaule !

— Ce n'est pas aussi dramatique que ça en a l'air. Cela m'est déjà arrivé. J'ai juste besoin que quelqu'un me la remette en place.

— Même pas en rêve. Ne compte pas sur moi !

David posa son épaule contre le pont et poussa d'un mouvement net. Il émit un cri de douleur et s'assit.

— Mais non… Tu viens de la remettre, là ?

— Laisse-moi quelques instants pour reprendre mes esprits.

— On dirait que le volume d'eau diminue, signala Julie. Si elle continue à baisser comme ça, on va pouvoir sortir d'ici à pied.

Il l'attira vers lui de sa main valide. Elle enroula ses bras autour de sa taille.

— En vrai, tu m'as sauvé la vie, lui dit-elle. Tu es mon Akihiko, mon prince lumineux.

— Pas vraiment, l'eau disparaissant, tu n'aurais pas été bien loin.

— Ça, on ne le sait pas.

— En revanche, toi, si tu n'avais pas plongé pour me rechercher, nous n'aurions pas cette conversation.

— J'avoue… Tu ne recommenceras pas ? Hein ?

Ils restèrent assis sur la jetée pendant un long moment, à l'ombre du pont, sans rien dire. Le silence se fit pesant, plus aucun bruit, ni chant d'oiseaux ou bruissement d'insectes. Ils considérèrent l'eau s'écouler, méditant en silence sur les conséquences de cette mésaventure qui aurait pu leur coûter cher. La rivière n'était plus qu'un mince filet.

David aida Julie à descendre du rebord. Il la regarda éviter avec grâce la boue accumulée sur la pile et suivit le même itinéraire. Marchant main dans la main, ils quittaient l'ombre quand la lumière vive du soleil les éblouit. David se protégea les yeux et grimaça de douleur en posant son pied sur le limon.

— Décidément, ce n'est pas mon jour !

— Qu'est-ce que c'est ? demanda Julia.

Elle pouvait à peine distinguer la forme qui émergeait de la boue.

— Ça ressemble à une chaussure avec des boucles, dit-il. Et là, il y a une chemise ou une veste.

Ils continuèrent à progresser. Brusquement, Julie lui saisit l'avant-bras.

— Putain, je ne le crois pas, fit-elle en montrant du doigt un rocher gris. Tu n'as pas rêvé.

— Un crâne… Il est à moitié défoncé.

— Et là ! David ! s'écria Julie d'une voix étranglée.

Il aperçut, posé à 3 mètres devant eux, un squelette presque complet, les os de l'avant-bras et des jambes dépassant d'une robe bleue. Il semblait embroché sur les branches d'un arbre couché. Pétrifié, David sentit une bouffée chaude lui caresser le visage. Ses narines perçurent des odeurs de bois et de feuilles pourris rendus à l'air libre.

En parcourant du regard les amas de bois enchevêtrés présents sur les deux rives, ils découvrirent qu'ils étaient cernés par les restes de centaines de squelettes. L'un semblait même avoir été crucifié sur deux troncs d'arbres.

— Il faut appeler les flics, dit David.

— OK, on rentre à la voiture et on fait le nécessaire.

— Ma mère est peut-être parmi ces ossements !

— En vrai, peut-être. En attendant, nous allons devoir encore affronter ce connard de Popović à la dent en or ! En revanche, on prévient l'ambassade de France avant pour leur signaler et qu'elle le contacte. Popović sera plus doux… Je pense.

Ils se remirent en route quand Julie s'immobilisa. Elle fixa le sol devant elle. Le petit squelette d'un enfant de sept ou huit ans gisait à ses pieds. On pouvait apercevoir un impact de balle au milieu du front.

Julie se dirigea vers leurs affaires, ouvrit son sac et sortit son téléphone. Elle photographia l'ensemble de la scène macabre, certains corps, dont celui de l'enfant.

C'est peut-être mon moment, le coup de pouce du destin.

David la toisa tout en rangeant son enceinte. N'y tenant plus, il l'interrogea :

— Pourquoi les photographies-tu ?

— Dans le cas où ils seraient de nouveau engloutis, répondit Julie.

David ne trouva rien à redire.

Paris – OCLCH – Porte de Bagnolet
1er septembre 2021

Rhino et Romu avaient décidé de soutenir Bonnier. Ils avaient sauté dans un véhicule pour se rendre dans le sud de la France et s'associer à la veillée funèbre du policier mort dans l'opération Pod Lipom. Mais Rhino s'abstint de participer à la cérémonie de crémation où étaient présents les officiels. Trop de morts.

Bonnier avait compris. Il lui avait laissé entendre que sa hiérarchie lui avait ordonné de se mettre en arrêt de travail pendant quelques semaines.

À l'OCLCH, l'ambiance n'était guère meilleure. Depuis l'accident, Rémy demeurait toujours entre la vie et la mort, placé en coma artificiel. Et même si les blessures de Marion étaient superficielles, celles de l'âme ne l'étaient pas. Rémy était presque mort sous ses yeux, Rhino savait au fond de lui qu'elle n'oublierait jamais ses minutes d'agonie. Elle avait exigé de reprendre le travail et le commandement de son groupe, s'attirant l'admiration de tous. Mais il reconnaissait bien ces symptômes pour les avoir éprouvés par le passé : le syndrome de stress post-traumatique.

Je dois surveiller ça de près.

L'enquête judiciaire menée par la police avait démontré que le camion, déclaré volé le lendemain par un industriel, avait coupé volontairement la route du véhicule de gendarmerie. Des traces ADN avaient pu être prélevées dans la cabine. Les caméras de vidéoprotection avaient ensuite repéré le conducteur du poids lourd, toujours masqué, embarquant dans la Saab. Ce point confirma le lien entre Vuk et l'agression dont avaient fait l'objet Marion et Rémy.

Le chauffeur avait ensuite abandonné la Saab de Stanković, portes ouvertes, clé sur le contact, dans la cité des 4 000 de La Courneuve, et avait pris la fuite à pied. Les policiers avaient perdu sa trace dès sa sortie de la cité.

Bref, Rhino devait se rendre à l'évidence. Il enrageait. Vuk lui avait faussé compagnie, s'était évaporé comme à chaque fois. Se sachant traqué, il y avait de fortes probabilités qu'il soit parti se réfugier en Russie. Comment avait-il réalisé ce tour de passe-passe ? Une nouvelle fois, mystère.

* * *

De retour sur Bagnolet, Rhino poussa la porte de son bureau et trouva, dans son fauteuil, le général Louis-Marc Perrot de la Trancheriez, confortablement installé.

Putain ? Il n'a pas osé ?

— Ça va ? Faites comme chez vous !

— Il se trouve que je suis chez moi.

Un temps.

— Je suis votre nouveau chef, répondit-il en insistant sur ce dernier mot qui claqua comme un fouet dans l'air. Eh oui, la direction en a décidé ainsi. J'ai été muté, un peu précipitamment je dois en convenir.

Rhino remarqua que ses propres affaires avaient été posées sur une chaise et qu'il avait profité de son absence pour réaménager la pièce avec ses décorations.

— Vous comprendrez que je ne pouvais attendre votre retour, dit-il en jetant un regard vers le carton.

Armoiries et blason de la famille étaient accrochés aux murs, un fond noir sur lequel se détachaient un chevron blanc et trois étoiles à huit branches dans chaque angle. Photographies familiales posées sur le bureau dans des cadres dorés. Tables dressées devant un manoir.

— J'ai encore une chose à vous annoncer, fit le général en ménageant son effet. Le directeur général a décidé de vous suspendre.

Rhino serra les poings, prêt à secouer les plumes de l'oiseau.

— Dites plutôt que vous avez demandé ma suspension.

— Peu importe. Vous me remettez votre arme de service et vous allez prendre quelques jours de vacances. Vous en avez besoin. Moi, je vais essayer de rattraper le bordel que vous avez semé. Le principal est que vous soyez mis hors d'état de nuire. Vous n'en faites qu'à votre tête, aucun respect de la hiérarchie. On m'avait prévenu, mais à ce point-là, je n'avais jamais vu ça.

Il eut à peine le temps de finir sa phrase que Rhino le saisit au col et le plaqua au mur, les yeux injectés de sang.

— Si tu crois que je n'ai pas compris ton petit manège. Tu as orienté ton rapport et manipulé la hiérarchie pour prendre le commandement de l'OCLCH. Eh bien, maintenant, tu l'as ! Et d'ailleurs, ta suspension, tu peux te la foutre où je pense, car c'est moi qui m'en vais. Je démissionne. Tu le diras à tes chefs.

Il claqua la porte et retrouva Marion et Rafik en pleine conversation sur l'enquête en cours. Il s'écroula sur un siège, sortit une feuille de papier.

— Voilà, c'est fait. Je démissionne. La seule chose que je vous demande est de nourrir mes poissons, lança Rhino en tendant ses clés d'appartement.

Rafik et Marion plissèrent des yeux, ne sachant si c'était l'information relative à sa démission qui les surprenait le plus, ou celle d'apprendre que leur patron avait des poissons.

— Êtes-vous certain de faire le bon choix, patron ? s'inquiéta Marion en ouvrant la main pour récupérer les clés.

— Sans aucun doute, martela-t-il, remarquant la main tremblante de la capitaine.

— Parce que nous abandonner dans les mains du général Louis-Marc Perrot de la Trancheriez… souligna Rafik, ce n'est pas cool. Et votre Serbe ? Vous ne voulez plus l'arrêter ?

— Je pense qu'il s'est carapaté en Russie. Ce qui complique bien notre affaire. Cela dit, en PJ, on a un proverbe : « Assieds-toi sur le pas de ta porte, et tu verras passer le corps de ton ennemi. »

— N'empêche, j'ai le sentiment que cela fait un moment que vous attendez de le voir passer, lâcha Rafik, incisif.

— Je sais. Mais en attendant qu'il réapparaisse, je vais en profiter pour régler un gros problème avec mon fils David. C'est le bon moment. Le général me donne le coup de pouce dont j'avais besoin.

— Ah… Dans ce cas ! répliqua Rafik en les abandonnant pour regagner son bureau.

De nouveau seul avec Marion, Rhino en profita pour l'interroger sur son état de santé, la transperçant du regard.

— Marion, si un truc cloche, il faut me le dire.

Elle resta mutique.

— Je subis encore le choc de l'accident, mais ça va passer ! finit-elle par dire sur le ton de l'exaspération.

— Pour moi, c'est plus grave que ça, non ?

Elle baissa la tête, ne supportant plus le regard fixe de son patron.

— Vous savez, je suis passé par là, Marion. Il n'y a pas de honte. Affronter la mort n'est pas une chose simple et vous devez vous faire aider. Vous avez fait du super boulot jusqu'à présent.

Elle se détourna, fondit en larmes et s'affaissa sur son bureau. Rhino la releva et la prit dans ses bras. Elle posa sa tête contre son épaule, sanglotant.

— Je n'en peux plus de cette sensation de mal-être. Je ne supporte plus d'être seule, et quand je suis au bureau, les autres m'agacent. Depuis l'accident avec Rémy, les images de mon mari, mort sur la table de la morgue de l'hôpital, me sautent à la figure. Ma cervelle crépite en permanence. Je pleure pour un rien.

— Il faut vous faire suivre, Marion. Il n'y a aucune honte à ça.

— Il est hors de question que j'aille voir un psy, répliqua-t-elle.

— Il le faut. Pas forcément l'un de chez nous, si vous souhaitez garder la confidentialité. Allez voir mon amie Luciana.

Rhino lui envoya sa fiche avec ses coordonnées.

— Elle a travaillé sur les victimes de crimes de guerre en Bosnie-Herzégovine. Elle va vous aider à surmonter cette épreuve. Vous pouvez y aller en toute confiance. Et moi, je m'en vais, je vais tenter de réparer mes conneries avec mon fils.

* * *

Rhino posa la lettre de démission sur le bureau du général Perrot de la Trancheriez, qui était descendu fumer sa cinquième clope, puis rejoignit son logement. Le silence de David le préoccupait, car il connaissait dorénavant une partie de la vérité et il ne répondait toujours pas à ses messages. Il contacta Marquenet qui lui confirma avoir perdu la trace de David, et qu'il y avait eu du grabuge autour d'un barrage. Il lui proposa de venir au plus vite à Sarajevo.

— Je viens de démissionner, c'est donc plus simple.

— Tu as démissionné ? répondit le Goze, surpris.

— Oui. Cela dit, cela me gonfle de revenir à Sarajevo. Je m'étais fait la promesse de ne plus jamais foutre un pied sur cette terre. Je prends le premier vol.

— OK, je t'attends. Je pense que tu fais le bon choix... Il faut que tu voies David et que tu lui expliques pourquoi nous, enfin... Pourquoi *tu* as pris la décision de lui cacher l'existence de Samra. D'ailleurs, je vais t'envoyer un article de journal, dit-il en raccrochant.

Rhino entendit le bip caractéristique de la réception d'un message. Il l'ouvrit. Une photographie. Des squelettes et des crânes étaient disposés sur une immense bâche.

Un texte suivait : « L'œuvre de ton fils David à Višegrad. Les canaris ne font pas des corneilles. »

Qu'est-ce que c'est que ce bordel ?

Il lut le papier joint.

« Dans les heures qui ont suivi cette découverte, une équipe de légistes, appuyée par plusieurs centaines de volontaires civils et militaires, fut dépêchée par l'institut des personnes disparues de Bosnie-Herzégovine. En peu de temps, elle avait exhumé trois cent vingt-quatre restes de squelettes dans un terrain envahi de serpents et de munitions non explosées. Elle tentera ainsi de reconstituer les corps, au moins en partie. Des échantillons seront prélevés afin de commencer les procédures d'identification personnelles, au moyen de tests ADN provenant des proches des personnes enregistrées comme disparues.

Nul doute que d'autres corps auraient pu être extraits de la boue, mais les autorités locales ont invoqué des raisons économiques pour que les vannes du barrage, à 10 kilomètres en aval, soient de nouveau fermées.

Les protestations des villageois ne purent rien y faire. L'endroit en question avait d'ailleurs été, à l'époque de la guerre, une zone stratégique à cause du barrage et de l'électricité qu'il fournissait à toute une région.

Dans la petite ville située en amont et ses environs, plusieurs centaines de personnes de « la mauvaise ethnie » avaient été ainsi éliminées. Il s'agissait d'une ample opération de nettoyage ethnique des populations par les troupes et milices paramilitaires. Beaucoup de corps avaient été jetés dans la rivière, vivants ou morts.

Ainsi, de multiples témoignages rapportèrent que des membres des Serpents, un groupe paramilitaire local, prenaient un malin plaisir à faire monter des passants sur le pont, y compris des enfants. Ils les faisaient sauter dans l'eau et s'amusait à tirer avec une AK-47 sur ceux qui se débattaient. Pendant ces événements, les villageois avaient pu apercevoir des groupes de corps échoués sur le sable dans un coude de la rivière. Ces expositions de corps faisaient d'ailleurs partie de la technique d'intimidation des Serpents. L'inspecteur principal Popović a déclaré à la presse que toute la lumière serait faite sur cette découverte. »

Et si Samra se trouvait parmi ces corps ?

Je dois vraiment me rendre à Sarajevo pour tout expliquer à David.

Paris – Banlieue Nord –
Aéroport Paris-Charles-de-Gaulle

2 septembre 2021

Rhino patientait dans la file d'attente du comptoir d'embarquement de la compagnie aérienne qui allait le transporter en Bosnie-Herzégovine. Son vol était programmé en début d'après-midi. Il avait passé la matinée auprès de Rémy, toujours maintenu en coma artificiel à l'hôpital militaire de Percy. Une faible amélioration avait été notée, mais les médecins demeuraient prudents.

Il relut le message qu'il venait d'envoyer à David : « Mon fils, j'ai reçu l'article de journal relatant vos exploits. Bravo pour cette découverte. On a dû te parler de Mirko Nikolić, dit "Vuk". Il est vivant. Il était le chef des Serpents. Sois très prudent, ce type est très dangereux. Il m'a une nouvelle fois échappé et je pense que, malheureusement, je ne vais plus le retrouver. Je prends un vol pour Sarajevo et je vais tout t'expliquer, je te le promets. En cas de problème, j'ai un ami sur place qui peut te venir en aide en cas de besoin. Il s'appelle Olivier Marquenet. N'hésite surtout pas à le contacter. Voilà son numéro. »

Son regard se porta sur l'écran de télévision, calé sur BFM, dans le hall de l'aéroport. Le bandeau qui déroulait une suite de *news* annonça le limogeage du général Bertrand Lamy, l'actuel chef de la direction du renseignement militaire.

Rhino ouvrit son portable pour obtenir sur son application favorite un complément d'information.

Tiens, tiens... Mon vieil ami Lamy...

La journaliste était en direct à l'antenne :

— Nous ne l'apprenons que maintenant, le général Bertrand Lamy a quitté prématurément son poste d'adjoint du directeur du renseignement militaire. La DRM, qui relève de l'état-major des armées, est l'un des principaux services de renseignement français. Le général Lamy paie le prix de certaines insuffisances françaises sur le positionnement de la France en Afrique, notamment en République centrafricaine et au Mali. Au ministère des Armées, ma source évoque des manquements importants dans la connaissance et la maîtrise des sujets.

— Qu'en pensez-vous ? interrogea l'autre journaliste sur le plateau.

— Cela sent le jeu de chaises musicales entre différents grands postes. Le chef d'état-major des armées lui avait signifié son départ pour la fin de l'année, mais le général Lamy a préféré anticiper en quittant immédiatement l'institution militaire. D'aucuns laissent entendre, dans son entourage, que ce départ est pour le moins injuste, compte tenu de son passé militaire glorieux. Je rappelle qu'il a été blessé notamment en Bosnie-Herzégovine, et que le général Lamy, avant d'être nommé à la tête de la DRM durant l'été 2020, commandait les opérations spéciales (COS).

Lamy démis de ses fonctions.

Rhino sourit intérieurement.

Un jour ou l'autre, la parabole du râteau entre en action. Quand tu marches dessus, il te revient dans la gueule.

Un numéro inconnu s'afficha sur son écran. Il ne répondit pas. Mais l'individu persévéra. Il décrocha.

— Ah, pas facile de vous mettre la main dessus. Je suis l'adjudant Bulquère, de la brigade de gendarmerie des transports aériens du Bourget. Vous vous rappelez ?

— Oui… Oui.

— J'ai du nouveau pour vous.

Silence.

— Je sais comment votre gars s'est enfui, poursuivit-il, tout en faisant jouer le suspens.

— Quoi ? Comment ? dit Rhino. Accouchez… Je dois prendre l'avion.

— Par hélicoptère.

Rhino regarda l'écran d'affichage des vols. Le sien à destination de Sarajevo était annoncé à l'heure.

Merde ! Que faire ?

— Vous êtes certain ?

— Absolument !

— J'arrive. N'en parlez à personne !

Seconde partie

Entraves

Chambéry – Lac du Bourget

28 août 2021

Emmanuel sursauta à la réception du message. Il plongea la main dans la poche intérieure de sa veste pour en extraire le téléphone crypté DecroChat, et découvrir le message :

C'était le signal qu'il attendait depuis une quinzaine de jours, date à laquelle il avait reçu la préalerte. Il baissa les yeux vers le guéridon où trônaient deux verres. L'un était rempli aux trois quarts de son whisky favori, un Talisker, et le second d'eau fraîche, afin de transcender les parfums de tourbe après la gorgée d'alcool. Tous deux étaient gravés à ses initiales, « EN » pour Emmanuel Nowak. Il demeura ainsi dans la pénombre et le secret de ses pensées. Il fit disparaître dans le feu ardent de la cheminée, style Régence, ses documents d'identité. Les flammes se reflétaient dans l'ambre de son whisky. Il posa ses doigts sur son cou et caressa la cigale tatouée.

Les bûches craquaient dans l'âtre et dérangeaient le lourd silence qui emplissait la pièce, magnifiquement meublée, de sa maison au bord du lac du Bourget, en Savoie. Les portraits des ancêtres de sa femme, les Vogüe-Duval, l'observaient avec attention. Dehors, la pluie tambourinait. Elle rebondissait sur le trottoir, débordait des caniveaux, dégoulinait le long des portières des voitures parquées dans la rue.

Il était 18 h 30. Sa femme et les enfants allaient bientôt rentrer du catéchisme. Emmanuel se leva et croisa son reflet dans le miroir mural.

Il devait s'organiser. Et vite !

Région de Chambéry – Massif du Granier, 29 août 2021

Emmanuel examina les cimes qui s'étendaient à perte de vue. Malgré la saison, la température avait brusquement chuté durant la nuit, mettant presque son plan en péril. Une fine couche de neige immaculée s'était déposée la veille sur les dents des aiguilles rocheuses.

Son regard se détacha des montagnes pour fixer les corps qui gisaient devant lui dans l'herbe humide. Nul n'avait retenu sa main. Il s'était arrangé pour ralentir le pas dans l'ascension, se laissant doucement distancer. Il avait alors extrait de son sac à dos son arme, un P06 type Lüger suisse.

Finalement, cela n'avait pas été si compliqué. Le plus dur fut de convaincre Diane et les enfants de le suivre pour cette randonnée en montagne, dont l'itinéraire n'avait pas été choisi par hasard. Le site karstique était truffé de failles et de grottes.

Le tabou, le commandement sacré « Tu ne tueras point ! », enfoui au plus profond de notre être, transgressé en quelques secondes.

Le gué venait d'être franchi… Il le fallait !

Pourtant, il ne pouvait nier qu'il avait appréhendé ce moment. Il avait eu peur de lire dans leurs yeux la stupeur et l'incompréhension, le reflet de la mort.

La mort ! Un simple changement d'état.

L'homme n'est qu'une âme avec un corps.

La mort. En maintes occasions, il l'avait sentie si près de lui, il en avait perçu son haleine fétide. Jamais il n'avait su l'apprivoiser. De théâtres d'opérations en théâtres de guerre, aux décors sans dorure, tachés du sang des soldats, Emmanuel avait joué son rôle d'acteur secondaire, dans une pièce écrite par d'obscurs politiques, au nom de la liberté et de la lutte contre le terrorisme.

La mort avait laissé dans son cerveau une fissure insondable. Fascinante et cruelle, elle l'avait ensuite abandonné, le laissant seul face à ses propres vulnérabilités.

Il contempla le P06 et le posa au sol. Une arme rare pour un acte exceptionnel, transmise par son beau-père, le colonel Yves Vogüe-Duval, un Breton pur souche, *alias* « Rose des vents » ou RDV.

Tout s'était déroulé il y a un peu plus d'un an, en juin 2020, lors d'une soirée arrosée, une nuit à raconter leurs guerres entre hommes du même monde, avec leurs angoisses identiques, fuyant leurs secrets. Son beau-père avait égrené l'Indochine, la Corée, l'Algérie, les tortures subies, celles infligées, la bataille d'Alger, la guerre subversive, ses enseignements transmis aux militaires argentins, le puissant réseau Stay-behind[1]. Lui, l'Afghanistan,

1. Les cellules Stay-behind (en anglais, « restez derrière ») sont des réseaux clandestins coordonnés par l'OTAN pendant la guerre froide. Implantées dans seize pays d'Europe de l'Ouest, ces cellules visent à combattre une éventuelle occupation par le bloc de l'Est, en se tenant prêtes à être activées en cas d'invasion par les forces du pacte de Varsovie. La plus célèbre de ces cellules et la première à avoir fait l'objet de révélations est le réseau italien Gladio (« Glaive » en italien). Stay-behind fait aussi référence à une tactique militaire consistant à exiger de soldats spécialement entraînés à se laisser dépasser par l'ennemi, afin de conduire

l'Irak, le Mali… La mort à chaque mission. Les camarades qui tombaient.

L'entretien, empreint d'une certaine forme de solennité militaire et virile, s'était tenu dans son atelier de bricolage, stratégiquement situé à proximité de la cave à vin. C'était la seule pièce que le militaire avait réussi à bunkériser pour résister aux assauts de sa femme.

Ainsi, lors de cette nuit, sans un mot, mû par une force invisible, le colonel Yves Vogüe-Duval s'était levé. Il s'était dirigé mécaniquement vers ses outils bien alignés pour s'emparer d'un burin et d'un marteau, afin de desceller une pierre assez volumineuse dans le mur. Il en avait extrait un coffre kaki à moitié rouillé. À l'intérieur reposaient deux armes emmitouflées, chacune dans un linceul blanc. En l'ouvrant religieusement, le colonel s'était emparé de l'arme et lui avait tendu comme un flambeau. Dans les yeux à l'humeur vitrée du beau-père, Emmanuel avait compris la portée du geste.

Un acte de libération ! Voilà ce qu'attendait le vieux militaire échoué dans sa maison de placoplâtre, après plus de quarante années de bons et loyaux services pour la Nation.

« Telle mère, telle fille », lui avait-il dit en lui tendant le sac de munitions. « Pour la mémoire de ma petite-fille Anne-France, morte à cause de ces bâtards de terroristes », avait-il ensuite déclaré, avant de rappeler qu'Emmanuel devrait sans doute se libérer de ses obligations familiales…

Plus tôt dans la soirée, le vieil homme lui avait appris l'adultère de sa fille, Diane. Elle frayait avec un professeur de droit d'origine congolaise. « Un putain de nègre. » Il avait ensuite replacé son arme à sa place d'origine dans la boîte kaki, et la pierre avait été de nouveau scellée.

---

des opérations de renseignement, de surveillance, d'acquisition d'objectif et de reconnaissance, souvent à partir de caches préinstallées (source Wikipédia).

Un mois plus tard, le colonel Yves Vogüe-Duval avait planifié une rencontre avec des dirigeants de l'Organisation, le Stay in front. Ils avaient présenté à Emmanuel leur projet de société dans les grandes lignes. Ce dernier avait réalisé à quel point leurs objectifs politiques correspondaient dorénavant aux siens.

Le lendemain, le 14 juillet, les gendarmes découvraient les corps du couple Vogüe-Duval : Rose des vents et sa femme gisaient dans un bain de sang. Un suicide, avait conclu l'enquête.

Lors de l'enterrement de ses parents, Diane, bouleversée mais digne en vertu des circonstances, lui avait jeté un regard plein de haine. Avait-elle deviné le pacte qu'il avait signé avec son père ? Avec l'Organisation Stay in front ?

De toute façon, il fallait le faire.

Une violente bourrasque chargée de grésil gifla le visage d'Emmanuel, le ramenant à la réalité morbide de la scène qui se déroulait devant lui.

Ils n'ont pas souffert.

Il avait toujours été un excellent tireur. Les deux premières balles avaient atteint leur cible. Charles, son fils de quatorze ans, avait été touché au cervelet ; sa fille, Marie-Claire, âgée de neuf ans, au cœur. Ils lui pardonneraient depuis l'autre côté, il en était sûr. Ils comprendraient l'ampleur de son œuvre, la mission qui lui avait été confiée. À n'en point douter, leur sacrifice aurait un sens.

Ils vont enfin rejoindre Anne-France, sa fille préférée, leur sœur.

Il fixa le corps de Diane. Aux claquements secs des deux détonations, elle s'était retournée, prise de stupeur. Ses yeux avaient transpiré l'effroi. Diane avait sans doute lu sa détermination. Mais le P06 s'était mystérieusement enrayé. Ces secondes lui permirent de réaliser qu'elle n'avait plus de prise sur le cours des événements. La balle de 7,65 l'avait frappée en pleine poitrine, déchirant les chairs. Il avait alors tiré une seconde fois au visage, faisant voler en éclats le masque de porcelaine.

Sa femme allait tout faire capoter, le quitter et le balancer à sa hiérarchie pour l'anéantir. Ces derniers temps, il n'était devenu qu'une ombre furtive. Un spectre lâche et silencieux face aux excès de sa femme. Il avait compris que le fil de soie de sa femme-araignée s'était transformé en fil barbelé, métamorphosant leur union en univers concentrationnaire. Dès lors, il avait été certain que son extermination psychique était programmée.

Ses yeux se brouillèrent.

Le voile rouge ! Comme en Afghanistan !

Cette migraine insoutenable, qui enflait depuis des années, l'étreignit, martelant ses tempes ; ces sons qui l'assaillaient et qui ne le quittaient plus.

Les cris de deux choucas se posant sur les cadavres le ramenèrent à la réalité. Même masqué par un rideau d'arbres, il n'était pas dans une situation qui lui autorisait les rêveries. Il devait être plus appliqué et exigeant avec lui-même. Sa montre indiquait 16 heures.

Il déploya la corde statique qu'il avait pris soin d'emporter dans son sac à dos, les trois pitons et la sangle pour réaliser la triangulation. Les oiseaux noirs s'envolèrent en deux coups d'ailes pour se stabiliser dans le vent. Il retira les vêtements des cadavres et les bourra dans son sac à dos. Aucun signe ne devait permettre de remonter jusqu'à lui.

Il avait repéré par le passé une faille dans la roche calcaire presque invisible. Ces fissures étaient connues de quelques bergers qui ne stationnaient jamais dans cette montagne, de peur de perdre une bête.

Elle allait devenir leur linceul naturel.

Les pitons trouvèrent leur emplacement après quelques coups de marteau. Il glissa la sangle dans les mousquetons, le descendeur sur la corde statique sous la cordelette autobloquante. Il accomplissait ces gestes mécaniquement, et ce, malgré le froid qui engourdissait ses doigts.

Il souleva le corps de Marie-Claire et le précipita dans le vide. Il patienta et capta le bruit sourd de l'impact. Ce fut ensuite le tour de Charles, le plus grand. Son visage, même ensanglanté, semblait apaisé, insouciant.

C'est mieux ainsi.

Enfin, il s'empara de celui de Diane, le jeta. Comme pour le narguer une dernière fois, son cadavre s'immobilisa sur une arête rocheuse, lui compliquant la tâche.

En l'observant, il se souvint de l'émoi éprouvé lors de leur première fois, partagée dans l'ombre de la chambre d'un hôtel de granit, à Carnac. Il admira ses hanches légèrement rebondies, ces rondeurs magiques sur lesquelles il s'était égaré à leur début. Leurs contacts charnels et frottements n'étaient devenus qu'irritations et douleurs. Et il a fallu qu'elle le trompe avec ce professeur.

Il se remémora la marque rouge qui avait orné le drap au réveil, de son plaisir qui avait succédé à la douleur. Ils avaient mué, étaient devenus homme et femme au pays des pierres levées. Ils s'étaient juré fidélité à vie, forts de ce pacte scellé dans le sperme et dans le sang.

Au fond, ils avaient perdu leur insouciance et leur jeunesse au pied de ces menhirs, dans cette chambre dont le lit était devenu, par la force des choses, le berceau de leur premier enfant… Enfin, de la première fausse couche. L'avait-elle fait exprès ? Elle n'avait jamais nié. Puis, ce fut cinq années de tentatives infructueuses, jusqu'à la naissance d'Anne-France, en 2000.

Anne-France, Diane l'avait-elle seulement aimée ?

Il laissa filer la corde dans son descendeur, stoppa à son niveau et la fit rejoindre sa progéniture en la poussant d'un coup sec avec le pied. Elle allait maintenant pouvoir la veiller pour l'éternité.

Adieu… la femme-araignée.

Il descendit en rappel au fond du gouffre, et recouvrit les corps de pierres.

Le retour au Père.

Il pria pour invoquer leur pardon. Il les avait rendus à Dieu pour leur épargner les conséquences futures de ses actes. Il savait que les épreuves qu'il allait devoir subir seraient à la hauteur de sa tâche. Le succès ne dépendait pas uniquement de lui, il y voyait la main du Créateur.

C'était écrit. Il avait franchi l'étape, l'initiation de la Cigale, et devait dorénavant se montrer digne de cet honneur, d'être un soldat de l'Organisation. Rien ne devait être laissé au hasard. Ses chefs avaient toujours noté son professionnalisme à chaque mission.

Il attendit la tombée de la nuit. Après être sorti du gouffre, il marcha d'un pas alerte sur le sentier le conduisant à la vallée. Il se guidait en prenant comme points de repère les lumières du hameau de Saint-André-les-Marches qui apparaissaient parfois à travers les branchages. Ne pas utiliser de lampe frontale. Ses yeux s'étaient acclimatés à la nuit noire, son entraînement et ses anciens réflexes revenaient peu à peu.

Il retrouva son véhicule garé sur le parking, point de départ de la randonnée et dont il avait modifié les plaques d'immatriculation. Dans peu de temps, il pourrait s'exfiltrer de cette zone peu sûre et rejoindre l'oppidum.

***

Deux heures plus tard, il atteignit le point de coordonnées. Latitude : 46.160133, longitude : 6.229671. Il gara son véhicule 1 kilomètre en aval et remonta le bord de la route en direction de la cache, au pied d'un poteau de signalisation. Dans le milieu du renseignement, on l'appelait une BLM ou boîte aux lettres morte, active ou passive. Dans le premier cas, un élément physique distinctif placé suffisamment en amont permet de connaître du premier coup d'œil sa viabilité. Dans le cas contraire, la marque est absente. Il convenait alors de ne pas se rendre sur l'objectif et de continuer en direction de la prochaine BLM. Il fouilla au pied du poteau et découvrit une boîte en aluminium. Il en sortit un document sur lequel étaient inscrites de nouvelles coordonnées GPS. Il les intégra dans sa balise et poursuivit son chemin.

Au bout de vingt minutes de marche, la souche apparut dans son champ de vision malgré l'obscurité. Un arbre qui avait sans doute mal supporté la tempête de l'hiver dernier. Il vérifia le blanchiment. Placé en aval, le ruban marqué du sceau d'une cigale était présent. Il trouva un VTT noir, un sac à dos avec de nouveaux documents d'identité, une importante somme d'argent, des vêtements courants et son prochain point de chute en Suisse.

Il avait planifié sa fuite, notamment au sein de leur famille, amis des enfants, ceux de Diane. Au sein de l'OTAN, il avait obtenu des jours de permission pour réaliser un raid de montagne. Tout était cohérent. Personne ne s'inquiéterait de leur disparition avant au moins quatre semaines.

Il était libre de toutes ces chaînes qui censurent imperceptiblement une vie. C'était la condition de son intégration dans le groupe d'action. Il allait vivre à pleins poumons. Il appuyait avec énergie sur les pédales, retrouvant les joies simples de l'air qui fouette le visage.

Il allait devenir l'acteur de la « Grande Accélération » et avait choisi la pilule rouge[1]. Emmanuel avait décidé de voir le monde tel qu'il était, et d'œuvrer pour sa transformation.

---

1. La pilule rouge est une référence à la scène clé de *Matrix*, dans laquelle Morpheus propose à Neo deux pilules. En choisissant la pilule bleue, il ne connaîtrait jamais la vérité sur le monde et resterait dans une confortable ignorance. En revanche, la pilule rouge lui permettra d'accéder à la véritable réalité et sortir de la Matrice.

Paris – Aéroport du Bourget

2 septembre 2021

Rhino annula son vol, prévint Marquenet du contretemps et rejoignit la brigade de gendarmerie des transports aériens du Bourget en taxi. L'adjudant Bulquère patientait derrière son bureau.

— Votre type a été très malin. Il a attendu que les choses se tassent et a embarqué dans un hélicoptère qui est venu le chercher.

— Comment l'avez-vous découvert ?

— Je trouvais tout de même cette disparition étonnante. Et puis, comme vous m'aviez dit qu'il était à l'origine de l'accident qui a causé les blessures de nos collègues, je n'ai rien lâché. J'ai donc fait des recherches sur l'ensemble des aéronefs, même si, dans le fond, il aurait très bien pu ne pas prendre la voie aérienne.

— Pas faux.

— Alors, j'ai demandé à voir les *refuelings*[1] de tous les appareils et là, bingo… Un hélicoptère s'est posé dans la soirée et a redécollé dans la foulée après avoir refait le plein. Un Agusta 109 immatriculé F-GKNR auprès d'une société nommée Air Europa. Ensuite, grâce à la photographie que vous m'aviez transmise, j'ai vérifié toutes les vidéos de l'aéroport, et j'ai reconnu votre

1. Ravitaillements en kérosène.

client. C'est bien lui que l'hélicoptère était venu récupérer.

Bulquère tourna l'écran de son ordinateur.

— Bien joué, mon adjudant. C'est bien lui. Cette société a-t-elle l'habitude de se poser sur Le Bourget ?

— Non, c'est la première fois. Son siège est en Biélorussie. Le pilote s'appelle Ivan Kozlova. Il a laissé son nom sur le registre de *refueling*.

— Pour quelle destination ?

— Je ne le sais pas encore.

Rhino lui précisa qu'il allait s'en charger et lui renouvela la consigne de n'en parler à personne. Il sortit des locaux et chercha dans son téléphone le contact de Bernard Buffet, un ami colonel de l'armée de l'air. Buffet lui avait demandé, par le passé, d'orienter son fils vers la Gendarmerie. Après les formalités d'usage, Rhino rentra dans le vif du sujet et l'interrogea sur la destination d'un hélicoptère immatriculé F-GKNR appartenant à Air Europa, une société biélorusse.

— Normalement, il devrait avoir déposé un plan de vol. Il faut que je voie avec le Centre national des opérations aériennes. Est-ce urgent ?

— Oui.

— Disposes-tu d'une réquisition ? Cela pourrait aller plus vite.

— Pas vraiment.

— Hmm.

Buffet se racla la gorge et lui proposa de le rappeler.

Dix minutes plus tard, Buffet lui apprenait que le F-GKNR avait fait route vers la Slovaquie, avec un nouveau *refueling* sur Strasbourg. Les autorités françaises et autres avaient perdu la trace de l'aéronef à partir de ce moment-là.

— A-t-il déjà réalisé ce type de trajet ?

— Oui, on l'a vérifié. Il a fait un voyage à destination de Bratislava, il y a environ six mois.

Rhino le remercia chaleureusement avant de raccrocher.

Il avait à présent le choix entre rejoindre David et lui expliquer enfin la vérité, ou suivre la trace de Vuk en Slovaquie.

Je tente le coup.

Rhino envoya un message à son fils : « Je pars sur les traces de Vuk, je dois l'empêcher de nuire impérativement. C'est important pour nous. Je t'expliquerai. »

Je passe mon temps à lui dire que je vais lui expliquer…

***

De retour à la caserne, il rendit une visite préalable à Marion et Rafik pour leur annoncer qu'il avait changé d'avis. Il savait comment Vuk s'était enfui de France : par hélicoptère.

— J'ai besoin que vous me teniez informé des suites de l'enquête et surtout des échanges entre les différents DecroChat.

Rafik, soulagé du revirement de situation, approuva et le prévint :

— Patron, vous devriez vous anonymiser et compartimenter votre vie numérique. Nous avons des coriaces en face. S'ils utilisent des DecroChat, ils sont donc capables de bien d'autres choses. Voilà la liste des opérations que vous devez réaliser dorénavant pour nos échanges.

— C'est noté. J'ai besoin de savoir ce que fait David avec une fille nommée Julie Mastret. Tu peux me la suivre ?

Rafik acquiesça.

Rhino se précipita dans sa cave, bougea un nombre significatif de cartons, accumulés à l'issue d'une dizaine de déménagements, pour mettre la main sur une vieille cantine militaire. Les inscriptions « Lieutenant Granier-Rinocci URH 27 » n'avaient pas subi l'épreuve du temps.

Tout le contraire de moi.

Il l'ouvrit et s'empara de divers matériels techniques : vieilles jumelles Steiner, vêtements chauds et tenue de camouflage. Il déposa sa valise dans le coffre de sa DS. Il le ferma et tapota sur le toit du véhicule en marmonnant :

— Il va falloir être courageuse, ma fille…

Il mit le contact, enclencha la première, parcourut une cinquantaine de mètres et s'immobilisa. Il fit marche arrière, ouvrit de nouveau la cave pour prendre une grande valise kaki qu'il glissa dans le coffre. Puis il se rendit au premier distributeur pour faire un retrait d'argent assez conséquent.

C'était le moment de faire jouer le Réseau européen contre les génocides. Il envoya un message et attendit le retour qui parvint immédiatement sous la forme de trois smileys.

Toujours aussi réactive…

Le jour se levait quand il prit la route en direction de l'Europe de l'Est, de Bratislava. À la sortie de Paris, sa petite veilleuse s'activa. Rhino eut le désagréable sentiment d'être suivi. Il fit plusieurs actions de contre-filature, mais ne put détecter quiconque.

Je me monte peut-être la tête…

Russie – Kaliningrad
2 septembre 2021

Les mains dans le dos, Emmanuel observait la forêt depuis la salle à manger de l'immense château. La nuit précédente, lors de son arrivée, il n'avait que vaguement aperçu une bâtisse imposante flanquée de tours en briques.

Le soleil tentait de percer l'épais feuillage. Il se retourna avec la sensation d'avoir franchi une sorte de miroir temporel. La pièce semblait cristallisée dans une autre époque, celle de la chevalerie. Avec ses murs blanchis à la chaux et ornés de grandes tapisseries d'Aubusson représentant des scènes de chasse du Moyen Âge, elle accueillait en son centre un immense lustre en fer forgé. Quelques armures se tenaient dans les angles, de part et d'autre d'une cheminée. Des parfums de bois brûlé se mêlaient avec ceux de la cire des meubles cossus. Sur la droite, une gigantesque et magnifique bibliothèque occupait un pan complet de la salle.

Emmanuel soupira. Tout s'était bousculé. Après la Suisse, il avait rejoint un oppidum à proximité du lac Balaton en Hongrie, village dit « non mixte », interdit aux Noirs et aux Arabes, aux musulmans et à toute « merde cosmopolite ». Puis, le 30 août, il avait reçu un nouveau message sur le DecroChat de l'Organisation. Une voiture puissante avait été mise à sa disposition avec de nouveaux papiers d'identité suisses. Dans la boîte à gants, il avait trouvé l'itinéraire sur lequel était inscrit un point GPS situé à la frontière entre la Pologne et la Russie, point d'accès à cette enclave de Kaliningrad, et l'heure du rendez-vous, le 2 septembre à 4 heures. Deux hommes l'attendaient, l'un pour lui faciliter le franchissement de la démarcation en toute discrétion, et l'autre pour évacuer le véhicule.

Après la frontière, il fut recueilli par deux autres individus qui l'avaient escorté jusqu'à ce château perdu en pleine forêt. Une sorte de majordome l'avait ensuite conduit à sa chambre en silence. Seule consigne : être debout à 10 heures pour rencontrer son hôte.

Qui ? Emmanuel ne le savait pas encore. L'Organisation était extrêmement cloisonnée. Il s'approcha de la bibliothèque. Quelques ouvrages étaient consacrés à Kant, l'ange gardien de Königsberg, devenue Kaliningrad. Il vit aussi *Mein Kampf* trônant aux côtés d'œuvres de Sigrid Hunke, *Le Soleil d'Allah brille sur l'Occident. Notre héritage arabe*, ou du poète lyrique autrichien Gerd Honsik, *Freispruch für Hitler ?*[1] et *Rassismus legal ? Halt dem Kalergi Plan ! – Honsik, Gerd.* Emmanuel allait s'en emparer quand il entendit une voix dans son dos.

— Un livre très rare. Impossible à trouver.

La voix était profonde, calme et pondérée. Il la connaissait. Il se retourna. La silhouette d'un homme de taille moyenne, au visage émincé, barbu, le crâne rasé, se découpait dans l'encablure de la porte. Ses yeux noirs le perçaient de part en part. Emmanuel n'en crut pas ses yeux.

Le général Lamy !

— Mes devoirs, mon général !

1. Acquittement pour Hitler ?

— Ne m'appelez plus ainsi. J'ai effacé mon grade comme les officiers Viêt-minh pendant la guerre d'Indochine. Dans l'Organisation, personne ne connaît ni le rôle ni les responsabilités des uns et des autres. La clandestinité apprend à être humble, vous le savez. Nous avons des soldats au sein de toutes les administrations en Europe que nous souhaitons protéger. Appelez-moi C2.

— C'est reçu.

— Vous semblez surpris de me voir ici ! Je le comprends. Finalement, mon éviction aura plutôt été un signe du destin. Le clin d'œil de l'histoire. J'ai maintenant les mains libres. Comme vous, d'ailleurs.

C2 s'enquit de sa santé et de l'accueil qui lui fut réservé dans les différents lieux de recueil, leurs oppidums, et sans attendre la réponse il poursuivit :

— Vous savez, l'Organisation que je dirige vous avait repéré depuis longtemps, et ce avant le drame affreux qui vous a frappé. Vous avez payé le prix du sang, plus que la plupart d'entre nous. Elle s'appelait Anne-France, n'est-ce pas ?

Emmanuel baissa les yeux en approuvant, l'évocation de ce souvenir le bouleversait.

— Je vous félicite. Vous êtes des nôtres dorénavant. Votre sacrifice aura été total.

C2 s'approcha d'Emmanuel pour examiner le tatouage représentant une cigale dans son cou.

— Votre stratagème a parfaitement fonctionné, et vous avez franchi l'étape initiatique cruciale de la Cigale.

Emmanuel confirma et remarqua qu'il lui manquait deux doigts à la main droite, stigmates de la guerre en Bosnie-Herzégovine. Il nota en revanche l'absence de cigale tatouée dans son cou.

— Je vous ai fait venir pour évoquer directement avec vous votre prochaine mission. Les choses se précisent. Demain, vous serez reconduit à la frontière. Il n'y aura plus de retour en arrière. Comment s'est déroulé votre séjour chez nos amis hongrois ? Cela fait du bien d'être entre nous, n'est-ce pas ? La mélanine y est en concentration minimum, si je puis dire. Des lieux de régénération, où sont regroupées les femmes blanches acquises à notre cause, sous réserve qu'elles acceptent de procréer avec les déçus de cette Europe de l'Ouest, qui sont de plus en plus nombreux…

Emmanuel opina au chef.

— Ces oppidums constituent en quelque sorte notre Terre promise dans la plupart des pays d'Europe de l'Est, loin de la négrification de notre population anesthésiée par l'idéologie bruxelloise de remplacisme. Le nationalisme est *has been*, mon cher. Place au racialisme. Uniquement des frères et des sœurs conscients et éveillés rassemblés sur les sites. Avez-vous croisé nos Gladiateurs ?

— Oui, j'ai eu l'occasion de m'exercer avec eux.

— La plupart ont été recrutés grâce à des jeux vidéo et aux réseaux sociaux. Ils ont été sélectionnés sur la base d'analyses fines et des données précises de profilage que nous transmettent nos amis israéliens, passés maîtres en la matière. Le gladiateur qui décide de nous rejoindre est, dans un premier temps, dépersonnalisé. Puis la communauté devient sa priorité, grâce à l'adoption de valeurs et d'identification qui lui sont proposées. Bref, comme vous avez pu le voir, rectitude morale, *self-defence*, boxe, bivouacs, entraînements militaires, capacité à se maîtriser sont les axes principaux de cette discipline. Nos Gladiateurs sont invisibles, fondus dans la masse avec le peuple. Et aucun lien numérique, tout en physique. Nous devons être vigilants, car nous avons été l'objet d'une infiltration au sein même des Cigales.

C2 s'immobilisa et appuya avec discrétion sur une petite sonnette. Le majordome qui avait accueilli Emmanuel apparut dans l'embrasure de la porte. Il proposa une boisson chaude et montra deux fauteuils de cuir imposants, encerclant une petite table.

— Oui, comme je vous le disais, il n'y aura plus de retour en arrière. Nous sommes à un tournant de notre histoire. Nous, militaires, avons été trop longtemps muselés. Or, nous avons une vision infiniment plus claire et plus réaliste de la situation de la France, notre pays, et de l'Europe. La question du déclin de la France ne se pose même plus, c'est une évidence.

Emmanuel attendit, sans rien répondre.

— On nous parle de théorie du grand remplacement… Mais nous sommes loin de la théorie ! C'est une réalité que l'on peut observer dans la rue, tout simplement. Ceux qui en réfutent l'existence le savent, et s'ils le nient, c'est dans le but de prolonger l'extinction de notre peuple par choix ou par lâcheté. Ils ont donné les clés du temple à ceux qui n'attendent qu'une chose : nous détruire. Lorsque les pères fondateurs de cette foutue Union européenne ont publié leur plan, il nous était très clairement apparu que leur objectif premier était l'ethnocide des peuples d'Europe, encourageant l'immigration massive des non-Blancs. Souvenez-vous de ce que disait Nick Griffin, un visionnaire, devant le Parlement européen : « D'abord, ils nous ont parlé d'immigrés temporaires. Puis, leur mécanique est devenue une expérience multiraciale. Enfin, ce sont devenus des réfugiés ou des demandeurs d'asile, une soi-disant réponse à une société blanche incapable de se régénérer. En raison de leurs crimes, ils rendront des comptes à Nuremberg lorsque nous aurons vaincu. » Leur but est de promouvoir un conglomérat d'êtres humains métissés, sans odeur, sans saveur, abreuvés de jeux vidéo et de drogues « festives » en vente partout pour lobotomiser les esprits.

L'ex-militaire se leva pour faire le tour de la pièce, les mains dans le dos.

— J'ai dit à ma fille aînée, qui vient de donner naissance, qu'elle doit être consciente que mon petit-fils grandira dans un pays où il sera minoritaire, où les tensions raciales seront exacerbées. Il portera sa peau blanche comme un vêtement inconfortable, hideux, jusqu'au moment où il n'aura plus d'autre choix que de se cacher. Si nous n'agissons pas, nos villages et nos villes ne seront bientôt que des champs de bataille, jonchés de voitures calcinées et renversées. L'air sera saturé de la puanteur des cadavres, nos proches ou nos voisins allongés sur les trottoirs, les tripes à l'air, les visages écrasés ou éclatés.

C2 montra de la main le tableau qui représentait une scène de guerre du temps des Croisades. Il frappa du poing sur le rebord du fauteuil.

— Leur objectif est notre génocide, l'extermination de notre société chrétienne et européenne. La seule question est : comment allons-nous éradiquer ce cancer qui nous ronge ? En nous battant ! Nous sommes les artisans et les acteurs de la résistance indigène à cette industrie de modification génétique. Nous avons dû nous tourner vers ceux qui défendent encore bec et ongles nos valeurs chrétiennes, donc vers l'Est.

Le majordome pénétra en silence avec un plateau, disposa les tasses sur une petite table et s'éclipsa. C2 lui tendit la pince à sucre et le sucrier.

— Nous ne pouvons plus traiter le problème de manière pacifique ou politique. Nous devons agir et remettre l'église au centre du village, et ce, par la force. *Ordo Ab Chaos*. Du chaos jailliront les conditions de l'ordre nouveau.

Le militaire se dirigea vers une tapisserie, la poussa sur le côté gauche. Un coffre apparut. Il composa plusieurs codes et présenta son œil devant une petite lucarne. Un déclic se fit entendre. Il ouvrit la porte et s'empara d'une chemise sur laquelle était écrit « Enola Gay ». Il la tendit à Emmanuel.

— Ce que je vais vous dire est dorénavant strictement confidentiel. Enola Gay est votre nom de code et celle de votre mission. Votre mission s'inscrit dans notre plan d'action, le programme AC3R : Accélération collision réoccupation remigration régénération. Votre opération porte le nom de code de « Rose des vents », inutile de vous dire pourquoi ?

Emmanuel fit une moue négative. C2 montra une certaine satisfaction en martelant les termes du programme.

— L'ancien monde doit mourir pour donner naissance au nouveau. Nous avons levé une armée européenne, dans chaque pays, avec l'aide de nos amis russes et serbes. L'Organisation que nous avons baptisée Stay in front a été bâtie suivant le modèle du Stay-behind de l'OTAN. La réponse du berger à la bergère. Elle est composée de Veilleurs et Veilleuses, de Gladiateurs et enfin, comme vous et moi, de Cigales. Au cours des semaines à venir, vous aurez l'occasion d'en rencontrer quelques-unes. Vous avez la journée et le milieu de la nuit pour apprendre toutes les données. Le majordome viendra vous chercher pour vous raccompagner. Les deux hommes que vous avez croisés la nuit dernière seront là pour vous faire repasser la frontière et rejoindre votre prochaine destination. Tout est dans le dossier.

Silence. Il posa ses mains sur les épaules d'Emmanuel.

— Cher ami, nous savons, vous comme moi, les épreuves que vous avez eu à subir. Votre beau-père, Rose des vents, a aussi souffert. C'est lui qui m'a orienté vers vous. Je l'ai eu sous mes ordres, c'était un homme de courage, droit et vaillant. Il croyait en la France pour laquelle il avait combattu sur de nombreux théâtres d'opérations. Mais il était désespéré de voir ce qu'elle était devenue à cause de ces traîtres de politiques, ces vendus.

— Mon Gé… Je vais poursuivre son œuvre et serai à la hauteur de la mission.

— Je n'en doute pas.

C2 se leva, s'approcha dans un élan fraternel qui le surprit et l'émut.

— Nous ne nous reverrons plus avant le lancement de votre mission. Je vous donnerai votre objectif final et le mode opératoire dès que les conditions seront réunies. Pour le moment, nous allons lancer la phase 1 de l'opération. Sur vous repose en partie le succès de notre projet. Le matériel que vous avez demandé vous sera livré dans deux jours. À l'issue de votre mission, j'ai de grandes ambitions pour vous. Un poste à la hauteur de votre engagement, si vous voyez ce que je veux dire.

Emmanuel allait répondre quand il lui fit un signe de la main.

— Croyez-vous en Dieu ?

— Oui.

— Dans ce cas, sachez que Dieu est à vos côtés et qu'il vous pardonnera.

C2 ouvrit la porte et le majordome apparut pour le raccompagner dans sa chambre. Il était temps pour lui de découvrir et de préparer la mission.

Slovaquie – Bratislava

3 septembre 2021, 21 heures

Après treize heures de route, la traversée de l'Allemagne et de l'Autriche, Rhino entra enfin dans Bratislava, la capitale de la Slovaquie. Il luttait contre une lourde fatigue. La nuit était tombée. Cernée par les montagnes des Petites Carpates et de nombreux vignobles, la ville s'étalait, éclairée. Elle se caractérisait par une combinaison de tours médiévales au centre, des ensembles datant de l'ère communiste en périphérie et enfin, des constructions modernes traduisant le dynamisme de l'agglomération.

Rhino franchit le pont enjambant le Danube en direction de la vieille ville, lieu de son rendez-vous. Les lumières des bâtiments et des lampadaires se reflétaient dans le fleuve. Il aperçut sur sa gauche le château illuminé de Bratislava, reconstruit en style autrichien, et en longea les remparts. Il emprunta la rue que lui indiquait son application GPS pour rejoindre un parking souterrain.

Cinq minutes plus tard, pas mécontent de se dégourdir les jambes, il sillonnait les rues piétonnes de la vieille ville datant du XVIIIe siècle, connue pour ses bars et cafés animés. Il signala sa présence par Olvid : « *porte de Michel* », dernier vestige des fortifications médiévales, l'un des plus anciens bâtiments de la capitale. Elle n'avait sans doute pas choisi ce lieu de rendez-vous par hasard… Une pluie grasse tombait, transformant la zone piétonne en miroir.

La réponse fut immédiate : « Rendez-vous dans le bar sur la place. Zbrojnoš pub. Je suis au fond. » Rhino franchit le porche, tourna sur sa droite et pénétra dans le bistrot. Leurs regards se croisèrent. Elle se leva pour venir à sa rencontre.

Élancée, brune aux yeux en amande, Helena Beňová, âgée de quarante-trois ans, était la cheffe de l'unité crimes de guerre slovaque. Deux fois par an, les responsables de ce type d'unités se réunissaient à La Haye au sein du Réseau génocide de l'Union européenne. Helena et Rhino s'étaient rencontrés à cette occasion et avaient bien sympathisé, lors d'une soirée mémorable et alcoolisée. Rhino appréciait son intelligence sans pareille et sa vision positive des choses. La douceur qui la caractérisait était sa vraie force, un rouleau compresseur qui effleurait à peine le sol.

— Comme je suis content de te voir, Helena. Commissaire, m'a-t-on dit ?

— Moi aussi, mon Rhino. Oui, j'ai changé de grade.

Elle lui prit les deux mains et le regarda en s'écartant.

— Comment vas-tu ? J'ai appris pour l'un de tes hommes. C'est une catastrophe…

— Oui, ce sont des épreuves qui jalonnent nos carrières. La mienne touche à sa fin et je ne pensais plus revivre un événement pareil… La famille est dévastée. Cela a été très dur. Il est toujours dans le coma. Mais rien n'est jamais joué, c'est un gars solide qui en a vu d'autres.

— Une Kaltenecker ? C'est notre bière locale, fit Helena alors que le serveur s'était approché d'eux.

— Cela me fera du bien, avec une spécialité slovaque, saucisse ou autre. Je n'ai pas mangé depuis mon départ.

Helena passa la commande, comme à son habitude, avec énergie. Quelques minutes plus tard, en dévorant son repas, Rhino l'écoutait lui détailler le résultat des recherches qu'elle avait réalisées.

— Ton hélicoptère s'est bien posé chez nous. Ensuite, j'ai suivi ton individu grâce à la vidéoprotection de l'aéroport. Il faudra que tu m'en dises un peu plus d'ailleurs… Une grosse berline, une BMW noire, l'attendait. Heureusement, son immatriculation avait été captée par nos caméras. Nous avons pu le filocher pendant un certain temps jusqu'à Žilina. La BMW appartient à une société de location de véhicules de luxe. Je dois faire encore des recherches de ce côté. Comment s'appelle ton type ?

— Il est sous plusieurs identités, Piotr Dragonov et Dimitri Ruslov. C'est un vendeur d'armes. Donc, s'il est dans le coin, cela devrait être sous un nom russe.

— OK. Je vais déjà regarder avec ces deux noms, si nous avons une chambre d'hôtel, une location ou, mieux, une propriété. En attendant, vu ta tête, je te conseille d'aller te coucher. Donne-moi un jour. Tu as un endroit où dormir ?

— Non, pas encore, mais je vais trouver une chambre dans le coin.

Helena s'empara de son manteau, de son parapluie et salua le patron. Ils sortirent sous la bruine.

— Sinon, toujours seul ?

Regard en coin. Rhino approuva de la tête.

— Et toi ? Toujours compliqué ? demanda-t-il.

— Viktor est en permanence par monts et par vaux, bref, la vie de chef d'entreprise à l'international. Nous ne nous voyons pas beaucoup et quand il débarque, on passe notre temps à s'engueuler. Cela sent le divorce à plein nez. Et nos adolescents sont conformes à ce que l'on attend d'eux. Ils deviennent de gros mollusques arrogants, se victimisant et te culpabilisant, développant des trésors d'ingéniosité pour ne rien foutre. Mais toi, tu es tranquille maintenant avec ton David, tu es sorti d'affaire.

— Si on veut…

— Bon. Je te recontacte après-demain si j'ai des informations. Une dernière question : tu n'es pas en mission officielle, sinon, j'aurais reçu une requête de notre parquet ?

— Tu as tout deviné. C'est même pire que ça. J'ai démissionné.

— Quoi ? Définitivement ? Et donc, si on retrouve ton gars ? Que fait-on ?

— Nous aviserons à ce moment-là !

— OK, ça ne me plaît pas du tout ton histoire, mais maintenant que tu es parmi nous, je n'ai pas le choix. C'est bien parce que c'est toi ! Tu m'emmerdes, Rhino !

— Je sais. J'en ai l'habitude, répondit-il en la couvant du regard.

Il trouva un hôtel convenable dans la vieille ville pour la nuit. Malgré la fatigue, il ne put s'endormir. Les récents événements tournaient en boucle dans son esprit. Sa mise à l'écart de l'OCLCH, l'accident de Rémy, la fuite de Vuk.

Russie – Kaliningrad
3 septembre 2021

La nuit, Emmanuel fut arraché du sommeil par des pleurs. Les siens. Comme souvent. Transpirant, il se redressa dans son lit. Les images se succédaient dans son cerveau.

La nuit du 13 novembre 2015. « *Kiss The Devil* ». La fosse du Bataclan. EODM pour Eagles Of Death Metal. Le téléphone qui fend la nuit.

Diane, sa froideur. Elle avait toujours détesté sa fille.

— Notre fille était au concert du Bataclan.

— Quoi ? Avec qui ?

— Avec Charlotte !

— Ma sœur ?

— Oui, elle voulait faire une surprise à ta fille.

Il était alors à Belgrade, en qualité d'attaché de défense en Serbie.

Anne-France, sa perle aux yeux bleus. Appel sur son portable. Aucune réponse. Celui de Charlotte, idem.

Nuit d'angoisse. Images en boucle sur les télévisions françaises. Hypnotisé.

Le lendemain, appels au numéro vert. Sonnerie occupée. Toujours occupée.

Enfin, quelqu'un décroche.

— Je suis désolé, mon colonel.

— Quoi ?

— Votre fille, Anne-France, est décédée hier soir lors de l'attaque terroriste.

L'amour de sa vie. Étendue dans la fosse du Bataclan, cinq balles de calibre 7,62, celui d'une kalachnikov. La mort s'était emparée de son enfant préférée après avoir rôdé pendant toutes ces années autour de sa personne.

La tante, Charlotte, sa sœur aînée, grièvement blessée.

Compte rendu à l'ambassadeur. Premier vol pour Paris. Institut médico-légal de Paris. À la reconnaissance du corps, Diane fit semblant d'être effondrée.

Toujours sauver les apparences.

Des heures à patienter.

Puis enfin, elle était là.

Kissed by the devil.

Le médecin s'approche pour annoncer :

— Je peux vous dire que votre fille avait la joie sur son visage.

La joie sur le visage ?

Chapelle ardente au collège militaire de Saint-Cyr où elle était une brillante élève. Arbres décharnés et gluants de pluie. Place d'armes luisante.

Anne-France, froide, les mains jointes sur son chapelet. Entourée de cierges incandescents, recouverte d'un drap blanc.

Il revécut sa propre impassibilité, son immobilité face au corps de sa fille pour laquelle il n'aurait aucun mot. Il se remémora les regards en coin lors de leur arrivée au collège, l'accueil gêné du colonel avec ses « mon cher camarade » à chaque phrase.

L'enterrement.

Le retour silencieux avec Diane dans leur maison de Bretagne. Expliquer aux autres enfants. Puis de nouveau Belgrade. Les moues embarrassées. Se noyer dans le travail.

Let's be kissed by the devil.

Tenter de comprendre.

Pas de jugement pour ces bâtards.

Rien à comprendre. Juste éliminer le cancer, sauver la France et l'Europe.

Let kiss the devil.

La mort de trop pour Emmanuel.

Puis le rapport de ce connard de colonel-médecin, ce traître, qui ne l'avait pas trouvé assez empathique. « Détaché des réalités ». Vol bleu. Relevé de sa mission. « Dans votre état, l'armée prend un risque en vous maintenant à votre poste d'attaché de défense à l'ambassade de France à Belgrade. » Et le placard… À l'OTAN. « Chargé de mission » sans but dans le domaine des ressources humaines.

On frappa. Emmanuel, transpirant, ouvrit. Le majordome tenait un plateau en main avec son petit-déjeuner. Trente minutes plus tard, il descendait les grands escaliers qui conduisaient à l'entrée principale. Les deux hommes qui lui avaient fait franchir la frontière l'attendaient. Sans un mot, il grimpa dans une camionnette d'un autre âge et se retourna. Il aperçut le général Lamy en compagnie d'un autre individu qu'il ne connaissait pas.

Depuis une fenêtre donnant sur le parterre, deux hommes observaient Emmanuel.

— Avez-vous fait bon voyage, mon ami ? demanda C2.

— Oui, mais j'ai été contraint de changer mes plans en faisant un crochet par mon poste de commandement. Je repars dans la foulée de notre entrevue. Mon général, êtes-vous sûr de votre Cigale ? questionna Mirko Nikolić.

— Aucun doute. C'est l'homme de la situation et le meilleur dans son domaine. Son beau-père était considéré comme un héros au sein du Stay-behind. Ironie de l'histoire, si je puis dire.

— Était ?

— Oui, nous avons dû l'éliminer. Nous avons tué sa femme, et l'avons « suicidé ». Pour le geste, l'opération s'est déroulée un 14 juillet... Sa femme et sa fille avaient compris le rôle qu'il jouait de nouveau à nos côtés et le recrutement de son gendre. Un homme d'une rare efficacité et sagesse. Yves Vogüe-Duval, un Breton, *alias* Rose des vents.

— Rose des vents, du nom de notre opération ?

— Oui, je l'ai connu alors que je n'étais encore qu'un jeune lieutenant, avant la Bosnie. Je l'avais interrogé à propos de son *alias*. Il m'avait donné cette explication : la rose des vents est une plaque circulaire en équilibre sur une pointe. Elle donne le cap et permet de réaliser les corrections nécessaires lorsque le navire dévie de sa trajectoire. C'est d'ailleurs le sens du Stay in front.

Vuk observa le ciel par la fenêtre.

— J'aime cette explication. Un poète ?

— Pas vraiment. Il a pris part à la guerre d'Indochine, celle de Corée, celle d'Algérie durant laquelle il fut membre du 11e choc, le bras armé du service action du SDECE, l'ancienne DGSE. Sans doute un des officiers les plus décorés de France. Ayant rejoint l'OAS[1], il a dû s'exfiltrer à l'étranger, notamment en Amérique latine. Il était LE spécialiste des méthodes de guerre contre-insurrectionnelle de l'armée française, celles que nous avons utilisées pendant la guerre d'Algérie et que nous avons enseignées aux dictatures diverses et variées. Notre organisation s'est beaucoup inspirée de ses... Comment dire, de ses « travaux ». Un visionnaire. C'est la raison pour laquelle je lui avais demandé son aide. Le 17 novembre 2015, il m'avait orienté vers son gendre.

— Cet officier ? interrogea Vuk.

— Oui, sa fille a été assassinée par les terroristes du Bataclan. C'est un spécialiste nucléaire biologique et chimique. Son nom de code dans notre opération est « Enola Gay ».

1. L'Organisation de l'armée secrète, ou Organisation armée secrète.

— C'est subtil.
— Je précise qu'il ne l'est pas.
— Quoi ?
— Gay ! Pas de « déserteur du chemin des Dames » chez nous. C'est ainsi qu'on les surnommait entre les deux guerres, éclata de rire C2.
— Et qu'adviendra-t-il de lui, ensuite ?
— Soit il meurt avant l'opération, soit pendant.
— Cela me va.
— Nos Cigales sont des balles qui atteindront un jour leur cible. Elles sont nos martyres. L'humiliation est le meilleur carburant pour alimenter le feu de la haine. Sa hiérarchie a vraiment eu une excellente idée de le remiser dans un placard à l'OTAN.
— Sa hiérarchie, c'était vous, n'est-ce pas ?
C2 opina du chef.
— Quant à l'humiliation, vous êtes bien placé pour le savoir, car ils ne vous ont pas loupé, dit Vuk.
— Mais c'est mieux, car nous mutualisons notre vengeance. En revanche, cher ami, il faut que nous évoquions un point ensemble qui m'inquiète. Je sais pourquoi vous avez dû changer vos plans. Vos frasques à Paris ne sont pas passées inaperçues. Ni à Moscou, d'ailleurs.
— Soyez sans crainte, j'ai effacé toutes les traces et brouillé les cartes, répondit Vuk en se raidissant. Ce problème sera réglé dès que le Président en connaîtra la raison.
— Comment ça ?
— C'est une surprise. Il ne vous aura pas échappé que j'appartiens toujours à son premier cercle, « les gens du dimanche », ceux qui ont la possibilité de lui parler en chair et en os, ceux qui ont le droit et le devoir de participer au barbecue dominical à Novo-Ogaryovo. J'ai ce privilège car, comme vous le savez, je suis serbe, et je ne suis donc pas une menace pour le Président.

— Je comprends. Mais ce que vous ne savez peut-être pas, c'est que votre cambriolage qui a mal tourné a éveillé les soupçons d'une ancienne connaissance.

— Qui ? fit Mirko Nikolić.

— Un colonel nommé Rinocci.

— Je ne connais personne de ce nom.

— Si ! En réalité, il s'appelait Granier.

— Granier de Sarajevo ? questionna Vuk, en plongeant son regard dans celui de C2.

— Oui. Il travaille au sein d'un office spécialisé sur les crimes de guerre, m'a-t-on dit.

Vuk se déplaça vers la fenêtre, les poings serrés. Sa voix se métamorphosa en un murmure haineux.

— Ce salopard m'a menti, alors. Il m'avait assuré que Granier était mort au Rwanda. Il est donc vivant… Je vais régler définitivement le problème. Et vous ? Vous étiez au courant ?

— Il nous reste exactement onze jours avant notre échéance. Tout ceci ne sera plus qu'un mauvais souvenir.

— Je répète ! Saviez-vous qu'il était vivant ?

C2 resta mutique.

— Vous saviez ! cria Vuk en sautant à la gorge du général Lamy qui réussit à esquiver la prise en le maintenant d'une main ferme.

— Calmez-vous, Nikolić, notre projet est bien plus grand que vos petites vengeances. Pensez à la deuxième étape, votre projet de Grande Serbie, la reconquête de votre Jérusalem, le Kosovo. Je l'ai fait virer de son unité par un de mes anciens élèves à Saint-Cyr qui est maintenant au grade de général. Cela ne nous rajeunit pas… Mais comme il est vrai qu'il peut nous mettre des bâtons dans les roues, je vous invite à l'éliminer.

Nikolić se redressa, lui jeta un regard noir en réajustant ses vêtements.

— Je repars dans mon poste de commandement et j'attends la venue d'Enola Gay. Je vais mettre mon meilleur élément sur Granier, ne vous inquiétez pas.

— Parfait, ravi de vous voir revenir à de meilleures considérations. Je vous envoie les Loups dans votre QG avec leurs colis réfrigérés.

— J'y serai à compter du 6 dans la nuit, répondit Vuk. Les fonds sont prêts à être transférés.

Paris – Appartement – 16ᵉ arrondissement

3 septembre 2021

Encore sous le choc de l'adrénaline, Xavier gara sa puissante moto dans le parking sous-terrain de son immeuble. Une nouvelle fois, il avait subi les réprimandes des directeurs de course du circuit au Tremblay-en-France. Trop d'exposition au danger.

Ces derniers jours avaient été riches en émotions. Son père lui avait annoncé qu'il y avait de fortes probabilités pour que son frère Igor, considéré comme mort, soit vivant. Popović avait été formel. Un dénommé David et une fille nommée Julie faisaient des recherches sur sa mère, Samra.

Son portable vibra. Sans doute la réponse au message qu'il avait envoyé plus tôt dans la journée. Il s'était rendu à son bureau au sein de la banque De Lurac afin de vérifier le cours de sa cryptomonnaie, Starcoin (STC). Bien décidé à passer un bon moment, il avait envoyé un message au Joker pour l'en informer et lui faire une offre d'achat d'un nombre conséquent de STC : « À remettre en jeu autour d'une table ? Signé Z. »

Message du Joker : « Hello, Z. Conditions habituelles. Réunion entre amis, ce soir à 22 heures. Le lieu de RDV via l'application cryptée comme d'habitude. On compte sur toi. » Xavier s'engouffra dans l'ascenseur. Il sélectionna l'étage le plus élevé dont l'issue donnait directement sur l'intérieur de son luxueux appartement. Il déconnecta toutes les sécurités et alarmes. Puis il se rendit dans la cuisine, se servit un verre de vodka, une Beluga – sa favorite –, et se lova dans son canapé. En observant la tour Eiffel au loin, il se dit que la perspective d'une partie de poker serait une bonne manière de clôturer cette excellente journée.

Le poker avait toujours été son jeu de cartes de prédilection, et ce depuis l'âge de treize ans. Il en avait découvert toutes les subtilités durant sa scolarité à l'institut Le Rosey, la prestigieuse école privée internationale de Suisse. L'internat facilitait ce genre de soirées. Pour la plupart des élèves appartenant aux familles les plus riches du monde, l'argent n'était jamais un problème. Il en avait plumé un bon nombre, surtout quand ils avaient abusé de l'alcool et de la cocaïne. L'hiver, l'école se déplaçant à Gstaad, la station de ski la plus huppée de Suisse, les soirées poker se terminaient la plupart du temps au Gringo, le club du Palace, l'hôtel le plus somptueux de la station.

L'expérience lui avait appris qu'il existait, comme dans la vie, trois catégories de joueurs : les perdants, la grande majorité, les gagnants, la minorité, et enfin, les joueurs. Xavier appartenait à la dernière. Car en réalité, l'argent ne l'intéressait pas. Ce qu'il aimait, c'était pousser l'adversaire dans ses derniers retranchements et lui donner le coup de grâce. Pour cela, il avait le don de repérer immédiatement le *fish*, celui venu se suicider.

Son portable vibra une nouvelle fois. Le Joker lui envoya le lieu de rendez-vous et les instructions. Comme de coutume, il avait loué un appartement Airbnb à Neuilly pour l'occasion. Il choisissait un site différent chaque week-end. Le droit d'entrée était à vingt pommes, la grosse blinde à deux pommes, soit respectivement deux milliards de STC et deux cents millions de STC. « Voilà le mot de passe et le code pour franchir la première porte. Il y a du beau monde. »

Xavier prit un moment pour examiner, via Google Maps, l'immeuble en question sous toutes les coutures. Il zooma sur les différentes entrées, les étages, les toits. Puis il confirma sa présence d'un pouce levé. Moins il en disait, mieux il se portait. Il enfila sa cagoule noire de moto, l'ajusta et s'empara de son casque.

***

Une fois arrivé au lieu de rendez-vous, avant d'ouvrir la porte, il colla un bouton caméra au-dessus du chambranle. Une petite habitude qu'il avait prise, ne souhaitant pas se retrouver au centre d'une descente de police. Le remplacement des cercles de jeux parisiens par des clubs de jeux tenus par des groupes affiliés aux casinos avait désorienté les habitués. Le Joker, de son vrai nom Adnan Yilmaz, en avait profité pour monter son propre club *undercover* et gérait ses affaires en toute sécurité en balançant aux flics les concurrents.

L'usage de cryptomonnaies permettait de sécuriser le site et les joueurs. Xavier avait apporté sa pierre à l'édifice. Les flics pouvaient débarquer, ils ne trouveraient que des pions, sans marquage. Une partie entre copains, ou plutôt entre baleines[1].

Il vérifia la connexion avec son portable en faisant un geste devant la caméra. La vibration signifia qu'une alerte avait été déclenchée. La photographie de sa main apparaissait à l'écran.

La porte de l'ascenseur s'ouvrit sur un garde, sans doute d'origine turque lui aussi, installé sur le palier. Xavier

1. Possesseurs de portefeuilles de plusieurs millions, voire milliards de cryptomonnaies.

prononça le sésame « Michou » et l'homme, tout de noir vêtu, s'effaça devant la lourde porte.

L'appartement était composé de quatre étages avec un ascenseur intérieur situé dans le hall, où le Joker attendait ses hôtes. Comme d'habitude, il avait fait les choses en grand. Ici se déroulait l'une des parties les plus courues de Paris. Les participants étaient triés sur le volet. Ils appartenaient au gotha, c'est-à-dire à la finance, aux affaires, au sport de haut niveau ou au milieu artistique. En plus d'un service de restauration, de la vente d'alcool et de cigarettes, des Thaïlandaises étaient présentes sur site pour dispenser des massages aux clients. Le Joker se précipita vers Xavier pour le prendre dans ses bras et lui tapoter le dos.

— Je suis vraiment ravi que tu aies pu te libérer, mon ami.

— Disons que tes soirées sont toujours exceptionnelles !

Il se recula, le maintenant à bout de bras, les mains sur les épaules.

— Quand pourrai-je voir tes magnifiques yeux sans ce masque noir ? Tu as même caché ta main à ce que je vois ! Une blessure ?

— Rien de grave. Une morsure de chienne…

Une jeune femme vint se frotter à lui avec un verre de vodka, de la Beluga.

— Nous avons des vedettes ce soir, lui dit-il avec un clin d'œil. Ils meurent d'envie de connaître le fameux Z, le crypto-pseudo le plus connu du moment.

Ils montèrent dans l'ascenseur et accédèrent au salon de l'appartement de luxe situé au niveau quatre.

— Comme tu le vois, les six cartes sont disposées pour le tirage au sort. Nous pouvons commencer, annonça le Joker en l'invitant à passer par la case dépôt.

— À part Bilbo, notre *fish*, je suis le seul régulier à ce que je vois, souffla Xavier dans l'oreille du Joker en regardant l'homme d'affaires connu, habitué à se faire plumer et toujours vêtu de la même manière. Un suicidaire à petit feu…

Il tira de sa poche son téléphone, ouvrit son wallet mobile, et flasha le QR code que lui présenta la fille, elle aussi d'origine turque, dont le décolleté plongeant appelait à la noyade. Il réalisa le transfert et signa la transaction avec sa clé privée. Elle lui tendit les jetons de plusieurs couleurs correspondant à la somme engagée, deux milliards en STC.

— Voici le fameux Z, lança le Joker à la cantonade.

Ce dernier poursuivit les présentations d'usage par les crypto-pseudos, sans donner trop d'explications, tous revêtant un masque lié à leur pseudo : Michel-Ange, K7, le Bodybuildé, Bilbo, le Pigeon, et Baggainz.

— Nous sommes donc entre baleines si je comprends bien ? demanda Baggainz.

— C'est cela, répondit le Joker. Z nous a ouvert l'accès à sa Starcoin. Je viens de vérifier, les transferts ont été réalisés. Pouvons-nous débuter la partie ? La langue sera l'anglais.

Chacun tira une carte, Xavier se retrouva en troisième position. Le Joker avait convié une croupière, visiblement la jumelle de celle qui se trouvait à l'entrée. Chaque joueur se plaça selon le tirage. La croupière le fixa, fit une moue complaisante et distribua les cartes. Il regarda les siennes. Il n'eut guère de doutes quant à la suite. Elles lui permettaient de tester ses adversaires pour adapter son jeu. Il n'avait dorénavant qu'une idée en tête : leur donner une leçon.

***

À l'issue de plusieurs heures de jeu, Xavier avait accumulé les piles de jetons devant lui et conforté sa position de *cheap leader*. L'alcool coulait à flots, les masseuses s'activaient pour soulager les épaules tendues des joueurs. La fumée des cigares et des cigarettes se faisait de plus en plus épaisse. Concentré, il sentit le portable DecroChat vibrer. Il jeta un œil sur l'écran. Le Joker le remarqua et lui demanda, agacé :

— Que se passe-t-il ? Que regardes-tu sur ton portable ?

Xavier, après un petit temps d'arrêt :

— Je dois répondre, désolé, lança-t-il.

Il se leva et choisit un angle de la pièce au calme pour répondre. Après plusieurs minutes de communication, il raccrocha, pensif, et rejoignit les joueurs.

Décidément… Les surprises s'enchaînent. Une nouvelle cible à éliminer, un gendarme ?

Nouveau message : « Ah j'oubliais, fais-le souffrir. »

Perturbé, Xavier annonça que la partie pouvait reprendre, mais qu'il allait devoir l'écourter.

Plus tard, il clama :

— Tapis ! en poussant tous les jetons qu'il avait à sa disposition au centre, sous le regard ébahi des joueurs. Bon ! Les amis, je dois maintenant vous laisser, car on m'attend, dit-il en appuyant sa phrase d'un sourire. Ah, encore un point : gardez bien vos STC au chaud dans vos wallets. Il se pourrait bien qu'ils prennent énormément de valeur dans les semaines à venir. Faites-moi confiance.

Il ramassa l'ensemble des jetons et demanda à la turque au décolleté plongeant de procéder au transfert sur son mobile. Avant de quitter l'immeuble, il récupéra la caméra bouton qu'il avait posée, grimpa sur sa moto, sortit son portable pour effectuer des recherches sur Internet. Il regarda sa montre : 1 heure. Il avait le temps de rejoindre le Duplex et sa prochaine cible.

Paris – Le Duplex Club
3 septembre 2021

L'affaire des ossements et son impact dans les Balkans avaient failli compromettre le départ de Julie pour Paris. Elle s'était félicitée d'avoir mis l'ambassade dans la boucle afin d'être de retour à temps, son patron ne lui aurait jamais pardonné ce nouvel écart. Popović, qui avait nettement moins fait le malin, avait tout de même contraint David à rester dans le pays quelques jours supplémentaires. Ils s'étaient quittés à l'aéroport, un peu bêtement, comme de vieux amis, ce qui eut le don d'agacer Julie.

Elle jeta un coup d'œil à sa montre : 4 h 30. Elle arpentait d'un pas énergique le trottoir, perchée sur ses talons, devant le club parisien Le Duplex, avenue Foch. Le temps suffisant pour que cinq connards avinés et arrogants viennent lui demander son 06. Ses chaussures neuves lui faisaient un mal de chien. Pour couronner le tout, la soirée avait été un fiasco et son boss n'allait pas la louper quand il allait le savoir. Elle venait de lui laisser un message sur son répondeur pour lui annoncer sa démission. L'organisateur de la soirée au Duplex l'avait prise pour une conne, modifiant ses plans à la dernière minute. Du coup, merdage généralisé. Pris en défaut, il avait eu la bonne idée de lui remettre la faute sur le dos devant le big boss du groupe. Comme ce n'était pas la première fois qu'il lui faisait le coup, cette fois-ci, il avait ramassé !

Attachée de presse ne veut pas dire esclave ! Julie détestait les menteurs, et surtout les couilles molles qui n'assumaient pas leur erreur.

Histoire de se détendre, elle avait décidé de s'abandonner dans les bras de ce Xavier qui l'avait draguée à la fin de soirée. Ce type était une beauté parfaite ! Par ailleurs, assez loin de la représentation qu'elle pouvait se faire d'un banquier spécialisé dans la cryptomonnaie. Et tant pis pour David ! Il avait eu plusieurs occasions, notamment lors de cette nuit à la belle étoile.

Mais qu'est-ce qu'il fout ?

Soudain, elle perçut au loin le vrombissement caractéristique d'une moto. Le pilote freina à sa hauteur.

— Désolé ! dit-il en plissant les yeux. Un problème de clé. Je vais me faire pardonner. Un petit tour de Paris *by night* ?

— J'y compte bien, lâcha-t-elle pour se donner de la contenance.

Xavier lui tendit un casque. Elle grimpa à l'arrière. Il démarra en trombe, contraignant Julie à resserrer son étreinte. Ils firent plusieurs tours de l'Arc de triomphe avant d'emprunter l'avenue Marceau jusqu'au pont de l'Alma. Puis ils bifurquèrent sur le cours Albert 1er pour longer la Seine. Elle posa sa joue sur le dos de Xavier et se relâcha totalement. La vitesse la grisait. Elle admira Paris endormie et illuminée. Elle aimait cette ville. L'air chaud lui frappait le visage et lui procurait un sentiment de bien-être. Elle ne chercha pas à savoir où il la conduisait. Elle allait s'accorder un peu de bonheur, tout oublier. Elle dut reconnaître qu'elle avait aimé la façon avec laquelle il avait posé son regard sur elle pendant la soirée.

La moto ralentit près de l'île de la Cité pour rouler au pas. Xavier se retourna.

— Tu as faim ? demanda-t-il.

Julie le fixa et fit glisser sa main de son torse à son entrejambe.

— Oui, mais pas vraiment d'un kebab.

Il fit vrombir son engin d'un coup d'accélérateur et emprunta la première voie sur la gauche en direction de la rue des Archives, puis celle des Francs-Bourgeois pour rejoindre l'hôtel de JoBo. Il trouva une place sur le trottoir et descendit. Julie le suivit. Il enleva ses gants, sonna à l'interphone et s'adressa au gardien de nuit, lui signalant le numéro de la chambre qu'il avait réservée.

Un clic se fit entendre. Julie poussa la porte et pénétra dans un couloir décoré avec soin. Elle tomba sous le charme de l'établissement et sortit son téléphone pour prendre quelques photos.

— Trop *glory* l'hôtel !

— Et encore, tu n'as pas vu la chambre…

Elle le regarda avec intensité et l'interrogea :

— On dirait que tu as tes habitudes ici, non ?

Xavier examina ses doigts lorsqu'elle débloqua son téléphone et rétorqua en souriant :

— Pas de questions et pas de photos non plus.

— OK, je m'en fous en vrai. Viens vite !

***

Julie ouvrit les yeux. Le réveil affichait 6 h 30. Xavier dormait à poings fermés.

C'est peut-être le moment de sacrifier à la tradition.

Elle fouilla dans son sac, se saisit d'une paire de ciseaux et coupa délicatement une petite mèche de cheveux du jeune homme. Après avoir rangé l'échantillon, elle enfila son tee-shirt. Sans faire de bruit, elle ouvrit la fenêtre. Paris s'éveillait, les odeurs de pain se mêlant déjà à la douceur ambiante. Elle s'abandonna à la rêverie, observa les pigeons virevolter dans l'air. Puis elle se retourna pour le regarder dormir. Son dos large et musclé conduisait à une paire de fesses rebondies à souhait. Un vrai colosse au visage d'ange.

Elle entendit crier dans la rue et se pencha en s'appuyant sur la balustrade pour observer un clochard apostropher quelques passants.

Elle sentit des bras l'enlacer.

— À quoi penses-tu ?

— À rien. J'aime les odeurs de Paris qui s'éveille, murmura-t-elle.

Elle le prit par la main et se plaça en face de lui. Elle posa sa tête sur le côté gauche de sa poitrine, l'oreille plaquée sur sa peau douce. Soudain, elle le repoussa.

— C'est quoi ce délire ? Tu n'as pas de cœur ?

— Non, répondit Xavier avec malice.

— Quoi non ? s'exclama-t-elle en replaçant son oreille sur son buste.

Xavier ménagea un petit temps de silence.

— Je suis une sorte d'échinoderme humain.

— Échinoderme ? Google à l'aide… Dis Siri, cherche pour moi ce qu'est un échinoderme ?

Sa demande n'eut pas le temps de déclencher Siri que Xavier lui répondit :

— Une étoile de mer.

— C'est bon, arrête de te foutre de ma gueule. Où est ton cœur ?

— Il est à droite.

— À droite ? C'est la première fois que j'entends parler de ça.

— Je suis victime d'une maladie congénitale que les médecins nomment *situs inversus*. Elle touche environ une personne sur dix mille.

— Mais non !

— Oui. Les principaux organes sont inversés, en miroir par rapport à leur situation normale. Mon cœur et ma rate se trouvent à droite, mon foie et la vésicule biliaire à gauche.

Julie le poussa sur le lit, colla son oreille sur la droite de sa poitrine. Rassurée, elle l'effleura de ses lèvres, progressa avec lenteur vers son bas-ventre.

— Celle-là, elle est bien centrée en revanche ! souffla-t-elle.

* * *

Julie étant sous la douche, Xavier s'empara du téléphone de la jeune fille. Il le débloqua et valida la géolocalisation. Puis il alluma le poste de télévision suspendu au mur. Il choisit la chaîne d'informations RT France. La célèbre journaliste politique Marie Alvaro, coulée dans un magnifique tailleur blanc, interviewait le chef d'état-major de l'armée de terre, le général Bertrand Lamy, sur la politique antiterroriste de la France au Sahel.

Julie sortit de la salle de bains, entendit son portable vibrer. Elle vit que son patron avait tenté de l'appeler au moins six fois. Un *bip* annonça un message qu'elle écouta : « C'est quoi ce bordel que tu as foutu hier soir ? Tu as dépassé les bornes, Julie ! Ah, j'oubliais, ta démission, tu peux te la mettre où je pense ! C'est moi qui te vire ! »

Bon… Ben ça, c'est fait. Je n'ai plus le choix maintenant.

Xavier leva les yeux.

— Un problème ?

— Je viens d'être virée !

— Donne-moi ton 06. Je pourrais avoir besoin de tes services pour des animations ou autres au sein de notre banque.

— Ça, je ne sais pas, fit Julie, souriante.

— J'aimerais bien qu'on se revoie. Tu es une fille super, dit-il en lui tendant sa carte de visite de banquier.

Je décolle, car j'ai une réunion de boulot dans une heure, mais tu peux rester dans la chambre, elle est payée.

Julie lui dicta son numéro, attendit qu'il quitte la chambre et entreprit des recherches sur ce fameux journaliste, Bob Messon, présent lors de l'échange de prisonniers le 4 janvier.

Paris – Agence de presse et de photographie

3 septembre 2021

En tapant le nom du journaliste, Julie fit défiler une succession impressionnante d'images des conflits qui avaient déchiré la planète au cours des trente dernières années : Rwanda, Bosnie, etc. Il y avait surtout la photographie d'une petite fille déchiquetée aux côtés de son nounours dans une rue de Sarajevo, qui avait ému la terre entière et qui était à l'origine de sa célébrité.

Elle dénicha aussi de nombreuses vidéos et interviews de Messon. Le photographe faisait ce métier pour montrer au monde la réalité de sa face sombre. Son leitmotiv : « Pas de témoins, pas de crimes. »

Ce type a une vision messianique de son métier ! Ou plutôt avait…

Il y eut ce jour fatidique où l'un de ses amis journalistes, Damien Fontbois, perdit la vie en Syrie. Un bombardement sur un quartier de Homs, orchestré par le pouvoir en place, feignant d'ignorer leurs présences. Damien décéda sous ses yeux. Et puis, plus rien.

Plus de sons ni d'images.

En draguant le Web, Julie finit par trouver le nom de la dernière agence de presse pour laquelle Messon avait travaillé : APP, pour Agence de presse et de photographie. Leurs locaux étant situés au centre de Paris, elle décida de s'y rendre. Elle commanda un taxi et, trente minutes plus tard, elle poussait la porte de l'agence et demandait à l'accueil de rencontrer le journaliste. « Il n'est plus chez nous », informa la réceptionniste après avoir vérifié sur son ordinateur. Julie souhaita alors parler à quelqu'un qui l'avait connu. L'hôtesse s'empara du combiné, composa un numéro.

Elle patienta quelques instants et un homme, cheveux gris coiffé en arrière, marqué par le temps et les épreuves, se présenta. Jacques Antoine, directeur de l'agence. Il l'invita à le suivre dans la salle d'attente. Quand Julie reformula sa demande, il leva les yeux au ciel et l'interrogea :

— Pour quelle raison souhaitez-vous le rencontrer ? Et d'ailleurs, pouvez-vous me montrer votre carte de presse ?

— Non, je ne l'ai pas sur moi, répondit-elle du tac au tac. Je veux le voir, car je fais un reportage sur la guerre en Bosnie-Herzégovine. Comme il était présent sur zone, je voulais échanger avec lui sur le contexte et les épreuves qu'il a éventuellement rencontrées. Bref, il détient une telle expérience qu'il me paraît inconcevable de ne pas recueillir son témoignage.

— Je comprends. Mais cela ne va pas être possible. Il va falloir vous trouver un autre type.

— Pourquoi ? Il est mort ?

— Pour ainsi dire. Il a décidé de tourner la page définitivement sur cette vie de reporter de guerre.

— Oui, j'ai vu. Cela s'est passé après la mort de Damien Fontbois, c'est ça ?

Antoine opina du chef et expliqua qu'à son retour, Bob Messon demeura un long moment dans un monde parallèle. SPT. Syndrome post-traumatique. Trop de morts. Trop de souffrances.

— Mais où est-il maintenant ?

Antoine hésita, puis se lança :

— De toute façon, c'est public. Il est devenu photographe animalier sous une autre identité, Jérémie Cartier, et vit dans un refuge de montagne dans les Pyrénées. Il a décidé de ne plus jamais photographier les êtres humains. Seul le blanc immaculé de la neige et des animaux l'intéresse. Rien d'autre ! Et je vous souhaite bonne chance pour lui faire cracher un truc. C'était déjà un rustre avant, alors maintenant…

— Et il a un téléphone ? Une adresse courriel ? On peut le joindre comment ?

Antoine sourit.

— Il a un numéro de téléphone, celui du refuge. Choisissez bien vos arguments !

Immédiatement après avoir quitté Antoine, Julie appela à maintes reprises sans obtenir de réponse.

Pouah, j'espère que je ne vais pas devoir me taper cette montagne au fin fond des Pyrénées pour voir ce type et récupérer ses images !

***

Le lendemain, Messon décrocha enfin. Dès les premiers échanges, il ne faillit pas à sa réputation d'ours mal léché. Compte tenu de son histoire personnelle, Julie avait décidé de jouer franc jeu et d'expliquer la situation de David. En l'écoutant débiter son récit, Messon resta silencieux, puis il se radoucit et avoua avoir détruit toutes ses photos, y compris celles de cet épisode. Il avait d'ailleurs gardé un souvenir ému de la détresse de cette femme, dont il découvrait le prénom aujourd'hui, devant le cadavre de son frère. Julie lui fit part de sa déception, car il était sa seule chance de pouvoir montrer à son ami David une représentation de sa mère.

— Je comprends, répondit Messon. Il y a peut-être un truc à tenter, mais laissez-moi le temps de le vérifier. Envoyez-moi votre adresse courriel par SMS sur ce numéro.

Julie souhaita en savoir plus, mais il raccrocha. Elle essaya de rappeler, sans succès.

Merde. Il me plante comme ça !

Slovaquie – Orava

5 septembre 2021

Éreinté de fatigue, Rhino avait passé la journée à récupérer dans sa chambre. Après une nuit de sommeil agitée, il réactiva son téléphone à son réveil, vers 8 heures. Helena lui avait laissé un message de compte rendu via l'application sécurisée. Elle avait trouvé quelque chose d'intéressant et lui donnait rendez-vous dans une heure au niveau du garage Volvo, situé après la sortie de la ville de Žilina au nord de Brastislava. Il avala un café sur le pouce et sauta dans sa DS.

Lorsqu'il la retrouva, elle demeura mystérieuse sur leur destination. Elle proposa de ne prendre qu'un seul véhicule mais Rhino refusa, souhaitant demeurer autonome. Ils empruntèrent une route jusqu'à Žilina, puis une autre pour gagner Oravský Podzámok en suivant la rivière Orava. Brusquement, en traversant le village, il l'aperçut sur sa droite. Un nid d'aigle.

Helena gara sa voiture sur la place et l'invita à faire de même d'un geste de la main.

— Tu ne passes pas vraiment inaperçu avec ton engin.

— Ma DS est un véhicule de collection. Comme moi. Tu m'expliques ?

— C'est le château d'Orava, dit-elle en lui tendant un plan de la forteresse qu'elle avait récupéré auprès des services historiques de Bratislava. Des cachots y sont répertoriés sur la partie nord et au plus haut de la bâtisse. Il avait été le site du tournage de *Nosferatu le vampire*. Viens, on va prendre un café. Je vais t'en dire plus.

Ils prirent place dans le premier bar et passèrent commande. Helena tournait sa cuillère dans sa tasse, en silence. Elle le faisait languir.

— Bon… Tu accouches ? dit-il en s'agaçant.

Elle lui sourit et se lança :

— J'ai cherché comme une folle, dans toute la région, des chambres d'hôtel louées par des individus dont les noms correspondaient à ceux que tu m'avais donnés. Rien. Je commençais à me poser des questions. J'ai regardé aussi du côté des des propriétés achetées. Toujours rien. À la limite, il aurait très bien pu avoir quitté la Slovaquie pour un autre pays.

— Oui, tu as raison. Ou utiliser un autre nom ?

— Exactement. Alors, j'ai pris le problème dans l'autre sens. Je me suis souvenue que ton type faisait dans le trafic d'armes. Par le passé, nous avons eu en Slovaquie une société qui avait défrayé la chronique. Elle était dirigée par un citoyen slovaque, Peter Šimko, identifié comme le chef de file d'un groupe international de commerce d'armes, à la tête d'une compagnie du nom de Boy Slovakia. Elle avait la particularité de contourner les embargos de l'ONU en délivrant de faux certificats d'utilisateur final pour les expéditions d'armes, d'hélicoptères, d'avions de transport, etc. Ce type avait œuvré pour certains pays africains, tels que le Liberia ou la Sierra Leone. Comme ce monde est petit, je me suis dit que cela valait le coup de tamponner mes collègues des services de renseignement. Ils m'ont confirmé que Šimko avait travaillé avec un trafiquant d'armes biélorusse du nom d'Alexander Abramov. Le transport des expéditions était organisé par le célèbre Victor Bout, cet ancien officier du KGB devenu passeur mondial d'armes. Peter Šimko est toujours en Slovaquie et il dirige une société de communication et d'informatique du nom de KAZ. Elle vient d'être rachetée par Megalon, une méga-usine à trolls russe implantée à Saint-Pétersbourg. Nos services pensent que KAZ est devenue une succursale spécialisée dans l'influence et la manipulation des masses pour créer du contenu, notamment sur l'Afrique.

— OK, intéressant. Mais quel est le lien avec Ruslov ?

— Je pense que ton gars, Ruslov, et cet Abramov ne font qu'un.

— Pourquoi ?

— Parce que Megalon détient des parts dans une société de transport très importante en Biélorussie.

— Air Europa ?

— C'est cela.

— Nous aurions donc trois identités possibles ?

— Oui, en tout cas, sur les passeports, les trois individus se ressemblent bien. Et nous sommes aujourd'hui dans ce village parce que Šimko a loué le château qui se dresse devant toi, pour deux mois. Je trouve que la coïncidence est pour le moins troublante avec la destination de la berline repérée vers Žilina, le soir de la dépose en hélicoptère. D'autant que Šimko évoque dans ses conversations téléphoniques la présence d'un vieil ami.

— Cela fait beaucoup, en effet. Bien joué. Je savais que tu étais la plus forte des Slovaques !

— Arrête tes flatteries, ce ne sont que des suppositions. Maintenant tu m'affranchis, s'il te plaît.

Rhino la fixa, prit une grande bouffée d'air et expliqua la guerre en Bosnie-Herzégovine, son rôle et sa mission de renseignement, ses blessures, le sentiment d'avoir été trahi, abandonné et en insécurité permanente. Mais il tut l'existence de Samra, l'échec de sa tentative de libération, son retour fracassant en France fin 1995. Helena, à la fois médusée et intriguée, lui demanda :

— Donc ton Russe est en fait un Serbe ?

— Oui. Il répond au nom de Mirko Nikolić. Après la guerre, il s'est planqué avec d'autres criminels de guerre recherchés, du côté de Pale, l'ancienne capitale de la République serbe de Bosnie. La France et d'autres pays avaient mis en place un certain nombre d'équipes chargées de les localiser. En ce qui me concerne, je suis parti en mission au Rwanda, puis en République démocratique du Congo, l'ex-Zaïre, et j'ai été rappelé pour intégrer les équipes de traque composées de l'escadron parachutiste de la gendarmerie nationale et d'autres régiments parachutistes. C'est à ce moment-là qu'a germé dans ma tête l'idée de quitter l'armée pour rejoindre la Gendarmerie. Vuk faisait partie des individus recherchés, au même titre que Karadžić ou Mladić. Comme eux, il a été glorifié et considéré comme un héros national par les plus fanatiques. Il était puissant, ce qui lui a permis de mettre en défaut les services de renseignement des pays les plus importants au monde. Il figurait avec Ratko Mladić en haut de la liste officielle des criminels de guerre.

— Je vois…

— Le dispositif de renseignement et d'action qui avait été mis sur pied pour le retrouver échouait systématiquement. Nos services français échangeaient en permanence avec les pays comme la Serbie, le Monténégro et la Russie, susceptibles de conserver des relations avec le fugitif. Notre mission était claire : il fallait l'arrêter et le transférer à La Haye. Cela dit, très rapidement, nous nous sommes aperçus qu'il bénéficiait de soutien de la part des groupes criminels de tous bords. Au début, j'avoue ne pas avoir compris pour quelle raison ils lui mangeaient tous dans la main. Un jour, nous sommes tombés sur une livraison d'armes et j'ai alors découvert que Vuk s'était recyclé dans ce commerce très lucratif.

— Ce qu'il fait toujours !

— À l'époque, il fonctionnait en mode artisanal, alors qu'aujourd'hui, si j'ai bien compris, il serait passé à l'ère industrielle. Nous avons, comme pour les autres criminels, surveillé sa famille et ses amis, qui étaient en nombre limité. Son père étant mort, seule sa mère vivait dans une maison familiale, elle était vieille et n'avait plus toute sa tête. D'ailleurs, le jour de son enterrement, tous les services de renseignement étaient présents, mais il ne s'est pas déplacé. La surveillance de sa résidence familiale à Pale était permanente, avec des caméras, de l'observation humaine, des photos aériennes prises par hélicoptère. Dans ce cas, aussi, en vain. Ainsi, malgré les moyens déployés, Vuk demeurait introuvable. Pas la moindre queue du Loup à l'horizon, comme pour d'autres coupables. Du coup, les Américains et certains pays de l'OTAN ont commencé à se demander si certains, parmi les Français, ne filaient pas en douce des informations à ces individus. Un jour, à l'occasion d'une perquisition dans une des maisons, des documents opérationnels français ont été découverts, augmentant le degré de suspicion déjà élevé, notamment à cause des relations étroites que certains officiers entretenaient avec les Serbes. L'un d'entre eux a dû dégager avec perte et fracas.

— Cela a dû faire désordre.

— Tu l'as dit. Jusqu'au jour où…

Rhino se remémora la scène.

— En février 1997, je me trouvais avec mon équipe en infiltration dans une zone considérée comme un *no man's land*, située entre la Bosnie et le Monténégro. Elle était supposée abriter des trafics divers au niveau des frontières. Après deux heures d'observation, j'ai vu débarquer de grosses voitures aux vitres teintées et d'impressionnants 4 × 4, et là… Bingo ! Je l'ai vu. En chair et en os. Nous avions la possibilité de le neutraliser avec, certes, des dommages collatéraux, mais c'était le bon moment. Donc j'ai rendu compte au plus haut niveau. On m'a demandé d'attendre, de confirmer, d'envoyer des photographies. Bref. Et puis, il s'est passé un truc bizarre. Je l'ai vu prendre son téléphone, regarder autour de lui, se pencher dans la voiture pour…

— Pour ?

— Prendre dans les bras un enfant en bas âge. Ce salopard l'avait embarqué avec lui pour se protéger. Un bébé bouclier en quelque sorte.

— Putain.

— Quelqu'un l'avait informé de notre présence. Les Américains avaient donc raison. J'ai reçu l'ordre de m'exfiltrer au plus vite. Je n'ai pas eu le fin mot de l'histoire… Ma hiérarchie a invoqué la raison d'État.

— Pourquoi ne m'en avais-tu jamais parlé, de ce Vuk ?

— Pour une raison toute simple. Il était considéré comme mort. J'avais personnellement vérifié ce point, en me rendant au Monténégro pour lire la procédure le concernant. Un corps calciné avait été retrouvé dans un véhicule accidenté sur une route de montagne. L'autopsie et les constatations réalisées sur ses dents avaient conclu à la mort de Mirko Nikolić, le 21 avril 1997. Fin de l'histoire. Finalement, ce rapport était un faux.

— Que faisons-nous, maintenant ?

— Je vais faire un tour du site, afin de repérer les points d'observation. Ensuite, on rentre à Bratislava.

— Et ?

— Je reviens avec du matériel et je planque. S'il est présent, je vais le savoir.

— Et moi ?

— Toi ? Rien. On ne s'est jamais vus. Je te rappelle que tu as une famille, un métier, etc.

— Je te rappelle que mon métier est le même que le tien, s'offusqua Helena.

— Était ! Et ce n'est pas ta guerre.

— Bien sûr que si… Il est planqué dans mon pays.

Helena fronça les sourcils.

— Attends voir une minute, là ! Qu'est-ce que tu as derrière la tête ? Tu ne vas quand même pas le…

— Une exécution extrajudiciaire ? Comme il est déjà mort, pan et hop, ni vu ni connu. Je fais en sorte que la réalité devienne conforme à l'état civil.

— Pas faux. Mais ensuite, je vais avoir un tas d'emmerdes. Donc tu ne vas pas faire cette connerie, Rhino ?

— Non, je plaisantais. D'ailleurs, on ne sait même pas s'il est réellement là. Je retourne à Bratislava et je te tiens au jus. Je t'enverrai mon nouveau numéro. Si je mets la main dessus, je te le livre avec toutes les preuves qui sont chez moi, dans mon appartement, et charge à toi de l'envoyer à La Haye. Comme je suis en off, tu parles d'une source ou un truc comme ça à ta hiérarchie et au procureur. Je te connais, tu sais être inventive. Et ce n'est pas la peine qu'on nous voit trop ensemble à partir de maintenant. J'ai juste un dernier truc à te demander.

— Quoi ?

Rhino lui montra du menton le Glock qu'elle avait à la ceinture.

— Tu n'y penses pas ?

— Promis, je ne m'en sers qu'en cas de légitime défense.

— Tu fais chier, Rhino, ronchonna-t-elle en se débarrassant de l'arme et de l'étui.

***

Après deux heures d'analyse de la situation, le constat était sans appel : Vuk n'avait pas choisi cet endroit par hasard.

Rhino sortit ses jumelles. La ceinture du château se caractérisait par des remparts d'une trentaine de mètres, épousant une paroi rocheuse haute de plusieurs dizaines de mètres, bordée sur son flanc est par la rivière Orava, aux fortes turbulences. L'accès par le nord semblait impossible, car constitué d'un éperon très escarpé. Une seule voie aménagée menait à l'entrée principale. Au plus haut de la citadelle, il y avait une sorte de nouveau château fortifié en superstructure. Bref, un nid d'aigle imprenable…

Putain de salopard de Vuk.

Rhino rechercha alors une zone d'observation. Il arpenta ainsi les montagnes environnantes, retrouvant ses anciens réflexes. Il découvrit sur les pistes d'une station de ski un endroit dégagé lui permettant d'avoir une vue directe sur le château. Satisfait de ses reconnaissances de terrain, il reprit la route pour Bratislava. Il loua une chambre d'hôtel et consulta sa messagerie via le VPN, comme le lui avait suggéré Rafik. Ce dernier lui signala que Julie était rentrée à Paris, mais qu'elle envisageait de retourner en Bosnie-Herzégovine. Elle préparait visiblement une surprise, du moins, c'était ce qu'elle laissait entendre sur ses réseaux sociaux.

* * *

Le lendemain matin, il loua un 4 × 4. Ensuite, il acheta une pelle et une pioche, du matériel de progression en montagne, cordes, baudrier, pitons, marteau, dégaines, mousquetons, chaussures de marche, nourriture lyophilisée, et revint sur Orava. Il gara le véhicule sur un parking fréquenté de la petite bourgade et rejoignit à pied sa zone d'observation, lourdement chargé.

Il attendit la nuit, à l'abri dans la forêt, et creusa sa cache. En milieu de journée, le lendemain, il était éreinté. Le poids des années était bien là. Il décida de s'accorder une bonne pause avant de commencer son observation. Il orienta sa caméra d'enregistrement sur le château, régla une alerte en cas de mouvement, et s'enroula dans une couverture de survie, en calant sa tête sur sa grande valise kaki.

Comme il y a vingt-six ans, en Bosnie-Herzégovine.

Bulgarie – Port de Varna

6 septembre 2021, 10 heures

Emmanuel avait pris un vol depuis Varsovie pour Bucarest, histoire de brouiller les cartes. Ensuite, des Gladiateurs lui avaient fait discrètement franchir la frontière entre la Roumanie et la Bulgarie jusqu'à Razgrad. Dans cette ville, il avait pris un train pour Varna, son point de rendez-vous au bord de la mer Noire. À son arrivée, il sauta sur le quai et sortit de la gare. Il se retourna et admira son style Art nouveau avec ses éléments néobaroques. Il aimait ces lieux, de curieux endroits, où le présent était évanescent, où on n'était plus tout à fait là, mais pas encore au loin. Un peu comme lui. Jamais à sa place.

La météo était plutôt clémente pour les jours à venir, ce qui ne l'arrangeait pas. Les passages de frontières étaient souvent plus faciles sous des averses. Il jeta un œil à sa montre. Son contact devait déjà être au point de rendez-vous. Il marcha en direction de la station EKO. Le camion frigorifique était bien garé sur le parking. Une marque chinoise. Il s'approcha de la porte côté conducteur et tapa à la fenêtre.

Deux hommes, d'origine géorgienne, s'extirpèrent du véhicule. Emmanuel remarqua, sur leurs épaules la présence d'un serpent enroulé autour d'une épée, autrement dit, des tueurs.

Deux belles têtes de cons appartenant à la mafia des Vory v zakone.

— *Speak english ?* interrogea d'une voix grave le type au tatouage.

— *Yes*, répondit Emmanuel.

— Le matériel est là avec les protections, comme vous l'aviez demandé. J'ai les vidéos, poursuivit-il en anglais.

Il sortit son téléphone de sa poche et lança quatre vidéos bien distinctes. Sur chacune d'entre elles, la première page du *New York Times* permettait de confirmer que l'opération avait bien été réalisée le 4 septembre 2021. La traversée depuis le port de Poti le long des côtes durait environ cinquante-six heures. Tout semblait conforme. Le camion avait été aménagé avec un double fond. Ils avaient ensuite entreposé, et ce jusqu'au plafond, des containers de poissons frais, calamars et autres produits de la mer Noire. Puis, ils avaient scellé les portes.

Et si ces connards nous l'ont joué à l'envers, l'Organisation les éliminera.

Sous le regard attentif des deux Géorgiens, Emmanuel prit son DecroChat et envoya un message au numéro qui lui avait été fourni. Sobre. Un pouce levé. En réponse, il reçut un QR code qu'il présenta à celui qu'il avait identifié comme étant le chef. Ce dernier le flasha, ouvrit le lien et attendit. Vingt millions de Starcoin venaient d'être transférés sur le wallet du Géorgien. Satisfait de ce qu'il vit sur l'écran et de son équivalent en Bitcoin, il salua de la tête Emmanuel et prit, avec son acolyte, le chemin du port pour embarquer sur le prochain ferry à destination de Poti.

Emmanuel grimpa à bord du véhicule frigorifique puis changea de vêtements afin de passer pour un véritable chauffeur routier. Enfin, il se mit en route vers sa destination suivante. Seize heures de conduite. Plein nord au travers de l'Europe, sans frontière.

Slovaquie – Orava – Cache

7 septembre 2021

Rhino se réveilla en sursaut, saisi par le froid, l'humidité et souffrant de sa position inconfortable. Pendant un instant, il fut incapable de savoir où il se trouvait.

Mal de crâne.

Flash.

Et cette putain de rengaine et ce cauchemar qui revient sans cesse.

La marionnette clouée, chairs ensanglantées, mictions et semences.

L'ensemencement de la mort ! Évidée de vie !

Je n'ai pas réagi.

Je suis à 2 mètres sous terre dans ma cache, comme vingt-six ans en arrière en Bosnie-Herzégovine.

Il se redressa et sa tête frôla le plafond constitué de rondins de bois. Sa montre indiquait 10 heures. Il lorgna la prairie inondée de soleil à travers sa trappe d'observation. Il saisit dans son sac à dos son fidèle réchaud et sa gamelle pour se préparer un café. Son téléphone n'avait enregistré aucun mouvement sur le château. Aucune alerte sur la caméra.

Et si Vuk n'était pas là ? Si Helena avait tort ?

S'il avait encore réussi à lui échapper ?

Il fit sauter les verrous de la malle qu'il avait emportée de Paris et s'empara du fusil de chasse de son père, avant de sortir et de respirer à pleins poumons les odeurs de la forêt. Puis il marcha une centaine de mètres afin de dérouiller ses membres et satisfaire des besoins naturels. Une nouvelle fois, il se sentit observé. Ce sentiment qui l'avait abandonné depuis son arrivée à Bratislava était de retour. Il l'attribua à son côté « raisonnablement paranoïaque » et réintégra son point d'observation.

Il installa son fusil de précision, vérifia la lunette de visée et posa le chargeur sur sa droite. Il était positionné à environ 1 000 mètres de la cour intérieure du château et des premières fenêtres, soit 200 mètres au-delà de la portée optimale de tir. En contrebas, il repéra la présence d'un chemin à environ 60 mètres devant sa ligne de tir. Pour le moment, personne ne l'avait emprunté. Il demeura ainsi quelques heures, alternant entre observation et repos pour ne pas trop fatiguer sa vue.

Vers 14 heures, son attention fut attirée par un curieux manège à l'entrée de la forteresse. Deux camions frigorifiques escortés par six ou sept motards, style Hells Angels, s'engagèrent sur la route menant au château.

Drôles de livreurs.

Après quelques minutes, Rhino les vit déboucher et s'immobiliser dans la seconde cour, au niveau de la dernière partie du château. Un homme assez grand, crâne rasé, débarqua du premier poids lourd, sortit son téléphone et attendit. Simultanément, il aperçut les motards transférer trois caisses en bois du second fourgon vers celui qui était garé en tête. Il s'empara d'un stylo et écrivit sur son bras l'immatriculation des véhicules : l'un provenait de Géorgie et l'autre d'Ukraine.

Rhino vit un SUV noir aux vitres fumées pénétrer dans son champ de vision. Le véhicule montait également au château. Il prit une rafale de photos et, comme pour les autres, écrivit son immatriculation slovaque. Il l'observa franchir les différents accès et rejoindre les autres. La porte arrière s'ouvrit et en sortit celui qui était l'objet de sa traque.

Vuk. Le voilà.

Rhino engagea une cartouche dans la chambre, reposa sa vue quelques secondes, se stabilisa, prit une grande et longue respiration, puis expira la moitié de l'air contenu. Il bloqua son souffle, quand son attention fut attirée par un bruit de moteur venant sur sa droite. Il n'en fit pas cas afin de rester concentré sur sa cible. Son doigt perçut la douceur et la fraîcheur du métal de la détente. Il positionna la jambe droite de Vuk au centre du croisillon et pria pour que les réglages de l'arme soient toujours efficaces. Son index se fit plus ferme.

Avec ça, tu ne vas plus courir !

Le vacarme autour de lui se fit plus présent et une moto, surgissant de nulle part, lui obstrua la vue.

Quel connard ! Dégage, bordel ! Mais qu'est-ce qu'il fout ?

Le pilote, casqué, faisait des roues arrière avec son engin de motocross, juste devant sa cache, passant et repassant de nombreuses fois devant lui.

Il posa l'arme pour s'emparer de ses jumelles. Nikolić monta à bord du SUV qui suivit les camions frigorifiques, le convoi encadré par les Hells Angels.

Putain, je ne le crois pas.

Rhino était dépité. Il observa le manège du motard pendant une minute, multipliant les allers-retours avant de repartir comme il était arrivé.

Putain de merde. Si je le retrouve…

Il décida de continuer ses observations depuis sa planque afin d'être prêt si Vuk revenait. Il en informa Helena par message et joignit les références des plaques d'immatriculation.

Slovaquie – Bratislava

8 septembre 2021, 8 heures

Rhino buvait un café dans sa cache humide quand il reçut un message vocal WhatsApp d'Helena : « Rhino, j'ai les réponses à tes questions. Ton Serbo-Russe est rentré hier chez lui. Il a pris un avion pour Saint-Pétersbourg sous le nom d'Alexander Abramov. »

« OK, je rentre à Bratislava », lui répondit Rhino.

Depuis le départ du convoi, il n'avait plus observé aucun signe de vie dans le château.

Il m'a encore échappé, à cause de ce connard de motard.

Il posa un volume important de branchages sur sa cache et abandonna toutes ses affaires, y compris le Glock, dans l'objectif de revenir les récupérer plus tard.

* * *

Quand le gérant de l'hôtel où Rhino avait réservé ses premières nuits à Bratislava le vit débarquer dans le hall, il resta les bras ballants. Ce fut sans doute l'odeur qui le choqua le plus. Rhino s'en sortit avec une pirouette, lui précisant qu'il était venu en Slovaquie pour chasser le gros gibier. Cela supposait de s'immerger en pleine forêt pendant de longues journées, ce qui expliquait son état.

Douche prise, allongé nu sur son lit, profitant d'un repos bien mérité, Rhino entendit taper à sa porte. Il regarda à travers l'œilleton, enfila un pantalon, une chemise et ouvrit à Helena.

— Tu sors de la douche ? Il ne fallait pas te rhabiller, dit-elle avec un sourire.

— Oui, après quelques jours passés dans la forêt, c'est vrai que le gérant m'a regardé d'un air bizarre ce matin.

— Il m'en a parlé !

Helena portait un tailleur noir moulant. Elle se débarrassa de sa veste, découvrant un petit chemisier blanc cassé qui la mettait en valeur. Et elle le savait.

— J'ai des renseignements et je suis venue te les transmettre en direct. J'avoue qu'il y a quand même une odeur de fauve, dit-elle avisant les vêtements de Rhino.

— Oui, je sais, je dois les amener à la laverie…

— Mais ce n'est pas pour me déplaire !

Elle s'approcha de Rhino.

S'abandonner ?

Elle le repoussa sur le lit et le chevaucha. En silence, elle défit les boutons de sa chemise, un par un, avec douceur. Il pouvait sentir ses doigts frôler sa peau. Il savoura le goût de ses lèvres et son parfum de jasmin. Elle déboutonna son pantalon.

Haletant, elle dénoua ses cheveux, enleva son chemisier et remonta sa jupe. Elle montait et descendait sur lui avec une telle vigueur qu'il poussa un cri rauque. Elle s'affala sur lui.

Ils restèrent ainsi de longues minutes sans bouger, les yeux clos.

— Cela faisait longtemps. Trop ! Je n'ai pas pu me freiner.

— J'aime bien aussi quand c'est explosif. Et j'adore l'odeur de ta peau. Tu sais bien que ça faisait un moment que j'attendais ça.

— Même quand je sens le Rhino ?

— Surtout quand tu sens le Rhino. Mais point trop n'en faut, tout de même.

Elle se redressa.

— Je resterais bien encore un peu, mais on m'attend au bureau.

— Et tes fameux renseignements, objet de ta visite ?

— Ah oui, à propos de tes camions frigorifiques, tes collègues français aussi sont sur le coup.

— Quoi ? Comment ça, des collègues français ? C'est quoi cette histoire !

— Je ne devrais pas te le dire, mais la DGSI travaille sur l'environnement de ton Vuk.

— La DGSI ?

— Ils ont monté une équipe mixte avec les services de mon pays. Ils étaient en filoche sur les camions, mais les ont perdus. Nos adversaires ont été très malins, car ils ont mis en circulation deux autres camions identiques sur des trajets différents. La même marque chinoise. Du coup, n'étant pas assez nombreux, ils ne savaient plus où donner de la tête… Cela dit, Europol et Interpol m'ont fait retour des immatriculations que tu m'avais transmises. Le propriétaire du premier est bien un vendeur de poissons sur la côte de la mer Noire à Batoumi, mais il n'a pas déclaré de vol.

— Cela pourrait donc être une doublette[1] parfaite. Et l'autre ? Immatriculé en Ukraine ? demanda Rhino.

— Inconnu au bataillon.

— En combien de temps puis-je obtenir un visa pour la Russie ?

— Tu n'y penses pas ? Tu vas te jeter dans la gueule du loup, si je puis m'exprimer ainsi.

1. Il s'agit d'un véhicule de la même marque, mêmes caractéristiques techniques et dont l'immatriculation a été copiée.

— J'y vais incognito, en touriste, pour renseigner et vérifier ce que fait Vuk à Saint-Pétersbourg. Allez, aide-moi sur ce coup.

— Donne-moi ton passeport. Tu auras ton visa dans deux jours. Mais tu me promets que tu ne tentes rien ?

— Promis.

De nouveau seul dans sa chambre, Rhino envoya un message à Marion pour s'enquérir de sa santé. Sa réponse fut immédiate : « Les séances avec Luciana me font énormément de bien. Cela va mieux. Merci. »

Puis il décida de faire le point avec Rafik en lui laissant un message vocal sur Olvid : « Bonjour Rafik. Du nouveau côté DecroChat ? »

Rafik : « Oui patron. Le DC7 a de nouveau été activé et apparition d'un DC8. »

Rhino : « Celui qui est apparu au moment de la fuite de Vuk. Le DC7 peut être responsable de l'accident de Marion et Rémy ? »

Rafik : « Oui, c'est certain, car DC1 lui a demandé de procéder à son exfiltration et a bloqué toutes tentatives d'arrestation. Voilà une copie d'écran des échanges qui ont suivi depuis le 29. »

Moins d'une minute plus tard, il reçut le détail des communications entre les différents DecroChat que Rafik avait baptisés.

— DC2 à DC8 : « Activation. RDV à suivre. »

— DC1 à DC7, un appel assez long le soir, suite au message suivant : « Popović m'a confirmé l'information. » Puis un SMS : « J'oubliais. Fais-le souffrir. »

— DC8 à DC7 : « colis pris en charge »

— DC7 à DC8 : message lien qui ramène sur un wallet de crypto. En cours d'analyse. J'ai sollicité sur le sujet quelques spécialistes de la maison.

— DC7 à DC1 : « Fonds transférés en crypto sur le compte de nos amis pour remise matériel. » Photos prises et envoyées de DC7 à DC1.

— DC8 à DC1 : « Arrivée sur zone avec amis. »

— DC1 à DC7 : « Remise objet à notre ami à Saint-Pétersbourg, à l'occasion du gala de charité. Notre projet suit son cours. »

— DC7 à DC1 : « Recherche toujours en cours pour localiser cible. Je vais le trouver. Le suivre. Et prendre mon temps pour le flinguer. Il va payer. »

Rafik : « Il parle d'une cible, mais impossible de savoir qui elle est pour le moment. J'ai placé l'ensemble des numéros et des communications dans l'analyse criminelle. On commence à avoir une bonne physionomie du réseau. Je vous l'envoie.

Les DC6, DC3 et DC5 sont silencieux pour le moment. Il semble y avoir deux réseaux, dont l'un n'est plus actif. »

Rhino : « OK, merci pour l'anacrim[1]. Côté Mastret ? »

Rafik : « Elle part sur Sarajevo aujourd'hui, si j'en crois ses posts. Elle annonce toujours une énorme surprise. »

Intrigué par la formule « remise objet à notre ami à Saint-Pétersbourg » et la correspondance avec le départ de Vuk dans la même ville, Rhino vérifia sur Google. Un gala de charité au profit de la lutte contre le cancer était bien annoncé dans un palais, le 10 au soir. Avec Poutine. Dans trois jours.

Il reçut un nouveau message. Il ouvrit le fichier représentant l'architecture du réseau DecroChat. Rafik avait identifié huit appareils, dont celui de Marjanović. Seuls deux sur quatre actifs étaient en communication régulière.

1. Analyse criminelle.

L'un trônait au sommet de la pyramide, le DC1, qui pourrait bien appartenir à Vuk.

Si le téléphone en question est bien celui de Vuk, alors nous allons nous revoir.

À Saint-Pétersbourg !

ORGANIGRAMME DECROCHAT

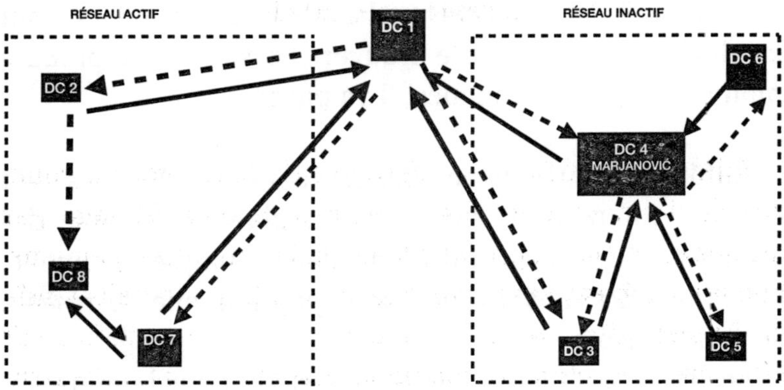

DC = APPAREIL DECROCHAT

Bosnie-Herzégovine – Višegrad

8 septembre 2021

Julie retrouva David à l'aéroport de Sarajevo. Au cours de ces derniers jours, ils avaient beaucoup échangé par messages, et ils s'appelaient au moins une fois par jour. Elle lui avait expliqué avoir été virée à la suite de la soirée au Duplex. Il en avait été sincèrement désolé, mais avait rétorqué que, de cette manière, elle n'avait plus de scrupules à se lancer dans le métier de journaliste. Elle avait revu plusieurs fois Xavier qui s'intéressait, ou faisait mine, à son projet d'enquête en Bosnie-Herzégovine. Julie lui avait laissé entendre qu'elle envisageait de repartir dans ce pays « incessamment sous peu ».

Le 6 septembre, elle avait reçu un message de Bob Messon qui, ému par l'histoire de David, avait remué ciel et terre. Il avait contacté Jacques Lerut, le journaliste qui travaillait à ses côtés pour couvrir la guerre à Sarajevo pendant l'hiver 1994-1995. Et miracle : ce dernier avait conservé les croquis réalisés au cours de ses longues soirées d'hiver passées dans l'hôtel Holiday Inn. Messon lui avait donc envoyé une série de cinq dessins représentant Samra au cours de l'échange de prisonniers du 4 janvier.

Julie était partagée. Devait-elle montrer ces croquis à David, déjà à fleur de peau sur ce sujet, ou attendre un peu que leurs investigations progressent ? Elle avait finalement choisi de les conserver pour son scoop à venir.

Ce matin du 8 septembre, David l'avait informée avoir été contacté par Ermina. Elle voulait qu'ils la retrouvent à Višegrad, car elle avait trouvé des informations sur Samra. Fidèle à son habitude, elle ne souhaitait rien dire au téléphone. Il avait donc invité Julie à le rejoindre : « On ne change pas une équipe qui gagne. » Elle ne s'était pas fait prier et avait embarqué sur le premier vol venu.

Rayonnant et visiblement ravi de la revoir, David l'attendait, adossé à son SUV de location, sur le parking de l'aéroport. En rangeant sa valise dans le coffre, il lui demanda avec humour si elle avait trouvé, pendant le vol, un souffre-douleur ou un fiancé pour y planter ses ongles. Elle lui donna un coup de poing sur l'épaule. Ils prirent la route vers la Republika Srpska. Il conduisait avec douceur, et il avait branché une clé USB sur laquelle il avait téléchargé Népal. Il lui laissa entendre que sans elle, la vie à Sarajevo avait été un peu terne. L'attitude de David provoqua un malaise chez Julie. Elle regrettait de s'être embarquée dans cette relation avec Xavier.

***

Après trois heures de route, ils traversaient Višegrad afin de garer leur véhicule quand David reçut un message d'Ermina qu'il montra à Julie : « Ne passez pas chez moi, vous êtes suivis par les hommes de Popović. Poursuivez votre route à pied jusqu'à la sortie de la ville, vers notre pont. Continuez ensuite votre chemin vers la tour de pierre Marko Kraljević. À son niveau, vous bifurquez sur votre gauche en grimpant sur la colline. Je vous attendrai au sommet. Je verrai ainsi si vos poursuivants ont abandonné leur filature. »

David se retourna négligemment et aperçut deux hommes. Sans dire un mot, il prit Julie par le bras et lui demanda de le suivre. Ils s'engouffrèrent dans une rue et accélérèrent. David tourna dans une ruelle qui donnait sur une lisière. Il lui fit signe de s'accroupir. Cachés, ils attendirent ainsi sans bouger et rejoignirent le pont. Ils respectèrent l'itinéraire recommandé et grimpèrent sur la fameuse colline où ils retrouvèrent Ermina. Après les salutations, elle les informa de ses investigations.

— J'ai un peu fouillé et j'ai trouvé quelque chose d'intéressant sur votre Samra. En fait, sa famille a quitté la ville dans les années 1980. C'est la raison pour laquelle je ne les ai pas connus ni enregistrés dans ma base. En 1995, Nikolić a senti le vent tourner. Avec ses Serpents, il a passé de plus en plus de temps à Višegrad, plus proche de la Serbie, dans le cas où il lui faille trouver refuge. Ils ont élu domicile dans une belle bâtisse qui a été épargnée, car elle lui servait de poste de commandement. D'après les informations que j'ai recueillies, Samra a été enfermée dans cette maison spéciale.

— Maison spéciale ? Qu'est-ce que cela signifie ? questionna David.

Ermina expliqua :

— Un bordel. Il y avait d'autres femmes, mais elle a bénéficié d'un traitement particulier. C'est la raison pour laquelle je ne l'avais pas dans mes dossiers. Elle a été gardée par cette Aleksandra, la rousse dont j'ai aussi retrouvé le nom. Elle s'appelle Pavlović.

— Où se trouve cette maison ?

— Elle a été détruite. Elle appartenait à un retraité musulman et sa femme, qui avaient réuni toutes leurs économies pour se l'acheter. Les hommes de Nikolić les ont tués, ont volé leur voiture et leur maison. Nous n'avons jamais retrouvé leur corps.

— Pourquoi un traitement particulier ? interrogea Julie.

Hésitation.

— Elle était la préférée de Nikolić. Mais surtout, elle était… Ou est tombée enceinte.

Ermina braqua son regard sur David.

— Était ou est ? marmonna-t-il en baissant la tête.

Julie l'observa en coin.

— En vrai, elle était déjà enceinte quand elle a été enlevée, rétorqua-t-elle.

— Sans quoi, je serais le produit d'un viol ! lâcha David.

D'un violeur et le fils de Vuk, pensa Julie.

Ermina prit sa main avec douceur.

— Tu dois avoir une conversation avec ton père, dit-elle.

— Pas tant que je n'aurai pas découvert la vérité ! cria-t-il, se dégageant et serrant les poings.

— Selon vous, qu'est devenue Samra ?

— À vrai dire, je ne sais pas. On m'a dit qu'elle avait été portée disparue suite à l'attaque.

— L'attaque ?

— Oui, des Français ont tenté une opération commando, mais elle a mal tourné. C'est à cette occasion que la maison a été brûlée.

— Des Français ? s'étonna Julie.

— Oui, c'est ce que l'on m'a dit.

— Quand a-t-elle eu lieu ?

— En octobre ou novembre 1995.

— Avait-elle de la famille installée dans la région ?

— Non, tous sont morts ou portés disparus, répondit Ermina qui regarda sa montre. Je vous laisse, car je dois raccompagner ma fille à Vienne. Vous avez mes coordonnées si besoin. Je vous conseille de rentrer sur Sarajevo.

— Oui, mais pas avant d'avoir vu la maison, ou ce qu'il en reste.

— Je comprends, fit-elle en prenant le chemin de la ville.

— Merci pour votre aide, Ermina, dit David. Ce Nikolić étant vivant, il va devoir rendre des comptes à la justice.

Elle se retourna, les yeux écarquillés.

— Comment ça, vivant ?

Elle était devenue blanche comme un linge.

— Mon père m'a envoyé un message pour m'en informer. Il a retrouvé la trace de Vuk et le traque.

Julie regarda David, interloquée.

Non mais j'hallucine ! Il ne m'a rien dit…

— Vivant ? Ce n'est pas possible ! Il a été tué au Monténégro, dit Ermina.

— C'est peut-être ce qu'il a laissé croire. Mon père a été clair et s'il me dit qu'il est vivant, c'est qu'il l'a vérifié.

Ermina s'affala au sol. Mutique. Les deux jeunes ne savaient que faire.

— Ainsi, il est vivant. Dans ce cas, tout est différent, marmonna-t-elle.

— Pourquoi ?

— Parce que la jeune fille, la survivante du village qui a été anéanti, et dont je vous avais parlée, c'est moi. Nikolić ne l'a jamais su. C'est le seul hameau qui a été détruit. Les Serpents sont revenus pour éliminer les rescapés. Ils avaient même pour mission de ramener les corps de ma mère et du reste de ma famille. J'ai échappé au bombardement, car j'étais absente du village, partie chercher du bois. Quand je suis revenue sur site, j'ai découvert qu'il n'y avait aucun survivant. J'ai vu, en revanche, Nikolić commander les opérations. Par la suite, j'ai été recueillie par des habitants de la ville. Mais comme toutes autres filles de mon âge, j'ai été traitée comme vous le savez. Et je sais aussi pourquoi il a détruit notre village. C'était à cause de ma mère. Elle était sage-femme à Zenica, une ville au nord de Sarajevo. Au début de la guerre, nous sommes revenus à Višegrad, berceau de la famille. C'est à cette occasion qu'elle a croisé Vuk, à la tête des Serpents, et l'a fait chanter. Elle voulait obtenir de l'argent et un laissez-passer pour mon père, mon frère et moi afin de s'installer à l'étranger. J'ai entendu ma mère le dire à mon père un soir.

— Elle voulait le faire chanter ? Pour quelle raison ? interrogea David.

— Elle avait gardé tous les certificats et les a montrés à mon père, qui lui a ordonné de ne rien dire, rien faire. Mais ma mère était une femme forte, avec du caractère. Elle n'en a pas tenu compte.

— Quels certificats ?

— Ceux de la naissance de Nikolić. Quand Jovan, le père de Vuk, a appris la mort de son enfant unique au cours de l'accouchement, il était dévasté. Compte tenu des difficultés que sa femme et lui avaient rencontrées pour avoir cet enfant, et anticipant la détresse de celle-ci, il a accepté la solution proposée par ma mère contre une bonne somme d'argent. Une femme, Almira Alagić, était décédée en couches dans la nuit. Le père se retrouvait seul avec d'autres enfants. Ma mère a interverti les bébés. Le fils d'Almira a été placé dans le berceau et a pris le nom de Mirko Nikolić. Ma mère a fait en sorte que les papiers soient en règle. Lorsqu'elle en a informé Vuk, le lendemain notre village était détruit. Trente-six morts.

Silence.

— Je sais ce que vous pensez.

— Comment ça ? réagit David.

— Concernant ma mère. À cette époque, les temps étaient durs pour tout le monde. D'un côté, vous aviez un bébé promis à une vie difficile et, de l'autre, une mère et un père désespérés. Ma mère n'était pas la seule sage-femme qui faisait ce type d'arrangement.

— On ne juge pas. Mais cette Almira Alagić ? Elle était musulmane ? questionna Julie.

— Oui, et c'est pour cette raison que Nikolić a souhaité effacer ses véritables origines, en rasant les habitations et tuant toutes ces personnes. Vous imaginez le scandale. Le chantre de la Serbie, qui est finalement un musulman !

— Carrément dingo, oui… Avez-vous gardé des preuves ou documents de cette histoire ? interrogea-t-elle de nouveau.

— Non, je ne suis pas rentrée dans le hameau rasé. En les voyant tourner autour des cadavres et des décombres, je peux vous dire que j'ai pris mes jambes à mon cou. Si Nikolić est vraiment vivant, alors je veux témoigner à La Haye contre lui pour crimes de guerre. David, vous devez le dire à votre père.

— Je m'en charge, je vous le promets, Ermina.

Elle l'enserra très fort contre sa poitrine opulente. Elle se recula, essuya une larme posée sur sa joue et dit :

— Vous avez mes coordonnées. Mais faites très attention à lui, cet homme et ceux qui l'entourent et le protègent sont très dangereux. À l'époque, il avait des ramifications partout dans les Balkans. Je pense qu'il a conservé tous ses liens. Surtout localement !

Julie abandonna David pour demander un service à Ermina en aparté, puis elle le rejoignit dans le 4 × 4 et le questionna :

— C'est quoi cette histoire de Vuk vivant ? Tu aurais pu m'en parler quand même, on forme une *team*, non ?

— Oui, je sais.

— Tu as appelé ton daron ?

— Non, il m'a laissé un message WhatsApp en me signalant d'abord qu'il venait pour tout m'expliquer. Puis, un second m'indiquant qu'il était de nouveau à ses trousses et qu'il passerait en Bosnie plus tard. Comme toujours, ses rendez-vous manqués.

— En vrai, tu aurais quand même pu m'en parler, fit Julie renfrognée.

— Je n'ai pas voulu t'inquiéter.

— Genre la fille en sucre qu'il faut protéger.

***

Une heure plus tard, David et Julie garèrent la voiture à la sortie de la ville. Ils se dirigèrent vers le terrain vague sur lequel trônaient les vestiges de cette grande demeure qui avait servi de prison à Samra pendant de longs mois. Julie photographia le site.

— Donc, si je comprends bien ce que vient de nous expliquer Ermina, nous avons affaire à un criminel de guerre. Il est supposé être d'origine serbe et avoir fait la promotion de la Serbie, alors qu'il est musulman. Il a enlevé en 1995 ma mère, alors enceinte de moi… Ou pas ?

— T'as tout compris, souffla-t-elle. D'ailleurs… Je voudrais bien te proposer un truc.

— Oui ?

— Non, rien, se rétracta Julie qui sentit finalement que le moment était mal choisi.

— Comme tu voudras… En attendant, nous devons savoir ce qu'il s'est passé lors de cette attaque ! Caudy ne nous a peut-être pas tout dit ? On devrait aussi aller rendre visite à Marquenet. Mon père m'en parle dans son message.

Ils se recueillirent devant les ruines de la dernière – supposée – demeure de Samra. Aucun des deux ne remarqua qu'un motard, camouflé derrière un mur, venait de les photographier. Xavier réajusta le bandage sur sa main et prit la direction de Višegrad.

***

Après une heure trente de trajet, Julie reçut un nouveau message d'Ermina : « Milena a eu un accident. Elle a été renversée ce matin par un motard avec délit de fuite.

J'ai peur. La vase putride est en train de remonter à la surface. Je raccompagne ma fille en Autriche et je reviendrai en Bosnie. Voici mon nouveau numéro de téléphone. Contact par messagerie cryptée, *please*. Faites très attention à vous. »

— Merde ! s'exclama Julie.

L'annonce de l'accident de Milena bouleversa David, déjà à fleur de peau. Il stoppa le véhicule en bord de route, puis marcha seul pendant un long moment avant de reprendre le volant.

Aucun mot ne fut prononcé dans la voiture jusqu'à atteindre Sarajevo. Julie réfléchissait et eut soudain une idée. Elle s'empara de son téléphone et envoya un message à Ermina en lui demandant de faire des recherches à son profit.

Bosnie-Herzégovine – Mostar

10 septembre 2021, 14 heures

David et Julie décidèrent d'éviter l'hôtel Europe pour leur nuit à Sarajevo. Ils choisirent une chambre d'hôtes dans le vieux quartier de Bistrik, en face de la bibliothèque et à proximité du tilleul où Rhino et Samra avaient gravé leurs initiales.

David abandonna Julie, prétextant une course à faire. Il la retrouva chez Caudy, qui était plutôt heureux de les revoir et en profita pour se servir une franche rasade de whisky. Après lui avoir fait le point sur leurs récentes découvertes, David le questionna afin d'être certain que ce dernier n'avait rien omis de leur dire. Caudy fut ferme. Tout ce qu'il savait concernant Samra s'arrêtait au 14 février 1995, date de sa disparition. Depuis, il n'avait fait que conserver ses affaires au cas où elle reviendrait. Rien de plus.

En revanche, il précisa que ce *sale con de Marquenet* en savait beaucoup plus qu'il ne voulait en dire, notamment sur l'opération ratée de Višegrad. Il dicta à David et Julie l'adresse où ils pourraient le trouver. Marié à une Bosnienne rencontrée pendant la guerre, il avait pris sa retraite dans le Sud, en Herzégovine, dans un petit village du nom de Blagaj, au bord de la rivière Buna.

Après le rendez-vous avec Caudy, ils prirent la route en direction de Mostar, ville martyre connue pour son vieux pont, détruit et reconstruit à l'issue du conflit. Le soleil se couchait quand David gara la voiture dans la rue indiquée à Blagaj, devant une grande maison bleue.

Un lieu de paix.

D'immenses saules pleureurs s'inclinaient comme s'ils exécutaient une révérence, abandonnant leurs branches et feuilles au courant de la Buna. Après avoir sonné, ils virent une très belle femme, en tenue d'apicultrice, venir à leur rencontre. David fit savoir qu'ils cherchaient un homme répondant au nom d'Olivier Marquenet. Elle confirma que son mari était bien présent et les invita à entrer dans le salon finement décoré à la bosnienne. Elle les fit patienter. Julie et David déambulèrent dans la pièce jusqu'à entendre une voix assez grave les interpeller.

— Bonjour. Que puis-je faire pour vous ?

— Vous vous souvenez de nous ? Nous nous sommes vus à la réception de l'ambassade. Je suis venu vous remercier.

— Pour ?

— Pour avoir réglé la note de l'hôtel Europe.

Sous le regard surpris de Julie et de Marquenet, David se leva et dirigea vers le fond du salon. Il revint avec un petit cadre en main qu'il se mit à lire à voix haute :

« Code d'honneur

Élève du lycée militaire d'Autun,
la camaraderie, le travail et la
loyauté sont mes vertus.
D'une tenue toujours élégante,
d'un comportement toujours digne,
je m'attache à donner le meilleur
de moi-même sur le plan scolaire,
sportif et humain.
Respectueux des valeurs patriotiques

et républicaines de la France, attaché
au souvenir glorieux de l'histoire de
mon école, je suis conscient d'appartenir
à la communauté fraternelle et solidaire
des enfants de troupe.

POUR LA PATRIE TOUJOURS PRÉSENTE. »

— Mon père est aussi issu du collège militaire d'Autun, lança David en reposant le cadre.

— Ah ? Comment s'appelle-t-il ? Il y a de nombreuses promotions.

— Vous le savez très bien. Michel Rinocci, lâcha Julie.

Il le reconnut à contrecœur. Elle poursuivit :

— On a lu le journal de marche du lieutenant Michel Granier, enfin, Rinocci. Vous y êtes désigné en qualité de gendarme, et d'espion, si vous voyez ce que je veux dire. Je vous ai vu secouer Caudy lors de la soirée de l'ambassade.

Marquenet blêmit et s'assit. Il confirma que le père de David était un ami de longue date. Ils étaient dans la même classe de la seconde à la terminale B et avaient une passion commune : la musique. Il ajouta que son père était un type bien.

— D'ailleurs, il m'a demandé d'intervenir dans le cas où il t'arriverait un problème. C'est ce que j'ai fait. Je peux dire que tu avais bien amoché les deux types du service d'ordre. Je ne sais pas où tu as appris à te battre ainsi. J'ai dû négocier ferme pour éviter le dépôt de plainte. Mais de quel journal de marche parlez-vous ?

— Si vous souhaitez que je vous en parle, il va falloir que vous m'en lâchiez un peu plus. Connaissez-vous une dénommée Samra ? demanda David.

Silence. La femme de Marquenet pénétra dans la pièce avec une carafe d'eau citronnée et trois verres qu'elle posa sur la table avant de disparaître, percevant l'électricité présente dans l'air. Il confirma la connaître et avoua que Michel et elle avaient eu une liaison.

— Que s'est-il passé à Višegrad ? Après son enlèvement ? interrogea David.

— En réalité, vous mentez ! Vous n'avez aucun journal, c'est bien tenté en tout cas, lâcha Marquenet.

Julie sortit son portable et lui montra la première page du journal.

— On ment ?

— Où avez-vous trouvé ce document ? rétorqua Olivier en se saisissant du portable de Julie.

— Samra l'avait remis en mains propres à Caudy, répondit-elle.

— À votre tour ! Višegrad ? Que s'est-il passé dans cette maison ?

— Je préférerais que ce soit ton père qui t'explique toute cette histoire. Ce n'est pas à moi de le faire. Maintenant, je vous prie de bien vouloir me laisser.

Sans attendre leur réponse, il se leva et leur montra la porte du doigt.

Bosnie-Herzégovine – Mostar

10 septembre 2021, 17 heures

Julie toisa David qui conduisait comme à son habitude à grande vitesse, en regardant de temps à autre son téléphone.

— Qu'est-ce que tu fous avec ton téléphone ? En roulant comme un dingo, en plus !

— Je gère, ne t'inquiète pas.

Ils se garèrent devant l'appartement qu'ils avaient loué et s'y posèrent. Exténuée, Julie se jeta sur le lit, qui émit une plainte grinçante. David, l'appareil toujours en main, posa ses affaires sur le canapé. Il monta le son de son téléphone. Julie reconnut la voix de Marquenet, qui répondait à un correspondant. Elle regarda David en écarquillant ses grands yeux.

— Putain ! Je ne le crois pas. Tu as planté un micro chez un mec de la DGSE ?

David lui mit la main devant sa bouche.

— Chut ! Non, un téléphone allumé.

Marquenet échangeait avec son correspondant :

— *Qu'est-ce que tu fous en Slovaquie ?… Ton fils et sa copine sont passés à la maison… En danger ?… OK, je vais voir ce point avec le fils de Goran, Bruno, mais tu dois savoir quelque chose : il y a un truc bizarre. Ils ont ton journal de marche… Oui, tu as bien entendu. Ton journal de marche… Je n'en sais rien… Fais au plus vite. Tu ne veux pas me dire ce que tu fais à Bratislava ?... Tu l'as retrouvé ?... Et tu vas faire quoi ? En Russie ? Tu es complément malade. Tu vas goûter au goulag, mon pote... OK, mais c'est n'importe quoi, ton histoire.*

Marquenet raccrocha et composa un autre numéro.

— Passez-le-moi.

Trente secondes d'attente.

— Qu'est-ce que vous avez foutu avec la source ?

Silence. Bruits de frottement.

— Merde, je vous rappelle.

Coupure de son. Le téléphone avait été raccroché. David regarda Julie, dépité.

— J'étais certain qu'il appellerait mon père.

— Ça a coupé au moment où ça devenait intéressant ! s'écria Julie. Comment as-tu fait ?

— J'ai acheté un téléphone avec une puce à Sarajevo. Puis, je l'ai glissé derrière le radiateur après avoir composé mon numéro.

— Quand ?

— Au moment où j'ai récupéré le petit tableau où se trouvait le code d'honneur des enfants de troupe. Il a dû le trouver et couper la communication.

— Tu es plein de ressources, mon David.

— Pourquoi a-t-il parlé de Russie ? Mon père part là-bas ? Ça m'inquiète...

Elle se rapprocha de lui, effleura avec le doigt son poignet, remonta ainsi jusqu'aux branches du cerisier prenant naissance sur le coude. Elle déboutonna sa chemisette, la retira et s'attarda sur les fleurs qui ornaient le haut de son épaule. Il s'ébroua légèrement, la peau hérissée de frissons. Il s'empara délicatement de sa main et l'attira vers lui. Ils s'embrassèrent, profitant de cet instant qu'ils avaient tous deux retardé au maximum. Elle enleva son tee-shirt, se plaqua contre sa poitrine. David la porta et la posa sur le lit. Il la déshabilla. Elle émit quelques gémissements qui se transformèrent en cris quand David la pénétra.

* * *

Exténués par leurs ébats, David et Julie demeurèrent allongés côte à côte.

— J'aurais préféré une chambre plus romantique. Sacré dégât des eaux ! dit-elle en montrant le plafond taché.

— J'avoue.

— Tu en auras mis du temps à te décider, minauda Julie.

— Pas faux, mais tu m'intimidais.

— Au fait, une fille t'attend à Paris ? Genre la *pet-sitter* qui s'occupe ton chat ?

— Non, personne. Trop de boulot.

— Tant mieux. Je n'aime pas partager.

— Et toi pourtant, tu te partages, non ? Ton soi-disant mec ? Maxime le DJ ?

Elle ne répondit pas et se leva, se dirigea vers son sac à main posé sur le canapé et en sortit une paire de ciseaux. Son téléphone vibra.

Xavier ? Elle ignora le message.

— Tu permets ? Je vais te couper une petite mèche de cheveux.

— Ah ! Je vais rejoindre ta boîte à fétiches ! Celle que Popović avait trouvée dans ton sac à main !

— C'est mon petit rituel. Je prends toujours une part de celui ou celle avec qui je couche.

David la regarda, étonné.

— On ne me l'avait jamais faite, celle-là. Tu en fais quoi, après ?

— Je la colle dans un petit livre, en souvenir, qui se trouve dans une boîte sur ma cheminée.

— OK, mais tu ne me fais pas un trou.

Elle coupa une mèche qu'elle glissa dans la boîte mauve extraite de son sac à main. Pas mécontent d'avoir rejoint son panthéon, David la regarda faire. Il n'osa pas poser la question qui lui brûlait les lèvres, car elle risquait de gâcher le moment.

Combien de mèches de cheveux peut-elle bien avoir dans son carnet ?

Slovaquie – Bratislava

10 septembre 2021, 18 heures

Rhino et Helena se retrouvèrent plusieurs fois à l'hôtel ou dans des restaurants à Bratislava. Pour la première fois depuis son aventure avec Samra, Rhino se sentait en parfaite harmonie avec une femme et savait que la réciproque était vraie. Ce matin du 10 septembre, elle lui tendit son passeport avec le visa pour la Russie, en lui faisant savoir qu'elle regrettait de ne pas le garder auprès d'elle encore un peu plus longtemps. Ce voyage l'inquiétait énormément. Rhino lui transmit les coordonnées de sa cache, afin qu'elle puisse récupérer ses affaires et son Glock, au cas où il se retrouverait au goulag.

— On dirait un testament.

— Mais s'il te plaît, pour le moment, ne touche à rien dans la cache, car Nikolić peut très bien revenir se planquer au château.

— Faudra que tu m'expliques un jour ce que tu ne m'as pas encore dit… Je te dépose à l'aéroport ?

— Non, je vais prendre ma voiture. J'ai trouvé un vol à 19 h 30.

— Nous nous disons au revoir ici, donc ?

Rhino l'enlaça avec tendresse. Ils demeurèrent ainsi l'un contre l'autre, accordant leurs souffles et battements de cœur.

— Rhino, je tiens de plus en plus à toi. Ne fais pas le con…

— Je te le promets. J'y vais juste en touriste et je reviens te voir.

— Si tu reviens, je règle aussi mes affaires. Je vais divorcer.

— Je serai très prudent, alors.

Il prenait en main son sac quand son téléphone bipa. Par acquit de conscience, il ouvrit le message qu'il venait de recevoir, provenant peut-être de Rafik, ou mieux, de David. Sa gorge se serra.

Putain !

— C'est qui ? demanda Helena, intriguée par le regard et la tête déconfite de Rhino.

Il lui tendit l'appareil, sur lequel apparaissait une photo de David et Julie à Višegrad, devant une bâtisse en ruine. Rhino la reconnut. Son équipe et lui avaient planqué autour pendant des jours avant de monter leur opération commando.

— Le message est clair. David et sa copine ont été repérés et sont en danger. Je dois partir au plus vite pour la Bosnie-Herzégovine.

Il s'assit sur le lit, tremblant, et rédigea à David un message joint à la photo : « Ta copine et toi êtes en grand danger. Je viens de recevoir ce cliché. Vous avez été repérés et devez vous mettre à l'abri. » Il réserva un vol à 22 heures pour Sarajevo. Soudain, une question le tarauda.

— Comment ont-ils obtenu mon numéro ?

— Bonne question, souligna Helena, dubitative. Tu laisses tomber la Russie, alors ?

— Oui. Je pars maintenant.

— Ouf ! souffla Helena.

Ils s'embrassèrent avant de se quitter sur le pas de la porte de l'hôtel.

Slovaquie – Bratislava

10 septembre 2021, 18 h 30

Rhino marcha d'un bon train. En cours de route, il reçut un message de Rafik lui demandant de rappeler au plus vite la capitaine Lesachant de l'IRCGN. Elle avait poursuivi le travail sur les images qu'il lui avait données, notamment sur la personne dans le véhicule. Il rejoignit en peu de temps le parking souterrain où se trouvait sa DS. Il poussa la porte vitrée et entra. La conversation qu'il avait eue avec Olivier Marquenet résonnait encore. Il eut la surprise d'apprendre que David lui avait rendu une petite visite impromptue, et surtout que son journal de marche était en sa possession.

Comment une telle chose est possible ? Samra me l'avait volé !

Rhino inséra son ticket de parking et fit malencontreusement tomber son portefeuille au sol en prenant sa carte bancaire. En se baissant pour le ramasser, il sentit une présence derrière lui. Il se redressa et aperçut avec stupeur un homme cagoulé, vêtu de noir, à 2 mètres de lui, un couteau ciselé dans sa main droite. Subitement, l'individu se jeta sur lui. Il pivota sur sa jambe gauche, esquiva et frappa durement de son poing les côtes de son agresseur, qui émit un gémissement.

Il tenta alors de le désarmer, mais l'individu, déséquilibré, découpa l'air avec sa lame sans le toucher. Profitant de la situation, Rhino se précipita alors sur lui, tendit les jambes et percuta le thorax de l'homme en noir. Il fut projeté contre le distributeur dans un bruit sourd et métallique. Son couteau tomba et glissa dessous.

Il se rua sur son adversaire et lui arracha sa cagoule en le griffant. Mais il fut propulsé sur le côté par un coup de pied dans les côtes. Le souffle coupé, il tomba sur le dos.

Le couteau.

Il glissa la main sous la machine, le sentit sous ses doigts et l'agrippa.

Redresse-toi, inspire et expire.

L'homme le chargea et lui donna un violent coup de pied dans l'épaule. Il tomba à la renverse et, le couteau toujours en main, poignarda le bras de son adversaire qui beugla.

Rhino s'entendit respirer bruyamment. Son corps était meurtri, sa gorge contractée. Il fut pris de haut-le-cœur. Il se releva pour faire face à son adversaire.

Avale ta bile. Cours ou affronte. Ce sera lui ou toi.

Rhino découvrit alors le visage de son agresseur, qui arborait un sourire en forme de scalpel. Avec une dextérité qui surprit Rhino, il réalisa une feinte de corps et plaça un coup de pied précis sur sa main. Son couteau vola.

Putain de merde ! Il a l'âge de David.

L'homme avança en cherchant de sa main valide une arme à feu dans sa veste en cuir.

Maintenant, fonce avant qu'il sorte son flingue.

Vif comme l'éclair, Rhino le frappa d'un violent coup de poing à l'estomac. L'attaquant s'affala.

Dégage de là, et vite.

Rhino courut vers sa voiture.

BMW à 2 mètres.

Il se plaqua au sol derrière la berline. Les vitres volèrent en éclats.

Bordel, si j'avais gardé le Glock d'Helena.

Deux balles traversèrent le pare-brise.

Il est où ce connard ?

Crissements de pneus au loin.

Nouveau tir. Claquements et impacts sur le béton. Bruits de pas. Lents.

Crissements de pneus plus rapprochés.

L'homme en noir avait remis sa cagoule. Il était au centre du parking.

Il réarme. Il va m'achever.

Il prend son temps, comme le chat avec la souris.

La mort s'approche.

Baptême du feu à Igman.

Extrême-onction à Bratislava.

Une Audi déboucha et ouvrit le feu sur l'homme.

C'est quoi ce délire ?

Le type tomba à terre.

Rhino s'empara de son sac et courut pour rejoindre le virage en colimaçon et l'étage inférieur où la DS était garée. Il s'attendait à prendre une balle dans le dos à tout moment. À l'entrée du virage, il se retourna pour vérifier à quelle distance se trouvait son adversaire. Il était toujours au sol. La voiture l'avait contourné.

Il poursuivit sa course. L'Audi prit le virage et se positionna à sa hauteur. La fenêtre du véhicule s'abaissa.

— Montez vite ! dit la conductrice dans un français parfait.

— Qui êtes-vous ? demanda Rhino essoufflé.

Une balle siffla au-dessus de sa tête. Son assaillant était sur pied.

— Peu importe, grimpez ! Vous allez vous faire flinguer. Vous n'avez pas d'autre choix que de me faire confiance.

Pas faux !

La femme ouvrit la portière. Il s'engouffra dans l'auto qui démarra en trombe. En se retournant, il aperçut l'individu boitant, l'arme au poing, leur tirant dessus. Une balle atteignit le pare-brise arrière. La conductrice accéléra, roula à tombeau ouvert, enchaîna les virages pour accéder à la sortie du parking. Rhino s'accrocha à la poignée. Au passage, il distingua sa DS.

— Je peux savoir qui vous êtes et où on va ?

— Oui, mais d'abord, pouvez-vous me donner la télécommande située dans la boîte à gants ?

Rhino se pencha et la lui tendit. Elle appuya sur l'un des boutons.

Il aperçut une boule de feu dans le rétroviseur.

Putain ! Je ne le crois pas… Elle a fait sauter ma DS.

Slovaquie – Bratislava

10 septembre 2021, 19 heures

Ils ne s'adressèrent pas la parole pendant au moins deux minutes, la fille étant concentrée sur sa conduite. En se tenant les côtes, Rhino observait ce petit bout de femme qui venait de lui sauver la vie. De ses gestes émanait une autorité inflexible. Cheveux d'un blond presque blanc, elle avait un visage fin, orné de cinq ou six boucles d'oreilles, et des yeux bleu acier. Elle était vêtue d'un jean et d'un tee-shirt à l'effigie du groupe de hard rock AC/DC. Elle lui tendit la télécommande.

— Petit souvenir. Au fait, sympa la voiture. Quelle marque ?

Et pleine d'humour.

— Une DS Pallas. C'était juste un modèle de collection.

Elle passa les vitesses avec énergie et précision, sans répondre. Rhino se pencha pour jeter un coup d'œil au compteur : 180 kilomètres par heure. Elle prit la parole :

— Je m'appelle Mélusine. Enfin, c'est mon nom de code, car je travaille à la DGSI. Ne vous inquiétez pas, la conduite rapide est ma spécialité, entre autres.

— Enchanté, Mélusine de la DGSI. Colonel Michel Rinocci de l'OCLCH. Enfin. Dans une vie antérieure. Et c'est mon vrai nom.

— Oui, et Rhino aussi…

— Pourquoi avez-vous fait sauter ma DS ?

— Pour effacer toutes les traces et faire une petite diversion. D'ailleurs, en parlant de ça, jetez votre téléphone par la fenêtre. C'est sans doute grâce à ça qu'il vous a repéré. À moins qu'il n'ait placé un truc dans votre sac pour vous géolocaliser ? Vous voulez bien vérifier ?

Rhino fouilla dans son sac, mais ne trouva rien. Il tâta les coutures et finit par sentir sous ses doigts un bouton de la taille de 1 centimètre. Il déchira le tissu et se saisit de l'appareil estampillé du logo d'Apple. Il ouvrit la fenêtre et le balança avec le téléphone à l'extérieur du véhicule.

— Un bon point pour vous. Enfin deux, avec le fait que vous m'ayez sauvé la vie. Vous savez qui est ce type ?

Elle zigzagua entre deux voitures et se tourna vers lui en souriant.

— Je l'ai flairé au moment où je m'apprêtais à entrer en contact avec vous, à Bratislava. Quand j'ai compris ce qu'il s'apprêtait à faire, j'ai réagi. Je pense l'avoir blessé au bras, mais légèrement, car je l'ai vu se relever avant qu'il ne fasse feu sur nous. J'ai déjà croisé cet individu à Paris, mais c'est un point que je vous expliquerai plus tard.

Rhino posa son coude sur la portière, pensif.

— C'est sans doute lui qui m'a envoyé les photos de mon fils David et de sa copine, pour provoquer une réaction de ma part.

— C'est certain. Qui plus est, j'ai eu le sentiment qu'il jouait un peu au chat et à la souris avec vous.

— Oui… Pas forcément sympa d'être la souris, d'ailleurs. Et je peux savoir pourquoi vous me colliez aux basques ?

— On m'a demandé de vous exfiltrer suite à une histoire de photographies qui remonte à loin, à l'ex-Yougoslavie, et de crimes de guerre. Vos côtes vous font-elles souffrir ?

Mince, avec tout ça, j'ai oublié de rappeler la lieutenante Marjorie Lesachant de l'IRCGN.

Elle se pencha pour ouvrir la boîte à gants et lui tendit des antidouleurs. Rhino la remercia et avala le cachet.

— Vous n'auriez pas un coupe-ongles, par hasard ?

— Je n'emporte pas ma trousse de maquillage en mission, pour être franche. Dites-moi ce que vous voulez faire, cela sera plus simple, non ?

— J'ai griffé mon agresseur au visage en arrachant sa cagoule. J'ai son ADN sous mes ongles. Je voudrais me les couper et les placer dans une enveloppe en papier, ou quelque chose qui y ressemblerait.

— Cela irait ? demanda-t-elle en tendant son couteau suisse. Et vous trouverez ce qu'il vous faut dans la boîte à gants.

Rhino découpa avec soin ses ongles, les posa dans le papier qu'il replia avec précaution et le glissa dans la poche de sa veste.

— Rassurez-moi ! Vous ne vouliez pas le tuer, dans la forêt ? interrogea Mélusine.

Rhino se tourna vers la vitre de la portière.

— De qui parlez-vous ?

— Allons, colonel, cela fait un moment que je travaille sur votre cible. D'ailleurs, je m'interroge : devrais-je dire votre cible personnelle ou celle de votre office ?

— Non, je ne voulais pas le tuer, fit Rhino.

— Ah oui ? Ce n'était pas votre objectif lorsque vous avez pointé votre fusil à lunette sur le camarade Ruslov ? On était à deux doigts de l'exécution extrajudiciaire ! J'ai dû faire quelques galipettes avec ma moto pour vous empêcher d'appuyer sur la gâchette.

Alors c'était elle !

— Mon idée était de le blesser afin de le faire arrêter par mes amis slovaques. Cela dit, j'avoue, ce n'était pas l'envie qui me manquait. Mais bon, un de mes amis gitans me disait souvent à propos des mauvaises pensées : « Tu ne peux pas empêcher un oiseau de se poser sur une branche, mais tu peux l'empêcher d'y faire son nid. »

— Ouah, poète avec ça ! Je croyais que c'était un proverbe chinois.

Elle jeta un œil dans le rétroviseur et diminua la vitesse.

— Nous sommes maintenant hors de danger. Pas la peine de se faire repérer. Avec vos histoires, il a fallu que je campe dans la forêt. Je me suis bien caillé les miches d'ailleurs, car je n'avais pas prévu le coup. Astucieux, votre système de cache. Où avez-vous appris ça ?

— Dans les unités de renseignement des chasseurs alpins. Donc, cela fait un moment que vous me filochez ? Pourquoi ?

— Parce que nous avons un objectif commun : votre ami Ruslov, ou Dragonov. Ou Nikolić si vous préférez !

Donc, elle sait que les trois patronymes appartiennent à un seul et même homme.

— OK, et où allons-nous, au fait ? Car voyez-vous, je dois partir au plus vite à Sarajevo. C'est une question de vie ou de mort. Cela concerne mon fils et les photos que j'ai reçues de ce type.

— Je suis désolée, mais cela ne va pas être possible.

Rhino rigola nerveusement.

— Cela ne va pas être possible ?

— Non, mon cher colonel Rhino. Vous n'imaginez tout de même pas que j'ai pris tant de risques pour vos beaux yeux ? Je comprends votre souci de protéger David. Je vous propose d'assurer sa sécurité et celle de sa petite amie par nos collègues bosniens.

— Vous êtes bien renseignée.

— C'est un peu mon métier. Nous rentrons à Paris.

— Paris ? Mais pourquoi ?

Silence.

— Petit 1, parce que vous êtes convoqué à une réunion à notre siège, et petit 2, je pense que notre Ruslov ou Nikolić sera, à un moment qu'il conviendra de déterminer, de retour en France.

— Qu'est-ce qui vous permet de penser ça ?

— On vous l'expliquera. Mais d'abord, j'ai besoin d'avoir votre accord de principe sur votre retour.

Il ne répondit pas.

— Bon... Je suppose que votre silence vaut approbation. Pour David et sa petite amie, mes services vont demander à une équipe de protection de l'OSA[1] de les placer dans une Safe House[2] en attendant que l'on y voie clair. Cela vous va ?

— Je participe à votre réunion à la con et je pars pour Sarajevo.

— Je vous rappelle que vous avez failli vous faire flinguer, je ne sais pas si c'est bien raisonnable. Mais vous êtes un grand garçon.

Mélusine tendit la main pour prendre sur le siège arrière deux téléphones emballés et des puces prépayées. Elle donna l'ensemble à Rhino en lui demandant de les activer.

— Il y en a un pour vous. Un appel, une ligne, un portable.

— À ce point-là ? réagit Rhino en se retournant et découvrant une vingtaine d'appareils neufs sur le siège.

Tout en roulant, Mélusine rédigea un message. Quelques instants plus tard, un *bip* retentit.

— C'est validé. Mes collègues de Paris vont demander à l'OSA son soutien. Il faudrait prévenir votre fils qu'il va se faire exfiltrer.

Rhino approuva, composa le numéro de David qui ne répondit pas. Alors, il lui envoya un SMS : « Bonsoir mon fils. Vous avez des tueurs à vos trousses. Une équipe d'amis vont venir à votre contact. Ils sont de notre côté.

1. OSA : Agence de renseignement et de sécurité de Bosnie-Herzégovine.

2. Maison pour témoins à protéger.

J'arrive au plus vite pour vous sortir de là. Je serai à Paris demain matin. Envoie-moi un message quand vous êtes en sécurité. Ton père qui t'aime. »

Il jeta un œil sur l'horloge du tableau de bord. Elle indiquait 1 heure. Ils venaient de dépasser Vienne.

À ce rythme-là, nous serons au petit matin à Paris.

Il glissa alors son téléphone dans sa poche intérieure et, le regard posé sur le bandeau de bitume, il dit :

— Je vous écoute. Quel est l'objet de cette réunion ? Comment êtes-vous arrivée sur Nikolić ou Ruslov ? Et pas la peine de me faire votre refrain genre, « je ne suis pas habilitée, le besoin d'en connaître ou conneries de ce genre ! ».

— OK, je vais vous répondre, mais je vous demande de garder ces informations pour vous.

— Pas de souci. Je suis une tombe, répondit Rhino.

Mélusine expliqua alors que, deux ans auparavant, elle avait été mandatée pour infiltrer un club de combat rapproché spécialisé dans le systema[1]. À cette occasion, elle avait été approchée, puis recrutée en qualité de biologiste et surtout en raison de son histoire personnelle. En effet, sa sœur jumelle avait trouvé la mort dans un attentat terroriste en Espagne. Après une année d'infiltration, elle avait été envoyée dans un oppidum en Hongrie, une sorte de Lebensborn version pays de l'Est.

— Oppidum ? Lebensborn ? l'interrogea Rhino.

— C'était une association fondée par les nazis dont le but consistait à accélérer la création et le développement d'une race aryenne pure et dominante. L'*oppidum* est le terme utilisé par cette organisation d'ultra-droite implantée en Europe sur laquelle je travaillais, le Stay in front. C'est à cette occasion que j'ai entendu parler d'un prêtre orthodoxe d'origine serbe du nom de Škrbić. Il a participé à des réunions visant à fédérer toutes les forces

1. Art martial russe utilisé par les spetsnaz, les forces spéciales russes.

d'extrême droite européennes. Un mélange politico-religieux. Et…

— Et ?

— Ensuite, je me suis fait détroncher et j'ai dû m'exfiltrer. Pour monter dans la hiérarchie, si je puis dire, il faut franchir une épreuve dont le but consiste à tester la fidélité de la nouvelle recrue.

— Laquelle ?

— Tuer un homme ou une femme. J'ai esquivé, car on touche aux limites du système de l'infiltration. Suite à cette défection, nous n'avions plus d'informations, car l'Organisation est très étanche. J'ai donc dû repartir de la piste du prêtre Škrbić, de sa paroisse de Sainte-Geneviève-des-Bois et de son association d'accueil des blessés de guerre, la Fraternité Orthodoxe et Concorde. Je l'ai suivi sur un rendez-vous. C'était le 8 août. C'est à ce moment-là que j'ai vu votre client, Nikolić.

Mélusine sortit une bouteille d'eau, avala quelques gorgées et la tendit à Rhino, qui déclina.

— J'avais engagé la conversation avec le prêtre pour planter discrètement un micro sous sa table. Je m'étais positionnée dans le bar, écouteurs aux oreilles, échangeant avec un correspondant espagnol fictif. Après dix minutes, j'ai vu un homme se tenir sur le pas de la porte, âgé d'une soixantaine d'années. Il a retiré son chapeau de feutre noir et a pénétré dans le bar. Nous n'étions pas nombreux dans la salle principale. En se dirigeant vers la table du prêtre, l'homme a fait un signe au serveur et a commandé une bouteille de vodka Tsarskaya. Škrbić s'est levé avec respect et lui a dit : « Ainsi, c'est bien vous ! Je vous croyais mort. » Ils ont trinqué à la mère Russie et à la Serbie. Nikolić s'est félicité du fait que les églises orthodoxes russes d'Europe occidentale soient revenues dans le giron du patriarcat de Moscou, ainsi que celles de France. Il précisa que cela a eu pour conséquence le rapprochement des agendas du président Poutine et du patriarche Kirill. Il s'est agacé des manœuvres du patriarcat de Constantinople et de celui d'Alexandrie, reconnaissant une Église ukrainienne indépendante de Moscou.

Mélusine fit une succession d'appels de phare à une Mercedes qui restait file de gauche, la doubla sans réduire sa vitesse de croisière, et continua son histoire :

— Škrbić lui a dit avoir prié avec ferveur pour que ce rapprochement se fasse. Selon lui, il permet d'appuyer les Églises russe et serbe dans leur combat, tant politique que spirituel, pour défendre les valeurs chrétiennes et traditionnelles. En fait, le mieux est que vous écoutiez la conversation. J'imagine que, comme moi, vous parlez le serbe ?

— Oui.

Mélusine sortit un téléphone de sa poche, le lui tendit avec les écouteurs. Rhino les positionna dans ses oreilles et lança le dictaphone. Škrbić fut le premier à parler : « Nous devons faire savoir au monde que nous sommes la "Troisième Rome[1]". Et la dernière ! Nos valeurs traditionnelles sont la seule boussole qui guide les orthodoxes. Mais l'Occident veut les détruire. Il se croit supérieur, alors qu'il n'est plus qu'égoïsme et immoralité. Il détruit la famille avec sa propagande de relations sexuelles débridées. Il nie le patriotisme, les valeurs d'un foyer solide, du mariage, du travail. »

Vuk approuva : « Je vous rejoins sur tous ces points et ne l'aurais pas exprimé autrement. Je vous félicite pour votre action et votre association au profit des combattants du Donbass. Elle est suivie de très près par Moscou et Belgrade, bien sûr. Vous avez raison ! L'affrontement est de nouveau inéluctable, et en voie de réalisation, entre le Bien et le Mal, entre la lumière et l'obscurité, entre Dieu et le Diable. Une guerre sainte. La destruction n'est pas

1. La « Première » et la « Deuxième Rome » étaient Rome et Constantinople.

un moyen, elle est une fin en soi, elle est purificatrice et rédemptrice. Nous allons bientôt nous en rendre compte. Notre ami Prigojine nous aide sur ce point. Il a lancé ses opérations Laktha et Magadan de désinformation et d'influence depuis des sites implantés partout dans le monde. Peu importe que les informations soient vraies ou fausses, le principal est que le peuple y croie. (Rires.) Notre population russe est maintenant prête à l'éventualité d'une guerre visant à redorer le blason de la Grande Russie. »

— Alors ? demanda Mélusine.

— Je reconnais bien leur diatribe. Ce sont des entrepreneurs identitaires. Le poète tchèque Karel Borovský affirmait : « Les Russes aiment appeler slave tout ce qui est russe pour pouvoir plus tard nommer russe tout ce qui est slave. »

— Plutôt bien envoyé, reprit Mélusine. Vuk a sorti de sa poche la photographie d'une icône peinte de saint Sava, en signalant que les restaurateurs du musée de l'Ermitage à Saint-Pétersbourg avaient presque terminé leur travail. En l'examinant, le prêtre semblait émerveillé. Il a dit : « À ce niveau-là, c'est une véritable résurrection ! Le triptyque du XIIIe siècle était dans un tel état. Ainsi, vous maintenez votre projet ? Qu'en pense le patriarche Porphyre ? »

— Le patriarche de l'Église serbe ? interrompit Rhino.

— Oui. L'homme en noir lui a répondu qu'il était parfaitement ravi de cette perspective. « Le président Poutine souhaite qu'il trouve une place ici, dans la cathédrale, à Paris... » Sur ce, Škrbić a émis un doute quant à la faisabilité du projet. Son supérieur, le métropolite Jean d'Eucarpie, n'est apparemment pas quelqu'un de très souple. Ce dernier doit d'abord valider l'idée de mettre l'icône à Paris. L'homme lui a demandé d'organiser un rendez-vous. Le prêtre a confirmé qu'il allait s'en charger. Ils évoquèrent la cérémonie et la question de la présence de Nikolić. Il a hésité, avant de répondre qu'il était malade et que son temps était compté. Škrbić lui a fait un coup de flûte genre : « Vous avez vécu une vie de service, pour votre pays et pour l'Église. Vous n'avez rien à craindre pour le grand passage. » À ce moment-là, Nikolić a lâché un truc qui m'a interpellée : il était retourné dans son monastère pour prier. Il a souligné qu'il n'avait guère changé depuis sa venue dans les années qui ont suivi la guerre en Bosnie-Herzégovine. Il a rajouté : « Nos monastères orthodoxes ont protégé les nôtres au moment où nous étions traqués comme des bêtes sauvages. »

— Je me rappelle bien, car j'étais de la partie, la coupa Rhino.

— Je m'en doutais un peu. J'en ai conclu que notre homme en noir avait grenouillé dans cette zone pendant la guerre des Balkans, et qu'il était supposé être mort. Avant de partir, il a reçu un message sur son téléphone et son visage s'est fermé. Il a salué Škrbić et lui a dit : « Pour vous, je m'appelle Piotr Dragonov. Est-ce bien clair ? » Ensuite, j'ai plié mon ordinateur et dit au revoir à Škrbić en lui offrant une vue plongeante sur mon décolleté afin de récupérer mon micro. J'ai attendu que l'homme ouvre la porte et je l'ai suivi jusqu'à son hôtel.

J'hallucine… Et pendant ce temps-là, moi, je le cherchais partout !

— C'était quel jour ? demanda Rhino.

— Le 8 août.

— Le jour du braquage qui a mal tourné pour Marjanović.

— Oui. Compte tenu de l'influence qu'il avait sur le prêtre, je l'ai filoché sur trois autres rendez-vous. Le premier s'est tenu le 10 août dans une clinique, chez un urologue ayant pignon sur rue dans Paris, ce qui confirmait cette histoire de maladie. C'est là que j'y ai croisé votre agresseur. Le deuxième s'est tenu le lendemain, le 11, dans un restaurant serbe le Pod Lipom, lieu que vous connaissez bien.

— Et vous l'avez pris en photo ?

— Non, mentit Mélusine, ne souhaitant pas confier les clichés. Et vous ? Vous m'expliquez ? Qui est véritablement ce Nikolić pour vous ?

Rhino raconta comment il l'avait connu en Bosnie-Herzégovine, son rôle pendant la guerre et sa pseudo-mort, jusqu'à sa réapparition sur la scène avec le braquage de Wright à Paris.

— D'où le lien puissant avec la Serbie. Le troisième rendez-vous s'est déroulé avec le métropolite, à l'église Notre-Dame de l'Assomption, à Sainte-Geneviève-des-Bois, le 11 août 2021. Je l'ai donc suivi jusqu'au portail. Un petit coin de la Sainte Russie niché près de Paris, avec son église blanche, coiffée d'un clocher à bulbe bleu. Le prêtre Nikola Škrbić était là pour l'accueillir. J'avais envisagé de me positionner avec ma camionnette EDF derrière le cimetière, de franchir le mur d'enceinte et de me placer sans être vue avec mon canon-son[1]. Bien m'en a pris, car ils se sont dirigés vers la partie centrale du cimetière occupée par les sépultures orthodoxes. Très peu de temps après que Škrbić l'a quitté, un petit bonhomme ventripotent est arrivé. J'en ai conclu qu'il s'agissait du métropolite Jean d'Eucarpie. Après l'avoir salué, il a fait une allusion assez acerbe à Raspoutine en montrant la tombe du prince Felix Youssoupov, le principal organisateur de son assassinat. « Pour se rapprocher de Dieu, il faut beaucoup pécher », lui a-t-il dit en reprenant la formule du guérisseur. On comprend tout de suite le message.

— Je confirme qu'elle est bien adaptée à notre homme, même si je ne suis pas convaincu du bien-fondé de cette maxime, surenchérit Rhino.

— Je me suis renseignée sur le métropolite. Il est diplômé de l'Académie de théologie de Saint-Pétersbourg,

1. Appareil permettant de capter et enregistrer des conversations à distance.

diplomate averti et considéré comme le favori du patriarche Kirill, de Moscou. Et c'est sans doute pour cette raison qu'il a été nommé à la tête du diocèse de Chersonèse et de l'Europe occidentale, l'une des juridictions les plus stratégiques du patriarcat de Moscou. Ruslov, ou Nikolić peu importe, s'est présenté en qualité d'émissaire du président Poutine.

Mélusine ralentit légèrement l'allure sur l'autoroute pour éviter de se faire flasher.

— Je continue, donc. Jean d'Eucarpie, sur ses gardes, lui a demandé ce qu'il attendait de lui. Nikolić a répondu que le Président souhaitait fédérer les autres frères orthodoxes autour de la protection de la Sainte Russie, et notamment les frères serbes, par l'acte symbolique d'accueillir, dans la cathédrale de la Sainte-Trinité de Paris, l'icône de saint Sava. Il a précisé que le patriarche Porphyre, de Serbie, serait présent à l'occasion de cette célébration historique.

— Donc là, on recolle avec l'entretien qu'il a eu avec le prêtre.

— Oui. Mais Jean d'Eucarpie n'a pas eu l'air d'apprécier de se faire tordre le bras. Du coup, Nikolić l'a menacé en citant le cas des Cosaques qui avaient combattu la Russie et les Serbes aux côtés d'Hitler. Ils avaient eu le choix entre le suicide collectif, la déportation au goulag ou le peloton d'exécution en Autriche. « Voilà ce qu'il advient des traîtres. Notre Président déteste les traîtres, plus encore que ses ennemis. On combat un ennemi face à face et on ne lui tourne jamais le dos. Le traître est à nos côtés et, quand nous avons le dos tourné, il nous plante un couteau. Il ne mérite que la mort. »

— C'est clair, en effet.

— Du coup, Jean d'Eucarpie a compris qu'il ne valait mieux pas s'opposer à cette demande. Voilà, vous savez tout. J'ai perdu sa trace en remontant sur Paris. Avait-il changé d'hôtel ou quitté le territoire national ? Je ne sais pas. Un fantôme, à vrai dire, jusqu'au 30 août et ce drame autour du restaurant Pod Lipom. Évidemment, nous avons été informés de l'affaire, du télescopage entre votre enquête et celle de la 3e DPJ. Puis je vous ai suivi à la trace jusqu'à Bratislava.

Je ne m'étais pas fait d'illusions…

— Mais j'y pense… Nous vous avions sollicités sur Dragonov par message. Sauf erreur de ma part, je ne pense pas avoir reçu de réponse, indiqua Rhino. Ni de votre part ni de celle de la DGSE, d'ailleurs.

— Je ne suis pas au courant de cela, mentit Mélusine une nouvelle fois. Nous avons su qu'il était peut-être en Slovaquie grâce à votre amie Helena qui s'est battue pour retrouver la trace de Nikolić. Ce sont les services de renseignements slovaques qui nous ont transmis l'information.

— Mais vous avez suivi comme moi les manèges autour du château, les motards, ces camions frigorifiques.

— Oui, rien de particulier, en fait. Les motards sont des Loups de la nuit, proches de Poutine. Dans ce cas, c'est la branche de Serbie et de Republika Srpska qui était présente avec leur chef, Goran Tadić.

— Oui, logique compte tenu de la présence de Nikolić dans cette histoire.

Rien de particulier ?

La réflexion d'Helena, relative aux camions frigorifiques qui avaient été placés en leurre et la perte de la cible, lui revint à l'esprit.

Elle ne dit pas toute la vérité… Ou elle ne sait pas tout.

— Mais alors, cette réunion à Paris ?

— Nous avons besoin de vous, de votre connaissance de Nikolić.

— En gros, il prépare quelque chose, c'est ça ?

— Oui. Mais impossible de savoir de quoi il s'agit. Dormez un peu, vous allez en avoir besoin, suggéra Mélusine.

Bosnie-Herzégovine – Mostar

Nuit du 10 au 11 septembre

David sursauta en entendant les coups, doublés du mot *police*. Julie, nue à ses côtés, s'ébroua. Il sauta du lit, s'habilla et se précipita pour ouvrir la porte. Il plaça tout de même la chaîne de protection. Il prit le document qu'on lui glissa dans l'ouverture. Ils étaient au nombre de quatre.

4×105 kilos ! S'ils nous voulaient du mal, ils auraient déjà défoncé la porte.

L'un des policiers leur précisa qu'ils appartenaient à l'OSA, les services de renseignement bosniens, et que leurs collègues français de la DGSI leur avaient demandé de les retrouver et de les mettre en sécurité dans une de leurs maisons protégées. David leur demanda une seconde. Julie ayant revêtu une tenue plus adéquate, il retira la chaîne. Les quatre hommes pénétrèrent dans l'appartement.

— Vous débarquez comme ça, au beau milieu de la nuit ? s'insurgea-t-elle. Ça ne peut pas attendre demain matin, plutôt ? David ! Dis quelque chose !

— Je crois qu'il n'y a rien à dire, Julie. Mets toutes tes affaires dans ton sac et nous allons les suivre.

— Putain, t'es sérieux ?

— Mon père m'a envoyé ce message tout à l'heure. Il était en route pour Paris.

Il montra l'écran de son portable sur lequel apparut la photo d'eux à Višegrad, devant les ruines de la maison où Samra avait été enfermée.

— Ouah ! C'est maintenant que tu le dis ? lâcha Julie.

David ne répondit pas et rangea au plus vite ses affaires.

***

Une heure trente plus tard, David aperçut les lueurs et lumières de la ville de Sarajevo. Julie s'était endormie sur son épaule. Leur véhicule emprunta une rue très escarpée. David reconnut cette route qu'il avait parcourue en courant dans la nuit après avoir lu le journal de son père.

— Au fait, comment nous avez-vous retrouvés ? demanda David.

— Nous avons sollicité l'aide du colonel, attaché de sécurité intérieure à l'ambassade de France, répondit le policier francophone. Il nous a dit que vous aviez un véhicule de location. Nous avons donc cherché dans les agences de Sarajevo, en pensant bien sûr que vous utiliseriez votre identité. Ensuite, nous avons fait de même avec votre numéro de téléphone bosnien. Quand nous avons obtenu la réponse, nous avons procédé à une géolocalisation de votre appareil. D'ailleurs, nous avons trouvé deux puces à votre nom. La seconde avait borné à proximité d'Olivier Marquenet, que nous connaissons bien et qui nous a expliqué que vous étiez passés le voir en fin de journée. Il semblait rassuré aussi que votre sécurité soit prise en compte. Nous sommes arrivés à destination !

Le conducteur immobilisa son véhicule face à une immense ferme. Julie se réveilla et écarquilla ses yeux.

— Non, mais… On est en pleine montagne ?

— Oui, mais vous pouvez voir Sarajevo en bas. Regardez, ce sont les contreforts de la montagne que l'on appelle Trebević. Je vais rester ici avec vous pour assurer votre protection. Votre chambre est à l'étage. Interdiction de sortir du périmètre de la Safe House, s'il vous plaît. Mon nom est Dino. Je vais préparer un peu de café si vous voulez.

En posant son sac sur le lit, Julie chuchota et fit savoir à David qu'elle n'avait nullement l'intention de demeurer dans cette baraque cheloue. David répondit qu'à partir du moment où ce Vuk était à leurs trousses, ils avaient des raisons d'être inquiets.

— Moi, je ne suis pas la fille du colonel Rinocci.

— Oui mais c'est pareil, Julie. T'atteindre, c'est m'atteindre.

— Qu'est-ce que tu veux dire ? Parce que nous avons couché ensemble ? Ça y est, nous sommes mari et femme ?

— Je n'ai pas dit ça.

— Un peu quand même. Tu vas vite rebasculer dans la *friendzone*. Si tu veux mon avis, tu obéis trop au doigt et à l'œil à ton père.

— N'importe quoi ! Je lui fais juste conf…

Il s'interrompit.

— Fiance… Tu lui fais confiance. Première nouvelle ! Ton père t'a menti sur toute la ligne depuis le début de ta *life* et toi, tu lui fais confiance. Comme c'est chou ! Tu es un peu une chèvre, sur ce coup.

David ne répliqua pas. Blessé, il abandonna Julie dans la chambre pour se servir un café. Elle en profita pour envoyer un message à Ermina afin de faire le point avec elle sur les recherches qu'elle lui avait demandé de réaliser en off. La responsable de l'ONG lui répondit qu'elle était revenue sur Sarajevo, chez une amie sûre, et qu'elle attendait une dernière réponse qui ne devait plus tarder à arriver.

Mais Julie avait pris sa décision. Si elle voulait poursuivre son but, elle ne pouvait pas rester enchaînée à cette maison et à David. D'ailleurs, au cours de la journée, il ne lui adressa la parole que pour le strict minimum. Elle avait échafaudé son plan d'évasion.

L'enquête avant toute chose.

Vers 19 heures, la nuit étant tombée, Julie reçut enfin la réponse d'Ermina, qui lui proposait de la rencontrer à Sarajevo dans une heure. Le temps pressait. David était dans la chambre et Dino dans le salon à mater la télévision. Julie abandonna ses affaires et fila en douce par l'arrière de la maison. Puis elle descendit à travers champs et bois pour prendre la route la plus proche en toute discrétion. Enfin, elle appela un taxi pour rejoindre Ermina à son point de rendez-vous.

Allemagne – Aire d'autoroute Mannheim

11 septembre 2021, 4 heures

Mélusine mit le clignotant pour s'arrêter sur une aire d'autoroute allemande et proposa de boire un café. Elle revint avec deux gobelets en main et confirma à Rhino que David et Julie étaient entre de bonnes mains. Il la remercia et aperçut les *breaking news* tournant en boucle sur la télévision de la station. Un bandeau annonça la remise à Saint-Pétersbourg d'un œuf de Fabergé en présence de Vladimir Poutine, à l'occasion d'un gala de charité au profit de la lutte contre le cancer.

Il fit une recherche sur Internet et tomba sur une vidéo YouTube de l'événement, publiée par la chaîne RT. La réception se déroulait au palais Catherine. L'ensemble des invités étaient regroupés dans une immense salle. Sur les côtés, deux buffets avaient été dressés pour les personnalités qui s'égayaient autour d'un verre. Des tables rondes avaient été installées au centre de la pièce. Rhino repéra Vuk, à son aise, papillonnant entre les invités. Il montra l'écran de son téléphone à Mélusine. Toutes les nationalités et professions étaient représentées, acteurs, chefs d'entreprise, hommes politiques.

Du beau linge.

Parcourant l'assemblée du regard, il remarqua aussi la présence de Wright, le patron de la société militaire privée américaine, la victime du cambriolage.

Tiens, tiens…

Subitement, un cri retentit, poussé par un huissier. Une immense porte à deux battants s'ouvrit.

Vladimir Poutine !

L'homme se dirigea vers un pupitre, dressé pour l'occasion. Il régla les micros, et s'adressa en russe au public. Une traduction en anglais s'inscrivait sur des écrans. Son discours dura quelques minutes, et il fut bruyamment applaudi. C'est alors que Vuk s'avança pour réclamer le silence. Il se fit porter un micro et déclara qu'il avait une surprise pour le Président et la Russie éternelle. Il se tourna. Un huissier s'approcha avec un coussin pourpre sur lequel était posée une boîte rouge sang.

La boîte dérobée à Wright !

Les cameramen filmant la scène montrèrent l'objet surmonté d'un ensemble architectural composé d'une succession de dômes.

— Président, j'ai l'immense plaisir de vous remettre ce coffret, dans lequel se trouve un bien précieux pour la Russie. Il nous avait été dérobé et était considéré comme disparu. Quel bonheur d'avoir le privilège de vous le rendre dans ce lieu si prestigieux ! La Russie et le palais Catherine avaient, par le passé, été les victimes du vol par les nazis de la chambre d'ambre. Quel heureux hasard que des nazis, ancienne et nouvelle générations, qui s'emparent ainsi des biens de notre éternelle Russie, montrent à quel point nous avons été et sommes enviés !

Nikolić se saisit délicatement du coffret et le tendit à Poutine, qui le remercia d'un geste de la tête et d'un clignement d'yeux. Il poussa deux petits verrous et ouvrit le couvercle pour en sortir l'œuf de Fabergé. Poutine le prit dans une main et le brandit, produisant ainsi une sorte de clameur générale dans la salle. Puis les applaudissements fusèrent. Nikolić reprit la parole :

— Il s'agit de l'œuf de Fabergé dit « commémoratif Alexandre III » de 1909. Il appartient à une série de quatre pièces réalisées en l'honneur d'Alexandre III, l'œuf à douze monogrammes et les portraits de l'empereur de 1896.

— La Russie et son peuple vous remercient, camarade Ruslov, déclara Poutine, en prenant Vuk dans ses bras. Cet œuf représente parfaitement la résurrection de notre Sainte Russie et de nos valeurs.

Nikolić ne cacha pas son émotion. Le rideau situé derrière l'estrade s'ouvrit, laissant apparaître un ensemble de musiciens et de choristes. Poutine se déplaça et s'assit derrière le piano. Il posa ses doigts sur les touches et joua la mélodie de *Où commence la mère patrie,* chanson soviétique populaire des années 1960. À la dernière note, il se leva et chanta le tube de Louis Armstrong, « *Blueberry Hill* », soutenu par l'orchestre de jazz. La salle entière applaudit de nouveau. Une grande partie du showbiz mondial se tenait debout et l'acclamait.

Poutine quitta la salle. La caméra filma l'assemblée et les invités ravis. Rhino reconnut Wright qui se dirigeait vers Nikolić. Malgré l'absence de son, compte tenu de son attitude et de ses mouvements de bras, on pouvait imaginer qu'il le menaçait.

— Voilà l'objet qui a été dérobé lors du cambriolage qui a mal tourné à Paris, fit Rhino en mettant sur pause le moment où Poutine reçoit l'œuf. Mélusine tourna l'appareil pour bien observer l'objet en question.

Mélusine et Rhino reprirent l'autoroute en direction de Paris. Il rompit le silence en expliquant qu'il avait démissionné. Elle répondit que ce problème avait été réglé et que sa démission n'avait pas été acceptée. Rhino émit un doute.

— Voulez-vous que l'on réveille votre DG ? déclara Mélusine en s'emparant de son téléphone.

— Ouh là, on en est à ce niveau ? Qu'est-ce qui vous inquiète à ce point ?

— J'ai vécu avec ces individus pendant plus d'un an, je vois à peu près ce dont ils sont capables et quels sont leurs objectifs. Surtout quand on connecte l'ensemble de la conversation de Dragonov, enfin Nikolić, avec le prêtre et le métropolite.

— À savoir ?

— Une guerre civile dans toute l'Europe, avec le soutien bienveillant de nos amis russes.

— Ah oui, quand même !

— Et comme je vous l'ai dit, vous êtes attendu demain à Levallois, au siège de la DGSI, pour une réunion de coordination avec votre chef.

— Je l'avais oublié, celui-là.

Mélusine ne put réprimer un sourire.

— Putain, en parlant d'oubli.

Il composa un numéro.

— Oui ? répondit Helena d'un ton sec.

— C'est moi.

— Merde Rhino, c'est toi ? répondit-elle en hurlant. C'est maintenant que tu appelles ? J'étais morte d'inquiétude !

Silence.

— J'ai quand même été rassurée par les pompiers qui m'ont affirmé qu'il n'y avait pas de cadavre dans ta bagnole. Où es-tu ?

— J'arrive bientôt en France. Je vais t'expliquer.

— Très bien, restes-y ! Et ne reviens plus. JAMAIS ! Des enquêteurs viendront prendre ton audition dans le cadre de ce dossier. Adieu.

— Helena ? Avez-vous des images de mon agression ?

— Tu verras avec eux.

Elle raccrocha sèchement. Mélusine le regarda en coin.

— Pas contente ?

— Non.

— Ça va s'arranger. Faites-lui livrer une rafale de roses rouges et hop, le tour est joué ! Mais sans que son mari s'en aperçoive, bien sûr !

Levallois-Perret – Siège de la DGSI
11 septembre 2021, 10 heures

Rhino s'étira en sortant de l'Audi. Mélusine n'ayant pas souhaité le laisser conduire, il avait pu dormir trois heures.

— Votre copain vous attend, fit Mélusine en montrant du doigt le général Perrot de la Trancheriez. Je vous abandonne à ce niveau. Suivez mes conseils à propos des téléphones, ajouta-t-elle en lui tendant un sac avec une dizaine d'appareils et les antidouleurs. Et bonne chance avec Helena.

— Merci. Je vous recontacte comment ?

— Si besoin, c'est moi qui vous appellerai.

— OK.

Je me demande bien ce que je fous là, alors que je pourrais être aux côtés de mon fils.

Elle enclencha la vitesse pour démarrer. Rhino s'approcha de la porte principale où se trouvait le général, qui le scruta d'un œil agressif.

— Allons-y. On nous attend. Je ne sais pas si cela est une excellente chose de vous avoir réintégré, mais l'ordre est arrivé du plus haut niveau. Cela dit, je vous rappelle que je suis le chef de l'OCLCH, donc pendant la réunion, vous ne vous exprimerez que si je vous fais un signe de la main ou si je vous donne la parole. C'est bien clair ?

Rhino se mura dans le silence. Il poursuivit son chemin et sonna pour s'annoncer, puis s'approcha de la guérite afin de remettre ses documents d'identité. Le général en fit de même, singeant son subordonné. À l'issue des formalités de contrôle, les téléphones furent éteints et abandonnés au garde confortablement installé derrière son bureau.

Un homme de petite taille, la cinquantaine, d'allure joviale et plutôt bien en chair, les attendait de l'autre côté du sas. Il se présenta sous le nom de Gabriel Fangeau et leur demanda de le suivre jusqu'à la salle de réunion. Après avoir arpenté de nombreux couloirs, le général et Rhino pénétrèrent dans une pièce neutre, où quelques rafraîchissements et boissons chaudes avaient été installés. Trois personnes devisaient ainsi autour d'un café. Fangeau s'effaça. Une femme, cheveux coiffés en arrière, tailleur de belle facture, se présenta la main tendue et souriante.

— Commissaire divisionnaire Opaline Godefroy.

— Général Louis-Marc Perrot de la Trancheriez et voici mon collaborateur direct, le colonel Rinocci.

— Ah oui, le fameux Rhino de Bratislava !

Rhino vit Perrot de la Trancheriez se renfrogner à la suite de cette remarque. Les autres intervenants emportèrent leur café, tirèrent leur chaise et s'assirent en silence. Opaline Godefroy demanda à chacun de se présenter.

— Colonel Marc Monthulé de la Direction de renseignement de sécurité et de défense[1].

— Jean Allain de la Direction générale de la sécurité extérieure, et ma collaboratrice Mireille Burnand de la division contre-prolifération.

Rhino jaugea ses interlocuteurs. Ils sortirent leur stylo et dégainèrent leurs calepins noirs, sur lesquels apparaissait le sceau de leur service. Il s'aperçut que chacune des pages de tous les carnets des intervenants était numérotées en bas à droite.

---

1. Le service de renseignement du ministre des Armées.

La commissaire divisionnaire ouvrit le ban et expliqua qu'en travaillant sur l'ultra-droite, son service avait détecté un dispositif de recrutement via des plates-formes de jeux vidéo. Ce groupe repérait, sur ces médias, des individus correspondant à des critères bien définis, tels que la recherche de masculinité, des convictions politiques marquées à droite, etc. Ensuite, ils les extrayaient de leur environnement geek pour les amener dans des salles de sport de combat où se pratiquaient la boxe, les arts martiaux, et en l'occurrence le systema, utilisé par les spetsnaz, les forces spéciales russes.

Le général opina du chef en sirotant son café, avec une mimique genre « je connais bien ». Leur enquête les avait conduits à s'intéresser à un prêtre d'origine serbe dénommé Nikola Škrbić, qui est à la tête d'une association, la FOC, Fraternité Orthodoxe et Concorde. Cette association réintégrait des combattants français ou d'autres nationalités, venant de différents fronts ou conflits. En réalité, la plupart revenaient du Donbass et étaient plutôt du côté séparatistes prorusses. Sur l'une des filatures, ils avaient détecté un Russe dénommé Dragonov qui semblait être une des cibles des gendarmes. Elle demanda alors, en se tournant vers Perrot de la Trancheriez, s'il était possible de leur apporter des précisions.

Clignement des yeux du général. Il fit un geste discret de la main vers Rhino, lui intimant de se taire. Il ouvrit une chemise bleue sur laquelle était inscrit en gros « Dragonov ».

Super discret le nom de dossier !

Sans surprise, ce qu'il lut correspondait point par point au dossier que Rhino avait donné à la vice-procureure Clara Glouton.

— Merci, mon général, pour votre éclairage. Avez-vous une procédure ouverte à l'encontre de Ruslov alias Dragonov ? Enfin, Nikolić ? demanda la commissaire Godefroy.

— Non, le dossier est toujours à l'étude au Parquet national antiterroriste.

Ce fut le tour de la DGSE. Rhino écouta Jean Allain lire une minifiche sur Ruslov, le vendeur d'armes fantôme. Il clôtura sa rapide intervention en soulignant qu'il avait été une cible identifiée par leur service. Le fait qu'il ait disparu de la circulation depuis deux ans les avait amenés à reconsidérer l'intérêt qu'ils pourraient lui porter. En Russie, leur bureau le pensait en retraite, profitant de ses fonds assez importants, dont une partie était dépensée dans des voitures de compétition et ses villas de villégiature sur la mer Noire ou à Sochi. Il se tourna vers le général :

— Qu'est-ce qui vous laisse penser que Ruslov et Nikolić sont bien la même personne ? Et qu'il est concerné par des crimes contre l'humanité ou de guerre ?

— Nous avons des preuves, répondit du tac au tac Perrot de la Trancheriez.

— Serait-il possible de nous les montrer ? En off, bien sûr, fit Allain avec un clin d'œil.

Le général se tourna vers Rhino pour lui donner la parole.

— Disons qu'elles sont en procédure, fit Rhino. Cela dit, je peux vous assurer qu'il est responsable de plusieurs crimes de guerre, soit directement, soit en qualité de supérieur hiérarchique.

— Pourquoi ? questionna Allain.

— Parce que j'étais présent au moment des faits, attesta Rhino.

Le général Perrot de la Trancheriez l'observa fixement, découvrant l'information. Opaline Godefroy analysait leurs comportements sans en perdre une goutte.

— À quelle période ? sonda le colonel Marc Monthulé de la DRSD.

— En Bosnie-Herzégovine, en 1994 et en 1995, confia-t-il.

— Des militaires français étaient-ils impliqués ou proches de Nikolić ? poursuivit Monthulé. Est-ce que vous avez connu le capitaine Lamy à cette époque ?

— Nikolić est serbe, rétorqua Rhino. Or vous ne pouvez pas ignorer le « lien d'amitié » que certains militaires français entretenaient avec les Serbes. Certains politiques et diplomates aussi… À commencer par Mitterrand et sa poignée de main à Mladić à l'aéroport de Sarajevo en juin 1992. Et oui, en effet, je l'ai connu et il était assez proche des Serbes. Pourquoi cette question ?

— Pourquoi étiez-vous en Bosnie ? s'enquit Allain.

— J'appartenais à une unité spécialisée dans le renseignement que l'on appelle aujourd'hui groupement de commandos de montagne. L'état-major français nous avait confié des missions dans le cadre de l'ONU, précisa-t-il.

— Est-ce vous qui avez pris ces photographies ? demanda le colonel en poussant trois clichés sur la table.

— Oui, c'est mon équipe, en effet, et j'étais présent. Qui vous les a données ? interrogea Rhino en fixant son interlocuteur.

— Cela nous a été transmis par le canal gendarmerie, déclara Monthulé.

Sans doute Marjorie Lesachant ? Elle m'avait demandé de la rappeler. Avec tout ce bordel, j'ai zappé. Merde…

— Bien ! Dans le cas où l'un ou l'autre des services obtient de nouveaux renseignements, je propose que l'on se contacte pour éviter les problèmes d'investigations qui se chevaucheraient ou, pire, se télescoperaient ! Je pense qu'il est capital que nous collaborions sur cette enquête, insista la commissaire Opaline Godefroy.

C'est ça ! En gros, file-moi ta montre et je te donne l'heure.

Chaque intervenant opina du chef. Le général Perrot de la Trancheriez sembla satisfait.

Voilà une belle réunion qui n'a servi à rien ! Quand je pense qu'ils m'ont fait revenir pour ça !

Levallois-Perret – Siège de la DGSI

11 septembre 2021, 11 heures

Rhino sortait de la salle quand il tomba sur Gabriel Fangeau, le policier qui les avait accueillis et qui épiait la fin de la réunion.

— Alors ? Ça s'est bien déroulé ? s'informa-t-il.

— Le bal des faux culs, oui…

Fangeau éclata de rire.

— Les boniments des joueurs de bonneteau. Je suis un ami de Gilles Bonnier. Il m'avait parlé de vous et m'avait prévenu de votre franc-parler.

— Ah, je me doutais bien que vous n'étiez pas là par hasard. Comment va-t-il ? s'enquerra Rhino.

— Pas fort ! Il est en arrêt maladie. Le décès du policier lui a mis un sacré coup.

— Je sais. J'ai un truc à lui dire concernant l'affaire du cambriolage. Je connais maintenant la raison de cette opération. Le coffre de Wright, la victime, renfermait un œuf de Fabergé dit « commémoratif Alexandre III » de 1909, considéré comme disparu. Son voleur l'a remis à Poutine au nez et à la barbe de l'ancien propriétaire, à l'occasion d'une cérémonie en Russie. Je soupçonne Wright d'avoir eu la même intention, mais de s'être fait griller la priorité. Vous trouverez les éléments sur YouTube. Et quel est votre rôle à la DGSI ?

— Je travaille pour l'unité contre-prolifération. Nous traitons toute la menace nucléaire, biologique et chimique.

— Et vous êtes souvent sollicités ?

Fangeau jeta un œil autour de lui. Rhino eut le sentiment qu'il allait lui faire passer un message.

— Assez, oui. Tenez, aujourd'hui par exemple, nous avons été alertés de la venue en France, à l'hôpital militaire de Percy, d'un Géorgien victime d'un syndrome de radiation aiguë. Il a été hospitalisé le 3 septembre à Zougdidi, puis transféré à l'institut d'hématologie et de transfusiologie de Tbilissi. Il devait être soigné à Moscou, mais a demandé à être transporté en France. Et ce qu'il nous explique est assez inquiétant.

Rhino se tourna et vit le général le surveiller du coin de l'œil. Il semblait inquiet de le voir converser ainsi sans être de la partie.

— C'est-à-dire ? demanda-t-il en piétinant pour contenir sa vessie.

Fangeau regarda de nouveau à gauche et à droite comme s'ils allaient traverser une route dangereuse.

— En fait, d'après nos recherches, il existait en Géorgie huit générateurs RTG de type Beta M[1]. Ces appareils de fabrication russe ont été introduits là-bas au début des années 1980, pour produire l'électricité du système de relais radio qui existait entre la centrale hydroélectrique d'Engury et celle de Hudoni, en construction à l'époque. Ces générateurs ont été placés par paires dans quatre sous-stations situées dans des zones où il n'y avait pas

1. Un générateur thermoélectrique à radio-isotope est un générateur électrique nucléaire de conception simple, produisant de l'électricité à partir de la chaleur résultant de la désintégration radioactive de matériaux riches en un ou plusieurs radio-isotopes. De tels générateurs, fonctionnant au strontium 90, ont été utilisés par le passé pour l'éclairage de certains phares isolés sur les côtes de l'URSS.

d'autres moyens d'alimentation électrique. Les éléments générateurs de chaleur étaient des sources de radio-isotopes ^{90}Sr, avec une activité de 1480 TBq et une puissance calorifique 250 W.

— En gros ?

— Du strontium-90 radioactif.

— OK. Dites, voyez-vous un inconvénient à poursuivre notre conversation aux toilettes ?

— Non… Bien sûr. Suivez-moi.

Deux couloirs plus loin, Fangeau poussa la porte des WC puis vérifia qu'ils étaient bien seuls.

— Après l'arrêt de la construction de la centrale hydroélectrique de Hudoni, les générateurs ont été laissés sans surveillance et sans contrôle. À la fin des années 1990, ils ont été démontés, les sources radioactives retirées de leur emplacement d'origine. Sur les huit sources de strontium-90, seules six ont été récupérées jusqu'à présent. Les deux premières assez facilement. La troisième, en revanche, a été trouvée par trois habitants du village de Lia[1] en décembre 2001. Ils ont été irradiés et transférés à l'hôpital militaire de Percy.

— Du coup, si je comprends bien, nous avions une paire d'éléments dans la nature ? demanda Rhino en se dirigeant vers le lavabo. Il avala un cachet antidouleur avec un peu d'eau.

Pourquoi me raconte-t-il tout ça ?

— Le Géorgien dont je vous parlais a retrouvé le générateur RTG complètement démonté dans un hangar, dans un bled du nom de Chale, pas très loin de Lia. Jusque-là, pas de problème. Mais notre client nous a dit avoir vendu le matériel radioactif à la mafia géorgienne, les Vory v

---

1. Voir l'accident radiologique survenu à Lia en Géorgie sur le site de l'IAEA (International Atomic Energy Agency) : https://www.iaea.org/publications/10602/the-radiological-accident-in-lia-georgia

zakone. Et comme ils n'ont pas été très réglo avec notre homme au niveau du paiement, il n'a pas eu d'états d'âme à nous les balancer.

— Donc, du matériel radioactif entre des mains mafieuses se trimballe dans la nature, fit-il en ressortant des toilettes.

— Oui, et j'imagine que l'on ne vous en pas parlé lors de la réunion, lança Fangeau à voix basse.

Nous y voilà !

Rhino le détailla et répondit :

— Non, pas vraiment. Mais une question : quel est le rapport avec mon criminel de guerre ?

Fangeau regarda encore furtivement autour de lui.

— Disons que le matériel pourrait se trouver dans le camion frigorifique que nous recherchons, celui que vous avez vu à Orava.

— Ah oui, quand même… Comment avez-vous eu cette information ?

— Elle vient des Bulgares, qui ont repéré des membres de la mafia Vory v zakone à Varna, au bord de la mer Noire. Ils les ont vus débarquer avec ce poids lourd de fabrication chinoise. Un individu est venu le récupérer et est reparti avec. Par hasard, notre agent l'a repéré à Orava.

— Par hasard… en me suivant oui ! Et vous avez perdu la trace du camion, lâcha Rhino.

— Oui, fit Fangeau à voix basse. Et nous ne connaissons pas la destination de ce camion. C'est la raison pour laquelle nous vous avons un peu entravé… Puis secouru… Puis réintégré dans le circuit. Nous avons besoin de savoir ce qui se trame derrière tout ça. Donc, pas question de faire du mal à ce Nikolić qui semble être un rouage important de la manœuvre.

— Et les motards ? Car à Orava, j'ai détecté deux camions frigorifiques. Ils ont transféré des caisses assez lourdes dans celui qui venait de Varna. Qu'y a-t-il dedans ?

— Mystère de ce côté-là. Pour les motards, ce sont les Loups de la nuit, une bande de fachos à la solde de Poutine. Nous les avons vus à l'œuvre à Sébastopol, lors de l'invasion de la Crimée en 2014. Mais dans notre cas, il s'agit des branches serbes. Je dois préciser que votre Nikolić pourrait être lié à une organisation, le Stay in front, qui est, en quelque sorte, le pendant du Stay-behind. Cette dernière a été créée après la Seconde Guerre mondiale, et montée par la CIA et le MI6. Il s'agissait de cellules intégrées dans des réseaux clandestins coordonnés et pilotés par l'OTAN pendant la guerre froide. Ils avaient pour objectif de combattre une éventuelle occupation par le bloc de l'Est. En cas de succès d'une invasion soviétique, la CIA souhaitait pouvoir compter sur le soulèvement de réseaux de résistance bien armés et bien organisés. Le réseau Gladio, cela vous dit quelque chose ?

— Plus ou moins, répondit Rhino qui ne voulait pas étaler son ignorance.

— Il s'agit de la plus célèbre de ces cellules et la première à avoir fait l'objet de révélations. Elle était implantée en Italie. Elles étaient la plupart du temps armées par des membres de l'extrême droite, et elles n'hésitaient pas à user de la stratégie de la terreur. Depuis deux ans, nous suivons ce Stay in front, piloté par les Russes, composé d'agents dormants ou actifs selon leur niveau d'implication. Leur but consiste à lutter contre l'expansion de l'OTAN et des Américains, et promouvoir la vision russe de la civilisation. La réponse du berger à la bergère en quelque sorte. On y trouve les Cigales, les Gladiateurs et les Veilleurs. Chacun d'entre eux a un tatouage dans le cou.

— Gladiateurs et Veilleurs, je vois, mais pourquoi les Cigales ? questionna Rhino.

— Cet insecte a été choisi pour deux raisons. D'abord, il s'agit d'une vieille plaisanterie de l'extrême droite, car sa prononciation peut évoquer le « Sieg Heil » nazi. Ensuite, car l'insecte vit sous terre pendant plusieurs années pour éclore et mourir le temps d'une saison. Sa dernière mue est la plus longue à venir et se déroule en dehors du sol. Pour s'y préparer, elle creuse une galerie verticale qu'elle n'ouvre que le jour J. Vous voyez le message ? Les Cigales ont toutes des compétences très spéciales. Elles ne sont réactivées qu'au moment opportun.

— Et ce camion ? Pourquoi pensez-vous qu'il est lié au Stay in front ? Car il pouvait très bien livrer de la marchandise au château ?

— Oui. Mais comme il a été escorté par les Loups de la nuit, cela m'étonnerait fort. Qui plus est… Le conducteur du camion porte un tatouage représentant une cigale. En agrandissant les photographies prises par notre agent, on l'aperçoit nettement, lui précisa Fangeau.

— Donc, résumons la situation. Nous avons un réseau implanté en Europe par les Russes, le Stay in front, dont le but est de lutter contre l'expansion de l'OTAN. Il s'appuie essentiellement sur des membres de l'extrême droite en Europe. Dans le paysage, en Slovaquie notamment, apparaît Mirko Nikolić, connu sous plusieurs identités en qualité de vendeur d'armes. Ensuite, nous voyons débarquer un type, avec une cigale tatouée dans le cou, au volant d'un camion frigorifique, lequel pourrait contenir du matériel radioactif en provenance de Géorgie. Nous avons aussi un deuxième camion frigorifique, dont le contenu a été transféré dans le premier sans savoir de quoi il s'agissait. Mais ce matériel radioactif, il n'est pas très important en volume ?

— Non, mais couplé avec de l'explosif, cela peut faire une bombe sale… Très sale, même !

— Donc, selon vous, il se prépare un truc pas sympa ! En France ?

— Nous ne le savons pas pour le moment.

Fangeau lui fit signe de se diriger vers le lieu de la réunion.

— Une question : pourquoi me dites-vous tout ça ? Vous prenez de gros risques, releva Rhino.

— Gilles m'a demandé de vous affranchir. Il s'en veut beaucoup d'avoir fait foirer l'interpellation de ce Vuk.

— Il n'y était pour rien et ne pouvait pas savoir. Vuk est un vrai vicelard. Il avait protégé ses arrières et n'était plus présent lorsque Gilles et moi sommes arrivés sur zone. Il avait filé par-derrière. D'ailleurs, il s'est passé un truc bizarre, genre règlement de comptes entre eux, sur place.

— Il veut aussi venger la mort du policier, judiciairement je veux dire. Je voulais que vous sachiez où vous mettez les pieds, ajouta Fangeau.

— Une dernière chose : quelle est la grille de lecture de la réunion, en off toujours ?

— La DRSD fouette, car il pourrait y avoir des militaires à la retraite ou en activité dans le Stay in front. D'ailleurs, on m'a laissé entendre que l'éviction impromptue du général Lamy n'était pas tout à fait étrangère à cette histoire. La DGSE veut connaître ce que vous savez exactement de ce Vuk, car visiblement il y a aussi un loup de leur côté, sans mauvais jeu de mots.

— Et la DGSI ? rappela Rhino.

— Nous avons beaucoup investi sur cette enquête, avec infiltration, etc., nous verrions d'un très mauvais œil que des gendarmes viennent foutre le bordel dans nos investigations. En outre, ce dossier, c'est du lourd. Donc, pour nos chefs, une bonne occasion de se faire mousser auprès du ministre.

Fangeau examina Rhino du coin de l'œil.

— Et puis, il y a cette histoire de sélecteurs qui les ennuie. Les DecroChat !

— Le DecroChat ? Mais l'appareil a été rendu à Gilles, fit-il sans broncher.

— Oui, mais le problème est que les techniciens ont cramé le téléphone saisi sur le braquage.

— Mince, c'est ballot ! rétorqua Rhino.

— De votre côté ? Avez-vous pu en tirer quelque chose ?

Il ne répondit pas. Fangeau lui tendit sa carte.

— Je comprends. Si vous avez besoin de quelque chose, voici ma ligne sécurisée. Il l'abandonna en lui faisant un signe de la main.

Ils m'ont utilisé comme chèvre dans cette histoire ! Comme chacun joue sa partition, je vais jouer la mienne.

Rhino, encore sous le coup de ces révélations, rejoignit l'équipe qui continuait à deviser dans le couloir. Le général Perrot de la Trancheriez annonça le départ. Ils franchirent les barrières de sécurité, récupérèrent les objets, téléphones, pièces d'identité qu'ils avaient laissés à leur arrivée. Dans la rue qui les menait à la bouche du métro, Rhino le questionna :

— Maintenant que j'y pense, comme vous êtes le chef, j'imagine que vous avez pris attache avec le procureur antiterroriste pour que nous soyons saisis définitivement sur ce dossier ?

Perrot de la Trancheriez se racla la gorge.

— Je vois. Vu la concurrence sur ce dossier, si j'étais vous, je prendrais rapidement rendez-vous avec les magistrats pour que l'OCLCH soit saisi officiellement.

— Vous avez raison. Comment puis-je les convaincre ? quémanda le général.

— On peut la jouer à l'envers. On transmet l'information en direct, en *police to police* aux collègues bosniens, selon laquelle Nikolić est bien vivant, sur la base du rapport de la reconnaissance faciale de Lesachant. Sur cette base, ils vont certainement publier une notice rouge demandant, en cas de découverte, son arrestation immédiate par Interpol en qualité de criminel de guerre. Et compte tenu de sa présence signalée en France, le Pôle Crimes contre l'Humanité devrait demander l'ouverture d'une enquête.

— Parfait. Jouons cette carte. On m'a dit qu'on vous avait tiré dessus en Slovaquie. Qui a pu attenter à vos jours ? s'informa Perrot de la Trancheriez. Il va falloir que vous preniez quelques précautions dorénavant.

Voilà qu'il fait ami-ami ?

— Je n'en sais encore rien et surtout, je ne sais pas comment on a pu me retrouver là-bas, expliqua Rhino. Mais je ne vais pas vivre sous terre non plus.

Paris – OCLCH – Porte de Bagnolet

11 septembre 2021, 14 heures

À son retour, Rhino trouva Rafik confortablement installé à son bureau, toujours avec son casque mais cette fois-ci couplé à une sorte de masque de ski. Compte tenu du regard interrogatif de son patron, il précisa qu'il utilisait dorénavant, à titre expérimental, un casque HoloLens 2, pour travailler en réalité virtuelle. Rhino lui ordonna d'envoyer un message à destination du Bureau central national d'Interpol de Sarajevo pour leur signaler que Mirko Nikolić avait été repéré en France, en adjoignant le rapport de reconnaissance faciale de Lemarchand.

Il lui tendit un papier sur lequel avaient été griffonnées les caractéristiques des camions frigorifiques, et lui somma de réaliser un message d'alerte sur le plan national en cas de découverte ou de contrôle.

Avant de quitter le bureau, Rhino ajouta :

— Est-ce que vous pourriez envoyer cette enveloppe à l'Institut de recherche criminelle de la Gendarmerie nationale pour extraction de l'ADN de mon agresseur ? Il y a mes ongles à l'intérieur. Et qu'ils vérifient avec le Fichier national automatisé des empreintes génétiques. Je ne comprends d'ailleurs toujours pas comment ce type, qui a voulu me flinguer en Slovaquie, a pu me retrouver.

— J'ai réfléchi à la question, mais je dois me renseigner pour confirmer certains points.

***

Rhino décida de prendre un petit temps de repos après cette nuit mouvementée, l'occasion aussi de nourrir ses poissons. Mais auparavant, il envoya un message à Gilles, dans lequel il copia le lien YouTube de la remise de l'œuf à Saint-Pétersbourg.

Mû par une intuition, il lui demanda de lui transférer, s'il le pouvait, la copie d'écran de l'homme présent dans la vidéo de l'hôpital lors de l'incendie. Deux minutes plus tard, il reçut son retour : « Merci, Michel, pour tes vœux de prompt rétablissement. Je suis en maison de repos spécialisée pour les policiers, en convalescence. Merci aussi pour le lien YouTube. Je comprends mieux les réticences de Wright à nous avouer le contenu de son coffre. Voici la photo du type supposé avoir tué Marjanović. Continue de me tenir au jus, surtout si tu choppes notre Vuk ! »

Rhino examina l'image avec attention.

La ressemblance avec le type qui a tenté de me flinguer est assez troublante. Même si la photo n'est pas très nette, il pourrait bien s'agir de la même personne… Et il pourrait aussi être le conducteur du camion qui a protégé la fuite de Vuk ! Mais j'en saurai plus avec l'analyse ADN confiée à Rafik.

Allemagne – Nuremberg
11 septembre 2021

Emmanuel roulait maintenant depuis deux heures, en tenue de livreur, dans le camion frigorifique dont l'immatriculation avait été changée par des plaques françaises grâce à un système astucieux de rotation automatique. Il n'avait qu'à appuyer sur un bouton installé sur le tableau de bord pour actionner le changement. Chacune d'elles était une doublette parfaite, autrement dit, toutes correspondaient à un camion de la même marque, avec les mêmes caractéristiques techniques. La date de ce déplacement n'était pas due au hasard. Le week-end, il y avait peu, voire pas de flics ou de douaniers sur les routes. Après la Bulgarie, on lui avait demandé d'être le 7 septembre en Slovaquie, à Orava, afin de vérifier le chargement des trois caisses en provenance d'Ukraine. Il avait ensuite abandonné le camion aux mains des Loups de la nuit serbes qui avaient démultiplié les camions chinois pour fausser compagnie à d'éventuels poursuivants. Il avait été placé en phase « recueil » à partir du lendemain, chez un sympathisant en Allemagne, à Nuremberg.

Le 10 septembre, il reçut un message lui signalant qu'une réunion sécurisée par Internet avait été programmée. Emmanuel avait alors découvert que d'autres Cigales étaient connectées. Combien ? Impossible de le définir. C2 avait ouvert la connexion, et ses propos, traduits automatiquement en plusieurs langues, résonnaient et tournaient en boucle dans son cerveau.

Un homme et une femme se tenaient au centre d'un tribunal, entravés derrière des grilles et des panneaux de verre, cagoules sur la tête, tremblant de tous leurs membres. C2, fixait la caméra, habillé en treillis militaire.

— Bienvenue au tribunal de Nuremberg. Je vous le dis, je vous le confirme. Je lance officiellement le plan AC3R, la phase « accélération ». Notre défi est de contrer ces traîtres. Et la réponse que nous allons apporter sera définitive. Soyez-en sûrs, tout homme ou femme tremblerait devant un tel défi. Je parle de la peur d'être seul contre tous, d'être mal jugé, mal aimé, mal considéré… Vous avez franchi ce cap difficile. Vous avez coupé les liens avec les vôtres pour réaliser votre mission. Finalement, votre destin, le mien, nous ont préparés à remplir cette mission, à être ceux par qui les changements de paradigme arrivent.

Il marqua une courte pause.

— Vous avez devant vous deux membres de la pseudo-élite européenne, trouillarde et vendue. Ils vont être jugés pour trahison, pour avoir élaboré un plan visant à transformer les peuples en un troupeau multiethnique.

C2 se tourna alors vers les deux individus, tressaillant toujours de tout leur être.

— Vous, députés de cette Europe, avez été jugés pour haute trahison et condamnés à mort par ce tribunal de Nuremberg.

Il arma son pistolet et ouvrit le feu. Lorsqu'il se pencha pour tirer une nouvelle fois, Emmanuel aperçut une cigale tatouée dans son cou.

Il est des nôtres, dorénavant.

Puis C2 reprit la parole en essuyant le sang qui avait giclé sur sa main.

— Le ciel vous a choisis pour cette tâche difficile. Soyez heureux ! Car dans nos veines bouillonnent le pouvoir, le génie et la gloire. Et il n'y a pas de plus grand honneur pour un homme ou une femme que de défendre son territoire et sa race. Soyez forts, soyez fiers d'être de cette race blanche. N'oubliez jamais la doctrine du fondateur de la Phalange espagnole, José Antonio Primo de Rivera : « la révolution est l'œuvre d'une minorité résolue, inaccessible au découragement ». Bonne chance à toutes et tous. Le 14 septembre sera une grande date dans l'histoire de la chrétienté.

Le 11 au matin, les clés du camion avaient été déposées devant sa porte, à Nuremberg, avec la consigne de suivre une voiture ouvreuse, une BMW noire. Il était en liaison radio avec un homme qui l'informait de tous les contrôles qu'il pourrait rencontrer. Une Audi fermait la marche. Aucun contact physique ne fut autorisé entre eux. Depuis quelques jours, ses maux de tête et hallucinations morbides n'étaient plus qu'un lointain souvenir, comme sa famille, d'ailleurs.

Excepté Anne-France. Toujours Anne-France. Cette plaie au cœur, ouverte et sanguinolente.

Je serai bientôt libéré de toute cette glu noirâtre, puanteur, coulures et salissures humaines.

Il avait franchi la frontière entre la France et l'Allemagne sans encombre. Les panneaux de signalisation annonçaient une succession de villes, dont la simple évocation faisait remonter à la surface de nombreux souvenirs évoquant la « Pologne-Lorraine ». Il appartenait à la troisième génération d'émigrés polonais qui avaient travaillé dans la sidérurgie à Hayange, le berceau du fer lorrain. Emmanuel était le seul à avoir brisé la tradition et à ne pas être devenu mineur.

Il aperçut les cheminées des hauts fourneaux érigées sur le tombeau de l'usine. Il y a encore moins d'un demi-siècle, le ciel gris et nuageux de Lorraine rougissait et reflétait les coulées de fonte. Pour les Nowak, l'intégration était acquise. Son grand-père avait émigré, après la Seconde Guerre mondiale, de Wojnicz – une ville du sud de la Pologne – vers la France. Il n'avait qu'une seule idée en tête : réussir pour ne jamais revenir.

Emmanuel vécut ainsi au rythme de la mine et de la fonderie, tout comme son père. Durant sa scolarité, il s'était distingué parmi ses pairs et était très populaire grâce à son don pour le football. Mais il avait décidé de devenir militaire et, si possible, officier. Il enchaîna alors les succès : réussite au concours de Saint-Cyr, intégration dans l'arme blindée cavalerie où il se spécialisa dans les risques NRBC[1]. Les yeux posés sur le bandeau de goudron de l'autoroute, il se remémorait l'atmosphère des repas de famille à Hayange, les danses, dont la polka, la valse.

Mais, au fil des années, l'ambiance était devenue tout autre. Le chômage avait gangrené la ville. Son monde s'était métamorphosé en une succession de kebabs, de commerces halal, de salles de prière, de djellabas et hijabs. La majorité vivait de clopinettes, d'allocations, pendant que d'autres, les fainéants, les trafiquants de drogue, fanfaronnaient, provoquaient. Ce territoire avait progressivement concentré une grande partie de la violence, banalisant la détention d'armes, notamment de guerre. Il était devenu le lit de l'idéologie islamiste qui s'était organisée, sournoise et méthodique, grâce à la passivité des soi-disant élites.

Son père et sa mère avaient jeté l'éponge et étaient rentrés au pays, dans la maison familiale de Wojnicz, avec leur maigre retraite. Seule sa sœur Charlotte, survivante du Bataclan, bravait l'évidence. Elle n'y avait plus sa place, mais elle demeurait coincée dans une vie triste et

1. Nucléaires, radiologiques, biologiques, chimiques.

chiante à mourir. Un pavillon à la façade fissurée, un jardin à l'abandon envahi par les mauvaises herbes, encerclé de HLM dans lesquels avaient été parqués les immigrés issus des nouvelles classes populaires, à qui on donnait toutes les facilités.

Son mari s'était barré avec une jeune Beur en Belgique, ne supportant plus la dépression de sa femme. Le syndrome de la rescapée du Bataclan ne la quitta plus. Elle ruminait sa colère et avait rejoint l'extrême droite pour mettre un frein à l'immigration.

Avant de se libérer de ses propres contraintes familiales, Emmanuel lui avait envoyé un courriel. Il lui avait expliqué qu'il ne serait plus en contact avec elle pendant plusieurs mois pour des raisons professionnelles, une mutation à l'étranger. Il avait conscience que sa sœur était le maillon faible de son plan, compte tenu des liens qu'entretenaient ses fils avec ses propres enfants. Mais pour le moment, son stratagème avait parfaitement fonctionné.

Perdu dans ses pensées, il ne vit qu'à la dernière minute que le véhicule ouvreur quittait l'autoroute A4. Il eut le temps de lui emboîter le pas. La nuit était tombée sur la région parisienne. Un ciel bas et un vent d'ouest préparaient l'arrivée de la pluie. Il jeta un œil à sa montre. Il était 22 heures. Ils prirent la direction de la forêt d'Armainvilliers, puis empruntèrent un chemin caillouteux encadré par de majestueux arbres. Au bout de cinq minutes, ils débouchèrent sur une sorte de grande clairière. Dans la lumière de ses phares, Emmanuel aperçut un gros 4 × 4 gris foncé, garé au fond de ce qui était sans doute une décharge sauvage. Une camionnette blanche était à ses côtés. De nombreux débris de chantier étaient entreposés au pied d'une petite falaise. Le véhicule ouvreur fit demi-tour, rejoignit l'Audi qui fermait la marche. Ensemble, ils s'engagèrent sur le chemin par lequel ils étaient arrivés et l'abandonnèrent.

Emmanuel réalisa soudain qu'il était dans un cul-de-sac, seul avec son camion. Il se gara, s'empara de son Glock. Quatre hommes débarquèrent du Pajero, crânes rasés, en tenue de treillis pour deux d'entre eux, en combinaison noire pour les autres. Le plus petit, avec un accent prononcé, le salua et l'informa :

— Vous pouvez ranger votre arme. Vous êtes en zone sûre avec nous. Pas besoin de vous mettre la pression comme un bleu-bite.

Emmanuel prit sur lui pour ne pas répondre méchamment et s'enquit de la suite du programme.

— Nous allons transférer les colis dans notre véhicule, brûler le fourgon pour effacer toutes les traces, et nous rendre au hangar pour passer à l'autre phase, la plus délicate, déclara le Toulousain.

— Pourquoi ne pas nous y rendre directement avec le camion ? Vu la nature du matériel transporté, cela serait plus sûr, rétorqua Emmanuel.

— Pas possible, il est trop haut. Il ne franchira pas la porte, répondit-il sèchement.

Emmanuel remonta dans le camion, s'empara d'une visseuse électrique dans la boîte à gants, se rendit à l'arrière, fit sauter les plombs sur la porte et l'ouvrit. Il grimpa à l'intérieur, contourna les caisses de harengs et autres produits de la mer entassés. Les hommes le suivirent et bougèrent le chargement pour libérer totalement le fond du véhicule. Emmanuel dévissa un panneau, le retira et montra trois caisses d'une hauteur de 60 centimètres. À côté se trouvait un cube de bois, haut de 1 mètre.

— C'est ça ?

— Oui. Les quatre caisses. Pour faciliter le transport, vous pouvez utiliser le diable, sans mauvais jeu de mots… Si vous accolez votre camionnette au haillon, vous serez plus à l'aise pour les déplacer. Attention, le cube est très lourd et très fragile.

Le Toulousain aboya un ordre en russe. Ils les transférèrent sur le plateau derrière le véhicule, qui accusa le coup en s'affaissant légèrement.

L'opération fut rapide. Emmanuel vit alors l'un des hommes en noir s'approcher du camion pour l'asperger d'essence. Il récupéra son sac et monta dans le 4 × 4. Les types en noir démarrèrent la camionnette, la voiture emboîta le pas. Trente secondes plus tard, sur le chemin, le chef appuya sur une télécommande. Emmanuel ressentit l'onde de choc, se retourna et aperçut une boule de feu illuminant la clairière.

* * *

Cela faisait une heure que Momo, intrigué par le manège des quatre hommes, attendait leur départ pour aller récupérer d'éventuels morceaux de cuivre, aluminium ou autres débris qu'il aurait pu négocier chez Marco le ferrailleur. Suite à l'expulsion de son logement deux mois auparavant, il s'était construit une cabane faite de bric et de broc dans cette forêt, à quelques centaines de mètres de la clairière. La police municipale avait tenté de le déloger. Mais comme aucune solution de relogement n'avait pu lui être proposée, il avait amélioré son campement. Il aimait résider dans cette forêt, avec ses odeurs qui lui rappelaient son enfance en Algérie. Mais par-dessus tout, il y appréciait la solitude.

Las, il avait regagné son abri de fortune. Allongé sur sa paillasse, il patientait. En entendant les bruits de moteurs, il décida de s'approcher du camion frigorifique. Une énorme explosion le propulsa en arrière. Il perdit connaissance sous l'effet du souffle.

***

En traversant la banlieue nord de Paris, Emmanuel se dit qu'il était grand temps de nettoyer tout ça, et pas seulement au kärcher, car la gangrène commençait à atteindre nos campagnes mal protégées de toute cette crasse. Après une heure de route, et sans qu'aucun mot ne fut prononcé dans l'habitacle, le Pajero et la camionnette stoppèrent devant un store épais. Il remarqua la présence en lettres jaunes du nom d'un ancien propriétaire, « Marcel ROBIN », sur une enseigne délavée signalant un abattoir désaffecté. Le rideau se leva dans un vacarme d'enfer. Les deux véhicules s'engouffrèrent à l'intérieur.

Les hommes débarquèrent en silence.

— Vous avez de quoi dormir et manger au fond, sur la droite. Ce n'est pas le grand luxe, mais ça devrait suffire. Le matériel que vous aviez demandé se trouve dans la remise sur votre gauche. Au fait, on m'appelle Swiffer. Je suis de Toulouse.

Emmanuel se dirigea vers une porte qu'il poussa, chercha l'interrupteur : de nombreuses caisses étaient empilées sur les côtés. Au centre trônait une sorte de bloc caché sous une bâche. Il fit un signe positif de la tête.

— Pour ma part, je vais travailler ici, fit le Toulousain en ouvrant une porte donnant sur une pièce meublée d'une grande table.

Emmanuel nota que le sol était couvert de 20 centimètres de sable, de couleur marron à certains endroits.

Du sang séché ?

— Je suis chargé de la partie « explosifs et mise de feu ». Mes camarades reviendront le 14 au matin pour embarquer les caisses, signala le Toulousain.

Il fit un geste de la main ordonnant le déchargement de la camionnette blanche et contrôla la température de la salle frigorifique de l'ancien abattoir. Quand ils eurent terminé, il leur pria de rentrer chez eux.

Emmanuel commença à déplacer son précieux colis après s'être équipé d'une combinaison, et vérifia que tout était en ordre. Il vit le petit homme s'approcher de lui avec un certain nombre de pilules dans la main, qu'il lui tendit d'un geste autoritaire.

— Qu'est-ce que c'est ?

— Autrefois, pendant la Seconde Guerre mondiale, on appelait cela de la pervitine, un dérivé de méthamphétamine. Cela permet de rester éveillé pendant des dizaines d'heures en retardant les effets de la fatigue. Ils facilitent la concentration.

— Non, merci.

— OK. Comme vous voulez. En ce qui me concerne, je vais en avoir besoin.

— Vous prenez souvent ce genre de produits ?

— Oui. Enfin, j'en ai pris beaucoup pendant les combats.

— Lesquels ?

— Peu importe, répondit-il en ingurgitant deux pilules.

Emmanuel se dit en son for intérieur qu'il n'aimait vraiment pas cet individu.

Bosnie-Herzégovine – Sarajevo

11 septembre 2021, 20 heures

Ermina brouilla les cartes et lui transmit plusieurs coordonnées de point de rencontre. Julie bougonnait, car elle avait les pieds en feu. Dans le taxi qui la menait au centre-ville, elle retira ses chaussures et se massa sous l'œil goguenard du chauffeur.

En arpentant la rue principale de Sarajevo, elle reçut sa troisième adresse de contact : la cathédrale catholique. Quand elle poussa la porte de l'établissement religieux, elle se fit la remarque qu'elle n'avait pas franchi le seuil d'une église depuis son baptême, sacrement qu'avait exigé son père, au grand dam de sa mère. Népal chantait « *Trajectoire* » dans ses AirPods.

« J'calcule ma trajectoire, car
Une vie peut s'résumer en quatre phrases, néglige pas l'taf
Et vu qu'dehors, c'est un traquenard
J'ai dû contourner avec du vice et un trackpad »

Elle coupa le son. La fraîcheur du bâtiment la fit frissonner. L'intérieur était simple, sans fioritures.

Et si je faisais une prière ?

Dieu, faites que je sois un jour journaliste et que cette enquête me permette d'y parvenir.

Julie ferma les yeux, joignit les mains et libéra sa pensée. Elle entendit le claquement de la lourde porte de l'église. Ermina la salua, s'assit. Surprise de ne pas voir David, Julie expliqua sa fuite de la maison sous protection.

La Bosnienne entra alors dans le vif du sujet.

— Cette histoire de bébés échangés m'intriguait. Dans le cas où Vuk serait traduit en justice, je voulais être certaine d'apporter aux magistrats des informations fiables. J'ai donc fait mon enquête sur Zenica, dans la maternité où travaillait ma mère, et notamment auprès de ses anciennes collègues sages-femmes. Voilà ce que j'ai pu trouver de mon côté grâce à mon réseau : en réalité, ma mère avait un peu arrangé les choses. Beaucoup même.

Ermina leva les yeux vers le Christ en croix.

— Je suis très déçue… Elle revendait des bébés et mettait en relation les familles dans certaines circonstances. À l'époque, Almira Alagić était bien mariée à un homme du nom de Aldin. Quand Almira est décédée en couches, ma mère a contacté le mari et l'a convaincu de vendre le bébé à la famille Nikolić. Bien évidemment, ma mère a pris sa part au passage. Bref…

— C'est horrible, l'interrompit Julie.

— En réalité, elle n'eut pas trop de mal à décider le père, m'ont précisé ses anciennes collègues. Almira et Aldin avaient déjà quatre bouches à nourrir. Deux filles et deux garçons. En apprenant la mort d'Almira, Aldin a pris la décision de vendre leur dernier enfant.

— Et que sont-ils devenus ?

— Aldin est mort depuis plus dix ans, mais d'après mes recherches, trois des autres enfants sont toujours en vie. Il y a Bakir qui vit à Zenica. Voilà son adresse. Et Emir, son frère, est berger à Vlasić, un plateau montagneux au centre de la Bosnie. Il reste la sœur, mais je ne l'ai pas encore trouvée.

Julie réfléchit et dit :

— Cela signifie que tout ce beau monde a le même ADN que celui de Nikolić !

— Exactement. C'est ce que j'ai pensé aussi. Si on arrive à faire le prélèvement d'un des frères et de le comparer à celui de Nikolić, on démontrera que ce type a construit sa vie sur une magistrale imposture.

— Carrément ! C'est énorme.

— Voilà le numéro de téléphone de Selma, qui travaille pour notre ONG et a réalisé pour mon compte cette enquête. La pauvre n'osait pas m'avouer le trafic qu'avait organisé ma propre mère. Je suppose que tu ne sais pas où dormir ?

— Non…

— Alors viens chez mon amie Zahra. Tu prendras un bus demain matin vers 6 heures pour rejoindre Selma à Zenica. Elle t'attendra devant la maison de Bakir pour 7 h 30.

— J'aurai aussi besoin d'un nouveau téléphone.

— On t'en donnera un.

Après avoir rejoint l'appartement et échangé avec Ermina et Zahra, Julie prit congé. Allongée sur son lit, elle consulta ses messages. David avait essayé de la contacter à maintes reprises. Elle le rappela pour le rassurer, mais tomba sur son répondeur. « Ne t'inquiète pas, je dois continuer mes recherches. Toi, tu es bloqué pour ta sécurité, ce n'est pas mon cas. Je serai de retour auprès de toi rapidement. J'ai eu une idée. Fais-moi confiance. Je t'embrasse, mon Rimbaud. Voilà mon nouveau numéro. Ne le donne à personne, bien sûr. »

Elle ouvrit son ordinateur, relut les textes qu'elle avait rédigés, agença les photos. Quand elle fut parfaitement satisfaite du résultat, il était environ minuit. Elle se rendit sur MediaJact, le site du journal en ligne auquel elle était abonnée depuis deux ans. Elle tapa son identifiant, le mot de passe et appuya sur la touche Entrée. Elle relia la publication de son article sur ses réseaux sociaux.

Voilà ! Cela va envoyer du pâté.

J'espère que David ne m'en voudra pas trop et qu'il comprendra…

Bosnie-Herzégovine – Zenica

12 septembre 2021, 7 h 30

Le gris du ciel se mariait avec les fumées des usines de métallurgie crachées par les cheminées. Parfois, les nuages prenaient même un aspect rouge sang.

Quelle ville pourrie ! Comment les gens peuvent-ils vivre dans ces conditions de pollution ?

Le guide qu'elle s'était procuré la décrivait ainsi : « Placée sur la route entre Sarajevo et Doboj, cette ville industrielle de cent quinze mille habitants n'est pas une étape indispensable. Zenica est marquée par une architecture socialiste et vit au rythme de l'un des plus importants sites sidérurgiques des Balkans, désormais propriété du groupe ArcelorMittal. »

Julie demanda au taxi de stopper dans la rue où Bakir, l'un des deux frères supposés de Nikolić, était censé avoir une petite maison. Selma l'attendait sur un banc, penchée sur son téléphone. Julie s'approcha pour se présenter quand elle reçut un message de Xavier lui demandant des nouvelles.

Tiens, il ne m'a pas oubliée ?

— Bonjour, ravie de vous rencontrer. Ermina m'a informée de la situation. Je vous préviens, cela ne va pas être facile à négocier. Comment comptez-vous vous y prendre ?

— En vrai, je n'y ai pas vraiment réfléchi… Je propose de lui dire la vérité ? Non ?

— Je resterais discrète sur ce Nikolić. Ici, les gens ont de la mémoire, suggéra Selma.

— Oui, et les murs ont des yeux et des oreilles… J'ai compris. On se tutoie ?

Julie s'assit à ses côtés.

— Et si je lui racontais une histoire de maladie grave d'un lointain parent en France ? proposa la jeune femme.

— Il va falloir apporter des preuves ! Bakir n'est pas un homme facile d'après ce que l'on m'a laissé entendre, souligna Selma.

— Bah, on verra. Tu lui demandes si nous pouvons prélever son ADN pour faire des vérifications avec un potentiel frère installé en France. Cela devrait le faire, ajouta Julie.

Elle sortit de son sac à main les kits de prélèvement qu'elle avait récupérés dans un laboratoire spécialisé dans les recherches ADN, basé à Sarajevo. En faisant des recherches sur la génétique, elle avait ciblé Gene DNA Lab, un laboratoire situé à Washington. Il présentait, en plus de détenir la plus grande base de données, l'immense avantage d'avoir conclu un accord avec d'autres laboratoires. Il pouvait ainsi les croiser anonymement dans le cadre de partenariat avec les grands groupes de santé.

Elle avait contacté directement Mark Knapfer, le chargé de la communication à qui elle avait expliqué son projet et surtout l'urgence de l'analyse. Compréhensif, il avait suggéré d'apporter en main propre les kits ADN pour la rapidité des résultats à Washington.

Julie laissa Selma sonner au portail de Bakir Alagić. Un gros chien se précipita sur la barrière en aboyant. Un hurlement en bosnien l'invectiva. L'animal s'immobilisa. Un homme, âgé de la soixantaine, le visage rougeaud, crâne chauve, surgit une pelle en main. Il saisit le collier de son animal, le fit rentrer dans sa petite maison, et referma la porte. Selma expliqua la situation. Plus elle progressait, plus il se renfrognait.

Bon… On est mal barrées !

— Pourquoi voulez-vous prendre mon ADN ?

— Selma, peux-tu lui dire que cela ne fait pas mal, il s'agit juste d'un prélèvement buccal. On peut même le faire dans son jardin.

Bakir baragouina un truc en toussant.

— Il ne veut rien entendre ! expliqua Selma. Il dit qu'en quarante ans de travail à l'usine métallurgique, on ne lui avait jamais demandé ça…

— Non, mais ça n'a rien à voir !

— Oui, je sais, mais je pense que nous sommes tombées sur un *inat* comme nous les appelons ici… Une tête de mule. Il ne comprend rien, et il refuse.

L'homme toussa de plus belle et faillit s'étouffer.

— Il est malade ?

Selma interrogea Bakir.

— Oui, il a un cancer des poumons.

— Bon… Combien veut-il ? Julie fit le signe de l'argent avec ses doigts.

L'homme se mit à hurler en bosnien.

— J'en conclus que c'est mort ?

— Oui. Il nous reste le frère, Emir, le berger. Il vit sur le plateau de Vlašić où il élève des brebis. Nous pouvons prendre mon véhicule. Nous y serons en une heure environ.

***

Julie admira le panorama qui défilait.

Selma attaqua avec son antique Golf les contreforts du plateau de Vlašić. Elles avaient traversé Travnik et elle avait insisté pour acheter, à la sortie du village, le fameux fromage blanc de brebis produit localement et du pain de maïs. Elle expliqua que cette montagne était devenue un centre touristique important avec sa station de ski, mais que le mode de vie était resté très ancestral. Puis elle tourna brusquement sur sa droite pour emprunter une petite route.

Au bout d'un quart d'heure d'un chemin chaotique, elles finirent par apercevoir une sorte de petit chalet posé dans une clairière, à la jonction de deux vallées. Le soleil fit une maigre apparition au moment où Selma retira la clé de contact. Ces rayons illuminèrent de verts pâturages où paissaient des brebis. Un ruisseau bruissait au fond de l'un des vallons. Julie eut le sentiment d'être plongée dans une nature intacte et pure. Elle prit une grande bouffée d'air.

L'homme qui se présenta dans l'encadrement de la porte était un colosse de 2 mètres, cheveux hirsutes et barbe de 30 centimètres, les yeux noirs.

Pouah la frappe ! Jason Momoa ! Le sosie !

Elles s'approchèrent.

Rien à voir avec Nikolić… Petit et chétif, d'après la description d'Ermina.

S'ils n'avaient pas le même père, tout tomberait à l'eau.

Selma était visiblement aussi troublée, mais tentait de ne rien laisser transparaître.

— *Dobor jutro*[1]. *Emir Alagić ?*

— *Da*, qui êtes-vous ? répondit-il d'une voix grave en bosnien.

— Nous sommes du laboratoire de recherches ADN de Sarajevo et nous aurions quelques questions à vous poser, lâcha d'un trait Julie.

Selma traduisit. Emir fit un geste pour les inviter à pénétrer dans son antre. Si on mettait de côté les fragrances animales intenses et l'odeur de fumée, le chalet était plutôt bien entretenu. La pièce principale comprenait

1. Bonjour.

la paillasse du berger, une table, quatre chaises, une armoire et une sorte de grande cheminée en son centre. Des morceaux de viande séchée avaient été accrochés sur les poutres de la charpente et pendaient au milieu de plantes diverses.

— Avez-vous eu un contact avec votre frère Bakir ? Je veux dire récemment, questionna Julie en s'asseyant.

— Non, nous sommes un peu fâchés, fit-il en proposant un café.

— Ça ira, merci. D'ailleurs, si vous acceptez de faire ce que nous allons vous demander, il vaut mieux ne pas avoir mangé ou fumé dans l'heure précédente. Voilà ce qui nous amène : votre frère est malade. Il souffre d'un cancer des poumons.

— Je ne savais pas… Il va mourir ?

Emir balaya l'air avec une main assez proche de la patte d'ours.

— Têtu comme il est, il devrait avoir raison de ce cancer, croyez-moi.

— Nous n'en sommes pas encore là. Mais nous voudrions prélever votre ADN pour vérifier si vous avez un gène identique susceptible d'engendrer le même type de maladie, confia-t-elle.

— Qu'est-ce que cela veut dire ? s'enquit-il.

Julie reprit tant bien que mal les termes utilisés par Mark pour expliquer ce qu'elle souhaitait faire. La démonstration terminée, le berger les regarda avec insistance.

— C'est pour sauver qui ?

— Euh… Vous ! trancha-t-elle.

— Je pensais que vous le faisiez pour mon frère. Et ma sœur ? reprit Emir.

— Nous irons voir votre sœur aussi. C'est prévu, mentit Julie.

— Laissez tomber mon frère. Mais ma sœur, en revanche, il faut faire quelque chose.

En clôturant sa phrase, il ouvrit une large bouche.

Ouf… Bien joué ma fille. Mais fais gaffe… Tu n'auras pas droit à deux essais.

Elle se précipita sur les kits pour réaliser deux prélèvements tels que le lui avait enseigné Mark. Elle frotta avec fermeté les écouvillons sur la paroi buccale du berger pendant environ une minute. Puis elle les inséra dans leur tube sans les fermer pendant quinze minutes afin qu'ils sèchent. Pour cela, elle chercha des yeux un verre propre afin de les placer debout.

Elle fit un tour d'horizon, mais rien ne lui sembla correspondre aux canons exigés par Mark. Elle les garda donc en main.

Emir sortit trois verres sales d'une armoire bancale et une bouteille remplie de *rakija*. Julie en prit un de sa main libre, l'essuya tant bien que mal avec un pan de sa veste, se disant que cet ADN valait bien un petit sacrifice.

Et au mieux, l'alcool tuera les microbes.

***

Une heure plus tard, après quelques cafés et verres d'eau-de-vie, les deux femmes reprirent la route pour Sarajevo. Selma la déposa à l'aéroport afin qu'elle embarque pour Washington en faisant un crochet à Paris, l'occasion pour elle d'expliquer sa manœuvre au père de David, le Rhino.

J'espère que mon stratagème va fonctionner… Parce que vu le coût financier de la manip, mon banquier va me tuer.

Paris – OCLCH – Porte de Bagnolet

12 septembre 2021, 8 heures

Après avoir nourri ses poissons, qui se portaient d'ailleurs comme un charme, Rhino s'était effondré sur son lit et avait fait le tour du cadran. À son réveil, en consultant ses messages sur son téléphone, il vit que la capitaine Marjorie Lesachant l'avait recontacté. Elle lui avait envoyé un message crypté sur Olvid assorti d'une photographie : « J'ai cherché désespérément à vous joindre, mais sans succès. J'ai donc envoyé les informations à ma hiérarchie. Je peux vous dire que mon compte rendu a fait l'effet d'une bombe. J'ai été débriefée par tous les services… Vous avez encore fait ma journée… Merci. »

Rhino examina l'image avec attention.

Putain, mais c'est Lamy ?

Dans la Mercedes de Vuk, on y voyait le général Bertrand Lamy. Rhino comprenait mieux son empressement à récupérer les pellicules en 1995. Et les questions de la DRSD lors de la réunion à la DGSI.

Quel salopard ! Ça doit fouetter grave au plus haut niveau, d'autant qu'il vient de démissionner. Ils doivent être à ses trousses…

***

Il s'installa derrière son bureau, silencieux et méditant sur la suite. Il tenta une nouvelle fois de joindre David. En vain. Il en fit de même avec Helena, mais même résultat. Marion le rejoignit vers 8 heures, au moment où Perrot de la Trancheriez poussait la porte en sifflotant.

Il annonça que les médecins avaient envisagé de procéder au réveil de Rémy. Il ajouta qu'il avait réussi à obtenir la saisine judiciaire relative à Nikolić. Le Pôle Crimes contre l'Humanité avait demandé l'ouverture d'une enquête pour crimes de guerre. Lorsqu'ils avaient appris l'information, les Bosniens avaient rédigé en urgence une demande de mandat d'arrêt international.

Voilà enfin notre cadre légal !

Dans le même temps, le téléphone de Marion sonna. Au bout de deux minutes, elle raccrocha.

— C'était la brigade de Tournan-en-Brie. Suite à notre demande de renseignement, la police municipale vient de les informer de la présence d'un camion frigorifique de marque chinoise, brûlé dans une carrière située dans une forêt près de Villeneuve-Saint-Denis. Il y aurait un témoignage, un SDF qui est blessé.

Le général allait demander des précisions sur ce camion, quand Rhino l'interrompit et l'informa de son départ avec la capitaine Tim. Marion voulut prendre la parole, mais compte tenu du regard que lui lança Rhino, elle s'abstint.

Il s'empara de son arme et descendit les escaliers au pas de course. Il grimpa dans son véhicule, mais Rafik les héla et ouvrit le coffre de la voiture. Il leur montra une sorte de valise.

— Avec votre histoire de flingage en Slovaquie, j'ai un peu travaillé. Et voilà le travail. C'est un petit appareil qui va nous permettre de savoir si vous êtes filoché. Cela fonctionne ainsi : la plupart des téléphones émettent en permanence des requêtes de connexion, genre probe request, pour retrouver automatiquement les réseaux wifi qu'ils connaissent. J'ai installé un ordinateur monocarte pouvant se connecter à une antenne avec un logiciel. Ce dernier détecte de manière passive tous les appareils situés autour, sur les ondes wifi ou Bluetooth. Toutes ces détections sont ensuite stockées dans une base de données et répertoriées sur une carte, ce qui permet de visualiser les endroits où les potentiels espions ont été repérés.

— Il prend en compte les smartphones qui sont à ma proximité ? interrogea Rhino.

— Oui, et si la machine nous dépiste plusieurs fois le même numéro, on pourra dire qu'il y a peut-être baleine sous gravier. On remontera les filets de pêche tous les soirs. Il n'empêche que vous devez quand même utiliser des téléphones jetables. Et toi aussi, Marion, puisque tu pars avec le patron. Ce n'est qu'une hypothèse, mais je pense que le type qui a voulu vous flinguer a sans doute utilisé le réseau SS7 pour vous pister.

— Qu'est-ce que c'est encore que ce truc ?

— C'est le réseau interne aux opérateurs de téléphonie mobile, qui leur permet de diriger appels et SMS vers leurs clients, même quand ceux-ci se trouvent dans un autre pays. Si vous bénéficiez d'une entrée *backdoor*, grâce à une complicité de l'opérateur du pays où vous vous trouvez par exemple, vous pouvez faire ce que vous voulez. On peut savoir qui borne sur les relais, qui contacte qui et le géolocaliser.

— OK. J'ai pigé. Un appel, un téléphone. C'est mon numéro pour la journée, Rafik.

Il lui tendit un papier.

Tournan-en-Brie – Brigade de gendarmerie
12 septembre 2021, 10 h 30

Rhino prit le volant. Marion avait une tête de déterrée. À la sortie de Paris, il se risqua à l'interroger sur son état de santé. Elle resta silencieuse, et finalement avoua ne quasiment plus dormir la nuit. Pour changer de sujet, elle demanda des précisions sur le dossier. Il lui fit une synthèse des informations dont il disposait, celles que Mélusine et Fangeau lui avaient transmises.

— Donc, en gros, ce camion que nous recherchons, vous l'avez aperçu en Slovaquie. En off, donc. Son conducteur a faussé compagnie aux services qui le pistaient. Il est susceptible de transporter du matériel radioactif, du strontium, dit-elle en jetant un œil à l'extérieur. Et si j'ai bien compris, ce matériel radioactif provient d'un générateur géorgien, lequel, couplé avec de l'explosif, constituerait une bombe sale. La question est : où et quand ? S'il s'agit bien de notre camion.

— Voilà, c'est parfaitement résumé. Tout cela sous fond de guerre larvée entre services de renseignement, avec un possible projet d'attentat. Et nous dans ce cirque, nous sommes les outsiders, confia Rhino.

— Je crois que nous sommes suivis par un motard, lâcha Marion en se retournant.

Il braqua son regard dans le rétroviseur.

— Nous allons vite le savoir, car nous arrivons à la brigade.

Rhino mit son clignotant et tourna. Le motard poursuivit sa route sans broncher. Marion sonna au portail en fer et se présenta. Il s'ouvrit lentement et ils garèrent leur véhicule dans la cour de la caserne.

La lieutenante Mallois, commandante de la brigade, vint à leur rencontre. Elle confirma les informations, leur tendit le procès-verbal d'audition de Mohammed Messaoudi, dit « Momo », et se proposa de les accompagner à la police municipale. Rhino lut le PV et le transmit à Marion.

— Sacré loustic, ce Momo ! fit Mallois. Heureusement pour lui, plus de peur que de mal. Il vit dans la forêt, dans une sorte de cabane qu'il s'est aménagée. On pourrait croire qu'il est malheureux, mais pas du tout. Comme il le dit, personne ne l'emmerde, et il n'emmerde personne. Momo se rappelle de la présence de deux 4 × 4, dont un Pajero, d'après la description. Ensuite, ce fut le black-out à cause l'explosion.

— Et son témoignage tient la route ? demanda Rhino.

— Oui, cela semble être cohérent. Même s'il n'a pas vraiment compris ce que disaient les quatre types, compte tenu de la langue utilisée, plutôt du slave. L'un d'entre eux a un accent du sud de la France. Et il ne boit pas une goutte d'alcool… Si c'était la question sous-jacente.

— Et le camion ? l'interrogea Marion.

— Après les opérations de police technique et scientifique, il a été transféré dans un garage du coin. Mais il n'y avait rien à en tirer. Même pas un numéro de série exploitable, se désola la lieutenante.

— Avez-vous fait des recherches sur les caméras de vidéoprotection dans les environs ? poursuivit Marion.

— Oui. Mais nous n'avons rien trouvé. Nos clients avaient sans doute organisé des repérages il y a quelques temps pour les éviter. Souhaitez-vous toujours vous rendre à la police municipale ? réitéra Mallois.

Rhino opina du chef et, dix minutes plus tard, Michel Peranda, le chef de la police municipale, leur montrait sur une carte le lieu où le véhicule avait été incendié. Il s'agissait d'une sorte de carrière désaffectée devenue une déchetterie à ciel ouvert, utilisée la plupart du temps par des entreprises de BTP qui ne voulaient pas s'embarrasser de leurs déchets. Il proposa de les faire accompagner par Jean Blachère, un ancien gendarme reconverti chez eux, fou d'écologie. D'après Peranda, cette déchetterie était son obsession.

Dans la foulée, guidés par Blachère, ils débouchèrent du chemin et se garèrent dans la carrière. Le sol était marqué par une immense trace noire. Les arbres avaient été calcinés sur toute la circonférence du site. L'ex-gendarme débarqua avec légèreté du véhicule de service. Il scruta attentivement certains arbres situés à l'entrée de la clairière, qui n'avaient pas souffert de l'explosion.

Il se pencha en avant pour ramasser quelques débris déposés après l'incendie.

— En tout cas, ils avaient mis le paquet sur l'explosif et les moyens incendiaires. Heureusement, les pompiers sont intervenus rapidement, sans quoi toute la forêt y passait. Comme Momo, d'ailleurs, qui a été à deux doigts de se faire écraser par les secouristes. Ça n'aurait pas été sa journée ! Mais une question : pourquoi ce camion vous intéresse-t-il tant ? demanda Blachère.

— Les individus qui l'ont fait exploser pourraient, de près ou de loin, être rattachés à un criminel de guerre que nous recherchons, répondit Marion.

— Criminel de guerre ? Laquelle ?

— Les Balkans, la Bosnie-Herzégovine.

Silence.

— OK… On va vérifier un truc. Suivez-moi.

Blachère se dirigea vers l'entrée. Rhino et Marion l'observèrent grimper avec aisance dans un arbre. Quand il atteignit environ 3 mètres de haut, il se pencha sur le côté et détacha une sorte de boîte couleur camouflage, puis redescendit avec la même facilité. Il vérifia l'appareil, appuya sur une touche et sourit.

— C'est bon… C'est dans la boîte ! J'en ai baisé quelques-uns avec ce piège à photographies.

Les deux se penchèrent. Il fit défiler les images sur lesquelles on pouvait distinguer nettement les véhicules et les individus impliqués. Cinq personnes en tout, dont le conducteur du poids lourd.

— Là, c'est le même type qu'à Orava, dit Rhino en montrant à Marion l'individu sortant du camion. On commence à être bien… Procéduralement parlant. Il est notre lien avec Vuk. Il faut mettre la main au plus vite sur cette équipe. Finalement, Mélusine avait peut-être raison quant à l'éventuel retour de Vuk en France.

— Tenez ! dit Blachère en retirant la carte mémoire.

— Mais pourquoi ne pas l'avoir dit aux gendarmes ?

— Parce qu'ils ne me l'ont pas demandé ! lança Blachère, narquois. Et puis, j'étais en permission, je suis rentré hier.

Sur le chemin du retour, Rhino et Marion vérifièrent qu'ils n'étaient pas filochés par un motard ou autre. Rafik contacta Rhino sur son portable jetable, il venait de lui envoyer un lien. Il précisa : « Soufflez un bon coup, vous allez en avoir besoin. » Rhino l'ouvrit et fit défiler les pages.

Putain. Tout y est ! Les différentes missions à Sarajevo, la photographie du poste S4 serbe, leurs recherches concernant Samra, leurs arrestations à Višegrad, la découverte des ossements…

— Quand a été mis en ligne cet article ?

— Hier soir, le 11 septembre vers minuit, répondit Rafik.

— Il y a moyen de le bloquer ? Ou de l'hacker ?

— Difficile à ce stade. Elle a déjà beaucoup de *followers*. La seule solution est de demander à l'administrateur de ne plus le mettre en ligne.

— Je vois. Je vais m'occuper de l'administratrice.

Il fit un copier-coller de l'adresse du site de MediaJact et l'envoya par WhatsApp à David, avec le message suivant : « Désolé de te l'apprendre ainsi, mais ta copine est une pseudo-journaliste qui veut se faire un nom sur notre histoire... Balancer ainsi notre vie sur le Net... En plus, elle nous met en danger. Non, mais quelle connasse ! Encore une bonne raison de rester caché en attendant que cela se calme. Pour des raisons de sécurité, je dois changer de numéro de téléphone tous les jours. Voici la liste de ceux que je vais utiliser successivement dans la semaine. »

Bosnie-Herzégovine – Aéroport de Sarajevo

12 septembre 2021, 16 heures

Dans la file d'attente de son enregistrement, Julie décrocha son téléphone.

— Qu'est-ce que c'est que cet article sur MediaJact ? Non seulement tu m'abandonnes, mais en plus tu me poignardes dans le dos ! C'est bien toi qui disais : « On forme une *team* » ?

David s'époumonait.

— D'abord, bonjour, et ensuite oui, c'est moi, le coupa Julie. Notre... Enfin, ton histoire passionne la terre entière. J'ai des tonnes de *followers*, David, et ce en vingt-quatre heures.

— Tu effaces ce truc, Julie !

— Ce n'est pas possible, David. Je ne peux pas arrêter la machine en marche. Je vais décevoir mes lecteurs. C'est la chance de ma vie, tu peux le comprendre. Je veux me faire un nom dans le journalisme, tu le sais bien. C'est même toi qui m'a convaincue de me lancer !

— Tu as intérêt à supprimer ce compte dans la minute... Sinon, je vais le faire à ma manière, s'agaça-t-il.

— Non, mais t'es sérieux là ? Pour qui tu te prends !

— Et toi, pour qui tu te prends de balancer ma vie et celle de mon père à la planète entière ? hurla David. Et ces dessins représentant ma mère ? Comment les as-tu eus ? Depuis quand sont-ils en ta possession ?

— C'est un journaliste qui me les a envoyés. Je les ai depuis peu, mentit Julie. J'ai fait cet article parce que j'ai une idée pour aider ton père dans sa traque de Vuk.

— Une idée pour aider mon père ? Mais n'importe quoi ! Si tu avais de bonnes idées, ça se saurait. J'entends du bruit derrière toi. Tu es à l'aéroport ?

— Oui, à Sarajevo.

— J'arrive. Tu vas m'expliquer tout ça.

— David, non. Pense à ta sécurité. Je pars pour Washington, rétorqua-t-elle.

— Washington ? Qu'est-ce que tu vas foutre là-bas ?

— Je t'expliquerai plus tard. Fais-moi confiance. Je vais aider ton père, je te le promets.

— J'arrive. Et j'en ai marre que tout le monde se préoccupe de ma sécurité ! cria David en raccrochant.

— Fais-moi confiance... lâcha Julie dans le vide.

Puis elle composa le numéro de l'OCLCH à Paris.

Bosnie-Herzégovine – Sarajevo

12 septembre 2021, 16 heures

David sortit alors son portable et scruta de nouveau les trois dessins représentant une femme dans différentes postures. Sur le premier, elle était agenouillée auprès d'un cadavre. Sur le second, elle marchait en larmes vers les soldats, et enfin sur le dernier, elle était en prière. Comme une madone. Il n'avait plus adressé la parole à son père depuis ce repas d'anniversaire catastrophique et toutes les péripéties qui avaient suivi. Il lui manquait et se sentait dorénavant profondément seul. Il composa son numéro.

— David ?

— Bonjour, papa.

— Ouf, je suis content que tu m'appelles enfin, souffla Rhino.

Silence.

— Dans l'article écrit par Julie, c'est ma mère ? Samra ? osa David.

— Oui, attesta son père.

Silence.

— Elle était très belle, ma mère, sanglota-t-il.

— Elle était magnifique, David.

— Papa, je sais ce qu'il lui est arrivé.

— C'est la raison pour laquelle…

— J'ai compris, ne t'inquiète pas, le coupa David. Tu as voulu respecter sa mémoire et me protéger.

Silence.

— David, si tu savais comme je m'en veux. Je n'aurais pas dû te mentir. J'ai hâte de te voir, de te serrer dans mes bras et de manger japonais avec toi.

— Oui, moi aussi. Quand je pense que Julie avait ces dessins et qu'elle ne m'a rien dit. Je vais rentrer sur Paris. Je n'ai plus rien à faire dans ce pays.

— Elle est avec toi ? interrogea Rhino.

— Non. Elle s'est barrée hier soir en catimini.

— Merde, elle court un grave danger.

— Elle m'a dit qu'elle allait t'appeler. Elle part pour Washington.

— Washington ? Qu'est-ce qu'elle va foutre là-bas ?

— Je n'en sais rien.

— David, reste à Sarajevo, car pour le moment, tu es sous protection. Tant que je n'ai pas mis hors d'état de nuire Vuk, ou Nikolić si tu préfères, tu ne seras pas en sécurité.

— Je ne vais pas rester dans ce trou à rat plus longtemps. Je rentre, rétorqua-t-il sèchement.

— Non, s'il te plaît. Attends au moins que je vienne te chercher, lança Rhino.

— Je ne suis plus un enfant, papa. À bientôt. Je te donnerai mon numéro de vol.

David raccrocha et prépara ses affaires. Il avait prévu de quitter cette maison au petit matin sans en informer Dino, afin de ne pas lui créer de problèmes. La disparition de Julie avait déjà jeté un froid. L'agent lui avait dit que son service avait reçu une alerte de la part de l'aéroport, signalant la présence et le départ de Julie pour les États-Unis. L'OSA l'avait laissée partir en informant la DGSI.

Paris – OCLCH – Porte de Bagnolet

12 septembre 2021, 17 heures

Rhino était perdu dans ses pensées.

Il se sentait euphorique et inquiet suite à la conversation qu'il venait d'avoir avec son fils. Marion l'informa que toutes les plaques d'immatriculation étaient fausses, ce qui, en soi, n'était pas étonnant.

— J'ai envoyé des requêtes sur les différents services, autoroutes, routes, etc. Pour la BMW, l'Audi et le camion, je pense que nous avons affaire à des types assez retors. En effet, leurs plaques ont bien été enregistrées par la vidéo. Ils ont été détectés par un de nos véhicules LAPI[1] installé sur l'autoroute A4, le 11 septembre vers 20 heures, à la hauteur de Changis-sur-Marne. Du coup, j'ai remonté le fil de toutes les caméras situées sur l'A4 jusqu'à la frontière avec l'Allemagne. Et j'ai retrouvé les voitures en question, équipées à chaque fois de plaques différentes. Trois jeux de plaques, au total. J'ai noté aussi que les conducteurs s'arrangeaient systématiquement pour ne jamais être captés par les objectifs en portant des casquettes, y compris dans les stations-service.

— Et les deux autres ? demanda Rhino.

— Pour les deux autres véhicules, le 4 × 4 et la camionnette blanche qui, au passage, me semble être aussi équipée

1. Lecteur automatique de plaque d'immatriculation.

d'un système frigorifique, je les perds dans le nord de Paris, récapitula Marion.

— Une chance que notre collègue ait installé son piège photographique dont la qualité est excellente. On ne le remerciera jamais assez, commenta-t-il.

— C'est clair. J'ai analysé les images. On les voit bien décharger, avec un diable, trois caisses et une autre plus lourde dans cette camionnette.

— La question est : quel est l'intérêt d'avoir brûlé le camion pour ensuite basculer sur un véhicule plus petit ? En outre, lorsque j'étais en surveillance au château d'Orava, les motards avaient aussi transféré trois colis assez similaires. Pour les visages, je vais essayer une option. Transférez-la-moi sur ma boîte Proton Mail, ordonna Rhino.

Rhino rechercha dans son agenda les coordonnées de la société FaceDeteK dirigée par Fabien Lafond. Il avait réalisé un travail remarquable sur Vuk.

Son accueil au téléphone fut chaleureux, d'autant qu'il souhaitait expérimenter un nouveau système intégrant un module d'intelligence artificielle. Une heure plus tard, il le rappela pour lui confirmer avoir détecté trois individus sur cinq.

— Le premier s'appelle Antonio Bento. Nous avons atteint le taux de 99 % de reconnaissance faciale le concernant. Nous l'avons détecté, car il a fait parler de lui dans un passé récent. C'est un ancien parachutiste du 3e RPIMA[1] de Carcassonne. L'individu s'est illustré aux côtés des séparatistes prorusses dans le Donbass à partir de 2014. Je vous envoie sa biographie par Internet, signala Lafond.

— Je regarde, fit Rhino en double-cliquant sur le document.

1. Régiment parachutiste d'infanterie de marine.

— L'armée française n'a pas souhaité renouveler son contrat, sans doute en raison de ses accointances politiques très teintées fachos. Elle communique très peu sur ses états de service ou sur d'éventuelles sanctions disciplinaires dont il aurait pu faire l'objet. L'armée est devenue un terreau fertile d'individus prêts à en découdre, du fait de leur connaissance du maniement des armes et des techniques de combat sur les différents théâtres d'opérations. Bento a participé à de nombreux reportages, car son cas a passionné les journalistes.

— Ah bon ? Pourquoi ?

— La plupart des volontaires français engagés du côté séparatiste appartenaient à l'Unité continentale, un groupe dont l'idéologie est liée à l'eurasisme. Il s'agit de la révélation d'une sorte de destin chrétien du continent eurasiatique, qui lierait les peuples européens et slaves. Tout cela est noyé dans un mélange de termes nationalistes, conspirationnistes et révolutionnaires.

— Je vois, dit Rhino en repensant aux propos de Škrbić et Vuk lors de leur rencontre à Paris.

— J'ai copié deux liens dans le document. Le premier correspond à un reportage de France Info dans lequel on le voit entraîner d'autres volontaires étrangers aux méthodes de combat. À cette époque, il appartenait au bataillon Fantôme ou Prizrak, une formation armée rebelle qui s'opposait aux forces gouvernementales de Kiev. Au milieu de l'été 2014, on comptait entre cinq cents et sept cents combattants de toutes sortes et de toutes origines, c'est-à-dire des Russes, des Slovaques, des Serbes et d'autres Européens, dont nos Français. Donc, ces types se battaient aux côtés des séparatistes prorusses des deux républiques autoproclamées. Leur chef, Alexeï Mozgovoï, est mort au cours d'une embuscade le 23 mai 2015. Le bataillon Fantôme a alors été intégré à la milice populaire de la République populaire de Lougansk. Je suppose que notre ami a quitté l'Unité à cette époque. En effet, nombre de ces bons petits gars sont revenus déçus. Entre les blessures dont ils ont fait l'objet et leur faible participation au conflit, car les séparatistes craignaient de se faire infiltrer, ils se sont retrouvés à faire du bénévolat en deuxième ligne. Et du coup, ils avaient tout loisir de poster des vidéos sur des sites et réseaux acquis à leur cause pour recruter de nouveaux combattants. C'est la raison pour laquelle nous avons beaucoup d'informations les concernant, ajouta Lafond. En réalité, le plus dingue de cette histoire, c'est qu'on trouve des Français aux idéologies fascisantes et communes, qui s'affrontent dans des tranchées de part et d'autre de la ligne de front. Je retrouve Bento, fin 2018, dans un deuxième reportage où il apparaît en qualité de membre du service d'ordre d'une manifestation des Gilets jaunes.

— Les Gilets jaunes ? répéta Rhino, surpris.

— Oui, il serait également parti combattre en Irak aux côtés des peshmergas contre Daesh. Quant aux deux autres, j'ai retrouvé leurs profils sur le réseau social russe VKontakte. Ils m'ont ensuite amené sur une association de sports de combat, la Systema Cossack France, installée à Sainte-Geneviève-des-Bois, en région parisienne. Le lien est également dans le document. Les deux hommes s'appellent Andrii Tyahnybok et Pavlo Rybak. Comme pour le précédent, je peux dire à 80 % qu'il s'agit des mêmes individus. Dans le lien relatif à Bento, vous verrez une photographie sur laquelle on l'aperçoit tenant un drapeau français à côté de celui des séparatistes prorusses, brandi par un type légèrement masqué. Je pense qu'il s'agit de Pavlo Rybak. Il devait appartenir aussi au bataillon Fantôme.

— Les deux types sont donc ukrainiens et prorusses ?

— Oui, et je pense qu'ils sont en France depuis début 2021. Ils ont publié des photos de la tour Eiffel et de certains monuments parisiens sur Instagram, TikTok et VKontakte. La dernière communication que j'ai pu retrouver les concernant date de deux jours, dans les locaux de l'association de Systema, un repas bien arrosé. Je vous ai copié les liens et l'adresse de l'association, conclut Fabien Lafond.

Rhino raccrocha en remerciant son interlocuteur. Il contacta de nouveau la brigade de Tournan-en-Brie, afin que l'enquêteur en charge du dossier investigue autour de cette carrière, confirmant le fait que ces gars n'étaient pas venus par hasard à cet endroit. Il lui communiqua les noms des individus a priori présents sur la vidéo. Puis il s'accorda un petit temps de réflexion sur la conduite de la procédure.

Il composa le numéro de Michel Brognard, le point de contact à l'OFPRA[1]. Il lui suggéra de vérifier si, par le plus grand des hasards, l'un des Ukrainiens n'aurait pas fait une demande d'asile.

Après une heure d'attente, Brognard répondit : « Pavlo Rybak, né le 30 janvier 1989, a fait une demande d'asile le 28 janvier 2021. Il a été débouté en vertu de l'article 1F de la convention de Genève. De fait, il est suspecté de crimes contre la paix en raison de son appartenance au bataillon Fantôme. Ce dernier est connu pour des pratiques de tortures et de mauvais traitements à l'encontre de soldats ukrainiens progouvernement dans le cadre du conflit au Donbass. Le dossier a été transmis au Pôle Crimes contre l'Humanité via l'article 40, le 31 juillet 2021. »

Fort de ces éléments, Rhino appela la vice-procureure Clara Glouton pour lui faire part de ces renseignements, et joignit une succession de photos extraites de la carte mémoire de l'ex-gendarme Blachère.

1. Office français de protection des réfugiés et apatrides.

— Vu le profil des clients, il se peut qu'il y ait des éléments relevant d'un trafic quelconque dans ce fourgon, genre des armes ou des explosifs. Il serait donc souhaitable que l'on mette la main dessus rapidement afin que cela ne traîne pas dans la nature, souligna-t-il.

— Et pourquoi vous et pas un autre service ?

— Parce que si vous nous chargez de l'enquête, je déclenche une opération d'interpellation des Ukrainiens demain matin à 6 heures, avec l'appui du GIGN, annonça Rhino. À ce stade, il y a deux options : soit nous faisons chou blanc, mais nous aurons agi avec célérité et on ne pourra rien nous reprocher, soit nous trouvons des éléments liés à des crimes de guerre commis en Ukraine, voire des armes… Et dans ce cas, vous serez félicitée pour votre diligence. C'est donc sans risque, du gagnant-gagnant, ajouta-t-il avec malice.

Un long silence laissa penser à Rhino qu'elle gambergeait dur à l'autre bout du fil. Elle lui confirma sa saisine et lui envoya le dossier d'enquête concernant Rybak, qu'elle avait reçu de la part de l'OFPRA et qui était encore en cours d'évaluation. Y apparaissait l'adresse de l'association FOC de Nikola Škrbić, ainsi que son numéro de téléphone portable. La FOC était située à proximité de l'église orthodoxe de Sainte-Geneviève-des-Bois.

Tiens, tiens… La FOC, l'association évoquée par Mélusine. Le puzzle prenait forme.

Rhino se dirigea vers son casier pour prendre son arme et croisa le général Perrot de la Trancheriez.

— Où allez-vous encore ? lui demanda-t-il inquiet.

Il prit quelques minutes pour expliquer la situation et il lui fit part de ses futures intentions.

— Nous allons procéder à une surveillance d'Ukrainiens, des séparatistes prorusses, en vue de leurs interpellations. Ils gravitent autour de l'église orthodoxe de Sainte-Geneviève-des-Bois. Ils sont liés au dossier pour lequel nous nous sommes rendus à Tournan-en-Brie et, au final, à Nikolić. Je pars avec le sous-marin et une équipe afin de surveiller les locaux des deux associations, Systema Cossack France et Fraternité Orthodoxe et Concorde. À ce titre, pourriez-vous prévenir la permanence du GIGN pour une éventuelle interpellation programmée demain matin à 6 heures. Dites-leur de prendre contact avec moi.

— Le GIGN ? Fichtre… Je dois voir ce point avec la DG !

— Parfait. Voyez !

— Et je vous rejoins sur zone, lâcha Perrot de la Trancheriez.

— Surtout pas. Le mieux est que vous restiez au bureau pour alimenter en informations la DG, la bête administrative. Vous récupérez les lauriers si tout se passe bien !

— Et si cela se passe mal ?

— Vous me mettez tout sur le dos ! Et basta !

***

Rhino répartit les effectifs sur les objectifs. Deux équipages, composés de deux enquêteurs et enquêtrices chacun, dont Marion, reçurent pour mission de surveiller les locaux de Systema. La seconde équipe, Romuald et Véronique, serait, si besoin, chargée de prendre une cible en filature. Avec le sous-marin et Julien, il prit à sa charge l'association FOC. Avant de libérer ses équipes, il ajouta :

— Compte tenu du fait que nous avons peut-être été filochés ce matin par un motard, nous allons tous partir en métro et récupérer les véhicules dans diverses casernes de gendarmerie. Si on a du monde derrière, ils vont bien se faire baiser. Le sous-marin est à Maisons-Alfort, le reste des voitures se trouve dans trois casernes, dont voici la liste. Nous nous retrouvons à la gendarmerie de Fleury-Mérogis et nous partirons sur notre cible à partir de là.

Avant de s'engouffrer dans la bouche de métro, Rhino envoya un SMS à Helena pour se faire une nouvelle fois pardonner, mais n'obtint aucune réponse.

Son téléphone vibra. Rafik, la voix enjouée, lui annonça que Rémy venait de sortir du coma et qu'il se portait bien.

Ouf… L'excellente nouvelle de la journée !

Rhino allait raccrocher quand il l'informa que Julie Mastret, la fille de l'article sur MediaJact, lui demandait de la contacter d'urgence. Elle avait d'ailleurs essayé de le joindre plusieurs fois.

Inquiet pour David, il la rappela immédiatement. Avant même qu'elle n'ouvre la bouche, Julie se fit copieusement tancer pour la publication de son article. Elle demeura silencieuse, laissant passer l'orage. Puis elle lui rapporta les propos d'Ermina concernant Vuk, leurs aventures en Bosnie-Herzégovine et enfin, sa stratégie.

Rhino, stupéfait de ce rebondissement concernant Vuk et ses origines, la félicita à demi-mot, raccrocha et donna quelques directives à Rafik. En off…

Pas si idiote cette Julie ! Cela vaut le coup d'essayer.

Sainte-Geneviève-des-Bois – Fraternité Orthodoxe et Concorde (FOC)

12 septembre 2021, 18 heures

Sur zone, Rhino n'eut aucune difficulté à localiser le 4 × 4 Pajero, garé dans une ruelle à proximité de l'association FOC dont le siège se situait au rez-de-chaussée d'un immeuble cossu. Il se posa à l'entrée de la rue et n'eut pas longtemps à attendre pour s'apercevoir que, effectivement, de nombreux golgoths, originaires des pays de l'Est, allaient et venaient. Il prit un nouveau cachet pour lutter contre la douleur qui lui tenaillait toujours les côtes.

Il y a un nid, en effet…

Marion lui confirma qu'elle était installée à proximité de son objectif, le Systema. Il reçut un appel de la brigade de Tournan-en-brie. Dans son message, l'enquêteur lui signala qu'au cours du mois d'août, plusieurs manifestations s'étaient tenues dans le manoir situé à côté de la carrière. Le service d'ordre avait été assuré par une entreprise de sécurité, la Safety and Security, réputée pour embaucher des individus issus d'Europe de l'Est. Ses clients étaient en majorité des oligarques russes. Sur la liste des personnes recrutées par cette société, le nom de Bento ressortait, en qualité de manager. Il était donc fort possible qu'il soit le lien entre tous ces événements.

Soudain, Julien toucha le bras de Rhino. Pavlo Rybak longeait le mur mitoyen de l'immeuble de l'association, accompagné d'un prêtre orthodoxe assez grand et costaud.

Nikola Škrbić ?

Il tapa son nom sur Google Images.

Confirmé !

— Prends-les en photo, demanda-t-il à Julien au moment où Rybak poussait la porte du bâtiment.

* * *

Dans l'heure qui suivit, le prêtre en ressortit. Il regarda sa montre en marchant d'un pas alerte.

— Romu et Véro, prenez en compte notre curé.

Cinq minutes plus tard, il reçut le compte rendu de Romuald.

— Le prêtre a ouvert le portail d'une église orthodoxe et s'est engouffré à l'intérieur. Il n'a pas bougé depuis. Véro va me rejoindre avec notre véhicule, pour s'installer à proximité.

— OK.

Puis le lieutenant Renald Foury, officier de permanence du GIGN, le contacta pour avoir des précisions sur le ou les objectifs. L'opération d'interpellation avait été validée par les chefs. Rhino confirma que l'un d'entre eux était logé[1] et envoya quelques photographies. Foury lui demanda de réaliser, si possible, une reconnaissance du bâtiment avec vidéos.

— Un peu risqué. Mais nous allons la tenter. Nous devons vérifier que Rybak et son comparse vivent bien à cette adresse, et à quel étage.

— En ce qui nous concerne, nous reconnaîtrons les lieux au milieu de la nuit afin d'envisager les moyens à utiliser, notamment pour l'ouverture de la porte de

1. Positionné dans un lieu.

l'appartement. Nous aurons a priori deux options : soit à l'explosif, soit au vérin. Est-ce qu'un membre de l'OCLCH reste en planque sur la *target* dans la nuit ? demanda Foury.

— Oui, nous serons sur zone à deux équipages.

— Parfait, donc à tout à l'heure, fit son correspondant en raccrochant.

Une reconnaissance était impérative pour déterminer le lieu de logement des Ukrainiens, qui pourrait être aussi celui de Bento, le Toulousain. Rhino ordonna à l'équipe de Romuald de s'y atteler.

Ce dernier proposa de se faire passer pour un technicien EDF, avec sa combinaison et une sacoche d'outils. Dans l'instant d'après, Rhino et Julien l'aperçurent, équipé de sa tenue bleue, poussant la porte et écrasant préalablement sa cigarette.

Il était 19 h 20. Cinq minutes plus tard, il reçut les photos prises par Romuald. Tous les appartements semblaient habités. Des noms avaient été apposés sur chaque porte, sauf celles du troisième et du quatrième étage, les derniers. Mais aucun signe de Rybak ou des autres cibles.

Ils virent Romuald ressortir du bâtiment et s'approcher du sous-marin. Julien lui ouvrit la porte arrière.

— Je me suis fait coincer, lâcha-t-il.

— C'est-à-dire ? demanda Rhino, inquiet.

— Le curé a débarqué au moment où je prenais des photos. J'ai réussi à m'en sortir par une jolie pirouette, mais je ne suis pas certain qu'il ait été convaincu par mes explications, répondit l'enquêteur.

— Il va falloir poser des caméras miniatures et autonomes sur les étages où peuvent se trouver nos clients. On se laisse une heure et tu y retournes.

— Ça tombe bien, je lui ai dit que j'allais devoir revenir pour réaliser d'autres vérifications, rétorqua Romuald.

* * *

Le dispositif de caméras ayant été installé, Rhino reçut une alerte sur l'écran de son téléphone. 20 h 30. Rybak sortit de l'appartement situé au quatrième étage en saluant un individu.

Andrii Tyahnybok ?

Rybak se dirigea vers le centre-ville. Julien signala à Rhino que la *target* était attablée dans un bar-tabac, le Longchamp. Il était seul pour le moment, et semblait y avoir ses habitudes. Il quitta le bar vers 22 heures et fut rejoint par Tyahnybok dans une pizzeria. La seconde équipe, pilotée par Marion, compléta le dispositif.

À 23 h 30, ils se rendirent dans un club discothèque, le L&G Club. Marion proposa d'assurer la filature et la surveillance dans l'établissement avec Julien.

Vers 4 heures, Rhino reçut enfin un message de Marion : « Attention, les cibles ressortent en compagnie de deux filles passablement éméchées. Ils vont sans doute se diriger vers l'appartement pour profiter du produit de leur chasse… »

Rhino en informa les gendarmes du GIGN, qui avaient débuté leur reconnaissance.

Sainte-Geneviève-des-Bois
– Fraternité Orthodoxe et Concorde (FOC)

13 septembre 2021, 5 h 30

Rhino s'ébroua et s'étira en bâillant sur le trottoir. Tout était calme. Il scruta les membres du GIGN se placer en colonne d'assaut dans la rue. Les interprètes en langue ukrainienne, requis pour l'occasion, débarquèrent de leur voiture. Julien les accueillit.

Sans échanger aucun mot, les boudins d'explosifs et d'eau furent déchargés du véhicule d'intervention. Le chef du dispositif, le lieutenant Foury, avait tranché : pas question de prendre un vérin pour faire sauter la porte. Il fallait taper vite et fort.

Silencieux toujours, ils grimpèrent une à une les marches de l'escalier qui menaient au quatrième étage de l'immeuble défraîchi. À chaque palier, Rhino observa l'un d'entre eux coller du scotch noir sur l'œilleton de chacune des portes des appartements.

L'arme anticurieux.

Surtout que la déflagration va réveiller les locataires.

Il poursuivit sa progression silencieusement avec le GIGN jusqu'au palier, les observa placer les boudins sur la porte et redescendit au rez-de-chaussée, arme au poing, en attente du feu vert. Il regarda sa montre : 6 heures.

Go ! Les équipes déclenchèrent la charge. La détonation fut assourdissante. Après s'être annoncé en hurlant « Gendarmerie nationale », le GIGN pénétra dans l'appartement derrière un bouclier protecteur. Rhino entendit des tirs d'armes automatiques.

Les Ukrainiens !

Grenade assourdissante.

Tirs de riposte du GIGN.

Cris stridents des filles.

Insultes.

Craquements.

Bris de verre.

De nouveau, des hurlements gutturaux en ukrainien. Insultes sans doute.

Bris de verre.

Cris étouffés.

Bruits de pas.

Cris stridents des filles.

Plus rien.

— Vous pouvez monter. Tout est sécurisé. Heureusement que nous avions notre bouclier, parce qu'ils se sont bien lâchés, fit le lieutenant Foury, apparaissant en haut de l'escalier.

Rhino et son équipier rangèrent leurs armes et gravirent les étages pour rejoindre les cibles. Julien en profita pour décrocher les deux minicaméras installées par Romuald. Sous l'effet du souffle, des morceaux de la porte s'étaient fichés dans les murs en placoplâtre. De l'eau était répandue au sol.

Les deux hommes étaient immobilisés, joues contre le carrelage, complètement nus. Deux beaux bébés… Plus de 100 kilos de muscles. L'un d'entre eux avait le dos entièrement tatoué. On pouvait y déceler la tête de Poutine, un sous-marin lanceur de missiles nucléaires, des hélicoptères d'attaque et la carte de la Crimée.

C'est fou, tout ce que l'on peut dessiner sur le dos d'un connard !

Rhino aperçut les filles sortir de la salle de bains. Calmées, visiblement. Son collègue les invita à rentrer chez elles, en leur signalant qu'elles feraient l'objet d'une convocation ultérieure.

Coup d'œil. Mobilier sommaire. Une télévision grand écran. De la nourriture traînait dans la cuisine aux côtés de pizzas à moitié entamées. Julien lut leurs droits aux deux hommes, lesquels furent traduits par l'interprète. Rybak hurla un truc à la figure de celui-ci. Compte tenu de la réaction cramoisie du traducteur, Rhino l'interrogea :

— Est-ce qu'il vous a menacé ? Votre famille, peut-être ?

Il confirma d'un mouvement de paupières. Julien, qui avait lancé sans rien dire un traducteur vocal, lui montra le texte : « Je vais bien faire enculer ta mère par mes amis, et ta sœur, si tu en as une encore au pays. »

La garde à vue va être coton…

— Précisez-lui que nous allons acter ses menaces et que, s'il recommence, les magistrats sauront en tenir compte pour la suite.

— Il a dit qu'il n'en avait rien à foutre de la France et des flics français, traduisit l'interprète.

***

La perquisition réalisée en présence des Ukrainiens permit de saisir plusieurs ordinateurs, tablettes et téléphones. Le chien SAMBI[1] marqua au sol. Un sac de quelques milliers d'euros fut décelé dans une cache située derrière la cuvette des WC.

Compte tenu de la réaction des chiens malinois, il parut évident que les billets étaient chargés de produits

1. Recherche de stupéfiants, armes, munitions, billets de banque.

stupéfiants. Puis vint le tour du véhicule Pajero, dont les clés avaient été retrouvées durant la perquisition. Les enquêteurs découvrirent un GPS.

Rhino demanda à Marion d'inviter le prêtre Nikola Škrbić à venir témoigner dans leurs locaux. Quelques minutes plus tard, elle l'informa qu'elle n'avait pas réussi à le joindre mais lui avait laissé un message.

États-Unis – Washington

13 septembre 2021, 10 heures

Bon… Qu'est-ce qu'il fout ? Putain. Je n'en reviens toujours pas que le Rhino ait accepté.

Julie n'en pouvait plus. Elle bâilla un grand coup. Elle n'avait quasiment pas dormi dans l'avion, puis avait sauté dans un taxi pour rejoindre Gene DNA Lab, situé au centre de Washington. Elle arpentait en long et en large la salle d'attente du laboratoire, sous le regard parfois agacé des autres clients. Comme il s'y était engagé, Rhino l'avait mise en contact avec un type magnifiquement sapé, prénommé Rafik, qu'elle avait rencontré à l'aéroport de Roissy Charles-de-Gaulle avant d'embarquer pour les États-Unis.

En toute confidentialité, il lui avait remis des profils ADN numérotés de un à dix. Seul l'un d'entre eux correspondait à celui de Vuk, et son numéro n'était connu que de Rafik. À l'obtention des résultats, il lui confirmerait si, oui ou non, elle faisait fausse route. Il lui avait proposé de réaliser la comparaison en France, car cela aurait été plus rapide. Mais Julie voulait bénéficier de la base génétique détenue par les États-Unis.

Les murs étaient couverts de cadres dorés, dans lesquels des femmes et des hommes posaient, de pied en cape, aux côtés d'un petit texte expliquant leurs différentes success-stories. Dans l'un des angles trônait un panneau pédagogique, soulignant la nature de ce test fondé sur l'ADN autosomal : « Basé sur des gènes répartis sur l'ensemble de vos vingt-trois paires de chromosomes (sauf les chromosomes sexuels X et Y), le test ADN des origines ancestrales est possible pour tous, hommes ou femmes. »

Épuisée, elle se laissa tomber de nouveau sur une chaise, au grand soulagement des clients, et s'empara d'une revue spécialisée sur le sujet. En la feuilletant, elle découvrit que le test permettait de révéler les pourcentages d'ascendance africaine, européenne ou amérindienne.

Au bout de quelques minutes, Julie posa le magazine, car une forte migraine la tenaillait. La porte s'ouvrit enfin sur Mark qui faisait une sale tête. Elle se leva d'un bond, inquiète.

— J'ai une mauvaise nouvelle. Le prélèvement que vous avez réalisé…

Mark suspendit sa phrase.

— Non, je blague ! fit-il en lui tapant sur l'épaule. On n'est pas mal. Nous lui avons fait la totale. Le profil numéro 3 a bien le même chromosome Y que celui correspondant à l'écouvillon. Ils sont donc frères. Et pour le reste, voici son groupe d'appartenance ethnique.

Il lui tendit une feuille avec une carte du monde et une répartition en termes de pourcentage. 90 % Turquie, le reste se répartissant sur l'Asie centrale.

— *Yes !* lâcha Julie. Vous m'avez foutu une de ces trouilles… Elle adressa un message WhatsApp à Rafik en signalant que le profil de Vuk était le numéro 3 et reçut un pouce levé en guise de réponse.

— Vous m'aviez laissé entendre que votre type était serbe. Nous avons un partenariat avec la Société des généalogistes serbes, basée à Belgrade, qui a créé le Project DNK dans le but d'établir les origines génétiques des Serbes via leurs haplogroupes[1]. Je leur ai envoyé le profil et leur réponse fut sans appel. Néant. Pas de lien. Votre gars n'a rien à voir de près ou de loin avec les Serbes. C'est dingue, quand on pense à ce que ce type a pu faire par le passé, rajouta Mark.

— Carrément, un vrai foutage de gueule… répondit-elle.

Satisfaite, elle prit congé et promit à Mark de mettre Gene DNA Lab à l'honneur sur son blog.

Dans le taxi qui la conduisait à l'aéroport, elle envoya un message à Ermina, lui annonçant les résultats et leurs publications dans quelques heures sur son blog. La réponse ne se fit pas attendre : « Voilà, après de longues hésitations, j'ai fait ce que tu m'as demandé. Tu peux la publier. » Elle avait joint une vidéo dans laquelle elle expliquait, en larmes, le calvaire qu'elle avait vécu pendant la guerre. Elle donnait des détails sur le bombardement du village où vivait sa famille, ordonné par Nikolić. Elle confirmait que son but était d'effacer toutes traces de ses origines réelles. Elle expliquait aussi comment les bébés avaient été échangés à la naissance et, au nom de sa mère, demandait pardon à la famille Alagić pour le mal qu'elle avait pu causer. Bref, elle dévoilait la supercherie de Vuk et son mensonge.

Avant d'embarquer dans l'avion, Julie chargea l'ensemble des données. Elle avait l'intention de profiter du temps de vol Washington-Paris pour écrire la « saison 2 » de son article sur MediaJact, en y ajoutant les derniers scoops et son numéro de portable.

1. « Un haplogroupe correspond à une série de mutations présentes dans un chromosome. Il est donc détectable dans l'ADN d'un individu et peut être différent d'une population à l'autre, voire d'un individu à l'autre. » https://www.geneanet.org/blog/post/2023/12/qu-est-ce-qu-un-haplogroupe

Paris – OCLCH – Porte de Bagnolet
13 septembre 2021, 11 heures

Placés en garde à vue dans les locaux de l'OCLCH, Tyahnybok et Rybak ne desserrèrent pas les dents. Ils refusèrent de répondre à toutes les questions. Rafik procéda à l'exploitation du GPS et des téléphones pour en extraire les données. Au bout d'une heure, il poussa la porte du bureau avec un ordinateur en main et son sempiternel casque sur la tête. Il lança une vidéo qui apparaissait à l'écran. Rhino se pencha pour la regarder.

Cinq soldats de l'armée gouvernementale ukrainienne étaient alignés contre des arbres, attachés. L'individu chantait et filmait en se déplaçant autour du groupe. La voix semblait être celle de Andrii. La caméra se déplaça vers l'arrière. Les militaires, très jeunes, imploraient leur grâce en sanglotant. Les soldats séparatistes prorusses entonnaient des chants martiaux.

Des voix :

— Demande pardon à la Sainte Russie.

— Pavlov, laisse-les vivre ainsi leur dernière nuit, attachés. Après tout, ils sont venus d'eux-mêmes nous provoquer et ils ont cédé, ces putain de jeunes.

— Igor, maintiens tes mecs, tu es l'aîné aujourd'hui, merde !

— Rien à foutre, qu'ils se fassent plaisir. Ils ont tué nos frères.

— Oh, putain, on va récupérer les gilets pare-balles ! Faudra les laver, ils puent la sueur du nazi.

— Le printemps ne viendra pas pour toi… Petit nazi, tu es triste, putain ?

Coupure et reprise au lever du jour. Chants.

Les voix :

— Prêts, les gars ?

Les jeunes soldats regardent leurs assassins sans un mot. Droits. Fiers.

Rafales. Les cinq hommes s'effondrent.

La caméra du téléphone s'approche pour filmer les cadavres.

— Il louche, putain. Il fait un putain de clin d'œil.

Rires. Coups de pied au visage.

Fin.

— Il y en a beaucoup dans ce style ? demanda Rhino.

— Oui, et des séances de torture. Sans surprise, les deux comparses ont nié toute participation à ces crimes de guerre. On les enverra au département signal image de l'IRCGN pour analyse de la voix et confirmation que l'on a bien affaire à l'un des deux Ukrainiens séparatistes prorusses, fit Rafik. En outre, depuis 8 heures, les deux téléphones ne cessent de sonner. Quelqu'un s'inquiète de leur absence. Toujours le même numéro, lâcha Rafik.

— Bon, essaie de savoir à qui il appartient. Mon petit doigt me dit que Bento doit être derrière ces appels. Et envoie quelques échantillons des vidéos à la magistrate. Elle va être contente. Avec ça, ils sont coincés.

— Autre chose. Un message a été envoyé dans la nuit du 13 septembre à 2 heures environ d'un DecroChat à un autre. De DC2 à DC8. Il s'agit en réalité de trois fichiers STL, l'acronyme de stéréolithographie. Ce format est utilisé pour l'impression 3D et la CAO, la conception assistée par ordinateur.

— Et peut-on savoir ce que cela représente ? se renfrogna Rhino.

— Oui, mettez ce casque HoloLens, je vais vous montrer la simulation.

Il obtempéra et vit apparaître les doigts de Rafik qui se posèrent sur une plate-forme virtuelle où était présente une imprimante 3D. Il intégra les fichiers qui avaient été transmis par le DecroChat 2 et lança l'impression. Rhino regarda ainsi les objets se développer devant ses yeux. Il s'agissait d'une sorte de triptyque, un tableau à trois panneaux.

Il entendait Rafik lui dire qu'il avait commencé à faire des recherches quand son téléphone sonna. Il l'examina. Numéro inconnu. Il ne décrocha pas, mais entendit un *bip* signalant la réception d'un message vidéo, qu'il ouvrit.

Sa gorge se serra immédiatement. Son visage devint blême.

David.

Le parking de l'aéroport de Sarajevo.

Une équipe d'hommes cagoulés et armés, accompagnés des Loups de la nuit, braquent son fils. Il essaie courageusement de se défendre, mais vu le nombre et surtout la présence d'armes lourdes, il abdique. Il reçoit un coup sur la tête et est jeté sans ménagement dans le coffre d'un SUV.

Puis un nouvel appel.

— Bonjour, lieutenant Granier, on décroche cette fois-ci ? Comme nous nous retrouvons. C'est drôle, la vie, n'est-ce pas ? dit Vuk.

— Je te déconseille de toucher à l'un de ses cheveux, sans quoi, je me ferai un plaisir de te faire subir toutes les souffrances que tu as pu infliger aux êtres humains, hurla Rhino.

Marion, tapant sur son clavier, s'immobilisa, scruta Rafik. Ensemble, ils portèrent leur attention sur leur patron. Il haletait. Ils tendirent l'oreille.

— Moi, je te conseille de stopper ton enquête, sans quoi, je serai obligé de lui faire du mal. Je te rappelle que tu n'es pas en position de négocier. *Vidimo se*[1], clôtura Vuk en coupant la communication.

Rhino se prit la tête entre les mains, sous le regard effaré de Marion.

— Putain ! Ça ne finira donc jamais ! Je vais devoir vous abandonner. Mon fils a été enlevé.

— Kidnappé ? Par qui ? interrogea Rafik.

— Par Nikolić. Il me fait chanter et veut que l'on stoppe l'enquête en cours. Soit David, soit l'enquête !

— Patron, on se moque de cette enquête, la vie de votre fils n'a pas de prix, lâcha Marion.

— Je sais. Mais il prépare un truc. Du lourd. On ne peut pas le laisser faire. Je vais partir tenter de le libérer. Je suis sûr qu'il est à Orava, dans le château. Mais vous, vous continuez, OK ?

Perrot de la Trancheriez pénétra dans le bureau.

Il ne manquait plus que lui…

— Rhino, il me faut un compte rendu et une fiche pour la DG au plus vite ! Les services de renseignement s'affolent. Tout le monde veut savoir ce qu'il y a dans le camion… Bref. Je suis en mode crash.

— Le camion ? Mais qui les a prévenus ? s'étonna Marion.

— Ben moi ! se défendit le général.

Mais quel con !

— De toute façon, je dois vous abandonner, soupira Rhino.

— Quoi ? Il est hors de question que vous nous lâchiez maintenant. Pour aller où ?

Il regarda Perrot de la Trancheriez fixement.

— C'est vous le chef, non ? Alors, démerdez-vous ! Rafik va vous expliquer. Marion, s'il y a une information

---

1. Au revoir.

intéressante ou si vous avez besoin d'une précision, vous contactez Gabriel Fangeau de la DGSI de ma part. Voici ses coordonnées.

Perrot de la Trancheriez observa la capitaine pour en savoir plus. Rhino se précipita dans le couloir et dévala l'escalier pour sauter dans sa voiture et prendre le premier avion, direction Bratislava.

Paris – OCLCH – Porte de Bagnolet

13 septembre 2021, 20 heures

Inquiète de l'enlèvement de David et du départ impromptu de Rhino, Marion avait contacté Helena Beňová, la cheffe de l'unité crimes de guerre slovaque. Helena lui confirma qu'elle allait faire le nécessaire. Rassurée, l'enquêtrice fit irruption dans la salle de garde à vue. Le prêtre Nikola Škrbić, assis sur une chaise derrière une table, sursauta. Il se redressa d'un bond et la dévisagea.

— Bonsoir, monsieur. Je suis la capitaine Marion Tim. Vous en avez mis du temps à venir nous voir.

— Pourrais-je savoir ce qui se passe et ce qu'on me reproche ? Je suis là depuis une heure. Vous croyez que je n'ai que ça à faire ?

L'homme, vêtu de noir, tripotait une grosse croix en or posée sur son poitrail. Une barbe poivre et sel encadrait un visage dur, ses yeux étaient surlignés de sourcils broussailleux.

— Je vais vous l'expliquer, bien sûr, mais je pense qu'au fond, vous le savez déjà.

Škrbić examina Marion de la tête aux pieds en passant machinalement sa langue sur ses lèvres. Il s'assit sur la chaise et plaça ses avant-bras sur la table, mains jointes.

— Je ne sais vraiment pas ce que je fais ici. J'ai lu la pancarte en bas de votre immeuble ! Office central des crimes contre l'humanité et des crimes de haine ? fit le prêtre en geignant.

Marion ne broncha ni ne pipa mot.

— Les crimes contre l'humanité ? reprit-il. Qu'ai-je à voir avec de telles horreurs ?

Elle le fixa.

— Vous hébergez des personnes auteurs de ce type de crimes, et vous vous portez même caution auprès de l'OFPRA pour leurs demandes d'asile.

Il se recula, s'appuyant sur le dossier de sa chaise. Il caressa de nouveau sa croix de l'index.

— Vous savez, notre association recueille beaucoup de personnes attirées par notre religion. Nous ne vérifions pas les casiers judiciaires, ce n'est pas notre rôle, lança-t-il d'un ton offusqué.

— Vous devriez, pourtant, cela pourrait vous éviter des désagréments, comme ce moment que nous passons ensemble.

Il simula l'approbation d'un mouvement de tête.

— Depuis quand êtes-vous à la tête de la FOC ?

— Depuis dix ans environ.

— Vous êtes né le 8 avril 1963, c'est bien ça ? À Lešak, au Kosovo ?

— En Serbie. Le Kosovo n'est qu'une invention américaine ou occidentale, fulmina Škrbić.

— Quand êtes-vous arrivé en France ? enchaîna Marion.

— Il y a quinze années. J'ai intégré en qualité de prêtre le diocèse de Chersonèse dont dépend la cathédrale de la Sainte-Trinité de Paris. J'y suis le vicaire général. Je vis à Sainte-Geneviève-des-Bois pour être proche de mon association. Nous aidons les paroissiens en difficulté ou autres personnes qui souhaitent se réinsérer dans la société.

— Quels sont vos liens avec Tyahnybok et Rybak ?

— Rien de spécial. Ils m'ont été présentés par un membre d'origine ukrainienne. Ils payent leur loyer. Je les ai même sollicités pour réaliser de menus travaux. Des hommes charmants et travailleurs.

— Que savez-vous de leurs activités en Ukraine ?

— Ils travaillaient dans le bâtiment. Depuis peu, ils ont un emploi de gardiens dans une société de sécurité.

— Comment se nomme le paroissien qui est à la tête de cette société ? La Safety and Security ?

— Est-ce que notre entretien va s'éterniser ? Suis-je en garde à vue ? Car je suis attendu. Nous avons une importante cérémonie religieuse qui doit se tenir demain en début d'après-midi, en présence de notre métropolite Jean d'Eucarpie et du métropolite Porphyre. Il nous fait l'honneur d'être présent et vient de Belgrade. C'est, pour notre communauté orthodoxe serbe, un évènement important, en l'occurrence la consécration de notre icône de saint Sava, notre saint patron. Elle va trouver sa place dans cette magnifique cathédrale aux côtés des saints russes.

— Non, vous n'êtes pas encore en garde à vue. Une dernière question : est-ce que vous connaissez un individu du nom de Bento ?

Škrbić s'immobilisa, cherchant ses mots.

— Vaguement, oui. Il me semble qu'il m'a été présenté par Rybak. Je les avais croisés en sortant des locaux de l'association. Est-ce que je peux y aller, maintenant ? Si vous avez besoin d'une absolution du ciel, vous savez où me trouver, conclut-il, agacé.

Après avoir pris congé, Marion l'observa descendre les escaliers d'un pas lourd. Rafik vint à sa rencontre et lui tendit les trajets du Pajero des Ukrainiens, notamment celui de la journée du 12 septembre. Ils avaient quitté Sainte-Geneviève-des-Bois pour la clairière de Tournan, et s'étaient rendus dans le nord de Paris, à Villetaneuse. La photocopie suivante montrait un bâtiment désaffecté sur Google Maps, correspondant à une sorte de boucherie ou d'abattoir. Marion décida d'aller y faire un saut et demanda une nouvelle fois l'appui du GIGN au général Perrot de la Trancheriez.

Slovaquie – Orava

13 septembre 2021, 21 heures

Depuis quand suis-je ici ?

Qui me scie le thorax ? Je ne contrôle plus mes pensées.

Je dois m'échapper.

J'étouffe.

Des mains sur ma gorge, qui m'enserrent.

Respirer. Voir. Ouvrir les yeux.

Trouver l'échappatoire.

David se redressa en sueur, la tête prise dans un étau. La toile d'un peintre s'imprima dans son cerveau. *La Ronde des prisonniers* de Vincent Van Gogh. Il porta son attention sur la pièce et frissonna.

Un cachot. Dans un château.

Les murs suintaient et l'air puait le renfermé.

La mémoire lui revint peu à peu. Le SUV, l'attaque des motards, l'ouverture du feu. Ses cris. Un coup violent sur la tête. Une odeur forte sur le nez. Les sirènes de police. Et enfin, le vide.

Il se dressa et vit une lucarne. Il tenta d'attraper un ou deux barreaux en sautant. Au second essai, sa main en agrippa un. Malgré les douleurs qu'il ressentait dans le dos, il se hissa à la force des bras. La nuit était tombée et l'empêchait de voir le paysage. Il entraperçut tout de même quelques lumières de lampadaires. Sans prévenir, il entendit dans son dos un son mécanique. Il se tourna et porta son attention sur une caméra qui s'orientait légèrement vers lui.

Zoom.

Il s'assit sur sa paillasse et scruta l'œil électronique. Ni l'un ni l'autre ne bougèrent pendant de longues minutes. Puis une voix rompit le silence. Elle provenait du haut-parleur de la caméra.

— Nous allons t'apporter ton dîner, David, ou plutôt devrais-je dire Igor.

Igor ?

Après un bref moment, un panneau dans la porte en acier s'ouvrit. Un garde poussa un plateau. La caméra se déplaça. David demeura immobile, inspectant l'assiette.

— Tu as tort. La nourriture est excellente, ici. J'ai fait venir un chef français exprès pour toi. Et un peu pour moi, je te l'accorde. J'imagine que, comme moi, tu aimes les bons vins et la bonne chair.

En même temps, si je veux me barrer d'ici, il vaut mieux que je prenne des forces.

David s'empara du plateau. Le vantail se referma.

— Voilà qui est bien. Tu vas apprécier.

— Qui êtes-vous ?

— Encore un peu de patience. Nous allons nous rencontrer. Nous aurons ainsi l'occasion de discuter. Mange, mon petit !

***

Une heure plus tard, il entendit des pas dans le couloir. Le volet dans la porte coulissa de nouveau.

— Tu fais passer le plateau et, ensuite, tu mets tes poignets dans l'ouverture, dit une voix d'homme avec un accent slave.

David obtempéra. L'homme l'entrava et ouvrit la porte.

Deux hommes bodybuildés, armés et cagoulés, lui placèrent un tissu en toile de jute sur la tête et le contraignirent à suivre un long couloir humide. Il mémorisa le site, comme le lui avaient enseigné les gendarmes de la force d'observation et de recherche du GIGN à l'époque où son père commandait la section de recherches de Versailles.

Couloir, vingt-sept pas. Escaliers, quinze marches en colimaçon. Couloir sur la gauche, cinquante-deux pas. Porte. Nouveau couloir. Long. Cent vingt pas. Porte. Nouvel escalier. Cinquante marches. Porte et nouveau couloir.

Ils l'immobilisèrent en le bloquant par l'épaule. Il entendit le garde frapper et attendre. On lui retira la cagoule et on le poussa dans le dos. David cligna des yeux et ne put s'empêcher d'admirer la pièce immense et moyenâgeuse dans laquelle il se trouvait. Dans le fond, une magistrale cheminée encadrait un petit homme noir, attablé devant un verre de vin et une bouteille.

— Aimes-tu le vin ?

David fit un signe négatif de la tête.

— Dommage. Il s'agit d'un côte-rôtie de 2009, s'agaça-t-il en buvant une gorgée. Enlève-lui les menottes, Arkan.

— Patron, je ne sais pas si c'est bien raisonnable, rétorqua le garde.

— Il va se tenir tranquille. N'est-ce pas, Igor ? Assieds-toi en face de moi que je puisse t'observer et profiter enfin de toi, après toutes ces années.

David s'approcha de la chaise négligemment et vif comme l'éclair, se précipita sur l'homme en noir. Il allait lui asséner un coup quand il sentit une main lui empoigner le bras. Il se recula et utilisa la force de l'adversaire pour réaliser une prise de judo. Arkan bascula et retomba sur l'homme en noir, qui poussa un hurlement. Les autres gardes se précipitèrent sur David et le rouèrent de coups jusqu'à ce qu'il perde connaissance.

Quand il reprit ses esprits, il était de nouveau dans son cachot. Des Serflex entravaient ses pieds et ses mains. Certaines de ses côtes avaient sans doute été brisées, car il avait des difficultés à respirer. Il perçut un bruit de serrure et vit un homme en blouse blanche dans l'encadrement de la porte, une seringue entre le pouce et l'index. Les body-buildés s'approchèrent pour le maintenir. L'infirmier lui enfonça l'aiguille dans le cou. L'un des deux gardes plaça l'écran de son téléphone portable devant son visage pour le débloquer.

David tenta de lutter, mais son cerveau ralentissait et ses défenses tombaient les unes après les autres. Il sentit alors qu'on lui ouvrit la bouche et lui frotta l'intérieur de la joue avec une sorte de tige. Un instant plus tard, il s'évanouit.

***

Rhino gara son véhicule de location au centre d'Orava. Il remonta le village, traversa la forêt et retrouva la cache qu'il avait utilisée six jours plus tôt. Il l'ouvrit et se glissa à l'intérieur. Une odeur de terre et d'humidité. Rien n'avait bougé. Il fut aussi rassuré d'y trouver le Glock qu'Helena n'avait pas encore récupéré. Il n'avait pas osé la prévenir de son retour, compte tenu de leur dernière conversation plutôt houleuse et de son silence pesant. Il allait faire cavalier seul.

Le temps est compté.

Le brouillard s'était emparé de la région et noyait la forteresse. La partie haute émergeait de cette mer cotonneuse.

Il lança le drone qu'il avait pris soin d'acheter à Paris, attendit qu'il atteigne la zone nord du château, et visionna les images. Il discerna la présence de motards qui étaient chargés de la garde de la forteresse.

Son plan était simple : pénétrer par la face nord, la plus abrupte et la plus dangereuse. Mais aussi et surtout, la plus discrète ! Seule la traversée du cours d'eau l'inquiétait. Grâce aux vidéos, il analysa la voie d'accès et surtout le matériel dont il aurait besoin pour réaliser son projet : cordes statiques, coinceurs, pitons qu'il avait achetés en grande quantité à Bratislava, et un petit bateau pneumatique.

Pourvu qu'il ne soit pas trop tard !

Slovaquie – Orava

13 septembre 2021, 23 heures

L'eau froide le fit sursauter. Deux gardes se tenaient à l'entrée de la cellule, l'un d'entre eux portait à la main un costume, et l'autre le seau qui, dorénavant, était vide.

C'est quoi ce délire !

David se sentait vaseux. Il reconnut Arkan, le garde qu'il avait maîtrisé quelques heures plus tôt. Ce dernier lui ordonna de revêtir le costume noir qu'il avait apporté, lui mit les menottes aux poignets et serra. Fort. David fit une mimique de douleur.

— Suis-moi. Je voulais te mettre la camisole de force, mais le patron ne l'a pas souhaité.

— Pas de cagoule ?

— Plus besoin. Tu es ici chez toi, nous a dit le patron.

David déboucha de nouveau dans la grande salle où il avait rencontré l'homme en noir. La grande table avait été dressée avec des chandeliers en or. Un air d'opéra résonnait au loin. Il était là, à l'observer en sirotant un verre de vin. Il semblait d'excellente humeur. David fut invité à s'asseoir. Arkan lui attacha les deux chevilles au pied de la chaise et passa la chaîne de ses menottes dans un anneau scellé dans le sol.

— Tu comprendras, mon cher Igor, que nous prenions quelques dispositions techniques. Ta dernière prestation nous a quelque peu refroidis. Alors, comment vas-tu ? l'interrogea-t-il.

— Très bien. Je suis aux anges, enfermé dans un cachot humide, en compagnie de gardes décérébrés et d'une caméra qui me surveille de près. Pourquoi cet accoutrement ridicule ? Et pourquoi m'appelez-vous Igor ? protesta David.

— Pourquoi ce costume ? Pour célébrer une grande date ! Et pour Igor, tu le sauras bientôt. Nous n'avons pas eu le temps de nous présenter. Sais-tu qui je suis ? Je m'appelle Mirko Nikolić, celui que l'on appelle parfois Vuk.

— Oui, je me doutais bien que vous étiez ce salopard de pointeur qui a enlevé ma mère ! hurla David en tirant sur ses chaînes. Espèce de…

— Ferme-la ! l'interrompit Nikolić. Que sais-tu de Samra, ta mère ? Quelles sont les informations que ton soi-disant père t'a données ?

David maintint son regard, mais ne pipa mot.

— Ah, tu vois ! Rien… Il ne t'a rien dit. Et pour cause ! Il ne doit pas être très fier de ce qu'il a fait. Celui qui prétend être ton père a abandonné ta mère, poursuivit Vuk, satisfait de son effet.

Il s'empara de son verre de rouge, le but d'un seul trait, le reposa sur la table et le fixa.

— Je vais t'avouer la vérité, lâcha-t-il. Au cours de l'hiver 1995, Samra, ta mère, a choisi de vivre avec moi. Nous nous étions fréquentés avant la guerre. Elle avait été une de mes élèves, l'une des plus brillantes. Mais ce petit salopard de lieutenant Granier-Rinocci, qui s'était amouraché de Samra, a tenté de m'enlever celle dont l'amour m'était dévoué. Samra ayant fait son choix, nous sommes partis vivre dans l'est de la Bosnie. Enragé et déçu, ton pseudo-père nous a retrouvés en torturant à mort l'un de mes hommes. Il est venu à Višegrad, dans la maison où nous avions trouvé refuge. Nous étions traqués et je devais vous protéger.

La maison brûlée !

David écoutait, silencieux.

— Il l'a torturé, tu comprends ? Et maintenant, j'apprends qu'il commande l'Office central de lutte contre les crimes contre l'humanité. Quelle imposture ! aboya Vuk.

— Mon père, un bourreau ? Quelle blague ! s'exclama David en éclatant de rire.

— Eh oui, mon petit… Granier-Rinocci n'est qu'un minable bourreau. J'imagine que c'est difficile à admettre pour toi, mais c'est ainsi. Et d'ailleurs, tu n'es pas au bout de tes surprises, confia Vuk en remplissant de nouveau son verre.

Il but une gorgée et poursuivit :

— Car il y eut cette horrible soirée de novembre 1995 où, armé jusqu'aux dents, avec ses commandos, il a tenté de nous assassiner. Ses sbires et lui ont mis le feu à la bâtisse, abandonnant ta mère dans les flammes, et ils t'ont enlevé en me faisant croire que tu étais mort.

— Vous mentez !

Vuk se leva d'un bon, maîtrisant à peine une colère sourde. Il approcha son visage à 5 centimètres de celui de David, qui, harnaché et immobilisé, ne le lâcha pas du regard.

— Je ne mens pas, murmura-t-il entre ses dents. Ton prétendu père a tué ta mère, Samra, pour se venger ! Avec l'aide de ce traître de Marquenet, que tu as rencontré, je crois.

Vuk jeta sur la table un paquet de photos montrant David et Julie à Blagaj, devant la maison d'Olivier.

— Vous nous avez fait suivre. Comment avez-vous su ?

— J'ai des amis partout.

Un nom surgit à l'esprit du jeune homme.

— C'est ce connard de Popović ?

— Peu importe. Tu es dans les Balkans. Et tout ceci n'est qu'histoire ancienne. Granier ne fera bientôt plus de mal à personne, assura Vuk en souriant.

— Que voulez-vous dire ?

— Ton père ne devrait pas tarder à nous rejoindre. L'homme qui a le don pour le mensonge, et l'art de foutre son nez là où il ne faut pas, va avoir rendez-vous avec son destin.

— Putain, vous lui avez tendu un piège ! vociféra David.

— J'ai une autre bonne nouvelle pour toi. Détachez-lui les mains.

Arkan fit une moue de désapprobation.

— Fais ce que je te dis.

Vuk s'approcha de David, une enveloppe à la main. Désentravé, il se frotta les poignets pour récupérer un peu de sensibilité et prit le document tendu par Nikolić.

— Vas-y, ouvre ! ordonna-t-il en levant son verre.

David déchira l'enveloppe en ne le quittant pas des yeux. Il lut la lettre et la jeta au sol. Puis il se précipita une nouvelle fois sur lui, oubliant ses chevilles entravées. Il sentit de puissantes mains le tenir, lui glisser le document dans la poche de sa veste et poser sur sa bouche un coton d'éther.

Il s'effondra.

Slovaquie – Orava

14 septembre 2021, 3 heures

À partir du moment où il reçut la géolocalisation de David sur son portable, Rhino fut satisfait de découvrir que son intuition était la bonne. Et même si tout cela n'était qu'un piège, il n'avait pas d'autre choix que de tenter le tout pour le tout. Il devait extraire son fils des griffes du Loup. Il avala deux cachets pour atténuer la douleur dans ses côtes.

Le brouillard s'effaça, laissant briller la lune. Il observa la falaise qui se dressait au loin, devant lui, presque inaccessible. En temps normal, il aurait apprécié la beauté de la roche calcaire se reflétant dans l'eau. Mais cette nuit, la perspective de gravir cette paroi lui serrait l'estomac.

Serai-je à la hauteur ? Il le faut.

Il mit à l'eau le petit bateau qu'il venait de gonfler sur la berge. Le courant était assez fort, avec quelques rapides sur son trajet. Il plaça le matériel au fond du pneumatique, ajusta son arme. Puis il posa avec prudence un pied dans l'embarcation, poussa de son autre pied et se jeta à l'intérieur. Dès qu'il fut en mesure de le faire, il rama de toutes ses forces pour gagner la partie nord de la falaise, en se maintenant le plus possible en amont des rapides.

Soulagé, il parvint sur l'autre rive, à l'endroit envisagé, et accrocha la frêle embarcation à un arbre. Puis il enfila son baudrier, ajusta son sac à dos et emporta sur ses épaules les cordes d'escalade.

Très vite, il franchit la première partie de l'ascension, plutôt boisée et qui ne présentait pas de réelles difficultés techniques. Il évoluait en silence, stabilisant ses pieds sur les arêtes, alternant les prises de main, sécurisant au maximum sa progression. Il sentait le poids des cordes sur ses épaules. Sa propre masse et l'âge n'arrangeaient rien.

Il parcourut ainsi 400 mètres de dénivelée positive sur les 500 estimés. Il décida de s'octroyer une petite pause et examina la paroi plantée devant lui.

La partie va se corser.

En se retournant, il put observer la vallée baignée de lumière froide. Comme cette nuit-là… Celle du 11 novembre 1995 où, en Bosnie-Herzégovine, il avait tenté de libérer Samra des griffes de Vuk. Un vrai désastre. Vingt-six plus tard, il se retrouvait de nouveau à voler au secours d'un être cher.

Rhino sortit de son sac à dos les coinceurs de diverses tailles. Il rajouta quelques pitons et un marteau qu'il accrocha à son baudrier. Il souhaitait rester le plus discret possible, mais il devait assurer au minimum sa progression.

Pas question de tomber.

Il reprit son ascension et accéda à la première plateforme qu'il avait repérée avec le drone. Il lui restait environ 50 mètres d'escalade, les plus ardus. Il se redressa pour analyser le reste de la falaise et s'aperçut qu'un léger surplomb s'élevait au-dessus de lui.

Merde. Et aucun moyen de le contourner.

Ce point lui avait échappé. Sa gorge se serra. 4 h 15.

Pas de panique ! Réfléchis…

Rhino souffla et escalada 3 mètres supplémentaires pour se placer sous la difficulté. Il se stabilisa et repéra une fissure assez large pour y enfoncer un coinceur. Il tira dessus pour en vérifier la solidité et posa une dégaine qui le bloquerait en cas de chute.

Il lança sa main droite au-dessus du surplomb à la recherche d'une prise, qu'il sentit sous ses doigts. Il réalisa alors un mouvement de balancier, lança son pied droit pour se rétablir au-dessus de la difficulté. Il lâcha la main gauche et dénicha une nouvelle prise. Il se hissa à la force des bras afin de se stabiliser sur l'arête du surplomb.

Ouf !

Soudain, son pied gauche ripa sur le bloc de pierre qui s'arracha de la paroi. Il perdit l'équilibre. Malgré la douleur qui le tenaillait, Rhino réussit à jeter sa main et à attraper une aspérité pour s'immobiliser. La partie friable avait laissé la place à une roche plus solide qui accueillit son pied gauche sans difficulté. Dans un effort ultime, il s'éleva en serrant les dents pour ne pas hurler de douleur. Stabilisé, il planta deux pitons à environ 2 mètres au-dessus de sa position, crocheta deux dégaines, glissa la corde et redescendit pour récupérer son matériel. Enfin, il utilisa la corde fixe pour remonter jusqu'au relais.

Il s'accorda une courte récupération et poursuivit son ascension jusqu'à atteindre le pied de la muraille. Il lança un grappin, vérifia sa solidité. Il grimpa à la corde en s'aidant des anfractuosités du mur. En haut, il enjamba le rebord et se laissa glisser de l'autre côté, puis fit un tour d'horizon et tendit l'oreille. Aucun bruit. Il passa en revue l'environnement. Pas de caméras.

4 h 45. Il sortit son Glock et l'arma, avant de s'engager sous un porche et dans un tunnel noir permettant l'accès à la forteresse. Il fut frappé par l'odeur fétide qui se dégageait des vieilles murailles.

Rhino attendit dans l'obscurité que ses yeux s'acclimatent alors que l'horloge de l'église d'Orava sonnait cinq coups. Le tunnel faisait environ 2 mètres de haut et s'enfonçait légèrement dans la bâtisse jusqu'à atteindre une porte en bois.

Il examina la serrure qui n'était pas de la dernière génération. Armé de son couteau suisse, il entreprit de la démonter. Non sans difficulté, il parvint à dévisser les poignées. Il s'immobilisa, le Glock en main, dans le cas où le bruit aurait attiré l'attention d'éventuels gardes.

Rien !

Rassuré, il tira la porte vers lui. Elle donnait sur un escalier en colimaçon. L'arme au poing, il descendit à pas de velours les marches, jusqu'à aboutir à un nouveau couloir sans lumière, qu'il emprunta en allumant la lampe de son portable.

Au bout de cinq minutes, il vit sur la droite un autre porche et le départ d'un deuxième escalier. Il ouvrit son téléphone pour essayer de lire le plan récupéré par Helena et qu'il avait photographié. Soudain, il entendit des bruits de pas. Il rebroussa chemin de quelques mètres pour se cacher dans un renfoncement. Ainsi, il pouvait voir qui empruntait le couloir et lui sauter dessus dans le cas où il passerait à son niveau.

Il discerna un homme, d'une quarantaine d'années, genre garde du corps, portant un plateau avec un bol fumant. Il bifurqua sur un nouvel escalier, qu'il descendit. Rhino décida de le suivre discrètement en lui laissant une trentaine de secondes d'avance.

Il s'enfonçait dans les noires profondeurs du château. L'air devenait de plus en plus chargé en moisissures. Il entendit l'oreillette du garde crachoter des ordres secs. Puis, plus rien. Encore un couloir.

L'arme toujours en main, Rhino perçut un bruissement provenant d'un renfoncement sur sa droite. Il n'eut pas le temps de se protéger, reçut un coup violent sur la tête et chuta sur le sol en terre battue.

Villetaneuse – Abattoir désaffecté

14 septembre, 8 heures

Emmanuel avait reçu les fichiers STL le 13 vers 2 heures. Il s'était mis à l'écart de Bento, dont l'ego surdimensionné l'agaçait au plus haut point. La dernière journée passée à l'entendre égrener ses pitoyables faits d'armes de minable petit fantassin avait été pénible. Un vrai cauchemar. Mais surtout, sa nervosité et son impétuosité, alimentées par ces pilules qu'il ne cessait d'ingérer, créaient une ambiance stressante.

Il se laissa bercer par le rythme de l'imprimante 3D qui menait à son terme la réalisation du dernier cadre de la partie centrale du triptyque, en tout point identique à l'original. Les deux autres avaient été fabriqués sans encombre la veille.

Il enfila une combinaison de protection et souleva le container de plomb qui enveloppait les blocs radioactifs de strontium-90. Il s'approcha du socle en bois carré, large de 50 centimètres et haut de 1,50 mètre. Il était creux afin de recevoir la matière radioactive. Il le posa alors délicatement à plat au fond. Outre le fait de supporter le poids du triptyque, il devrait surtout accueillir, à l'intérieur, l'explosif semtex qui serait couplé au Strontium. La mise de feu, reliée à la charge, serait installée dans un orifice de 6 millimètres situé sur le milieu du cadre central. C'est l'ouverture des deux panneaux de part et d'autre qui déclenchera l'explosion.

C'est le job de ce connard de Toulousain.

Subitement, Emmanuel l'entendit hurler. Il se précipita pour le rejoindre dans sa pièce de travail. Depuis la nouvelle de l'arrestation des Ukrainiens pour crimes de guerre la veille, il était dans un état d'excitation extrême. Il essayait tant bien que mal de trouver des individus pour les remplacer. Seul un dénommé Ivanov avait répondu à l'appel. Swiffer s'empara de la boîte pour prendre deux cachets supplémentaires.

— Vous devriez arrêter vos pilules.

— Je t'emmerde, connard. Ne fais pas ton petit chef avec moi. Ici, tu n'es rien, juste un manutentionnaire.

Son sang ne fit qu'un tour. D'un bond, il se jeta sur l'homme qui s'affala sur la table. La boîte dans laquelle se trouvait la dizaine de dispositifs de mise de feu tomba au sol. Emmanuel retourna son adversaire. Il lui fit une clé de bras, l'immobilisa et lui arracha un cri de douleur.

— Ne m'insultez plus jamais ou vous le regretterez, est-ce bien clair ?

Il bloqua la tête du Toulousain et appuya de toutes ses forces sur l'arrière du crâne.

— OK. Nous avons du boulot et une mission à accomplir, bredouilla Bento.

— Je suis ravi de vous l'entendre dire. J'attends votre matériel pour refermer le couvercle du socle, ordonna-t-il.

Le Toulousain se redressa, s'épousseta et opina en grommelant. Il ramassa les dispositifs de mise de feu pour les remettre dans leur boîte, sans prendre la peine de les recompter. Il en prit un en main, vérifia qu'il était bien en position « off » et le connecta sur le circuit avec un fer à souder. Puis il raccorda l'ensemble sur une pile électrique et sur le détonateur, lequel fut implanté dans l'explosif.

Quinze minutes plus tard, satisfait de son travail, il sortit de la pièce et s'approcha d'Emmanuel.

— C'est bon ! Le matériel peut être placé dans le socle, fit-il d'un ton cassant. J'ai vérifié aussi que le diamètre recevant la mise de feu sur la pièce centrale du triptyque était suffisant. Très précis, ce matériel d'imprimante. On m'en avait parlé, mais je suis bluffé.

— Parfait. Je vais m'en charger.

— Ivanov vient de me signaler que le vrai triptyque arrivera vers 12 heures. Nous procéderons à son remplacement entre midi et deux. Nous serons les seuls dans la cathédrale. Personne ne se doutera de rien, car nous sommes chargés de la sécurité de l'évènement, et les curés auront déjà eu tout le temps de l'admirer, ajouta Bento.

Emmanuel regarda sa montre. Il était maintenant 11 heures. Il touchait à son but : venger Anne-France et faire en sorte que la mort de sa fille permette le début d'une nouvelle ère.

— Ah, au fait, il y a un dernier point à régler avant qu'ils arrivent, lâcha le Toulousain.

— Lequel ?

— Je dois vous présenter quelqu'un.

Il n'eut pas l'occasion de voir le sourire narquois de Bento ni celui de Xavier qui se trouvait à ses côtés. Son cerveau explosa et il s'affala au sol.

Xavier essuya l'arme, la plaça dans la main d'Emmanuel le canon pointé sur la tempe, prit dans la poche de sa veste le téléphone DecroChat, comme son père, Vuk, le lui avait demandé. Il lui rendit compte de la mort d'Enola Gay et de l'évolution de l'opération. Puis il vérifia la géolocalisation de Julie.

Paris – Banlieue Nord –
Aéroport Paris-Charles de Gaulle
14 septembre 2021, 8 heures

Immobilisée au passage frontière, Julie quitta le mode avion de son portable, impatiente de modifier son article, de voir où en était la progression de ses *followers*. Elle entra son mot de passe, publia les derniers éléments qu'elle avait rédigés et mis en forme pendant le vol.

Pouah, ouffissime… la saison 2. Une tuerie.

Elle avait démultiplié ses *abonnés*. Malgré la fatigue des trajets, elle exultait. La nouvelle avait été relayée par quelques chaînes d'information. Elle avait des dizaines d'appels en absence, la plupart provenant de journalistes.

Son téléphone sonna, affichant un indicatif inconnu sur sa messagerie sécurisée. Elle décrocha au bout de dix sonneries et entendit une voix grave de femme avec un accent de l'Est.

— Je voudrais parler à Julie Mastret, l'auteure de l'article de MediaJact sur un dénommé Vuk.

— C'est moi.

— Nous ne nous connaissons pas, mais je dois vous rencontrer, car j'ai des renseignements importants à vous communiquer à propos de cet individu. Pas au téléphone. Je dois vous voir à Belgrade.

— Rien que ça ! Qu'est-ce qui me prouve que vous me donnerez ces informations ?

— Si je ne commets pas d'erreurs, vous avez bien rencontré un policier du nom de Popović, à Višegrad ? interrogea son interlocutrice.

— Ce con, oui, difficile de l'oublier… Comment le savez-vous ? Et vous êtes qui ?

— On m'appelle Aleks.

— Mais encore ?

— Aleks, ça suffira pour le moment.

— En vrai, je suis crevée. Je rentre des États-Unis. Pourquoi devrais-je vous croire ?

— Est-ce qu'une vidéo prouvant l'implication de Vuk dans des crimes de guerre vous suffirait ?

Julie réfléchissait.

— Et vous ne pouvez pas me l'envoyer par courriel ?

— Non, on se voit et je vous remets la cassette en main propre.

Silence.

— Et pourquoi me la donner ?

— Pour me venger de Vuk.

— OK, je vais venir.

— Parfait, et surtout, pas un mot à qui que ce soit, même à votre famille. À bientôt… Enfin, si vous êtes encore en vie d'ici là.

— Comment ça, si je suis encore en vie ? C'est quoi ce délire ?

— Je crois que vous n'avez pas idée de la merde que vous venez de secouer. Et le fait que vous ayez écrit votre numéro de téléphone sur votre article montre que vous manquez encore d'expérience. Votre vie est en danger. Ici, avec moi, vous serez en sécurité ! Envoyez-moi votre heure d'arrivée à Belgrade sur ce numéro et je vous ferai récupérer à l'aéroport. Mais détruisez votre puce et votre téléphone au plus vite. Si on s'aperçoit que vous êtes filochée, on vous abandonnera sur zone. Est-ce clair ? Je ne veux pas que l'on remonte à moi.

Virer ma puce et mon téléphone ? Elle est folle.

Julie raccrocha et chercha un vol pour la Serbie. Nouveau départ dans deux heures. Elle acheta son billet et se rendit en salle d'embarquement. Elle répondit aux journalistes qui l'avaient sollicitée par message, leur promettant des informations décapantes.

Je me la pète un peu… Mais bon. Enfin, je vais pouvoir réaliser mon rêve.

Slovaquie – Orava

14 septembre 2021, 7 heures

Mal de crâne.

Flash.

Quand l'abîme te regarde.

Rhino ouvrit l'œil gauche, tenta de faire de même avec le second, sans succès. Il avait reçu un choc violent sur la tête, était nu, pendu par les mains à une sorte de crochet de boucher, dans une pièce très peu éclairée. Il fit un tour d'horizon : il était dans une cave voûtée. Cela ne présageait rien de bon pour son avenir. Il entendit au loin la cloche de l'église d'Orava, et compta.

Il est 7 heures.

Il perçut des gémissements assourdis sur sa gauche, dans l'ombre, ainsi qu'un bruit sec de manette. Une lumière violente et blanche l'éblouit. Et une voix.

Celle de Vuk !

— Alors Granier, tu pensais vraiment que tu allais me baiser ? Le coup du pot de miel... Cela fonctionne toujours. Je savais qu'en invitant Igor dans ce splendide château, tu ne pourrais pas résister à la tentation de venir me voir. Le géorepérage[1] a fait le reste, ton numéro nous

1. Géorepérage (*geofencing*) : technologie de géolocalisation permettant de surveiller les déplacements d'objets ou de personnes dans une zone virtuelle, prédéfinie autour d'un emplacement spécifique.

ayant été fourni grâce à son téléphone. On n'arrête pas le progrès. Si nous avions eu ces outils à la grande époque… Comme tu l'entends, Igor nous fait l'honneur de sa présence.

Vuk éclaira l'angle gauche. Rhino aperçut David, attaché avec des chaînes sur une chaise, une cagoule sur la tête. Bâillonné, il poussait des hurlements rauques, étouffés.

— Ce que je ne sais toujours pas en revanche, c'est comment tu as pu me retrouver ? demanda-t-il.

— La traque est mon métier. Bon… Allons droit au but. Tu veux régler tes comptes avec moi, c'est parfait. De toute façon, je suis déjà mort dans ton putain de pays, il y a vingt-six ans. Donc fais-toi plaisir, mais tu relâches David !

— David ? Tu veux dire Igor ? Car c'est ainsi que Samra et moi l'avons prénommé. Il est ici chez lui, c'est un peu sa maison, rétorqua Vuk.

Il soupira et s'approcha de la chaise où se trouvait le jeune homme pour lui enlever sa cagoule. Il avait un bandeau sur la bouche.

— Mon fils m'a tellement manqué, dit-il en lui caressant les cheveux.

David gesticula dans tous les sens, les yeux braqués sur Rhino, pleins de larmes.

— Tu es en plein délire sénile. Samra attendait mon enfant avant que tu me l'enlèves. J'en ai eu la preuve en découvrant son test de grossesse.

— Ah oui ? Un test de grossesse ? Maletraz, tu te souviens de lui ? interrogea Vuk.

Il eut un haussement de sourcils.

— Allons, allons… Tu te rappelles bien Maletraz, ce colonel qui a tellement voulu jouer au héros qu'il a fini ses jours sous des balles de sniper. Il s'est bien foutu de moi et t'a couvert. Après votre ridicule opération commando qui a tourné au drame par ta faute et ton obstination, il m'avait juré qu'Igor était mort. Il savait que je devais m'enfuir en Serbie au plus vite et que je ne ferais pas de vérifications.

David ne bougeait plus. Rhino sentait son regard posé sur lui.

— Balles bosniaques ou serbes, d'ailleurs ? Il faut dire qu'il était facilement repérable avec son engin blindé sur lequel il avait dessiné ses galons. La cible idéale. Ce connard n'avait qu'une idée en tête, se faire un nom, rester dans l'histoire et devenir un acteur majeur des accords de Dayton[1]. Pour les deux premiers, il a réussi, puisqu'il est inscrit sur le monument aux morts devant l'ambassade de France à Sarajevo, mais pour Dayton, il n'a pas eu le temps d'y assister.

Vuk éclata de rire.

— Qu'en penses-tu ? Serbes ou bosniaques, les balles ?

Le message véhiculé sur les ondes, laconique, un matin de décembre 1995, lui revint en mémoire : « Le Colonel Maletraz a été lâchement assassiné par un sniper. » Puis la cérémonie de rapatriement du corps à l'aéroport de Sarajevo, par un froid mordant, le cercueil recouvert du drapeau français. Les déclarations politiques, gênées.

— Maintenant que nous en sommes aux confidences, tu peux bien m'expliquer ce que tu foutais sur ce rendez-vous à Igman, avec tes tueurs ? demanda Rhino.

— Ah ? Tu ne l'as pas su ? Oui, bien sûr, je peux bien te le dire. Tu mourras moins bête. Nous étions sur le point de conclure un accord de vente d'armes avec la bande de criminels bosniaques d'Amir Delić. L'argent coulait à flots en provenance des pays producteurs de pétrole, pour l'achat d'armes et le contournement de l'embargo. Pour

1. Les accords de Dayton, signés le 14 décembre 1995 à Paris, mettent fin aux combats interethniques qui ont lieu en Bosnie-Herzégovine.

ma part, j'envisageais une sorte de reconversion dans ce commerce juteux, comme tu le sais. Tant qu'il y aura des hommes sur cette terre, il y aura des guerres, donc des armes à vendre et des moyens de transport pour les acheminer. N'est-ce pas ?

— Tu as passé l'essentiel de ta vie à miser sur la folie des hommes et à te complaire dans le chaos, comme un porc dans sa bauge.

Vuk le coupa, impassible :

— Mais côté bosniaque, Delić commençait à déplaire. Trop visible. Il fallait préparer l'après-guerre et ce type d'individu et ses hommes faisaient tache dans le paysage. Quelqu'un a vendu la mèche côté bosniaque et Samra a reçu le feu vert pour les confondre.

— Samra ? murmura Rhino.

— Eh oui, Samra. Tu ne savais pas ? Elle espionnait pour le compte des services de renseignement bosniaques. Elle avait un haut grade, d'ailleurs.

Samra, espionne ?

Vuk l'examina, satisfait de son effet, et il enchaîna :

— Attends une seconde ! Je n'en reviens pas. Tu croyais vraiment qu'elle avait couché avec toi pour autre chose que les renseignements qu'elle pouvait te soutirer ? Pauvre naïf !

— Tu mens ! hurla-t-il.

— Ah bon ? En balançant l'information à Maletraz selon laquelle les Serpents étaient sur le point de conclure une vente d'armes importante à la bande de criminels d'Amir Delić, elle savait très bien que Maletraz allait sauter sur l'occasion pour se faire mousser. Delić et ses hommes étaient devenus infréquentables pour le gouvernent bosniaque. Leurs services de renseignement voulaient même s'en débarrasser. C'est ce qu'ils ont fait, d'ailleurs, plus tard, car ils ont tous été éliminés dans le mois suivant. Samra voulait apporter la preuve que Delić fréquentait les Serpents et négociait avec nous dans le dos des Bosniaques pour son propre compte. Maletraz voulait, de son côté, prouver la collusion entre les forces en présence, ce qui, en cas de pourparlers futurs, pouvait peser lourd dans la balance, à Dayton. Serbes et Bosniaques qui se roulaient des pelles dans le dos de la communauté internationale ! Le scoop ! Et une belle occasion pour lui d'accrocher les étoiles. Bref, une pierre deux coups, à la fois pour Samra et Maletraz. Et elle lui a demandé d'engager ton équipe. Comme cela, sur l'oreiller, elle pouvait récupérer les photographies pour les services de renseignement bosniaques.

La photographie du poste S4 plantée sur le corps de son frère et la disparition de mon journal de marche, c'était donc elle. Je comprends mieux pourquoi elle a abandonné ses activités après la mort d'Asim.

— Seulement voilà, il y a eu l'épisode de cette famille de Bosniaques qui avait squatté cette ferme. Quand les Serpents sont arrivés sur zone, ils n'ont eu qu'une idée en tête : faire la fête avec eux.

— Et tes bâtards les ont massacrés !

— Le reste de l'histoire tu le connais, n'est-ce pas ? Puisque tu as pris des photographies. Je le sais car Maletraz me les avait données.

— Vous n'êtes qu'un ramassis d'humaninaux. Qu'as-tu fait des corps ? vociféra Rhino. Quand je suis revenu en 1996, ils n'étaient plus à l'endroit où vous les aviez enterrés. Il y avait bien la fosse mais plus les corps.

— Compte tenu de ta présence sur zone et de ton possible témoignage, nous les avons déplacés. Tu penses bien que je ne vais pas te dire où ils sont. D'ailleurs, je n'en ai rien à foutre, ce n'était que des Bosniaques…

— J'aurais dû te tuer en 1996, quand l'occasion s'était présentée. Je t'avais en ligne de mire cette nuit-là avec mon unité de traque de criminels de guerre.

Vuk le regarda, amusé.

— Oui, et que s'est-il passé ? Tu n'as pas reçu l'ordre, je parie, rétorqua-t-il en éclatant de rire. Nous, Serbes, comptions tout de même beaucoup de sympathisants parmi les vôtres, à commencer par votre Président Mitterrand et sa garde rapprochée de militaires. La guerre est un truc de salopards. La seule façon de rester en vie, c'est de tirer le premier, non ?

— Une question : comment as-tu fait pour disparaître en 1997 ? J'avais suivi ta trace jusqu'à Podorica. J'ai lu le rapport de police qui mentionnait la découverte de ton corps calciné dans une voiture retrouvée dans un ravin. Qui est le type que tu as mis dans la voiture au Monténégro ? questionna Rhino.

Vuk s'approcha et lui tapota la joue.

— Secret Défense, mon ami.

— En réalité, tu n'es qu'un imposteur. Toute ta vie n'est qu'une farce, un canular. Tu n'es même pas un Serbe. Tu es un musulman. On le sait, maintenant. Tu n'es qu'un minable petit escroc. Rien d'autre.

— Un musulman ? moi ? répondit Vuk en éclatant de rire et en se tournant vers le fond de la salle.

— Arkan, peux-tu apprendre les bonnes manières à notre invité ? Igor, regarde bien, ça serait dommage que tu perdes une miette du spectacle.

David se déchaîna sur sa chaise, tentant d'arracher ses liens. Ses poignets pissaient le sang. Arkan sortit de l'ombre et Rhino reconnut l'un des motards chargés de la surveillance du château. Le colosse était torse nu, le corps recouvert de tatouages représentant des armes, des canons, etc., un vrai champ de bataille. Il s'approcha et lui assena plusieurs coups au visage, puis dans le ventre. Il les encaissa sans rien dire. Le sang coulait et la brute s'en donnait à cœur joie.

À chaque coup, Rhino entendait son fils gémir.

Vuk aboya un ordre lui intimant de stopper. Arkan s'immobilisa pour contempler son œuvre, et céda la place à son maître qui s'approcha à quelques centimètres du visage de Rhino.

— Alors ? Ces balles qui ont tué Maletraz ? Bosniaques ou serbes ? Je vais te le dire. Les deux ! Il y avait deux snipers, un de chez Delić et le deuxième, tu le connais bien, c'était Marjanović. Il a suffi d'attendre que Maletraz fasse son malin, et pan… Delić n'avait pas apprécié d'avoir été doublé par les services de renseignement bosniaques. Il n'eut de cesse de se venger. Il m'a livré Samra directement à Višegrad.

Rhino s'apprêtait à répondre, quand le téléphone DecroChat émit un *bip*. Il regarda l'écran.

— Ah, Igor ! Justement c'est Dragan, ton frère jumeau, qui essaye de me joindre, fit Vuk en souriant. Arkan, ramène Igor dans sa chambre et, s'il le faut, continue à attendrir la viande de Granier.

Le colosse souleva David, le posa sur son épaule et quitta la pièce, laissant Rhino seul.

Dragan ? Frère jumeau ? Qu'est-ce qu'il raconte ?

Paris – Cathédrale de la Sainte-Trinité – Quai Branly

14 septembre, 12 h 30

Le métropolite Jean d'Eucarpie attendait l'arrivée de Nikola Škrbić sur le seuil de la cathédrale. Il observait le ciel pluvieux lorsque deux représentants de la société de sécurité en charge du transport de l'icône de saint Sava se présentèrent à l'entrée principale de l'édifice. Jean d'Eucarpie pesta en regardant sa montre.

Que fait Škrbić ?

Il indiqua aux hommes le lieu où placer le triptyque et la fameuse icône dont ils devaient assurer la protection.

Pourquoi installer ce saint serbe ? Dans cette cathédrale ?

Qui plus est, je me retrouve à faire son boulot pour une icône d'un saint qui le concerne lui, le Serbe.

Les deux membres du service de sécurité venaient de se placer de part et d'autre de l'icône quand Škrbić pénétra dans la cathédrale, essoufflé. Il s'excusa de son retard auprès du métropolite et se précipita sur le triptyque. Après avoir ouvert les deux battants, il tomba à genoux et pria.

— Merci, mon Dieu, de cette grâce.

— Oui, vous pouvez le remercier, compte tenu des oppositions que j'ai dû affronter en interne, notamment de la part de mes paroissiens russes.

— J'en suis profondément désolé, monseigneur.

Jean d'Eucarpie s'approcha de l'icône et, en fin connaisseur, admira le travail et la finesse de la restauration.

— Cela dit, il s'agit d'une œuvre magnifique, je dois en convenir. Et puis, l'amitié entre les frères russes et serbes vaut bien ce petit effort. D'ailleurs, le patriarche Porphyre de Serbie doit nous rejoindre pour la cérémonie. Est-ce que notre ami Dragonov sera présent ?

— Non, il a des soucis de santé.

— Rien de grave, j'espère ?

— J'ai bien peur que si, d'après ce qu'il m'a laissé entendre. Il est confus de ne pas pouvoir participer à cette fête, car il s'en faisait une joie.

— J'avais compris qu'il était très fatigué lors de notre dernière entrevue. C'est dommage, car j'aurais souhaité lui faire rencontrer le représentant du ministre de l'Intérieur.

— Une autre fois, sans doute. J'ai eu confirmation de la présence des deux ambassadeurs de la Fédération de Russie et de la Serbie.

— Parfait.

Un des agents vint à leur rencontre.

— Messieurs, pardonnez-moi de vous interrompre. Nous devons fermer la cathédrale et assurer la sécurité du site. Elle sera de nouveau ouverte à 14 h 30.

— Ah ? Dans ce cas, allons nous sustenter, mon cher Škrbić.

Ayant aperçu les deux représentants orthodoxes franchir le seuil, Bento sortit du véhicule frigorifique et appela les hommes pour décharger les quatre caisses. Ils procédèrent alors au remplacement des anciens cadres par ceux fabriqués par l'imprimante 3D dans lequel se trouvait la bombe sale. Ils rechargèrent ensuite les trois caisses vides dans leur véhicule à côté du vrai triptyque. Trente minutes plus tard, il joignit un correspondant pour lui confirmer que le plan se déroulait comme prévu, que tout était en place et qu'il avait rejoint son poste.

Installé dans un café à proximité, Xavier sortit son DecroChat et envoya un message à Vuk : « L'échange a été réalisé. Tout est prêt pour le grand œuvre. Mais il y a un problème, la fille en photo à côté d'Igor, cette Julie, a posté des *fake news* sur un article qu'elle a mis en ligne. »

Elle va le payer cher. Mais avant elle, j'ai une autre cible.

La douleur qui le tenaillait au bras le fit grimacer. Heureusement, plus de peur que de mal : la balle tirée par celle qui était venue au secours de ce Rhino ne l'avait qu'effleuré. Depuis le début de ce mois, il allait de surprises en surprises. *D'abord, je découvre que j'ai un frère Igor. Ensuite, il y a ce gendarme chef de l'OCLCH, l'obsession de mon père, au point d'en oublier leur projet !*

Villetaneuse – Abattoir désaffecté

14 septembre, 12 h 30

Une bruine sale tombait du ciel sur un lieu digne d'une ambiance de fin du monde. Les bâtiments se faisaient face dans la rue, tous plus pourris les uns que les autres. Marion avait stoppé son véhicule à l'entrée de la rue et observait le lourd rideau coulissant, au-dessus duquel était inscrit « ABATTOIR » et « Marcel ROBIN ». Elle avait été contrainte de repousser son intervention à 12 h 30, car le GIGN avait été engagé sur une autre mission dans la matinée.

— Quel coin dégueulasse ! Je vous laisse sécuriser le site et vous me faites signe quand c'est OK ? demanda-t-elle au lieutenant Foury.

— Nous n'avons détecté aucun bruit à l'intérieur et aucun mouvement sur nos caméras. On va progresser en sécurité tout de même. On ne se quitte plus apparemment !

Il donna le top départ. Marion suivit des yeux la progression des hommes du GIGN. Une première équipe procéda à l'ouverture du rideau qui céda sans difficulté, puis la colonne pénétra en hurlant : « Gendarmerie nationale ! »

Aucun coup de feu.

Cinq minutes plus tard, Foury ressortit du site.

— RAS. En revanche, nous avons trouvé de la viande froide dans une chambre frigorifique. Le cadavre d'un homme. Une balle en pleine tête avec une arme en main. Tout a été nettoyé. J'ai pris une photographie du type. Le thermomètre affichait moins quinze. Elle fonctionne depuis un petit moment, je pense.

— Bon. Je rappelle les collègues policiers en leur demandant de venir avec une équipe de police technique et scientifique. Romuald, renvoie la deuxième équipe à l'OCLCH ! Elle ne sert à rien ici, il vaut mieux que les enquêteurs donnent un coup de main pour la garde à vue des Ukrainiens. Montre-moi la photographie, enchaîna Marion.

Foury tourna son portable.

— Merde, son visage est sacrément amoché, mais on dirait le mec qui conduisait le camion, celui retrouvé brûlé à Tournan-en-Brie. Le type qui avait été repéré par Rhino en Slovaquie, renchérit-elle.

***

Une demi-heure plus tard, le brigadier-chef De Sousa, chef de l'équipe PTS, procéda aux différentes constatations avec méticulosité. Il autorisa Marion, revêtue d'une combinaison et de gants, à sillonner le bâtiment. Ensuite, elle décida d'envoyer un message à Fangeau avec la photographie du corps, comme le lui avait suggéré Rhino avant de partir au secours de son fils.

« Bonjour, monsieur, le colonel Rinocci m'a demandé de rentrer en contact avec vous. En suivant la piste des individus ayant incendié le camion frigorifique découvert du côté de Tournan-en-Brie, nous avons localisé cet abattoir, dans lequel il y avait ce cadavre. Vos collègues de la PTS sont sur le coup. » Elle joignit une localisation géographique avec l'image.

Elle recevait un pouce levé de la part de Fangeau quelques secondes plus tard quand De Sousa l'interpella :

— Mon capitaine ? Nous avons trouvé une imprimante 3D, et ce truc dans la pièce dont le sol est recouvert de sable et de sang.

Marion se retourna, prit en main le scellé, l'étudia sous toutes les coutures. Elle sortit son téléphone, prit une photo et l'envoya à Laurent Rachier, chef du PIXAF[1] à l'IRCGN. Puis elle composa son numéro.

— Hello, Laurent, je viens de t'envoyer le cliché d'un élément trouvé sur une scène de crime, tu peux me dire de quoi il s'agit ? Ou voir avec d'autres plateaux du Pôle ?

— Fastoche ! C'est un capteur photosensible utilisé comme interrupteur dans les engins explosifs improvisés. Il est large comment ? 5 ou 6 millimètres ?

— Exactement.

— On est bon. Ces dispositifs fonctionnent lorsqu'une source de lumière est introduite ou supprimée de la résistance photosensible. Ils peuvent être logés dans un container doté d'un trou où la lumière peut atteindre la cellule photoélectrique. Ainsi, lorsque quelqu'un entre dans une pièce ou ouvre le container, ça fait *boum*. C'est la raison pour laquelle ils sont souvent installés de nuit. De fait, cela donne au terroriste un délai suffisant pour s'échapper de la zone de la cible statique. Cela fonctionne dans l'autre sens aussi, lorsqu'il n'y a plus de source de lumière. Bref, une belle saloperie. Où as-tu trouvé ce truc ?

— À proximité d'un cadavre, à Villetaneuse. Les collègues policiers vont sans doute te saisir directement.

Elle transmit ces informations au coordinateur de la scène de crime de la Police nationale. Avant de le quitter, elle le pria de bien vouloir lui donner le nom de la victime dès qu'il en aurait connaissance.

1. Plateau d'investigation explosifs et armes à feu.

***

Marion et Romuald étaient sur le chemin du retour, bloqués dans les embouteillages, quand Rafik les contacta pour les informer qu'il avait poursuivi ses recherches sur le triptyque. Or, aujourd'hui, le 14 septembre, avait lieu la fête de l'Exaltation de la sainte Croix, une des douze fêtes importantes pour les orthodoxes.

Il leur envoya ensuite des pages web traitant du sujet. Une cérémonie devrait se tenir à Paris, à 15 heures, dans la cathédrale russe de la Sainte-Trinité. Le métropolite Jean d'Eucarpie dirigerait l'office religieux, en compagnie du patriarche serbe Porphyre, ainsi que des ambassadeurs de Russie et de Serbie. Un des objectifs de cette cérémonie consisterait à introniser une icône qui venait d'être restaurée à Saint-Pétersbourg. Rafik montra le triptyque représentant saint Sava.

Nouvelle page web, en russe. Marion cliqua sur une application permettant la traduction en direct.

L'image de l'icône apparut. Marion confirma que le prêtre Škrbić lui avait parlé de cette cérémonie dont il était assez fier d'ailleurs.

— Le truc, c'est que le triptyque en question est la copie conforme du fichier STL envoyé sur le réseau DecroChat. Ce que je ne comprends pas, c'est l'intérêt de reproduire les cadres du triptyque avec une imprimante 3D, fit Rafik.

Il ouvrit le dossier où étaient stockés les fichiers STL, les plaça dans son logiciel de conception assistée par ordinateur. Puis il les assembla. Chacun des panneaux était creusé pour intégrer des tableaux. Il transmit les images à Marion.

— On peut refaire du bois avec de l'impression 3D ?

— Tout à fait !

Elle examina sous toutes les coutures l'objet ainsi reconstitué.

— Sur la partie centrale du triptyque qui doit être reproduit, on dirait qu'il y a une sorte de trou sur le fond du socle, avec une protection posée sur le dessus…

— Oui, tu as raison, confirma-t-il.

— Peux-tu me mesurer le diamètre ? demanda Marion en déglutissant et en inclinant la tête vers Romuald.

Rafik calcula. Le chiffre qui s'afficha fut 6 millimètres.

— Attends une seconde, on m'appelle. Capitaine Tim ?

— Gabriel Fangeau à l'appareil. Le gars dont vous m'avez envoyé la photographie est bien celui que nos services avaient identifié à Orava, là où votre patron se trouvait il y a quelques jours. Avez-vous d'autres informations ?

— Sur place, dans l'abattoir, nous avons trouvé un capteur photosensible utilisé comme interrupteur dans les engins explosifs improvisés. Vos collègues de la PTS sont au courant. J'ai envoyé la photographie du capteur au PIXAF.

Putain de merde !

À peine sa phrase achevée, une sale idée lui vint à l'esprit, et un chiffre : 6 millimètres !

— Quelle heure est-il ?

— 14 h 30, répondit Gabriel.

— Je crois avoir compris, lâcha-t-elle en actionnant le gyrophare.

Elle démarra sur les chapeaux de roues en expliquant son intuition à Fangeau.

Slovaquie – Orava

14 septembre 2021, 14 h 50

Ton frère Dragan ?

Samra, une espionne ?

Il bluffe…

Rhino, perdu dans ses pensées, examinait Arkan qui, après avoir siroté une bière en attendant son maître, se leva et s'approcha d'une sorte de hachoir industriel. Il appuya sur un bouton rouge, déclenchant la mise en route de la machine dans un bruit de tonnerre démultiplié par la résonance de la salle voûtée. Le bourreau examina le supplicié avec une joie malsaine.

Deux minutes plus tard, la porte s'ouvrit sur Vuk, la mine renfrognée. Il s'approcha de Rhino.

— Arkan, éteins le hachoir. C'est encore un peu tôt. Nous n'en avons pas encore fini, mon ami. Nous devons parler de mon cousin, Milan, mon frère d'armes et d'âme. Nous avons tété le même sein, car ma mère serbe, contrairement à ce que tu avances, était dépourvue de lait… Et pas seulement. Elle n'avait rien pour elle, la pauvre. Alors, tu imagines bien que lorsque j'ai appris la mort de Milan, j'ai vraiment pleuré. Surtout dans ces conditions !

— Je ne suis pour rien dans la mort de Milan Šarić. En revanche, toi, tu as éliminé Marjanović, ton plus fidèle soldat, non ? Un vrai pourri ! rétorqua-t-il.

Arkan observa son boss, surpris.

— Ah bon ? Miroslav est mort ? répondit-il en feignant l'innocence. Comment se fait-il que ton véhicule ait été vu la veille, à proximité de la ferme de Milan, alors ?

— Je me suis rendu chez lui, il est vrai, et nous avons échangé, répliqua Rhino.

— Pourtant, c'est bien après ta séance de torture, assez savante, je dois le reconnaître, que tu as réalisé ton opération commando ? insista Vuk.

— Je n'ai pas eu besoin de torturer ton cousin pour qu'il me donne des informations, l'argent a suffi.

— Tu mens. Arkan, montre-lui un peu qu'il ne faut pas mentir, s'agaça-t-il.

Le bourreau lui assena des coups si violents qu'il s'évanouit. Il recouvra ses esprits quand il reçut un seau d'eau glacée sur le corps.

Tenir.

— Tu vas mourir ici, Granier, pour ce que tu as fait à Milan. Et les nôtres que tu as tués, ce soir-là.

Rhino, ensanglanté, marmonna :

— Je m'en fous. Je te l'ai dit, je suis déjà mort depuis longtemps. En l'occurrence, le jour où tes hommes ont massacré cette fille devant moi. Mais sache que je n'ai pas touché à un cheveu de ton cousin. Nous avons même bu de la *rakija* ensemble. Beaucoup trop, d'ailleurs, et cela a sans doute causé ma perte. J'ai perdu connaissance pour une raison qui m'échappe encore. Quand je me suis réveillé, ton cousin était mort. Je me suis échappé pour éviter que l'on m'accuse. Cela n'a pas vraiment fonctionné, puisque j'ai fait l'objet d'une enquête poussée.

— Alors qui ? hurla Vuk.

— L'enquête n'a pas abouti. Je n'en sais rien. Fais ce que tu as à faire, mais libère David. J'ai encore une question avant de mourir. Qu'as-tu fait de Samra ?

— Ah ah, la belle Samra… Je ne te le dirai pas. Je n'ai aucune intention de faire du mal à Igor. Il faut juste qu'il accepte les faits, il est mon fils et je lui ai prouvé scientifiquement, affirma Vuk.

— Scientifiquement ?

— Nos chromosomes Y ne mentent pas.

Nouvel appel sur le téléphone DecroChat. Cette fois-ci, Vuk répondit. Son interlocuteur semblait hurler à l'autre bout du fil, puis il raccrocha.

— Je te laisse avec Arkan ! Nous avons un petit problème à régler.

Rhino entendit la cloche résonner au loin.

Quinze coups !

Paris – Cathédrale de la Sainte-Trinité

14 septembre 2021, 14 h 58

Marion, concentrée et silencieuse, roulait à tombeau ouvert en direction de la cathédrale. Slalomant entre les voitures, alternant klaxon, appels de phare et gyrophare, elle pestait contre les récalcitrants. Dans un virage serré, elle réalisa qu'elle n'avait pas rendu compte au général Perrot de la Trancheriez et demanda à Romuald de s'en charger. Tétanisé, accroché à la poignée, il sortit son téléphone, composa le numéro et mit le haut-parleur. La capitaine récapitula les événements et le pria d'informer la préfecture de police afin que soient déclenchés la BRI[1] ainsi que le laboratoire central, et qu'ils se rendent en urgence à la cathédrale de la Sainte-Trinité, quai Branly. Elle rajouta :

— Nous avons de bonnes raisons de penser qu'un attentat est en cours de préparation.

— Un attentat ? Rien que ça ! Je n'ai plus de nouvelles de vous depuis que vous avez quitté l'Office. Vous déclenchez de nouveau le GIGN sans m'en faire part, qui plus est en zone police. Puis vous trouvez un cadavre. Cela dit, j'étais déjà au courant, car nos amis policiers se sont plaints auprès du DG, via leur chaîne hiérarchique, de votre intervention dans un secteur susceptible de

1. Brigade de recherche et d'intervention.

dégénérer en troubles à l'ordre public. Et là, maintenant, vous m'annoncez qu'un attentat va se produire à la cathédrale de la Sainte-Trinité, chez les Russes.

— C'est cela.

— Et vous me demandez de déclencher l'alerte maximale ? Pourquoi prendrais-je le risque de vous croire ? Si ce n'est qu'une affabulation, je vais passer pour un con ! C'est hors de question !

Sous tension, Marion accéléra machinalement, Romu s'accrocha de nouveau.

— Mon général, soit je me plante et vous me mettez tout sur le dos. Dans ce cas, je quitte la Gendarmerie. Soit je ne fais pas d'erreur, ce dont je suis absolument convaincue, et vous êtes un héros. À vous la piste aux étoiles… La rampe de lancement pour devenir DG. De toute façon, j'ai déjà informé la préfecture de Paris et, par acquit de conscience, ils m'ont confirmé envoyer la cavalerie.

— Quoi ? Vous les avez appelés ? J'espère pour vous que vous ne vous êtes pas trompée, capitaine, sans quoi…

— On va vite le savoir, car j'arrive sur zone. Je vous rappelle à l'issue de l'intervention, l'interrompit-elle.

Paris – Cathédrale de la Sainte-Trinité

14 septembre 2021, 15 heures

En débouchant sur le quai Branly, Marion aperçut les cinq bulbes d'or mat de la cathédrale se détacher dans le ciel cotonneux de Paris. Un pour le Christ et les quatre autres pour les évangélistes. Elle abandonna son véhicule en double file et sortit en trombe, suivie de Romu. Elle remarqua une camionnette garée sur le côté de l'édifice religieux.

— Regarde ! C'est la même société de sécurité, la Safety and Security de Bento, celle qui assurait la sécurité des événements autour du château de Tournan-en-Brie, là où le camion frigorifique a été retrouvé brûlé dans la carrière. Mettons nos brassards Gendarmerie.

L'agent de sécurité qui se trouvait à l'entrée lui barra le passage. Marion l'écarta en brandissant sa carte professionnelle et son arme. Ils gravirent les escaliers et poussèrent la porte principale. La cérémonie avait déjà débuté. Une chorale entonna des chants graves qui emplirent l'ensemble de l'édifice. Un deuxième agent se plaça devant eux. En le repoussant, elle vit alors Škrbić se diriger vers le triptyque, fermé, posé sur le socle.

Il va l'ouvrir !

— Škrbić ! Ne faites pas ça ! cria-t-elle en pointant son Glock sur le prêtre.

Mais il poursuivit son avancée, ne semblant pas faire attention à Marion, dont la mise en garde fut noyée dans la somme des chœurs. Elle ouvrit le feu sur la nef pour stopper le prêtre. Le tir provoqua un mouvement de panique, les fidèles hurlaient en se pressant vers la sortie ou en se jetant au sol.

Les gardes du corps mirent en joue Marion et Romuald, qui avançaient vers le socle sur lequel se trouvait le triptyque. Ils étaient ralentis par la foule. Les ambassadeurs furent exfiltrés.

Škrbić se tétanisa, mis en joue par Marion et Romuald prêts à l'immobiliser de force. La cathédrale était maintenant presque vide. Jean d'Eucarpie s'approcha et leur fit face.

— Mais enfin, que se passe-t-il ? hurla-t-il.

— Ne touchez pas à l'icône !

— Vous délirez, ma fille, j'ai ouvert ce triptyque tout à l'heure. L'icône de saint Sava y est bien présente. Il n'y a aucun danger.

— Je vous ordonne de ne pas l'ouvrir. J'ai des renseignements qui me laissent penser qu'il y a un engin explosif sous le triptyque.

— Une bombe ? Je souhaite pour vous et votre carrière que vous ne vous trompiez pas ! menaça Jean d'Eucarpie.

— Il n'y a aucun explosif dans notre icône ! insista Škrbić en se déplaçant vers le triptyque.

Elle le repoussa avec fermeté.

— Si vous continuez, je vais être contrainte de vous tirer dessus.

Le métropolite leva la main en signe d'apaisement, le prêtre s'immobilisa. Les policiers pénétrèrent, armes au poing, dans la cathédrale. Des ordres fusèrent de toute part. Soudain, Marion aperçut un homme en tenue noire caché dans une alcôve qui s'élançait sur l'icône.

Bento !

Romuald fut le plus prompt à réagir en faisant rempart de son corps pour bloquer son adversaire. Il fut projeté au sol par l'impact. Deux détonations retentirent coup sur coup. Marion avait ouvert le feu. Bento s'affaissa sur Romuald, il sentit le sang poisseux dégouliner dans sa bouche. Il le repoussa d'un mouvement sec et cracha.

Autour de lui régnait un désordre invraisemblable. Marion était debout, en état de sidération. Romuald se leva et s'essuya tant bien que mal le visage. Il la secoua, lui ordonna de tirer sur tout individu qui tenterait de s'approcher du triptyque. Elle acquiesça d'un signe de tête, lui signifiant qu'elle avait repris ses esprits. Il se dirigea alors vers les alcôves situées au fond du chœur pour vérifier qu'aucune autre personne ne s'y trouvait en embuscade. Il poussa les tentures et les rideaux, et les vit.

Merde.

Trois cadavres étaient allongés au sol en tenue de combat. Ils étaient couverts de deux pains de plastic. Il s'approcha avec précaution et vit que tous portaient les insignes du bataillon Azov, le logo du parti ukrainien fasciste Svoboda. Leurs visages étaient couverts de givre. Romuald relâcha les tentures.

C'est quoi ce bordel ?

Le chef d'unité de la BRI vint à leur rencontre.

— Commandant Jean-Pierre Piloud, de la BRI ! Alors… On m'explique ?

Marion résuma en quelques mots la situation.

— Une bombe sale ? Dans le triptyque ?

Marion acquiesça.

— Du coup, c'est bon ? Vous avez flingué tout le monde ? demanda-t-il.

— Je pense, oui. En revanche, vous trouverez trois autres cadavres au fond, derrière la nef et le chœur. Ils ne sont pas à nous, expliqua Romuald en essuyant le sang sur son oreille droite. Et d'ailleurs, ils ont sur eux des pains de plastic.

— Quoi ? répondit Piloud en faisant un signe de la main en direction de la porte d'entrée.

Une cohorte de pompiers et de membres de la sécurité civile en tenue de déminage NRBC se précipitèrent vers le triptyque.

L'ensemble des forces de sécurité établirent un périmètre de sécurité et procédèrent à l'évacuation de tous les appartements, immeubles, habitations, bureaux alentour. Romuald et Marion furent pris en charge et accompagnés vers une ambulance. En chemin, ils suivirent du regard le véhicule de gendarmerie qui tentait de se frayer un chemin à grand renfort de gyrophare et de sirène. Perrot de la Trancheriez en sortit et vint à leur rencontre.

— Je ne pensais pas que vous nous rejoindriez, mon général, ironisa-t-elle.

— Quand j'ai entendu votre compte rendu, je me suis dit que mon devoir était d'être à vos côtés, rétorqua-t-il lorsque son téléphone bipa.

Il jeta un œil sur l'écran et rajouta :

— Je dois vous laisser, je suis convoqué chez le DG… dit-il en gonflant la poitrine.

Au loin, Xavier observait la scène. Il ne pouvait que constater l'échec de l'opération « Rose des vents ». Il s'empara du DecroChat et composa de nouveau le numéro de son père, mais n'obtint aucune réponse.

Slovaquie – Orava

14 septembre 2021 – 15 heures

Cloué, chairs ensanglantées, mictions et semences.
Que pouvait-il faire ?
Tiens le coup. Pour elle. Pour la jeune fille à la robe rouge.
Quand l'abîme te regarde, tourne-toi vers la lumière.

À demi conscient, Rhino discernait des cris provenant de l'extérieur. La porte s'ouvrit avec force. Il aperçut plusieurs hommes pénétrer dans la pièce.

L'un d'entre eux hurla un ordre en anglais.

C'est quoi ce délire ? Ce ne sont pas des Slovaques !

Des paramilitaires, au nombre de dix environ, portant des cagoules, se tenaient devant lui.

Sur sa droite, il vit Arkan s'interposer. Rafales d'arme automatique. Il s'affala au sol. Une ombre sur sa gauche fit feu. Seconde rafale.

— C'est lui ! hurla l'homme au tissu rouge noué autour du cou.

Deux paramilitaires lui sautèrent dessus et bombardèrent Nikolić de coups. L'homme au foulard se dirigea vers Vuk avec calme. Vif comme l'éclair, il le redressa. Sans un mot, il le frappa au visage et à la gorge avec une extrême violence.

— Je ne vais pas avoir assez de temps pour te faire souffrir avant de te tuer. Je t'avais bien dit que je te retrouverais, où que tu te sois caché. Alors ? C'est vrai ce que l'on dit ? Tu es un musulman déguisé en Serbe ? Poutine doit bien être déçu ! Grâce à ton mensonge, j'ai pu trouver ta tanière, car tes amis t'ont abandonné. Notamment le général Lamy. Ton imposture sur tes origines ne lui a pas plu du tout. Rappelle-toi ce que je t'avais dit à Saint-Pétersbourg : « Qui vole un œuf vole un bœuf. » Il ne fallait pas me baiser.

L'homme ajusta son foulard rouge et frappa une nouvelle fois Vuk à la gorge. Il tomba sous les pieds de Rhino.

Putain, c'est Wright !

Au loin, l'on entendait des cris ainsi que des tirs. Ils se rapprochaient. Wright le fixa.

— *Who are you ?*

Sans attendre la réponse, il ordonna le signal de repli par l'un des corridors. Les tirs semblaient s'amplifier au-dehors, doublés de bruits de rotors d'hélicoptères. Avant leur départ, l'un des paramilitaires se retourna sur Rhino, visa son cœur. Mais Wright l'empêcha d'ouvrir le feu. Ils décrochèrent.

Rhino dévisagea Vuk gisant sous ses pieds. Il peinait à respirer. Sa glotte avait été écrasée sous les coups. Le criminel écarquilla un de ses yeux tuméfiés, tenta d'émettre quelques mots qui restèrent bloqués dans sa gorge. Il implorait.

— Samra, elle…

— Quoi, Samra ? Je t'interdis de prononcer son nom, espèce de salopard, dit-il en posant la pointe de son pied nu sur sa glotte.

Quand l'abîme te regarde, tourne-toi vers la lumière.

Rhino retira son pied.

Coups de feu.

Cris.

Ouverture de porte.

Une dizaine de policiers armés jusqu'aux dents déboulèrent, criant des ordres en slovaque. Ils sécurisèrent avec professionnalisme la zone et se répartirent dans toute la pièce. Le chef de l'équipe d'intervention hurla et Rhino entendit alors la voix d'Helena. Elle entra, fit un rapide tour d'horizon, s'approcha de lui en lorgnant sa nudité.

— Je t'ai connu en meilleure forme.

— Toujours le sens de l'humour, toi, bredouilla-t-il. J'avoue ne pas être un adepte des soirées sadomaso.

Elle ordonna qu'il soit détaché et que des vêtements lui soient fournis. Elle se pencha sur Vuk, lui prit le pouls.

— Il est mort. On dirait qu'il a manqué d'oxygène.

— C'est fort possible. Les types qui ont pénétré dans la pièce avant vous en avaient après lui. Comme tu peux le voir, ils l'ont bien défoncé, affirma Rhino.

— Ils ont ouvert le feu sur nos équipes aussi. Je m'attendais à me confronter aux Loups de la nuit et, en fait, nous sommes tombés sur eux. Qui étaient-ils ? D'autres mercenaires ? Des Russes ? interrogea Helena.

— Je n'en sais rien, mentit Rhino. Tu vas trouver un autre macchabée dans le coin, celui de mon bourreau, Arkan. Il s'apprêtait à me transformer en chair à saucisse dans ce hachoir industriel.

— Cela aurait été dommage de gâcher un aussi beau bout de viande, lâcha-t-elle.

— Qu'est-ce qui t'a décidée à venir à mon secours ? Comment as-tu été informée que je me trouvais ici ?

— Ta capitaine Marion Tim m'a contactée et m'a expliqué que tu étais à la recherche de David en Slovaquie. J'ai pensé que tu serais à Orava. Et si je suis ici, c'est grâce aux fleurs que tu m'as fait livrer !

— Les fl… Ah oui, où avais-je la tête ?

— C'est une Française qui me les a apportées. Elle bossait avec nos services de renseignement et m'a dit que vous vous connaissiez. Au bureau, c'était plus discret qu'à la maison. Merci, elles étaient magnifiques.

Sacrée Mélusine...

— Et c'est seulement maintenant que tu arrives ? pesta Rhino.

— J'aurais pu venir plus tôt, mais nous avons eu, comment dire, quelques complications.

Il suivit du regard le cadavre de Vuk porté sur un brancard.

— C'est ballot... J'aurais tellement aimé qu'il rende des comptes à la justice des hommes. Sa mort est une sanction trop douce, j'aurais vraiment préféré qu'il croupisse en prison.

Elle le regarda de travers.

— Je comprends. C'est étonnant quand même, vu sa posture, on pourrait penser qu'il a tenté de te dire un truc avant de mourir... En cas de prélèvements d'éventuelles traces sur son cou, je vais trouver ton ADN ?

— Possible... j'ai dû essayer de lui prendre le pouls, dit-il en s'habillant dans une grimace de douleur. Je dois chercher David.

— Pas question. Tu dois te faire soigner. Les ambulances sont dans la cour. Nous allons t'y conduire. De toute façon, mes hommes fouillent la bâtisse. Pas de traces de lui pour le moment. Dans ton état, tu serais un boulet pour eux, conclut Helena.

— Ils doivent explorer en priorité le donjon nord. Il y a des geôles sur le plan que tu m'avais donné. C'est à cet endroit que j'ai aperçu l'un des gardes porter un plateau-repas avant de prendre un coup sérieux sur la tête. Je prie pour qu'il n'ait pas transféré David ailleurs.

Helena fit passer le message à la radio.

— Au fait, quel est ce léger contretemps dont tu m'as parlé ? demanda Rhino en la fixant.

— Une vaste opération a été lancée en Europe ce matin. Un truc ultrasecret. Quand j'ai reçu le message de ta capitaine Marion Tim, et ce malgré le sale coup que tu m'avais fait, j'ai pris la décision de positionner des équipes. Mais l'essentiel des troupes d'assaut avait été mobilisé sur cette manœuvre contre l'extrême droite pilotée par Europol. J'ai dû attendre qu'elles soient disponibles. J'étais morte de peur d'arriver trop tard, mais je ne pouvais rien faire sans elles. Je viens de voir qu'il y a eu du grabuge aussi à Paris.

— Comment ça ?

— Une cathédrale orthodoxe vient d'être évacuée.

Elle pianota sur son portable et montra les images de la cathédrale de la Sainte-Trinité. Les journalistes évoquaient une alerte à la bombe occasionnant la mise en place d'un périmètre de sécurité.

C'était donc ça, leur objectif !

Rhino la pria de lui confier son téléphone. Il tapa le nom de Nikolić et atterrit immédiatement sur l'article de Julie.

Elle a réussi son coup ! Vuk a été lâché par Les Loups et Lamy. Peut-être même par Poutine. Wright a raison.

Il tendit le portable à Helena, qui prit quelques minutes pour lire et écouter la vidéo d'Ermina.

— La vache ! Ton gars n'était pas serbe ? Et il l'avait caché ! Lignée ottomane… Qui est cette fille ? l'interrogea-t-elle, légèrement suspicieuse.

— Elle s'appelle Julie Mastret. C'est une copine de David. Elle a fait sa petite enquête.

La radio crachota.

— Nous avons un blessé grave en bas. Urgence médicale. Je répète. Urgence médicale. Un jeune homme, vingt-cinq ans environ.

La gorge de Rhino se noua.

— C'est David, je dois y aller !

— Reste là, ils vont le remonter. L'hélicoptère se trouve à une minute de vol. Je l'avais prépositionné avant notre intervention. Vous partirez ensemble, direction l'hôpital de Bratislava. Ils vous y attendent. OK ?

— OK, répéta-t-il en observant le ciel. S'il y en a un qui doit mourir ici, c'est moi, pas lui.

— Je comprends, mais nous n'en sommes pas là, et si vous restez en vie tous les deux, cela m'arrange. Regarde, il arrive sur une civière, le rassura Helena en montrant du doigt les hommes qui marchaient d'un pas rapide vers la *dropping zone* pour l'évacuation aérienne.

Rhino rejoignit le brancard où gisait David, inconscient. L'hélicoptère approcha et se posa dans un vacarme impressionnant. Il grimpa sur le marchepied et fut invité à s'asseoir sur un siège à l'arrière. La civière fut glissée par le mécanicien suivi du médecin et de l'infirmière qui embarquèrent en maintenant les perfusions.

Il s'empara alors du casque permettant de communiquer avec le docteur. Le visage de son fils l'effraya. Il était tuméfié, violacé, le sang avait coagulé. Il prit un coup dans l'estomac.

— Comment va-t-il ?

— Il a perdu beaucoup de sang. Son pronostic vital est pour le moment réservé. J'en saurai plus lorsque nous serons en salle d'opération. Il a un traumatisme crânien et je soupçonne un œdème cérébral réactionnel. Je l'ai placé sous coma artificiel. Il n'a donc plus aucune sensation, ne ressent ni la chaleur ni la douleur. Le but consiste à mettre le corps au repos afin de réduire sa consommation d'oxygène pour lui permettre de récupérer plus rapidement, de se régénérer.

Rhino enfouit sa tête entre ses mains boursouflées et pleura. La dernière fois qu'il avait ainsi versé un flot de larmes, c'était dans sa cache au mont Igman, devant les souffrances infligées à cette jeune femme.

Depuis cette date, il n'avait plus jamais pleuré.

Bosnie-Herzégovine – Sarajevo

15 septembre 2021, 9 heures

Xavier dirigea son attention vers les montagnes qui défilaient sous l'avion. Le pilote annonça que l'atterrissage à Sarajevo était imminent. Il serra les poings et la rage qui le tenaillait ne faiblissait pas.

Mon père est mort ! Qui plus est, dans l'infamie ! Mon père, un musulman ?

L'information, transmise par le canal du SVR[1], du décès de son père à Orava, l'avait bouleversé. L'opération « Rose des vents » du Stay in front n'était qu'un demi-échec, car tous les oppidums n'avaient pas été démantelés par l'opération menée par Europol. Surtout, les têtes d'affiche de l'Organisation avaient réussi à s'enfuir.

Il n'avait pas réussi à éliminer ce Rhino. S'il n'avait pas bifurqué devant la brigade de gendarmerie, il serait mort. Il s'en voulait aussi d'avoir été berné par les gendarmes de l'OCLCH. Grâce à leur stratagème consistant à se déplacer en métro le 12 au soir, ils avaient déjoué sa surveillance et découvert les planques de leurs complices ukrainiens, ces idiots utiles qu'ils avaient eu l'intention de sacrifier. Ce faisant, ils avaient pu remonter les fils jusqu'à Škrbić et empêcher l'attentat. Sa hiérarchie lui avait intimé l'ordre

1. Service russe des renseignements extérieurs, successeur du KGB, chargé du recueil de renseignement.

de rentrer au plus vite à Moscou. Même si les accusations de trahison qui avaient été portées à l'encontre de son père avaient jeté l'opprobre sur sa famille, il détenait les clés d'une bonne partie du financement de la seconde opération, qui était imminente.

Avant de rentrer à Moscou, il avait décidé de faire un crochet par la Bosnie-Herzégovine, puis Belgrade. L'article de Julie et son tissu de mensonges avaient largement contribué à l'assassinat de son père. Il n'avait donc qu'une seule idée en tête : se venger.

* * *

Après avoir franchi sans encombre la frontière, Xavier sortit de l'aéroport, fit un tour d'horizon et aperçut le 4 × 4 noir qui l'attendait au fond du parking, comme convenu. Il alla à sa rencontre, ouvrit la porte et pénétra dans le véhicule. Popović patientait au volant. Xavier le questionna :

— Où est-elle ?

— À Grbavica. Elle habite chez l'une de ses amies. Elles ont quitté l'appartement il y a environ une heure pour faire des courses à Novo Sarajevo. Un de mes hommes les suit et, d'après ce qu'il m'a dit, elles ne devraient plus tarder à rentrer. J'ai mis aussi une sentinelle en surveillance en bas de l'immeuble.

— OK. Cela va aller vite.

— Ensuite, je te ramène à l'aéroport, car je dois rentrer à Višegrad, rétorqua Popović qui ne souhaitait pas rester trop longtemps en la compagnie du fils de Vuk, considéré dorénavant comme un pestiféré.

Trente minutes plus tard, il s'arrêtait devant un immeuble. Il montra à Xavier une succession de clichés dans son téléphone. La gêne de l'inspecteur était perceptible, et, sans doute liée à ces rumeurs qui couraient sur son père.

Rien ne sera plus comme avant.

— Tu as une entrée de service à cet endroit, à l'abri des vues. Voilà Ermina, lui montra Popović. L'appartement se situe au quatrième, première porte à gauche. Il y a le nom de Zahra Eminović inscrit dessus. Il n'y a pas de vidéosurveillance, ma source me l'a assuré. Je t'appellerai sur ton portable quand elles seront en approche. Je suis sur la fréquence des flics de Sarajevo, au cas où. Tiens, voilà le flingue, un Glock avec silencieux, comme tu l'as demandé. Et pas de connerie, comme la dernière fois avec l'interprète Milena. Tu ne la rates pas ! Je ne pourrai pas te protéger cette fois-ci, nous ne sommes pas à Višegrad.

— Ta gueule, fit Xavier en sortant un masque chirurgical noir et en s'emparant de l'arme.

Il le plaça sur son visage et tira sa capuche sur son crâne, puis descendit du véhicule et progressa à couvert dans le parc ombragé pour rejoindre l'entrée arrière du bâtiment. Il poussa la porte qui avait été laissée ouverte par la source de Popović, et grimpa avec aisance les quatre étages. Il crocheta la serrure et entra dans l'appartement, procédant à un repérage rapide. La cuisine était à droite en entrant. Sur la gauche se trouvait une petite salle à manger. Il suivit le couloir qui débouchait sur trois chambres, une salle de bains et un WC. Il s'assit sur le canapé, dégaina le Glock, l'arma et patienta.

Dix minutes passèrent avant de recevoir le SMS : « Elles montent. » Xavier se leva et se cacha dans un renfoncement du salon, afin d'être certain de pouvoir les prendre par surprise.

Zahra fut la première à entrer, un sac de courses dans chaque main. Elle alla immédiatement à la cuisine, suivie d'Ermina qui referma la porte d'entrée. Il patienta quelques secondes et sortit discrètement de sa cachette. Les deux femmes étaient de dos. Il abattit Zahra d'une balle en pleine tête. Elle s'effondra sur la table de la cuisine.

Ermina, abasourdie, se retourna et vit l'arme pointée sur elle.

— Ne t'avise pas de la ramener, menaça Xavier en langue bosnienne.

— Qui êtes-vous ?

— Je suis le fils de Mirko Nikolić. Tu as beaucoup de chance, ma vieille ! J'ai un vol à prendre, je ne vais donc pas te faire mourir à petit feu, ainsi que je l'aurais souhaité.

— Ah ? Tu ne lui ressembles pas, rétorqua Ermina.

— Tu as réalisé une vidéo dans laquelle tu as accusé à tort mon père d'être une saloperie de Bosniaque, répliqua-t-il en tirant une première balle dans sa cuisse droite.

Elle s'affala. Il en tira une deuxième dans son genou gauche. Elle le toisa, allongée.

— La vérité est comme l'huile dans l'eau. Elle finit toujours par remonter. Tu n'y peux rien. Ton père est mort, m'a-t-on dit ? Étouffé par son imposture, sans doute.

Le téléphone de Xavier vibra. Il décrocha et écouta Popović lui dire qu'un véhicule de flics approchait. Ermina ferma alors les yeux. Sa dernière pensée fut pour sa fille. Il lui tira une dernière balle dans le crâne, puis sortit de l'appartement, dévala les escaliers jusqu'à atteindre la sortie de secours, et rejoignit le 4 × 4.

***

Deux heures plus tard, il avait changé de vêtements, passant du survêtement au costume. Il avait rajouté une moustache postiche afin d'être en adéquation avec sa nouvelle identité et son faux passeport. Il embarqua sur le vol à destination de Belgrade.

Un dernier problème à régler. Julie, en revanche, je vais la faire souffrir.

Slovaquie – Hôpital de Bratislava

15 septembre 2021, 10 heures

Malgré les douleurs qui le tenaillaient, Rhino se leva et se dirigea vers l'étage où David était en réanimation. Il le trouva là où il l'avait laissé la veille, alité derrière une paroi vitrée, encerclé de moniteurs de contrôle, branché à plusieurs sondes et à un respirateur artificiel. Il entendit des pas derrière lui et vit s'approcher un médecin, la mine renfrognée. Il lui tendit la main.

— Bonjour, monsieur Rinocci, je suis le docteur Bartolomej Nagy. Les infirmières m'ont prévenu de votre visite. Je ne vais pas y aller par quatre chemins. La sortie de votre fils David du coma artificiel ne se déroule pas comme nous l'envisagions. Je dois vous dire que je suis un peu inquiet. Lorsque nous programmons la sortie du coma, certains patients peuvent se sentir désorientés et devenir très agités. Dans son cas, des tests de réactivité et de motricité ont été réalisés, et un sevrage de la ventilation artificielle a été mis en place. Mais il ne se passe rien. C'est étonnant. Un peu comme s'il ne voulait pas se réveiller…

— Il ne veut pas revenir à la vie ? murmura Rhino.

L'homme s'empara d'une vapoteuse. Aspiration, bruit de succion, rejet de fumée.

— L'année dernière, j'ai participé à un colloque à Lausanne et eu l'occasion de rencontrer le professeur suisse

Nicolas Donze, éminent spécialiste de la question. Il avait imagé le phénomène de la manière suivante : si le placement en coma artificiel est une épingle qui cloue au sol le papillon, la logique voudrait qu'au moment où nous stoppons l'administration du somnifère, nous la retirons. Il est donc censé s'envoler de nouveau.

Silence. Le docteur poursuivit :

— Mais une fois cette dernière enlevée, existe-t-il un médicament qui donne l'envie de voler ?

Queue de la vapoteuse pointée vers Rhino.

— Donc, pour qu'il se réveille, il faut peut-être revenir à la cause… Et probablement qu'en le traitant à la source, il décidera de redevenir ce papillon qui volait de fleur en fleur. Qu'en pensez-vous, monsieur Rinocci ? Car il y a un autre point que nous devons évoquer ensemble, fit Nagy en soupirant.

Rhino l'observa, interrogatif.

Le professeur prit une inspiration.

— D'après nos constatations médico-légales, David ne présente sur le corps aucune trace de défense ou d'autres coups, laissant à supposer qu'il a été attaqué par un individu. En revanche, les impacts sur son crâne montrent qu'il s'est frappé avec violence la tête contre un mur de sa geôle. La commissaire Beňová, en charge du dossier, nous l'a confirmé au regard des constatations réalisées par les spécialistes de la police technique et scientifique sur place.

David a tenté de mettre fin à ses jours !

Le docteur Nagy posa sa main sur l'épaule de Rhino et lui proposa de s'entretenir avec son fils, de lui parler, car lui seul détenait la clé.

Rhino sortit de l'entretien éprouvé et rejoignit sa chambre. Il réactiva son téléphone et vit que Rafik lui avait laissé un message. Il lui expliquait que l'ADN retrouvé dans le camion qui avait provoqué l'accident de Marion et Rémy pour protéger la fuite de Vuk avait matché avec celui extrait de la peau de son agresseur à Bratislava présente sous ses ongles.

C'est donc le même tueur.

Il ajoutait : « J'ai téléchargé toutes les données du système que j'avais placé dans votre véhicule. En les moulinant, un numéro apparaît très souvent et aux endroits où vous vous trouviez, ainsi que Marion d'ailleurs. Vous aviez raison pour le 12 septembre lorsque vous vous êtes rendu à la brigade de gendarmerie de Tournan-en-Brie. Vous étiez bien suivi et il s'agissait du DecroChat 7, l'appareil en contact permanent avec DC1, qui devait être Vuk. Ce DC7 semble être une pièce maîtresse dans le dispositif. Il a certainement tenté de vous tuer de nouveau. »

Et il y a des chances que ce soit aussi le tueur de Marjanović, car le type que j'ai aperçu ressemble bien à celui présent sur la vidéo de l'hôpital. La question est : qui est DC7 et où est-il, maintenant ?

Serbie – Belgrade
15 septembre 2021, 16 heures

Julie était arrivée depuis la veille en Serbie et n'avait pour le moment reçu aucune nouvelle de cette Aleks, et personne n'était venu la récupérer à l'aéroport. Elle avait donc passé la journée dans sa chambre d'hôtel à ruminer. De rage, elle décréta rentrer à Paris, en se maudissant d'avoir accepté ce deal.

Elle m'a posé un gros lapin, cette connasse !

De même, elle n'avait aucune nouvelle de Rhino ni de David. Silence radio depuis trois jours.

Pourtant, il a dû lire mon article sur MediaJact ?

Elle ouvrit son portable afin de vérifier le nombre de *followers* sur son article et ses réseaux sociaux. Les commentaires étaient pour la plupart élogieux. D'autres un peu moins. Elle avait déclenché la haine de certains nationalistes serbes.

Plus on fout la merde, plus on se fait un nom ! C'est le métier qui rentre, ma vieille.

Elle trouva un vol pour Paris à minuit et fit son *check-out*. Le réceptionniste lui jeta un regard concupiscent en lui tendant son passeport. Il lui demanda si elle avait passé un excellent séjour à Belgrade, puis lui fit un couplet sur la longue amitié franco-serbe, en partie gâchée par les bombardements de l'OTAN en 1999. Elle répondit d'un signe de tête, l'esprit ailleurs.

Et si j'appelais Rhino ? Il me donnerait la température avec David !

Elle regarda sa montre et composa le numéro, mais n'obtint aucune réponse. Ayant plusieurs heures à tuer, elle décida de profiter de ce temps libre pour flâner et découvrir Belgrade. Elle fut surprise de trouver une ville aérée, dotée de vastes parcs et avenues. L'ambiance était animée et joyeuse, d'autant qu'un soleil radieux était au rendez-vous, faisant le bonheur des vendeurs de glaces. Suivant les conseils du réceptionniste de l'hôtel, elle se rendit dans la rue Skadarlija, surnommée la « rue Bohème ». Au bout de quinze minutes de marche, elle descendit une ruelle pavée où se trouvaient de nombreux artistes.

Julie s'installa à la terrasse d'une taverne appelée Kafana et caressa du regard les enfants qui couraient dans tous les sens.

Son téléphone sonna. Numéro inconnu.

Elle décrocha.

— Michel Rinocci à l'appareil.

— Enfin ! Contente de vous avoir. Vous auriez pu me donner quelques *news*, non ? Alors ? Le coup de l'article ? Ça a marché ?

— Oui, même au-delà de nos espérances. C'était une super idée. Mais il y a eu plusieurs imprévus.

— Vous avez une drôle de voix, remarqua Julie, inquiète.

Rhino revint alors sur les événements de ces trois derniers jours, expliquant la mort de Vuk, la libération de David, le complot de l'extrême droite européenne apparemment impliquée dans un projet d'attentat à Paris. Julie écoutait avec attention et le coupa, contenant ses larmes :

— Comment ça David est dans le coma ? Je ne le crois pas. Que disent les médecins ?

— Ils ne veulent pas se prononcer pour le moment, répondit-il. Sa tête a tapé de nombreuses fois le mur de sa cellule.

— Les pourris !

Elle perçoit une hésitation.

— À vrai dire, David s'est frappé lui-même la tête contre un mur.

— *What ?* Mais qu'est-ce qu'il lui a pris de faire ça ? Il avait déjà…

Julie stoppa net.

— Il avait déjà quoi ?

— Lorsque nous nous sommes baignés dans la Drina, j'avais bien senti qu'il avait lâché prise. Il s'est laissé couler comme une pierre, sans réagir. S'il vous plaît, Rhino, si vous le voyez avant moi, dites-lui qu'il est mon Akihiko !

— Qui est Akihiko ?

— Le prince lumineux, son héros dans TEQ !

— TEQ ?

— *The Eternal Quest* ! Je ne voudrais pas être méchante, mais si vous n'avez pas vu TEQ, le chef-d'œuvre de votre fils, ça craint un peu.

Il ne répondit pas.

— Et que va-t-il se passer ? demanda Julie.

— Il a été plongé dans un coma artificiel. Les médecins ont le contrôle de la situation. Nous allons le rapatrier sur Paris dès que cela sera possible. Mais il y a un autre problème. On dirait que David ne veut pas se réveiller.

— *What ?* Il fait son « beau au bois dormant ». Si c'est ça, je serai sa princesse et je vais venir le réveiller.

— Où êtes-vous ?

— À Belgrade. J'y suis depuis hier et je devais rentrer ce soir à Paris. Mais changement de plan, je vais à Bratislava pour voir David. Est-ce que vous m'y autorisez ?

— Oui, bien sûr, vous êtes la bienvenue. Mais attendez, là. En Serbie ? Qu'est-ce que vous foutez là-bas ? pesta Rhino.

— Je devais rencontrer une source, une femme qui s'appelle Aleks. Elle m'a contactée en prétendant avoir d'importantes révélations à me faire, suite à la publication de l'article.

— Elle vous a donné son nom complet ?

— Non, juste Aleks.

Silence.

— Cela pourrait être Aleksandra Pavlović. Si j'étais vous, je reprendrais le premier avion pour Paris et, surtout, je couperais mon téléphone. Vous devez changer de puce. C'est sûrement un piège. Ne faites pas l'idiote, ordonna-t-il.

— Ah oui, Ermina m'en avait parlé. Elle travaillait avec Vuk et veut se venger. Ne vous inquiétez pas, finalement, personne ne m'attendait à l'aéroport. Occupez-vous bien de David. J'arrive demain ! dit-elle en raccrochant.

Julie fit signe au serveur pour régler la note. Un instant plus tard, il lui signala que son verre avait été offert et lui tendit un mot.

Décidément, j'ai la cote avec les Serbes !

Elle ouvrit le petit papier sur lequel étaient inscrits : « Aleks, pied statue monument de gratitude à la France, dans le parc de Kalemegdan, 20 heures. » Il était 19 heures.

Et s'il avait raison ? Si c'était un piège ?

Et en même temps, c'est le métier de journaliste. Si je n'y vais pas maintenant… je ne saurai jamais si cette histoire de vidéo est vraie.

Julie se leva d'un bond et se dirigeait vers l'avenue principale pour héler un taxi, quand un appel en visio la stoppa net.

Xavier ?

— J'ai une bonne nouvelle. Je suis à l'aéroport de Belgrade, fit Xavier en la localisant. J'avais un client à voir dans cette ville pour ma cryptomonnaie, la Starcoin. Si tu y es toujours, nous pouvons manger un morceau ensemble ?

Julie lui indiqua qu'elle reprenait l'avion ce soir, et qu'elle devait rencontrer une personne avant de se rendre à l'aéroport.

— Dans quel coin est prévu ton rendez-vous ? Pas galant, j'espère ? ironisa-t-il.

— C'est pour le boulot. Mais j'ai un mec, maintenant. Donc, on reste dans la *friendzone*, OK ? Rendez-vous au parc de Kalemegdan, à 21 heures.

— Pas de problème. Je passe te prendre là-bas directement, si tu veux, proposa Xavier.

Julie approuva sa proposition et raccrocha.

Serbie – Belgrade – Parc de Kalemegdan
15 septembre 2021, 19 h 45

La nuit venait de tomber sur Belgrade et les ombres menaçantes des arbres du parc semblaient l'encercler. Frissonnant en raison de la fraîcheur du soir, Julie regretta de ne pas avoir pris un pull ou une veste avant de partir.

Tu ne serais pas en train de faire une connerie ?

Elle progressait en suivant les indications des panneaux, quand elle discerna la présence d'une immense statue sur sa gauche. Elle s'en approcha et admira le monument de plus de 4 mètres de haut glorifiant la France, symbolisé par une figure féminine et courageuse.

En vrai… Tout moi !

Son téléphone émit une vibration. Nouveau message. Aleks lui demandait d'emprunter le chemin en direction de la forteresse, et l'informait qu'elle l'attendait juste après le porche de l'entrée.

Julie rejoignit le point de rendez-vous, de moins en moins rassurée. Elle franchit le porche et aperçut une silhouette sur sa gauche, puis une seconde, plus imposante. Elle déglutit.

— Ne t'inquiète pas, fit Aleks. Je ne te ferai aucun mal, et Goran non plus. Tu ne l'as pas remarqué, mais il t'a suivie pendant ces deux jours afin de s'assurer que tu étais bien seule.

Elle lui tapa sur l'épaule et lui dit :

— Tu m'as bien fait marrer avec ton article. Belle enquête ! Vuk, un musulman… Un Bosniaque, incroyable ! Tu es réellement allée aux US ?

— Oui, bien sûr… Je ne l'aurais pas écrit, sinon. L'éthique du journaliste ! répliqua la jeune femme.

— Hmm. Oui, évidemment, approuva Aleks en la regardant par-dessous. Suis-moi.

Elle poussa une porte donnant sur une immense salle voûtée et moyenâgeuse, une sorte de musée des horreurs. Julie resta bouche bée.

— C'est quoi ce délire ? murmura-t-elle en lorgnant l'ensemble des instruments de torture.

— C'est ma collection que je prête à la ville de Belgrade, raison pour laquelle je suis la seule à avoir la clé. Cela me fait de la pub pour ma boîte sadomaso. On m'appelle aussi la Veuve. Va savoir pourquoi, car je n'ai jamais été mariée.

Soupirs. Elle la prit par la main.

— Viens, je vais te faire le tour de la propriétaire. Voilà la fourche de l'hérétique, utilisée pendant l'Inquisition, cadeau d'un de mes amis français. Une fois installée au cou du prisonnier enchaîné, cette petite fourche à double extrémité l'empêchait de s'endormir, sans quoi le haut du sternum et le dessous du menton se trouvaient embrochés. Ici, l'âne espagnol : on asseyait le type sur cette petite poutre munie de piques métalliques. Les jambes, placées de chaque côté de l'âne, étaient rattachées à de lourds poids. Et ma préférée : on l'appelle la manivelle intestinale, surtout utilisée comme technique d'interrogatoire.

Une grande malade, la meuf !

Julie se demanda comment on pouvait supporter de telles souffrances. Elle avait devant elle une sorte de tonneau de vin coiffé d'une collerette en acier et qui semblait tourner grâce au truchement d'une manivelle.

— Après avoir ouvert en partie le ventre de la victime, on attachait un bout de son intestin au crochet de la manivelle. Ensuite, on la tournait pour retirer les entrailles.

Julie frémit.

Je suis chez les fous… Garde ton calme.

Aleks l'invita à s'asseoir derrière une immense table en chêne. Elle sortit de son sac à main une boîte contenant une cassette vidéo qu'elle posa sur la table. Goran se positionna à l'entrée, en haut de l'escalier, la porte étant restée ouverte.

— J'étais au service de Vuk, expliqua-t-elle.

Rhino avait donc vu juste… Je suis peut-être dans la mouise ! Coup parti en même temps, impossible de faire machine arrière, surtout avec le Goran devant la porte !

— Qu'entendez-vous par « au service de Vuk » ? questionna Julie en tentant de rester imperturbable. Qu'y a-t-il sur cette cassette ?

— J'ai travaillé pour Vuk à partir des années 1990. Ma mission consistait à organiser des bordels en sélectionnant des femmes qui avaient été enlevées par les Serpents, confia-t-elle en la fixant.

Quelle salope ! Elle a sans doute recruté Ermina.

— Et la cassette contient la preuve de crimes de guerre. J'étais présente au moment où ils ont été commis en Bosnie-Herzégovine, sur le mont Igman. L'un des nôtres filmait, car cela pouvait nous être utile en cas de propagande. Tu y trouveras aussi l'endroit où ont été réenterrés les corps car Vuk avait demandé de les déplacer quelques jours après. Le beau Marjanović, mon cher et tendre, avait mis à l'abri une copie de cette cassette. Une sorte d'assurance vie, si tu vois ce que je veux dire.

— Et pourquoi me la confier ?

— Parce que Vuk, celui dont tu parles dans ton article, et après toutes ces années passées à son service, a fait assassiner mon chéri et a cherché à me faire éliminer. Heureusement, des passants m'ont sauvée, sans quoi j'y passais. Quand je pense que je dois la vie à un médecin chinois… C'est donc pour cette raison que nous sommes alliées, toi et moi.

Julie leva la main pour l'interrompre.

— Puis-je vous enregistrer ?

— OK. Mais tu vires mon prénom et mon nom.

Elle acquiesça et lança le magnétophone de son portable.

— Popović m'a dit que toi et un certain David Rinocci recherchiez Samra Hadzić. Cela m'a intriguée. En réfléchissant un peu, je me suis demandé si ce David n'était pas en réalité Igor, l'autre fils de Samra et Vuk. Sur les photographies qu'il m'a envoyées, l'âge correspondait, sa physionomie aussi. Pourtant, à l'époque, un colonel français, un dénommé Maletraz, avait certifié à Vuk que l'enfant était mort des suites de l'attaque commandée par ce lieutenant Granier-Rinocci.

— Comment ça, David, le fils de Vuk ? s'étrangla Julie. Il est le fils du colonel Rinocci. Samra était enceinte au moment de son enlèvement. Je le sais, car Rinocci l'indique clairement dans son journal de bord, qui est en ma possession.

— Ah bon ? Je ne le savais pas. Vuk la retenait prisonnière dans sa chambre et la violait quand il revenait à Višegrad. Toujours est-il que, quand Vuk a découvert qu'elle était effectivement enceinte, il était comme un fou. Je dois avouer que je ne l'avais jamais vu aussi joyeux. La paternité lui allait bien. J'ai reçu l'ordre d'en prendre soin et de la soigner correctement.

Un temps.

— Et puis, il y a eu cette soirée de malheur. L'attaque des Français nous a fait perdre tout notre cheptel, dix Serpents sont morts dans la bataille et, surtout, l'un des enfants avait été enlevé. À l'annonce de la mort d'Igor, enfin David, Vuk s'est mis dans une rage folle. J'ai été accusée de tous les maux, et d'ailleurs, il m'a contrainte à me couper un doigt.

Aleksandra appuya ses propos en posant sa main sur la table.

Cheptel… Non, mais quelle salope !

— Comment ça, l'un des enfants ? interrogea Julie, intriguée.

— Samra avait accouché de deux enfants, Igor et Dragan.

— Des jumeaux ? Le même jour ?

— Oui, mais ils ne se ressemblaient pas vraiment, souligna Aleks.

— David aurait alors un frère. Vivant ?

— Oui, et c'est devenu un beau salopard. Un tueur et une version russe des Roméo, ces types qui étaient chargés par la Stasi[1] de séduire certaines personnes proches de leur cible. Il est un membre du SVR et du bataillon Zaslon[2], l'héritier des spetsnaz de Vympel des années 1980.

— Là, il va falloir m'aider, car je ne comprends rien, la coupa Julie.

— *Zaslon* en russe veut dire « écran ». Cette unité est considérée comme l'une des plus secrètes de Russie. Elle dépend de la direction du SVR, le service de renseignement extérieur de la Fédération de Russie, et est chargée de l'infiltration d'agents à l'étranger. Zaslon comprend environ cinq cents hommes, qui peuvent mener des assassinats ciblés. C'est lui, Dragan, qui m'a plantée à Paris, sur ordre de Vuk, sans doute. Il a aussi tué mon Miroslav. Tu comprends pourquoi Goran me protège en permanence, rajouta-t-elle.

Julie fit oui de la tête, ne cherchant pas à la contredire.

Elle sursauta. Des coups de feu venaient d'être tirés à l'extérieur. Goran surgit, se tenant la gorge, s'effondra et dégringola les escaliers. Aleks, vive comme l'éclair, propulsa

1. Le ministère de la Sécurité d'État était le service de police politique et de contre-espionnage de la République démocratique allemande (RDA).

2. Zaslon (Barrière ou écran) : unité spéciale la plus secrète de Russie au sein du service de sécurité extérieure russe.

la table en arrière et dégaina son arme. Elle tira par réflexe en visant l'entrée. Julie demeura assise, comme blastée.

— Petite salope, tu m'as trahie !

— Mais non !

Elle leva les yeux et vit Xavier dans l'encadrement de la porte.

C'est quoi ce bordel ?

— Xavier ? cria-t-elle, avant de se sentir tirée en arrière.

Dans la seconde qui suivit, elle se retrouva couchée, la table en bouclier. La Veuve riposta avec une précision extrême, le contraignant à ressortir et à se protéger derrière l'angle de la porte. Julie se recroquevilla, réfrénant une envie irrésistible de hurler. Elle aperçut alors Goran, mourant, dégoupiller une grenade. Il attendit deux secondes et la jeta en haut des escaliers, dans l'encadrement de la porte. Aleks ouvrit la bouche, plaça ses mains sur les oreilles, somma Julie à faire de même. Profitant de l'effet de l'explosion, elle montra du doigt la cassette, qui avait été perforée par une balle, devant la table couchée.

— Va la chercher, magne-toi, je te couvre.

La jeune femme obtempéra sans réaliser le danger, gorgée d'adrénaline. Elle s'en empara, puis se sentit empoignée avec fermeté.

— Suis-moi ! dit la Veuve en ouvrant le feu sur l'entrée.

En un rien de temps, Julie, hébétée, courait comme une dératée dans les couloirs de la forteresse, le regard vissé sur la chevelure rousse.

Xavier ? Un tueur ?

Elle entendit Xavier l'invectiver :

— Julie, je ne te ferai aucun mal, je te promets.

— Tu le connais ? cria Aleks essoufflée, en posant le canon de son arme sur la tempe de Julie.

— On s'est croisés lors d'une soirée arrosée à Paris ! lâcha-t-elle dans un souffle.

— Quoi ? C'est toi qui me l'as amené ici ?

— Non, putain… Je ne comprends rien à tout ce bordel, supplia-t-elle.

— Moi, je comprends que tu t'es fait baiser ma cocotte, au sens propre comme au sens figuré. Et moi aussi, pour le coup. Ton Xavier est en fait Dragan, l'autre fils de Vuk. Magne-toi ! On va passer par là.

— *What ?*

Les pas du tueur résonnaient, si proches. Brusquement, la Veuve s'immobilisa devant un embranchement. Elle lui tendit la cassette.

— Écoute-moi. Tu vas prendre sur la gauche. Tu te camoufles et tu ne fais pas un bruit. Je vais l'attirer à moi. Voilà les clés de la porte sur laquelle tu vas buter au fond du tunnel. Surtout, tu refermes derrière toi et tu cours le plus vite, le plus loin possible. Tu ne t'arrêtes pas, car il ne te lâchera jamais. Et tu jettes ta puce et ton téléphone ! ordonna-t-elle.

— Et vous ?

— Moi, j'aime bien souffrir. Ce sera lui ou moi. Mais, au moins, le travail aura été fait. Si tu restes avec moi, nous allons sans doute y passer toutes les deux.

— Aleks, Vuk est mort, avoua Julie.

— Bon débarras ! Dégage d'ici. Et finis le job… Il y a encore d'autres personnes qui vont t'intéresser sur cette cassette.

Aleksandra se précipita dans le couloir. Julie, la trouille au ventre, la cassette bien en main, s'engagea dans le noir, à tâtons. Le tunnel formait un coude. Elle se figea, couchée au sol dans un renfoncement, retenant sa respiration. Et son sang se glaça. Elle entendit Xavier. Il progressait à pas feutrés et stoppa net devant l'entrée du tunnel. Il utilisa son téléphone pour s'éclairer, le braqua sur sa gauche. Le faisceau de lumière passa devant elle et au-dessus de sa tête. Elle pensa que sa dernière heure était venue.

Un bruit métallique se fit entendre, venant de l'autre partie de la forteresse. Aleks avait tenu parole. Il fit marche arrière, l'arme au poing. Elle attendit une poignée de secondes, se redressa et avança en priant pour ne pas buter sur un objet ou meuble. Plusieurs coups de feu la firent bondir. Elle tendit l'oreille et continua son chemin dans le plus parfait silence. Elle vit alors la fameuse porte se dresser face à elle. Tremblotante, elle engagea la clé dans la serrure et tenta de la tourner, sans succès.

Merde. Essaye de nouveau. Calme-toi !

Après trois essais, elle la déverrouilla enfin. Julie la poussa, referma derrière elle, remit la clé dans sa poche et continua sa progression jusqu'à sentir un courant d'air frais fouetter son visage. Puis elle vit enfin la lumière blafarde des lampadaires de la ville de Belgrade qui jouait à cache-cache avec les feuillages du parc. Elle courut, ne sachant où aller ni où se réfugier, en panique. Son téléphone vibra dans sa poche. Appel vidéo de Xavier.

Julie reprit sa course à travers les arbres. Elle laissa sur sa droite la statue de la France. Nouveau message : « Tu devrais répondre, ma Julie. » Appel vidéo.

Elle accepta sans activer sa caméra.

Alors, elle la vit. Aleksandra était attachée dans sa fameuse machine de mort, la manivelle intestinale. Il fit pivoter son téléphone sur la manivelle, montrant à Julie le morceau de boyau accroché.

— Xavier. Je t'en supplie. Ne fais pas ça, implora-t-elle en tentant de réprimer un haut-le-cœur.

— Cela dépend de toi, ma Julie, ma jolie. En même temps, la mort d'Aleks sera plus intéressante à négocier que celle de ta copine Ermina.

— Quoi ? Ermina ?

— Eh oui… Une coriace.

Choc.

— Tu as tué Ermina ? Espèce de pourri ! hurla Julie.

— Et toi, espèce de salope qui a jeté mon père en pâture !

— Un putain de salopard, ton père ! Bon débarras ! Il va sans doute se réincarner en merde de porc.

Il réalisa deux tours avec la manivelle, arrachant à la Veuve des cris de douleur atroces.

— Ne l'écoute pas ! Il va nous tuer toutes les deux !

— Toi, ta gueule ! cria Xavier actionnant une nouvelle fois la manivelle.

— Qu'est-ce que tu veux ? balbutia Julie.

— La cassette.

— Aleks a raison. Tu vas me tuer, répondit-elle en coupant la communication.

Elle courut en direction de la rivière Sava et réussit à trouver un hangar désaffecté, se blottit dans un angle reculé. Elle pleura toutes les larmes de son corps. Les cris de souffrance résonnaient dans sa tête. Son cerveau grésillait. L'image d'Aleks, la tête à l'extérieur du tonneau, l'intestin enroulé sur la manivelle et le visage d'Ermina s'imprimaient à tour de rôle dans son esprit.

Elle demeura prostrée plusieurs minutes, ne sachant que faire. Puis elle ralluma son téléphone et composa le numéro de Rhino, qui décrocha immédiatement.

Il l'écouta calmement, et quand elle eut fini ses explications entrecoupées de longs sanglots, il lui demanda d'une voix douce de se rendre tout de suite à l'ambassade de France située en face du parc. Il allait prévenir l'attaché de sécurité intérieure pour qu'il assure sa protection. À l'issue de leur communication, il lui ordonna de jeter son téléphone dans la Sava.

— Vous avez dit Dragan ? Et quel est votre lien avec lui ? interrogea-t-il.

— Je l'ai rencontré à Paris… Aleks m'a dit que Vuk avait eu deux enfants.

— Quoi ? Comment le sait-elle ?

— Elle était chargée de la surveillance de Samra et des enfants, et ce, dès leur naissance en Bosnie.

Rhino était abasourdi par cette révélation.

— David a un frère jumeau qui s'appelle Dragan, affirma Julie.

— Son jumeau ? Ainsi, Vuk disait vrai ! J'ai donc deux fils.

— Oui, ils sont nés le même jour. Ce Dragan est un tueur et un *Roméo version russe*. Un membre des services secrets russes, ceux qui sont chargés de l'infiltration d'agents à l'étranger. C'est ce que m'a dit Aleks.

Il resta silencieux, puis il questionna Julie :

— Qu'y a-t-il sur cette cassette ?

— Elle m'a parlé de la preuve d'un crime de guerre sur Igman et de l'endroit où ont été cachés les cadavres.

— Julie, s'exclama Rhino, je vais vous faire prendre en compte par notre programme de protection des témoins, au SIAT[1], en procédure d'urgence. Mais d'abord, il faut vous mettre en sécurité. Lorsque vous serez à l'ambassade, un certain Marc va venir de Paris et vous exfiltrer.

— Promis. J'obéis aux ordres. Rhino ?

— Oui ?

— Xavier m'a dit qu'il avait tué Ermina. C'est vraiment horrible. Pouvez-vous le vérifier ?

— OK.

— Rhino ? Merci.

— Vous me direz merci quand vous serez en France, protégée par nos services.

— Êtes-vous au chevet de David ? Pouvez-vous l'embrasser fort de ma part ? Tant pis, je jouerai à la princesse avec lui une autre fois.

— Je m'en occupe. Filez à l'ambassade en prenant les axes les plus fréquentés et en courant le plus vite possible sans vous arrêter. Et balancez-moi ce foutu téléphone !

---

1. Service interministériel d'assistance technique.

Slovaquie – Hôpital de Bratislava

15 septembre 2021, 22 heures

Rhino caressait la main inerte de son fils en observant le monitoring. Son esprit restait obnubilé par cette histoire de jumeau.

Et si Samra avait fait demi-tour, ce soir-là, pour aller chercher le frère de David ?

Me voilà le père d'un tueur ! Un espion russe !

Il écouta les *bips* marquant les pulsations cardiaques de David. Il respirait avec une canule, le visage bandé comme une momie. Vers 21 heures, l'attaché de sécurité intérieure de l'ambassade de France à Belgrade l'avait rassuré. Julie était dans son appartement. Et deux membres du département « Protection de témoins » étaient en route. Les autorités serbes s'étaient engagées à assurer la sécurité des agents et de Julie jusqu'à leur vol de retour sur Paris, prévu le lendemain.

Il s'empara délicatement de la main de David et lui dit :

— Julie a eu quelques ennuis, mais elle est tirée d'affaire. C'est une fille bien.

Soupirs.

— David, je ne sais pas pourquoi tu as tenté de te suicider, de te faire aussi mal. Peut-être pourras-tu me le dire un jour ? Mais je te dois la vérité, et je te demande pardon du fond du cœur, mon fils, mon Akihiko. Oui, j'ai fini par regarder TEQ. C'est un film magnifique. J'aurais dû le visionner plus tôt, ça m'aurait permis de mieux comprendre ta souffrance.

Je n'aurais jamais dû te cacher l'existence de ta mère. J'ai fait de mon mieux pendant toutes ces années. Avec Samra, nous étions nés pour nous connaître et nous aimer, sois-en sûr. Ta mère était une femme admirable, et je n'ai jamais cessé de penser à elle. Elle était avec moi dans toutes mes missions. D'elle, je me souviens de tout, j'ai tout chéri. Elle était brillante, intelligente, engagée. Tu es un enfant de l'amour, David, n'en doute jamais. Nous nous étions juré de nous aimer toute notre vie avec le cœur et l'esprit. Et même si la guerre nous empêchait de vivre comme des amants ordinaires, nous étions convaincus qu'elle finirait un jour, et que nous pourrions mener une existence normale en France.

Sanglots.

— Cela dit, il en a été autrement. J'ai pris cette décision afin de ne pas te faire souffrir. Maintes fois, j'ai été sur le point de tout te révéler, notamment avant que tu ne partes pour le SFF, à l'aéroport. Mais c'était trop tard. Je m'étais enfermé dans le mensonge, et surtout, je ne voulais plus jamais remettre un pied en Bosnie. Il était plus simple pour moi que tu ne saches jamais rien de cette triste vérité. J'étais comme une mouche prise dans la toile d'araignée de mes propres mensonges. Je n'osais plus bouger, de peur d'éveiller tous ces souvenirs.

La réalité est que Samra était devenue une esclave sexuelle. Elle a été violée, souillée à de multiples reprises. Au service des Serbes. Comme de nombreuses femmes dans ce pays. Puis elle a disparu à l'issue de notre désastreuse opération commando. Je l'ai cherchée après la guerre, comme un fou. Introuvable.

Tout avait pourtant été minutieusement préparé pour cette opération ! J'avais réalisé avec mon équipe des heures de surveillance, de cache, à proximité de ce manoir à Višegrad, quartier général des Serpents et de leur chef, Vuk. Après des mois sans aucune nouvelle de ta mère, à remuer ciel et terre en Bosnie-Herzégovine pour obtenir une information, John, mon ami SAS, ému par mon désespoir, m'avait transmis la planque d'un des Serpents. Un dénommé Milan Šarić, le fameux cousin dont parlait Vuk pendant ma séance de torture. Il était caché dans une vieille ferme à Lukavica. Il négociait avec les Britanniques sa reddition contre un passeport. Je m'en étais ouvert à mon ami Olivier Marquenet. Nous étions ensemble au collège militaire d'Autun. Les enfants de troupe sont solidaires, comme tu le sais. Nous nous étions donné rendez-vous au bar du mess. Il était très contrarié et m'avait déconseillé de m'approcher de Šarić, sans me fournir de véritables explications. Nous avions terminé notre bière et, malgré le fait que je ne me sentais pas très bien, j'étais parti sur ses traces.

Pour la première fois depuis cette nuit de février 1995 où ta mère avait été enlevée, je tenais enfin une piste fiable pouvant me conduire à elle. Alors, j'avais suivi Šarić jusqu'à son domicile. Il était à moitié soûl. Je n'avais pas eu trop de difficultés à lui tendre une embuscade et à l'enfermer chez lui pour avoir une petite conversation un peu musclée. D'abord réticent, Šarić avait finalement vacillé, à la suite d'une promesse d'exfiltration dans un pays européen. Engagement que je n'avais pas l'intention de tenir, car je l'avais reconnu. Ce type était une vraie merde, un *humanimal*. Il était présent lors des meurtres des Bosniaques réfugiés dans la ferme, assassinats dont j'avais été le témoin. Mais ceci est une autre histoire.

Ce fut surtout la somme d'argent que j'avais posée sur la table qui l'avait convaincue de me donner la position de Vuk. Šarić avait monté la garde de nombreuses fois à Višegrad. Il connaissait bien le bâtiment et m'avait fait un plan des lieux assez précis. Surtout, il m'avait confirmé qu'une femme dénommée Samra s'y trouvait. D'après lui, elle bénéficiait d'un régime de faveur car elle était enceinte, ce que je savais déjà puisque j'avais eu en main un test de grossesse lui appartenant. Il m'avait confirmé que Vuk ne cachait pas sa fierté d'être père. Elle était donc surveillée de très près par plusieurs hommes pour éviter qu'elle ne s'échappe.

Rhino se leva pour prendre un verre d'eau et revint s'asseoir aux côtés de David.

— Le problème c'est que, pour une raison qui m'échappe encore, je me suis endormi. Quand je me suis réveillé, Šarić avait été torturé à mort. J'ai décampé de la zone, mais très vite, une sale rumeur a été répandue. Ma jeep ayant été vue à proximité de la ferme, il n'en a fallu guère plus pour que je sois soupçonné du meurtre et des tortures de Šarić. Faute de preuves, les charges ont été abandonnées. Personne n'a su qui était à l'origine de son agonie, car il n'y a pas eu de véritable enquête. À ce stade, je n'avais plus qu'une idée en tête : libérer ta mère, Samra.

Les *bips* marquant le rythme cardiaque s'accélérèrent. Rhino serra la main de son fils et s'épongea le front.

— Alors, j'ai demandé l'autorisation de monter une opération commando. Le refus a été catégorique. Pas question de mettre de l'huile sur le feu. Deux pilotes français avaient été capturés suite au crash de leur Mirage. Leur avion avait été abattu le 30 août 1995 par un missile sol-air, après avoir largué trois bombes sur un dépôt de munitions de l'armée de la République serbe de Bosnie, à Pale, lors du bombardement par l'OTAN. Les négociations pour leur libération traînaient dans la durée et ne pouvaient pas être compromises par une opération de ce type. Et là, hasard du calendrier, quelques jours plus tard, fin octobre 1995, j'ai reçu l'ordre de m'infiltrer dans la zone de Višegrad. Notre mission consistait à repérer des criminels de guerre, les cousins Lukić, qui avaient sévi dans cette ville. Ils étaient à l'origine de nombreux meurtres, viols et autres saloperies inhumaines. Signe du destin ? Je ne sais pas. En tout état de cause, j'ai sauté sur l'occasion pour monter cette opération avec l'aide de mes coéquipiers, Gérard et Martial. Les conditions étaient réunies pour que tout se déroule parfaitement.

Silence.

— Nous nous sommes positionnés au plus près du manoir où se trouvait Samra. Après plusieurs jours et nuits de cache, notre équipe URH a collecté assez de renseignements. Ils correspondaient à ceux que Šarić m'avait décrits. Le manoir, d'allure ancienne, se tenait au centre d'une forêt de sapins. Nous avons pu nous approcher, afin de repérer les horaires des patrouilles et les postes de garde. Dans la nuit du 11 novembre 1995, vers 3 heures du matin, nous avons investi la place. La lune était à moitié pleine et nous permettait de voir à 15 mètres environ. En progressant à travers les arbres du parc, nous avons éliminé, à l'aide de nos fusils mitrailleurs équipés de silencieux, les gardes à l'extérieur. Martial et Gérard avaient reconnu certains individus impliqués dans les crimes de guerre sur Igman, notamment ceux que nous avions vus violer cette pauvre jeune fille bosniaque.

Cette nuit-là, j'ai dû tuer des hommes. Un carnage. Il y avait au moins dix Serpents. Puis nous avons fait irruption dans le hall d'entrée. Il y avait sur la gauche une porte vitrée, derrière laquelle on devinait un salon où dormaient dix femmes. Certaines d'entre elles se sont réveillées et nous ont regardés comme si nous étions des fantômes. J'ai compris qu'elles avaient été droguées. Aucune trace de Vuk. En face du hall se trouvait un couloir aux murs rouges qui s'enfonçait dans la maison, et sur la droite, un escalier recouvert d'un tapis, rouge lui aussi. J'ai vu deux types qui le descendaient, j'ai dû les abattre.

Rhino, les yeux clos, revivait l'action.

— J'ai grimpé les marches quatre par quatre, et je l'ai vue. Samra, ta mère, était debout au milieu du couloir. Tu étais accroché à son sein. Elle me regardait comme un zombie. Je me suis précipité pour la prendre dans mes bras. Mais, au rez-de-chaussée, les Serpents s'étaient réorganisés. Ils ont fait irruption dans le hall par ce corridor rouge. Depuis l'étage, j'ai entendu une voix de femme hurler des ordres. Je sais maintenant qu'elle s'appelait Aleksandra Pavlović, et qu'elle est morte. C'est alors que j'ai senti une odeur de fumée âcre qui provenait du sous-sol. L'une des prisonnières s'était emparée d'une bûche et, par vengeance, avait incendié le salon. J'ai entendu Martial crier que le bâtiment était en feu et que nous devions nous replier au plus vite. J'ai saisi le bras de Samra pour l'entraîner en bas, mais elle a résisté et, sans dire un mot, m'a tendu le bébé. Je ne comprenais pas ce qu'elle voulait. Elle a fait demi-tour et a couru vers les chambres. Soudain, Martial a crié. Rafales. Gérard avait été touché. Martial m'implorait de descendre. Il ne pouvait pas tenir plus longtemps. Tu étais dans mes bras, minuscule. J'ai foncé pour rejoindre Samra et la sortir de cet enfer. J'ai poussé toutes les portes des chambres. Rien. Personne. Elle s'était volatilisée.

Rhino s'essuya les tempes, transpirant à grosses gouttes. Le rythme cardiaque de David s'était encore accéléré. Les *bips* résonnaient dans la chambre d'hôpital et en écho dans son esprit.

— De guerre lasse, j'ai dû faire un choix. Je ne pouvais plus laisser seuls mes coéquipiers. Martial a jeté deux ou trois grenades pour se dégager. J'ai pu ainsi le retrouver. Il avait empoigné Gérard, qui souffrait énormément. Nous sommes sortis du manoir tant bien que mal, mais la troupe de Serpents nous poursuivait. Heureusement, les femmes que nous avions libérées ont ralenti leur progression.

Celles qui n'avaient pas été droguées se sont métamorphosées en vraies lionnes. Nous avons rejoint notre Jeep pour nous replier sur Sarajevo en toute sécurité.

Il s'interrompit, baissa la tête.

— Voilà aussi pourquoi je t'ai caché la vérité. C'est parce que j'ai abandonné ta mère à ce salopard. Je n'arrive pas à me le pardonner.

Soupirs.

— D'ailleurs, je viens de comprendre pourquoi Samra ne m'a pas suivi. Je pense qu'elle n'a pas eu le cœur d'abandonner l'autre bébé qui, selon mes informations, pourrait être ton frère jumeau Dragan, ou Xavier.

Rhino regarda le moniteur de son fils. Son pouls augmentait encore.

— Gérard est décédé pendant le transport. Je ne te fais pas de dessin. La hiérarchie m'a laissé tomber. Le plus dur a été la cérémonie de rapatriement du corps depuis l'aéroport. J'ai accompagné le cercueil en France et je suis allé à la rencontre de ses parents. J'étais dévasté. J'ai pris ce que l'on appelle un vol bleu. Retour pour indiscipline. Mais, comme je connaissais bien le terrain, j'ai été réinjecté plus tard, après mon séjour au Rwanda, dans une équipe chargée de la traque de criminels de guerre en Bosnie, en 1997, après les accords de Dayton.

Et toi ? Tu avais un mois. J'ai dû te cacher et te trouver une nourrice sur Sarajevo. Puis j'ai organisé ton exfiltration de Bosnie-Herzégovine. Ce sont des réfugiés qui t'ont amené avec eux. Une fois arrivé en France, il a fallu que je rende légitime aux yeux de la loi française ta présence à mes côtés. Or, il m'était impossible de dire que tu étais mon fils et d'expliquer comment je t'avais exfiltré de Bosnie. J'ai fait croire à Maletraz que tu étais mort dans l'opération commando pour que Vuk ne te recherche pas. Sans compter que je pouvais être soupçonné de trafic d'enfants ou d'adoption illégale. Je t'ai alors caché à Montségur, chez ton grand-père.

Puis Olivier Marquenet, que tu as rencontré à Blagaj, a eu une idée. Une jeune femme originaire d'Europe de l'Est, entrée irrégulièrement en France et dont l'identité était inconnue, était morte en couches, comme son enfant, à Marseille, à La Timone. Nous avons bâti une légende selon laquelle, un soir à Marseille, en 1995, j'avais rencontré cette femme que nous avions baptisée Olga Rusu. Nous nous étions fréquentés pendant un mois avant mon départ pour Sarajevo. Olga n'avait aucune famille en France, aucun point de chute. Elle avait été enterrée au cimetière Saint-Pierre, dans le « coin des indigents ». Un simple enclos de cailloux. Enterrée sous X, « *corps inconnu* ». Alors, je lui ai offert une sépulture correcte, avec un prénom et un nom.

Puis, nous avons blanchi ton existence avec un nouveau certificat de naissance. Tu es redevenu ainsi officiellement mon fils.

David, toujours inerte, respirait par saccades avec sa canule.

— Comment puis-je me faire pardonner ? Tu es mon fils et je t'aime. Je me suis égaré dans les galeries de mes propres mensonges. Je ne savais plus comment revenir en arrière. Réveille-toi, je t'en supplie ! Dorénavant, tu as acquis tous les super pouvoirs de Akihiko, tu as vaincu tes yōkai. Et moi aussi, d'ailleurs…

Slovaquie – Hôpital de Bratislava

15 septembre 2021, 23 heures

Helena s'approcha en silence de Rhino qui, malgré sa force et sa volonté, lui parut si fragile. Elle lui posa la main sur l'épaule. Il sursauta.

— Ouf ! Tu m'as fait peur.

— Désolée. Comment va David ?

— Je lui ai tout avoué. Les médecins m'ont expliqué qu'à ce stade, c'était la meilleure chose à faire. Et toi ? Cette perquisition et cette autopsie de Vuk ?

— L'autopsie a démontré que Nikolić était mort des coups qu'il avait reçus sur la glotte.

Il demeura muet.

— Ensuite, je dois te dire que j'ai un peu merdé. Je suis malgré moi à l'origine de ta détection en Slovaquie et de la tentative d'homicide dont tu as fait l'objet. Nous avons eu des fuites dans nos services. C'est comme ça que ton portable a été localisé à l'hôtel. Le type t'a suivi, et la suite, tu la connais. La mauvaise nouvelle, c'est qu'on ne distingue pas son visage sur les vidéos du parking. Pas de bol.

— Je pense savoir de qui il s'agit, annonça Rhino. Il s'appelle Dragan. Il bosse au SVR russe et il est le jumeau de David.

— Son jumeau ? Un tueur au service du SVR ?

— En quelque sorte, oui.

Helena lui jeta un coup d'œil en coin et reprit :

— Il doit certainement appartenir à cette organisation, le Stay in front, un réseau d'extrême droite européen. Ce sont ceux qui sont derrière l'attentat de la cathédrale à Paris. Les collègues de la DGSI m'en ont parlé. Si l'icône avait explosé, les personnes dans un rayon de 20 mètres auraient été tuées, mais l'explosif étant couplé avec du matériel radioactif, la zone et les personnes exposées auraient été contaminées par les radioéléments bêta. Et en premier lieu, bien sûr, les primo-intervenants : policiers et pompiers. Les dégâts causés par une telle explosion dépassent, et de loin, ceux d'une bombe conventionnelle. Le *Ground Zero* peut rester radioactif durant des années. Ils ont déposé trois cadavres d'Ukrainiens avec des uniformes du bataillon Azov dans la cathédrale pour leur faire porter le chapeau. On appelle ça une *maskirovka*[1].

— C'était donc pour ça, le camion frigorifique ! souligna Rhino. Mais je ne pense pas que ce Dragan appartienne à cette organisation. Je pense qu'il s'agit d'une alliance avec les Russes visant à déstabiliser l'Europe démocratique.

— Oui, tu as sans doute raison, fit Helena. Les trois cadavres ont été transportés congelés depuis le Donbass par les Loups de la nuit et déchargés à Orava.

— J'ai vu, effectivement, des caisses transbordées d'un camion à l'autre quand j'étais en observation le 7 septembre, répondit-il.

— Tu n'as pas suivi le dénouement de toute cette histoire, car tu devais te faire soigner. Tu étais aussi trop préoccupé par la santé de David. Plusieurs opérations judiciaires ont été menées dans un certain nombre de

1. *Maskirovka* : art russe de la tromperie militaire ou le *false flag*, « faux drapeau ». Opération clandestine répréhensible visant à faire porter la responsabilité à d'autres, afin de justifier des représailles à leur encontre.

capitales en Europe. Ces groupuscules d'extrême droite prévoyaient des attentats en simultané pour favoriser une prise de pouvoir ou une attaque des différents parlements. En Allemagne, par exemple, quelque trois mille membres des forces de l'ordre ont été mobilisés, plus de cent trente perquisitions ont été menées et au moins vingt-cinq personnes arrêtées lors de cette large opération antiterroriste. Des structures appelées oppidums, qui les regroupaient, ont été démantelées un peu partout, notamment en Europe de l'Est.

— Et la perquisition dans le château ? questionna Rhino.

— Des passeports notamment, dont certains sont des documents diplomatiques.

— Montre-moi la liste.

Rhino l'étudia.

— Pour en savoir plus, il faudrait nous rendre en Russie… Mais tu imagines bien que cela ne va pas être possible avec cette histoire, de plus l'ensemble des troupes russes sont massées en Biélorussie. Nous avons saisi plusieurs téléphones, dont l'un est un appareil sécurisé sur un réseau fermé.

— Oui, je connais. C'est un DecroChat. Je vais te donner le contact de Rafik. Il pourra t'éclairer sur ce réseau.

— Il a tout de même beaucoup de contacts dans tous les pays.

Il parcourait toujours le listing. Soudain, son visage se figea. Il lâcha la main de David.

— Putain. Ce n'est pas possible ! Je peux prendre une photographie du scellé ?

— Pourquoi ? répondit Helena en faisant un signe positif de la tête.

— Il y a un nom sur cette liste qui m'intrigue.

— Lequel ?

— Je t'en parlerai plus tard.

— OK. Il y a une chose que je ne peux garder pour moi, ajouta-t-elle en sortant une enveloppe transparente, un scellé qu'elle lui donna d'une main tremblante.

Rhino le lut avec attention.

Ses yeux s'embuèrent. Il regarda son fils et lui prit la main.

— Ainsi donc, ce salopard de Vuk avait réalisé un test ADN ! Je comprends, David, pourquoi tu as tenté de mettre fin à tes jours. Tu penses être l'enfant d'un criminel de guerre de la pire espèce. Mais cela ne change rien. Tu es l'enfant de Samra et tout de même mon fils. Et tu le resteras. L'ADN ne compte pas, ajouta-t-il, la voix chevrotante. Ce qui est important, c'est ce que nous avons créé ensemble.

Helena prit Rhino dans ses bras. Ils pleurèrent ensemble.

Bosnie-Herzégovine – Blagaj

16 septembre 2021, 20 heures

Rhino porta son attention sur le steward qui remontait l'allée principale, vérifiant que les passagers avaient bien attaché leur ceinture. Il avait dû batailler ferme avec les médecins et signer une décharge pour pouvoir quitter l'hôpital. Il s'en voulait d'avoir abandonné David, mais il devait y voir clair. Son estomac se noua. Il s'était fait la promesse de ne plus jamais revenir dans ce pays, de ne plus soulever cette trappe de désolations, de dégoûts. Il survolait dorénavant Ilidza et pouvait apercevoir les lumières jaune orangé des lampadaires éclairant les rues.

Après les formalités du passage frontière, Rhino sortit de l'aéroport. Bruno, le fils de Goran, l'attendait adossé à son 4 × 4, les bras croisés. Ils s'étreignirent en silence. Rhino pensa qu'il avait dorénavant la même carcasse que son père, le Jésus serbe. Depuis la fin de la guerre, en toute discrétion, il avait pris soin du fils de Goran, ce militaire serbe, chef du poste S4 sur Igman, mort sous ses yeux en décembre 1994. Il s'était assuré que Bruno apprenne à nager, « pour traverser le fleuve Sava et se mettre à l'abri » en cas de nouvelle guerre, comme le lui avait demandé Goran. Enfin, il avait pris en charge les frais de ses études.

— Tu portes toujours la croix de ton père, à ce que je vois.

— Elle ne me quitte jamais. Où allons-nous ?

— Mostar. Mais auparavant, je voudrais passer à la mosquée Ivakovali hadži Mehmedova.

Bruno sortit un Glock de sa sacoche et le tendit à Rhino.

Ils se mirent en route et empruntèrent Sniper Avenue.

C'était à cet endroit.

Il se remémora le jour où la mère et la fille avaient été snipées.

Ils laissèrent sur leur droite le monastère franciscain, puis la brasserie Sarajevska et tournèrent sur la rue Hrvatin. Lorsque la mosquée fut en vue, Rhino remarqua que le tilleul était toujours debout et en pleine forme. Il lui demanda de s'arrêter et descendit du véhicule pour examiner le tronc de l'arbre. Il le caressa.

S et M. Nos initiales. ALWAYS.

La gravure était toujours présente.

Il s'assit sur le muret d'enceinte, l'esprit remontant le cours du passé.

Que serait devenue notre vie si Samra n'avait pas été enlevée par ce salopard de Vuk ?

Puis il grimpa dans la voiture.

— *Let's go*, j'ai rendez-vous avec le passé, une nouvelle fois.

***

Rhino était en observation autour de la maison. Bruno l'avait déposé à 200 mètres et l'attendait. Il posa les jumelles et songea à Helena qui lui avait fait promettre de ne pas faire de connerie. Il avait acquiescé et, en contrepartie, lui avait demandé de veiller sur David et de divorcer. D'abord surprise, elle avait fini par dire qu'elle allait y réfléchir, d'un air amusé. Mais elle avait ajouté qu'elle n'irait pas lui rendre visite en prison.

Il arma son Glock et progressa vers le jardin, dont il admira au passage le parfait entretien. Impeccable.

Le Goze a toujours été ainsi, un parfait petit soldat. Trop parfait.

Il repoussa une branche de sapin pour venir se poster à l'arrière de la maison. Un chien le fit sursauter, qui se précipitait la gueule ouverte en aboyant. Alors il entendit hurler en bosnien, et l'animal se dirigea vers son maître.

— Tu peux venir, Michel. Je t'attendais.

Rhino se redressa.

Toujours un temps d'avance.

— Je me suis équipé de détecteurs de mouvements couplés à des caméras. Quand on a travaillé dans les services de renseignement, on doit prendre des précautions. Rentre, dit-il en poussant la porte d'accès à son salon. Tu peux ranger ton Glock ?

Olivier entra et se dirigea sans un mot vers une armoire murale, l'ouvrit et se saisit d'une bouteille de *rakija*.

— Comment va David ? Mon neveu de cœur…

Rhino restait imperturbable.

— David ne va pas fort. Il refuse de sortir du coma.

— Coma ? Que lui est-il arrivé ? demanda Marquenet, stupéfait.

Il expliqua comment son fils avait tenté de mettre fin à ses jours.

— C'est fâcheux, dit Olivier en buvant d'un trait son verre. Mais tu aurais peut-être dû lui dire la vérité depuis longtemps.

Il encaissa sa remarque et montra du doigt le code d'honneur du collège militaire d'Autun, les enfants de troupe.

— Élève du collège militaire d'Autun, la camaraderie, le travail et la loyauté sont nos vertus ! Il y a au moins deux qualités sur lesquelles tu t'es largement essuyé les pieds, fit Rhino en s'approchant du cadre.

— Tu ne vas pas faire comme ton fils, qui a caché un téléphone allumé derrière le radiateur ?

— David t'a espionné ?

— Oui, et le temps que je m'en aperçoive, c'était déjà trop tard. Il aurait fait un bon enquêteur. Je n'ai jamais compris pour quelle raison tu t'étais opposé à son engagement dans la gendarmerie.

— Arrête avec tes leçons de morale et dis-moi plutôt pourquoi Vuk avait ton surnom, « Gose », inscrit dans son téléphone.

— Tu détiens le répertoire de Vuk ?

— Oui, car il a été enfin rayé de la surface de cette planète. Alors, réponds-moi ! s'emporta Rhino qui prit une chaise, la retourna, et s'assit à califourchon face à lui.

— C'était une de mes sources.

Un temps, durant lequel il plongea son regard dans celui de Marquenet, qui ne cilla point.

— Espèce de salopard ! Tu savais qu'il était vivant !

— Bien sûr, car c'est moi qu'il l'ai exfiltré de Bosnie en 1997. J'ai organisé sa disparition au Monténégro et sa relocalisation en Russie. C'était ça ou le Pape y passait, mon vieux.

— Le Pape ?

— Nikolić a pris contact avec moi en 1995. En fin stratège, il avait compris que la guerre était perdue et il s'est rapproché de John, notre ami des SAS, puis de la boîte[1].

— Mais nos équipes le recherchaient partout avec les autres criminels de guerre. Cela veut dire que… Vous l'informiez. Vous nous l'avez faite à l'envers ? lâcha Rhino.

Marquenet opina du chef.

— Nous n'avons pas eu le choix. Il est intervenu dans les négociations de plusieurs militaires français pris en otage. Nous avions déjà le problème de nos deux pilotes

1. DGSE.

du Mirage français abattu le 30 août 1995. En plus de ces hommes, et cela ne s'est jamais su, une équipe de militaires français avait été interceptée. Ils étaient chargés de faire péter les batteries de tirs serbes en cas d'échec des bombardements de l'OTAN. Il est intervenu auprès de Ratko Mladic afin de les placer sous son contrôle et ainsi bien les traiter, les soigner. Avec les Serpents, il a surveillé leur détention dans une villa située au centre de la Bosnie. Ces otages étaient extrêmement recherchés par toutes sortes de structures, y compris celles de la criminalité organisée. La nuit de ta malheureuse opération commando, Nikolić n'était pas présent, car il m'apportait un enregistrement audio et le numéro des balises GPS dont nos militaires disposaient, pour prouver qu'ils étaient bien en vie. Avec ton opération pourrie, nous avons failli perdre tous nos gars. Nous avons payé une forte rançon contre le silence complet sur l'affaire.

— Combien ?

— Vingt et un millions de francs.

— C'est avec cette somme qu'il a constitué son stock d'armes, je suppose.

— Après les accords de paix de Dayton en décembre 1995, Vuk s'est installé dans la zone contrôlée par les militaires français.

— Je me rappelle très bien. Il échappait systématiquement, et souvent miraculeusement, aux recherches et aux tentatives d'arrestation. Cette situation avait mis les alliés US et autres en colère, nous accusant de collusion.

— Ce qui n'était pas faux, à vrai dire, coupa Marquenet. À partir de cette date, il était devenu ce que l'on appelle un informateur de haut vol auprès des services de renseignement, et participait notamment aux démantèlements des réseaux islamistes qui s'étaient implantés en Bosnie.

— Un bon petit gars, en quelque sorte.

Rhino comprit.

— Putain. Vous étiez derrière l'appel que Vuk a reçu lors de cette nuit de février 1997, lorsque j'allais l'arrêter ! Tu étais derrière le coup du bébé bouclier ?

Olivier baissa les yeux.

— Je ne comprends pas comment tu as pu me faire une chose pareille, lâcha-t-il en serrant les poings. Je ne sais pas ce qui me retient de te fracasser la gueule.

— Attends au moins la suite de l'histoire. Tu aviseras, reprit-il en le fixant. Le 12 avril 1997, il y eut le projet d'attentat contre le pape Jean Paul II. Sa Sainteté a débarqué dans une capitale bosniaque en pleine effervescence. La visite papale de vingt-quatre heures a mobilisé près de deux mille policiers bosniaques, sans oublier les soldats de l'OTAN déployés au sein de la SFOR, la Force multinationale de stabilisation. Nikolić m'a signalé qu'un projet d'assassinat était programmé à Sarajevo le même jour. Il devait fournir à un contact vingt-trois mines antichars, un sac plastique contenant des explosifs, deux charges explosives, une station de radio amateur et cinq détonateurs électriques. Vuk a négocié cette information, mais cette fois-ci, compte tenu de la cible, il voulait du lourd. Il a exigé une relocalisation à Moscou, une nouvelle identité et l'annulation de toutes les accusations de crimes de guerre contre lui. Nous n'avons pas eu le choix. Il connaissait les plans des terroristes. Ces explosifs ont été retrouvés lors du contrôle de la trajectoire que devait suivre le véhicule du pape, à savoir sous le pont de Alipašino polje. L'enquête n'a pas révélé qui étaient les organisateurs, mais elle s'orienta évidemment vers les moudjahidines. Il y avait convergence de luttes. Un peu comme à l'issue de la Seconde Guerre mondiale avec les nazis. Nos meilleurs ennemis deviennent nos meilleurs amis. Le danger, c'était l'islam radical… Alors, nous avons organisé sa disparition en mai 1997 avec la police du Monténégro, sur demande de la France. C'est moi qui me suis chargé de la manipulation. Il s'est enfui en Russie avec l'appui des autorités russes et a poursuivi son commerce d'armes.

— Il vous a fourni des armes pour des opérations ?

— Oui, et des moyens de transport. Ses sociétés nous permettaient de déplacer des armes un peu comme bon nous semblait. En outre, à partir de l'arrivée de Poutine au pouvoir, son rôle vis-à-vis de nous s'est accru. Ils étaient très proches, car ils avaient sympathisé à l'époque où ils vivaient à Saint-Pétersbourg. Nikolić avait fait ses études dans cette ville.

— Une source proche du pouvoir ! Pourquoi es-tu rentré en contact avec lui ? J'ai repéré tes appels sur son téléphone.

— Nous n'avions plus de nouvelles de lui depuis plus d'un an. Silence radio complet. Alors quand tu m'as dit que tu pensais l'avoir repéré suite au braquage, j'ai voulu en savoir plus sur son absence. Mais il ne répondait pas. Qui plus est, tu as envoyé un message qui a attiré l'attention de mon ancien service, la DGSE, car ils n'avaient plus de nouvelles non plus. Disparu de la circulation, notre ami. Ils ont réactivé l'officier traitant à Moscou. C'était pour nous une bonne occasion de renouer le contact et de savoir ce que préparait Poutine, qui massait ses troupes à la frontière ukrainienne, conclut Marquenet.

— Vous êtes vraiment des connards. En attendant, Vuk vous a bien baisés, car il préparait son retour pour établir son rêve de la Grande Serbie avec la complicité de Poutine. Il voulait faire porter le chapeau de l'attaque terroriste de la cathédrale de la Sainte-Trinité aux Ukrainiens, pour justifier une intervention militaire russe. En frappant la France, pays européen membre de l'OTAN, il limitait notre engagement aux côtés des Ukrainiens, au moins dans un premier temps, en cas d'invasion. La carte Serbie/Kosovo aurait été jouée dans la foulée.

— Il faut sortir du nid, Michel. Ta naïveté m'a toujours impressionné. À commencer par ta relation avec Samra ! Qu'est-ce que tu crois ? Qu'elle était amoureuse de toi ? Mon pauvre ami… C'était une espionne pour le compte des Bosniaques. L'interprète, le poste parfait ! Je suis désolé, car je sais à quel point tu y étais attaché, mais les faits sont têtus, Michel.

Ainsi, Vuk avait raison. Et cette photographie du poste serbe S4, sur le corps poignardé d'Asim, Samra l'avait dérobée dans la villa.

Rhino se rassit.

— Elle a peut-être été une espionne au début, mais ses sentiments à mon égard étaient sincères. Je le sais.

Marquenet se leva, se rendit devant un tableau qu'il décrocha, découvrant un coffre-fort. Il composa un code, entendit un *clic* et ouvrit la porte. Il y enfourna la main.

— Si tu fais le con, je te descends, prévint Rhino, arme en main.

Il se retourna.

— Tu pourrais me tuer ? Alors que tu ne sais pas encore toute la vérité ? Tiens, tu te rappelles aussi cette opération au cours de laquelle vous avez, toi et ton équipe, failli vous faire flinguer, une rencontre de haut niveau avec Vuk et ses hommes ? La manœuvre avec parapente ?

Il opina du chef. Olivier lui tendit un carnet noir.

— Le carnet de Maletraz ? Où l'as-tu trouvé ?

— Tu le sais très bien. Dans sa réserve à whisky. Regarde page 99. Il y écrit, noir sur blanc, que Samra lui a donné l'information selon laquelle une « réunion » était prévue sur Igman. C'était le 11 février, le jour où elle est passée à la villa.

Rhino parcourut en silence les écrits de Maletraz, qui confirmaient les propos de Marquenet et de Vuk.

— Le problème est que ce con de Maletraz s'est vanté. Il a fait savoir à qui de droit ce qu'il était en mesure de récupérer comme renseignements. Et cela s'est su. Samra en a payé le prix fort. Le groupe criminel en question l'a enlevée et vendue à Vuk contre un bon stock d'armes. Maletraz aussi en a payé le prix avec cette balle… perdue. Après qu'il eut donné la pellicule des clichés que ton équipe et toi-même aviez réalisés. Avec son putain de VBL où était dessiné son grade ! Combien de fois lui ai-je demandé de virer ce signe ! Comme pour Lamy, d'ailleurs. Pffft ! Porté disparu ! Impossible de remettre la main dessus, d'après ce que l'on m'a laissé entendre, confessa Marquenet. Il était à la tête de la branche française du Stay in front qui a défrayé la chronique ces derniers jours. Il a flingué deux députés européens dans un simulacre de procès à Nuremberg.

— Il est donc dans la nature et porté disparu ? interrogea Rhino. Encore un beau salaud. Il était présent quand les Serpents ont assassiné cette pauvre fille sur Igman. Grâce aux progrès de la technique et aux nouveaux traitements des photographies que nous avions prises à l'époque, on l'aperçoit assis à l'arrière de la Mercedes noire de Vuk.

— Je ne suis pas étonné. J'avais eu quelques doutes à l'époque. Ainsi tu avais gardé une copie des prises de vue, et ce, dans le dos de Maletraz… fit Marquenet en avalant d'un trait la *rakija*. Je te reconnais bien là, toi et ton ego surdimensionné. Comme pour ta connerie d'opération commando que tu as foirée magistralement. Il a fallu que je travaille au corps Šarić.

— Quoi ? C'était toi ?

— Oui, je t'ai drogué, suivi, et je me suis occupé de ce type. Je devais savoir ce qu'il t'avait dit à propos de Vuk. Mais ce connard n'a rien craché et il est mort très rapidement. J'avoue ne pas avoir compris. Un arrêt cardiaque.

— Et tu m'as fait porter le chapeau. Tu es vraiment une merde ! hurla Rhino.

— Une merde qui t'a sauvé les miches. Je l'ai fait, dans un premier temps, car ta Jeep avait été vue à proximité. Mais ensuite, on a fait courir l'information qu'il était mort d'un problème cardiaque, pour apaiser les foudres de Vuk, notamment. Comme je te l'ai dit, les ordres du Président étaient clairs. Rien ne devait arriver aux otages. Je devais en permanence anticiper tes erreurs. J'ai fait cela pour te protéger. Sauf que tu m'as pris de court avec ton opération commando. On m'avait dit que tu partais sur la piste de criminels de guerre. Je ne me suis pas méfié. Résultat : un mort officiel, ton gars Gérard, le reste a été étouffé.

Olivier se versa un nouveau verre d'alcool et poursuivit :

— Et je te rappelle aussi que je me suis chargé de David. C'est moi qui ai annoncé sa mort pour que Vuk ne le recherche pas. Je pense que Maletraz l'a payé de sa vie. J'ai fait en sorte que tu rentres en France pour gérer l'adoption de David et t'éloigner de Vuk. J'en ai aussi profité pour te blanchir. Nikolić a toujours été convaincu que tu avais péri au Rwanda. J'ai effacé ton nom de tous les registres, ou du moins la première partie, ainsi Granier était mort pour laisser vivre Rinocci. Comme dans l'esprit de Vuk, David et toi étiez morts, il n'avait aucune raison de vous rechercher. Qui plus est, relocalisé à Moscou sous une nouvelle identité et avec le développement de son commerce juteux d'armes, il avait d'autres chats à fouetter. J'aurais pu le tuer, mais son rôle de source me convenait parfaitement. Et il nous a bien aidés.

Il s'esclaffa et se resservit de la *rakija*, puis tendit la bouteille à Rhino qui ne le quittait pas des yeux, abattu.

— Enfin, tout cela est de l'histoire ancienne, maintenant que Vuk est mort.

Il leva son verre.

— Qu'il pourrisse en enfer ! Je sais ce que tu penses. Mais regarde les choses en face, j'ai tout fait pour vous aider, ton fils et toi, ironisa Marquenet.

— David n'est pas mon fils.

— Quoi ? Qu'est-ce que tu dis ? s'exclama-t-il.

— J'ai un test ADN.

— Et tu connais le père ?

— Oui, et toi aussi, c'est Vuk. Et au fait, David a un frère, un dénommé Dragan, qui travaille au SVR. Ça aussi, tu le savais ?

— Je savais que Samra avait accouché de jumeaux, mais je ne savais pas que les enfants étaient de Vuk.

— Tu t'es dit, ils ont chacun le leur et basta, pesta Rhino. Et Samra ?

Marquenet resta silencieux.

— Nous ne nous reverrons jamais, Olivier. Je te souhaite une bonne fin de vie avec tous tes fantômes.

Il se leva et se dirigea vers la porte d'entrée, sous le regard attentif du chien. Il posa la main sur la poignée et appuya.

— Adieu le Goze.

— Adieu Rhino. Au fait…

— Quoi ? Encore un truc à m'avouer ?

Olivier hésita.

— Non, rien. Nous n'avons plus rien à nous dire.

La Défense – Banque De Lurac

20 septembre 2021

Rhino, le dos accolé à la porte coulissante de la rame de métro, battait la mesure avec son pied en écoutant « *Un autre monde* » de Téléphone. Il avait poussé le son à fond, histoire de se calmer. Le rapatriement de David s'était déroulé la veille dans de bonnes conditions. Toutefois, il refusait toujours de « redevenir ce papillon qui volait de fleur en fleur ».

Ces derniers jours avaient été plutôt riches en rebondissements. À l'issue de sa convocation à la Direction générale suite à l'attentat, Perrot de la Trancheriez était rentré à l'OCLCH, avait rassemblé ses affaires dans un carton, sans un mot, puis était reparti d'où il venait – du néant. L'enquête avait en effet prouvé qu'il était en contact avec le général Lamy. L'ancien instructeur avait influé pour que Perrot de la Trancheriez rende un rapport très défavorable sur Rhino, invitant la Direction générale à envisager son éviction. Aucun lien, en revanche, n'avait pu être matérialisé entre Perrot de la Trancheriez et le Stay in front. Quoi qu'il en soit, il allait sans doute finir sa carrière dans un placard.

La cassette vidéo remise par Julie avait permis, en plus des photographies exploitées par Marjorie Lesachant, de démontrer la présence du capitaine Lamy aux côtés de Vuk, l'impliquant indirectement dans des crimes de guerre. À ce jour, il était toujours activement recherché. Comme Julie avait accepté d'intégrer le programme de protection des témoins, elle ne pouvait rendre publique cette information, qui n'avait donc pas fuitée.

Le démantèlement du Stay in front avait amené l'Union européenne à réfléchir aux problématiques liées au terrorisme d'extrême droite et d'extrême gauche. Une division sur les crimes de haine avait été créée au sein de l'OCLCH.

L'enquête relative au projet d'attentat dans la cathédrale de la Sainte-Trinité s'était poursuivie en Géorgie. Les Vory v zakone, responsables de la vente du strontium-90 au réseau Stay in front, avait été interpellés. Gabriel Fangeau, dépêché sur les lieux avec une partie de son équipe de la DGSI, avait ainsi pu remonter la piste de la cryptomonnaie Starcoin, avec l'aide des gendarmes du C3N.

En parallèle, les investigations sur le réseau DecroChat avaient pu déterminer que Mirko Nikolić était le propriétaire du DC1. Le DC2 était détenu par le général Lamy, le DC7 par Xavier, ou plutôt Dragan, et enfin le DC8 par Emmanuel Nowak.

Les constatations techniques avaient démontré que Nowak avait été abattu dans l'abattoir désaffecté Marcel ROBIN. Il s'agissait d'un officier de l'armée de terre, détaché à l'OTAN, en rupture avec sa hiérarchie suite au décès de sa fille Anne-France dans l'attentat terroriste du Bataclan. Par ailleurs, les enquêteurs avaient fait le lien avec un dossier dirigé par la section de recherches de Chambéry pour disparition inquiétante, suite à un signalement réalisé dans l'est de la France, par Charlotte, la sœur de Nowak. Malgré de nombreuses recherches, le reste de la famille, sa femme et ses deux enfants, demeuraient toujours introuvables.

Grâce à l'analyse des flux d'informations transitant sur le réseau DecroChat, les enquêteurs avaient détecté l'émission d'un seul message, datant du 6 septembre, entre les DC7 et DC8. Ils avaient ainsi mis à jour le transfert de vingt milliards de Starcoin par l'intermédiaire d'une banque suisse du nom de De Lurac. Elle disposait d'une succursale en France. L'analyse des listings du personnel travaillant au profit de cette entreprise avait révélé la présence d'un certain Xavier Plays, spécialisé dans le développement des cryptomonnaies.

La rame s'immobilisa dans un bruit strident et déversa son flot d'humains, pressés de rejoindre l'univers minéral et vitré de la cité de la Défense. Rhino jeta un œil à Marion. Ils attendirent que les derniers mortels soient sortis pour s'extraire de la rame, et empruntèrent un tunnel pour se retrouver à l'air libre. Une vive lumière les accueillit. Il prit une grande bouffée. *Décidément, la chaleur est insupportable à Paris.*

Il détestait cet endroit arrogant. Un environnement composé de tours : tour First, 231 mètres ; tour Ariane, 152 mètres ; tour Total, 187 mètres ; tour Engie, 155 mètres ; les deux tours Société générale, 167 mètres ; et enfin, la tour Carpe Diem, 166 mètres, là où devait se tenir leur réunion.

— La tour Carpe Diem doit être dans cette direction, supposa Marion en montrant une tour située à 200 mètres de leur position. La commissaire Opaline Godefroy et Gabriel Fangeau sont censés nous y attendre.

— *Carpe diem, quam minimum credula postero.* Littéralement : « Cueille le jour présent sans te soucier du lendemain », comme le dit le poète Horace, ironisa Rhino en pressant le pas.

— Votre fils David ?

— Pas d'amélioration notable. Et de votre côté ? Comment va votre fille Margaud ?

— C'est un être très sensible. C'est compliqué, l'autisme. Elle a ressenti mes difficultés à remonter la pente suite à l'accident provoqué par ce Dragan. Ensuite, il y a eu l'intervention au cours de laquelle j'ai dû tuer cet homme, ce Bento.

— Oui, cela fait beaucoup de traumatismes à avaler.

Il se demanda si elle n'avait pas repris le travail un peu trop vite. Elle lui inspirait de l'admiration.

— Avez-vous le profil du client ?

Marion sortit un document de sa sacoche et le tendit à Rhino. Ils dépassèrent la Grande Arche sur leur gauche et *L'Araignée rouge* de Calder.

Il lut la fiche : « Jérôme Fautlieb, 55 ans, président-directeur général de la Banque De Lurac (BDL). Est diplômé des grandes écoles HEC, l'Essec, l'Edhec et Neoma. A rejoint la BDL après de nombreuses années dans la grande distribution. »

Il regarda la photo qui accompagnait le descriptif. Cheveux mi-longs blancs, coiffés en arrière, barbe de quelques jours.

La tête de l'emploi. Froid comme un serpent.

Une porte-carrousel les avala pour accéder à un hall immense. Opaline Godefroy et Gabriel Fangeau vinrent à leur rencontre. Ils se saluèrent. La commissaire adopta une attitude plutôt froide à leur égard.

— Alors, monsieur Fangeau, ce petit séjour en Géorgie ? demanda Marion pour détendre l'atmosphère.

— Très sympa… Vraiment ! fit-il d'un ton faussement enjoué.

Ils s'approchèrent de l'accueil.

— Nous souhaiterions rencontrer M. Jérôme Fautlieb de la Banque De Lurac, demanda Fangeau.

La fille leur sourit en regardant son écran d'ordinateur.

— À quel nom le rendez-vous a-t-il été noté ?

— DGSI et Office central de lutte contre les crimes contre l'humanité. Mais nous n'avons pas de rendez-vous.

— Dans ce cas, je ne sais pas si M. Fautlieb va pouvoir vous recevoir, répondit l'hôtesse en plissant des yeux.

— Prévenez-le, en précisant que nous avons une enquête le concernant, lâcha Opaline Godefroy, narquoise.

La secrétaire se saisit du téléphone et leur confirma qu'ils pouvaient monter.

— Étage 69. Il vous attend.

Ascenseur extérieur high-tech ; transparence et vue imprenable sur Paris. Alors qu'ils s'élevaient vers les cieux, tous restèrent silencieux, bercés par la petite musique d'ambiance. Sonnerie. Ouverture de la porte. Nouveau bureau d'accueil. Logo avec BDL en lettres rouges sur fond blanc.

Moquettes, mobilier, photographies au mur, images de neige et de montagne… tout respirait l'atmosphère ouatée, feutrée, sépulcrale.

— M. Fautlieb est en rendez-vous.

— Dites à votre patron que je ne vais pas attendre une minute de plus. Au lieu de perquisitionner un bureau, nous allons revenir avec les juges d'instruction et démonter l'ensemble de la banque. Et rajoutez que nous pouvons le faire avec des caméras de télévision ! menaça Rhino.

Moins de trente secondes plus tard, le président-directeur apparut au fond du couloir et vint à leur rencontre d'un pas alerte, en tendant sa main.

— DGSI et crimes contre l'humanité…

— Enchanté, répondit-il sans broncher. Suivez-moi.

Ils emboîtèrent le pas à Fautlieb, qui poussa une porte capitonnée, découvrant un bureau imposant. Située dans un angle de la tour, la pièce était constituée pour moitié de panneaux de verre. La perspective sur la ville ensoleillée était saisissante. Aux murs, deux écrans de télévision diffusaient en direct BFM et CNews. Le son était au minimum.

Il montra la table de réunion sur la droite.

— Pas besoin de nous asseoir, car nous voulons perquisitionner le bureau de M. Xavier Plays, votre collaborateur, le coupa Rhino.

— Ah ! tressaillit Fautlieb. Le problème est que Xavier Plays ne travaille plus chez nous.

L'homme caressa délicatement la table, le regard tourné vers le dehors. Un brumisateur envoyait dans l'air, par intermittence, des notes parfumées d'huiles essentielles.

— Depuis quand ?

— Une semaine environ. Il nous a donné sa démission.

— Vous a-t-il dit où il partait ? Ou dans quelles société ou banque il allait travailler ?

— Non, j'ai été très surpris, d'ailleurs. Cela a été brutal. D'autant que…

— D'autant que ?

— Cela me gêne de vous le dire, et je souhaiterais que cette information reste confidentielle. Mais vous êtes des policiers et des gendarmes, je peux avoir confiance. Il s'est enfui avec les données et les accès à certains comptes.

— Quelles étaient ses fonctions au sein de la banque ? questionna Rhino.

— Il avait été embauché il y a environ deux ans pour créer une cryptomonnaie, la Starcoin, la première à être adossée au pétrole. Son idée était géniale. C'est une devise virtuelle gagée sur les réserves d'or noir, supposée s'imposer prochainement comme moyen de paiement, voire en tant qu'unité comptable internationale.

— Et combien vaut cette monnaie ? demanda Fangeau.

— Sa valeur dépend indirectement de la demande de pétrole, et donc de la valeur de celui-ci. Un Starcoin vaut une tonne équivalent pétrole, soit 6,481 barils de Brent. Si on tient compte du prix moyen du baril de Brent depuis le début de l'année, un STC vaut trois cent vingt-six euros environ.

Fautlieb se déplaça dans la pièce.

— Il s'agit d'un premier essai aligné pour l'instant au pétrole, poursuivit-il. Mais il sera possible à l'avenir de s'adosser sur le blé, par exemple.

— Le blé ? rebondit la commissaire.

— Oui, c'était en réalité son prochain projet. Une nouvelle cryptomonnaie indexée sur le prix du blé qui, d'après lui, n'allait pas tarder à grimper très fort. Ce type est brillant, à n'en point douter, confessa-t-il.

— Mais vous ne vous êtes douté de rien ? Aucun signe avant-coureur ? s'étonna Marion.

— Aucun. Un garçon absolument charmant, secret sur ses origines et sa vie en général, mis à part sa moto, dont il était assez fier.

Absolument charmant, c'est le mot…

— Et qu'est devenue cette cryptomonnaie ? demanda Rhino.

— Tout est en stand-by, répondit Fautlieb, gêné. Il y a beaucoup d'argent en jeu, et Xavier était un officier bancaire qui opérait à un haut niveau, avec des accès très privilégiés.

— Ce qui signifie ? Que les fonds se sont évaporés ? s'enquit la commissaire.

— Oui.

— Vous n'avez aucune idée de l'endroit où se trouvent ces fonds ?

— Disparus. Peut-être dans la zone grise.

— La zone grise ?

— Il s'agit de fonds *off-ledger*, donc hors bilan si vous voulez, qui peuvent être réinjectés et blanchis dans les circuits financiers officiels via des opérations humanitaires. On parle de milliards et de milliards d'euros.

— C'est la raison pour laquelle vous ne déposerez pas plainte, je me trompe ? le pinça Godefroy.

Silence.

— Avez-vous beaucoup de clients russes ? ironisa Fangeau.

— Oui. Est-ce répréhensible ?

— Non… Mais cela nous donne une tendance. Où se trouvent son bureau et son ordinateur ? rétorqua Rhino.

— Il a tout emporté et nous avons tout vidé.

— On va quand même y jeter un œil, déclara Marion en devançant son patron.

Après avoir franchi plusieurs couloirs, Fautlieb ouvrit une porte donnant sur une pièce dotée d'un bureau, d'une armoire et d'une desserte. Rhino en fit le tour, ouvrit tous les tiroirs et tomba sur une sorte d'image, coincée au fond de l'un d'entre eux. Il la tira avec délicatesse, l'examina. On y apercevait un gros bâtiment à l'allure soviétique, sans aucune indication.

— Cela vous dit quelque chose ? demanda-t-il en la montrant à Fautlieb.

— Non. Rien. Ce n'est pas un bâtiment nous appartenant.

— Nous allons la saisir et faire des recherches, précisa Rhino.

Quelque part en France – SIAT
(Service interministériel d'assistance technique)
25 septembre 2021

Rhino se présenta devant la porte d'une grande maison entourée d'une haie de cyprès. Sans avoir sonné, il entendit le *bzz* caractéristique de l'ouverture de la porte, qu'il poussa. Marc, du service interministériel d'assistance technique en charge de la protection des témoins, vint à sa rencontre. Accolades.

— Elle est là ?

— Oui… Sacré caractère. Suis-moi, fit-il avec un clin d'œil.

Ils grimpèrent quelques escaliers pour déboucher dans un large salon. Julie était assise de dos dans un fauteuil. Il la salua, elle se leva pour lui claquer une bise et s'enquérir de la santé de David.

— Son état est stable. Il est sur Paris, à l'hôpital Begin, et est suivi de près. Je peux le voir chaque jour, car l'établissement est proche des bureaux de notre unité.

— Ce qui ne sera pas mon cas. Je suis dégoûtée…

— Oui, Julie. C'est ce que l'on appelle la mort sociale. Avec le blog, l'épisode de Belgrade, la cassette et ce que vous nous avez dit concernant ce Xavier, ou Dragan, autant vous dire que vous avez du monde aux fesses. Vous allez donc être relocalisée dans le cadre d'une procédure d'urgence sous une autre identité, et prise en compte par un service ami, en l'occurrence les Allemands.

Vous n'aurez pas besoin d'apprendre la langue, car vous la connaissez déjà. C'est un avantage énorme. Avez-vous prévenu vos parents ?

— En vrai, ma mère était hystérique, comme d'habitude, et mon père m'a félicitée. Seul point positif, c'est qu'il voit que les études qu'il a assurées à sa gentille fille vont s'avérer payantes. Je vais suivre la voie du droit humanitaire et travailler dans une ONG spécialisée dans la justice internationale, les chasseurs de criminels de guerre.

— Bravo, excellent choix. Mais sans revenir sur le devant de la scène pendant quelque temps. Ensuite, vous aurez une nouvelle identité et, sous certaines conditions, vous pourrez peut-être revoir David.

— Rhino ? J'ai une question. Savez-vous s'il a fait souffrir Ermina, comme Aleks ?

— D'après les informations que j'ai obtenues des Bosniens, non. Ni Zahra, celle qui l'hébergeait.

Julie acquiesça, affectée, et s'empara de son sac.

— Voilà pour vous.

Elle tenait un grand cahier kaki, sur lequel était inscrit : « Journal – Lieutenant Granier-Rinocci. Bosnie 1994/1995 » avec quelques images de la tanière et de Sarajevo. Il y avait aussi la photographie du poste S4 serbe qui avait été plantée sur le poitrail d'Asim.

Ému, il le feuilleta délicatement.

— Merci, Julie. Votre geste me touche beaucoup. Comment l'avez-vous obtenu ?

— C'est Jean-François Caudy, le chef de l'Institut culturel français, qui a accepté de me le retourner. C'est donc lui que vous devez remercier. Votre journal est plutôt bien écrit, j'avoue avoir eu des sueurs froides à la lecture de certains passages.

Marc, qui n'en perdait pas une miette, tendit la main pour le regarder de plus près.

— Dans tes rêves ! Est-ce que mon ami Marc vous a bien traité ? ironisa Rhino.

— Oui, pour cela, aux petits oignons. Il m'a dit que vous vous étiez connus par le passé ?

— Il y a longtemps, dans les chasseurs alpins. Nous nous suivons depuis cette date, reprit-il.

— Sauf qu'il y en a un qui a mal tourné en choisissant la gendarmerie. Suivez mon regard. En plus, avec sa malformation, je ne comprends toujours pas comment il a pu rester parmi les unités d'élite des chasseurs alpins. Car monsieur n'a pas de cœur, plaisanta Marc, c'est pour cela qu'il nous mettait toujours des vents en montagne.

— Pas de cœur ? interrogea Julie.

— J'ai une malformation congénitale. J'ai le cœur à droite, une anomalie congénitale que l'on appelle dextrocardie, avoua-t-il.

Elle le regarda comme si elle venait de prendre un coup de poing dans le ventre.

— Ça va ?

— Oui… mentit-elle. Les autorités bosniennes ont-elles visionné la cassette ?

— Oui, et les françaises aussi. Nous allons enfin savoir où la famille bosniaque a été enterrée.

— Et rendre justice, balbutia Julie. La majorité des types présents sur la vidéo sont décédés, mais il y en a sûrement encore quelques-uns dans la nature qu'il va falloir retrouver.

Rhino approuva la remarque, fit une accolade à Marc et les abandonna. En le regardant grimper dans son véhicule, elle se retourna vers Marc.

— Marc, il va falloir que je repasse chez moi.

— Cela ne va pas être possible.

— Il va falloir. Ou bien vous me ramenez ma boîte ? s'obstina-t-elle.

— Votre boîte ? Qu'est-ce qu'il y a de si important dedans ?

— Mes trophées. Les mèches de cheveux de mes amants ou amantes.

— Vous vous foutez de ma gueule ?

— Non, je ne partirai pas tant que je ne l'aurai pas en main. Je dois y ajouter celle de David, en plus. Ce n'est pas négociable.

Il l'observa en silence.

— Bon, et elle se trouve où, cette boîte ?

— Sur ma cheminée.

Marc passa la main sur son crâne chauve et lui promit d'aller chercher sa fameuse boîte à trophées aujourd'hui. Julie le remercia et lui expliqua ses intentions.

Allemagne – Berlin

20 novembre 2021

— Lucia ?

— Non, enfin oui. C'est moi.

— C'est Marc. Il va falloir vous rentrer dans le crâne votre nouvelle identité ! Julie est morte, vive Lucia. OK ?

— Oui, oui… Je fais des efforts, croyez-moi. J'espère que vous m'appelez pour une bonne raison et que vous allez me donner enfin ces résultats, le devança Julie.

— Comment ça se passe à Berlin ? Les Allemands m'ont dit que vous étiez sage…

— Sage ? Et pourquoi pas gentille tant que vous y êtes ! N'importe quoi ! Cela dit, je viens d'être intégrée dans l'ONG Center for Justice and Accountability sous ma nouvelle identité. Je vais poursuivre mes études et devenir avocate.

— J'en suis ravi. J'ai les résultats. Je vous les envoie par courriel sécurisé, précisa Marc.

Elle entendit un *bip* de réception d'un courriel sur sa boîte Proton Mail.

« Résultat test laboratoire Gene DNA Lab

Chère Julie,

Vous avez de la chance, car depuis 2019, les tests ADN sont réalisables sur des cheveux ne comportant pas de bulbes.

Dragan (Xavier) et David ont bien la même mère.

En revanche, ils sont de pères différents, l'un étant le fils biologique de Mirko Nikolić, le prénommé David.

La filiation du second n'est pas connue à ce stade. Il est à 97 % européen, soit 81 % d'Europe centrale et de l'Est, 12 % scandinave et 4 % des îles Britanniques.

Amitiés. »

Julie reprit le combiné.

— C'est complètement dingue cette histoire. Comment une femme peut-elle accoucher de deux enfants au même moment alors qu'elle a été fécondée par deux pères différents ?

— J'avoue que cela m'a un peu intrigué, mais comme vous m'aviez expliqué le contexte, j'ai fait quelques recherches. Voilà ce que j'ai trouvé, enchaîna Marc.

Nouveau *bip* de message.

« Phénomène rarissime, la superfétation est le fait pour une femme de tomber enceinte alors qu'elle l'est déjà, à quelques jours seulement d'intervalle. Seule une dizaine de cas sont actuellement avérés dans le monde. Généralement, une femme cesse d'ovuler lorsqu'elle tombe enceinte. La superfétation est le fait d'avoir deux ovulations décalées de quelques jours. On pourra donc observer deux fécondations des ovocytes, qui pourront être le fruit de deux rapports : avec le même partenaire ou deux hommes différents. Les deux fœtus vont s'implanter dans l'utérus et évoluer en différé. Ils auront donc des tailles et des poids différents.

Comme dans le cas d'une naissance gémellaire, l'accouchement du premier fœtus va déclencher celui du second. Les nourrissons sont mis au monde en même temps, même si le développement de l'un des bébés sera légèrement moins avancé. En ce qui concerne le nombre de cas de superfétation dans le monde, il est difficile de donner une estimation précise, en raison de la rareté de ce phénomène et de la difficulté à le diagnostiquer. Cependant, selon les statistiques, il est estimé que la superfétation ne représente qu'environ 0,3 % de toutes les grossesses multiples. »

— Genre le truc de ouf : deux enfants, une mère, deux pères et un seul accouchement.

— Je suppose que l'on n'en parle pas à Rhino demanda Marc.

— Pas la peine d'en rajouter…

Après avoir raccroché avec son interlocuteur, elle se perdit dans ses pensées.

Putain…

Caudy avait raison ! Samra a effectivement été violée par Vuk après l'échange de prisonniers et la mort de son frère, le 4 janvier, provoquant ainsi la superfétation.

Dragan est donc très certainement le fils de Rhino.

Ils ont tous les deux le cœur à droite.

La dinguerie quand même !

Rhino a élevé sans le savoir l'enfant de son pire ennemi.

Pareil pour Vuk avec Dragan.

Et Rhino est le père d'un tueur de la pire espèce !

Dois-je lui avouer ?

Pas maintenant !

Russie – Moscou

24 février 2022, 7 heures

— Bonjour, monsieur Ruslov. Cela faisait un moment que nous ne vous avions pas vu.

Dragan se retourna et vit l'infirmière se tenir sur le pas de la porte, une radiocassette en main. Sur sa droite, les images d'un reportage animalier, montrant des loups en Sibérie, défilaient sur l'écran de la télévision, en sourdine.

— Bonjour Tatjana. Oui, au moins deux ans. J'en suis désolé, mais les affaires m'ont porté loin du pays. Je suis ravi d'être de retour.

— Comme vous le voyez, je suis toujours là, fidèle au poste, aux petits soins pour votre mère. Comme tous les jours, je viens lui faire écouter sa chanson préférée.

— Comment va-t-elle ?

— Elle est très agitée ces derniers temps. Nous n'en connaissons pas la raison.

Elle installa la radiocassette sur la table de chevet, lança le morceau « Always » de Bon Jovi. Dragan observa la femme assise en robe de chambre dans un fauteuil roulant, le regard fixé sur les barreaux de la fenêtre. Ses mains longues et maigres, recouvertes de taches de vieillesse, posées sur le rebord du siège, bougèrent légèrement.

Son visage mince était figé dans une expression sombre. Ses yeux verts en amande semblaient vides. Tatjana caressa ses cheveux gris.

— Elle devait être une très belle femme.

— Oui, elle l'était.

— Je repasserai dans une heure, dit-elle en sortant de la chambre. Vous ne partez pas sans me dire au revoir ?

— C'est promis, chuchota Dragan en lui faisant un clin d'œil.

Il attendit la fin du morceau et alluma son ordinateur connecté de façon sécurisée.

— Maman, je suis venu t'avouer deux choses importantes.

Aucune réponse.

— Papa est mort et j'ai retrouvé Igor, mon frère. Il est vivant. Je l'ai compris tardivement. Papa m'avait envoyé prendre des photos à Višegrad d'une fille et du type qui l'accompagnait. Il me l'a confirmé avant de mourir. Je ne sais pas si ces informations seront enregistrées par ton cerveau, mais je voulais te le dire. Voilà sa photo, ajouta-t-il en montrant le cliché.

Dragan s'interrompit.

Le reportage animalier venait de céder la place à l'intervention du président Poutine. Dragan prit en main la télécommande pour monter le son. Poutine, assis à un bureau en bois, annonça le lancement de l'opération militaire spéciale de démilitarisation et de dénazification de l'Ukraine, pour défendre les séparatistes de l'est du pays. « Je promets de conduire au tribunal ceux qui ont commis de nombreux crimes, responsables de l'effusion de sang de civils, notamment des citoyens russes », déclara le maître du Kremlin.

Satisfait, il coupa de nouveau le son et pianota sur son ordinateur. Il attendit un bref moment, entra plusieurs mots de passe. Puis il réalisa deux opérations de transfert. Le premier concernait des fonds dormants de plusieurs milliards de dollars, dits *off-ledger*, appartenant à la banque De Lurac et qui étaient cachés dans un paradis fiscal.

Il ouvrit ensuite le wallet de Starcoin et rédigea la passphrase de vingt-quatre mots qui le sécurisait. La réunion de ces mots, dans l'ordre, lui permit de récupérer l'ensemble des fonds qu'il transféra sur la plate-forme russe Blitzkriegto, permettant la conversion rapide de cryptoactifs en roubles. La banque De Lurac était maintenant ruinée.

— Je vais devoir partir pour de longs mois, maman, fit Dragan, qui se leva et embrassa Samra.

Il referma la porte et emprunta un long couloir, laissant sur sa droite un salon spacieux et bien éclairé. Des effluves de café et un nuage de fumée avaient pris possession de la pièce, chassant cette odeur si caractéristique des cliniques. Avec sa grande fenêtre pourvue de barreaux de fer, cette salle était le seul endroit où fumer était autorisé. C'était aussi un lieu où l'expression était libre.

Une vingtaine de personnes entouraient un commentateur.

— *Good Morning Russia*, ici Zazerkalié, la radio *À travers le miroir*. Comme d'habitude, il est 8 heures et nous sommes en direct de Kachtchenko, l'un des plus vieux hôpitaux psychiatriques de Russie ! Bienvenue chez les fous, lança le présentateur Anton à son invité, Dimitri, en éclatant de rire.

Jingle.

Les autres hurlèrent des slogans inaudibles.

— Aujourd'hui est un grand jour, Dimitri.

— Ah bon, pourquoi, Anton ?

— Parce qu'aujourd'hui, chuchota Anton en regardant à droite et à gauche d'une manière suspicieuse, les fous ne sont plus dans Kachtchenko… Et nous pouvons affirmer que nous sommes mieux au milieu de fous qui ne savent pas qu'ils le sont, plutôt que d'être avec ceux qui font semblant de ne pas l'être.

— Ah bon, pourquoi, Anton ? Où sont-ils ?

— Ils sont en dehors de Kachtchenko, Dimitri.

— Comme quoi, tout est une question de point de vue, Anton ! Qui est fou ? Qui ne l'est pas ?

Toutes les femmes et tous les hommes présents autour de Dimitri et Anton se mirent à pousser des cris de singes en dansant autour de la table.

— Les fous sont dehors, ils sont partout, même au Kremlin. Nous ne sommes plus fous ! clama le présentateur.

— Surtout au Kremlin, Anton.

Dragan poursuivit son chemin.

Il monta sur sa moto avec grâce.

Depuis sa chambre, Samra le regarda s'éloigner et versa une larme.

Au même moment, à quelques milliers de kilomètres, dans un autre hôpital, à Paris, le pouls de David s'accéléra. Il ouvrit un œil, puis le second, et il récita Rimbaud :

> « — Les enfants, tout joyeux, ont jeté deux cris… Là,
> Près du lit maternel, sous un beau rayon rose,
> Là, sur le grand tapis, resplendit quelque chose…
> Ce sont des médaillons argentés, noirs et blancs,
> De la nacre et du jais aux reflets scintillants ;
> Des petits cadres noirs, des couronnes de verre,
> Ayant trois mots gravés en or : "À NOTRE MÈRE !"[1] »

Quelques instants plus tard, le téléphone de Rhino bipa. Helena cherchait à le joindre.

— Je suis à l'hôpital Begin avec David, il vient de se réveiller. Il te demande, tu me rejoins ? annonça-t-elle.

— Quoi ? J'arrive, lâcha Rhino dans un état d'excitation extrême. Je passe lui acheter ses sushis préférés.

---

1. Arthur Rimbaud, « Les Étrennes des Orphelins », in *Poésies*.

Paris – OCLCH – Porte de Bagnolet
3 avril 2022

Rhino ouvrit l'enveloppe envoyée par Jelena Campara, la magistrate en charge des crimes de guerre de Bosnie-Herzégovine. Dans ce document, la procureure expliquait que les personnes ensevelies avaient été identifiées. Il s'agit de la famille Knežević, originaire de Trnovo. Le père s'appelait Hasan, la mère Zora, le grand-père Moustafa, et les enfants Mircad et Jasmina.

Il reposa le courrier sur son bureau.

Jasmina…

Ainsi, tu te prénommais Jasmina, toi qui as été clouée sur l'arbre, évidée de vie. Toi et ta famille avez dorénavant une sépulture décente.

Tu as obtenu justice.

Quand l'abîme te regarde,

Tourne-toi vers la lumière.

Marion pénétra dans le bureau.

— Je crois que l'on va avoir du boulot !

— Ah bon, parce qu'on en manquait ? ironisa-t-il.

Elle se saisit de la télécommande et alluma le poste de télévision. Les images de corps de civils jonchant les rues de Boutcha, dans la banlieue cossue de Kiev, défilaient. La journaliste expliqua qu'une première vidéo montrant des cadavres éparpillés dans la ville avait été publiée sur Instagram le

1er avril. Voix de la journaliste : « Le même jour, nos collègues de l'AFP présents sur place nous ont confirmé avoir vu au moins vingt corps d'hommes en civil, dont l'un avec les mains liées dans le dos, gisant dans une rue. Selon eux, les ongles noirs et la peau cireuse observés sur les cadavres sont des indications d'une mort remontant à plusieurs jours. »

Rhino reprit en main le document sans rien dire.

Combien de nouvelles Jasmina à venir ?

L'histoire est un éternel recommencement, comme la folie humaine.

Universalité de la cruauté.

Rien ne change vraiment.

En ce début de XXIe siècle, il flotte toujours dans l'air un parfum de génocides, de guerres qui ensanglantent le monde, de massacres organisés, de viols collectifs, de transferts forcés de population.

À qui profite le crime contre l'humanité ?

Toujours aux mêmes.

Un proverbe lui revint en mémoire : « À la guerre, les politiciens donnent les munitions, les riches donnent la nourriture et les pauvres donnent leurs enfants…

Quand la guerre est terminée, les politiciens récupèrent les munitions restantes, les riches cultivent plus de nourriture et les pauvres cherchent les tombes de leurs enfants. »

* * *

Rhino grimpa dans sa DS pour rejoindre Helena et David à l'hôpital. En cours de route, il reçut un message de Rafik.

« Patron, avec mes amis de l'ONG OpenFacto, nous avons enfin identifié le bâtiment sur la photographie trouvée dans l'ancien bureau du DC7, Xavier. Il s'agit de Kachtchenko, l'un des plus vieux hôpitaux psychiatriques de Russie. »

Kachtchenko ?

Samra ?

Remerciements

Lorsqu'en août 2020, je me lance dans l'écriture de ce roman, je suis loin d'imaginer à quel point je vais anticiper l'actualité géopolitique du monde. J'attends la sortie officielle de mon premier ouvrage, *La Traque est mon métier*, dans lequel je décris les méthodes d'enquêtes conduites par l'OCLCH contre les crimes fondamentaux les plus graves.

Fort du succès de ce premier ouvrage, je décide de me lancer dans la fiction et me tourne alors vers la Bosnie-Herzégovine, pays que je connais bien, ainsi que le Donbass, objet de quelques enquêtes à l'OCLCH depuis 2014.

Une grande partie des informations dévoilées dans ce roman ont fait l'objet de nombreuses recherches, à la fois sur Internet mais aussi dans certains ouvrages, traitant du Stay-behind, des groupuscules d'extrême droite en Europe, des théories liées à l'eurasisme, etc.

Je remercie chaleureusement mes amis et experts qui m'ont notamment aidé sur les aspects techniques, qu'ils soient gendarmes – Christian Fillon (PJGN), Marie-Charlotte Poilpré (IRCGN, reconnaissance faciale), Emmanuel Pham-Hoai (génétique et ADN), Laurent Chartier (PIXAF), Christelle Buton (coordonnatrice criminalistique et recherche de personnes disparues), Alexandre Korsakoff (éléments sur la religion orthodoxe) – ou pas : Claude Lefevbre (NRBC), Docteur Ahmed Basnar (médecine légale), Docteur François Bourrillon (ancien urgentiste), Nicolas Donze (médecine de laboratoire, toxicologie à Sion en Suisse), Gonzague Granval (aspect cryptomonnaie), David Gradel (côté police nationale), Daniel Kopecky (informations relatives à la Slovaquie/Orava).

Je remercie également mes collègues des services de renseignement (ils se reconnaîtront) pour leurs éclairages précieux.

Je dois souligner que la plupart des faits décrits en Bosnie-Herzégovine sont réels. Ils m'ont été rapportés par le capitaine André Arnoux, engagé à cette époque sur le mont Igman au sein d'une unité de recherche humaine de la 27e division alpine. J'ai, pour ma part, eu l'honneur de commander jusqu'en

1992 ce type d'unités, que l'on nomme dorénavant groupement de commandos de montagne. D'autres camarades issus des troupes alpines m'ont aussi apporté leur soutien afin de coller à la réalité : Christian Vadam (et son journal de marche), Guy Argoud, Manuel Simon (URH 13e RDP traque des Lukić et ancien de la section d'éclaireurs de montagne N° 43), Asim Behaderović (projet d'assassinat du Pape à Sarajevo), Guillaume Ancel (*Vent glacial sur Sarajevo*, Les Belles Lettres).

Je suis extrêmement reconnaissant à Steven Bawol (conseils en matière de scénario), Cédric Grousset et Patrice Quélard (*Les Incorrigibles* et *Place aux immortels,* Pocket) pour leurs corrections et conseils avisés sur ce roman. Pascal, Nadia, Richard, Raphaël, Alexandre, Clémentine, Hervé, Olivier et Hvalenka, Christophe Dubois (*Où sont passés nos espions ? : petits et grands secrets du renseignement français,* Albin Michel) ont eux aussi apporté leur pierre à l'édifice par leur relecture.

Je souhaitais remercier Céline Thoulouze et toute l'équipe de la maison d'édition Récamier, (Mitch, Nathalie, Emma, Éloïse, Delphine, Charlotte, Pauline… et celles et ceux qui œuvrent dans l'ombre) pour la confiance accordée, mon agente Fatia Guelmane, et le Général de corps d'armée (2S) Christophe Gomart pour sa délicate préface.

Enfin, par l'écriture de ce roman, je veux rendre témoignage au courage et à l'abnégation des militaires français, et de toutes les nationalités, qui évoluent sous la bannière de l'ONU, ou non, pour tenter de rétablir une paix, parfois impossible.

Mes pensées vont aussi aux femmes, aux hommes qui luttent contre le terrorisme et qui en ont perdu la vie, ainsi qu'à leur famille.

Lorsque le 24 février 2022, Vladimir Poutine décide d'envahir l'Ukraine, je n'ai pas encore clôturé le dernier chapitre.

La réalité rattrape alors la fiction.

Et Rhino.

Bibliographie

Études en criminologie

Jacques Semelin, *Purifier et détruire: usages politiques des massacres et génocides,* Éditions du Seuil, 2005.

Pierre Thys, *Criminels de guerre : étude criminologique,* coll. Sciences criminelles, L'Harmattan, 2007.

Wolfgang Sofsky *Traité de la violence,* trad. de l'allemand par Bernard Lortholary, coll. NRF essais, Gallimard, 1998.

Madeleine Natanson, « Les enfants des bourreaux sont aussi des victimes », L'Esprit du temps, coll. Imaginaire & Inconscient, janvier 2005, n° 15, pages 201 à 208.

Recherches sur la Bosnie-Herzégovine

Élisabeth Claverie, « Démasquer la guerre. Chronique d'un nettoyage ethnique Višegrad (Bosnie-Herzégovine), printemps 1992. Réapparaître. Retrouver les corps des personnes disparues pendant la guerre en Bosnie », *Raisons politiques*, janvier 2011, *n° 41, pages 13 à 31.*

Frédéric Pons, *Les Français à Sarajevo : les bataillons piégés, 1992-1995*, Presses de la Cité, 1995.

Rémy Ourdan, « Sarajevo, mon amour (*ljubavi moja*) », avec Rémy Ourdan, journaliste correspondant de guerre, Podcast Radio France, 6 juillet 2020.

Recherches sur l'extrême-droite

Paul Conge, *Les Grand-remplacés : enquête sur une fracture française*, Éditions Arkhê, 2020.

Daniele Ganser, Les Armées secrètes de l'OTAN : réseaux Stay-Behind, opération Gladio et terrorisme en Europe de l'Ouest, Éditions Demi-Lune, 2007.

Playlists des personnages
(réalisées par DJ MCMX)

DAVID

RHINO

XAVIER

JULIE

Pour en savoir plus
sur les Éditions Récamier
(catalogue, auteurs, vidéos, actualités…),
vous pouvez consulter
www.editions-recamier.fr
www.lisez.com

lisez!

et nous suivre sur les réseaux sociaux

Éditions Récamier

@editionsrecamier

@Ed_Recamier

#lisez! engagé
www.lisez.com
Pour plus d'information :
Imprimé sur du papier issu de forêts gérées durablement.

CET OUVRAGE A ÉTÉ ACHEVÉ D'IMPRIMER SUR ROTO-PAGE
PAR L'IMPRIMERIE FLOCH À MAYENNE EN MAI 2024

N° d'impression : 104844
Imprimé en France